U0947757

（上册）

喝口雪碧 著

青岛出版集团 | 青岛出版社

图书在版编目（CIP）数据

我的新郎逃婚了/喝口雪碧著. —青岛:青岛出版社,2022.6
ISBN 978-7-5736-0050-9

Ⅰ.①我… Ⅱ.①喝… Ⅲ.①言情小说—中国—当代 Ⅳ.①I247.5

中国版本图书馆CIP数据核字（2022）第039700号

WO DE XINLANG TAOHUN LE

书　　名	**我的新郎逃婚了**
作　　者	喝口雪碧
出版发行	青岛出版社
社　　址	青岛市崂山区海尔路182号
本社网址	http://www.qdpub.com
邮购电话	18613853563　0532-68068091
责任编辑	郭红霞
特约编辑	张玙璠
校　　对	刘　军　何宗霞
装帧设计	梁　霞
照　　排	梁　霞
印　　刷	北京润田金辉印刷有限公司
出版日期	2022年6月第1版　2024年4月第2次印刷
开　　本	32开（880mm×1230mm）
印　　张	17
字　　数	517千
书　　号	ISBN 978-7-5736-0050-9
定　　价	69.80元（全2册）

编校印装质量、盗版监督服务电话　4006532017　0532-68068050

/ 上册 /

目录

第一章　换了个新郎　1

第二章　领证，才踏实　29

第三章　这婚，离不了　66

第四章　所谓的初恋　108

第五章　不必妄自菲薄　142

第六章　奇妙的矛盾感　171

第七章　不能喝凉的　200

第八章　黑猫和白猫　237

目录

/下册/

第九章　蜜月旅行　269

第十章　说好的大度呢　316

第十一章　社会福利院　355

第十二章　想　念　396

第十三章　你最重要　441

番外一　472

番外二　493

第一章

换了个新郎

五月，岚桥市。

浮云低沉，天气闷热。台风刚过，空气中夹杂着湿润的雾气，伴着微风从窗口吹进房间。

时钟嘀嗒地响着，时针缓慢地指向八点整。

门外传来一阵轻响，得到阮芷音的回应后，康雨穿着一身干练的职业装走进酒店的总统套房。

康雨就职的 Merbeil 是业内口碑最好的婚庆公司，专门服务高端客户。当然，公司提供的服务也绝对体贴细致，对得起百万的承接费用。

两个月前，Merbeil 接到一场婚礼的委托。内部竞争后，康雨脱颖而出，正式拿下这场婚礼的策划。

SIMO 酒店顶层的总统套房，风格是简洁素净的典雅，却又不失隐藏在细节里的奢华。就连茶几上随意摆放的水杯，都是 Queen-W 定制款。

走进房间后，康雨看见新娘阮芷音默不作声地站在窗边。

她脸上挂着得体的笑容，体贴地询问："阮小姐，时间还早，您要不要先休息一下？"

对方闻声回头，明亮的凤眸清澈动人，柔光似水。她栗发红唇，巴掌大的鹅蛋脸上五官精致，天鹅般的肩颈线，肌肤皓白如玉。

娇艳却不染半分风尘，她只是披着件松垮的浴袍，却惊艳得让同为

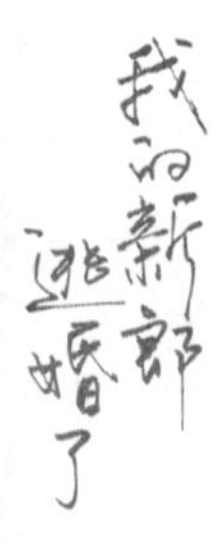

女人的康雨险些移不开眼。

美人将视线定格在墙边不停走动的挂钟上，随后淡淡一笑，轻柔地反问："还早吗？"

她的嗓音很低，像是在问康雨，又像是自言自语，这让康雨有些不明就里。

毕竟现在才刚过八点，按照婚礼流程，还有两小时秦总才会过来。

作为婚礼策划的负责人，康雨自然对新郎新娘有所了解。

秦家是屈指可数的显赫名流，新郎秦玦是秦氏现在的掌门人。

这位大名鼎鼎的秦总是名副其实的天之骄子，他是含着金汤匙出生的，念书时读的都是名校。国外求学时他办的创业公司成功上市，继承家业后又促成业界最大的医疗并购案。

然而金光闪闪的钻石王老五的身上，最令人津津乐道的是一则绯闻。

不少八卦账号说这位风度翩翩的秦总和娱乐圈新晋小花林菁菲的关系有些暧昧，康雨自然也有点儿好奇。

可经过这段时间的接触后，她又觉得秦总对未婚妻阮小姐的体贴爱护不似作假。

阮小姐容貌气质俱佳，便是与在娱乐圈内姿色出众的林菁菲相比也毫不逊色。

听说阮小姐当年以岚桥市文科榜眼的成绩考进A大，而后又进劳顿商学院深造，是真正的学霸。

这么一位家世显赫的女士，履历优异不说，为人更亲和不摆架子。两个月下来，康雨已经成了阮芷音的忠实拥趸。

小花林菁菲的背景深厚，负面新闻都被删得干干净净，但康雨还是听身边来往的编剧朋友说，林菁菲拍戏时惯会摆谱。

那位秦总只要不是瞎了，哪儿会放着美若天仙的未婚妻不喜欢，拿林菁菲这个只会铺天盖地营销美貌的鱼目当珍珠？

康雨觉得或许传闻只是流言，不过是网友们在捕风捉影。

阮芷音不知康雨心中所想，垂眸看了眼手机，关上窗走到沙发边落座。

“康雨，我记得你是北遥人，有没有算过从北遥来岚桥需要多久？”

“搭飞机的话不到两小时，嗯……不过今天例外。我有朋友想来岚桥玩，原本订了今天的飞机，可刚看他的朋友圈说北遥那边不少航班都被取消了。”

岚桥和北遥都是海滨城市，这个季节多台风，航班也偶尔会受天气影响而延误。

康雨刚说完，她的两名同事便推着挂了婚纱的衣架走进来。

阮芷音姿态慵懒，半倚在沙发上随意地点头，不再多谈。

总统套房里有独立的衣帽间，阮芷音进去换装。婚纱是出自阮芷音的好友顾琳琅的个人设计品牌的特别定制。

洁白的薄纱层层叠坠，珍珠和碎钻足足镶了几百颗，微光闪闪。修身的一字肩设计，凸显出她性感精致的锁骨和曼妙迷人的身姿。

不得不说，这件婚纱和阮芷音是绝配，众人都直呼好看。

这时，婚礼团队的执行助理赵荷走了过来，帮忙整理裙摆。

阮家这些年虽不及秦家，但也是岚桥数得上的名流。最重要的是，阮芷音即将嫁入秦家，正式成为秦太太。

赵荷有心讨好阮小姐，顺手整理婚纱的同时，也说着好听话。

“阮小姐，我跟过不少客户，但还是头一回碰到秦总这么帅气的新郎。秦总说你们十六岁时就认识了，要我说，情窦初开的感情都是最真挚的。”

对方的态度殷勤，阮芷音却独自出神，最后礼貌地勾唇，并未搭话。

赵荷有些尴尬，还好阮芷音的手机适时响起。来电给了赵荷转移话题的机会，她脸上堆笑，打趣说：“秦总真体贴，这会儿还要打电话。”

康雨见阮芷音微微蹙眉，以为她是不喜欢赵荷的做派，扬声道：“好了，别打扰阮小姐了，我们再去对一遍婚礼流程。”

康雨毕竟是婚礼的总负责人，赵荷虽有些后台，但也不敢明着违抗对方，只能不甘地咬唇。

三人很快离开房间。

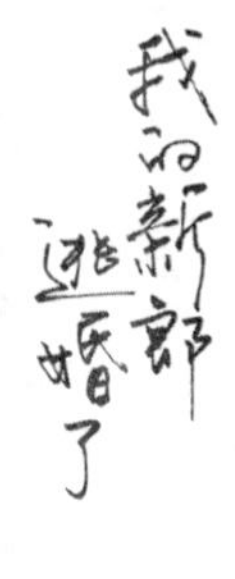

房间里静谧下来，阮芷音走到窗边，接通了秦玦的电话。

男人的声音温和沉静："芷音，很抱歉。航班取消，我来不及赶回去了。"

阮芷音揉了下眉心，仿佛早有预料，语气平淡："嗯，我知道。"

她声音一如既往地温柔，让电话那头的秦玦放下心来。

接下去，他的声音沉稳笃定，态度像解决一项并购案似的公事公办——

"时间还早，婚礼可以改到明天。我已经给翟旭打过电话，他稍后会去通知宾客，你放心。"

放心？

听到秦玦的话，阮芷音不禁觉得好笑。

昨天秦玦说分公司有事要连夜赶去北遥时，也是用这般温和平淡的语气让她放心，说他会及时赶回来，不会影响婚礼。

"阿玦，我知道林菁菲昨晚进了医院，你现在是在医院里吗？"

秦玦显然没料到她已经知晓自己来北遥的原因，沉默片刻。

阮芷音眸光微暗，眼底染上一抹自嘲之色，了然地开口："那就是在林菁菲的公寓里了。"

对方顿了顿，低声道："对不起芷音，昨天没告诉你，是怕你误会。"

"怕我误会？可是你看，明知我可能会误会，你还是去了。"

她的语气让人辨不出情绪，只是似乎有几分讽刺之意。

秦玦的声音变得有些淡漠："芷音，我知道你对菁菲有些偏见，但她是你的表妹。她受伤，你和我都不能视而不见。"

男人对林菁菲显而易见的维护让阮芷音的指节微缩。她长舒口气，安静地垂眸："是啊，林菁菲是我表妹。"

她也是秦玦的前女友——

更是让少年时的秦玦情窦初开之人。

阮秦两家是世交，林菁菲六岁时随母亲搬到阮家，与秦玦是名副其实的青梅竹马。

方才赵荷开玩笑时阮芷音没搭腔，是因为秦玦情窦初开的感情并不属于她。

“她现在怎么样？”

两人因林菁菲起过太多争执，秦玦这会儿也不愿多谈，简单地回应：“已经出院，没有大碍。”

“是吗？”虽然心里早有预料，但阮芷音还是略松了口气。

阮爷爷这两年身体不好，要是林菁菲把戏演过了，阮爷爷恐怕会承受不住打击。

不过刚才收到那些照片时，阮芷音就已经明白林菁菲大概不是真的出事了。

男人放缓语气：“芷音，婚礼前来北遥是我考虑不周，可眼下需要先把明天的婚礼安排妥善，好吗？”

因为林菁菲受伤，他临时爽约，所以要把婚礼推迟。

阮芷音无比清晰地意识到，从秦玦向自己求婚那刻起，这场婚礼在两人心中的分量就是不一样的。

她面色平静，沉默地望向窗外。

城市喧嚣繁华，高楼林立。

也许是室内的冷气太足，她单手环臂站在落地窗前，俯瞰着窗外涌动的车流，却感受不到丝毫的真实感。

她就像是回到了十六岁那年。

缓了许久，她再次开口：“阿玦，记得刚回阮家时，我弄丢了院长送的玉佛，找了很久都找不到，一个人躲在阁楼里哭。后来你发现我躲在阁楼里，也没告诉别人，偷偷帮我把玉佛找回来了。”

她的声音缥缈柔和，秦玦不禁随着她的话陷入回忆里，心软下来。

然后他低沉一笑：“那时我想，怎么会因为弄丢了东西就偷偷躲起来哭？不过看你哭得太认真，我只能帮你找。”

阮芷音莞尔一笑。

其实她清楚，秦玦没有找到那个玉佛。只是少年自小养成的风度教养让他无法看着女孩抹泪而坐视不理，于是他买了个看起来一样的玉佛回来。

“怎么突然提起这个？”秦玦问。

“就是突然觉得失去那个玉佛其实也没那么值得伤心。”

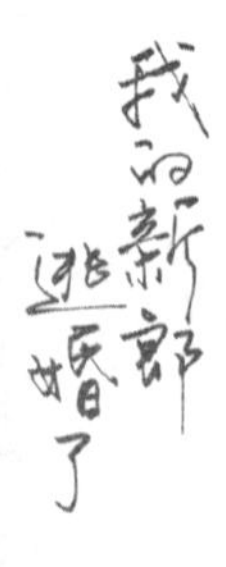

话毕，她心底的情绪散去大半。

当初她之所以哭，更多是因为刚回阮家时受着周围形形色色的目光的注视，她压抑了太多的情绪。

后来她考上 A 大又出国，听多了外人对她的讨好称赞。那时秦玦给她买来的玉佛也不见了，她却似乎并没有什么感觉。

时间终究会抚平一切，没有什么是不能改变的。所以这些年来，她到底在执着些什么呢？

像是已经将一件事考虑太久，她终于在这一刻下定了决心。

“阿玦，婚礼到此为止——

“我们分手吧。”

突如其来的话，如同一块沉重的石头砸进平静无波的水里。

两边的人顿时陷入僵持却暗藏汹涌的沉默，气氛渐渐变得压抑起来。

沉默半晌，男人低沉的嗓音中带着掩盖不住的薄怒——

“我承认，我不该缺席婚礼。你有情绪，回去后我会跟你解释。但是芷音，别拿取消婚礼和分手这种话来胡闹，你过界了。”

秦玦这番话隐隐带了些责备之意，令阮芷音哑然片刻。

他们认识八年，恋爱谈了三年。在她的印象中，他从来都是温和有礼的。

在国外时，秦玦对她不错，那会儿阮芷音也觉得他们能走到最后。哪怕是回国后的几次争吵中，他也没这么失态过。

然而此时此刻，秦玦这个为前女友逃婚的新郎，却责备她不该拿取消婚礼和分手的话胡闹？

阮芷音实在觉得有些荒唐，但很清楚自己根本不是在开玩笑。

她不是没给过秦玦机会，也不是没给过秦玦信任，却无奈地从一次次谎言中堆砌了太多失望之情。

或许秦玦也爱她，但更抛却不了对另一个女人的感情。

阮芷音没法在这份感情中继续保持体面。她实在是太累了。

她想放开他，也放过自己。

不过秦玦不相信她倒也情有可原，毕竟她喜欢了他八年，一直亦步亦趋地跟在他身后。哪怕是在他和秦家决裂颇为艰难的两年里，她也始终陪着他。

明眼人都知道她有多喜欢秦玦，临门一脚时她乍然放弃，实在难以让人信服。

她正欲开口说些什么，电话那头响起一道娇滴滴的女声，骤然将她打断——

“阿玦，可以帮我递一下水杯吗？”

女人的声音并不陌生，透着不言而喻的亲昵。此时此刻，阮芷音还是感受到一瞬的狼狈。

下一秒，阮芷音冷笑着挂断电话。

她知道林菁菲是故意出声，但也不想再进行这无休止的争执。

回想刚刚的决定，她甚至感到一阵前所未有的放松。

阮芷音正独自出神，敲门声响起，康雨迟疑着走了进来——

“阮小姐，秦先生的助理给我打电话，说婚礼要推迟到明天？”

秦玦因为工作繁忙，所以露面的次数不多。这些日子里，康雨沟通新郎那边的婚礼事项都是通过这位翟助理。

她的话音刚落，身后突然出现了一个身材高挑的女人。对方将高跟鞋踩得嗒嗒作响，直接越过康雨怒气冲冲地进了房间里。

“音音，秦玦他这是什么意思？！”

顾琳琅单手叉腰，紧蹙眉心，脸颊也因为怒气而染上一抹绯红。

她将手机摆到了阮芷音面前。屏幕上的新闻标题耸动视听——

“新晋小花旦林菁菲疑似割腕深夜送医，绯闻男友陪同”。

照片中，男人着一身剪裁合体的深色西装。他衣冠楚楚，领带挺括，矜贵潇洒。他紧蹙眉峰，鼻梁挺直，斯文俊朗的侧脸，金边细框眼镜上映着镜头。

秦玦身高体阔，环臂护着怀中娇小的女人，微微侧身，似在低头温柔地安抚她。

而林菁菲俏丽的面容含羞带怯，脸色隐隐有些惨白。

的确是极为刺目的一幕——

不过看林菁菲那苍白的脸色，阮芷音怎么瞧都觉得那张脸像是擦了太多粉。

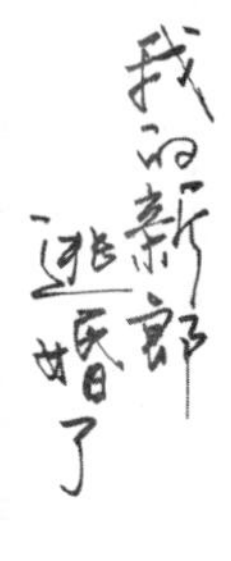

媒体到底顾忌着秦家，没放出秦玦的正脸，但熟悉他的人不难认出是他。

男人手上那块表，还是去年他过生日时阮芷音送的。表盘侧边刻了字，是他们名字的缩写。

秦玦收到时很喜欢，双眼温润含笑地将她拢在怀中，支使她取下秦母在他成年时送的那只表，将这只戴了上去。

以后他再也没有摘下来过。

彼时的温情历历在目，现在看到男人小心翼翼地护着另一个女人从医院里走出来时，即便已经决心放手，阮芷音还是感到一阵刺痛感在心底蔓延开来。

当感情成了惯性，她确实需要时间淡忘。

她紧捏指节，努力将那股酸涩的感觉压下，扫了眼微博下的评论。

“Y 是菲菲的英文名吧？他们太甜了！”

“菲菲都发微博解释了是给朋友做饭时切伤手，垃圾营销号还乱写成割腕？”

“深夜做饭？只是朋友？算了，反正这俩也是娱乐圈公开的秘密了。”

“听 A 大毕业的朋友说，菲菲当年和男主恋爱那叫一个轰轰烈烈，分手时男主颓废好久，最后出国了。”

“厉害！”

林菁菲毕业后进了娱乐圈，如今已是炙手可热的女明星。

秦氏旗下有家娱乐公司，总经理是秦玦的发小蒋安政，他和林菁菲关系不错。她年初和上个公司解约，直接把十年经纪约签到了这家娱乐公司。

阮秦两家是世交，娱乐圈水深，林菁菲拜托秦玦照料，似乎没什么不妥，至少秦玦和他那群朋友都这么认为。

签约后，林菁菲遇到事情时经常会以各种理由越过蒋安政，打电话向秦玦求助。

比如，她试戏时导演动手动脚，剧组聚餐时投资人对她暗示，拍戏时前辈刻意打压。

理由层出不穷，结果就是林菁菲因秦玦的保驾护航扶摇直上，不仅一丁点儿负面新闻都搜不到，她和秦玦的暧昧关系也成了娱乐圈里公开的“秘密”。

而现在，二人再次上了热搜。

这多半是林菁菲故意为之，不过她和阮芷音之间最无解的矛盾不是秦玦，而是林家人不想阮芷音嫁进秦家。

秦阮两家联姻，新郎却在婚礼当天为前女友逃婚。即便他们将婚礼推迟，在外人眼中也不过是迫于压力的“屈服”。

阮芷音可以想象，今天过后，阮家会面临怎样的流言蜚语。

她无法眼睁睁看阮家名誉扫地，爷爷的身体更受不住这么大的刺激！

想到这儿，她抬眸看向康雨：“婚礼不会推迟，你们继续去准备。”

她给人的印象是脾气好，这些年更是很少动怒。但爷爷的身体每况愈下，林家人丝毫不顾爷爷的身体，这确实惹到了她。

阮芷音的声音镇静，康雨得了准话，很快反应过来，点头离去。

倒是随之而来的赵荷，走之前看阮芷音的眼神已经不复方才的刻意讨好之色，掺杂着几分看好戏似的不屑。

“昨晚林菁菲进了医院，秦玦连夜赶去了北遥。这些照片我刚才就收到了，应该是林菁菲放出来的。”

阮芷音这才同好友解释照片的事。

顾琳琅闻言，气得抚胸：“林菁菲有病吧？她和秦玦都分手八百年了，在你婚礼前整这出什么意思？”

“林成不想让我嫁进秦家，爷爷当初又给了我股份，林菁菲从那时起就存了怨恨。她这么做，或许是林成的授意，也可能纯粹是想让我颜面扫地，沦为笑柄。”

阮芷音和林菁菲虽有血缘关系，但并不是什么情深的表姐妹。

在林菁菲的心里，阮芷音是她生活中的闯入者。而在阮芷音看来，林家和林菁菲做过的事注定成了她们的隔阂。

阮芷音做不到以德报怨，林家人也不配让她轻拿轻放地原谅。

顾琳琅抬眸看她：“你就不生气？”

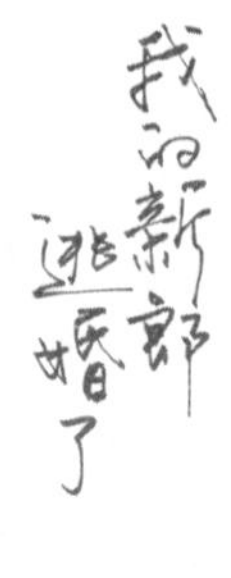

“生气？”阮芷音有瞬间的默然，随后轻笑，“你冲进来前，我刚和秦玦说了取消婚约。”

顾琳琅瞬间哑然，满脸错愕之色。

阮芷音对秦玦的感情，顾琳琅比谁都清楚。但她也了解，阮芷音下定决心的事，几乎不可能再改变。

良久，顾琳琅叹了口气，摇头道：“秦玦这次还真的是自作自受。”

作为二十多年的好友，她到底还是心疼阮芷音对秦玦的付出。

林菁菲当年和秦玦有段感情，但没多久两人就分了手，这是林菁菲提的。

后来受了情伤的秦玦黯然出国，去的正是阮芷音申请的学校。

阮芷音出国的第二年，她接受了秦玦的追求。顾琳琅知道他们在国外时感情不错，哪怕中间秦玦和秦家决裂，阮芷音也不辞辛劳地陪着他。

秦玦在国外的公司从创办到上市，阮芷音不知付出多少心血。

她拒绝了导师继续深造的推荐，也没有选择回国，将全部积蓄给了秦玦，陪他熬过了最难的日子。

曾经的天之骄子，最初寻找投资人时，不知吃到过多少闭门羹。骄傲的秦玦低不下头，都是阮芷音背地里去辛苦斡旋。

其间公司遭受打击跌落低谷，所有人都觉得秦玦已经在和秦家的对赌中失败，但唯有阮芷音一直支持并陪着他。

顾琳琅也以为两人会走下去，她犹记得元旦视频通话时阮芷音发亮的双眼——

“琳琅，秦玦跟我求婚了。他说，等回国我们就结婚。”

顾琳琅明白阮芷音高兴的原因。

秦玦不是因为两人的婚约求婚，而是因为他真的爱护她，想娶她。对于阮芷音来说，那像是她期盼已久的家。

可世事难料，自从二人年初回国，林菁菲就开始仗着青梅竹马的情分屡屡无理取闹。

面对无理取闹的林菁菲，秦玦的做法连顾琳琅都看不下去了。

倒是阮芷音只静静地看着。

似乎是因为她体贴包容的好脾气，可这样的人一旦死心就不会再回头。

“琳琅，谁的心都不是突然死的。你不用担心我，虽然不能说心如止水，但也确实没想象中难过。”

阮芷音朝顾琳琅安抚似的一笑。

她做出这个决定并不后悔。放弃这份感情的怅然之余，她反倒如释重负。

顾琳琅松了口气：“既然死了心，那你刚刚为什么说……？”

她不怀疑阮芷音取消婚约的决定，但阮芷音刚刚也说婚礼不会推迟。

“婚礼的确不能推迟，爷爷的身体受不得刺激。原本是想取消，可既然林菁菲打定主意想让我颜面扫地——”

阮芷音蓦地一顿，睫毛微颤。

“那我只能换个新郎。”

北遥影视城是出了名的影视剧拍摄取景地，不少剧组在这儿扎堆。

林菁菲常来拍戏，却不爱住酒店。

毕竟影视城里的剧组太多，都盯着那几家五星酒店的房间，有时剧组订不到行政套房，她可不想住大床房。

恰巧附近有秦家新开的楼盘，林菁菲知道秦玦预留了三套公寓。除去他自留的顶层，剩下两套，一套给了妹妹秦湘，另一套的钥匙到了她的手里。

不过让林菁菲没想到的是，秦湘那套公寓早就办了过户，而她住的这套，至今秦玦只给了她一把钥匙。

她和秦玦认识快二十年，两人之间也不仅仅是朋友，更像是家人。从前的秦玦，绝不会在她和秦湘间厚此薄彼。

林菁菲放下水杯靠在沙发上，秀眸惺忪，那张细腻白皙的脸庞清纯可人。

丝绸质地的酒红色睡衣顺滑地贴在身上，衬得她肤白如玉，尽显婀娜多姿的曲线。

她看着独自站在窗边、身材挺拔、气质卓然的男人，他淡淡垂眸，

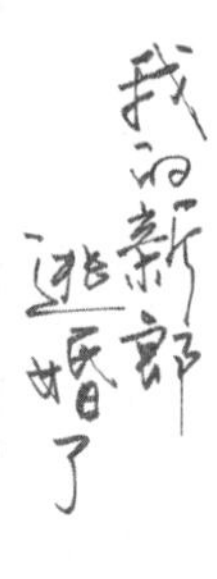

神情莫测。

秦玦从小就是同辈中最出色的人。

秦家地位显赫，秦玦又是板上钉钉的继承人。他长得好，学习成绩好，打篮球、弹钢琴更是比寻常人出色，仿佛所有事到了他的手里都变得毫不费力。

且少年良好的教养风度让所有老师和长辈都对他赞不绝口。

这些年，青涩散去，男人变得更加成熟，杀伐果断，那种由内而外的清冷气质也让他更有魅力。

林菁菲曾经觉得秦玦离她很近，可自从他回国后，他好像对她有些疏远了，这是她不愿见到的改变。

斟酌半晌，她起身走到秦玦的身边。用没受伤的右手挽住男人手臂，林菁菲将头靠得近了些，睡衣领口缓缓低垂，似有似无地勾人心魄。

她却像是浑然不觉，开口道："阿玦，表姐是不是又误会了？要不要我帮你解释？"

她的声音清脆甜美，话语中又隐含自责之意。

秦玦这些年有些寡言，对林菁菲却还算温和。

他收起手机，独自走到一旁坐下，揉了下眉心，温声道："没事，你先好好养伤，配合警察处理好昨天的事。"

毕竟是他食言在先，阮芷音这会儿正在气头上，他能理解她的口不择言，回去后也会好好跟她解释。

两人经历那么多事，秦玦清楚阮芷音对他的感情，也认定了她。

他相信，即便回国后因林菁菲起过几次不大不小的争执，但阮芷音绝不会离开他。

秦玦很确信这一点。可他的心里还是多了些烦躁的感觉。

"阮芷音就是故意拿乔。你都讲了只是推迟婚礼，她还说什么取消婚礼的鬼话，也不怕玩脱了。"

蒋安政打着哈欠从客房里走出，言语间尽是不以为意的调笑之意。

阮氏的主要业务都握在林叔手中，阮芷音如果嫁进秦家就意味着她有了和林叔夺权的资本。他才不信阮芷音真会取消婚礼，更遑论和秦玦分手了。

言毕，他察觉到迎面直射而来的视线。

蒋安政侧目回视："看我干吗？菲菲确实被那疯子划了一刀，我给你打电话时你不也着急？你又没问严不严重。"

林菁菲的左手小臂上裹着厚纱布，看似严重，实则只是皮外伤。

不过她深谙娱乐圈里上位的手段，不会放过这个上热搜的机会。

"阿政，芷音是我妻子。哪怕看在我的分上，你也该对她尊重些。"秦玦抿直唇线，话中是淡淡的警告之意。

蒋安政讲话一向肆无忌惮，不过阮芷音脾气好，以往都不会和他计较，秦玦也就没太在意。

但回想她刚刚的态度，秦玦突然觉得，她或许是介意的。只是碍于蒋安政和他的关系，她一直没说罢了。

听到秦玦的称呼，林菁菲面色蓦然一僵，但很快掩饰了过去。

蒋安政却暗暗嗤笑，想说这不还没结婚呢吗？

可面上他敷衍地点头："知道了。"

他不喜欢阮芷音，倒不都是因为林菁菲，还有林菁菲的堂兄林哲的原因。

林哲高中时追过阮芷音，后来却不知怎的，面对对方时怕得很。且阮芷音一回国就不留情面地将林哲赶出阮氏，蒋安政总觉得那女人在秦玦面前的温顺都是装模作样。

他和秦玦、林菁菲从小一起长大，是实打实的发小。

秦玦出国前刚和林菁菲分手，可出国不到一年，就跟阮芷音在一起了，而且还是秦玦主动追求，蒋安政的心情着实有些微妙。

众人皆知，秦玦当初是因为林菁菲提分手才黯然出国。蒋安政也曾希望两人能修成正果，所以后来秦玦告诉他们，他和阮芷音交往，蒋安政才有些生气。

蒋安政见过的露水情缘不少，可林菁菲和那些女人不同，秦玦这些年也洁身自好。既然深爱林菁菲，他又怎能转头就和别人在一起？

哪怕秦玦说是他主动追求，蒋安政也仍觉得是阮芷音蓄意勾引。她长得就狐狸精样，高中时哪怕素面朝天，都暗地里勾得不少男生没了魂儿。

阮芷音和秦玦有长辈订下的婚约，高中时那女人便仗着这层关系总跟在秦玦身边。

彼时阮芷音看上去还算安分乖巧，可后来和秦玦交往，蒋安政便觉得她是心机深沉、装模作样。

倒是林菁菲，还强颜欢笑地大方祝福他们，让蒋安政忍不住有些心疼。

昨天林菁菲意外被人划伤，蒋安政故意夸大伤情，给秦玦打了电话。

他事先问林菁菲时，她还不欲影响秦玦的婚礼，苦笑着婉拒。但只看她一个表情，蒋安政就知道她其实还没放下秦玦。

阮芷音想嫁进秦家，他或许阻止不了，但也不会让对方风风光光嫁进去。

新郎逃婚，婚礼延期，所有人都对她抱以同情或者嘲讽，这一切够刺激吧？

既然阮芷音想当秦太太，那林菁菲受的委屈，她就得担一辈子。

蒋安政掏出手机，扫了眼热搜。

他倒是有些好奇，阮芷音此刻该是怎样的难堪？

阮芷音此刻望着通讯录里的名字，迟疑半晌，终于拨下电话。

嘀声拖着长调，铃声一遍遍地响过。

等待显得格外漫长，就在阮芷音几近放弃时，那边的电话总算接通。

刹那间，她准备好的话哽在喉咙。

两相无言，诡异的沉默持续十秒，电话被对方毫不留情地挂断。

阮芷音感到无奈，舒了口气平复心情，重新将电话拨出。

这次，对面的人倒接得很快。

阮芷音微顿，道：“程越霖，是我。”

“呵，还以为我眼花了。阮大小姐当着新娘，怎么有空儿给我打电话？”男人慵懒的嗓音里掺了些沙哑，依旧是年少时那副漫不经心的腔调。

不怪程越霖意外，他和阮芷音私下的联系少之又少。如果不是生意场上的必要接触，就凭上次北城招标的事，他们俩估计也是相互拉黑的关系。

程越霖这嚣张的态度，阮芷音并不诧异，只是此刻她莫名从中觉出几分嘲讽之意。

她轻轻皱眉，声音清冷："程越霖，你在看我笑话？"

"哪儿敢？"他微哂，语气不咸不淡，言简意赅，"说吧，什么事？"

忽略那边传来的玻璃碰撞声，阮芷音淡抿下唇，直接切入正题："我记得你很中意北城的项目。"

年初，岚桥市政府规划在北城建主题公园度假区。多方竞标后，最终项目由阮氏拿下，阮芷音也因此在阮氏内站稳脚跟。

程越霖家大业大，当初为北城的项目费了不少力气，最后却败兴而归。竞标结束时，他还特意来跟她这个关系不睦的老同学"闲谈"了几句。

眼下说起这茬，他似乎提高了些兴致："怎么，阮小姐这会儿愿意割爱了？林家人能同意吗？"

阮芷音父母早逝，阮氏虽然名义上还姓阮，实际却已经被林成这个入赘的姑父逐渐掌握权柄。

阮芷音顿了顿，缓缓道："有个办法，能让林成不得不同意。"

话筒里的声音染上玩味之意："哦，是什么办法？"

"程越霖，"停顿少顷，阮芷音嗓音微沉，端视着墙上走动的挂钟，认真地道，"现在来娶我，一年后离婚，北城的项目给你。"

话音落地，对面倏然传来一阵闷响，通话再一次被切断。

阮芷音的心里充满疑问。

他这是什么意思？难不成他被她吓跑了？

就算两人关系差，那点儿同学情分也淡薄如纸，可她又不是什么豺狼虎豹，至于让他如此避之不及吗？

阮芷音瞧着屏幕上的通话记录，微微蹙眉，暗自叹息。

算了，任谁突然间被人逼婚，想必都接受不了。

以秦玦为参照，标准太高。你要顾及阮家的颜面，程越霖是最好的人选。

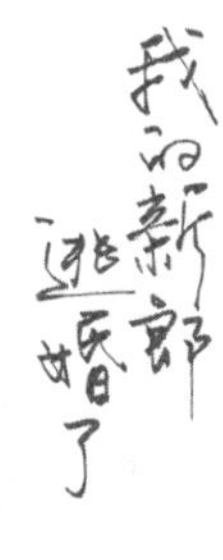

这是顾琳琅刚刚的原话。

所以明知对方是自己的死对头，阮芷音还是选择谈这笔交易，但他不愿意，她也不能强求。

程越霖虽然是最好的人选，但也不是非他不可。既然如此，她只能继续考虑顾琳琅给她列出的备选 2 号和备选 3 号……

她正想着，手机屏幕突然亮起。

阮芷音讶异地扬眉，接通电话。

“喀，不好意思。我刚刚才知道，阮大小姐的新郎跑了。”

还是那道闲淡懒散的男声。只是对方仿佛心情不错，这个认知让阮芷音微哽——

“程越霖，你很高兴？”

虽然程越霖恣意妄为、态度傲慢，高中时两人关系就紧张，但阮芷音也觉得他不是个会对她落井下石的人。

可现在她的认知破碎了。

她的新郎跑了，他却好似心情愉悦，这不是落井下石是什么？

“没，你听错了。”他否认，而后又轻描淡写地哂笑，“我只是觉得，你的眼光实在差了些。不过秦玦这小子，可栽了回大坑。”

阮芷音倒是忘了，程越霖和秦玦素有旧怨，高中时便不大对付。

换了以往她或许会争执几句。但现在不提秦玦在她的心里已成前任，阮芷音也不想破坏他们的合作。

“阮嘤嘤。”

“嗯？”

她下意识应声，随后才反应过来，程越霖叫的竟然是她的外号。

阮芷音一时羞赧，脸上染上愠怒之色。

可对面的人紧接着道：“等着，爷来娶你。”

他吊儿郎当的语气，让她微怔。

阮芷音甚至做好了同程越霖讨价还价的准备，但没料到他会答应得如此爽快。

他云淡风轻地应了，倒是让准备好承诺利益的她有片刻茫然。

程越霖并未在意她的默不作声，继而开口：“哦，对了。”

阮芷音倏然回神，以为他终于要讨价还价，可对方接下来的话让她不明所以。

“房间里有镜子没？”

“嗯？有。”

“那你现在过去。”

他的声音不冷不热，悠然散漫。

阮芷音走进衣帽间里，衣橱左边是面两米多高的落地试衣镜。她凝视着镜子中那个穿着洁白婚纱的年轻女人，愣怔了片刻。

回神后，她又耐着性子道：“然后呢？”

“看到了什么？”

“你究竟想说什么？”她已经快没有了耐心。

那边，程越霖故意拖着腔调，闷声低笑：“阮嘤嘤，可别抹什么眼泪。我隐约记得，你哭起来的样子特别像我那只——”

“掉秃了毛的鹌鹑。”.

阮芷音猛地心头一窒：“程越霖！”

她居然被他给耍了。

他倒还是这么有能耐，这几年她一直心情平顺，此刻却被气到发笑。

不过拜他所赐，她先前那点儿低落的情绪竟然一扫而空，仅余寥寥的怒气。

挂了电话，阮芷音瞥见微信图标上不容忽视的红色小点，点了进去。

指尖下滑，她发现发来消息的联络人足有几十个。

他们都是看到热搜后发来了半真半假的慰问消息，可见今天的婚礼已成了他们的谈资。

阮芷音国内的朋友不多，这些发来消息的人多是她往日陪秦母出席社交活动时认识的，交情也都不深。

她只点开了三人的微信群。

好友顾琳琅和叶妍初已将秦玦和林菁菲痛骂了八百回合——

顾琳琅：“以前还觉得秦玦不错，没想到我年纪轻轻，眼就瞎了。”

叶妍初：“麻烦他们锁死，让林菁菲试试秦玦他妈妈的刁难，看能

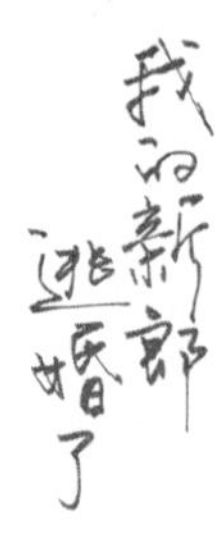

不能撇下那份虚伪？”

顾琳琅：“哎呀，我和阿玦就是兄妹，不然当年也不会……表姐你怎么又误会了？”

叶妍初：“啊！想起这句就吐了。情人节故意醉酒说被骚扰把秦玦叫走，还好意思说音音想太多？！狗屁兄妹！”

顾琳琅：“林菁菲的这条项链，是秦玦拍的那条？八位数的粉钻帮她立娱乐圈公主人设，我的拳头硬了。”

叶妍初：“音音当初留在美国给他赚钱，就为了让他给别的女人买钻石？！”

顾琳琅：“破防了，他们恶心到我了。老娘想把狗男女揉成团，让他们做托马斯回旋，再踢出遥远的天际线，让他们落地后明白什么才是正义的红星！”

…………

再后面的内容过于“激烈”。

阮芷音扫了几眼，直接把微信群拉到最下面。

叶妍初：“音音，我这伴娘还当得成吗？”

由于顾琳琅是已婚人士，伴娘的任务自然落在了叶妍初身上。

昨晚阮芷音本想让叶妍初住在酒店里，可她说一早要去给甲方送合同，才没有提前过来。

阮芷音回复：“放心吧，新郎有了。”

叶妍初：“感动，没想到程学长这种人嫌狗憎的家伙都比秦玦有良心。”

顾琳琅：“悟了，程越霖这种一张嘴能踩死所有桃花的剧毒体也是有一定优点的。”

阮芷音心想：这么违心地夸人，倒也不必。

11点，SIMO酒店，宾客皆至。

顾琳琅和叶妍初穿着礼服，言笑晏晏地站在婚礼宴会厅里，招呼着宾客落座。

阮爷爷久卧病榻，阮芷音父母早逝，名义上的小叔季奕钧这些年一直不愿过多掺和阮家的事。至于她的好姑父林成，想必也是促成秦玦逃婚的因素之一。

所幸她还有两位好友。

顶着秦阮两家联姻的名头，今天的婚礼给岚桥过半的有威望的人家下了请帖，余下的还有以前岚中和 A 大的同学。

秦家那边自然没再知会，又因为秦玦逃婚的消息闹上热搜，最后到场的人只有原定宾客的一半。

来的人大多是好奇这场婚事阮家会怎么收场，不过那些和林家交好的人，或许是想当场看阮芷音的笑话。

虽然人少了些，不过已经够了。

宴会厅中间那桌坐了徐飞和汪鑫，两人是圈里出了名的纨绔，平日里最爱组那些吃喝玩乐的场子，人缘不错。

到场后，汪鑫旁敲侧击地和顾琳琅二人攀谈，但她们笑而不语，绝口不提将要举行婚礼的事，反让他更为好奇。

另一边，新娘休息室。

处理完婚礼事宜的康雨推门走了进来。

"阮小姐，都准备好了。"

"麻烦你了，康雨。"

阮芷音倚靠在沙发上，正由化妆师化着妆。她从镜中凝视康雨，随后嫣然一笑，潋滟的凤眸顾盼生辉。

康雨受宠若惊地摇头："不麻烦，都是我分内的事，但是新郎……"

婚礼是准备好了，可新郎他已经没了啊，各种意义上的"没"。

康雨想到自己之前的吐槽——

秦总只要不是瞎了，哪儿会放着美若天仙的未婚妻不喜欢，拿林菁菲这个只会铺天盖地营销美貌的鱼目当珍珠？

唉，都怪她乌鸦嘴。秦总还真是瞎了。

不对，为红颜知己逃婚上热搜，给未婚妻难堪的狗男人不配用尊称！只配送火葬场火化，再把骨灰一撒送他随风而逝！

幸好阮小姐还没嫁。

这样的美人儿，要嫁也该嫁守男德，会鉴心机女，帅过顶流，完美

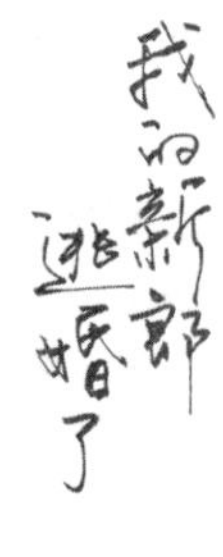

过影帝的新郎！

康雨刚在心里想完，突然传来咔的一声。

休息室的门被人打开。康雨和化妆师不约而同地抬眼望去——

一个陌生却英俊的年轻男子站在门口，背对着廊间那盏富丽堂皇的水晶吊灯，挺直高大的身子将灯光遮去大半。

淡漠的目光寻觅片刻，他迈着修长的双腿闲庭信步地走了进来。

化完妆的阮芷音此刻也已转过头来，视线停留在程越霖无可挑剔的俊美轮廓上。

细散的碎发垂在他硬朗的眉骨上，他鼻挺唇薄，一双清墨般的桃花眼，微微上挑的眼尾像是抹了层极淡的红色。

衬衫解开了两个扣子，他线条流畅的脖颈下隐约显出锁骨。分明是西装革履的打扮，他浑身却散发着放荡不羁的痞气。

他的模样和记忆中的人影重合，让阮芷音恍然了片晌。

程越霖单手插兜，踱步走到阮芷音跟前，微微屈身，和她对视了几秒。

他突然伸出骨节分明的修长指节，不轻不重地在她额间敲了一下。

他唇角勾起浅浅的弧度，语气充满戏谑："阮芷音，怎么，被我的纡尊降贵感动蒙了？"

阮芷音敛眸，想到自己到底有求于人，才勉强忽略了他此刻张扬的样子。

随后，她将视线下移，静默了片刻，又重新抬头，回以同样的表情——

"程越霖，是你踩我鞋了。"

程越霖轻挑了下眉，慢慢低头，赫然看见一只女式平底鞋的鞋尖被他踩在了脚下。

受到人为压力和地心引力的共同影响，原本精心镶嵌上去的白色珠子的鞋子就这么开了缝。

程越霖："……"

阮芷音："看见没？它裂开了。"

程越霖："……"

"没事，五千块，接受转账。"

就这么被她理直气壮地讹去一笔钱，程越霖简直都要气笑了。

将锃亮的皮鞋缓缓移开那只献身的平底鞋，他轻笑出声："呵，我好心过来，你可真没良心。"

"彼此彼此。"

程越霖微微扬眉，明白过来，合着她是记恨着他电话里说的那句"比喻"呢。

他似笑非笑地注视着阮芷音，仔细打量她的神情："怎么，不装乖了？"

阮芷音闻言微顿，倏忽想起高中时他总挂在嘴边的话，也是这副吊儿郎当的语气——"阮芷音，你装乖受气不累吗？"

高中时，阮芷音在学校里展现出的性格标签是乖巧、沉闷、不起眼。

在社会福利院里待得太久，她清楚地知道没攻击性的乖孩子会更少被讨厌，过得轻松。

在学校里，这个定律对女孩更为适用。女生如果太出众，麻烦和流言蜚语便会接踵而至。

一个人的放肆需要底气。

阮芷音知道林家人的态度，只能依靠爷爷，但她不愿给爷爷添麻烦，也不想分出精力应付麻烦。所以她像个蜗牛，拼命将自己缩了起来。

她乖巧到逆来顺受的行为完美地踩中程越霖忍耐的底线。

阴错阳差下，他最乐此不疲的事，就是想撕下她那层所谓的好脾气的伪装。

这也是阮芷音和程越霖成为死对头的原因。

愣怔过后，阮芷音回转了思绪，对上男人审视的目光，并未回答程越霖的问题，而是指着他，转头看向早已呆滞在原地的康雨——

"新郎有了，婚礼可以开始了。"

是了，程越霖一直很清楚，她不是逆来顺受的性子，也并非多么乖巧的人。

现在的她早已不复当年，的确没什么要装的，尤其是……在他的

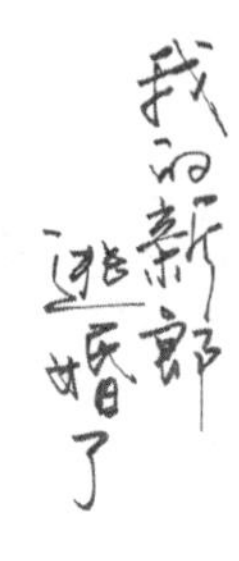

面前。

阮芷音曾无数次幻想过自己的婚礼。

因长辈疏忽走失时，她不过四五岁。跟着人贩子东躲西藏一年，她才被敏锐的顾琳琅救下，去了社会福利院。

虽是社会福利院，但院长妈妈对孩子们很好。十几岁时，她和顾琳琅偷偷窝在被窝里聊天，心底都有对未来家庭的憧憬。

顾琳琅说想穿着自己设计的婚纱步入婚礼殿堂，而阮芷音想要买套大婚房，装修不必奢华，但要有家的味道。

两人每每互相奚落，然后笑闹一番。

阮芷音那时的心愿很简单，她要考上大学，努力工作，有能力组建自己的家庭，然后像从社会福利院出去的哥哥姐姐一样，资助社会福利院的孩子继续上学。

后来她被接回阮家，成了社会福利院孩子们眼中“有钱人家的小姐”，很多目标顷刻间就实现了。

只是父母在她十岁那年，于寻她的路上不幸遭遇车祸，双双身亡，整个阮家只剩下爷爷一个真正意义上的亲人。

她仍然渴望一个完整的家，更期盼一场属于她的婚礼。但阮芷音没想到，她盼望多年的婚礼会变得这么荒唐。

同顾琳琅相伴在社会福利院的场景像是还在昨天，然而弹指一挥，她已穿着顾琳琅亲手设计的婚纱，站在通往酒店宴会厅的门后。

她低下头，瞥见洁白的薄纱间碎钻泛起的璀璨的光芒，婚纱上的每颗珍珠都是顾琳琅亲手缝上去的，如梦似幻。

这代表顾琳琅最诚挚的祝福。

阮芷音记得，第一次试穿婚纱时，顾琳琅抱着她，泪眼蒙眬，哭得上气不接下气。顾琳琅用手指着秦玦让他发誓，要一辈子对她好。

她眼眶微湿，长舒一口气，面上看不出情绪，却默默地挺直了脊背。

她现在与宴会厅仅一门之隔。宾客那些不大不小的议论声，清晰地传入耳中——

“秦少爷逃婚了，婚礼也不取消，阮芷音这不明晃晃地给人看笑话吗？”

“阮芷音倒是可怜，跟在秦玦身后这么多年，陪他在美国吃完苦，最后却落了个这么大的难堪。”

“要不说林菁菲厉害？秦少爷当年为她出国远走，如今又为她逃婚，还真是够情深的。”

“也就是秦老爷子太古板，不然以秦玦对林菁菲的感情，她当年就嫁进秦家了吧？”

不少人都知道，当年秦玦和林菁菲谈恋爱时，就有传言说秦少爷要把和阮家的联姻人选换成林菁菲。

“人家命好，虽然是外孙女，可阮芷音的父母都没了，倒让林菁菲那个入赘的爸爸掌了权，阮氏迟早改姓林。”

“阮芷音努力有什么用？最后还不是被秦玦抛弃，没了和林成叫板的资本。就算秦老爷子抵死不松口让她嫁进去，秦玦也不会为她和林菁菲的父亲作对啊。”

阮芷音恍若无闻，闭了闭眼。

服务生一左一右，慢慢为她推开面前那扇沉重的门。

宴会厅里，灯光倏然昏暗下来，闲谈的声音戛然而止。

会场布置得浪漫而梦幻，彩灯点缀在台边的花草丛中，似满天星辰，又绚丽如萤火。花团清新娇艳，依稀有萦绕在鼻尖的花香，使人犹如置身于黑夜中的森林。

淡淡的一束光打在台上，程越霖的面容被笼罩得柔和起来。他穿着优雅得体的深色西装，静静伫立在宾客目之所及的尽头处。

长廊的门已被打开，阮芷音望着远处的新郎，一步一步向前走去。

这一幕，像极了她祈盼多年的梦。

两个花童分别穿着齐整的小西装和小裙子，走在前面撒着花瓣，是叶妍初从姨母家揪来的龙凤胎。

被熊孩子撒了满脸花后，靠台边的徐二少率先从呆滞中反应过来，怔怔地嘀咕道：“等等，怎么还有新郎？我没看错吧？那好像是程越霖？！”

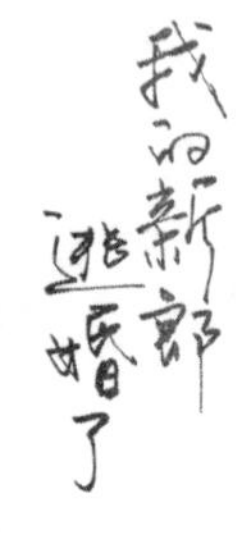

坐在徐飞旁边的汪少爷睁大了眼，轻呵一声，道："啧，秦家和阮家今天轮流逗我们玩呢？新郎狠心逃婚，没承想新娘更狠，直接换新郎，厉害。"

"居然找了程越霖这种人？阮家怎么搞的？"

汪鑫猛拍徐飞的脑门："哪种人？秦家都不敢和这疯子硬来，你敢得罪他？程越霖早不是五年前被人嘲笑的那个人了，小心祸从口出。"

徐飞揉着疼痛的脑门："不是，我是说程越霖这种人怎么会出现在这儿，还成了新郎？！"

汪鑫瞧傻子似的道："看不明白？"

徐飞愣愣地摇头："看不明白。"

汪鑫一言难尽地道："本少爷怎么就有你这么蠢的兄弟？你忘了程越霖和秦玦的恩怨？程越霖五岁的时候拿石头砸掉了秦玦的门牙，被他爷爷用鸡毛掸子打得半个月没下得来床。"

徐飞皱眉，心想那都多少年前的老皇历了，这两人之前也没见怎么着啊？

他虽心里这么想，面上却不耻下问："就算他们不对付，可然后呢？"

汪鑫满脸的讳莫如深之色，伸伸手让徐飞侧耳过来，语气分外郑重——

"他来抢亲了！

"千万别得罪程越霖，看见没，一顿鸡毛掸子居然记了二十年！你送我一顿揍，我二十年后来抢你媳妇！狠，太狠了！"

徐飞恍然大悟，深以为然地点头："那行吧，程越霖好像是不能得罪，阮芷音……"

"我说你个笨蛋，还不明白呢？爱了七八年的男人说弃就弃，婚礼换新郎，狠打秦家一巴掌，彻底断了和秦玦的可能。这种能断舍离的女人多狠哪！"

汪鑫说完后，又撇撇嘴："更狠的是，她嫁的还是程越霖，你想想当初他俩关系多糟糕？啧，阮芷音怎么这么想不开？考虑下本少爷也行啊。"

他不好意思说自己当年还偷偷暗恋过阮芷音。

其实阮芷音长得漂亮，高中时喜欢她的人不少。只是她太乖了，而且顶着秦玦未婚妻的身份，又和程越霖不对付。

那些喜欢阮芷音的人，有的摸不清秦玦的意思，有的怕被程越霖连带着针对，所以愣是没人敢去表白。

徐飞完全没注意到好友的小心思，义正词严道："你说得对，能考全班第一的女人，当年我就觉得不简单，是个狠人！你看咱俩，倒数第一和倒数第二,一看就是不够狠！"

汪鑫："滚！！！"

望着身穿婚纱的阮芷音，顾琳琅原本还有些心情复杂，这下却被同桌的岚中二傻搞得啼笑皆非。

她端起酒杯轻抿，瞥了眼旁边的女人："王小姐，表情别这么难看。你和林菁菲能耍手段，别人就不能回敬？"

王曦薇和林菁菲关系不错，或者说，王曦薇觉得阮氏和秦太太的位子迟早是林家的囊中之物，所以提前下注，讨好林菁菲。

此刻过来，她估计也是想替对方看看阮芷音要做什么。

王家当年在程父入狱后对程越霖落井下石，后来程越霖东山再起，王家又开始心虚。这几年王家挖空心思想让王曦薇傍上程越霖，好一泯前仇，王曦薇也颇为积极。

只是程越霖从未理会过王家人的心思。

王曦薇一边惦记着程越霖，一边吊着她的男友当备胎，刚才还暗带节奏起哄，想看阮芷音的笑话。

这顾琳琅就不能忍了。

于是她勾唇，意有所指地看向台上乍看还挺般配的新郎和新娘——

"喏，王小姐，你说谁才是笑话？音音跟我说，程总可是准备拿王家开刀了呢。"

台下的人心思各异，而台上已经顺利进行到 VCR 环节。

因为康雨临时安排，所以新郎的部分被主持人简短掠过，硕大的银幕上，正轮换放着阮芷音的回忆旧照。社会福利院里留下来的照片寥寥无几，基本都是她被接回阮家后照的。

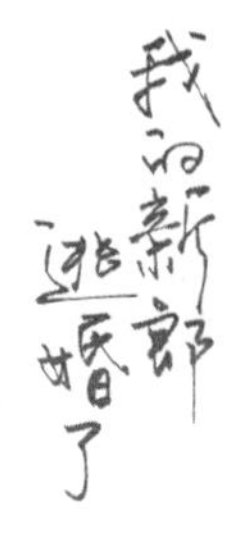

短片早已做好，即便他们临时删减，可里面还是不可避免地出现了秦玦的身影。

或许是照片凝结了记忆，或许是背景音乐太过舒缓感人，恍然间，阮芷音的脑海里泛起了许多鲜活的画面。

她想到自己初到阮家的那天。

穿着校服的少年还带着点儿青涩的感觉，午后的阳光温和地打在他的身上。他转过头，眸子里的目光清澈无比。

望着强装镇定实则局促不安的她，他笑着伸出手，话语中带着温暖的善意："音音是吧？我是秦玦，别怕。"

…………

阮芷音刚转学时，是她最压抑的时候。

她收起所有棱角，小心翼翼地融入身边的生活。可每一句意有所指的议论声，都在她的耳中不停回放：土包子，乡巴佬。

有人同情她，也有人鄙夷她，但这都让她越发沉默。是少年的维护阻断了那些议论，让她如释重负。

…………

阮芷音第一次真切地感受到绝望，是在那间密不透风的器材室里。

她清晰地记得，器材室里的黑暗一点点将她吞噬，阴沉的冷意像是虫蚁钻进了骨缝里，连呼吸都变得急促。她快要失去希望时，是参加完比赛的他匆匆赶了回来。

秦玦这个名字，仿佛没有缺点。

他成绩优异，身份显贵，温和知礼，且从容自信。她觉得秦玦像是遥不可及的存在，是远在天边的星星。

然而曾经遥不可及的少年，后来折去骄傲的翅膀时，在纽约的地下室里紧紧抱着她——

"芷音，回国之后我们就结婚。"

阮芷音曾期待过回国后的生活。可那时的她并不知道，回国后两人的每一次争执，都会耗尽她所有的力气。

"芷音，你对菁菲的偏见太大了。"

“阿政说菁菲在事业上升期，需要些绯闻维持热度。芷音，你不用太在意。”

“菁菲出席活动的珠宝方出了差错，拍卖会上的那套首饰我拿给她了……芷音，你不爱戴首饰，那对你并没有多重要。”

“菁菲的助理说她被灌醉了，那个导演之前骚扰过她。芷音，我得过去一趟，情人节我们明天再补过好吗？”

“菁菲已经跟你解释过我们没什么，你为什么一定要咄咄逼人呢？”

“菁菲是你的表妹，她也很在意你们的关系，你一定要让我这么为难吗？”

“芷音，以前你不是这样的，究竟为什么你会变得这么刻薄？”

最后一次争执，是她在婚礼前夕得知秦玦居然将林哲安排进了秦氏。

那次争执她寸步不让，而秦玦……满眼都是对她的失望。

她的指节突然传来钝痛，回忆戛然而止，男人低沉的声音在耳边响起——

“阮芷音。”程越霖紧蹙眉峰，压低了声音道，“抬头，看着我。”

阮芷音回过神，应声抬眸，看见了对方漆黑的瞳仁，表情还是有些恍惚。

“你现在这个表情，比哭还难看。怎么？后悔了，还是认输了？”程越霖的话语不咸不淡，却隐隐透着股清冷的嘲讽。

璀璨精致的银色婚戒被人托举在旁，本该是新郎新娘交换对戒的时刻，然而程越霖握起她的手后，单手插兜停在了那里。

阮芷音纤细的指节上有浅浅的红痕，男人眼神淡漠地与她对视，幽深的眸底涌动着分辨不明的情绪。

她明白他话中的意思，如果她真的后悔了，这是最后能够反悔的时刻。

她可以抛下满场的宾客，抛掉之后的流言蜚语，头也不回地离开这儿——

像秦玦一样消失在婚礼上，同时她也在这场对局中认输。

程越霖此刻的表情就像在无声地问她：阮芷音，所以你会认输吗？

霎时间，她已经做好了决定。

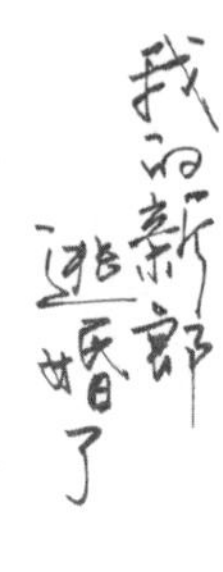

阮芷音深呼一口气，彻底安下神来。

她取过那枚银光闪烁的男戒，潋滟眸光中似有挑衅：“程越霖，你是来嘲讽我的吗？”

“你觉得呢？”

程越霖扬眉，眼看着她报复似的将那枚男戒狠狠推到了他手指的底部，又恢复成那副玩世不恭的闲散之态。

他瞥了眼自己手上的戒指，这才慢条斯理地取过女戒，低下头，缓缓地戴在了她的无名指上。

“阮嘤嘤，没听见汪鑫那傻子的话吗？我分明是牺牲了清白的名声。”顿了顿，然后他抬眸轻哂，“跑来抢亲了。”

“我都已经勉强当了新郎……”

“所以呢？”

“我很贵，你总得把戏演好点儿。”

像是为了印证这句话，下一秒，他俯身下来——

薄唇微凉，他吻在了她的嘴角。

他将温热的掌心扶在阮芷音的后脑，两人靠得太近，她的鼻尖萦绕着股清爽的松木香和缠绕其中淡不可闻的烟味。

…………

阮芷音微张眼眸，睫毛微微颤动，还未反应过来，他已起身抽离。

“请多指教，程太太。”

第二章
领证，才踏实

阮芷音醒来时，浑身酸软，仍未散去昨日的疲惫。

昨天的婚礼有些混乱，也的确累人。她的身体累，心更疲惫。

她穿着尖细高跟鞋挺直腰背站了半天，还要戴着优雅的面具同心思各异的人寒暄。

倒是程越霖，应付了一拨又一拨上前攀谈的宾客，未见一丝倦意。

婚礼结束后，程越霖有事回了公司。而她没回老宅，被他顺道送至她回国后买下的那套精装公寓里。

阮芷音的银行账户里并不缺钱，不提那些帮导师做对冲基金时赚的，求婚时秦玦还给了她 30% 的 T&D 股份，他仅留下 5% 的股份。虽是 B 股，丰厚的分红却是实打实的。

前两年，她陪秦玦创业虽辛苦，但他对她也算是体贴入微，生活尚有几分温馨。

这也是陷入争执的这大半年里，阮芷音仍未放弃这段感情的原因。她觉得，有些问题可以沟通解决。

但事实是她高估了他们的感情。

不过要是哪天林家人知道秦玦变相地在给她“打工”，表情怕是会丰富至极。

洗漱完毕，阮芷音走进厨房里随便熬了点儿粥，坐在餐厅里喝着，

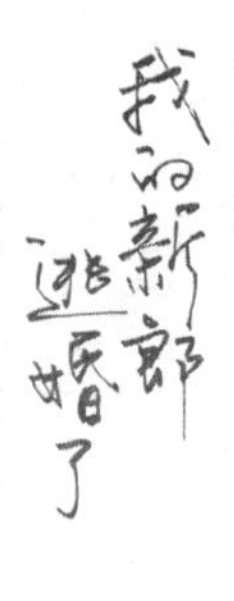

垫垫肚子。

等会儿要和程越霖回阮家吃饭，她显然还得应付麻烦，很容易坏了胃口。

粥喝了一半，桌上的手机响起。

她瞥了一眼，果然是林成打来的。

“音音，换新郎这么大的事，为什么不和家里商量？”

林成的语气是长辈特有的“关心”。

阮芷音轻笑着放下汤勺。

她心想，对方不等她回老宅就迫不及待地兴师问罪，也真是沉不住气。

“姑父这是什么话？我为什么换新郎，您不是最清楚吗？还是您觉得我不仅不该嫁进秦家，也不能嫁给程越霖，所以，”她扬眉，而后缓缓道，“恼羞成怒了？”

林成没想到她会直接把话摊开，停顿少顷，声音亦冷下来：“你觉得我会相信程越霖是不求回报地帮你？”

“的确不是，北城的项目会给霖恒。”

这一点阮芷音从未想过隐瞒。

“你疯了？”

林成是真惊讶，那可是阮氏这两年最大的项目。阮芷音也是因为拿到北城的项目才在阮氏有了话语权。

阮芷音神色平静地往粥里加了点儿糖，垂下眼眸开口：“竞标前，你就清楚阮氏的流动资金根本吃不下这项目。让我带团竞标，承诺竞标后项目归我，不就是打着无论如何我都会失败的算盘？

“既在爷爷面前显大度，又能等着我承认失败向你低头，再用北城项目的合作向严家卖好，可真是一石三鸟。”

林成商场上的眼光和能力一般，但钻营取巧的手段，他一向熟稔。

思及此，阮芷音淡笑：“项目是我拿到的，我自然有权决定。毕竟，程越霖现在是我丈夫，爷爷也会同意。”

算盘落空，林成略顿，隐隐咬牙：“你就不怕我告诉老爷子，他这孙女婿不是真心？”

“那你说，爷爷会不会因为心疼我被搅黄婚事，一气之下把所有股份给我？”阮芷音毫不退让。

到底是对她的话有所顾忌，林成缄默半晌，声音阴沉含嘲讽之意：“音音，这可不像你，姑父当年还真是看差了眼。”

当年阮芷音回来时，他也警惕过。

最后他觉得她不过是个性格乖闷的书呆子，不足为惧。林成没想到八年后会被这鹰啄了眼。

“过奖了，姑父。我这点儿能耐，不及你在爷爷面前的一半。”

她的姑姑阮玲芳，从小被捧在手心，性格单纯，不谙世事。当初她闹着要嫁林成，阮家二老还不太同意，但林成对阮老爷子像亲儿子般孝顺，二十年如一日。

后来老人上了年纪，儿女又都去了，只剩下林成这个女婿陪在跟前，多少有些动容。

论起在老爷子跟前的殷勤，她的确比不上林成。

十一点，才刚把身上的家居服换下，阮芷音就接到了程越霖的电话。

男人言简意赅：“下楼。”

阮芷音简单地收拾了下，坐电梯出了公寓。

那辆黑色锃亮的宾利静静地停在斜对面的树下，她几步走过去，却在车前犹豫地停住。

车窗降落，男人西装笔挺、神色淡漠地靠在后座上，修长的双腿自然地交叠，将净白的指节随意搭在中间。

程越霖微微抬眸。

经历了昨天那场风波，她倒像是恢复得很快，瞧上去虽疲惫了些，状态却尚可。

也对，从以前开始，她就冷静得过了头，而外人总是把这份冷静当成懦弱和温柔。

和她对视后，男人轻瞥旁边的座位：“上车。”

阮芷音抿唇，这才拉开车门坐到后排。

对方吩咐司机开车，随后便架起腿托闭目养神，眉眼间似有疲惫之色。

突然间宣布结婚，婚礼结束后，他又回公司和股东们开会到凌晨，才拟好结婚对霖恒产生影响的事项。

车内安静片晌，程越霖闭着眼，轻描淡写地开口——

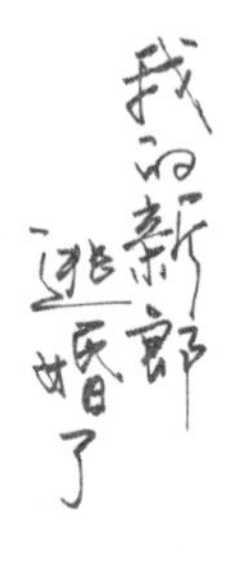

"想好说辞了？"

他问的，自然是这场婚事在阮老爷子那里的说法。

阮芷音点下头，默然垂眸："我和秦玦没有感情，之前同意结婚只是因为婚约。他喜欢林菁菲，而我……"

她微顿，才道："和你是真爱。"

秦玦和林菁菲共同留下一个烂摊子，她只有这么说，爷爷才不会急火攻心。

"哦？"程越霖漫不经心地掀了掀眼皮，眼眸里含着审视之意地望向她，"真爱？"

男人的嗓音低沉具有磁性，像是将其缠绕在舌尖细致反复地揣摩了一番。

阮芷音哽住，觉得这话确实引人遐想，柔声解释："你放心，没别的意思，只是在爷爷面前的说辞。"

可他挑下眉，轻哂地反问："我该放心？"

阮芷音抬眸，疑惑地看他。

"为什么找我？"程越霖已经换了个问题。

想到顾琳琅昨日列出的新郎标准，也为了等会儿在爷爷面前他能好好配合，阮芷音决定顺势夸赞他一番。

"你长得帅，又有钱，短短五年就把父亲留下的烂摊子发展成现在的霖恒，可见能力也出众。琳琅说，想嫁你的人从岚中排到A大，也就只比秦玦稍少些。"

虽然程越霖脾气差，但现在大家结婚也不追求处不处得好感情，还是有不少想嫁过去花他钱的人。

有钱花，狗脾气你忍忍就好。

她天花乱坠地夸了一通，谁知男人的注意力却只放在了她话的最后——

"稍少些？"

阮芷音以为他被激起了胜负欲，连忙安抚："你也别灰心，只要改改你……不太友善的性格，肯定能奋起反超。秦玦现在传绯闻，你洁身自好，在女人眼中肯定还有加分。"

"是吗，我这么好？"男人盯着她，眸光玩味。

阮芷音见他心情不错，跟着点头："当然，否则我也不会选你当新郎。"

他可是荣膺顾琳琅列出的备选新郎榜单排名第一的位置。

程越霖环臂看她，审视的目光在她的面上轻扫过，继而轻笑出声：“呵，那我就更不放心了。”

你不太放心，那你的居心何在？

阮芷音：“……”

“但你的眼光有很大的进步。”他继而赞赏。

阮芷音：“……”

宾利缓缓驶入城东别墅区，停在阮家老宅的庭院门口。

两人下车，司机拎着礼物候在一旁。

程越霖慢条斯理地跟着她，两人一前一后进了老宅。

他们刚进门，管家刘伯便迎上来。

他接过司机手中的礼物，然后向阮芷音恭敬地说道：“大小姐，季先生也来看老爷了。”

刘伯口中的季先生，是阮爷爷的养子季奕钧。他十二岁时被阮家收养，据说是故交之子，但也有传言说是私生子。

许是为了避嫌，季奕钧成年后便搬出阮家，只偶尔回来探望阮爷爷。阮芷音回阮家后见他的次数不多，并不算熟。

正想着，她便看见季奕钧踱步走下了楼。他已近四十的年纪，举手投足间的气质内敛成熟。

阮芷音礼貌地点头：“小叔。”

“嗯。”季奕钧淡淡应声，视线稍移，望向她身旁的人：“程总。”

程越霖同季奕钧握手，用漆黑的眸子含笑回视：“小叔不必客气，叫名字就好。”

季奕钧倒是未应，看向阮芷音：“阮叔刚醒，你带程总过去吧，我先走了。”

言罢，他冲程越霖微微颔首。

刚要离开，他又像突然想起什么，回首笑道：“差点儿忘了，祝你们新婚快乐！”

阮芷音这才记起，顾琳琅说过昨天季奕钧破例来了婚礼现场，只不过仪式结束后就走了。

不知为何，阮芷音觉得季奕钧和程越霖之间有股莫名的熟稔之感。但季奕钧和他们差着辈分，所以她也没听说两人有什么交集。

她的这个念头只是一转，便很快收起。

阮芷音领着程越霖上楼。

两个月前，阮爷爷突然查出肺癌晚期。因为上了年纪，医生委婉建议保守治疗，但众人都明白这话的意思。

阮爷爷倒看得很开，说他已活到耄耋之年，顶多遗憾孙女还没嫁人。于是，明知出现了矛盾，她和秦玦还是定下了婚期。

昨天的婚礼，阮芷音除了对秦玦失望，更多的是对林成和林菁菲丝毫不顾爷爷身体的愤怒。

毕竟医生曾嘱托过，老爷子情绪不能激动。

行至房门外，阮芷音刚要敲门，又忽然顿住，犹豫着收起纤细的指尖，转而轻轻扯住男人的袖口。

程越霖低头，视线落在她停于袖口的圆润指尖上，眸光中幽深似潭，随即平静地与她对视。

阮芷音松手，低声和他商量："你觉得……我们是不是该装作亲密些？"

"装作？"他挑眉，眼底眸光微转，"你想怎样？"

阮芷音抿唇，朝他伸出手。

她的素手纤细如葱，指甲晶莹剔透。

察觉到对方闲散中透着端量的眼神，她凝重地蹙眉，劝说道："虽然委屈了你，但戏总要演好，我也会尽量补偿你。昨天的婚礼上，你不也……？"

阮芷音本想说，昨天他也亲了自己，尽管只是嘴角。但她转念一想，那会儿自己心不在焉，他亲她不仅是主持人的要求，更是为帮她演戏，以防气氛僵持。

生意场上谁没个逢场作戏的时候？

可他连出席宴会都要带助理，可见多么排斥与异性肢体接触。

说到底，是她委屈了他。

于是她瞬间没了底气。

"我不也什么？"程越霖低垂眉眼，拖腔带调，略顿，又意有所指地讥诮，“不过，的确是委屈了。”

男人唇角漾出抹古怪的笑，像是不情不愿，但温热宽厚的手掌自然而然地握住了她的手，另一只手主动敲响门扉。

沙哑年迈的声音传来：“进来吧。”

二人开门，携手走了进去。

房间内，老人倚靠在床边。

面容沧桑憔悴，身子瘦弱，但还算有精神，他看到孙女后露出慈祥的笑容：“音音来啦？”

阮芷音点头，走到床前细心地将他身后的枕头扶好，而后向他介绍：“爷爷，这是程越霖，我们……刚结婚。”

阮爷爷垂眸，脸色稍沉：“我听刘伯说，秦玦——”

话没说完，他望着一旁的程越霖，叹口气，欲言又止。

阮芷音微缩掌心，继而展开笑颜，自然地赔罪：“爷爷，很抱歉，当初答应和秦玦结婚只是因为婚约，不想扫您和秦爷爷的颜面……我和秦玦没有感情。”

在众人眼中，她和秦玦确实是因为这份婚约被捆绑在了一起。至于国外的事，外人并不知道。

因之前反复做过心理建设，所以此刻的她从容淡定，将自己的那套“圆满”的说辞和盘托出。

提及“真爱”时，她还“温情脉脉”地望了眼身旁的男人，幸好对方还算配合。

“所以您不用担心我。还是说，您真的希望我被这份婚约困住一辈子？”

这番话刘伯已照阮芷音的吩咐，事先给阮爷爷讲过，但对方始终有所疑虑。

此刻见她神情轻松，眼眸含笑，老爷子将目光落在两人交握的双手上，喟叹一声，到底没再多说什么，招呼二人坐下。

“程先生是吧？你看起来有些面熟。”

程越霖对上老人端详的视线，轻声回：“家父是程逢生。”

阮爷爷回想几秒，默默点头。

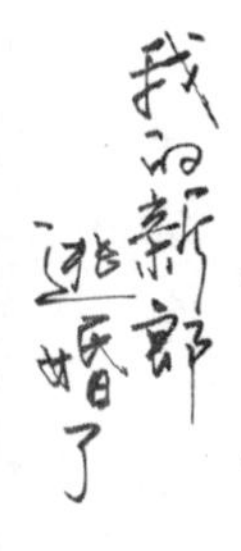

而后，他看向阮芷音，温声道："音音，去看看饭好了没？等会儿让刘伯上来叫我们。"

阮芷音知道爷爷说这话是想支开自己，但也无法拒绝。她只能暗地里给程越霖递了个眼神，然后起身出了房间。

谁知刚下楼，阮芷音就见到了林成。

让阮玲芳青睐的男人，自然长得不错。林成浓眉大眼，即便人到中年，也尚有几分儒雅成熟。

两人刚在电话中撕破脸面，林成这会儿倒舍了往日和蔼的模样，眼神阴鸷："音音，程总没陪你回来？"

"他在和爷爷说话。"阮芷音淡漠地回视，已然没了陪林成演戏的意思。

"呵，你这出戏倒演得好。"

到底是不甘心和严家的利益交换付诸东流，不过这是在老宅，他也不能真和老爷子心爱的孙女起争执。

视线落在阮芷音清秀艳丽的脸庞上，他思虑片刻，忽而道："音音，虽然没了秦家的婚事，但等你和程总离婚，姑父会给你另找门好婚事。林哲就很喜欢你，哪怕日后老爷子不在，我也会让他好好对你。"

林成对程越霖还算有几分了解。

父亲破产入狱，程越霖却在短短几年后翻身而起，手段狠戾，眼中只有利益。这种人，婚姻中的利益若是消失殆尽，那这段婚姻也就该到头了。

女人再美，也不会动摇足够狠心的男人。何况对方本就为利而来，想必从一开始也就和自己这外甥女定下了倒计时的截止时间。

林成对亡妻有些感情，若阮芷音安分，他也不会为难她。若能让她嫁给侄子也算全了情面。虽不是大富大贵，但他也会护上几分。

阮芷音知道，林成这是在警告她，等爷爷不在了，她能依靠的只有这个姑父。虽然他参与搅黄了她和秦家的婚事，但她还是要考虑清楚是否真的要和他作对。

"姑父，秦玦知道你在心里拿林哲和他相提并论吗？"阮芷音冷笑，然后压低了声音，"再者，林哲喜欢我什么？喜欢我当年捅了他一刀吗？"

这些年林哲见了她就怕得哆嗦，蒋安政总觉得林哲怕她不对劲。其实他的感觉没错，的确是不对劲。

林成听见她落尾的话，睁大双眼：“你……你当年是故意的！”

他以为阮芷音是婚事告吹才性情大变，根本没想到她年少伤人时说的梦游是假的。所以这么多年，她的确是故意装成了那副无害呆板的模样。

林哲当年虽然只是皮肉伤，但确实被阮芷音吓得不轻。只是林成也不好追究，生怕将事闹大，毕竟侄子理亏在先。

阮芷音面无表情地看着林成震惊的神色，觉得他不该这么惊讶才是。

社会福利院里长大的孩子，心思敏感，最善察言观色。院长妈妈对孩子们好，却不愿他们太过单纯。她是无依无靠的浮萍，察觉恶意，怎能不考虑自保？

可笑的是，当年被她捅刀的林哲，仅仅因为林菁菲的三言两语，就被秦玦安排了令人艳羡的工作，多么荒唐。

那天争吵时秦玦说她变得刻薄，或许不是假话。他只喜欢她的善良乖巧，而她不伪装，甚至不知道该怎样长大。

他的世界里尽是顺途，让她向往，也与她相斥。她尽力尝试靠近，却仍然失败。

阮芷音收起心底的情绪，不再与对方虚与委蛇，直接绕过他去了餐厅。

很快到了饭点，菜自然都已做好。她正想让刘伯去叫人，却见房门突然被打开，程越霖微微屈身，搀扶着阮爷爷下楼。

刚在客厅里坐下的林成，见状连忙迎了上去，将阮爷爷扶到餐桌主位上坐下。

饭菜被端上桌，其余几人相继落座。

阮爷爷看上去心情不错，憔悴的脸庞上也显出些许抖擞之色，笑呵呵地道：“今天是家宴，越霖也别拘束。”

“爷爷放心。”男人含笑应下。

阮芷音凝眸看向程越霖的侧脸，有些愕然，没想到他能耐着性子讨爷爷欢心。

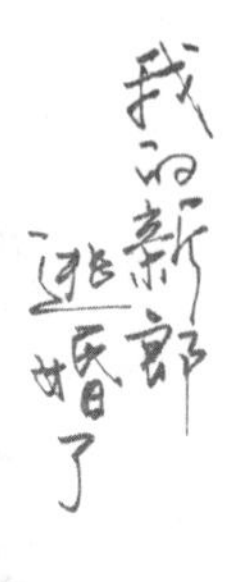

她忽然想到他是跟着他的爷爷长大，心下了然几分。虽然两人间是一场交易，但他远超期望地尽了责。

她就是不知道，他会不会趁机提出其他条件。

林成将这幕收入眼中，半晌，突然开口："爸，有件事要跟您商量下。"

"什么事？"阮爷爷看向林成。

"音音说，要把北城的项目给霖恒。这项目公司准备了这么久，说给就给，实在有些任性了，股东那儿可不好交代。"

林成话里话外，都是暗示阮芷音自作主张损害了阮氏利益。更甚之，他也在暗示程越霖结婚的动机。

阮爷爷稍做沉吟，却点头道："项目给了音音，越霖又是阮家的孙女婿。这个项目阮氏做太吃力，倒不如让给霖恒。"

林成面色微沉，没想到阮爷爷会是这个反应，半开玩笑道："爸，才见程总第一面，您就偏心到孙女婿身上了？"

阮爷爷皱眉，似有不悦。

程越霖放下筷子，然后抬眸，姿态懒散地向后轻靠了下，淡然地询问："是谁说霖恒要单独开发北城的项目？"

林成不知他话中的意思，愣怔片晌，下意识地看向他身旁的阮芷音。

程越霖顺着对方的视线转头，那双桃花眼酝酿出令人沉溺的温柔之色，嗓音却云淡风轻："原来音音这么……向着我。"

阮芷音："……"

男人蓄意加重音节，让她瞬间明白他的潜台词：戏，总要演好。

而后，他将目光对上林成，语气显得稀松平常："霖恒只参与前期开发投资，其余工作还是由阮氏全权来做。"

此话一出，众人皆是讶异。

程越霖这么说，就意味着他只会拿霖恒投资份额部分的收益。虽然阮氏出力多，但也解决了资金不足的困境。

他当然也不亏，但问题是，他为什么这么好心和阮氏分钱？

阮芷音看到爷爷满面欣慰之色，林成眼露狐疑暗自盘算，微哽少顷，神色自若地点头："对，他说的没错。"

不管程越霖还提了什么条件，但此刻送上门的好处，她会拒绝吗？

她当然不会。

岚桥市，机场大厅。

阵阵轰鸣声由远及近，航班缓缓降落。国内抵达的出口处，翟旭拎着文件包候在最前方。

向来面不改色的翟特助，此刻的表情却隐隐透出几分不平静。

直到熟悉的两道身影出现，翟旭快步向前，接过老板手中不多的行李。

岚桥不比北遥凉爽，秦玦此时只穿了件浅青色的衬衫，将西装随意搭在臂弯上。

那张清俊的脸上神色淡漠，他高视阔步地走出机场大厅，和蒋安政先后坐上停在出口不远处的黑色迈巴赫。

航班起飞时，天气不算太好，中途遭遇气流颠簸了一路。

秦玦这会儿轻揉着太阳穴，压下那点儿不适："先把公司要签的文件给我。"

翟旭松了口气，打开公文包将最上面的几份文件递去，小心打量老板的神态。

这些文件昨天都已发过电子版，秦玦不过简单翻看几眼，很快签完。

随后又重新交给翟旭，秦玦微顿了下，问道："她有没有联系你？"

他指的是谁，不言而喻。

翟旭面色陡然一紧，斟酌着回："阮小姐没有主动联系我。"

阮芷音的确没有主动联系他，但他主动联系过阮芷音。

秦母方蔚兰得知阮芷音昨天办的事，一大早便让翟旭通知阮小姐去见她。他拨通电话后，对方却语气冷淡——

"我和秦玦已经没关系了，或许秦夫人应该联系林菁菲。"

翟旭不敢转述这话，从沉浸的思绪中抽离，果然看见老板此刻紧蹙眉峰。

蒋安政打量着翟旭踌躇的模样，微抬下巴，笑道："怎么，难不成阮芷音那女人还真闹着要取消婚礼？"

秦玦觉得好友的话有些刺耳，眼神不满地望去，还未说话，便听到助理有些僵硬地开口："这倒没有。"

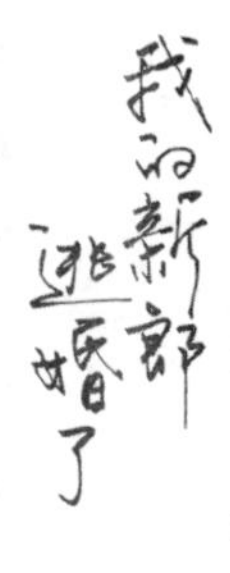

秦玦隐约松了口气。

阮芷音的手机一直打不通，他心中着急生怕她出事，只好打给顾琳琅。对方虽然态度不佳，但说阮芷音好得很，而后挂断电话。

这次是他有错在先，虽事出有因，但只要她不拿取消婚礼和分手这种话同他胡闹，他总会好好跟她道歉。

蒋安政听罢眼中却似有讥讽之色，忍不住在心里想，果然如此。

阮芷音昨天装模作样地跟秦玦说什么解除婚约，最后还不是默默咽下苦果，把话收了回去。

之后她还能不能和秦玦结婚，蒋安政不知道。但他很肯定的是，这场新郎逃婚的闹剧，注定不会消停。

翟旭一看两人的神情，就知道他们是误会了，咬咬牙道："阮小姐的确没有要取消婚礼，不过……"

秦玦见助理支吾其词，忍不住皱眉："不过什么？"

翟旭深呼吸给自己鼓了鼓劲，默念长痛不如短痛，将一长串话脱口而出——

"昨天的婚礼没有取消，但阮小姐当场换了个新郎！宾客去了大半，仪式也都没少，晚上婚礼结束，阮小姐就坐着新郎的宾利头也不回地走了。"

她理都没理匆忙赶去的他。

话音刚落，翟旭就看见往日还算温和的老板猛然握紧捏在眼镜边框的手。

几秒后，秦玦白皙修长的手指骨节凸起，下颌的线条紧紧绷着，腮帮似有微动，深沉如墨的眸子像是即将卷起狂风暴雨。

他死死地盯着翟旭，明明是大热天，声音却冷得像是寒冬的冰："你说什么？"

吃完午饭，阮芷音和程越霖走出阮家老宅。

阮芷音在爷爷和林成皆有些不同寻常的目光中，挽着程越霖上车，关了车门后，才松懈下来。

车刚开出别墅区，阮芷音正欲开口询问，转头却发现男人已经调了座椅的角度，袖扣散散地解开，倦怠地半躺着。

光线透过车帘打在男人挺直的鼻梁上，映出立体俊逸的轮廓。浑身疏淡的感觉散去，他眼皮闭着，呼吸安稳舒缓，像是睡着了。

她倏然想起刚来时，他眉眼间便显出疲乏之色，但刚才在老宅里精神焕发，原来是在强撑。

也对，举行婚礼忙碌了整天，她彻夜沉眠都尚且感到疲惫。这人昨晚还赶回公司处理事务，就是铁打的身子也撑不住。

于是阮芷音把想要说的话咽回去，想到回公寓的路途不近，便也躺下休憩。

谁知她一觉醒来，环顾四周却觉得很陌生。

睁眼时她尚有些许茫然，微皱眉心，开口问道："这是哪儿？"

"霖恒大厦的停车场。"

司机此时已经不在，男人静静地坐在旁边，见她醒来，遂开门下车。

阮芷音揉揉眼睛跟着下去，走了几米后问他："怎么来了霖恒？"

程越霖转头，定神瞧着她难得睡眼惺忪的迷糊娇态，而后散漫地勾唇，轻笑着反问："不是有话要问？走吧。"

接着他留给她一道背影。

阮芷音立马想到他在老宅时说的话，也不再多言，跟在他身后，坐专属电梯上了顶层总裁办公室。

霖恒的前身是程父创办的恒宇地产。

五年前恒宇破产，程父入狱，程越霖顷刻间从那个恣意妄为、意气风发的少爷变成了连学费的筹集都捉襟见肘的穷学生。

那时阮芷音出国不久，还是从别人口中得知的程家出了事。

她的心情说不出的复杂，毕竟他也算是自己的半个学生。整个高三，程越霖都在剥削她给他补课。

社会福利院的经历始终让阮芷音觉得上学很重要，回阮家后，她也一直资助社会福利院的孩子们上学。她到底还是不希望程越霖从 A 大退学，所以暗中托人帮他解决学费。

但对方猜出是她，不仅把钱退了回去，还让人捎了些不太好听的话给她。

阮芷音自然气程越霖不知好歹，这时还要耍少爷脾气。所幸，他并

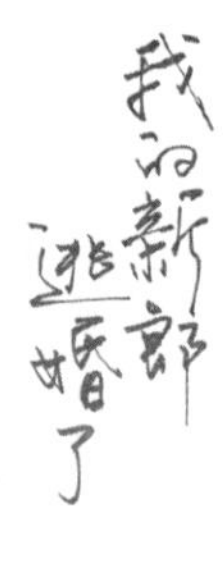

未任性到去退学，休学了一年，到底毕业了。

待到她决定回国时，他已经重新站回了顶点的位置，没让她看到一丁点儿的狼狈之态。

这些年霖恒除了最初的地产业务，还拓展了不少海内外的投资，涵盖了金融、科技，又慢慢开始融合实业进行发展。

程越霖行事果断，更有那么点儿锱铢必较的味道，以至于没什么人想和他作对。

整个顶层都没有其他员工，除了办公区和休息室，居然还有台球桌、影音室和室内高尔夫球场。相对于办公室，更像是大得吓人的公寓。

环顾了一圈，阮芷音忍不住感叹资本腐朽，这人也真是从不委屈自己。

程越霖姿态闲散，在宽大的办公桌后坐下。给自己倒水时，他还算好心地连带着给她也倒了一杯。

他将水杯递过来的同时，淡声开口："说吧，想问什么？"

阮芷音抿下唇，迎上对方的视线："为什么和阮氏合作？"

"你觉得呢？"

他漫不经心地与她对视，修长的指节有一下没一下地轻敲桌面，语气不咸不淡。

见他的态度有些吊儿郎当，阮芷音忍不住皱眉："我怎么会知道？"

"猜都不猜？"他轻声哂笑，片刻后，递来的视线耐人寻味，"阮嘤嘤，你也该有点儿耐心。没准我是对你情根深种，所以瞧林成不太顺眼呢？"

他说这话时神情认真，声音却有些懒散。他身子微微后靠，指腹缓缓摩挲着水杯，姿态放荡不羁。

"程总现在倒有耐心，还费工夫跟我开玩笑。"阮芷音忍不住轻笑，但并未放在心上，转而道，"那我换个问法，你需要我做什么？"

程越霖目光带着探究之意，在她的脸上停顿少顷，略微扬眉，而后收回视线，总算摆出了谈判的架势。

"北城的项目给了霖恒，但外人不知道，这是因为阮氏资金不足本就无法独立啃下这块肥肉。你不想自己辛苦得来的项目便宜林成，选择和我合作，但——

“如果林成打定主意抓着你不放，恐怕你在阮氏内部也不好收场。”

他的声音不紧不慢，将她面临的处境尽数列出，然后他停顿，挑眉看她——

“阮芷音，虽然林成大权在握，但你不会想把阮氏拱手相让吧？”

对方视线逼人，仿佛将她看得透彻，阮芷音吐了口气，反问：“所以呢？”

“这份协议你先看下，如果觉得条款有问题，也可以叫律师过来。”

程越霖慢条斯理地从保险柜中取出一份文件，推到了她面前。

见他终于露出目的，阮芷音取过文件打开，是份特殊的结婚协议。

默读几行后，她紧蹙秀眉，抬眸看他：“还要领证？”

合同的其他部分都算正常，例如婚姻存续期间双方需对外隐瞒协议存在，不可因蓄意出格的举动影响股价波动。

但唯有双方领证这条，让阮芷音有些不能接受，因为她并未考虑过这场短暂的婚姻还要领结婚证。

便是她和秦玦，也因秦母对婚前协议的苛刻要求，还未正式领证。

程越霖见她这般样子，轻扬眉尾，很是理所当然地开口：“现在不少人都知道我成了你的丈夫，这个条件可以有效保护我的合法权益。”

“什么合法权益？”

拜托，他们是假结婚，只要婚前将财产分割清楚，还能有什么权益不合法？

程越霖盯着她，眸光耐人寻味：“例如，如果某天你给我戴了绿帽，我可以从你身上获得不菲的金钱赔偿。”

阮芷音微哽，沉声道：“你可以放心，我不会。”

即便是假结婚，但这场交易是她提的，程越霖已经帮她瞒住了爷爷，她也不会做出丢程越霖脸面的事。

程越霖闻言轻哂，表情仿佛不太相信：“口说无凭，领证才踏实。”

被他明目张胆地质疑，阮芷音都快气笑了，终于忍不住反戗：“你就不怕自己先出轨，离婚时反被我分掉大半财产？”

程越霖倒没恼，只淡漠不语地静静看着她，脑中的潜台词仿佛是：像我这么优秀，有什么样的女人配让我出轨？

阮芷音叹息着扶额，总算跳过领证的争执，继续道：“那这一条合

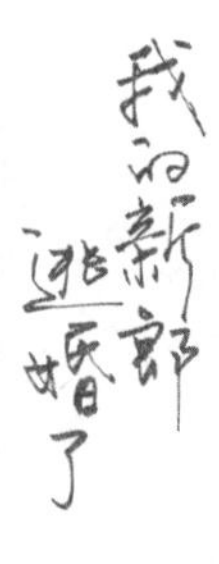

住的意思是……？”

“当然是字面上的意思。”程越霖云淡风轻地掸了掸衣摆，启声道，“你突然跟我求婚，昨晚我为平复董事们的情绪，承诺过这场婚姻不会影响公司股价。所以婚姻存续期间，你有义务和我扮演一对恩爱的夫妻。”

而恩爱的夫妻不可能分居。

这未尽之意，听起来似乎很有道理。

阮芷音理智上被他说服，可情感上还是有些不快。

她顿了顿，抬眸看他：“既然知道霖恒的董事们反对，你当时可以拒绝，我又不只有……”她把那句“我又不只有你一个选择”没有说出口。

没办法，最后半句她实在说不出口。

她不像程越霖这么不要脸，对方已经配合她做完了一切，现在如果她说这些，显得她有些过河拆桥的意思。

“呵，不只有我？阮芷音，我倒不知道你还有其他备胎？”程越霖眸光暗淡，像是抓住了什么证据，冷笑着质疑，“就这样，你还敢说自己不会出轨？”

他也在心里默念：那我就更有必要通过法律手段来保证我的合法权益了。

阮芷音瞬间哑然，开始思索。

除了领证和合住，这份合同并无太过分的要求。一年的离婚日期标得很明确，她还白得了北城项目的合作。

想到程越霖在老宅帮忙瞒过了爷爷，她终究妥协了，长舒口气：“好，我签。”

钢笔就在旁边，不过片刻，两份协议的空白处便已被双方签署了名字。

程越霖拿起协议看了一眼，将其中一份递给阮芷音，而后起身，取过了挂在衣架上的外套，淡淡道：“走吧。”

阮芷音目露不解之色：“去哪儿？”

程越霖含笑回视，言简意赅：“民政局，领证。”

阮芷音：“……”

那么，他早上提醒自己下楼时记得带上身份证、户口簿，就是为了这件事？亏她还认为自己在老宅时委屈了对方。

他倒好，从清早打那通电话时，就谋划好了要利用自己后续的那份愧疚之情在协议上妥协！

她再回到公寓时，已是晚上七点。

阮芷音拖着在民政局排队后的疲惫身子，心情复杂地输入密码，开门。

换过鞋后，她习惯性地起身往里走。可没走几步，她身子突然顿住——

阮芷音意识到，客厅的灯开着。

熟悉的身影此刻就站在落地窗前。

对方缓缓转身，惯来温和的眉眼隐隐透着肃然之色，干净清亮的声音是从未有过的冰冷感——

“芷音，你是不是应该解释下，为什么程越霖会送你回家？”

只是愣怔瞬息，阮芷音就恢复正常。

她行至沙发上坐下，并未看秦玦，平静地道：“想必翟旭都跟你说了吧？”

婚礼结束时阮芷音看见了翟旭，后来还接到对方的电话说秦母方蔚兰约她见面。

翟旭是秦玦的特助，工作认真，事无巨细，所以秦玦肯定已经知道发生了什么。

“我要听你亲口说。”

秦玦踱步走到她面前站定，居高临下地看着她，一副诘问的姿态。

阮芷音抬眸，静默着与他对视几秒，突然笑了：“说什么呢？你逃了婚，我换了新郎？乍听上去是不是挺公平？”

她过于随意的态度不知触到了男人哪点，秦玦紧蹙眉峰，语气微沉：“芷音，即便是电话里，我也是说婚礼要延期。”

——而不是他要取消婚礼。

“延期？秦玦，逃婚的是你，在婚礼当天和林菁菲闹上热搜的也是你！你有什么资格跟我提延期？你配吗？”

身边的人都觉得阮芷音温柔，她也习惯了调节情绪，不喜欢无意义的争执。但她并不是完全没有脾气。

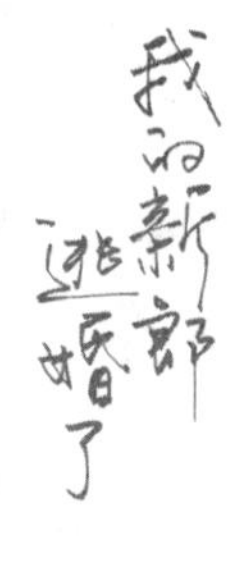

短短两天，她既要应付宾客还要担心爷爷，筋疲力尽。她竭力压制因秦玦逃婚而产生的怒气，但此刻面对他的逼问，她忍不住了。

凭什么逃婚在先的他却比自己有底气？

秦玦从未见过她这样发脾气，皱起的剑眉又舒开，觉得她有怒气总好过对他疏离。

得知她和程越霖举行婚礼，他的确一时无法接受，毕竟没人能在爱人嫁给别人时还能保持冷静，尽管只是假的。

但静待的时间里秦玦想了很多，明白这是她处于那种情形下的无奈之举。追根究底，是他意外缺席导致了那种局面。

他们的婚礼不代表什么，想必是场互相索取的交易。

对方提的要求，自己会替她解决。局面虽然棘手了些，但他会善后，补给她一场更好的婚礼。

想到这儿，秦玦舒缓了语气，伸手扶上她的肩膀："芷音，很抱歉，飞机延误是我没料到。当时事出有因，菁菲她——"

"够了！"阮芷音猛然拍开他的手，声音冷淡，"我没兴趣再听你和她的事，我们已经分手了，也没有关系了。"

当他提及林菁菲时，阮芷音条件反射地觉得她又要被拖进往日那令人窒息的争执氛围里，好不容易逃脱，绝不想再面对。

阮芷音舒了口气，不再看他："你可以走了，密码我会换掉，不过我更希望你以后别再过来。"

这话说完，她才想到自己没几天就要搬家，其实秦玦过不过来都不必烦心。

被下逐客令，秦玦脸色不佳。

但以他的教养也做不出过激的事，秦玦只是皱着眉僵硬地道："那等情绪都平复了，我们再来谈。"

随后，他便转身径直离开。

关门声很快传来，阮芷音思绪却还停留在他最后那句话里。

呵，又是这句。

他们的性格都较温和，每次说是争执，其实最后都会归于沉默。以至于时间久了，秦玦总觉得这样便能解决问题。

然而，这怎么可能？

偌大的会所包间里，歌声慢慢。

十几个男男女女凑在一起，正聊天调侃，有些是岚桥有名有姓的富二代，还有些是秦氏娱乐旗下的艺人。

而秦玦默不作声地独坐在一旁，面色冷峻，浑身散发着生人勿近的气息。

他很少参加这样的局，今天是被蒋安政硬拉来的，说是这个局专门为他而组。

那边蒋安政刚跟人干了杯酒，犹豫片刻，还是走过来劝慰消沉的好友："阿玦，你也别想了。阮芷音别的不说，倒是真喜欢你，怎么可能嫁给别人？"

不是蒋安政帮阮芷音说好话，而是她对秦玦的确很好。且就连秦母方蔚兰那么苛刻的人，都挑不出阮芷音的毛病。

从翟旭那里听说阮芷音和程越霖办了婚礼后，蒋安政足足消化了两天，才堪堪接受这个事实。

他没料到阮芷音竟然真敢换新郎，这么做虽保得住颜面，但也在秦家落了下风，她再想嫁秦玦势必会面临更大阻力。

为化解秦家众人对阮芷音的不满，秦玦这些天都忙着安抚秦家人的情绪，甚至为阮芷音在二房那儿做了不小的让步。

难不成阮芷音是气秦玦逃婚，又仗着秦玦喜欢她，故意给他找麻烦吗?

不过更让蒋安政不可置信的，还是程越霖这种人居然愿意当个假新郎，给阮芷音撑面子。

想到这儿，蒋安政看向缄默不语的秦玦："程越霖那是什么人？严明锋为给他赔罪找了个大美人，他愣是让助理把人扔了出去。王曦薇有家世有相貌，王家殷勤暗示几年，他也是理都不理。"

程越霖落魄那几年背了一身债，没少被人踩，后来就变得像个唯利是图的疯子。

他们和这样的人扯上关系，不见得是什么好事，更别说程越霖和阮芷音的关系本来就差。

到底不希望秦玦为了阮芷音和程越霖大动干戈，蒋安政又道——

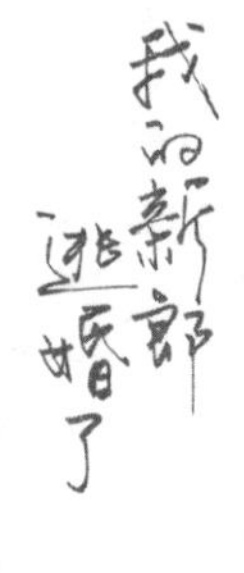

“林叔不也说，他是为北城的项目才当的新郎？给就给了，你好好哄哄阮芷音，她那么爱你，再生气也该心软了。”

蒋安政磨了半天嘴皮子，秦玦最后却只应了一声：“嗯。”

倒是方才走过来的房纬锐，这时突然摇着头开口：“阿玦，你这次太过了，恐怕没那么好收场。”

婚礼当天新郎逃婚，秦玦可不是闹得太过了？房纬锐要是敢这么做，顾琳琅那个暴脾气没准都敢朝着他的脸泼硫酸。

蒋安政听罢忍不住开腔：“锐哥，也不能这么说，菲菲是因为阿玦才被人袭击，他总不能坐视不理。”

虽然林菁菲受伤不重，但受秦玦连累是事实。对方见不着秦玦，知道林菁菲和秦玦的绯闻后，就盯上了她。

“闹上热搜也是被他连累？”房纬锐意味不明地轻笑。

蒋安政顿了顿，道：“菲菲在上升期，现在澄清绯闻对她影响不好。而且她也说和阿玦只是朋友，媒体蹭流量瞎写，她没法控制不是？”

房纬锐比他们大两岁，蒋安政以往对他也是敬重的。但自从房纬锐和顾琳琅结婚后，他总觉得对方偏向帮阮芷音，分明林菁菲才是那个和他们从小一起长大的人。

房纬锐听罢，转头看向秦玦：“她控制不了，阿玦，那你呢？”

秦玦揉着眉心，垂眸道：“我跟芷音解释过几次，后面她也没再提，那只是没有意义的绯闻。”

他是真的不相信自己和阮芷音的感情会因为几则莫须有的绯闻而出现问题。

“阿玦，你还喜欢菁菲吗？”房纬锐终于选择直击要害。

秦玦下意识地皱眉，话也脱口而出：“怎么可能？菁菲在我眼里和秦湘一样。”

房纬锐笑着看他：“可你们交往过，谁都知道你对她一往情深，包括我。”

“那是因为——”

他话说一半，便被打断。

“锐哥，你也在啊？嫂子终于肯放你晚上出门了？”

林菁菲风尘仆仆地进来，身上还穿着晚上参加活动走红毯时的礼服。她含笑同房纬锐打过招呼，才去看旁边的秦玦。

“阿玦，你跟表姐和好了吗？”

秦玦没说话，面无表情地喝了口酒，而后默然摇头。

林菁菲轻撇秀眉，善解人意地道：“实在不行，我帮你去和表姐解释？”

她话说得熟稔，显然这事已经不是第一次做了。

秦玦叹口气，最后还是摇头：“她在气头上，再说吧。”

“那好。”

林菁菲笑着应下，然后在秦玦身旁落座，又去和蒋安政说话。

他们这里虽然清静，但包间里还有不少秦氏娱乐的艺人，此刻正向他们望过来，视线中纷纷藏着探究之意。

片刻后，有的人忍不住掏出手机，给圈内的朋友再次盖章：“猜我看到啥了？林菁菲正偎着秦氏太子爷喝酒。”

林菁菲倚靠在沙发上，远远将众人的表情收入眼中，放下酒杯，下意识地瞥了眼握在手中的手机。

另一边，阮芷音刚洗完澡。

她吹干头发，终于带着收拾了一天东西后的疲惫感躺倒在床上。

原本还算宽敞的卧室里，此刻堆满了打包好的箱子，显得有些拥挤。

白天时，阮芷音曾尝试着把箱子全部拖到客厅里，可是东西实在太多，最终还是只拖了一半的箱子。

算了，既然程越霖指定了她明天搬家，总不会无耻到让她搬行李吧？

没准还真有可能。

想到这儿，她拿过床头的手机，决定还是先预约个搬家公司以防万一。

她记得叶妍初之前毕业租房时曾跟她吐槽过，还说起找的搬家公司很不错。

手机屏幕亮起，阮芷音打开微信想去翻找聊天记录，却发现联系人的最上方静静躺着一条消息。

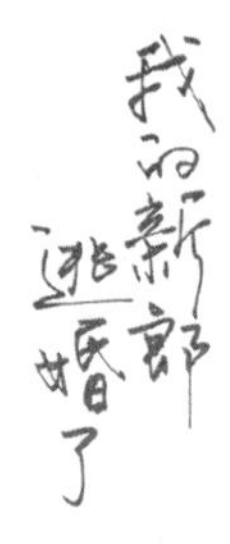

——是林菁菲发来的消息。

对方发过来的是条链接，阮芷音要点进去才能看到照片。

画面很是香艳，秦玦环抱着林菁菲，闭眼躺在她公寓的那张床上。两人衣衫凌乱，昏暗的灯光更添暧昧之意。

这个场景十分引人遐想。

阮芷音截了张图，再点击链接时，果然已经变成普通的广告页面。

即便她保存了照片，也无法证明这张照片是林菁菲发的。毕竟，她发来的只是一则“广告”。而对这张照片，林菁菲肯定也有其他的解释。

即使看到了这样的照片，阮芷音也并不认为秦玦真和林菁菲上了床。她清楚地知道，这是林菁菲要的手段。

只是两人感情出问题，她该解决的不是另一个女人，而是这个男人。如果一段感情沦落到需要女人去解决女人，那不如早点儿结束。

秦玦这个人算是有些固执，就算林菁菲真设套骗他上床，也不会得到她想要的结果，相反还会被他彻底疏远。所以她才会用这种手段，让自己主动离开秦玦。

从结果看，林菁菲算是成功了。

但她不知道，阮芷音从来都相信秦玦并未真的出轨。选择分手，只是因为秦玦应对此事的态度让她失望，沟通无果，感情消失殆尽后，阮芷音终究放弃了这个男人。

这个决定，与误会无关。

和秦玦这些年的相处，阮芷音并不后悔。如果没有秦玦，她不会是现在的她。

她回阮家后，林家人不是没尝试过把她带入歧途。她虽敏感地察觉出林家人的恶意，但也曾对自己的人生方向感到过迷茫。

每个人都有自身背景下所谓的正路，她却因为环境的骤然改变处于混乱之中。好在周遭的声音和理智的判断为她指明了方向，让长辈和老师赞不绝口的秦玦成为她的目标。

秦玦不算完美的恋人，但绝对是优秀的榜样。一开始，他更像是一个符号，阮芷音想考出满分的人生，而秦玦似乎是标准答案。

外人只觉得她喜欢秦玦，可阮芷音最初追随秦玦的动机并非爱情，只是周围人的冷嘲热讽和少年那份善意的维护逐渐让她动了心。

一个人极度缺少什么时，会很容易把它看得珍贵。那时她缺少别人对她直白的善意，所以喜欢上了秦玦。对方使她成为现在的她，而她也在这份感情中竭尽所能地努力过。

对这段经历，阮芷音并不后悔。

一个人在交往时认真投入和付出过，就算感情消失殆尽，也不至于对过往心生委屈，要死要活。

只是，她不会再回头。

阮芷音正想着，微信提醒的声音突然打断了她的思绪。

叶妍初："天哪！我才加班几天？你和程越霖怎么就领证加同居了？！我还想周末约你逛街，住你那儿，你抛弃我了……"

叶妍初刚毕业，目前在一家科技公司当法务，加班加得暗无天日，婚礼过后她们就没再联系过。

想到周末没事，阮芷音打字回复："逛街可以，婚假正好休到这周末。"

回国这半年，她每逢周末总要陪秦母参加太太们的宴会交际。

方蔚兰不喜欢阮芷音把大半心思放在公司，不止一次暗示她没必要掺和阮氏的纠纷，当好秦太太就没人敢怠慢。

阮芷音忽略好友许久，以后总算可以匀出时间消遣。

叶妍初："周末见，上班族的生活太惨，我要把加班奖金全部花掉！"

翌日，天气大好，阳光明媚和煦。

阮芷音才刚吃过早餐，便听见了门铃的清脆响声。

她走到门口开了门，来人模样斯文，面色恭谨，穿一身挺括的西装，身后站着两名壮硕的男人。

白特助含笑开口："太太，我是程总的助理，上来帮您搬家。"

白博跟了程越霖多年，前几日得知老板突然结婚，内心震惊不已。

毕竟，这些年他帮忙处理的"桃花"太多，甚至一度怀疑老板是否

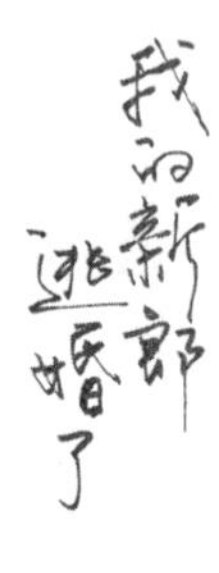

不喜欢女人。

他看见眼前即便不施粉黛依旧明艳动人的女子，总算打消原来的猜测。

合着老板是眼光太高了，这才瞧不上其他人，于是他的心中越发涌起些恭敬之意。

“进来吧。”愣怔须臾，阮芷音朝白博点头，侧身让开，“东西都收拾好了，有些箱子在客厅里，有些堆在卧室里。”

幸好程越霖这家伙还算好心，昨天她才知道叶妍初之前找的那家搬家公司需要提前两日预约。

阮芷音指着客厅和卧室里的箱子交代，带他们简单将这些东西扫过一遍。

白特助将她的叮嘱仔细记下，便点头请她先下楼，自己留在上面指挥人搬家。

宾利停在上次的位置。

阮芷音倒没想到程越霖会亲自来接她搬家，她直接打开车门坐上后座，男人正靠在座位上翻看着文件。

他神情专注地盯着笔记本，并没有抬头，直到阮芷音将东西递过去时才侧过身，姿态散漫地挑眉：“这是什么？”

“早餐做多了，你不吃的话，我等下拿给白助理。”

在社会福利院时，阮芷音经常帮院长妈妈做饭。她喜欢做饭，更喜欢做饭时放空自己。

做早餐时，她突然记起程越霖高中时好像经常不吃早饭，每次胃痛时总爱板着张脸，搞得没人敢靠近他。

或许是感叹着他最近大发善心帮了自己，于是鬼使神差，她用剩下的半个西红柿多做了份三明治。

程越霖听罢，没有多说什么。他接过她手中的袋子放在一旁，此时的心情瞧着还算不错。

宾利缓缓驶入嘉恒贡苑，在一座僻静的独栋别墅前停下。

这片区域是霖恒开发的豪华住宅区，位置靠近岚江，可谓是寸土寸金。

而别墅里边的装修更为奢华，布局错落有致，只是看起来没有什么人气。

程越霖领着阮芷音进门，上楼后伸手给她指了指："你的房间。"

阮芷音略略看了眼，应道："嗯。"

程越霖盯着她的模样淡淡地笑了一下，然后又带她大致逛了一圈，回到客厅后点开了门上的智能锁，道："过来，录个指纹。"

"指纹锁可以打开别墅所有的房间，这两天我不在家，你先自己熟悉熟悉。"

阮芷音这才看到客厅里的行李箱，讶异地抬头："你要出差？"

"嗯。"

男人随意地点头，表情淡然，似乎没有报备行程的意思，阮芷音识趣地不再多问。

紧接着，她颇为体贴地开口："其实你要是忙，我也不一定要今天搬过来。"

"怎么，不想搬？"程越霖意味不明地笑了一声，双手插兜，眼神散漫地看向她，"难不成，你还想等秦玦再找上门？"

阮芷音张了张嘴，微微蹙眉："你怎么会知道？"

程越霖慢慢走近，在她面前站定，扬眉道："真是不巧，那天送你回去后，我晚走了五分钟。"说完顿了少顷，他勾了勾唇，"又很不巧，五分钟后正好看到秦玦下楼。"

阮芷音觉得他的视线过于逼人，不免讪笑："那可……真巧。"

不知怎的，她总觉得程越霖此刻的眼神像是在捉奸。联想到上次他那番合法权益的言辞，她没来由地一阵心虚。

程越霖打量着她的神情，到底没过多地纠结在这一话题上，转而道："这边不常住人，如果还缺了什么，可以去买。"

言罢他掏出钱包，递给阮芷音一张卡。

阮芷音没有去接，婉拒道："没关系，我有钱。"

程越霖轻笑着挑眉，不咸不淡地开口："阮嘤嘤，我可不想降低自己的生活水准，懂吗？"

他的言下之意，就是你或许是有钱，但恐怕还是没有我有钱。

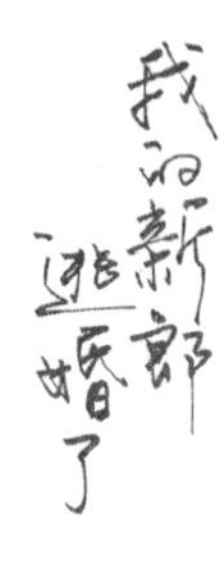

阮芷音只能接过了那张烫手的卡。

折腾了两小时，阮芷音终于搬完了家。

程越霖这才和白博一起坐上了车，双双前往机场。

出差的行程是早就定好的，并没有因为这场突如其来的婚礼改变。

幽静舒适的VIP候机室里，自助餐点琳琅满目。

白博端着选好的精致餐点走来，却惊讶地看到自家老板居然正吃着一份普普通通的三明治。

据他所知，老板可是不怎么吃早饭的。程越霖这个人执拗得很，又最烦别人唠叨，就连跟随他多年的白博，劝他的话都不敢超过两句。

许是瞥见了助理那难以置信的表情，程越霖侧目过来，指了指手上的三明治，挑了挑眉："怕我饿，懂吗？"

素来能言善辩的白特助，此刻却因老板眼神中的炫耀之意被憋成了哑巴。

不过，对方显然也没想听他回应，叹息后，轻轻摇头——

"没办法，结婚哪……"他停顿，然后轻哂，拖长腔调道，"就是麻烦。"

阮芷音本以为搬家后的生活会难以适应，但程越霖的出差，着实让她减轻了不少因搬家而产生的不自在。

转眼到了周末，叶妍初终于迎来假期，约阮芷音出门逛街。

谁知一大清早她又苦兮兮地说要回公司赶份文件，直到中午才忙完。

阮芷音开车到了她公司楼下，亮色的保时捷Macan颇为惹眼，路人纷纷侧目，这辆车还是爷爷当初给她买的毕业礼物。

没多久，纤细的身影小跑着从耸立的大楼里出来，像是在被人追赶似的。

才刚上车，叶妍初就急切地开口："快走快走，免得等会儿又被叫回去。"

阮芷音笑笑，觉得现在的她倒和自己刚跟导师做项目时差不多。

于是她发动车子，很快驶上马路。

远离公司后，叶妍初才放松下来，饶有兴致地转头：“快跟我说说，你和程越霖怎么就领证同居了？”

换新郎的事，阮芷音没有隐瞒顾琳琅和叶妍初。现在和程越霖的那份婚姻协议，她自然也没有必要隐瞒二人。

寥寥几句，她很快便将前因后果说完。

叶妍初了然地点头：“程越霖虽然性格傲慢，但没有他，杨雪那几个人也不会被退学。能和他改善下关系，也是好事。”

岚中是岚桥最好的中学，历年的高考状元都出自这里。里面的学生泾渭分明地分成两拨，成绩好的和够有钱的。

叶妍初是阮芷音的高中学妹，比她小两届，那会儿还在初中部。她之所以认识叶妍初，还是因为刚转学时，凑巧从杨雪在内的几个女生手中解救了对方。

程越霖那会儿名声也大，秦玦出名是因为成绩优异、比赛总得奖，他却是因为逃课、打架被通报批评。如果不是程父给足了赞助费，他恐怕早被退学了。

要说他还做过什么好事，也就是想办法让学校开除了当初欺负过叶妍初，又连带着记恨上阮芷音的杨雪几人。

当然这也得怪杨雪自己设计惹到了他，不过他也算间接匡扶正义了。

想到这儿，阮芷音笑了笑，回道：“放心，从某种程度上讲，我和他现在是利益共同体，会尽量好好相处的。”

现在的程越霖依旧恣意妄为、态度傲慢，但相对于八年前的他，倒是好了不少。其实高三后期，她和程越霖的关系也曾有过缓和。

“对了，上次他找的伴郎还是我们公司外聘的法律顾问，只比你们低一届，你说巧不巧？”

“傅琛远？”阮芷音搜索了下记忆中的人，点头道，“他虽然低一届，但当年在竞赛班时很出色，后来好像也去了 A 大。”

如果说程越霖休学一年后回了 A 大读书，应该正巧和傅琛远成了同学。

程家树倒猢狲散，后面程越霖背负着程父留下的麻烦创业时，听说身边只剩下了钱梵和傅琛远。

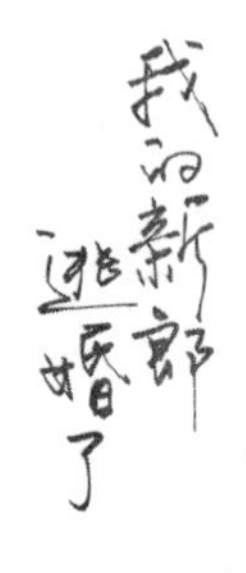

说话间，车子已经开进了隆兴广场的停车场里。

隆兴广场坐落于岚桥最繁华的商业步行街上，是家奢华的购物中心，入驻的品牌皆属高端品牌。

阮芷音领着叶妍初上了五楼，这层消费偏高，但人少，服务也周到。

眼见着电梯停在五楼，叶妍初连忙阻拦："音音，虽然我想掏空奖金，但就算我掏空奖金，也没法在这层消费啊。"

阮芷音对上她小心翼翼的神情，含笑摇头："我之前一直在忙，想着今天来给你买入职礼物。想要什么都可以开口，不必给我省钱。"

回国后她很少逛街，秦母买东西都是由店员直接送上门，还总喊她去帮着选款式。她没时间和好友见面，心里也有愧疚之情。

"听你这口气，我感觉自己像被包养了。"叶妍初被她一句话说得飘乎乎的。

阮芷音领她走进一家店内，选了几件衣服递过去，秀眉微挑，大方地道："放心吧，我有的是钱，也算秦玦还给我的。花他的钱，难道你还心疼？"

秦玦创业时被秦家断了所有经济人脉，她当初把所有积蓄给了秦玦，后来他回以她30%的T&D的B股股份。这笔钱，她拿得并不亏心。

现在秦玦回国继承家业，但以他的性子，也不可能把这些股份要回。即便是要，他也肯定会按股价回购。

她以前给秦家人买的礼物也不少，不过花在叶妍初身上，自然比花在秦家人身上让她开心。

叶妍初现在对秦玦深恶痛绝，听罢总算不再推托，走进了试衣间里。

她皮肤柔腻白皙，身材纤细。

她一连试了几件，阮芷音都觉得赏心悦目，挥手让店员开单。

而叶妍初此时指着店员拿在手中的一件裙子，朝阮芷音道："这件裙子好美啊，我撑不起来，音音你去试试。"

她说的是店员刚取出的一件裙子，蓝白相间的薄纱上点缀着碎钻，确实很漂亮。

只是叶妍初话音刚落，身后突然出现了另一道女声："拿下这件的最小码。"

阮芷音抬眸望去，站在叶妍初身后的那两个人倒不陌生，正是王曦薇和戴着副墨镜的林菁菲。

刚跟店员说话的王曦薇，这会儿瞥见阮芷音后，神色冷淡了几分："阮小姐倒是不常见着。"

阮芷音不奇怪对方的态度。

王家想靠联姻和程越霖冰释前嫌，王曦薇和林菁菲关系好不说，又见她阴错阳差嫁给程越霖，怕是快怄死了。

"表姐，好久不见。"

林菁菲自然地和阮芷音打招呼，盈盈双眸隐藏在墨镜后，但在外人看来，两人仿佛真是关系不错的表姐妹。

旁边的店员斟酌一会儿，开口道："不好意思阮小姐，这是限量款，店里只有一件，要满一定的消费额后才能配货购买。"

虽然阮芷音刚才出手大方，但王小姐是店里的常客，而且这款是最新季限量款，全球都没几件，店长费了好大劲才从总部拿到，所以确实要消费满额才能配货。

当然，更重要的是，即便林菁菲现在戴着墨镜，店员也认出了对方的身份。

之前的绯闻闹得沸沸扬扬，这位林小姐背靠秦氏太子爷，更加不能得罪。

"阮小姐，真是不巧了。"王曦薇笑了笑，似是有些惋惜之意，"菁菲明天有开机发布会，你别介意。"

她的意思是，这件裙子阮芷音得让给林菁菲。

林菁菲自从进了娱乐圈，走红毯的穿着都是一线品牌当季的高定，即便是发布会，也都是奢华的限量款，更不必说首饰了。

阮家家风清俭，阮爷爷更不喜小辈奢侈，所以零花钱虽然固定但不多。林成还供不起女儿这般行头，但秦玦可以。

林菁菲才刚签了梁导的电影，势头正劲，发布会自然也得是一贯的艳压通稿。

叶妍初听到王曦薇的话，顿时皱下眉，冷冷地道："王曦薇，买东

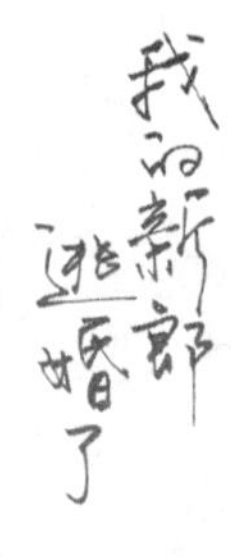

西总要有个先来后到吧？”

“叶小姐说得对，是得有先来后到。然而后来的偏偏占巧，好在总有还回来的时候。”王曦薇含笑回视，面上却隐含嘲讽之色。

她表面是说裙子，实际却是暗讽阮芷音才是秦玦后来的未婚妻，或许也是想说阮芷音这个后来者使手段嫁了程越霖。

然而秦玦最后还是为林菁菲逃婚，程越霖也不会一直让她当这个程太太。

原本一件裙子也不必动什么干戈，但此刻，阮芷音偏偏不想让了。

她看向一旁的店员，淡淡地道：“我记得，你们家有 VIP 顺位？”

“是的，阮小姐。”店员听到她的话，这会儿倒很有眼色地点头。

总部确实规定，旗下限量款优先按照累计消费排序的VIP顺位购买。对方既然能开这个口，显然不会是无的放矢，店员的态度登时更为周到了几分。

阮芷音敛眸：“那查查吧。”

她平日里没有太大的购物欲，但在国外时也曾应付宴请交际，在这家定过十几套高定礼服和首饰。

高定的周期偏长，但价格是店售款的许多倍，尤其是那几套价格不菲的首饰。

片晌后，店员又走了回来，取过先前那件裙子，热情地看向阮芷音：“阮小姐，您要先去试试吗？”

阮芷音摇了摇头：“不用，码数合适，和之前那几件一起包起来。”

她转手去掏钱包，这才发现，自己居然只带了程越霖的那张卡。尴尬地迟疑一秒，她到底不想出糗，还是把卡递了出去。

还好程越霖这张卡的额度够刷。

罢了，等回头她再把钱转给他。

王曦薇并不傻，自然猜到是阮芷音的消费额让店员改变了态度。只是她不知道阮芷音哪儿来这么多钱？难不成她是借用了别人的名头？

秦玦不喜欢阮芷音，天价拍的珠宝转头便给了林菁菲，却从未见他给阮芷音拍过什么，更遑论让她这么奢侈地消费。

她买的这件裙子，价格可接近七位数。

王曦薇表情略显僵硬，低声朝林菁菲道：“你这表姐倒会打肿脸充胖子的。”

“好了，本来就没必要去争，只是一件裙子。”林菁菲无所谓地笑笑。

她确实没王曦薇那么介意，毕竟自己不缺裙子。方才是王曦薇想要借机下阮芷音的面子，她虽没阻止，却也未参与。

眼见阮芷音和叶妍初准备离去，林菁菲这才走出两步，叫住了阮芷音。

她摘下墨镜，微笑着望向对方："表姐，结婚不是小事，希望你别冲动。程总能帮你一次，不见得能帮第二次。你我都知道程越霖为什么娶你，就算他在北城的项目让步，也不会一直帮你。像是梁导的新戏，霖恒不也投资了吗？"

阮芷音静静地看着对方，登时了然。

林菁菲是想说，就算她换了新郎，成了程越霖名义上的妻子，但也不要奢望程越霖会帮着她对付林成。

阮芷音最好的选择，应该是顺从，而不是反抗。林菁菲的话，和林成的“忠告”如出一辙，他们倒真不愧是父女。

阮芷音刚要开口，远远瞧见电梯方向走来一道意想不到的身影，倏然愣住。

男人眉清目朗，姿态矜贵，穿着轻薄长款的深色风衣，不疾不徐地走近。

行至背后，似是听到了林菁菲的劝告，他轻笑一声，声音疏散冷淡："林小姐倒挺关心我的家务事。"

林菁菲没想到程越霖居然会突然出现，和随之而来的王曦薇一起愣在了那儿。

程越霖环臂站定在侧，面色从容，又看向阮芷音："还买吗？"

"你回来了？"阮芷音惊讶地望向他，而后又皱眉，"你怎么知道我在这儿？"

"消费短信。"他随意地扬了扬手机。

阮芷音顿悟地点头，这才回道："不买了，但我得先送阿初回去。"

东西买得差不多了，碰见林菁菲也算败坏心情，她确实没想再逛下去。

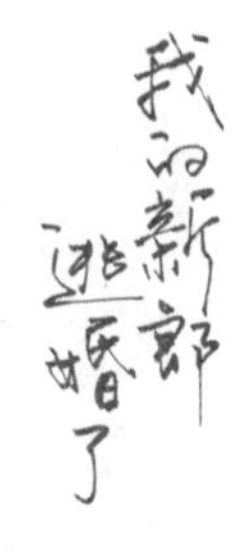

程越霖没说什么，不咸不淡地应声。

只是正要离去时，他又挑了挑眉，看向略有窘迫之色的林菁菲，闲散地道：“你刚才说，梁萧的新戏选了你？”

林菁菲像是突然反应过来，眉心只皱了一瞬，便淡笑着想要解释：“程总，我刚刚并不是那个意思。”

“哦，那你什么意思？”

林菁菲微怔，辨不清其态度，试探道：“我只是觉得，结婚要慎重考虑。”

“慎重考虑也不见得能结婚。”程越霖懒洋洋地开口，停顿后哂笑一声，“不过你说得对，梁萧选你，确实要慎重考虑。”

林菁菲听出他暗示的意思，虽不知原因，却仍变了脸色，声音僵硬：“程总，选角不是儿戏，您也不想投资付诸东流吧？”

“你在跟我讲道理？”程越霖吊儿郎当地笑了声，神态清闲，声音散漫，“林小姐好像不太清楚，我这个人呢——从来都是不讲道理。”

微信群里，叶妍初正激情四射地跟顾琳琅分享着今天的八卦消息。

叶妍初：“哈哈哈哈，不好意思我从不跟人讲道理！程越霖可真行，琳琅你没看见，林菁菲脸都白了！”

顾琳琅：“林菁菲真是心机女遇直男，有理说不清。不过程越霖为啥要找林菁菲麻烦？感觉有点儿问题。”

叶妍初：“看不顺眼呗，谁让林菁菲背后说人被听到了。程越霖当年都能因为音音脾气太软而生气找茬，还能让林菁菲跟他讲道理？”

顾琳琅：“也对，林菁菲在秦玦那儿巧舌如簧，这回算踢到铁板了。据可靠消息，梁导那儿还真准备重新选角了。”

阮芷音刚洗完澡出来，就看到了顾琳琅的这一条消息。

时尚圈和娱乐圈的关系向来是千丝万缕，顾琳琅自然也有自己的人脉。她能这么说，肯定不是空穴来风。

虽说有些幸灾乐祸，但阮芷音头回觉得程越霖这性子也算不得多么恶劣。

叶妍初：“活该，仗着后台抢别人那么多角色，遭报应了吧？！只可惜回来时把音音的车撞坏了，不然我还能再开心点儿。”

看到叶妍初发来的颓丧表情，阮芷音忍不住笑了。

叶妍初刚拿到驾照，却始终都不敢去摸车。阮芷音实在看不下去，回来时便勒令叶妍初开车。

她倒是把车开得十分“小心稳妥”，车速基本与电动车齐平，只可惜被后面的车追尾了。

最后对方赔偿，她的车也被拖走维修。

阮芷音打字：“本来也该检修了，再说是对方全责，跟你没关系。你没事还是多练练车，练好就不用每天挤地铁了。”

她刚发完消息，有一滴水渍顺着潮湿的发尾落到了屏幕上。阮芷音这才放下了手机，准备去吹头发。

可她刚起身，又一下停住。

阮芷音突然想起，自己居然忘了买吹风机。

搬家那天，她的吹风机被放在箱子底层，不小心磕坏了。程越霖当时看见，随口说他房间里就有吹风机，她可以先用，所以阮芷音也没急着去买。

可林菁菲和程越霖先后出现，打断了今天的购物节奏，让她彻底忘了这事。

阮芷音有偏头痛的毛病，洗完头如果不吹干，第二天必会头疼。

于是她叹口气，认命地走向程越霖的房间。

主卧就在隔壁，阮芷音正要敲门，却发现隔壁的房门大开。

她试探着出声：“程越霖，你在吗？”

阮芷音没得到回应。

头发还湿漉漉的，她感觉实在不太舒服。

阮芷音对开着的门轻敲几下，迟疑一会儿，还是往前走了两步。然而卧室里很空旷，她也没发现人影。

难不成他是又出门了？

也是，毕竟他才刚出差回来，临时回趟公司处理事情也正常。

她松了口气，没再多想，熟门熟路地去浴室里拿吹风机。可她才转过身，浴室门猛地开了。

里面的人大步走出，阮芷音没收住脚，一下子撞到了对方结实的胸

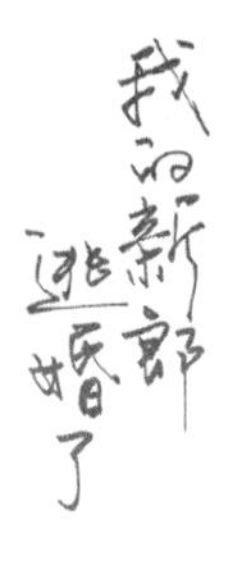

膛上。

她揉揉鼻子，抬眸虚虚看了一眼，直接愣在了原地。

男人只将短短的碎发擦得半干，身后萦绕着朦胧的水雾。他上身未着寸缕，胴体精瘦健壮，腹肌线条性感而紧致。

晶莹的水珠沿着那张英俊的脸的轮廓缓慢流下，他紧紧抿着薄唇。她再往下看，是曲线诱人的人鱼线，他腰间只松垮地围着条浴巾。

眼前的画面太过刺激，阮芷音大脑一片空白，纤细的皓腕还扶在对方紧实的臂膊上。

直到耳边传来程越霖刻意压低的声音："阮芷音，你在干吗？"

阮芷音倏然回神，心底油然升起阵阵窘促之感，手指不受控制地蜷缩，下意识咽了下口水。

只是这种时刻，显然谁露怯谁尴尬。

于是她强忍着压下情绪，收回愣怔在他胸前的视线，恍若无事地对上男人的目光，状似镇定地评价道："那个……身材还不错。"

程越霖："……"

半小时后，两人面对面地坐到了客厅里。

气氛僵持沉默，弥漫着说不出的窘困。

阮芷音瞧着男人不太好看的面色，顿了顿开口："要不还是你先说吧。"

"呵，说什么？"程越霖散漫挑眉，双手抱胸看向她，"小爷我清清白白一个人，就这么被你给看光了。"

阮芷音从他最后几字中听出了点儿咬牙切齿的控诉之意，哑然几秒，还是忍不住为自己辩解："严格来说，没有看光。"

毕竟他们之间还隔着条浴巾。

"怎么，你这话听起来，是觉得没能把我看光，有些意犹未尽？"男人意味深长地一笑，姿态悠然地向后靠了靠，"怪我眼拙，先前居然没看出你对我——"

"心怀不轨。"

阮芷音微哽，长舒了一口气，而后否认："我没有。"

程越霖微微扬起下巴，继而轻笑着质问："没有？既然如此，为什么突然闯进我房间里？"

“我是想去借吹风机。”阮芷音这才想起其他事，微蹙着秀眉反问，“倒是你，洗澡为什么不关门？”

如果不是他洗澡不关门，自己肯定也不会撞见刚刚那一幕。

程越霖还是理直气壮的模样，放下手臂，姿势安闲地虚搭着身后的靠背，缓缓摩挲着指腹。

“以前都是我一个人住，为什么要关门？”

还未等她回击，他紧接着又道：“而且就算我没关门，也不是你闯进房间里把我看光的理由。”

阮芷音见他不依不饶，忍不住反驳：“可我进去前喊过你，也敲了几下门，你为什么不应声？”

“哦，没听见。”男人的声音显得轻描淡写。

说完瞥见阮芷音略感荒唐的表情，他吊儿郎当地补充：“怎么，主卧浴室隔音好，有问题？”

阮芷音被他给气到，但也不得不承认他确实吃了亏，叹口气回：“没有，这件事就算是我不对，我跟你道歉。”

“哦？只是道歉？”他的话听上去似乎并不满足。

阮芷音抿下唇，轻皱纤眉：“不然呢？我也只是非主观意愿地不小心看了一眼。”

“阮芷音，你不只是看吧？”程越霖懒洋洋地开口，目光对上她，拖长声音的腔调，继续指正，“你这手，还……摸了我。”

摸他？不算那个猝不及防的碰撞，她也就扶了扶他的胳膊，这也能算摸了他？

阮芷音顿感一阵头疼，也不知是被他气的还是刚才头发湿了太久才吹干的原因。

不过她知道，再理论下去，肯定又是：他清清白白一个人，居然就被自己这么不明不白地上了手。

于是她只能抱着息事宁人的心态，再次问道：“那你想怎样？”

程越霖笑了笑，慢条斯理地起身。

声音云淡风轻，他留下诉求：“上回的三明治不错，做一周早饭抵债吧。”

他看目的已达成，说完话便拂衣离去。

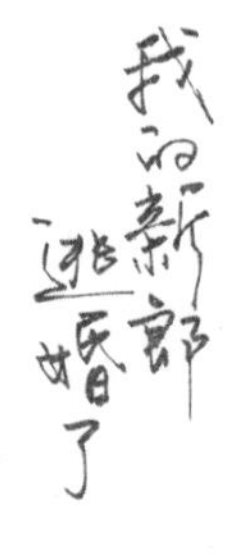

还在客厅里的阮芷音，此刻甚至忍不住想要冲他的背影唾一口。

“你们能想象到他的态度吗？”

阮芷音着实被气到了，回到卧室后忍不住和好友开启了语音通话。

回顾程越霖刚刚肆无忌惮的神态，阮芷音敷着面膜不能乱动，但还是皱了下眉——

“亏我还觉得他变好了不少，是我错了。程越霖刚才的态度，简直和高中时一模一样。”

顾琳琅对高中时的程越霖没什么认知，却深知阮芷音性子好，谁都觉得她温柔恬静。

她很好奇什么样的人才能把阮芷音气成这般，故而疑惑地道：“哦，那他高中时是什么样？”

叶妍初的声音清晰地传来：“哈哈哈哈，我眼前有画面了，音音当初形容他就像什么来着？对，‘一只特别高傲的斗鸡！’”

话音刚落，语音中的三人不约而同地轰然大笑起来。

想到当初和叶妍初吐槽时的形容之词，阮芷音的心情总算好了几分。

她又简单聊了几句，才和顾琳琅、叶妍初挂断了电话，沉沉睡去。

梦中，高傲的斗鸡低下头颅，还跑到她面前撒起了娇。

翌日，阮芷音照例早起。

虽然昨天被程越霖理直气壮的态度气到了，但他的要求也不算苛刻。

原本她也习惯了自己做早餐，不过是顺手多做一份的事。

刚留学时阮芷音吃不惯西餐，那时她不仅会做简单的中式早餐，周末还会做顿丰盛的中餐解馋。

她的室友是个日籍华裔，夸张地称赞阮芷音的手艺像母亲做的，让她哭笑不得。

偌大的别墅里没有用人，阮芷音刚搬进来时，厨房也像是从未开过火。厨具整整齐齐地摆放着，崭新而干净。

她猜测，程越霖之前恐怕有大半时间都住在公司里，不然霖恒顶层的设施也不会那么齐全。

阮芷音切了点儿葱花，打了荷包蛋，又烧了热油和酱油作底，下了两碗阳春面。

回到餐厅时，程越霖已西装革履地坐在餐桌前。

阮芷音端着两碗面走了过去，将其中一碗放到他面前，心想，就当是日行一善了。

可她没想到，程越霖是真的难伺候。

看到眼前的面后，男人皱起挺直的眉峰，挑剔道："欸，怎么下了面？这面还能不能打包带走？"

阮芷音刚坐下，就拿着筷子愣住了。

瞥了眼他纠结的表情，她讥笑道："可以，只要不怕到公司后面坨了就行。"

他爱吃不吃，反正她已经做了。

听到她的话，程越霖像是认真思虑了片晌，又看着她打量几眼，最终还是拿起筷子吃了起来。

面条清爽筋道，汤底香气扑鼻，就连荷包蛋也是溏心流黄的。

不消片刻，男人就把面条全部吃光，甚至还……喝起了汤。

阮芷音见他吃得津津有味，心想他还算给面子，也不再计较他方才对她的刁难，忍不住弯了嘴角。

而后，她突然想起了什么，开口道："对了，我的车被拖去维修了，等会儿你能不能让司机顺路送我一趟？"

她也不会耽误他上班，先送了他，再让司机顺道送自己一趟就行了。

阮芷音觉得这个要求不算过分。

可程越霖环臂靠在那儿，盯着她，眼神中染上戏谑之色："阮嘤嘤，你说'高傲的斗鸡'会好心送你上班吗？"

听到他的话，阮芷音扶着碗的手突然僵住，惊讶地抬头。

男人声音懒散，继而道："哦，忘了告诉你，主卧的隔音确实不错，但是次卧的隔音效果——"

"可不怎么好呢。"

"……"

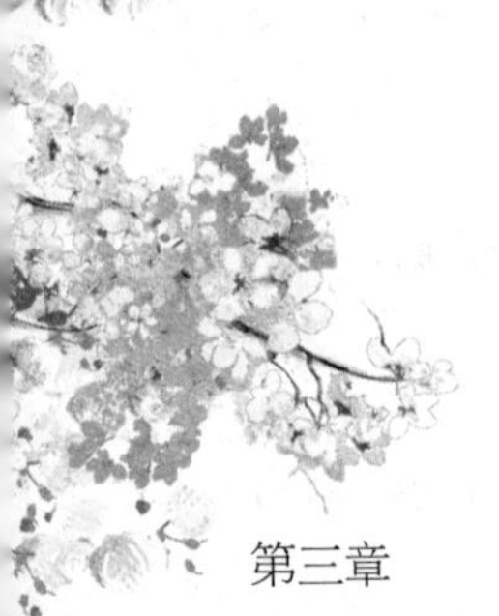

第三章

这婚，离不了

程越霖说出“斗鸡”两个字时，阮芷音就顿感不妙。林菁菲背后议论他两句就丢了角色，那自己怎么可能不被他记恨?

她本以为这家伙铁定不会再送自己上班，可最后，“高傲的斗鸡”不仅好心地应下送她上班的事，还诡异地去厨房里刷了碗。

他的这番举动让阮芷音更不自在，衬得她像是在以小人之心度君子之腹。

他被自己看光，还被吐槽，怎么看都是受害者。而她，居然对他施加了恶意的揣测。

一路上，车内始终维持着沉默。

男人自她上车后便淡漠不语，阮芷音犹豫许久想说些什么，可还没等她开口，宾利就已稳稳停在了阮氏门口。

于是她只好把话咽回，开门下车。

站在原地目送宾利离开后，阮芷音才转身走进了阮氏的大楼里。

回国后，阮芷音在阮氏担任副总的职位。

阮老爷子虽握着大笔股份，当着挂名的董事长，但身体的状况不好，早已无力理事。

她父亲阮胜文去世后，林成没两年便当上了总经理，这些年更是手握大权。

作为既得利益者，阮芷音也曾怀疑过父母的车祸和林成有关，但调查多年后的结果证明那只是一场意外。

其实可以料到，如果他真策划了车祸，以爷爷的老成练达不至于查不出来。

林成的野心是慢慢养大的。

阮氏握在手里久了，面对突然出现的阮芷音，他自然也不愿拱手相让。

刚到办公室，阮芷音的助理项彬就敲门进来，向她汇报公司最近的事情。

阮芷音虽是副总，但林成从未让她插手重要业务。阮氏内部被林成安插了不少林家人，阮芷音束手束脚，直到拿下北城的项目才算坐稳位子。

项彬汇报完，阮芷音沉吟片刻，开口："北城的项目就要开工，明天开始你就去负责项目施工。盯紧些，别出什么岔子。"

当初说好了将北城的项目交给阮芷音，林成明面上没法插手，说不定会在暗地里动手脚，把主动权抢回去。

阮芷音可信任的人不多，项彬算是一个。现场施工时最容易出岔子，有他盯着，她才能放心。

"那公司里……？"项彬尚有顾虑。

阮芷音笑笑："霖恒那边我来对接，你跟了我大半年，能力不仅于此，总不能一直让你当助理。"

项彬细心认真，能力出众，是个让人信赖的项目负责人。早在之前，阮芷音就考虑好了给他升职。

"谢谢阮总。"

"嗯，等会和田静交接一下工作吧。"

项彬心情颇为激动，点头出去。

没过多久，秘书处的田静敲门走了进来。

"阮总，有人送了花来，是给您的，要怎么处理？"

阮芷音微微皱眉："丢掉吧，以后再送来就拒收。"

不用说，花只会是秦玦送来的。

既然她答应了程越霖要顾及他的脸面，当然不会再给别人留任何遐

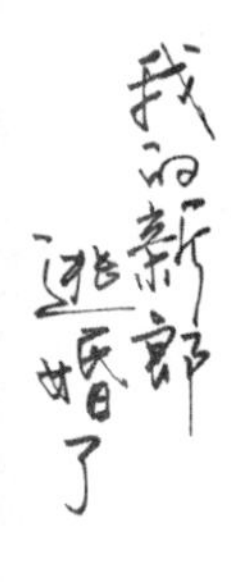

想的余地。

田静得了答复，很快离开。

阮芷音这才开始翻看霖恒那边送来的合作合同。

六月初的岚桥，烈日当空。灼热的光线透过落地窗倾洒进来，晌午的时间转瞬而过。

即便室内开着冷气，看完合同时，阮芷音仍觉得有些唇干舌燥。

她起身去接水，却发现办公室里的饮水机空了，于是只好去茶水间。

行至过道处，茶水间里的议论声隐约传来，她缓缓停住脚步。

“北城的项目怎么突然和霖恒合作了？”

“阮副总现在嫁了霖恒的总裁，有合作也正常，背靠大树好乘凉嘛。”

“怎么就突然闪婚了？那阮副总和秦总……？”

“秦总都为林小姐逃婚了，这么大的难堪，阮副总还怎么嫁？”

“阮副总那么好，林小姐每次来公司都趾高气扬的，秦总到底怎么想的？”

“他们青梅竹马，情分到底是割不断的。你这话背地里说说就行了，公司现在可是姓林的当家。”

说话声渐渐远去，阮芷音站在原地停了半晌，没再过去，转身往回走，通知行政处给办公室的饮水机换水。

来公司前，她就知道阻止不了员工们的议论。不说林成本就有意散播这件事，她也不想为难普通员工。

秦玦的电话号码被她拉黑，他却每日送花到公寓，只是都被她委托派送员丢掉了。

阮芷音不否认换新郎有些许冲动的成分，但和秦玦分手的决定并非冲动。

在国外时，她和秦玦是有些感情。但那时他们之间没有林菁菲，没有林家人，甚至不必面对秦家众人。

回国后这半年经历的事，把她对秦玦的感情早已消耗得差不多。决定一旦做下，她就不会给自己留退路。

何况，还有人时刻提醒着她最近经历的一切。

秦氏，总裁办公室。

蒋安政这会儿已是焦头烂额，紧锁眉心，望向沙发上的林菁菲："菲菲，你怎么会惹到程越霖头上？"

今天本该是电影《悬逃》的开机发布会，可昨天晚上蒋安政突然接到副导演的电话，得知梁导居然要重新选角。

梁萧虽然是个新导演，但他上一部作品不仅横扫了国内所有电影节奖项，还一举获得了斯纳电影节金奖。

他的新电影《悬逃》是部以男主为中心的戏，女主戏份儿不重，却仍是众人眼中的香饽饽。

蒋安政费了好大的功夫，才帮林菁菲从影后沈蓉那儿截和了女主角。

如今眼看着就要开拍，梁导居然要重新选角？！打听过后，他才知道这部戏有霖恒投资，对方似是对林菁菲不太满意。

林菁菲脸色也很差，看了眼秦玦，才咬唇开口："我逛街遇见表姐，劝她慎重考虑婚事，没想到会撞见程总，也没想到他会把话当真。"

这话乍听没什么问题，但落到不同人耳中，意思便大不相同了。

现在，她是因为想要帮秦玦劝阮芷音回心转意，才丢掉了梁导的女主角。

"阿玦，梁导那儿说要重新选角，你看……？"蒋安政这时候过来，也是没了办法，只能求助秦玦。

可他将视线望过去时，才发现好友居然有一些愣神。

秦玦一直联系不上阮芷音，时间久了，也明白过来自己这是被拉黑了。

她从来没有这么闹过脾气，秦玦一时也不知道该怎么把人哄好，每日让人送了花过去，却丝毫没有回音。

他心情不好，更不愿为这点儿小事烦心，于是揉揉眉心，淡淡道："告诉梁萧，霖恒如果要撤回投资，秦氏会出。"

这话一出，林菁菲和蒋安政才缓和了脸色，扫去了不快。

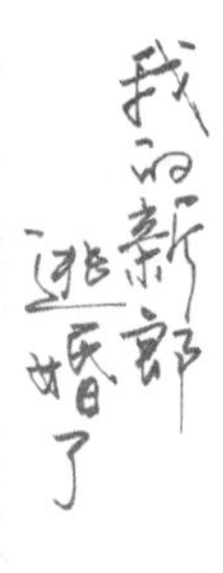

翟旭拿着文件候在一旁，蒋安政知道秦玦肯定还有事要忙，看他应下之后，便准备和林菁菲离开。

“等一下。”秦玦突然出声，皱眉望向林菁菲，“菁菲，上次我拍的那条项链，翟旭说你取走了？”

林菁菲微怔，笑着点头：“玲姐去取的，出席活动戴过一次。”

玲姐是林菁菲的经纪人，只是蒋安政跟林菁菲关系好，又是秦氏娱乐的总经理，故而林菁菲的资源不必经纪人费心，玲姐偶尔也会做些杂事。

林菁菲出席活动需要不少首饰，有时对合作品牌方送来的不满意，便会从秦玦的藏品柜中选取。

他每次出席拍卖会都会照例拍些东西，恐怕自己也记不太清保险柜里有多少首饰了。

但秦玦刚刚说的，是他在拍卖会上拍来的天价粉钻项链。那条项链价值八位数，也是保险柜的首饰中最贵的。

林菁菲戴着项链出席活动时，还借此上了回热搜，自然印象很深。

听到她的话，秦玦拧起眉峰，摇头道：“那是我要送给芷音的。”

之前情人节时他没能好好陪阮芷音，便拍了这条项链当礼物，想陪她补过一次情人节。只是后来阮芷音说不想再补过节日，项链才一直没被送出去。

他知道林菁菲经常派人去取首饰，但不知这条也被她拿走了。秦玦确实隐隐有些不快，翟旭应该也跟玲姐说过这条项链是拍给阮芷音的。

林菁菲察觉到秦玦的情绪，她的脸色有一瞬间僵硬，但很快恢复过来：“抱歉，阿玦。可能是玲姐误会了，那等会儿我再给你送过来？”

“不用了。”秦玦摆下手，又看向蒋安政，“以公司的名义购置些礼服珠宝给艺人用，以免品牌方那边总是出差错。”

项链已经被人戴过，他自然不可能再送给阮芷音。何况芷音本来就对菁菲有所芥蒂，他送过去，只会徒惹人生气。

秦玦的话说完，蒋安政下意识地看了林菁菲一眼，而后者紧握着手，不动声色地冲他摇头。

他这么做，对公司其他艺人来说很好。但林菁菲知道，对自己来说肯定不算好事。

如果公司有礼服和珠宝，她纵然也可以再找秦玦帮忙，他也不会拒绝自己，却不能太过频繁了。

不过将角色问题解决了，两人总算离开。

翟旭这才将手中的文件递给秦玦，问道："老板，之前和阮氏的医疗合作案，是让向总监去对接吗？"

他是故意有此一问，毕竟老板近来因为阮小姐而心情不好，工作上也要求苛刻了不少，所以他当然希望老板早点儿把人哄回来。

老板虽然为阮小姐茶不思饭不想，却也没放弃为林小姐保驾护航。

翟旭不好评价老板的感情事，更看不懂老板的意思。但相比于林小姐，他还是更希望阮小姐来当老板娘。

果然，翟旭话音刚落，秦玦就放下了文件，叹气道："不必了，我亲自过去。"

阮芷音下班前，接到了程越霖的电话。

男人言简意赅，只说了下班后会来接她，然后就迅速挂断。

一时之间，阮芷音也摸不清程越霖这是好心接她，还是又准备挟恩图报。

眼见时钟指向五点，阮芷音估摸着对方应该到了，于是简单收拾了东西，起身走出了办公室。

可她还没等到电梯，走廊尽头的会议室门突然被打开，一群人由内涌出，秦玦被簇拥着，面色肃然，众星拱月般地朝电梯走来。

她避无可避。

视线对上她的那一秒，对方似是松了口气，接着大步流星地阔步行近，在她面前站定："芷音，我们谈谈。"

阮芷音看了眼秦玦身后的人，领头的是林成的二弟林伟，现在正负责阮氏和秦氏的一项医疗合作案。

林成的能力一般，胃口却大，这项合作案也是他为进军医疗业从秦玦这里谋划来的。

她心下了然，向后退了一步，神情分外冷淡："秦玦，这里是公司。"

秦玦久未见她，不想和她再僵下去，缓和了语气："好，那我们去

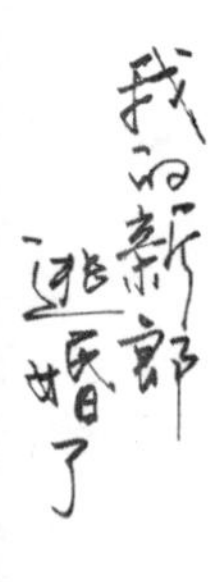

车上谈。”

言毕，他伸手想去牵她，却被阮芷音侧身挡开。

两个人纠缠之际，电梯门突然打开——

阮芷音抬眼望去，一道熟悉的身影出现在电梯里。

男人姿态悠然，单手插兜从电梯里走出。

看清眼前状况后，他轻轻挑眉，嗓音是一贯的从容散漫：“我来得还挺是时候？”

而后，他含笑看向阮芷音，缓缓伸出那指节修长的手，尾音微扬，语气是她从未听过的温柔——

“音音，还不过来？”

对上程越霖眼底的愉悦之色，阮芷音就知道，这人是装恩爱装上瘾了。

之前她也问过他为什么要帮自己出头，而程越霖的解释是，既然已经协议好了扮演模范夫妻，对外自然不能露馅，他可不想霖恒的股价跳水。

林菁菲那番话，在程越霖看来，恐怕已经威胁到了他的股价，所以他才会看对方不顺眼。

眸光流转间，阮芷音微颤睫毛，暗自叹了口气，然后握住了男人伸过来的那只手。

掌心温热，男人覆了薄茧的指腹似有似无地在她的手背上摩挲了下，一阵酥痒，却让她冰凉的手也渐渐暖了些。

秦玦盯着两人交握的手，下颌线条紧缩，漆黑的瞳仁中翻滚着浓烈的情绪。

他将五指紧握，抬头冷冷道：“程总这是什么意思？”

“看不出来？”程越霖轻笑一声，神态傲慢地扬眉，吊儿郎当道，“当然是来接老婆下班。”

男人那一声老婆叫得缱绻情深，再加上气死人不偿命的语气，阮芷音忍不住替对方捏了把汗。

秦玦向来进退有度，极少动怒。可此时他彻底沉下了脸，神色紧绷，眸若寒冰。

他虽然知道阮芷音不得已让程越霖救了场，但并不认为两人真有什么婚姻关系，觉得他们不过是装给外人看罢了。

于是秦玦不再去看程越霖，上前握住阮芷音的手腕："芷音，我送你回去。"

对方握得太紧，阮芷音用尽力气才挣开秦玦的手，紧皱纤眉望向他："秦玦，我说过，从你逃婚起，我们就没关系了。"

和秦玦认识这么多年，她也希望两人能体面洒脱地分手，但对方显然不想给她这个机会。

秦玦眼眸森然，清亮的嗓音中压抑着怒气："你是我未婚妻，我们这么多年的感情，怎么可能没有关系？"

阮芷音都快气笑了，只怪自己当初付出时态度太坚定，才会让秦玦觉得自己会永远站在原地，包容他，体谅他。

直到现在，他怕是仍然觉得自己是在跟他开玩笑。

她眼含讽刺之色，看向秦玦，无奈地摇了摇头，扬起唇角："也是，有关系。"

紧接着，阮芷音的声音清晰可闻："等你和林菁菲结婚，我会叫你一声妹夫，你也可以叫我一声表姐。"

至少，在爷爷面前他们要这样叫。

妹夫，表姐。

秦玦旋即怔住，双眸中隐有震怒之色，死死地盯着她，强行隐忍的情绪濒临崩塌。

此时正是下班时间，除了秦玦身后的人，电梯前还渐渐聚了不少其他员工，他们瞧到这个场面，也都面面相觑。

阮芷音见状，不再理会秦玦。

她转头瞥了眼正在欣赏秦玦表情的男人，扯下对方衣角："走吧。"

程越霖最后看了一眼秦玦，伸手虚揽阮芷音的肩膀，云淡风轻地点头。

只是转身时，他又突然露出一抹意味深长的哂笑，嗓音低微悠扬："再见，妹——夫。"

秦玦猛然攥紧手指，可下一秒，电梯门缓缓关闭，唯有最后两人携手的身影深刻在他的眼中，无比刺目。

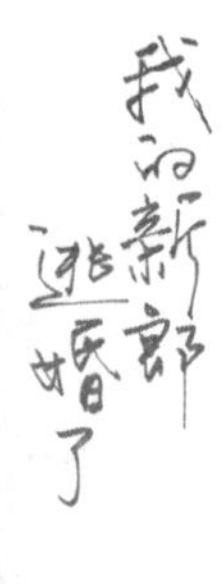

宾利停在楼下明显的位置。

阮芷音上了车，才松懈下来。

她没想到秦玦会找到公司来。

阮芷音一直尽量避免着私事成为员工的谈资，不想和秦玦在那么多人面前起争执，但今天算是闹了场笑话。

不过也好，林成为稳住人心故意散播秦玦为林菁菲逃婚的事，程越霖今天来接她下班，倒让她的尴尬处境有所改善。

想到这儿，她看向身边的男人。

上车之后，程越霖就放开了她，姿势闲散地靠在座位上，打开了台板上的笔记本电脑开始处理工作。

他的神情看起来很是专注，和刚才那副温柔的模样大相径庭。

阮芷音不禁感叹男人的演技精湛，他能东山再起也不是没有原因的。

为了股价，这人还真是无所不能。

“程越霖。”她率先打破沉默。

男人随意掀了掀眼皮，微微侧了下头：“嗯，怎么？”

阮芷音迟疑少顷，终于把早上想说的话说出：“谢谢你来接我下班，其实我希望，之后咱们俩能好好相处。”

程越霖听罢，眼神淡淡地打量了她几秒，而后轻笑了一下，似有似无地点头，不过心情似乎还算不错。

见他应下，阮芷音继续道：“所以像昨天那种不愉快……你我都应该尽量避免。”

话毕，程越霖顿住放在键盘上的手，转过头来，眸中似有疑惑之色：“我们昨天有过不愉快？”

“没有吗？”阮芷音愣怔后反问。

昨天晚上，他们分明就进行了一场不算太愉快的沟通。

挺直的眉间拧出了点儿沟壑，他托腮沉吟几秒，视线对上她：“难道不是正向积极且情绪欢畅的对话？”

阮芷音：“……”

她又一次领悟了男人眼神中的含义：他可从不会轻易浪费时间和别人进行这种对话，自己应该感到荣幸。

阮芷音忍不住微哽，长舒口气后否认："当然不是。"

男人皱眉，又很快展开，继而问："所以，你想怎样好好相处？"

怎样好好相处？

她一时间被男人问住。

阮芷音还真的很难想象，她和他怎样才算是好好相处。

高中时，她尽力维持着自己乖巧沉闷的人设，只有程越霖才有本事把她气得露出破绽。

程越霖看准了她乐于助人的形象，逼她替他写作业，帮他补课，而她也经常想办法让他在老师和家长那儿吃瘪。

他们关系本就不睦，长大后的接触又太少。阮芷音真的不知道他们两个人之间怎样才算是"好好相处"。

思虑片刻，阮芷音尝试着开口："我想应该是形式上相敬如宾，态度上温和有礼。"

好歹他们该彼此尊重，和气地沟通交流。

虽然以程越霖的脾气来说，要求他态度温和的难度有点儿大，但他总要有正向的忍耐和努力。

"温和有礼？"程越霖缓缓复述，顿了顿，似笑非笑地看向她，"就像秦玦那样？"

阮芷音敏感地察觉出男人的情绪不对，却不明所以。

程越霖眼底变得昏暗，眸光深沉。他轻扯下嘴角，声音亦冷了下来："阮芷音，我可不是秦玦。"

言毕，他利落地开门下车。

身形挺拔的背影显出些许淡漠之感，他就这么独自走进了别墅里。

他这是……生气了？

阮芷音顿感莫名其妙，觉得他的情绪有些阴晴不定，分明他上车时还隐有几分欢愉之色。

她不解地愣在那儿，微蹙秀眉，低头思索着原因，甚至忘了下车。

一片沉默中，司机拿过放在副驾上的袋子，恭敬地开口："太太，这是程总说要给你的。"

阮芷音骤然回神，伸手接过袋子。

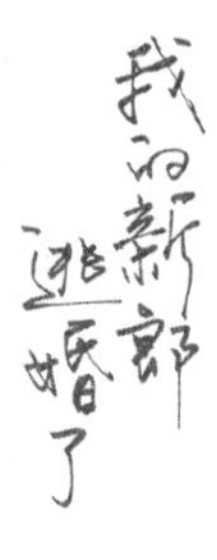

然后她发现，里面是一个尚没拆封的吹风机，和她之前坏掉的那个恰好同款。

于是她心里越发纳闷。

他送了吹风机过来，显然也想要好好相处，怎么就生气了？

纵然已是深夜，但秦家宽敞的客厅里依然亮着灯。

玄关处，开门声刚响，秦湘立刻迎上前去，少女的嗓音娇柔而轻快：“哥，你回来啦。”

话音落地，她背对着客厅，面色纠结地给秦玦比了个手势，示意对方等会儿小心应对。

秦玦瞬间明白了妹妹的意思，冲她点点头，将外套递给王妈，而后踱步走进了客厅。

秦母方蔚兰早已坐在沙发上等候，姿态优雅端庄，神情却像结了冰般冷酷。

客厅里很寂静，秦湘站在一旁神情紧张，周遭的气氛压抑。

一见儿子进门，方蔚兰便不满地轻哼一声，随即开始发难：“我听说你又要帮林菁菲投资电影？”

秦玦面无表情地在她对面落座，点下头，解释道：“梁萧的电影不错，爷爷也很喜欢。”

见他拿老爷子开脱，方蔚兰不悦地皱眉，沉声道：“秦玦，你别想着能娶林菁菲，我不可能让她进秦家的大门！”

秦玦顿了顿，继而想起阮芷音白天那扎心的话，面色冷峭地扯下领带，语气也烦闷几分：“妈，你放心，我不会娶菁菲。”

“不会？”方蔚兰讥笑一声，继而质问，“那你为什么好端端逃婚，让阮芷音给了秦家这么大难堪？”

方蔚兰最看重的就是脸面，偏生儿子此番让秦家狠狠丢了脸面。

秦玦从小就优秀，很少让她操心，可高中毕业后，母子关系就越发紧张起来。

她是真正的女士，看重儿媳的家世，绝不会让林家那种吃绝户的人成为自己的亲家。

若说方蔚兰对阮芷音是尚且满意，对林菁菲就是哪儿哪儿都看不顺眼，偏生儿子第一次和她反抗就是为了那个女人。

“你翅膀硬了我管不了，但我这辈子都不会认林菁菲这个儿媳妇！”

方蔚兰撂下这句话，放下手中的杯盏，转身上了楼。

秦湘见母亲走了，这才凑了上来，颇为不满地抱怨：“哥，你到底怎么想的？因为你逃婚，我都不敢联系阮姐姐了。”

她不希望秦母和秦玦关系太僵，也同样不希望林菁菲嫁给秦玦，毕竟她和林菁菲从小就不对付。

那女人总会使些说不出的手段，衬得自己很不懂事，还能在哥哥面前卖好。只是她没林菁菲聪明，讨厌对方也没用。

秦玦叹口气，皱眉解释：“没有逃婚，公司出事牵连了菁菲。我以为能赶回来，后来也只是想把婚礼延期一天。”

“那你现在到底喜欢谁？不会又栽进林菁菲那个坑里了吧？我才不要她当我嫂子！”

“当然是芷音。”秦玦神情疲惫地靠向沙发，揉着太阳穴，“为什么你们都觉得我想娶菁菲？”

白天时，阮芷音那句话给了他很大的冲击，像是在拿刀子戳他的心。他竭尽全力，才没让自己当众失态。

“从小到大，你对她比对我还好！”

秦湘幼时总觉得，林菁菲才像秦玦的亲妹妹。哥哥的爱护总是被分成两半，更多的那份给了林菁菲。

秦玦直起身，看了她一眼，语含安抚之意：“你忘了小时候了？你们都是我妹妹，我对你不够好？”

小时候，他和秦湘曾因故在阮家住过两年。阮奶奶彼时对两人很是照料，老人家临去时，更托付秦玦照料林菁菲。

“可你和她交往过，你会和妹妹交往吗？！”想到这儿，秦湘忍不住嘟囔，“连我都知道，你当年是因为和她分手才黯然出国！你呀，爱林菁菲爱得不可自拔。”

秦玦听罢，顿了许久，淡淡说了句：“那是有原因的。”

秦湘见他默然的样子，就晓得他肯定不愿意再和她多说他口中所谓的原因。

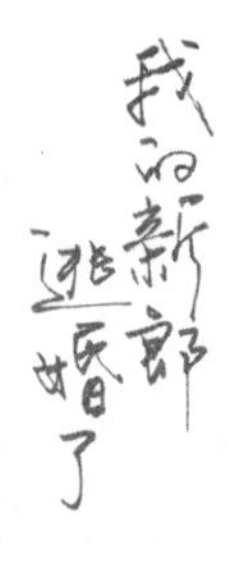

“哼，再有原因，你现在也把阮姐姐气跑了。”秦湘想到自己最近为难的样子，笑了笑，故意道，“人家现在嫁了别人啦，我看你怎么收场！”

阮氏大厦，三层是食堂。

午饭时间，员工餐厅里菜品丰富，热闹而拥挤。

没赶上今日份的酱猪蹄，行政经理夏莲有些失望，但很快释然，端着选好的饭菜坐到了餐厅里最西侧的餐位上。

秘书处的田静此刻正说着话——

“林沐阳上回还在办公室里说程总是为了北城的项目才娶的阮副总，我看不像啊，人家夫妻感情挺好的。”

公司里八卦消息传得快，毕竟工作难熬，大家就指着这么点儿娱乐调节了。

前几天阮副总那场前任现任的修罗场面可刺激了不少人的神经，大家这两天总会时不时地聊上几句。

想到那辆日日来接阮副总下班的宾利，夏莲叹了口气：“唉，我老公都没来接过我下班，看来还是键盘跪少了。”

项彬扬眉，替男同胞反驳：“那是你和宇哥一个城东一个城西，等他赶过来你也到家了，这可不能怪他。”

夏莲羡慕是真，但说跪键盘也只是开玩笑，闻言笑着点了点头，而后就听到身旁的田静叫了声：“阮副总……”

她抬眼看去，女人薄粉敷面，姿容艳丽，穿着干练的职业装，眉眼精致得像从画中走出来，蓬松的栗色波浪卷更添了几分柔美。

尤其是那双恰到好处的凤眸，被她温柔的气质衬得不显一点儿风尘，美得动人心魄。

对上几人的目光，阮芷音莞尔一笑道：“没位置了，介不介意我拼个桌？”

“您坐、您坐。”

项彬很快反应过来，推了推餐盘，给阮芷音让出了位置。

阮氏大楼坐落于商务区内，员工餐厅的饭菜味道不错，但周围好吃的外卖也不少。

当了阮芷音半年助理，项彬知道她很少来员工餐厅，除非忙得忘记了点外卖。

他想的没错，阮芷音确实是忘了提前点外卖。不过不是因为忙工作，而是她搞不懂程越霖这些天的态度。

每天等着送她上下班，但他在车上一言不发。要说程越霖是不愿搭理她，可她做的早餐他也没少吃。

同住一个屋檐下，阮芷音却不知道怎样和程越霖步入好好相处的状态中。人际关系中，她不是个太主动的人。

她正想着，对面的田静突然看向她，眸中充满了兴奋与好奇之色。

田静现在是阮芷音的秘书，不如旁人顾虑多。况且阮芷音不算是苛刻的上司，偶尔也会和员工闲聊两句。

小姑娘纠结过后，试探着开口："阮总，您和程总是怎么认识的啊？"

阮芷音看了她一眼，也没隐瞒，轻笑道："他是我高中同学，我们……曾经当过一年同桌。"

听到她的话，田静双眼发亮，仿佛深陷同桌的浪漫偶像剧中，阮芷音稍微心虚地避开她的视线，不忍打破她的幻想。

况且程越霖也在协议里标明了，对外时要一致秀恩爱。

这几天公司的流言已经从秦玦为爱逃婚、她惨被悔婚，换成了程越霖和她早已定情、夫妻情深。

不过实情和幻想，可是天壤之别。

高二时，他们班人数是单数，程越霖一个人占用一张书桌。到了高三，班里人数由单变双。

那会儿没人敢和程越霖做同桌，这个旁人避之不及的苦差就落到了阮芷音头上。

针尖对麦芒，程越霖明面上为难她，阮芷音暗地里反击。

要说浪漫，肯定是没有的。

"程总看您的眼神多温柔，也不知道我老公什么时候能学着温柔点儿。"

显然，在电梯前围观了全程的夏莲，也成为幻想浪漫偶像剧的一员。

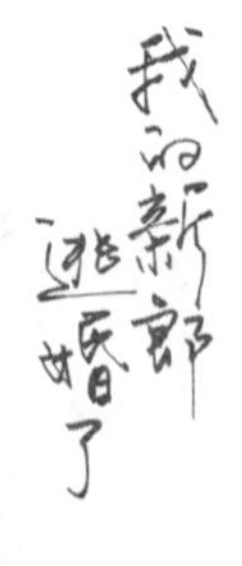

“温柔？”阮芷音想到程越霖对上秦玦时的表现，淡笑着摇了摇头，“或许吧？”

他可是回去就摆了张臭脸。

霖恒大厦，总裁办公室。

身负重任的钱副总堪堪打完一桌台球，最后一球落洞，钱梵转过身，瞧了眼刚结束一场视频会议的程越霖。

男人神色淡漠地靠在椅背上，面色阴沉，还未散去方才那股使人噤若寒蝉的压迫感。

钱梵叹口气，扬眉开口：“咋回事，霖哥？前些日子春光满面，这几天乌云盖脸。他们都让我来打探老板什么时候多云转晴，跟我说说呗？”

“跟你说，你懂什么？”

话毕，程越霖又通知白博准备半小时后的下场会议，没匀出半点儿目光给他。

钱梵越发觉得他的情况严重，不然他不会回到这种疏离默然的样子。

这两年程越霖心情好时，偶尔还能瞥见他脸上曾经的那种不羁的神态。

有心当回知心小弟，钱梵放下球杆，走到他对面坐下。

“你和傅琛远怎么一个德行？他三个月前按点回家打游戏，一个月前开始抱着手机聊天。我好心关心他，他也说我懂个啥。”说到这儿，钱梵轻哼一声。

“怎么着，难不成你们已经超脱人类，要研究月球起源了？”

钱梵语调轻快，面上却是副“不说出你的故事我就不会罢休”的神态。

见他如此难缠地探究自己，程越霖这才抬头，淡淡道：“我和你不一样，懂吗？”

此话一出，钱梵更不乐意了，上下打量他几眼：“我说霖哥，你除了长得比我略好那么一丢丢，其他构造哪儿不一样？”

为了证明两人渺小的颜值距离，钱梵还伸出指甲盖比出个米粒大小的样子。

程越霖挑了挑眉，合上文件，将白皙修长的指节缓缓指向自己，语调悠然地道出两人间的差异：“我，已婚。”

他心想：而你，未婚。我们可不一样。

“呵，还以为什么呢，不就临时去客串个新郎，就这也算已婚？”钱梵很是不以为然，“等风波过去，指不定哪天阮芷音就跟你提离婚了。”

话音刚落，程越霖才刚缓和一些的面色瞬间沉了下来。

他皱眉瞥向钱梵，冷声道：“我们这婚，离不了。”

“我知道，我知道，都说离婚官司打得麻烦，是不太好离。”钱梵低着头，还未察觉到对方的情绪，又补了句，“但那是人家正经夫妻不好离，跟你有啥关系？”

室内一片安静，逐渐弥漫出瘆人的冰冷感，钱梵缓缓抬起头，终于接收到男人那寒气袭人的视线。

“不是吧，霖哥……”他总算觉出点儿不一样的味道来，试探道，“难不成你是突然瞧上阮芷音了？！”

程越霖蹙起眉峰：“聒噪。”

而后程越霖又压下对他刚才几句话的嫌弃，轻哼着强调：“看不出来？不是突然。”

钱梵怔住，心想：何止是看不出来，他简直深藏不露。

他和程越霖认识十多年，最了解对方的口是心非。可就算对他如此了解，钱梵也着实没有料到——

“霖哥，你还玩暗恋哪？”钱梵猛地站起，在偌大的总裁办公室里来回踱步，嘴里念念有词，“不是吧……不是吧……不是吧！”

程越霖本就心怀郁气，这会儿更被他转悠得烦躁，按下眉心，干脆闭上双眼。

消化许久，钱梵才再次开口：“所以你心情不好，是嫂子给你气受了？”

阮芷音和秦玦的婚约不是秘密，程越霖也是因为秦玦逃婚才当了现成的新郎。

他背负暗恋当新郎，嫂子要是对他不好，可不得受气嘛！

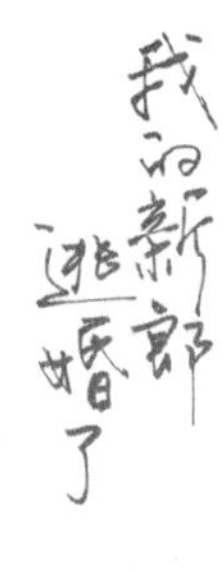

程越霖微哽，接着沉声道：“没有。”

言毕，略显轻飘的视线停在合同旁的透明饭盒上，他随手一指——

“这是她早上做的。”

“嫂子还真是体贴啊。”

瞥见那份三明治，钱梵有些惊讶。

接着他替程越霖松了口气，又忍不住问道：“那你生的哪门子气？”

程越霖顿了顿，轻掀下眼皮，淡淡道：“秦玦比我脾气好？”

“这不明摆……”钱梵话说到一半才觉得不对劲，脸上挂了讨好的笑，“不是，那你们俩性格本来就不一样嘛。”

秦玦可是那种打小就被老师长辈夸赞的好孩子，脾气确实温和，小时候都没见他跟人吵过架。

不过，钱梵总算分析出程越霖这几天心情不好的原因——

“合着你这是嫉妒前任呢。”

程越霖却不承认，嗤笑一声，继而散漫开口：“我需要嫉妒？！”

秦玦有现成的婚约都没能把人娶进门，哪里还需要他费心去嫉妒？

“人家那毕竟是初恋……”钱梵小声嘀咕了一句。

“初恋算什么？那是她一时失足。”

程越霖皱眉反驳，继而像是想到了什么，慢条斯理地从笔挺的西装内兜中掏出一样东西，直接摆在了桌上。

见钱梵瞬间睁大双眼，他才满意地开口：“我有这个，还需要跟别人去比？”

“呦呵，我这还是头回看到活生生的结婚证呢。”

钱梵颇为惊奇，毕竟以往都是在朋友圈里看到一堆人晒证。

程越霖几乎不用微信，但也算与众不同，居然随身揣着结婚证！

钱梵直呼好家伙，想拿来细看，对方却将那本暗红色的结婚证收了起来。

没想到啊，霖哥才是闷声办大事，这么快就把嫂子给搞定了。他不仅快刀斩乱麻地领了证，还每天有人贴心地给他做饭，真够让人羡慕的。

片晌，钱梵笑着开口：“霖哥，领证了你还搁这儿嫉妒秦玦，这可不像你。都把他媳妇拐到手了，你得嚣张点儿啊。”

“用得着你教？”程越霖微抿薄唇，顿了顿，又隐隐皱眉，警告道，“你以后别再给我操心什么离婚的事。”

吃完午饭，阮芷音婉拒了田静和夏莲的吃甜点邀请，坐电梯回到办公室。

她怕两人兴致过高，真的询问起自己和程越霖的同桌生涯。她们没恶意，阮芷音也不想冷脸应对，但若说多错多，届时就不好收场了。

摇头将思绪清空，阮芷音打开电脑准备工作，桌上的手机却嗡嗡响起。

她点开微信，发现是秦湘的消息——

“芷音姐，我妈和我哥最近的关系好糟，她还迁怒于婚庆公司的负责人。我在家都不敢说话，果然全家就我在底层。我哥自己不争气，活该你把他给踹了。但我绝对是始终都坚定地站在你这边！你别抛弃我好不好？”

消息简短，阮芷音很快看完。

继而指尖微顿，她还是没有选择回复。

秦家和阮家是世交，秦玦和秦湘过去常来阮家探望阮爷爷。

阮芷音刚到阮家时，秦湘不过九岁。女孩曾天真烂漫地喊她姐姐，最初出席人多的场合时，还和秦玦一起保护她。

这些年，阮芷音真心把秦湘当妹妹。可现在的她，还没想好怎么面对秦湘。

不过秦湘的其中一句话，还是让她颇为在意。

思虑少顷，阮芷音退出微信，打开通讯录，拨通了一个人的电话——

“康雨，有时间见一面吗？”

翟旭这些天过得心惊胆战，自从老板去阮氏谈完合作，回来就像变了个人。

以往老板虽然要求高，但态度并不严厉。这几天他却是冷若冰霜，没有一丁点儿随和的人气。

前天，林经理接待合作方时出了点儿小差错，老板直接让向总监把

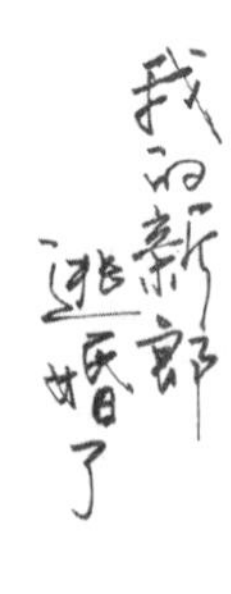

人辞退。

那可是林小姐的堂兄，还是老板吩咐他安排进公司的！连林哲都被辞退了，翟旭更不敢行差踏错，每天都战战兢兢的。

如果知道老板那趟去阮氏不仅哄不好阮小姐，还会变成这个样子，翟旭肯定不会让自己多嘴。

他现在就是后悔，非常后悔。

端量着老板这凝重的神色，翟旭为刚交了策划案的向总监捏了把汗。

裤兜里的手机振动两下，翟旭掏出手机，瞥了眼熟悉的来电显示。

可见秦玦此时目露不悦之色，他又忙不迭地先挂断了电话。

秦玦斜视一眼便淡淡地收回目光，面色依旧冷峻，合上向总监提交的那份临湖项目策划案，拨通了内线电话。

“喂，秦总。”向总监的声音中带着种紧张的情绪。

“调研部分是谁……？”

话没说完，听到隐隐传来嘈杂的争执声，秦玦收起到了嘴边的责问话语，拧眉道：“你那儿怎么了？”

向总监似是犹豫了会儿，小心翼翼地开口：“是林经理不服自己被辞退，闹着要见您。”

林哲是空降过来的，还是秦总那位红颜知己林小姐的堂兄。虽说按正常招聘他根本进不了秦氏，但部门里仍旧无人敢得罪他。

向总监当然不喜欢手底下有这样的员工，但碍于人家背景够硬，也拿林哲没什么办法。

前几天林哲接待合作方时出了差错，直接被向总监告知辞退。

他认为向总监故意整他，今天便闹到了公司，甚至还搬出秦玦来威胁向总监。

但……向总监很清楚，林哲分明是被秦总辞退的啊。

可对方说什么也不信，毕竟当初也是秦玦把人安排到向总监手下的。

听到林哲来公司闹事，秦玦本就不好的心情变得更差了些。

阮芷音上次的话让他明白，她现在并非是简单地同他闹脾气。

秦玦震惊于她那句诛心的话，这些天也仔细想过回国这几个月里两人间的争执。

她脾气好，便是因为阮芷音与他争执时，也没有过失态的时候。除了他安排林哲进公司那次，阮芷音曾歇斯底里地质问过他原因。

在当时的秦玦看来，这完全是件没有必要为之争吵的小事。

他和阮芷音第一次，也是唯一一次真正发生争吵，就是因为林哲。

秦玦素来不希望两人在失去理智时说出伤人的话，那次却在她对自己和菁菲刻薄的质问中话赶话地伤了她。

秦家和阮家交好，他和阮芷音的婚约是从小定下的。只是阮芷音三四岁时走失，之后他隐约记得那个害羞的小妹妹，可对她的印象随着长大愈加模糊。

再后来，阮姑姑携林菁菲搬回阮家。秦玦从小沉稳，又是兄长，渐渐把那份朦胧又遗憾的感情转移到了林菁菲身上。

秦母生秦湘后得了抑郁症，一度严重到不能看见孩子，于是他和秦湘在阮家一住就是两年。

阮奶奶对秦玦和秦湘纯粹的慈爱的关怀，是关系复杂的秦家所没有的。对于秦玦来说，对方是他最敬爱的一位长辈。

阮奶奶去世时，阮姑姑才刚病故一年。她放心不下林菁菲，握着秦玦的手嘱托他照看好林菁菲，他应下了。

几年后，阮芷音被阮爷爷接回家，秦玦从她身上看到了当年那个小女孩的影子，对她自然也多有照拂。

秦玦不知道他是什么时候喜欢上阮芷音的。最初只是周围人重提起他们的婚约，而他在调侃声中给局促不安的她解围。

岚中的教育出众，她刚转学时跟不上进度，总是腼腆地向他请教，笑着说林成给她找的家教讲得不如他好。

两人有婚约，她又总跟在他身后，几乎所有人都觉得她喜欢他，偏偏秦玦自己不太确定，分明他们都从未开口谈及此事。

阮芷音确实会跟着自己，但她性子太乖，而他能够在不得罪人的情况下给她解围，避免很多麻烦。

两人确实有道婚约，但他不确定阮芷音那份“直白”的喜欢是否只是因为这道婚约，还是因为她爷爷的期望。

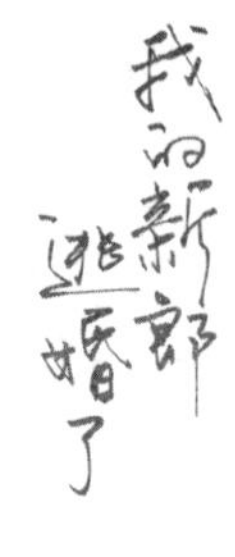

大一结束，他因转专业的事同母亲的关系越发僵硬，与父亲的关系也变得紧绷。

方蔚兰当年的抑郁症颇为严重，所以秦玦懂事地孝敬了母亲二十年，一直包容着母亲的脾气，不曾有过一丝叛逆。

可那天，秦母撕掉他的转专业申请，苦口婆心地说着二叔和三叔的野心，让他按部就班地和阮芷音联姻，接手秦氏。

那是秦玦第一次和母亲发生争吵。

再后来，他鬼使神差地接受林菁菲假装交往的提议，一半是对方蔚兰的反抗，一半是想要试探阮芷音对他的那份喜欢之情是真是假。

然而没过多久，阮爷爷给秦老爷子传来了口信，商量或是两家退婚，或将联姻人选换成林菁菲。

当秦老爷子沉着脸来问他时，秦玦才知道阮芷音要出国了。

他拒绝了阮家退婚的要求，而后和林菁菲分手，没多久就去了美国。

当秦玦再次出现在阮芷音面前时，明显感觉到了阮芷音对他的疏离。

或许是换了个环境，她性子放开不少，也有了不少朋友。

她没问过林菁菲的事，而他追求了一年，她才在那年圣诞节后突然同意交往。

在国外那几年，没有秦家和婚约的束缚，他们的关系反而自然了不少。

虽然两人都在为学业忙碌，很少能匀出时间谈恋爱，但秦玦依旧很开心，至少他终于确定阮芷音喜欢他。

他们谈恋爱的事，在他转专业时被父母发现，断了经济来源，他白手起家创业时变得更为坚定。

阮芷音一直陪着他，甚至不惜放弃导师希望她继续深造的推荐名额，放弃了回国，给了她所能给予的最大支持。

T&D 上市前夕，他将 30% 的股份作为求婚礼物送给她。那时起他就认定，她是他这辈子唯一的妻子。

即便回国后几番争执，但秦玦始终觉得他们相互扶持过的感情是稳固的。

只是他想要化解阮芷音对林菁菲的偏见，却没承想出现了一次又一次的矛盾。

他曾答应过阮奶奶会一直照料林菁菲，不可能抛却自己的承诺。然而每次和阮芷音争执时，秦玦也不得其法。

那次因林哲争吵，她咄咄逼人的态度破天荒地让他的理智变得薄弱，情绪占了上风，他甚至说出了伤人的话。

直到前些天，秦玦才知道阮芷音一回国便直接将林哲从阮氏开除的事。

其实他本该想到的，她怎么可能是真的刻薄？能让她这么做，想必林哲曾和她有过极为深刻的不快。

秦玦久久不语，向总监等了许久之后再次询问："您看……要不要把林哲赶走？"

"嗯，通知一下前台和保安，以后别再放他进来。"

语毕，秦玦挂断电话，眼底染上沉思，甚至忘了和向总监沟通策划案的事。

片晌，他看向翟旭，开口道："你去查一查，林哲以前做过什么。"

如果阮芷音真是失望了，他只有找出症结，才能同她和好。秦玦相信两人的感情不会改变，他们绝不可能这般轻飘飘地分手。

"是，老板。"翟旭点头应下。

办公室里再次传来手机振动的声音，翟旭下意识地瞥了眼裤兜，确定这回不是自己的手机响，才松了口气。

抬眼间，秦玦已经接通电话。

蒋安政的声音清晰地传来，嘹亮而焦急："阿玦！菁菲回公寓时被冯迁绑架了！"

一句话，便让秦玦变了脸色。

蒋安政口中的冯迁，就是上次蹲守在片场，趁乱袭击了林菁菲的人。

当时，剧组的武指反应迅速，推了把林菁菲，让她顺势避开，她这才伤得不重。

一开始，冯迁是想下狠手的。

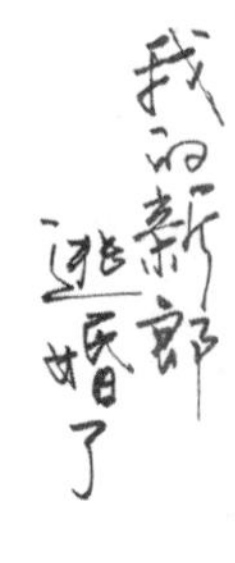

对方盯上的本是秦玦，林菁菲也是因为和秦玦的绯闻，才被牵扯了进来。

毕竟她是被自己牵连而受伤，蒋安政又没说清楚伤情。秦玦没法视而不见，这才匆忙赶去了北遥，以致错过婚礼。

没想到在警局被拘留了一段时间之后，冯迁还敢再来。上次因为冯迁儿子的事放了对方一马，但不代表秦玦会再心慈手软。

毕竟在他看来，冯迁才是导致他缺席婚礼的罪魁祸首。

挂断蒋安政的电话，秦玦刚要起身，秦湘的电话就打了进来——

“哥！翟旭的电话怎么打不通啊？！急得人家康雨都找到我这儿来了。”

秦玦瞥了眼翟旭，后者觉得很无辜。

刚刚的电话确实是康雨打来的，但他是因为老板的目光太过逼人，才没敢接康雨的电话呀！

“湘湘，我现在有很重要的事，等会儿再给你回电话。”

眼看着秦玦就要挂断电话，秦湘连忙阻止：“别别别！哥，康雨刚刚给我打电话，说芷音姐好像出事了！我联系不上她，你赶紧去找找啊！”

她的话音刚落，秦玦瞬间顿住脚步，紧紧握着手机，脸色越发阴沉。

身旁的翟旭见状，欲言又止：“那个，老板……”

察觉到压迫的视线袭来，翟旭将手机递给他，快速把话说完：“是绑匪开了直播！”

阮芷音和康雨的见面地点，约在了公司附近的咖啡馆。

她和康雨曾因婚礼的事宜密切接触过两个月，彼此算是有几分了解。

康雨的家乡在北遥下面的县城，她凭借自己的努力考上一所211财经大学，毕业后进了银行工作。

后来是因为家里急需用钱，她才辞职进入了提成丰厚的Merbeil工作。

阮芷音很欣赏康雨的韧劲。她没料到康雨会因为帮了自己而被Merbeil辞退，但这也算凑巧了。

前不久，她升了项彬的职，要重新招聘助理，康雨绝对是阮芷音心中最优秀的人选，也是最值得信赖的人选。

阮芷音喜欢康雨，给的待遇也很丰厚。而康雨本来就在找工作，惊讶过后，自然不会拒绝阮芷音抛出的橄榄枝。

这场会谈很是愉快。两人坐在咖啡馆中，一直谈到了快下班的时间。

只是阮芷音怎么也没想到，自己刚和康雨谈完事出来，居然会遭遇绑架。

她素来低调，穿戴也不奢华。阮家不是岚桥拔尖的家族，她更没在媒体上露过面，绑匪怎么就会盯上自己？

不过疑惑归疑惑，在察觉到危险的第一时间，阮芷音不动声色地按下通话记录中康雨的名字。

高中毕业后，她曾去学习了两年格斗，但此刻对方人多势众，她没有选择反抗，以免对方直接发现手机的通话。

然而她被人从后面蒙眼绑上车后，兜里的手机还是难逃被发现夺走的命运。

视野被全部遮挡，车内闷热又颠簸，又因为是辆面包车，减震效果很差。

阮芷音尽量保持着镇定，告诉自己就算刚才打给康雨的电话没通，程越霖下班来接她时，肯定也会发现她失踪了。

也是奇怪，这种容易让人慌乱的时刻，她居然无比肯定和她互看不顺眼的程越霖会来救她。

车里除了她至少有三人，他们像是受过训练，一路上保持着沉默。

直到下车，被人拽进充斥着铁锈味的废弃仓库里，阮芷音才听到了第一句话。

"这就是你说的秦玦喜欢的女人？"

眼罩被人粗鲁地摘下，光线一时有些刺目，阮芷音下意识地闭了闭眼。

等看清被绑在凳子上的女人时，她终于明白了自己被绑匪绑来的原因，同时也已经保持不住自己的教养，在心里骂了一句脏话。

昏暗潮热的仓库里，只有阮芷音所站之处有扇窗。而对面背光处的沙发上，坐着个长相粗犷、身形健壮的中年男人。

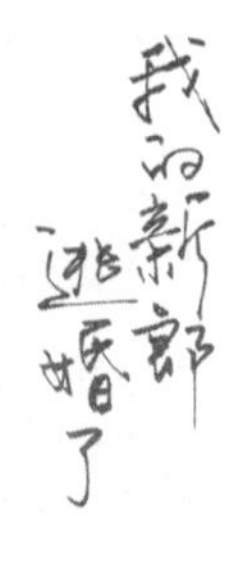

对方手中握着部黑色的手机，时不时低头瞧上一眼。

冯迁打量着她，声音沙哑，语气倒还算客气："阮小姐，不好意思把你请来，她说你是秦玦的未婚妻？"

阮芷音瞥了眼被胶布紧紧贴着嘴的林菁菲，不动声色地思虑着眼下的处境。

对方言语间像是和秦玦有恩怨，之所以会绑架林菁菲，想必也和秦玦有关。只是林菁菲这会儿怕了起来，居然拖她下水。

垂眸一瞬，她笑着回答冯迁："不，我丈夫是霖恒的总裁，和秦玦只是迫于长辈压力的联姻。另外秦玦逃婚了，我和这个女人也有仇。"

冯迁见她神情不似作伪，笑着点了点头："我查过，但林小姐非说秦玦喜欢的是你，我们抓错了人。"

阮芷音像是听到什么笑话，视线从林菁菲身上缓缓移过，对上冯迁的目光："秦玦为她投资电影，送天价的礼物，怕她在娱乐圈里受人欺负一直小心护着，上个月还为她在婚礼上逃婚。你觉得秦玦这么做是喜欢我？"

反问后，见冯迁不动声色地垂眼沉思，阮芷音顿了顿，又道："我和她的堂兄也有过节，可我前脚才把人赶出阮氏，后脚她撒了两下娇，人就进了秦氏工作。秦玦为了她可是连我的面子都不顾了。"

话毕，她洁白的面庞染了怒气，仿佛对秦玦多有不满，眼神也无一丝情意。

沉默片晌，冯迁放下手中的手机，嘲讽道："秦玦这种人，居然还是个痴情的，真没想到。"

阮芷音心下意外，秦玦这个人行事温和，几乎不会和人结怨，可对方像是很恨秦玦。

虽然她不知道他和秦玦有什么仇，但刚才自己的话分明让对方信了大半。

心神稍安，阮芷音继而道："当年秦玦和林菁菲谈恋爱谈得众人皆知，分手没多久又出国疗伤，这些事在学校里都不是秘密。我说的对不对，查查就知道。"

既然对方和秦玦有仇，言语中还尚有几分客气，那么她撇清和秦玦的关系，暗示自己和秦玦不睦，是最好的做法。

林菁菲过往总是会耍些小心思，频频和秦玦一起上热搜。她倒不怕自己被拆穿，毕竟在外人看来，林菁菲在被绑架时才说秦玦另有所爱，实在是站不住脚。

听完阮芷音的话，冯迁悄然看了眼身旁的手机。

很难有人发现，仓库的顶梁上，有一个对着林菁菲的摄像头。

他将林菁菲五花大绑，又用胶布封了嘴，是因为他和彪子商量开直播时，不小心被她听到了。

但是阮芷音并不知道他开了直播，她的位置也没进入直播画面。

她显然意识不到可以出声求助，更无法用动作表情传递消息。

林菁菲是炙手可热的女明星，从她被五花大绑出现在直播间里的那刻起，直播间的观看人数便节节攀升。

冯迁想用这种方法逼秦玦不得不过来与他对质。

直播间里，观众自然也听见了阮芷音说的话，弹幕已经彻底炸开——

“别查了，我能证明，我姐和林菁菲当年都是A大音乐系的。那会儿他们分手，有人去问当事人原因，是林菁菲觉得自己认识秦少爷太多年，还是把他当哥哥，给人甩了，秦少爷也没否认。”

“项链谁不记得？林菁菲前段时间不是还戴着那条粉钻项链上过热搜吗？拍卖行有拍卖记录，我刚查了，项链确实是秦少爷拍下的。”

“是啊，《悬逃》开机的前天，林菁菲好像要被梁导换角，紧接着就传出来秦氏要投资梁导的电影。”

“这些都对上了，那逃婚是哪天？”

“某富二代微博不是暗示过吗？就是林菁菲传出割腕进医院那天。”

网友们口中的富二代，正是那天特意去参加了婚礼，当场目睹好戏的汪鑫。

他起了个牛气的微博名，时不时在微博上爆料点儿八卦，逐渐有了人气。

网友们现在觉得既然刚才那位小姐姐说的全对上了，那秦少爷爱的肯定就是林菁菲，没毛病。

可这种时候，居然还有几个林菁菲的粉丝冒出来嗑CP（表示人物配对的关系）——

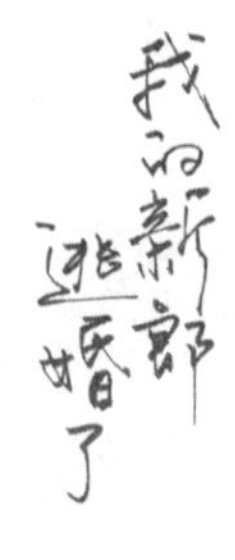

“呜呜呜，秦少爷和菲菲是什么神仙爱情啊？！”

“所以按电视剧套路，现在一个是青梅竹马的初恋女主，一个是被迫订婚的未婚妻女配？”

“不是，嗑什么 CP？刚才那些人还突然跑出来爆料，这会儿明显是菲菲的安全最重要吧？”

“而且绑匪不是说过绑架菲菲是因为秦氏出的药害死了他儿子，秦少爷真那么好吗？”

粉丝们闹了番内讧，又开始弹幕刷屏，试图把爆料那茬给刷过去，可点进来围观的观众开始不满——

“就算他本来喜欢的就是林菁菲，也不能让未婚妻小姐姐无辜受牵连吧？”

“说得对，还在婚礼上逃婚，男方喜欢林菁菲先退婚啊，婚礼逃婚给未婚妻难堪算什么？”

“渣男贱女配对锁死吧，小姐姐都结婚了还被俩人连累，和姓秦的联姻当真是够倒霉的。”

“你们忘了小姐姐刚说了她丈夫是霖恒总裁吗？这是踹了渣男又立马和总裁闪婚了？”

“不是，难道就没人关心绑匪说的秦氏新药有问题吗？真就娱乐至死呗？”

“警察还没找到绑匪的位置吗？不管怎么样，人质还是别出什么事吧。”

“对啊，这可是绑架！！！前面的弹幕都在说什么有的没的啊？”

随着涌入直播间里的路人越来越多，林菁菲粉丝的声音渐渐被埋没了。

到最后，屏幕上一半是谩骂的。剩下一半，或是提到关于绑匪之前对秦氏新药的质疑，或是催促警察赶紧救人。

当然，偶尔也会飘出来几条阮芷音和程越霖的八卦消息。

警局里，氛围肃穆且静谧。

众人都神色紧张地紧盯着绑匪的直播，企图从中发现能够锁定仓库位置的关键细节。因解救人质需要，警方与直播平台进行了沟通，没有关停绑匪的直播。

绑匪似乎找来了懂电脑的高手，大家能定位出的位置全是国外的虚拟 IP 地址，且还在不停地变换刷新。

秦玦死死地盯着屏幕上的弹幕，神色紧绷，浑身散发着令人胆寒的气息。

他从不关注那些八卦新闻，虽然知道自己和林菁菲传过绯闻，却不知道已经传成了这个样子。

当年他和林菁菲分手，她说女孩都要面子，不想让人觉得是她被甩了。

旁人来问他为什么分手时，秦玦并未否认林菁菲的说法。

出国后，他就更不知道那些传言了。

既然外人都这么看他和林菁菲的关系，阮芷音又是怎么想的？她是因为这些才跟自己分手的吗？

原来当看到有人祝福她和其他男人情比金坚、认为她和自己再无瓜葛时，他竟会是这般难以克制地愤怒。

他的心像是被针戳得留下了密密麻麻的针孔，升起阵阵令人烦躁的嫉妒之情。

秦玦知道她是因为冯迁记恨自己，才不得不和自己撇清关系。

可听到她说丈夫是别人，神情冷漠地表示对他没有丝毫情意时，他还是无法控制自己那股抓心的情绪。

蒋安政看着越跑越偏的言论，担忧林菁菲安全之余又有些烦闷，不知道之后该怎样给她扭转形象。

以往，林菁菲出现负面新闻时他可以直接撤掉热搜，可现在警方还在设法定位绑匪的位置，他总不能掐断直播。

蒋安政心乱如麻，转头又看到刚和叶警官沟通完的程越霖，对方突然眼神冰冷地瞧向自己和秦玦的方向。

蒋安政没忍住情绪，失了几分客气地问道："程总在看什么？"

程越霖想到刚才的直播，嗤笑一声，冷声道："这都瞧不出来？当然是看傻瓜。"

"你……！"

蒋安政顿时气急，不满程越霖那轻傲狂妄的态度，正欲上前，却被

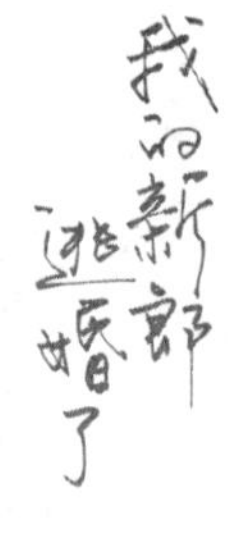
旁边的秦玦喝止，厉声警告："阿政！现在不是吵架的时候。"

程越霖瞥了眼秦玦，面色冷峻，转过头低声吩咐白博去找公司技术部的余勇来协助警方破解定位。

下班去接阮芷音时，程越霖才碰到焦急地蹲守在阮氏门口的康雨。

婚礼时，康雨曾见过程越霖一面，对他印象深刻，所以一瞧见他的车，就匆忙上前拍响了车窗。

阮芷音给她打那通电话时虽没有开口，但康雨知道阮芷音心细，不会随意拨错电话，又因为听到了乱糟糟的声响，所以觉得对方可能出事了。

果然，她再打过去时，手机已经关机。

即便联系过秦湘，但康雨还是不怎么放心，尤其是后面看到林菁菲被绑架的消息冲上热搜时。

康雨下意识地觉得求助程越霖应该要比秦玦靠谱。她问过阮氏的员工，知道程越霖会来接阮芷音下班，焦急地等待了半个多小时，总算见到程越霖。

而后，程越霖匆匆赶至警局。

他因为父亲当年的案子，和叶警官有些交情。对方恰巧负责这起绑架案，不过也是程越霖赶到，才知道被冯迁绑架的还有他新婚的妻子。

天晓得当程越霖知道阮芷音是受秦玦连累和林菁菲的特意供述才遭遇绑架时，他多想骂人。

骂一句傻瓜，简直太便宜他了。

要不是因为阮芷音还等人去救，他已经忍不下心里那股戾气。可程越霖知道，这种时刻要强迫自己冷静下来。

刚才的直播里，她的应对足够沉稳，也很聪明。按照目前的情况来看，绑匪应该暂时不会伤害她。

叶警官和同事交流完情况后，面色凝重地走到秦玦跟前："绑匪让你亲自去换人。现在有两种方案：一是冒险同意绑匪的要求，诱导绑匪给出地址；二是加大人力投入，扩大搜寻范围，等待警方锁定目标。"

听上去是两种方案，但想要尽快找到人，他只能先同意绑匪换人的要求。如果盲目搜寻，还不知道要等到什么时候才能救出人质。

冯迁针对的人，其实是秦玦。

他儿子冯鸿祯是KK综合征患者，也是秦氏旗下T&D公司新药的临床试验病人。柯康综合征属于绝症，但T&D的这款新药对病情有不错的抑制效果。

只是柯康综合征患者很少，研发投入大，这款药目前还属于天价药品，冯迁为了给儿子治疗几乎倾家荡产。

上个月冯鸿祯突发急症不治身亡，尽管医生说是因吃了相冲药物出现严重过敏反应所致，可冯迁不信。

他觉得是T&D的新药有问题，又因为当初是听了秦玦的讲座才选择这款药物治疗，于是便偏执地盯上了秦玦，想给儿子报仇。

冯迁早年混社会，本来就有案底，后来妻子去世才为了照料儿子收手。

现在唯一的儿子没了，自己也倾家荡产，他只剩下报仇这一个信念。

上回被拘留时警方开导过他，看来是没有什么用，反而让他选择剑走偏锋。

不过冯迁刚刚也说，只要秦玦亲自过去换人，他就不会伤害人质。冯迁肯定知道自己逃不了，恐怕他也不想活了。

听完叶警官的话，秦玦几乎没有思索，点头道："我去换人。"

叶警官松了口气，秦玦的身份毕竟不一般，他能同意涉险配合，显然最好。

而程越霖淡淡看了眼秦玦，没再说话，根本就不想去管秦玦的死活。

这时，沉寂了许久的屏幕中，再次传来了阮芷音的声音——

"大哥，仓库里就只有我头顶这一扇窗户有光，怎么还这么热？你们也都流汗了，这儿就没有风扇？"

叶警官眼神略顿，皱眉一瞬，快步走到另一位警员身边："找一找，窗口朝着西南方向，只有一顶窗户的仓库。"

另一边，昏暗的仓库中。

阮芷音话音刚落，闭目坐在沙发上的冯迁突然睁开了眼睛。

他看向旁边那个身材魁梧、戴了口罩、鼓捣着破旧风扇的男人，捂嘴咳嗽一声道："去把直播关了吧。"

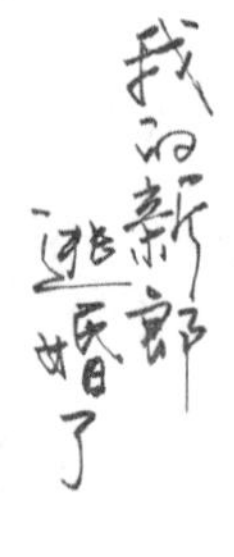

那个男人点了点头，放下手中的风扇，走到一台电脑前，用沾满灰尘的手快速敲了几下键盘。

他站起身后，正好看到对面疯狂摇头的林菁菲，男人紧紧拧起眉，满不客气地开口："你摇什么头？费尽心思骗我们去抓人，是盼着我们露马脚给警察？"

他跟踪林菁菲三天才把人给绑来，对方当时挠花了他的脸，害他回去被媳妇问了一晚，故而对林菁菲很不客气。

确认男人关上直播后，冯迁突然道："行了彪子，你们都赶紧走吧。"

"迁哥？！"彪子惊讶地看着他。

冯迁又咳嗽了一声："你们都有老婆孩子，我却没想全身而退。我人在这儿，等秦玦联系就行了，你们不必陪我。"

"彪子，你自己有本事。以后收手别再干了，出去避避风头，赚钱养家。"

说完停顿一会儿，冯迁叹了口气，又道："万一还是被我连累进去了，出来记得好好过日子。这回是我对不住你和阿振，快带他们走吧。"

冯迁原本想开着直播和秦玦对质，可这样就需要彪子留下帮他。临到此刻，他还是念着往日情义，放弃了这个想法。

只要秦玦过来，他总能帮儿子报仇。

"可是……"

冯迁皱眉看他："听我的，走吧。"

阿振拦住了还想再开口的彪子，顿了顿，低声说道："那我们走了，迁哥，你保重。"

说罢，他拽着彪子，招呼着另外几个戴了口罩和墨镜的男人离开了仓库。

他们走后，偌大的仓库中，只剩下阮芷音、林菁菲和冯迁。

冯迁看了阮芷音一眼，随后把她拽到林菁菲身边，又将阮芷音的一只手铐在仓库的水管上，但解开了她手上原本绑着的绳索。

同时被上了手铐的还有林菁菲，只是她比阮芷音的待遇差了不少，不仅被冯迁铐上了双手，还被铐了双脚。

即使停止了直播，林菁菲嘴上的胶布也没被撕下，似是被冯迁给忘记了。

“等秦玦来了，我会放你走的。”

他这句话，是对阮芷音说的。

说完，冯迁又走回了仓库另一边那个破烂残缺的沙发上，闭上了眼睛，似乎没什么兴致再看她们。

林菁菲眼神复杂地看向阮芷音，贴着胶布的嘴中发出含混不清的声音。

阮芷音看了眼默不作声的冯迁，勉强撕掉林菁菲嘴上一半的胶布。

她的动作太快，胶布瞬间粘掉半张脸的汗毛，林菁菲的嘴唇也被撕出血丝。

“看我自食恶果，你很得意吧？”

林菁菲声音很低，疼痛地喘着粗气。

阮芷音冷笑一声，也没看她，神态疲惫地靠在身后的管子上，回道：“我也被绑着，得意什么？”

不是她想帮林菁菲，但聊两句也行，至少能卸下心底那点儿紧张的感觉。就算她要跟林菁菲算账，也得等重获自由之后。

林菁菲细瞧她的神色，垂下眼眸，而后突然笑了：“自从你回了阮家，我的生活就变得一塌糊涂。”

阮芷音回来之前，她是阮家唯一的小姐。爷爷宠她疼她，林成这个父亲虽然忙，但对她这个独生女也不错。

一开始，林菁菲想过和这位表姐好好相处，可阮芷音的出现，很快搅乱了她的生活。

从那之后，爷爷更加偏袒的人是阮芷音，秦玦也对她很是照料。就连素来不喜欢自己的秦湘，也成日跟在阮芷音身后。

林菁菲的心态渐渐变了。

阮芷音以前在县城上学，刚来时成绩还不及她好。可对方只用了半年，成绩就已经名列前茅。

阮芷音在学校时穿着低调，可即便如此，仍然吸引了不少关注的目光，唯有她不觉得。

阮芷音高考时是岚中的文科状元，去了 A 大，外人也开始议论她和秦玦是一对金童玉女。

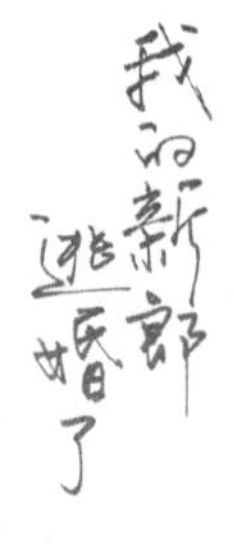

而林菁菲即便学了艺术，高考录取分数也较低，可还是被林成托了关系才进的 A 大。

林菁菲本可以出国，却因为秦玦留在了国内。至于秦玦，当然是为了留在阮芷音身边。

可是最后，他们两个还是先后去了美国。

林菁菲觉得自己原本幸福的生活变得天翻地覆，而阮芷音始终压在她的头上。

她是喜欢秦玦，可对阮芷音的心态变化，不仅仅是因为男人。一个人突然出现，分走了你的一切，你又如何心如止水？

她表面瞧不起阮芷音，心底却忌惮着对方。而她的忌惮也没错，阮芷音渐渐摆脱了过往的低调，变得越来越优秀。

看着连苛刻的方蔚兰都开始满意阮芷音这个未来儿媳，却丝毫瞧不上她时，林菁菲开始想让阮芷音尝尝那种永远被一个人压在头上的滋味。

阮芷音看着随和，可骨子里多高傲啊！林菁菲成功算计对方离开秦玦，却没想到阮芷音转身就嫁给了程越霖，压根儿没让她体会到报复的快感。

瞥见林菁菲复杂含恨的眼神，阮芷音摇着头笑了。

"林菁菲，你会不会太把自己当回事了？怎么，总觉得别人该捧你让你？为什么不想想，你根本没有那么重要。"

她确实没那么在意林菁菲，之所以会因对方和秦玦争执，是介意那个男人的做法。换成任何一个女人，都是一样。

即便是当年秦玦和林菁菲谈恋爱，阮芷音也只是突然明白婚约根本没什么束缚力，转而和爷爷提出取消婚约。

她的确因为秦玦的帮助和维护喜欢上了他，可那又怎样？对方不喜欢自己，她总该放弃，转而去做自己该做的事。

于是阮芷音选择了出国深造。

可是秦玦又和林菁菲分手了，不久后再次成为她的校友。

秦玦追了她一年，阮芷音起初拒绝了。

然而那年圣诞节，她突然收到院长妈妈寄来的玉佛，为他的那份心意触动，于是接受了秦玦。

阮芷音轻飘的声音落到了林菁菲耳中，让她瞬间捏紧指节。

林菁菲抬头看她，而阮芷音的眼神满不在乎，仿佛在看一个跳梁小丑。

“你是不是一直知道——”

“是，我知道。”

两人心照不宣，但林菁菲已经明白，阮芷音从来都知道秦玦没有出轨。可即便如此，阮芷音也不想要这个男人了。

她不要的男人，却是自己费尽心机去争去抢的。想必自己先前做的一切，在她眼里都分外可笑。

林菁菲的面色变得有些颓然，眼眶因心底升起的那股羞愤之情变得通红。

她以为自己真的设计到了阮芷音，其实还是输得彻底。

仓库的另一头，冯迁并未在意林菁菲和阮芷音这边的动静，或者说已经懒得去在意二人。

他接通了秦玦打来的电话，未等对方开口，便单刀直入：“城西，裕丰酒厂的废弃仓库，过来换人。”

冯迁没有叮嘱秦玦不要报警。

显然，他已经知道秦玦报了警，但也只想借着直播把儿子的事闹大些，然后和秦玦同归于尽。

虽然他换不回儿子，但那又怎样？他已经没了活下去的意义。

一小时后，秦玦驱车赶至城西。

冯迁藏身的这座仓库背靠着山，位置确实隐蔽。警方通过阮芷音的话锁定了三个仓库，可不好分散警力，于是秦玦还是拨通了电话。

“怎么还有别人？”

秦玦现身的一刻，冯迁紧蹙眉峰，视线阴沉地看向了仓库门口。

阮芷音此时已被人铐住双手，而冯迁手持着一把枪，站在她和林菁菲身后，望向一同出现在仓库里的两人。

除了秦玦，另外一个男人身形挺拔，面色冷峻，居然是程越霖。

阮芷音的心情是意外的。

她虽觉得程越霖不至于不顾她的死活，但她也没想到他会和秦玦一起

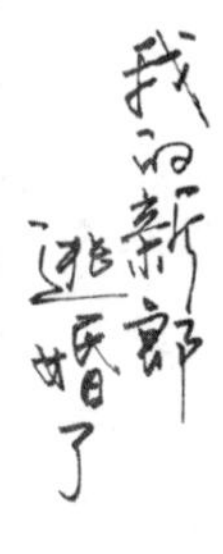

过来。

男人淡淡瞥了阮芷音一眼，见她只是略显狼狈，才对上冯迁的视线，吊儿郎当地回答："你莫名其妙地绑了我的妻子，我总不能让别人来救吧？"

冯迁瞬间明白了对方的身份，仔细打量着程越霖和阮芷音的表情。

而后，也不知想到了些什么，他突然笑了笑，看向秦玦："秦总，你可以选一个人过来把她换走。"

阮芷音下意识地看了眼秦玦，还未看清对方神态，林菁菲已经迫不及待地挣扎着喊道："阿玦，表姐不会有事的！"

这句话，瞬间暴露了许多东西。

阮芷音神色一紧，竭力保持着平静。

她不知道林菁菲是刻意出声，还是单纯地害怕秦玦不选她，但无疑让氛围陷入了僵局。

现在的情况，林菁菲可能是在暗示秦玦，阮芷音已经和冯迁讲好，秦玦一到就会放了她。林菁菲也有可能是还不死心，最后暗示冯迁，阮芷音才是真的在撒谎。

秦玦当然也被动，如果他选阮芷音，冯迁又会不会突然觉得不对而反悔？如果选了林菁菲……

"我选她。"

就在众人思索间，秦玦突然声音清亮地做出了选择。

冯迁轻笑一声，略微扬起蓄满胡子的下巴，示意道："门口有副手铐，自己铐上，走过来。"

秦玦神情凝重地看了眼阮芷音，握拳俯下身，默默戴上了一旁的手铐，而后朝着冯迁走去。

还有两步就要走到时，冯迁突然松开了林菁菲，扔下了两把钥匙。

继而他一把拉过秦玦，将枪抵在秦玦的腰背上，轻咳道："阮小姐，你也可以走了。"

林菁菲已经迅速捡起两把钥匙，尝试打开过后，神色复杂地看向阮芷音。

显然，她打不开手铐。

阮芷音扬眉笑了笑，将被铐住的双手伸向她，神态自若，静待不语。

林菁菲微顿咬牙，只好拿起钥匙，上前先帮她打开手铐。

啪——

手铐落地的一瞬间，阮芷音直接甩了林菁菲一个响亮的巴掌。

过程太过迅速，林菁菲愣了几秒，才震惊地抬头："阮芷音，你敢打我？"

阮芷音的眼神冰冷："你拿我来当挡箭牌，唆使人去绑架我。林菁菲，打你一巴掌还是轻的。"

如果不是顾虑爷爷身体，她会让林菁菲付出更大的代价。

林菁菲应该庆幸自己是爷爷的外孙女，阮爷爷的身体已经熬不了多久，阮芷音还不能和对方彻底撕破脸。

林菁菲到底是女明星，皮细肉嫩，被打了一巴掌后，腮边瞬间显出绯红的五指印，可见阮芷音用了多大的力气打她。

可她还戴着手铐，根本无法做些什么。她下意识地去看秦玦，却见男人神情肃然，且被冯迁控制着，还不如她。

甚至，她还得求阮芷音帮忙打开手铐。

林菁菲低下头去，神色暗沉，第一次感受到这么大的难堪。

最后，也不知林菁菲是怎么想的，居然拿着自己那副手铐的钥匙，走向了站在门口的程越霖。

冯迁并不想看两个女人的纠缠，冷声催促道："你们可以走了。"

言罢，他持枪抵在秦玦的头上，似是很了解周围的地形，一直让秦玦挡在前面。

分明一枪就可要了对方的命，可他急于先将其余人赶走。

这里只有一扇窗，冯迁却始终站在狙击手视线的死角处。

仓库外，叶警官神色严肃，埋伏在远处的狙击手也迟迟无法开枪。

程越霖没有理会走来的林菁菲，视线仍定格在冯迁那边的阮芷音身上，开口道："音音，我们走了。"

阮芷音对上他的视线，眼神深深地望了对方一眼，而后淡淡应声，缓步朝程越霖走去。

行至一半，距离程越霖仅有几米之处，她倏然转头，看向冯迁："对了，我的手机之前被人收走，里面有公司项目的资料，得拿回来。"

冯迁紧抿嘴唇，像是很不耐烦，但秦玦已经被他控制住，阮芷音也不过是个手无缚鸡之力的女人。

他只是紧盯着远处的程越霖，而后眼神随意一扬："在沙发上，你自己去拿。"

沙发在冯迁的身后。

阮芷音面无表情地向沙发走去。

一步，两步，三步——

越过冯迁的一瞬间，她猛然转身，在对方没来得及反应之际，绕过冯迁的脖颈，一个缠臂锁肩反身压住了冯迁。

慌乱间枪支落地，冯迁猝不及防被阮芷音撂倒，连带着受制于冯迁的秦玦也失衡倒在地上。

虽被阮芷音成功压住，但冯迁的力气非她可比，对方脖颈上显现出青筋，挣扎着去够一臂之外的手枪——

一声闷响，仓库的窗户整块破裂，等待许久的两名警察从外跃入。

程越霖不知何时跨步而来，抬脚将枪踢到几米外，和随后赶来的警察一起制伏冯迁。

趴在地上的人被戴上了手铐。

半分钟后，警报器响起。警察蜂拥而至，叶警官看清仓库里的情形后，松了一大口气。

冯迁一直没给远处的狙击手开枪的机会，好在刚才狙击手寻到了他近身的空隙。

阮芷音早已力竭，被程越霖扶着手臂才慢慢站起。

还好冯迁把其他几人赶走了，她才敢冒险去尝试。被绑时阮芷音没有反抗，也使冯迁放松了对她的戒备。

当然，最重要的是，程越霖也看懂了她传递的意思。刚才警察离得远，是他先踢走了冯迁的枪。

阮芷音实在没了力气，半靠在他怀中，为表示对他心领神会的欣慰之情，凤眸一弯，朝眼前的男人笑了笑。

可程越霖看到她这副表情，眼神中酝酿着寒意，咬着牙在她脑门上一弹，沉声道："阮嘤嘤，就你这点儿本事也敢去和冯迁比格斗？"

冯迁是年纪大了，可年轻时实打实混过社会，又是男人，打过的架不知有多少。

他知道因为杨雪的事，阮芷音高中毕业后特意去找人学过格斗，两人也曾在那家会馆里遇见过。

可明白阮芷音打算的一刹那，程越霖还是气得很，却无法出声阻止。

他的心中甚至有几分酸涩，难道秦玦就这么重要，能让她不惜去冒险？

“可我还是成功了。”

阮芷音笑容停在嘴角，摸了下发痛的额头，到底没和程越霖计较。

顿了几秒，想到程越霖不辞辛苦地赶来，她终是有些感激，又道：“放心吧，刚才就算是你，我也会这么做的。”

阮芷音想要表达的是，感谢他来救她，如果有天程越霖不幸被绑架，自己也一定会想尽办法施救。

连秦玦那种不爱与人结怨的人都能惹上这种麻烦，那像程越霖这般趾高气扬、轻狂傲慢的个性，也不知道已经结了多少仇。

阮芷音忍不住为他捏了把汗。

反倒是程越霖，冷不丁听到她后面的这句话，愣怔一瞬，嘴角忍不住翘起浅浅的弧度，耳边染上极淡的绯红。

程越霖的喉结微动，他握紧了拳头，语调却一如既往地散漫，不咸不淡地应了声：“嗯。”

这女人还算是有点儿良心。

另一边，秦玦总算打开了林菁菲那副手铐。他转过身，才看到阮芷音半靠在程越霖的怀里，脸上的那道笑容过于刺眼。

他定了定心神，想到方才的情形，踱步走了过去。

“芷音，你……没事吧？”

阮芷音听到声音，沉了脸色。

她抬眸望向一米外的秦玦，面无表情地摇了下头，没说话。

秦玦察觉到她的冷淡，启声道：“刚才的情况，我——”

他欲言又止，可刚一开口，阮芷音就已经明白他想说什么了。

他大概是想说，选择救林菁菲，是受制于当时的情形不得不选。

虽然他救了林菁菲，但他和自己一道身陷险境，冯迁就算会对他下手，也不会再伤害阮芷音。

想到这儿，阮芷音冷笑着打断他："秦玦，林菁菲是让我作呕，但是你也不遑多让。怎么，你觉得自己是救世主吗？愧疚于救下林菁菲，然后让我陪你一起承担危险？抑或是再扮深情来解救我？

"可凭什么我要和你一起承担？我们早就没有关系了，你为什么觉得自己能够为我做决定？

"还是你想说救下林菁菲是因为要成全对奶奶的承诺？可你这份成全自己恩情的自私，更让我恶心千倍万倍。

"我是救了你，但那是念在你曾经帮过我的分儿上。如果在我的能力范围内，换作别人，我也会这么做。如果你说想报答什么救命之恩，那就请你不要再出现在我面前！"

要不是秦玦和林菁菲，她根本就不会摊上这种事。

阮芷音将积压的情绪尽数发泄，不再等秦玦反应，转头看向程越霖："我累了，咱们走吧。"

秦玦早已愣怔在那儿，唯独猩红的眼睛死死地盯着她，耳边反复回荡着她说那几句——

"她让我作呕，你也不遑多让。"

"你更让我恶心千倍万倍。"

"请你不要再出现在我面前。"

因为了解她与人为善的性子，所以秦玦越发震惊于阮芷音那份打从心底生出的厌恶之情。可是从什么时候开始，她居然对他产生了这么深刻的厌恶之情？

他想要逃避刚才的话，却偏偏一遍又一遍地出现在了记忆中，像是锋利的刀刃不停地割在心口上，令人窒息，伴着一种铺天盖地的无力感。

秦玦沉浸在翻滚的思绪中，而冯迁被两名警察押着向外走去，像是已经放弃了希望，满脸颓败之色，低下头默不作声。

可谁知路过秦玦身边时，他突然目眦欲裂，瞬间迸发出巨大的力气，猛然挣开左右的警察，也不知从哪儿掏出来一把匕首，戴着手铐的手竟握刀刺向了秦玦。

“小心——”

叶警官大喊的声音突然响起。

阮芷音应声回头，就看到眼前紧捂着腹部、半跪在地的秦玦。

鲜血顺着刀柄涌出，晕染在衬衫上，白与红的颜色形成了强烈的对比，鲜艳刺目。

他将骨节分明的手掌捂在伤口处，血液逐渐溢出指缝，一下下滴在地上。

秦玦却浑然不觉，只愣愣地望向阮芷音，视线紧锁在她脸上。

匕首被夺，冯迁被彻底制伏。

叶警官急忙叫人去喊候在外面的医生，嫌疑人都被抓住了还让人受伤，这要是追究起来，他们都得受处分。

蒋安政和林菁菲更是震惊不已，满目担忧之色，快步走到秦玦身边，却被他给使劲挣开。

秦玦缓慢地踱步，用那只干净的手紧紧拽住了几步之外的阮芷音。

“芷音。”他声音沙哑地叫她的名字。

阮芷音瞥了眼秦玦握在自己腕上的手，平静地抬眸：“秦玦，你这是干什么？”

就算他现在受了伤，该找的也应该是医生，而不是自己。

秦玦闻言怔了怔，似是有些茫然。

是啊，他在干什么？

他只是不想她就这么离开，想要从她的脸上看到担忧和紧张之色。他总感觉像是有什么东西从指缝间溜走，迫切地想要抓住。

他的伤口火辣辣地疼，额间已经沁出汗水，薄唇更是隐隐发白。可她默然的样子，带给他的疼更甚。

秦玦踉跄了一下，蒋安政连忙上前扶住他，焦虑地道：“阿玦，你现在得赶紧去医院。”

听到蒋安政的话，阮芷音似是想到了什么。

她微蹙秀眉，看向程越霖，话语中带着商量：“要不……我们也去医院吧？”

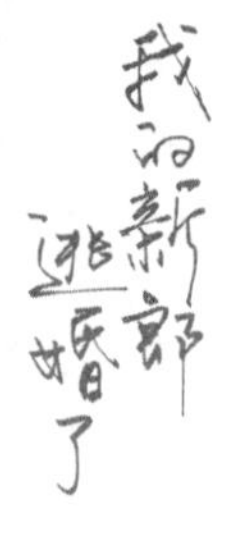

言及此，秦玦紧绷的身形放松几分，拽着她的手也松去些力度。

程越霖漆黑的眸子深沉地看向阮芷音，意味不明。

她心里莫名一虚，抿了抿唇，继续劝说："你胳膊也划伤了，需要包扎。"

她指的是程越霖小臂上的那道伤口。刚才他和冯迁搏斗之中，不小心被一旁的铁片划到了。

虽然伤口不深，但还是打一针破伤风比较放心。

蒋安政瞥了眼程越霖那道快要愈合的伤口，忍不住在心里骂街。

秦玦被人捅了一刀，阮芷音这个女人却在关心别人，她怎么能这么狠心？

程越霖瞧了眼秦玦，对方早已绷紧了下颌，神情越发颓丧。

他收回视线，忍不住轻笑："不用去了，这点儿小伤，家里有药。"

阮芷音点头："那行，走吧。"

言毕，她又皱眉看向秦玦那始终不肯放开的手。

"不想死，你该去拽医生，要是想死……"阮芷音微顿，瞧了眼蒋安政脸上流露出的厌恶之色，继而道，"也请你离我远些，别让我担上害死人的责任而被人记恨。"

"阮芷音！阿玦都已经这样了，你就不能好好说两句？"蒋安政终于看不下去，沉声指责。

阮芷音语调讥讽，轻笑着开口："刀不是我捅的，人不是我伤的。我还没指责你们连累我，你倒有脸冲我大吼大叫？

"也对，你本来就蠢，才会被林菁菲耍得团团转。要是没有秦玦，你不就只能混个文凭回蒋家啃老？愚不可及。"

潋滟的凤眸中，讽刺的意味太浓。

阮芷音脾气好，所以蒋安政没想到她居然会反击，一时愣住，却不知该如何反驳。

论学历，蒋安政只能算出国镀了个金，当然比不上阮芷音。

他又是蒋家偏支，如果不是和秦玦的关系亲密，家族也不会看重他。

程越霖静静地看着她这副伶牙俐齿的模样，墨澈的眼眸中染上抹玩味之色，可看到秦玦那过于碍眼的手，又拉下脸。

他姿态散漫地扬眉，冷淡地道："秦玦，你总拽着我老婆不放，是压根不把我放在眼里？”

“你老婆？”秦玦眸若寒冰，直直地看向对方，低沉地反驳，“程越霖，你们的婚事本来就是假的。”

“假的？”

程越霖哂笑一声，像是听到了多么好笑的笑话。

而后，他淡淡抬眸，取出西装内袋中的物品，眸底似有几分轻佻之色：“不好意思，我们是合法同居的关系。究竟是谁跟你说这场婚事是假的？”

秦玦看清对方手里的东西，瞬间怔住，手上也失了力气，被阮芷音直接抬臂挣脱了。

不过她震惊的感觉不比秦玦少，毕竟谁能想到程越霖居然带着他们的结婚证？

带就带了，他居然还如此不合时宜地在秦玦面前拿出来秀恩爱。

但现在已是深夜，她确实累极了，也不想再和秦玦等人纠缠，于是拽了下男人衣摆，低声道：“走吧，咱们回家。”

程越霖心情不错地勾了勾唇，轻描淡写地应下：“嗯。”

而后，他在心里反复回味了一下——

嗯，咱们回家。

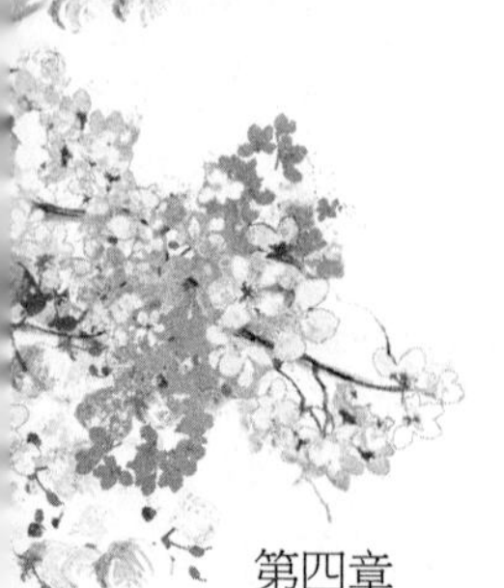

第四章

所谓的初恋

客厅里，阮芷音用碘酒沾湿棉签，扶起程越霖的左手，忍不住多看了一眼，才屏气凝神地帮他处理小臂的伤口。

他的手指瘦削而修长，骨节分明，指甲圆润干净，净白的皮肤下隐约可见淡淡的青色纹路。

阮芷音轻扶着他的手，小心翼翼地将碘酒涂抹开。肌肤相接处传来热度，她的手总是凉凉的，他的手却正好相反。

可在对方第七次缩回手臂后，阮芷音终于忍不住蹙眉："程越霖，你要是再动，我们就还是去医院吧。"

她好心帮他上药，可这人不太配合。次数多了，阮芷音也来了些脾气。

"不去。"程越霖轻声拒绝，顿了顿，又皱眉道，"你使点儿劲，别跟挠痒似的。"

阮芷音听了，便觉得他这话带了点儿嫌弃之意。

"我那是小心，还不是怕你疼？"

她这么说着，手上也加重了力气。反正疼的又不是她。

折腾了快半小时，阮芷音总算将碘酒和药膏全部上完，又给他缠上了层纱布。

等处理完毕，男人慢条斯理地放下松松挽着的袖口，闲散地靠在沙发上，伸手拿起放在茶几上的手机。

阮芷音瞥了他一眼，想了想，觉得还是欠他一句谢谢。于是她淡淡地抿唇，开口道：“谢谢你今天过来，麻烦你了。”

“你倒挺客气。”程越霖听罢，只是随意掀了掀眼皮。

停了会儿，他突然又道：“阮嘤嘤，你被冯迁抓走那会儿害怕吗？”

阮芷音微顿，默不作声地浅笑，然后摇了摇头。

不管她害不害怕，此事总归是有惊无险地过去了。

程越霖瞧了她几秒，知道她这是遇事习惯了回避，不愿意和人示弱。

于是他垂下眼眸，终究没再开口。

察觉到他的沉默，阮芷音轻皱眉心，心想：这人刚才的心情似乎还不错。

他的性格还真是阴晴不定？

继而想到之前的事，她叹了口气，抬眸对上男人的视线。

“所以之前……”阮芷音打量着他的神情，思虑少顷，总算把话问出，“你到底为什么生气？”

她说的是两人这几天沉默的氛围。

虽然今天这场风波让她和程越霖之间的关系直接破冰，但阮芷音还是不明白他突然生气的原因。

既然说了要好好相处，化解干戈，她总要明白他的想法吧。

程越霖悠然地望向她，意味不明地轻笑一声，淡淡道：“因为一些不太重要的小事。”

这些事确实不重要，他也没必要较劲。

他要真去较劲，气着的也只有他。

阮芷音见他态度敷衍，忍不住皱眉。

程越霖懒洋洋地挑眉，出声打断她的思绪：“我饿了，不是要道谢吗？去帮我下碗面条。”

他又是这副挟恩图报、理所当然的模样。

阮芷音微顿，看他一眼，但还是站起身，走去了厨房。

他这么一提，自己倒也觉得饿了。

见她走开，程越霖这才摸出手机解锁屏幕，点开钱梵刚回过来的消息。

钱梵：“霖哥，你这进度也太过神速了吧？！才这么点儿时间，嫂子居然都扬言要和你生死与共了？”

程越霖挑了挑眉，又在脑海中认真回味了一遍她之前说会拼尽全力救他的话。

至于阮芷音对秦玦说的那句“能力范围内，换作其他人，我也会这么做”，则早已被他抛之脑后。

微信还是程越霖白天时刚刚注册的，通讯录里只有钱梵一个好友。

他直起手机调整下角度，偷拍了一张阮芷音在厨房里忙碌的背影，给钱梵发了过去，然后打字回复：“这不，怕我饿了。”

顿了顿，他又想到什么，悄然挽起了袖口，拍了张手臂上纱布的照片。

他继续打字：“一点儿小伤，包了半小时。”

钱梵：“也就一点点羡慕。”

钱梵：“没想到啊霖哥，你客串个新郎还能白得这么好的媳妇。爱情来了挡都挡不住，嫂子是不是爱你爱到不可自拔了？”

程越霖：“一见钟情，懂吗？”

程越霖：“也就勉勉强强吧。”

程越霖：“她脸皮薄，领会就好。”

钱梵：“明白明白，不能惹嫂子害羞。”

手机那头，钱梵刚回完这条消息，却突然意识到了什么——

不对啊，什么一见钟情？嫂子不是早就认识霖哥了吗？

过了半晌，钱梵一拍脑门恍然大悟——

不是吧、不是吧，嫂子居然也在玩暗恋？！

十分钟后，阮芷音刚端着两碗面从厨房里出来，就看见程越霖望着手机，嘴角还挂着散漫的笑意。

余光瞥到她后，男人才放下手机，随后站起身来，从容不迫地接过她手里的那碗面，姿态悠然地走向餐厅。

阮芷音在他对面落座。

餐桌上，两人都没说话。

低头吃了两口面后，为表示自己想要和他好好相处，阮芷音随意寻了个话题，打破沉默："你刚才是在笑什么？"

程越霖微微抬头，声音轻描淡写："钱梵发了几张图，挺有意思。"

"你说的……是表情包？"

"是吗？你也有？"程越霖扬着眉瞧她一眼，放下筷子点出一张二维码，而后递过手机，"那也给我发几张。"

他看起来满不在乎的样子。

阮芷音没有多想，拿起手机扫了他的微信，发出添加好友的申请。

微信号像是才刚注册的，连头像都还是灰色的系统默认的图片，朋友圈也一片空白。

她仔细挑选了几张有意思的表情包存货，边发边问："对了，你今天为什么会带着结婚证？"

阮芷音倒没别的意思，纯粹是觉得好奇。

程越霖掏证的行为虽然她细想起来有些啼笑皆非，但也不觉得有什么大碍。

既然秦玦一直认为她和程越霖是假结婚，那么能让他趁此机会死心也好。

只是这么一想，阮芷音又忍不住担心起如果他们一年后离了婚，这个谎言岂不是立马要被拆穿？

程越霖闻言，眼眸微动，语调却漫不经心："哦，钱梵他没见识，非说什么没见过真的结婚证，让我带给他看看。"

他可不是没见过真的结婚证吗？

阮芷音沉浸在以后离婚要被拆穿的忧虑中，点下头："那既然已经看过了就收好，万一丢了离婚时怪麻烦的。"

程越霖咬牙："阮芷音，结婚才半个月，你这就想着离婚了？"

阮芷音抬头时，才发现程越霖笑得有几分古怪，眼神隐含讥诮之意。

她顿了顿，下意识地解释："没有，我就是怕你把结婚证弄丢了。而且你今天大张旗鼓地给他们秀证，等离婚了我或许会有点儿尴尬。"

原本她并不在意离婚之后的事，可他现在秀了证，他们要是没多久就离婚，岂不是在蒋安政和林菁菲那儿闹了笑话？

“哦？”程越霖轻挑眼角，放下手中的筷子，环臂与她对视，“你现在的意思是，不想太快离婚？”

阮芷音皱了皱眉，总觉得他的话有哪里不对，可又好像没什么不对。

至少此时此刻，她确实不太想那么快就到离婚那天。

程越霖微哂，淡淡道：“阮嘤嘤，其实只要我们两个相处还算愉快，我也不是不可以——

“考虑下延期。”

“什么？！延期？”

美容会所里，阮芷音闭眼躺在美容床上，正和好友们一起做着SPA（水疗）。

在阮芷音说出离婚延期的事后，叶妍初惊讶地叫出声，脸上的面膜都险些掉了。

阮芷音：“他是这么说的。”

程越霖摆出的道理很简单，这场婚姻的持续对他们两人都有好处。

对他来说，已婚男人的形象能帮他稳定股价。而对于阮芷音来讲，不离婚可以帮她避去不少的麻烦。

只要她和程越霖一天没有离婚，林成就会有所顾忌。而她帮了对方，他也承诺会进一步推进和阮氏的合作，在她需要的时刻帮她一把。

截至目前，两人的婚姻关系还算愉快，只要双方没有异议，协议到期后可以考虑再签一份延期协议。

顾琳琅默默地道：“你们俩都没交往对象，这程太太的位置占就占着呗。程越霖虽说有点儿孤傲，这回倒让我刮目相看。”

她说的还是半个月前阮芷音受秦玦和林菁菲牵连被人绑架的事。

虽然是虚惊一场，但程越霖那天能够赶过去，还算是有几分担当。这个凑对的丈夫，倒是比秦玦那个前未婚夫强。

“话是这么说没错，可音音结婚后又领证又同居，现在连离婚都没影了，就剩下我一个孤家寡人。”

以往周末时，叶妍初还经常去阮芷音的公寓借住。现在阮芷音搬去了程越霖那儿，所以她一到周末就感觉身边空荡荡的。

“那你就谈个恋爱嘛。”顾琳琅忍不住打趣她，而后突然道，“对了，梁导的女主角已经换成沈蓉了。”

叶妍初瞬间转移了话题：“林菁菲那性子，她就没折腾？”

“折腾？”顾琳琅轻笑一声，“秦玦还在医院里躺着，哪儿有工夫管她的事？”

房纬锐回家时告诉她，秦玦这回是真的伤得不轻，又不太配合医生的治疗，到现在都没出院。

顾琳琅知道丈夫的意思，他是希望自己劝说阮芷音去医院探望，可顾琳琅压根儿就不想去劝。

叶妍初按按面膜，下巴微动：“上回那场直播闹这么大，现在林菁菲的形象可是一落千丈。”

绑架案过后，冯迁和他的同伙尽数入狱，警察也查明了冯迁的儿子是因为撑不下去治疗，自服了药性相冲的药物。

其实医生早就跟冯迁说过这个可能，但父亲失去理智，无法接受儿子弃自己而去，必须偏执地找一个施害者。

秦玦就成了那个倒霉蛋。

因为这场绑架，林菁菲被盖上小三的标签，尽管她的粉丝依然在用爱情的名义为她美化，但后来秦玦发的声明直接否认了和林菁菲的关系。

秦氏官博直言秦玦和林菁菲只是相识多年的朋友，否认两人有其他关系。

此外，官博还意有所指地写了秦玦另有所爱，对象不是林菁菲所说的。

这番操作，顿时让林菁菲的处境变得尴尬，收获了不少对家粉丝对她的嘲讽。

叶妍初觉得这就是渣男突然转性，居然啪啪打脸贱女。

想到这儿，她微微侧头：“音音，秦玦发那个声明是受什么刺激了？”

“不知道。”阮芷音早就懒得去想秦玦对林菁菲的态度。

顾琳琅轻嗤一声：“最烦男人搞什么幡然醒悟，迟来的深情比

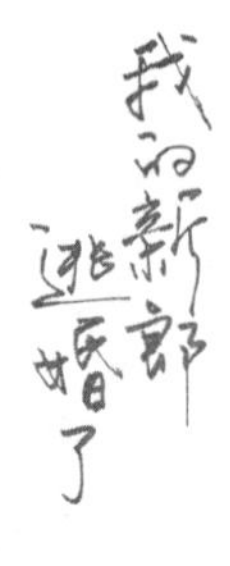

草贱。”

话毕，她从手边的架子上拿过包包，取出两张邀请券：“下周这场秀，你们可都给我空出时间来。”

阮芷音伸手接过，不出所料是顾琳琅的设计品牌 BING 的夏季新款时装秀。

时间定在下周末，她也有时间。

阮芷音点头应下：“放心吧。”

顾琳琅伸手朝她比了个心的手势。

片晌后，她像是突然想起什么，闭着眼睛拍拍阮芷音，提醒道：“音音，你知不知道程越霖的继母？下周她也会去。”

阮芷音愣了愣。程家当年的事她有所耳闻。

恒宇地产那时刚接下罗湾开发的项目，可还未动工，由政府出资的十亿资金就不翼而飞，程父随即被指控贪污。

程越霖的继母赵冰，在程父锒铛入狱后迅速离婚，卷走了程家仅剩的那点儿钱，另嫁他人。

而程越霖为了照顾他中风的爷爷休学一年，曾经意气风发的少爷，沦落到需要打工才能攒齐学费。

如果赵冰当时没有另嫁，说不定现在就成了她名义上的“婆婆”。

阮芷音静静沉思。

这两年，程越霖并未对付赵冰，也不知道他对这个前继母是个什么态度？

转眼又到周日，BING 的新品时装秀开幕了。

尽管是正式场合，可时装秀都是明星们铆足了劲抢风头的时刻。

阮芷音不想夺人目光，穿了件低调雅致的小礼服，简单化了淡妆。

时装秀的场馆在岚桥会展中心。

阮芷音上回被追尾的 Macan 已经修好了，她见程越霖也要出门，便没让司机送她，自己开了车去接叶妍初。

虽然车是修好了，但她这段时间仍搭着程越霖的宾利上下班。

左右不过是他觉得两人有秀恩爱的必要，阮芷音也乐得享受这番服务。

不过程越霖不是白送她，因为现在阮芷音隔三岔五地做饭，而且都不会只做自己的份。

他似乎对阮芷音的手艺很满意，也逐渐有了回家吃饭的习惯。

让阮芷音略感欣慰的是，程越霖很自觉地做家务，洗碗的工作一直是他承包的。

这人虽然还是那副肆无忌惮的性格，但某些时候也有几分风度。

两人的相处似乎越来越自然。

他们或许真的可以达成共识，在一年之约到期后，续签合约。

车子很快停在会展中心的停车场里。

阮芷音和叶妍初开门下车，走向举办时装秀的场馆。

当年她被人贩子拐卖，跟着那伙人辗转流荡了将近半年，又在南方的一个县城里停留了半个来月。

那会儿正值端午，顾琳琅随院长妈妈出门给孩子们买粽子时，发现了被人贩子下了迷药的阮芷音。

她心觉不对，见人贩子带阮芷音进了家招待所后，和院长妈妈悄然报了警。

阮芷音这才被成功解救。但落网的两个人贩子早已不是她最初跟着的人，根本说不出她的来历。

她被拐卖时不到四岁，除了自己的名字，其他的事情都寻不着踪迹，于是只能被警察送去社会福利院。

不过她在社会福利院里的日子，已经比她跟着人贩子东躲西藏时好了不少。

再后来阮家来接人，阮爷爷得知当年是顾琳琅救了阮芷音，为表感谢，就资助了顾琳琅出国读书。

顾琳琅比阮芷音大两岁，在设计上极有天赋，后来更进了世界顶尖的艺术殿堂深造。

毕业后，她在某顶奢品牌担任了两年的设计师，而后便自立门户，创办了她的个人设计品牌 BING。

这两年，BING 的名头风生水起，娱乐圈里的不少明星都很青睐 BING 的高定系列，其中就包括影后沈蓉。

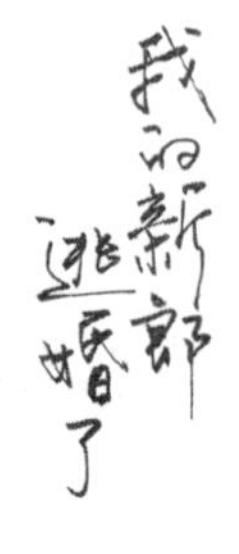

今天这场时装秀，沈蓉毫不意外地拨冗出席，还穿着 BING 的当季高定礼服。

可让阮芷音没有想到的是，林菁菲居然也来了。

女人盛装打扮，穿了条黛青色的长摆礼裙，薄纱上的亮片华丽地闪着光。

林菁菲妆容精致，迈着从容的步伐，在影后沈蓉身旁的位置上落座。

沈蓉是梁导的新电影最终敲定的女主，也是曾被林菁菲截获角色的苦主。

看见这剑拔弩张的一幕，场内的摄影师们瞬间将镜头对着她们狂拍。

林菁菲知道顾琳琅是阮芷音的好友，以往 BING 的新品时装秀她从未来过。

此刻惊讶的人不止阮芷音，还有顾琳琅本人，只是顾琳琅除了惊讶还有愤怒的感觉。

顾琳琅的脾气大，尤其是在亲近的人跟前。阮芷音还没有开口，她那双晶莹的眼眸里就已经满含怒气。

“我给房纬锐两份邀请函，他居然给我把林菁菲搞来了，气死我了。”

房纬锐虽说是顾琳琅的丈夫，但也是秦玦的好友，和林菁菲也认识。不过他知道老婆不喜欢林菁菲，按理说也不会把票给对方。

阮芷音觉得，应该是林菁菲又想了什么法子搞来了邀请函。

林菁菲和沈蓉是同类型的演员，资源互有冲突，平时就很不对付，更是才刚结束《悬逃》女主的争抢之战。

现在林菁菲和沈蓉同框，大家已经可以预见林菁菲又要上热搜了。

但顾琳琅偏偏还不能把对方给赶出去，不然今天这场新品时装秀将会被媒体彻底转移焦点。

林菁菲和沈蓉不对付，但会场内互不对付的女明星多了去了。

品牌方往往都会借着媒体的这点儿心思趁机增加曝光度。

如果顾琳琅这会儿将林菁菲赶出去，那才是真的送林菁菲一人霸榜热搜。

叶妍初性格单纯，都快被林菁菲的出现惊呆了："她也真是厉害，秦玦那封声明对她就没有一点儿影响？"

绑架案后，林菁菲虽然多了个小三的称号，但娱乐圈里的人碍于她和秦玦的关系，也不敢为难她。

让她变尴尬的，是秦氏官博的声明。

要知道，粉丝之前为了洗白她，连刷了好几天所谓的青梅竹马恋情，试图用林菁菲的正面形象掩盖小三的形象，却直接被正主打脸。

这样的结果，粉丝还不如不刷。

林菁菲之前总和秦玦一起上热搜，明眼人一看就有故意炒作的成分，网友这会儿自然止不住地嘲讽。

但阮芷音觉得，秦玦做的那些事本就足以让人误会。就算是炒作，林菁菲也是在秦玦的支持下炒作。

秦玦不是想帮林菁菲吗？那他就干脆帮到底，现在这般，更让她倒胃口。

想到这儿，阮芷音安抚顾琳琅："你不是说林菁菲连掉好几个代言？可能是想借着上热搜的机会证明她还没糊吧。来就来了，别影响你的时装秀。"

林菁菲是靠炒作人设火的，现在秦玦发声明否认绯闻，她就没法继续炒作和秦玦的关系，更不好再立直男斩的人设。

品牌方逐渐不买她的账，她使出这样的法子，其实已经是无路可走。

不然，她也不会让阮芷音等人看她破绽百出地坐在那儿，不顾随之而来的嘲讽声音。

"林菁菲这是被捧惯了，觉得不会有人找麻烦？"顾琳琅轻笑一声，"音音，我知道你现在的顾忌，但我没有顾忌。她想利用我，就等着自食恶果吧。"

阮芷音对上顾琳琅隐含讥讽的眼神，就知道林菁菲这回是踢到铁板了。

顾琳琅虽然不会将林菁菲赶出去，毁了时装秀，让对方白白得便宜。可等时装秀的热度过去，她也不会放过林菁菲。届时只需要一则时

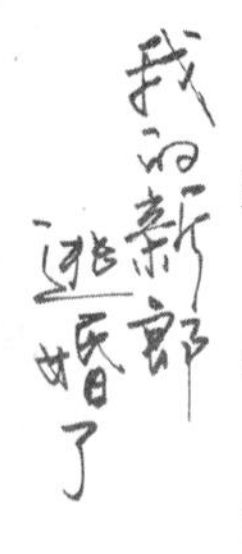

装秀并未邀请过林菁菲女士的声明，BING 还能倒吸一波林菁菲的热度。

林菁菲的出现不过是一场短暂的小风波，顾琳琅很快就又回了后台。

没多久，观秀席的灯光稍暗下来，耀眼的灯光打在了 T 台上，时装秀正式开场。

阮芷音和叶妍初噤声，开始看秀。

虽然开场前被林菁菲败了点儿心情，但总的来说，BING 这场新品时装秀办得十分出色。新品设计亮眼，音乐灯光也和秀服相辅相成。

整场时装秀另辟蹊径，不是刻板枯燥的服装秀，让人沉浸其中。

顾琳琅是品牌主理人，时装秀结束后，还要人情交际和参加团队聚餐。

阮芷音和叶妍初不想打扰她，等人散得差不多后，双双起身准备离场。

谁知她们才刚站起身，从背后传来一道声音，叫住了阮芷音："阮小姐，留步。"

阮芷音转过头，就看见一个端庄雍容的中年女人，踱步走到了自己面前。

想到之前顾琳琅的特意提醒，她对眼前人的身份隐约猜测出了大概。

果然，下一秒，对方挂起矜持的笑容自报身份："你好，我是程越霖的继母。"

阮芷音看着她，轻笑一声："方夫人，久仰大名。"

赵冰后来嫁的丈夫，正是姓方。

她叫的这声方夫人并非出错，她也是在提醒赵冰，别搞错了自己的身份。

赵冰对上阮芷音眼底的冷淡之色，似有不悦地蹙眉："都说阮小姐的教养是岚桥的女士中最出众的，我看也不见得。见了长辈，阮小姐居然不懂基本的礼貌？"

"慈爱的长辈是要尊敬，可方夫人又是我哪门子的长辈？"阮芷音勾了勾嘴角，继而道，"我的确是嫁给了程越霖，但他应该也不会尊你为长辈，不是吗？”

不提赵冰曾在程父落难时转身而去，就是她当初嫁给程父的手段也不光彩。

阮芷音刚回阮家时，秦湘担心她不知道这些弯弯路路，总跟她讲些八卦消息。

赵冰最初只是一家会所里的服务员，能够上位，始于程父的一夜醉酒。

刚嫁给程父没多久，赵冰就怀了孩子，只是怀孕两个月时突然流产。

后来足足等了十年，她才再次怀孕，但程父紧接着便被指控入狱。

“到底是年纪轻，还不知天高地厚。”赵冰没想到自己会被一个小辈指责。

阮芷音瞧了赵冰一眼，轻轻摇了一下头道：“方夫人要是想教育我，那你可找错人了。我没工夫听你说教，告辞。”

言罢，她拽了下身旁的叶妍初，转身朝着场馆的出口走去。

“等等。”赵冰再次出声。

她缓了口气，几步走到阮芷音跟前：“我和程越霖的关系是不好，但程朗是他亲弟弟，而我始终是程朗的母亲。”

“你可以不理会我，却可以多接触下程朗。相信我，这对你也是好事。”

阮芷音觉得赵冰的话简直荒唐。

程越霖似乎是有一个同父异母的弟弟，但和他差了快二十岁，那个弟弟现在还只是个刚上小学的孩子。

就算他们有血缘，但也没人规定亲兄弟一定要好好相处吧？何况，程朗的母亲还是赵冰。

可对方见到她的表情，暧昧不明地笑了笑，紧接着又道：“阮小姐别急着拒绝，我大概能猜到你和程越霖是怎么回事。程越霖可能会让你就这么当着程太太，但如果你们不生孩子，程朗很可能是他最终的继承人。”

她不生……孩子？

赵冰神情笃定，像是对自己的话很确定，不是无的放矢。

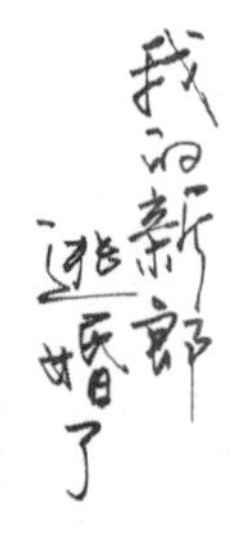

阮芷音眼眸微动，不免敛下心神，暗暗思忖对方话中的意思。

赵冰会这么说，是因为知道她和程越霖是没有感情的假结婚，还是……其他的什么原因?

“方夫人真是打得好算盘。”阮芷音对上赵冰的眼神，淡淡道，“不过不管程越霖有没有孩子，程朗都不见得能当成霖恒的继承人吧？”

她冰冷的态度没有丝毫松动，话音刚落，赵冰又一次沉了脸色。

阮芷音见状，奉劝道：“方夫人还是收收心思吧，当年背信弃义，现在还机关算尽想摘果实，你觉得自己配吗？”

“你……！”赵冰气急，继而眼含讥讽之色地看向阮芷音，“好，阮小姐如果觉得自己能称心如意，那咱们就走着瞧。”

赵冰狠狠地说完这句，转身离去。

而阮芷音望着她的背影，回想起赵冰方才的话，忍不住皱了皱眉。

十分钟后，会所包间里，程越霖才刚接过钱梵递来的酒杯，就收到了助理白博打来的电话：“老板，赵冰刚刚打了电话过来，太太好像跟她见了一面。”

电话那头的白博暗自叹了口气，赵冰没有程越霖的联系方式，不知从哪儿知道了他的手机，时不时就打电话过来。

几年来，程越霖从未放弃调查父亲当年的案子，而赵冰扮演的角色特殊，为避免打草惊蛇，程越霖这才没有对付她。

倒是赵冰，脑子太蠢。见程越霖这两年翻身再起，又没出手报复她，她居然以为有利可图，总是自己撞上来。

她还真当程越霖脾气太好了?

不过赵冰刚刚那些不太客气的话，白博可是一句都不敢告诉老板。

还好老板从未怎么在意过赵冰，他也只是例行报告一下。可他这么想着，就听见话筒里淡淡传来了一句：“哦，她说了什么？”

这话听着漫不经心，可白博毕竟是程越霖的助理，很快就领悟过来，这个“她”指的并非赵冰，而是阮芷音。

于是白博松了口气，回答道：“说了什么不知道，但赵冰好像挺生气的。”

何止是生气，赵冰虽然总是把自己打扮得很“端庄得体”，但没上过几年学，内里并不是多有涵养。电话里，她的态度已经可以用气急败坏来形容了。

听白博这么说，程越霖顿时没了继续探究的兴趣，轻嗯一声挂断电话。

包间里，其余几人都在打牌。

唯独他自然地半靠在沙发上，姿态懒散地晃了晃手里清澈的酒杯，大睁着漆黑的桃花眼若有所思的样子。

这里每日不少名人来来往往。

就说他们刚来的时候，隔壁敞着门的包间里就坐着两个女明星正陪严少爷喝酒。

对方瞧见程越霖，还打了个招呼。

只是严明锋这回学乖了，没敢再往程越霖这边送女人。毕竟上回送到酒店里的那个，直接被程越霖命令白博给丢了出去。

“怎么了，霖哥？”

刚打完一局牌的钱梵凑了过来。

今天是场私人局，包间里除了程越霖、钱梵、傅琛远，还有程越霖大学时的两个舍友任怀和翁子实。

程越霖散漫地抬了抬眼皮，回着钱梵的话：“赵冰也去了时装秀，两人好像碰上了。赵冰给白博打了电话，态度不好。”

昨天钱梵问他什么时候带阮芷音来见见大家伙，可程越霖的回答是“她要去看时装秀，以后有空儿再说”。

不过，她暂时是不会有空儿的。

听说阮芷音在时装秀上碰到赵冰，钱梵陡然皱起眉头。

没多久，他一拍大腿道：“赵冰的态度差，肯定是嫂子为了维护你骂她了呀！这人打电话是想怎么着？告状？她想得美！”

“霖哥，你回去之后哄哄嫂子，没准儿她今天被赵冰给气着吃了亏呢。”

钱梵义愤填膺，手舞足蹈地说完，抬头就看见程越霖眼神悠悠地盯着自己。

钱梵被这蹊跷的目光看得心里一颤，紧张地道：“你……干吗突然

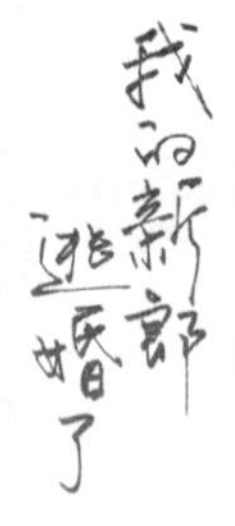

这么看我？”

“没什么，就是觉得你还是比白博强了不少。”程越霖不吝赞赏，轻笑一下，拍了拍钱梵的肩膀。

而后，他起身取过自己的外套，说了句：“我先回了。”

“别啊，怎么走这么早？不是说好了等会儿一块去射击的吗？”

程越霖这段时间到点就下班，晚上也不出来。钱梵好不容易组了个局把他约过来，结果这人又要走了。

钱梵还想再劝上两句。然而程越霖已经慢条斯理地整理好袖口，扬了扬眉，摇头轻笑道：“不了，我得回家，哄人。”

钱梵：“……”

这人真的好嚣张啊。

从会展中心出来，阮芷音先把叶妍初送回家，而后又驱车去了趟老宅，和爷爷说了会儿话。

她每周都会过来两回，凑的都是老爷子醒过来的时间。因为一起上下班，程越霖偶尔也会陪她过来。

阮老爷子倒是挺喜欢程越霖这个孙女婿，才过去短短一个月，待他居然比从小看着长大的秦玦还亲切几分。

阮芷音颇感意外，细想后，觉得程越霖陪她来探望爷爷，或许是从阮老爷子身上看到了他爷爷的影子。

不过尽管如此，阮芷音依旧很感谢他，也愿意包容他吹毛求疵的坏毛病。

这段时间，阮老爷子昏睡的时间越来越长，阮芷音多次劝他去医院，但他每每都是固执地摆手拒绝。

不过和医生沟通后，对方却说老爷子现在这种情况，如果在熟悉的环境放松心态，可能比在医院要好。于是阮芷音也不再劝。

离开老宅时，刘管家把阮芷音送到门口，递给她一箱鲜活的螃蟹，说是亲戚从老家寄来的。

阮爷爷胃口不好，也不适合吃螃蟹这种性寒的食物。那箱螃蟹是刘管家特意留给她的。

阮芷音含笑接过：“谢谢刘叔。”

“这么多年，小姐还是这么客气。”

虽然阮芷音只在老宅生活了三四年，但刘管家对她是真的关爱。

阮芷音知道刘叔对她好，只是始终没有和他太过亲近：“确实习惯了，下次不会了。”

她总是习惯和人客气，有时会不由自主地对别人的亲近竖起屏障。

或许是在社会福利院待了太久，她才会害怕产生这种不好割舍的依恋感。

刘管家见她顿住，和蔼地笑笑：“小姐回去，也替我向姑爷问好。”

这声姑爷，自然是指程越霖。毕竟刘管家称呼林成时，从来都是叫林先生。

阮芷音微怔，笑着应下，随后和刘管家挥手告别。

回到车里，她望着后视镜摇了摇头。

不过就是来了几次，程越霖倒还真是招老人家喜欢。

驱车回到别墅，她开门进屋，刚换过鞋走进客厅里，就看见程越霖悠然地靠在沙发上，百年难遇地看着电视。

宽大清楚的屏幕上放着电影。

阮芷音瞧了一眼，发现是部十分经典的爱情喜剧。

她皱了皱眉，突然从脑海中翻出一点儿关于程越霖的记忆。

这部电影上映的时候，阮芷音正值高三。秦湘说自己托哥哥买了两张票，约她周末时一起去电影院看电影。

秦玦帮忙把票送过来时，程越霖瞥了眼她手中的电影票，轻笑一声，趾高气扬地评价了一句：“无聊。”

彼时，他眼底的不屑之色格外浓厚。

她也不知道这些年他的品位变化为何如此之大，现在居然能看得津津有味。

收起迷惑，阮芷音开口问他：“怎么这么早就回来了？”

她还以为程越霖要和钱梵他们好好聚一聚，可这会儿才不到九点。

程越霖没有回头，调低了点儿电视音量，淡淡道：“哦，结束得早。”

说完，他又漫不经心地道了句：“白博说你今天见着赵冰了？”

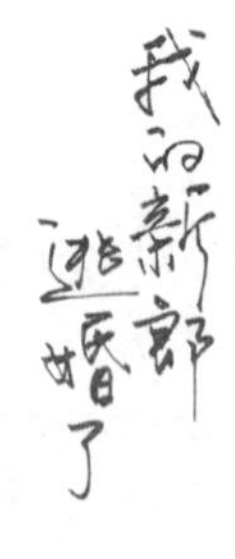

阮芷音抬眸看他一眼，思考了下措辞，点头道："嗯，是见着了。你这位前继母……还挺特别。"

"你是想说她蠢吧？"程越霖嗤笑一声，摇了摇头。

阮芷音不置可否地耸了耸肩，心想这可不是她说的。

倒是程越霖，言罢又挑了挑眉，轻声哂笑："你可是把她气得不轻。"

而后，不知想到了什么，他又意味深长地来了句："阮嘤嘤，你最近很有进步。"

很有进步？阮芷音犹记得上回程越霖这么夸她，还是婚礼后的第二天去老宅的路上。那时她天花乱坠地夸了他一遍，最后十分"荣幸"地得到他一句称赞。

瞥见男人微微扬起的下巴，阮芷音嘴角微抽，顿了顿道："谢谢。"

正准备去将刘管家给的那些螃蟹放进冰箱里，不知怎的，她又突然想起赵冰今天说过的话。

攥着手指迟疑许久，阮芷音还是叹了口气转头，皱眉对上程越霖的视线。

"程越霖。"

"嗯？"

"其实不管是什么样的问题，都不该讳疾忌医，对不对？"

程越霖带了几分疑惑之意，不过还是淡淡地点了点头，而后道："有病当然得看医生，所以你这话是在表达什么意思？"

"这……我怎么会知道？"

虽然是有些怀疑，但阮芷音没料到他居然还想继续探讨这种尴尬的问题。

她不自然地抿了抿唇，视线落在手中的螃蟹上，顺势转移话题："我从老宅带回来一箱螃蟹，你想吃吗？我去蒸一蒸？"

程越霖看了眼她手里的螃蟹，像是想到了些什么，不过还是轻轻点头。

阮芷音松了口气，走进了厨房。

客厅里只剩下程越霖，不一会儿，放在茶几上的手机突然振动了两下。

他关掉电视，起身拿起手机，发现是钱梵不停发送过来的微信消息。

钱梵："霖哥！猜我刚刚碰到谁了？！"

钱梵："天哪，林哲居然跑去会所里打工了！"

钱梵："我问了人，说是让秦玦给他开除了，又得罪了嫂子回不去阮氏，只能被他爸安排了个会所的工作。"

钱梵："霖哥，秦玦这行为是不是还等着撬你墙脚呢？！咱好不容易撬过来的墙脚，可不能被他撬回去啊！"

钱梵："霖哥，别仗着嫂子现在对你好就不在意，知道什么叫火葬场套路吗？万一被迫当了秦玦的工具人，多惨哪！"

程越霖皱了皱眉，对这个词汇略感疑惑，打字回复："火葬场？"

凝思几秒，男人的指腹微动。

下一秒——

程越霖："你是想等秦玦死了，把他送去殡仪馆？……"

程越霖："呵，用不着，他有亲爹。"

钱梵那边久久没有回复，阮芷音却已经端着刚刚蒸好的螃蟹从厨房里走了出来。

程越霖走到餐厅里落座，伸手接过阮芷音递给他的蟹八件。

刘管家知道阮芷音爱吃蟹，特意留了个头最肥的一箱让她带回家。

她动作利落地将两只蟹的蟹肉和蟹黄剥好，在手边的碟子上堆出座小山。

程越霖没有动手，只静静端量着她，片刻后突然道："你当年跑去学什么格斗，真的是因为杨雪？"

十五年前，阮胜文夫妇在寻女路上不幸遭遇山体滑坡。阮老爷子没了子女，身边只剩下林成这个女婿。

即便一开始不喜欢林成，但十几年间林成都像个亲儿子般殷勤地讨好他，老人家不可能完全没有动容。

程越霖知道阮芷音对林成并非没有准备，只是碍于她爷爷的身体还没出手。

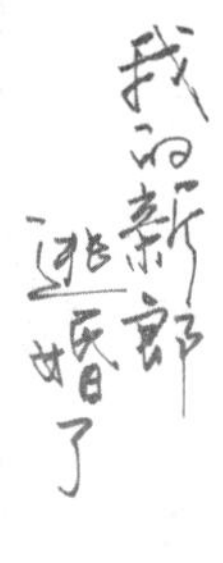

她一回国就先把林哲开除，即便有林成不会真为了林哲和她硬碰硬的原因，程越霖也能看出她有多么厌恶对方。

想到钱梵的话，他的眸底又多了几分探究之意。

“不然呢？”阮芷音抬眸瞧他一眼，笑着道，“我还能有什么其他原因去学这个？”

她还不想和程越霖讲太多林家的事。

当年他在会馆里瞧见她，懒洋洋地问她为什么学这玩意，阮芷音只说是想再遇见杨雪那种人时多些筹码。

不过这只是其中一个原因，而另外的原因确实和林哲有关。

林哲高中时常去阮家，林家人还打着吃绝户的心思让林哲讨她欢心。

后来林哲不知受了什么怂恿想去她房间里藏东西，却被她将计就计地整了。

阮芷音大晚上拿着刀梦游的样子，是真的把林哲吓破了胆。

本来林哲跑得快一点儿，阮芷音根本伤不到他，可他吓得倒在那里，她只能意思意思地划了他一刀。

自此，林哲见了她就躲着走，再也没敢来烦过她。

只是她明白那是因为林哲胆子太小，而男女天生力量差距大，女孩子学点儿防身的招数总不是坏事。

从回忆中抽离，阮芷音才看到程越霖跟前的螃蟹一动未动。

“你不吃？”

程越霖的视线在螃蟹上顿了顿，抿唇道：“我不怎么吃这些要剥壳的东西。”

阮芷音打量他一眼，见他眸底中透着懒得麻烦的情绪，以为他这是不想纡尊降贵地去剥螃蟹。

于是她叹了口气，把自己手边堆满肉的碟子递过去：“这盘给你。”

反正她熟能生巧，剥得也快。习惯了他那点儿娇贵的姿态，阮芷音觉得没必要跟他计较。

程越霖将目光在那碟蟹肉上流连一瞬，继而慢条斯理地接过，又拿起手机拍了张照片。

“你拍照做什么？”阮芷音狐疑地望他。

“钱梵说，没事可以往朋友圈里发发照片。”他扬了扬眉，声音散漫，“我这是头一回吃，正好记录下来。”

这么说着，程越霖已经打开了朋友圈，添加照片，点击发送。

正开着笔记本辛苦寻觅“火葬场文学”、准备给程越霖科普的钱梵，顺手点开朋友圈时，就看到这张没有配文的照片。

他无声地惊讶了几秒，又顿时了然于胸，含笑给对方点了个赞。

他想想就知道，这盘螃蟹铁定是嫂子特意给霖哥剥的！

望着屏幕，钱梵百感交集。

唉，自己怎么能质疑嫂子对霖哥如此深沉的爱呢？！

吃完了螃蟹，程越霖去厨房里洗碗。

不得不说，他的吹毛求疵不仅体现在语言上，更体现在这种细枝末节的事上。

例如，家里分明有洗碗机，程越霖仍然执意亲自洗碗。只因某次用洗碗机时，他在碗上发现了没冲干净的污渍。

虽然那点儿污渍只有芝麻粒大小，但从那之后，程越霖动手洗碗的态度就执拗得让阮芷音难以评价。

不过反正劳动的是他，阮芷音也就收起了其他想法。

她靠坐在沙发上，跟康雨交代着入职的事，突然收到了秦湘发来的微信。

秦湘：“芷音姐，我哥他状态很差，你还要不要……来看看他？”

秦湘：“我就问这一次，千万别考虑我！这只是看在他当了我十八年亲哥的分儿上，你不来也是我哥活该。”

阮芷音微蹙眉心，面露沉思之色。

她感到为难并非是因为秦玦，而是因为秦湘。

秦湘从她回了阮家就黏着她，对她的亲近比对秦玦还甚。她提醒阮芷音身边人心里的弯弯绕绕，又处处维护她。

阮芷音能明白秦湘的想法，秦玦这个哥哥从小不仅照顾她还照顾林菁菲，只有阮芷音全身心地对她好。

她叹口气，打字回复：“湘湘，我和你哥已经结束，现在也结婚了。

欠他那点儿情分早已还清，以后他的事，无论生死，都与我无关。”

发完这条，阮芷音放下了手机。

她相信，为了不被自己疏远，秦湘以后不会再同她提起秦玦。

没有秦玦，或许她考不上 A 大，也走不到现在。秦玦在她需要的时候帮过她，而她也在他孤立无援时还了那点儿情分。

若是好聚好散，她还不至于和秦玦闹得更加难堪。可秦玦拿她的安危成全对别人的承诺，阮芷音对他来说已经比陌生人还不如。

周末结束，又到了工作日。

大清早，阮芷音洗漱完毕走出房门，却没在客厅里发现程越霖的身影。

皱了皱眉，她又走回二楼，试探着敲响了隔壁房间的门。

“程越霖？”

两人同住的这段时间中，程越霖都很自律，工作日从不晚起。一般她下楼时，他也差不多该在客厅里看报纸了。

敲门声过去了好一会儿，房门才慢慢被打开。

男人挺拔的身姿出现在眼前，虽然仍着一身笔挺的西装，但似乎有什么不对劲的地方。

阮芷音张了张嘴，皱眉道：“大热天的，你穿什么高领？”

程越霖在外套里搭了件高领的针织衫，不算太厚，可也有些不合时宜。

瞧见阮芷音眼神中的揣度之色，男人脸色不太自然，深深地望了她一眼，而后轻声笑道：“阮嘤嘤，你是不是内心深处对我有什么不满？”

阮芷音闻言微哽。她心想：这都被你看出来了？

“喀，为什么这么说？”

她迎上程越霖的视线，而对方微微拧眉，骨节分明的手掌轻抚几下脖颈。

阮芷音细瞧过去，这才发现男人藏在薄衫下的脖颈上隐约露出了点儿红痕。

“你过敏了？”她皱眉看他，想到昨晚吃螃蟹前他还好好的，又忍不住轻声责备，“既然不能吃海鲜，怎么不早说？”

这家伙也是好运，过敏只有身上起了红痕，倒没影响他那无可挑剔的一张脸。

程越霖挑眉看她，悠然反驳："我以前又没怎么吃过。"

他惯来不喜欢海鲜的腥味儿，要不是她亲手剥的，根本就不会吃。

阮芷音对上他理所当然的眼神，长舒一口气："那我们去医院吧。"

然后她就掏出手机，开始预约挂号。

她记得公司附近就有一家不错的私人医院，费用虽高，但临时去也能挂上号。

预约挂号完，阮芷音放下手机。她这才发现男人正眼含审视之意地望着她，漆黑的眼底让人辨不清他的情绪。

"你看我干吗？"而后她又皱眉，"这么大个人，难不成还怕去医院？"

程越霖默默收回视线。

他当然不可能怕去医院，只是昨晚被钱梵莫名其妙地讲了堆火葬场套路罢了。

秦玦可还没从医院里出来呢。他刚才瞥了眼她预约的页面，貌似就是秦玦正住着的那家医院。

眼下的情境如果搁到钱梵的眼中，应该已经脑补成女主担忧伤重住院的男主，最终命运让两人在医院里相遇。

呵，去他的狗屁命运。

尽管程越霖觉得没有必要，但两人还是在阮芷音的坚持下去了医院。

宾利缓缓开进医院的停车场。

四周绿树成荫，郁郁葱葱。环境很是不错，还有些赶着晨间的阳光下楼散步的病人。

阮芷音取了挂号的缴费单，陪着程越霖坐电梯上了三楼。

在门诊室外面坐着等了一会儿，男人默默地看了眼走廊，随后独自走进了门诊室。

等待有些无聊，阮芷音又想到今天康雨入职的事，准备先叮嘱下项彬，带康雨熟悉下日常工作。可摸了摸包，她才发现手机落在了车上，摇了摇头，起身朝电梯走去。

下楼去停车场取完手机，阮芷音又重新走进了医院一楼大厅内。

她正朝着电梯走去，一道熟悉的男声自背后传来，似乎带着意外的喜悦之情：“芷音。”

阮芷音回过头，就看到一身年轻休闲打扮的秦湘搀着秦玦立于几步外，另一旁还站着表情复杂的蒋安政。

秦玦穿着医院的病号服，身形瘦削，脸色明显染上了苍白之色。细碎的头发长了不少，搭在眼前，令他更添几分憔悴。

男人眼底的喜悦之色，在看到阮芷音手中的缴费单时消失，而后他蹙起眉峰道：“你生病了？”

阮芷音没有回答，亦未看他。

秦湘读出她眸中的不耐烦之意，微笑着开口：“芷音姐，要是有事你就先去忙吧。”

阮芷音昨天才给她发了那样一条微信，想必是不想看到哥哥的，更不可能愿意和哥哥多聊。

秦湘的话音刚落，不远处，一道高大的身影从电梯中走出。

男人迈着悠然的步子走到了阮芷音身边，牵住她的手，话中是温柔又无奈的抱怨之意：“不过就是轻微过敏，至于非拉着我来医院？”

搀着秦玦的秦湘，发觉哥哥的身形在对方出现的那一刻陡然绷紧。

而阮芷音的视线落在程越霖牵着自己的手上，看样子已经有几分习惯了。

她朝秦湘点了点头，解释道：“他昨晚吃错东西有点儿过敏，我们先走了。”

从头到尾，她都未施舍给神情怆然的秦玦一个单独的眼神。

相携的身影逐渐远去，秦湘隐约听见阮芷音和身边的男人交谈。

“医生怎么说？”

“没事，吃几天药。”

手臂紧接着传来重量，秦湘这才回过神来，看向秦玦：“哥，你没事吧？”

“没事。”

秦玦凝望着两人远去的背影，声音有几分闷沉的沙哑。

这已经是他第三次看到她留给自己这样不留情分的背影。

秦湘瞧着他的神态，微微蹙眉，大概能明白秦玦此时的心情。

他身受重伤住院大半月，又特意选了阮芷音公司附近的医院疗养，可芷音姐从未来探望过他一次。

除了她，秦玦身边的人都已经被阮芷音拉黑。他联系不上对方，也不可能真去阮氏堵人，免得闹得更加难看。

可要说等芷音姐回家……人家现在可是跟老公住在一块儿。

这每一件事都让哥哥深受重创。

秦湘知道哥哥一直欺骗自己，说是芷音姐工作太忙才没过来，可人家能在周一放下工作陪程越霖来看小小的过敏。

唉，两相对比，多扎心哪。

“哥，其实芷音姐现在挺幸福的。”

想到刚刚那两人的身影，秦湘忍不住出声劝他。芷音姐既然能和哥哥断得这么决绝，应该是不可能再回头了。

秦玦紧绷下颌，沉声道：“可程越霖只是为了北城项目。”

秦湘见他油盐不进，撇了撇嘴，轻笑一声：“哥，你就自欺欺人吧。以前为林菁菲做那么多，现在倒知道后悔了？”

这段时间哥哥对林菁菲冷了不少。

虽然对方解释是因为被绑架时过于害怕才不小心说出了芷音姐的事，但哥哥依然对林菁菲存了许多失望。

他不仅发声明撇清和林菁菲的关系，更和蒋安政直言，以后林菁菲工作上的事，他不会再插手。

即便还有阮奶奶当初的嘱托，他也不会再任林菁菲予取予求。

眼下听到妹妹的话，秦玦看了秦湘一眼，神情默然，敛眸不语。

他后悔吗？自然是有的。可要说他自欺欺人……

秦玦怎么可能真的看不懂程越霖眼底的情绪，对方只是打着“北城项目”的幌子才骗来了这场婚姻。

可再怎么演，那人和阮芷音都远不是什么夫妻情深的关系。没有人比他清楚，阮芷音有多难向人敞开心扉。

即便是他，以往也经常觉得阮芷音和自己中间隔了层什么东西。

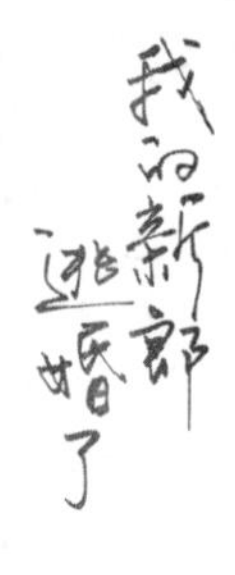

程越霖既然有顾忌不能直言，她也不会轻易对程越霖动心。

无论付出怎样的代价，自己都会求得她的谅解，他根本不能承受失去她的结局。

想到这儿，秦玦苦笑一声，长叹口气，淡淡道："我们回去吧。"

蒋安政见他这般颓丧的样子，终于皱眉出声："阿玦，要不我去给阮芷音赔个罪？"

"呵，赔罪人家就能原谅你？你们男人都在想什么东西？"秦湘微扬秀眉，含笑道，"我说政哥，你不会还要怂恿我哥去当小三吧？"

"阿玦哪里就是小三了？"蒋安政沉声否认。

"人家才是领了证的夫妻，我哥现在凑上去，不是小三是什么？"

蒋安政："……"

"政哥，你有这工夫，不如操心操心自己的订婚宴吧。"

据她所知，这场联姻，人家江小姐可是一点儿都不想嫁。

至于订婚宴……到时她可得让芷音姐去看场好戏。

因为过敏，程越霖一连吃了三天的药才算全好。可他宁愿每天穿着高领的针织衫去公司，也没落下上班，阮芷音都被他的勤勉感动了。

现在的他和几年前相比，着实多了些变化。

高中时的程越霖总是踩在她好脾气的临界点上，可现在，阮芷音能够感受到程越霖也在试着和她好好相处。

之前剩下的螃蟹，阮芷音拿来做了酱爆蟹和葱油蟹黄面，只是这回全进了她的肚子里。程越霖每天吃着滋味寡淡的面条，倒也没多挑剔。

公司里，北城项目一直在有条不紊地进行着。

根据双方最终签订的合同，霖恒出资65%，但其余开发工作由阮氏全部负责，后续盈利的利润将五五分成。

合同的条件太好，反倒让阮芷音有些发虚，她甚至还揣测过程越霖的用意。毕竟，除了配合他塑造身份和形象，自己似乎也没做什么其他的事。

到现在为止，在这场婚姻中，反而是她受益更多。

林成那边自从秦玦受伤住院后就没了动静，之前进展不错的医疗合作案也被搁置下来。

尽管阮芷音不想承认，但秦玦最近撇清关系的举动确实让林成不得不收敛了不少。

即便对方不愿看到北城项目如此顺利地推进，但也谨慎得没有在这种情形下动手脚。只是这越发让阮芷音对秦玦多了些厌恶的感觉，她实在不需要被动接受他这所谓的“帮助”。

会议室中，阮芷音正和霖恒的负责人就合同问题做最后的敲定。

“阮副总，您还有没有其他想要补充商定的条款？”

霖恒派来和阮氏对接的人叫仲沂，是开发部的总监。

阮芷音本以为作为投资的一方，这位仲总监可能会在工作的推进上拿乔，可事实证明她想错了，对方格外好沟通，对她更是多了几分尊敬之意。

联想到当初自己是从这位仲总监的团队手中拿下了北城项目，彼时立场对立多有忌惮，阮芷音倒多了些不好意思。

粗略浏览完合同，阮芷音抬眸看向对方：“需要补充的细节项彬之前就加好了，等会儿检查确认完，明天我会亲自过去签合同。”

“好的。”仲沂微笑着应下，迟疑了一会儿，又试探着问道，“那开工剪彩的事情，您是否要亲自和程总提？”

阮芷音闻言愣了愣，这还是头一回有人直白地表达出她和程越霖的私人关系。

这段日子里，程越霖虽在秦玦等人面前秀过几次恩爱的样子，但阮芷音也明白，他们不会真的相信自己和程越霖是感情正常的夫妻。

可仲沂的这个问题，让她清晰地认识到：在不少人眼中，她和程越霖确实已经是夫妻，拥有最亲密的关系。

这样的感觉，确实有些微妙。

在国外念书时，她也有过合租的室友，可程越霖不一样。

他们虽住同一个屋檐下，越来越自然地相处着，却不是普通的室友。

阮芷音压下那点儿异样的感觉，瞥见仲沂的眼神，不动声色地笑了下，点点头：“嗯，我会和他提的。”

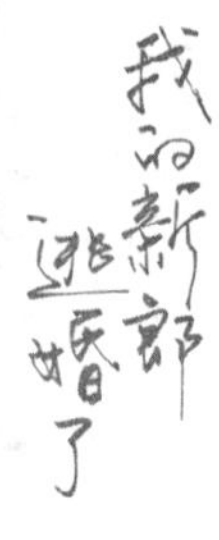

政府的规划许可证已经下来，策划部细化的规划设计也已过稿，紧接着就要开始动工。

即便前面的工作都是下面的人对接，可开工剪彩的事确实需要程越霖出席。

“老板，林哲和太太的纠葛……大概就是这些。”

总裁办公室里，白博刚刚汇报完程越霖之前交代调查的事，然后在心里默默为林哲捏了把汗。

眼见着程越霖紧蹙眉峰，面色愈显凝重，白博微顿，又道：“虽然林家人心思不纯，想过设计太太。但太太好像给过林哲教训，后面林哲一直躲着她。”

林家人真是野心勃勃，人家正儿八经的小姐回家，居然还打起让林哲接近阮芷音，把人娶回家的算盘。

这不就撞老板枪口上了吗？

程越霖将白皙细长的指节轻敲在桌面上，语调冷厉：“去把林哲那点儿破事抛出去，别忘了给他加上身份。”

言语间，他的眸底透着寒冷之意。

白博瞬间领悟，程越霖虽然不想影响太太，却要让对方身败名裂。

也怪林哲自己烂账多，学历造假，上学时还在重要的考试中组织作弊，这都是林成把事情给抹平的。

对方是林菁菲的堂兄，只要有人保，营销号想必很愿意接下这个造流量话题的工作。营销号暗中操作下，就能把人送进监狱里关上几年。

除了林哲，林菁菲那本就一落千丈的名声，恐怕也要再次受到牵连。

毕竟林哲的事是林成摆平的，林菁菲很可能也是知情者。

老板这是一口气整两人，够绝！

白博点头应下，正要起身出去，程越霖像是又想起了什么，突然叫住了他，漫不经心地开口：“你知不知道，员工们最近在议论什么？”

他皱眉看向白博，想起钱梵中午时那番眼神古怪的提醒：“霖哥，毕竟是上班，有些事还是要稍微注意一点儿，别给员工们看了笑话。”

程越霖当时便不明就里，这会儿才忍不住询问白博。

而白博对上他的视线，面色很是纠结，迟疑了许久，才委婉地开口：“老板……要不你明天还是别穿高领的衣服了？”

程越霖皱眉片晌，像是终于想到了什么，微挑眉梢，淡淡抿起薄唇，沉顿片刻后道：“嗯，知道了。”

他倒是没料到，因为过敏换了高领的衣服，竟然还会在公司里产生这种……引人遐想的误会。

白博见老板心情仿佛还算不错，总算如释重负，转身走出了办公室。

他走后，程越霖揉了揉眉心，轻笑一声，好一会儿才将那点儿不太自在的紊乱思绪清空。

他正要去看仲沂送来的合同文件，桌上的手机响起——

程越霖伸手接通了电话。

叶警官的声音里带着抹不去的喜悦之情：“程总，你父亲当年的助理回岚桥自首了。”

程越霖在叶警官后又接到了阮老爷子的电话，只身来到了阮家老宅。

他恰巧碰到了刚探望完阮老爷子，准备离去的季奕钧。

两人对视间，季奕钧含笑同他打了招呼：“程总，好久不见。”

“季先生。”程越霖微微颔首，却没有像上次一般称呼一句“小叔”。

季奕钧倒也不在意，点头轻应一声，回道：“阮叔一直在等你，我先走了。”

言毕，他朝着门口而去。

行至门前，他又沉默着转头瞧了一眼，正好看到程越霖消失在楼梯间的半道身影。

季奕钧想起八年前第一次见程越霖时，他还是个半大的少年，直接将阮芷音在学校的事说完，便转身离去。

兜兜转转，程越霖也算是得偿所愿了。

阮芷音回到别墅时，偌大的客厅漆黑一片。

打开灯的一瞬间，她皱了皱眉，也闻到了空气中飘散着的苦淡烟味。

视线落在客厅里的男人身上，阮芷音顿了顿，开口道：“程越霖，你怎么不开灯？”

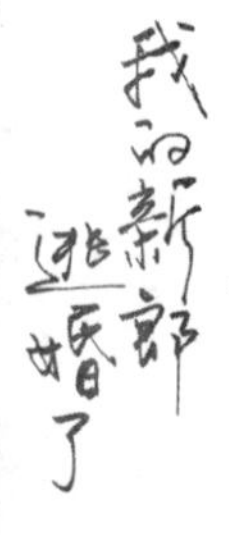

对方面无表情地坐在沙发上，眼神淡淡的，茶几上的烟灰缸里丢着几根烟头。

程越霖没有说话，她却敏感地察觉到他的情绪低沉。

阮芷音起身走到他跟前，放低了声音问道："你怎么了？"

程越霖像是回过神来，缓缓对上她的视线，而后轻声一笑，懒洋洋地摇了摇头："哦，没事，抽了几根烟。"

出门时，阮芷音说下班后要和顾琳琅去逛街，但他没想到她会回来得这么早。

对上他那副无所谓的模样，阮芷音叹了口气："抽烟伤身体，以后还是少抽点儿。"

这还是她头一回见程越霖抽烟。

程越霖扬了下眉，眼神戏谑，哂笑道："阮芷音，你最近怎么这么关心我的事？还管起我抽烟来了？"

阮芷音微哽，拿过茶几上的烟盒，皱眉回道："我是怕自己被迫吸了你的二手烟，英年早逝。"

而后，她指着烟盒上的字道："明明都标了吸烟有害身体健康，你要是没有什么烟瘾，还是别抽了。"

这段时间她并未见过程越霖抽烟，想来就算他有烟瘾，也不会很大。

他们最近相处得还不错，她也不想眼睁睁地看他沉迷于抽烟中。

程越霖随意应了声："嗯。"

话音落地，瞥见她的眼神，他又摇了摇头："知道了，以后不会抽了。"

他烟瘾不大，平时很少抽烟，顶多应酬时抽两根，刚才也是心情不太畅快才多抽了几根。

现在她拿抽烟的事一说，他那点儿不快的情绪散了不少。

可他刚想说点儿什么，就听到阮芷音垂眸问他："所以，你刚才为什么在这儿抽烟？"

程越霖抬眸望她，眼底藏着淡淡的审视之意。片刻后，他轻笑一声，望着窗外，声音有些缥缈："大概是终于解决了一些事情，却发现没有想象中令人解脱。"

当年的案子中最关键的证人就是程父身边的助理徐信，那笔资金是对方经手的，可徐信在程父入狱后消失。

叶警官打电话过来时，因父亲去世回到岚桥自首的徐信，已经将他知道的事情交代得一清二楚。

虽然还需要点儿其他证据，但程越霖已经差不多拼凑出事情的原委。

思及此，程越霖散漫地倚靠在沙发上，轻勾唇角，回首与阮芷音对视。

“阮嘤嘤，其实你当初说我傲慢又张扬，说得还不错。”

就像他父亲，当年生意做得太过激进，无形中抢了太多人的蛋糕，才会一环又一环地落得那个下场。

程越霖心里很清楚，商场中利益至上，乃至于不择手段。若是换成他，难道就不会不动声色地掺和一脚吗？

想到这个问题时，他瞬间觉得这些年帮老头儿翻案的执念变得空洞起来。

阮芷音没想到程越霖居然还有自省的时候，越发觉得他受了什么刺激，缓声安慰道：“别这么想，其实你的优点很多。”

“哦？”程越霖挑眉望向她，似是在静待下文。

阮芷音抿下唇：“我是说真的，而且现在的你比以前好了很多。”

程越霖淡淡道：“例如呢？”

阮芷音念在他此刻的心情不好，只好在脑海里搜刮着语句应付他的执着——

“例如……你每次都主动承担家务去刷碗，很多男人做不到。

“你每天都接我上下班，也没说过烦。”

“你最近帮我不少忙，却没提过分的要求。”至少到目前为止是这样。

言罢，她又望着男人笑了笑：“虽然你高中那会儿性子傲气了些，但也洁身自好，不像其他纨绔子弟一样欺负同学、沉迷早恋和换女朋友。”

这就证明他的本性不坏。

不然，她当初也不可能选择在婚礼前给程越霖打电话。

可她话音刚落，男人淡笑一声：“这个倒是说错了。”

阮芷音茫然地看他。

她说错了？哪里说错了？她明明在夸他，他怎么反倒不认了？

程越霖对上阮芷音清澈的眸子，就知道她半点儿都没意识到他的心思，于是拖腔带调地开口：“我不是——欺负过你吗？”

阮芷音闻言微哽，又顿时恍然大悟，摇头浅笑道："我说的不是那种欺负，而且我也都还回去了，不跟你计较了。"

他顶多折磨她讲讲题，做做作业，或是在她想去找人请教题目时优哉游哉地寻些芝麻小事捣乱。

她当下确实会被他搞得不悦，可默默害他罚回站，看他当着全校师生吊儿郎当地读个悔过稿，气性也就散了。

程越霖端视着她的神情，紧接着便转了话题："周末有空儿吗？"

阮芷音看他一眼，思虑一瞬后，点了点头："你有事？"

"嗯，陪我去参加个晚宴。"

程越霖没有明说，可阮芷音已经从对方的神态中领悟过来，她届时是要配合他去公众场合"秀恩爱"的。

不过这本就是在结婚协议里面商定好的，阮芷音没想过拒绝，随意地应声："可以，我会把时间空出来。"

男人的眼神微转，而后站起身来，从茶几的抽屉里取出一串钥匙，递了过来。

阮芷音犹豫着接过，又道："这是什么？"

"书房左边的第二层柜子，有不少首饰，你去选一选。"程越霖悠然地看她，见她似是要拒绝，又继续道，"是严老太太的寿宴，正好帮我挑挑看，有没有适合当贺礼的。"

他都这么说了，阮芷音还真不好拒绝，点了点头，拿着钥匙去了二楼书房。

书房的装修是如出一辙的简约风格，架子上整整齐齐地摆满了书，中间的书桌宽大而整洁。

她虽然不常过来，但也知道程越霖说的左边第二层柜子指的是哪个。

她用钥匙打开那扇厚重的保险柜门，看到里面堆积在一起的首饰，忍不住惊讶。

幸亏别墅区的安保够好，不然小偷还真能指着他这满保险柜的珠宝发财。

思虑一会儿，她从这些珠宝中选了条款式大方、闪着耀眼光泽的红宝石项链。

阮芷音曾和严老太太的儿媳严夫人打过几次交道，听她提起过老太太最偏爱的珠宝就是红宝石。

这条项链上的红宝石克数不算太重，但贵在通透，品相已经相当难得。

正准备关上保险柜时，她突然瞥到角落里的一条手链。

那是T家早年出的热销款，阮芷音大二时也曾买过一条。只是她比较倒霉，还没来得及戴就在回学校的路上遇到了扒手，约等于没有拥有过它。

那段时间，阮芷音总是在思考和爷爷商量解除婚约和出国读书的事，独自出神，根本没注意到周围的人。

这条手链是当年T家销量最好的一款，价格也不贵。

阮芷音会注意到它，其实是因为它在众多珠宝的衬托中，显得实在太过逊色了些。

其他珠宝的贵重程度，一看就是从拍卖会上拍来的，这条却明显不是。

那么，程越霖为什么会把这样一条手链也放在保险柜里?

念头不过刚起，她的身后就传来了声音："选好了吗？"

程越霖单手插兜侧靠在门边，视线落在阮芷音手上的那条链子上，扬了扬眉，淡淡道："阮嘤嘤，不会想选这条吧？"

"这条你可不能选。"男人尾音轻扬，语调悠哉。

"为什么？"她还未多想，声音已经先于想法出口。

回神后，她正要解释自己没有想要选这条手链，可程越霖已经环着臂，慢条斯理地走了过来。

他居高临下地与她对视，眸底深沉："你说呢？"

阮芷音眉头稍动，随着他的话抿唇道："是有什么特殊的意义？"

不然他也不会把这么普通的一条手链摆在这堆珠宝里，还特意空出位置。

程越霖散漫地勾唇，轻笑一声，深沉的眼眸凝视着她，漫不经心地开口："你刚刚说我高中没有早恋，其实也说错了——"

他视线犹疑片刻，又忆及今天和阮爷爷的那场谈话。

程越霖挑了挑眉，低沉的嗓音不咸不淡："这条手链就是我初恋当年留给我的，可不能就这么给你呢。"

阮芷音皱眉，因为她搜刮出高中时的所有记忆，也没能想出程越霖和哪个女生走得近些。

他那个臭脾气，整日里只有钱梵陪着他。然而阮芷音更不觉得他能和钱梵有什么暧昧的关系，两人间的磁场也绝对正常。

既然程越霖无法忘怀初恋，那么又为什么要背上婚姻的枷锁，同意和她假结婚？

惊讶良久，她试探着开口："所以你的初恋……？"

"也结婚了。"

程越霖淡然出声，紧接着又取过阮芷音掌心的手链，放回了原来的位置。

阮芷音见状，思及他刚刚在客厅时低落的神态，叹了口气："那你……保重。"

程越霖倒看不出在不在意，用漆黑的眸子定定地望着她："保重？那照你看，我还有机会吗？"

阮芷音抿下唇，还是想劝他不要太过固执，企图插足人家夫妻感情。

"其实……"她才刚开口，看到男人的神情似黯淡了几分，到了嘴边的话又生生拐弯，"我听说现在离婚率很高，你也别太过灰心。"

程越霖刚刚还在客厅里落寞地抽烟，她实在不忍在这个时候对他多加打击，心想还是用道理慢慢劝吧。

"可我这位初恋，恐怕离不了婚了。"

程越霖目光沉沉地看着她，将情绪藏在眼底，一下子让阮芷音想到他刚刚低迷的神态，她继而道："凡事无绝对，谈俊和梅笙还是娱乐圈里的模范夫妻，后来不也离了婚？过了几年又和各自的初恋结婚。"

"不过人家在婚姻存续期间，你还是别去插足了。如果有一天她真的离了婚，你又是单身，那一切皆有可能。"

程越霖像是把她的话听了进去，轻笑道："这个倒是简单，要是哪天她离婚了……我当然也会是单身。"

可他紧接着又道："不过呢，我还是觉得她离婚的可能性不存在。"

阮芷音觉得程越霖是在表达那位初恋的夫妻感情好，抿了抿唇，只能挑出他的优点鼓励两句："好歹你也有别的男人少有的优势，别太自暴自弃。"

"哦？什么优势？"

"你长得好看，女人其实也爱欣赏帅气的男人。正所谓由俭入奢易，由奢入俭难。以前整日看着你，某些时刻……不免会有些对比，谁能比得过你？"

忽略他孤傲又难搞的脾气，程越霖确实是长了张俊美非凡的脸。

哪怕他那狗脾气尽人皆知，情人节都能收到不少匿名的情书。

有的女生不敢自己送，还经常托她送过去。最初送的时候，他心情还算好，可后面几封情书都被他冷漠地拒收。

阮芷音说完，又在心里向那位初恋道歉，她绝对没有说对方以貌取人的意思。

可如果她说程越霖已彻底没有机会，刺激他越发失望，剑走偏锋就不好了。

思及他方才的自省，阮芷音神色愈加认真了几分："相信自己，你很优秀。"

程越霖听罢轻扬眉梢，淡淡勾唇，语气加重几分："嗯，我知道。"

此刻，他脸上的神情是从容不迫的。

阮芷音："……"

对上男人自然而然的表情，她又忍不住开始怀疑，所谓的初恋可能是程越霖编造出来骗她的。

毕竟，谁的恋爱能谈得完全寻不着踪迹？这是哪门子恋爱？

第五章

不必妄自菲薄

翌日，程越霖的过敏彻底好了，两人揭过昨日的那场插曲，照常去公司上班。

今天本该是去霖恒签合同的日子，可让阮芷音略感意外的是，仲总监居然没等她下午过去，就亲自把合同送了过来。上面也已经签好了程越霖的名字。

严格来说，这份合同在家里也能签。

可阮芷音希望公私分明，郑重一些，这才准备下午带康雨去霖恒一趟。

分明之前都已经说好，程越霖为什么要多此一举，又把合同直接送了过来?

这个问题，钱梵也很想知道：“霖哥，嫂子都说下午要过来了，你干吗又让仲总监把合同送了过去？”

自从程越霖结了婚，他压根儿就没见过阮芷音。钱梵本以为终于能见到嫂子一面了，霖哥居然又整了这么一出。

“天气热，他扛晒。”程越霖瞧他一眼，又淡淡解释，“而且我给仲沂发了转账红包，他答应得很开心。”

他想，阮芷音来了，肯定要被钱梵堵上。

钱梵听罢，顿感无语。

程越霖每天定时在朋友圈里发早晚饭的照片，他天天点赞，也没见对方给自己发一个红包。

他正想着，白博敲门走了进来，还顺道拎来了钱梵订好的午餐外卖。

钱梵顺手接过，将菜品一一取出，摆在桌上，然后又去招呼白博："我点了三个人的，一起吃吧。"

以往他每天中午都会来程越霖这儿吃饭，前段时间程越霖不厌其烦地吃着每天早晨带过来的三明治，开始发朋友圈之后才有所减少。

钱梵已经很久没和他一起吃饭了。

白博看了眼老板，见程越霖一贯地默许，便也点头坐了下来。

不过他这会儿过来，不是为了蹭饭，而是要说别的事情。

"老板，之前我找的那家私家侦探社，最近好像也接了别人的委托调查林哲和太太的事，林哲现在连会所的工作都丢了。"

"不用提，肯定是秦玦干的。"

钱梵轻哼一声，蹙起眉峰，似是很看不惯秦玦这企图撬人墙脚的行径。

"霖哥，你放心，我帮你盯着呢。秦玦虽然伤势好转，但还没出院。不过你也得防着些，以防他真来撬墙脚。"

程越霖皱了下眉，瞥他一眼，而后随意地应了声："嗯。"

秦玦性子优柔寡断，以阮芷音这几回的态度，程越霖不觉得她能被秦玦哄回去，但也并不妨碍他对秦玦不爽。

钱梵见他反应这么平淡，只以为他和阮芷音感情突飞猛进，安心不少，吃完了饭后，还给程越霖和白博分别递了烟。

钱梵递过去的烟却被男人伸手推开："不抽，戒了。"

钱梵愣了愣，脱口而出："霖哥，你什么时候戒的烟？"

白博亦是面露惊讶之色，身为特助，他怎么不知道老板戒烟了？

程越霖慢条斯理地放下筷子，勾唇看向钱梵："昨天戒的，不行？"

继而他又无奈地摇头，悠哉道："结了婚呢，处处受人管制，有什么办法？"

钱梵心想：行，你可真是了不起。

因为下午不必再去霖恒签合同，阮芷音遂坐上了康雨的车，临时和她一起去了趟北城的工地实地勘察。

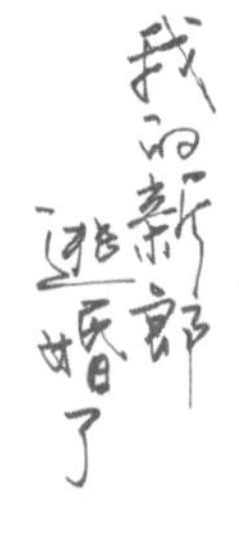

两人跟着工程师沿着规划好的设计图走完一圈，回来时就已是快下班的时间。

康雨的那辆红色大众稳稳地停在阮氏的地下停车场里，两人开门下车。

她们刚刚行至停车场的电梯前，一道不算陌生的面孔突然从旁冲出，将两人拦在了电梯门口。

王曦薇已在闷热的停车场里站了一个多小时，白皙的面容此刻凝上了薄汗，汗浸湿了脊背，刘海儿湿润地贴在额间。

前台不肯放她进去找阮芷音，她本想在这儿等到下班，却突然看到阮芷音从刚刚那辆大众车上下来。

一时间，王曦薇连忙拦了上去。

“阮芷音，我想跟你谈谈。”

如果还有其他的办法，她肯定不会选择来求阮芷音帮忙。

可王家已经走投无路，父亲见不到程越霖，便逼着她来找阮芷音。

阮芷音抬眸，望着此刻颇为狼狈的王曦薇，惊讶过后，神色变得淡漠。

“王曦薇，如果你来这儿是想说王家的事，那还是请回吧。你父亲当初掺和了程越霖父亲的案子，应该早就料到会有这么一天。”

早上送她上班时，程越霖提醒过她，这段时间可能会有人来找她。若是对方态度强硬，她可以联系白博解决。

其实她很早就发现，程越霖在暗中着手对付王家。王曦薇的父亲现在才焦头烂额地四处求助，实在是有些晚了。

王家是程父案子的得利者，阮芷音虽不清楚具体情况，但知道王曦薇的父亲想必也插了手，又怎么可能不应下对方的要求？

听到她的话，王曦薇以为阮芷音是记恨过去的事，蹙眉道歉，语气颇为诚恳。

“你是不是介意我过去总帮着林菁菲？对不起，我也是被她骗了。而且我除了说两句话奉承她，并没有真的对付过你。”

她和林菁菲的关系其实说不上有多好，之所以巴结着林菁菲，不过是因为秦玦过去对林菁菲的态度。

可是前不久，秦玦的那封声明毫不留情地和林菁菲撇清了关系。

王曦薇这才明白过来，林菁菲根本是在利用她当出头鸟，放着她去开罪阮芷音，自己独善其身。

本就是表面上的姐妹，林菁菲这么对她，王曦薇索性也和对方撕破了脸面。

王曦薇知道父亲还有私生子，对自己算不上多好，只因为怕程越霖哪天出手对付王家，才让她去讨好程越霖。

但她也想爬得更高，所以并不反感父亲的那些安排。只是她每回找到机会接近对方时，却连话都说不上两句。

可王家到底给了她二十多年的优渥生活，现在悬在父亲头顶的刀落下，她也没办法任由王家倾覆而不理会。

“你和程越霖好歹是……夫妻，我父亲只想见程越霖一面，只要你帮忙提两句，不论能不能见到，都没关系。至于条件，我父亲说，他手里有个足以让林成失去一切的把柄。”

王曦薇的父亲和林成有些交情，火烧眉毛之际，自然也不会空口无凭地来骗她。

阮芷音眸光微动，可片刻后，还是摇头拒绝：“我不可能帮你，这和林菁菲无关，更谈不上是我记恨你。”

王曦薇过去喜欢捧高踩低帮着林菁菲说话，但确实也没有真的做过什么，所以阮芷音懒得去记恨她。

“那你……？”

王曦薇瞥见对方冷淡的表情，欲言又止。在她的印象中，阮芷音脾气还是不错的，很少和人结仇，所以她才会答应父亲过来试一试。

可对方的眼神完全不像这么回事。

“王曦薇，程越霖现在是我老公，我怎么可能为了你许诺的这点儿利益，帮插手他父亲案子的人求情？”

即便拿不到王父那所谓的把柄，她也有其他方式对付林成，不过是时间问题。

虽然她和程越霖是合约夫妻，但两人也算是搭档，所以阮芷音自然不会帮王家开这个口。

可她话音刚落，背后突然传来熟悉的男声，带着调侃的戏谑之意：“音音，老公这种话，还是在家里叫比较好。”

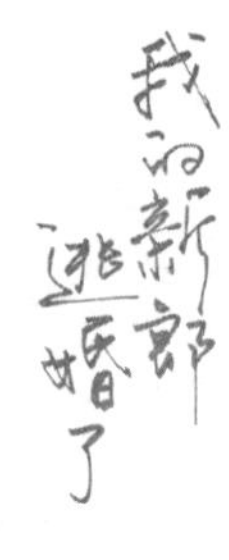

阮芷音回头，果然看到了站在她几步之外，含笑扬眉、姿态闲散的程越霖。

她没料到他会听到刚刚自己说的话。

想到方才为了向王曦薇表明远近亲疏而叫出的那声老公，一时间，阮芷音还有些不自在。

但她很快压下这种情绪，抬眸问道："你今天怎么来得这么早？"

虽说也已经快到下班的时间，但程越霖比平常早来了快半个小时。

程越霖踱步到她身边，语气不咸不淡："在附近和人谈事，就直接过来了。"

说完，他瞥了眼一旁的王曦薇，又挑了挑眉："走吗？"

阮芷音明白，这会儿不走，等会儿下班，王曦薇说不定还会在这儿堵着她。

于是她很快和康雨作别，又朝他点了点头："嗯，走吧。"

程越霖敛眸，顺势牵过了她的手。

王曦薇像是才反应过来，焦急地上前道："程总，等一等，我父亲想要见你一面，你……？"

话说一半，她又顿住。

父亲让她拿林成的事来和阮芷音谈筹码，可对上程越霖，她却不知该怎么措辞。

最后，王曦薇只能咬唇道："您能不能给我父亲一个将功补过的机会？"

程越霖抬了抬眼皮，嗤笑道："王邵有四处找人的工夫，不如想想怎么弃车保帅。一味地贪心，只会失去更多。"

他言下之意，是王邵分明有别的选择，却不肯走那条退路。毕竟要在锒铛入狱和家财散尽中选择，王邵确实不太好选。

要不是因为没有找着隐姓埋名躲在东南亚的徐信，王邵、赵冰和方家根本留不到现在。

既然徐信已经回岚桥自首，程越霖等了这么久，不可能再给这些人逍遥快活的权利。

话音落地，两人没再理会王曦薇，坐上了停在不远处的宾利。

车子一路开出停车场。

程越霖这才松开她的手，停了一会儿，启声道："放心，王家人不会再有工夫来找你了。"

他刚和叶警官见过面，对付王家也是逼王邵自首交出手里的证据。今天过后，王邵想必该想明白了。

"嗯。"阮芷音点了点头，皱下眉后，又问道，"刘叔说，你昨天去看了爷爷？"

程越霖轻嗯一声，没有开口。

他父亲当年入狱，是因为行事太过冒进，想要独揽罗湾的项目，激起了太多人的不满，而后被人下了套。

虽然设局陷害的人是方家和王家，但背后落井下石的人多了去了，甚至还有阮家的影子。

他知道彼时掺和了一脚的是林成，但阮老爷子仍亲自喊了他过去。

对方是怕他迁怒于阮芷音。当然，阮老爷子也说了些其他的话。

不过这些他都没必要告诉她。

于是程越霖转了话题："阮嘤嘤。"

"嗯？"

"你这声老公，叫得倒是不错。"

他的声音云淡风轻，又带着些许赞赏之意。

阮芷音回想到刚才恰巧被他听去的话，又哽住，脸颊上难得有了些不太自然的红晕，却是因为一瞬的窘迫。

顿了顿，她解释道："那是因为不想王曦薇继续纠缠。"

程越霖靠在座位上，侧过头看她，声音懒洋洋的："可我倒是忘了，在外人面前，得让你改掉称呼。"

"没想到……你这么自觉。"

男人意有所指，阮芷音却无言以对。

程越霖托着下巴，欣赏完她哑然的表情，笑了笑："既然如此，以后在外人面前请记得保持，程太太。"

他说完，戴上了耳机，闭目养神。

可阮芷音因为他这声程太太，想起了仲总监之前的话。

他们这段时间的相处，比她搬进别墅前想象得好了太多。

如果能够和他好好相处下去，她当着这个程太太，似乎也……并不

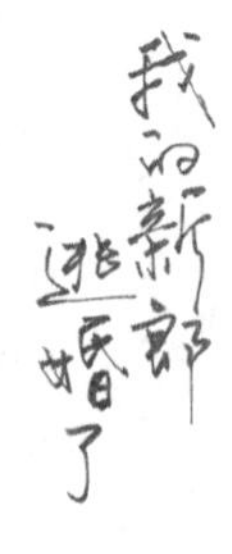

难以接受。

周末，阮芷音和程越霖一道出席严老太太的七十寿宴。

毕竟是正经场合，女人打扮起来又颇费时间。阮芷音从房间里出来时，程越霖已经站在客厅里等她。

听到细碎的脚步声，他转过身，漆黑的眸子亦迎了上来。

男人身着一套笔挺的深色西装，搭配款式简约的白色衬衣，领带挺括，浑身的气质矜贵而散漫。

他西装革履的精神打扮，连头发丝儿都平添了几分帅气。

阮芷音忍不住多瞧了一眼，而后勾了勾嘴角。她心想，自己这婚结得不算亏，只要程越霖不说话，的确是赏心悦目。

人也算视觉动物，要不是程越霖长得帅，也不可能顶着这人嫌狗憎的脾气还有人喜欢。

男人此刻也将视线停留在她身上，眸中闪过抹不易察觉的惊艳之色。他当然知道阮芷音好看。

岚中虽然是岚桥最好的高中，却没有那么多条条框框的规矩，也不限制学生的装扮，所以女生中有不少都会化点儿淡妆。

唯独阮芷音总是简单地扎个马尾，永远素面朝天。

可即便这样，仍有不少男生将目光停留在她身上。后来听着女生们偶尔的议论，她又戴上了一副黑框眼镜。

那时的阮芷音，眼中只有学习和做不完的试卷。

程越霖总是在她不注意时抢过她的眼镜，惹得她不胜其烦。

可他确实不喜欢她戴上眼镜、缩起壳的模样，她不该被一副眼镜掩去神采。

盛装打扮的阮芷音自然是美的，这身深蓝的修身礼裙衬得她肤白赛雪。她将柔顺的发丝在脑后绾起，露出修长的脖颈，锁骨精致而迷人。

程越霖一时移不开眼，微顿片晌，朝她点头道："很不错。"

阮芷音好一会儿才反应过来，程越霖这是在夸她今天的装扮。

真是没想到，他居然也开始学会夸人了。不过，她乐于收下这句赞美。

于是她朝他莞尔一笑："谢谢，走吧。"

严家在岚桥算是颇有底蕴的家族，和秦家旗鼓相当。

如今严家当家的是严老太太的大儿子严修德，今晚虽名为寿宴，但前来参宴的人，图的还是生意场上的交际。

下车时，阮芷音挽上程越霖的臂弯，两人亲密的身影出现在宴会厅里的那一刻，厅里此起彼伏的交谈声登时散去几分。

不少宾客的视线停留在两人身上，暗中投去打量的目光。

这样的状况，阮芷音并不意外。

她和秦玦的婚约惨淡收场，又转身嫁给程越霖。这种戏码，倒是压过了秦玦和林菁菲过往的那点儿传言，使得外人都忍不住调侃秦家被人截了和，秦少爷彻底丢了颜面。

两人这番出现，外人自然想要探究他们的夫妻关系究竟如何。

严明锋放下手中的酒杯，迎了上来："程总来了。"

严家人丁兴旺，只可惜小辈里边并没有特别成器的。

严明锋虽然是严修德的儿子，却是个纨绔子弟，生意上不显天赋，整日都和不同的女明星传绯闻，没有一个相处能超过一个月的。

不过他对程越霖倒是颇为客气。

其实应该说，生意场上没有人真的敢对程越霖不客气。毕竟过去几年得罪过他的人，往往都惹上了更大的麻烦。

阮芷音刚回国时，就听不少人提起过程越霖这些年使用的手段。他眼光精准长远，行事果决凌厉。霖恒发展得这么快，是因为程越霖几乎不给自己留后路。

其实这也不难想通，当初罗湾的项目烂尾，承接商纷纷拿着合同找程越霖讨债，彼时他所面临的境遇可想而知。

他一步步走到今天，本就没有退路。

严家和霖恒多有合作，严明锋虽是严修德的独子，却另有两个虎视眈眈的堂弟，遂一直有意和程越霖攀关系。

为讨严老太太欢心，这场宴会严家请来的人不少，逐渐有不少人打着生意场上的寒暄，上前和程越霖交谈。

阮芷音不便一直在旁，看了眼游刃有余的男人，开口道："阿霖，我去找一下琳琅。"

这声"阿霖"是阮芷音最后的妥协。"老公"这种称呼，她实在还

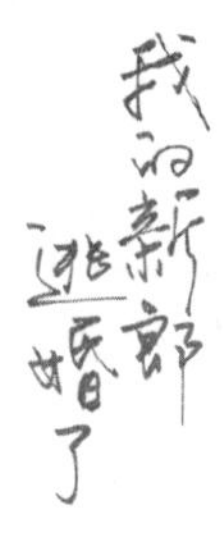

无法自然地对着他叫出。

两人曾在餐桌上掰扯了一通，程越霖执意觉得叫老公更显恩爱，但最后也勉勉强强同意了她的叫法。

听到她的话，程越霖看她一眼，点了点头，又轻声交代道：“别乱跑，等到结束了，过来找我。”

他这才松开揽在她腰间的手。

四周的人瞧见这一幕，心里都不禁多了几分思索。

程越霖以往出席这种场合，带的都是助理白博。眼下他不仅带了他新婚的太太过来，言语间还颇为温柔体贴。

虽然那场婚礼有些荒唐，但阮芷音成了程越霖的太太也是不争的事实。

大家原以为两人的关系会冷冷淡淡，现在看来，却是多了几分亲密。不管这份亲密是真是假，都代表程越霖有意给他太太撑脸面，不可得罪。

严明锋默默地将这一幕收入眼中，在阮芷音离去后，向男人投去打趣的眼神：“没想到程总也开始怜香惜玉了。”

程越霖微皱眉峰，垂眸道：“当然，我们是夫妻。”

严明锋读出他眼中的警告之意，忙放下那点儿怠慢的态度，恭维一句：“是是是，程总新婚燕尔，真是体贴太太。”

严老太太毕竟是上了年纪，待得久了，不免有些疲倦。等儿子严修德说完了几句好听的场面话，她便回了房间里休息。

阮芷音回国这几个月参加宴会，都是跟着秦母一道。

今天方蔚兰没有过来，不知是严家没有邀请她，还是秦母自己婉拒了。

阮芷音觉得应该是后者，毕竟她在方才的礼单上看到了秦家的贺礼。

方蔚兰最是顾及体面，风波还未散去，所以这样的场合，应当不会选择过来。

以往总跟着方蔚兰应付这些太太小姐的阿谀奉承，阮芷音如今乐得轻松，也不想费心在挂着面具的交际中，只跟顾琳琅在僻静的二楼露天小花园中说着话。

“程越霖倒是挺给你面子。”顾琳琅指的是刚才那一幕。

因为程越霖的态度，方才不少人过来同阮芷音攀谈，言语间皆是殷勤之意，两人这才到了这处来躲清静。

阮芷音笑了下，随意点头：“大概也算吧，反正各取所需，就是他平常的脾气臭了点儿。”

顾琳琅知道她和程越霖相处得还算不错，摇头道：“你们俩也算对冤家了，我倒是觉得你现在放开了不少。”

自从阮芷音回了阮家，她就很少再见到对方如此轻松的神态。

阮芷音愣了愣：“是吗？”

细细想来，这段时间和程越霖的相处，她确实在无形中放下了不少包袱。

对方总在小事上吹毛求疵，端着傲慢的姿态与她掰扯两句，最后让她维持不住心态，哭笑不得。

“你这么久没回国，大概还不知道程越霖在外人眼中的姿态。四年前我第一次见他时，他冷漠得没有一点儿人气。你和妍初说的斗鸡模样，我还真没见到过。”

阮芷音微怔，似乎想象不到琳琅的描述中那个过分冷漠的程越霖，默然沉吟了几秒。

两人没聊几句，房纬锐突然走进了这处僻静的露天阳台。

对上阮芷音的视线后，他打了声招呼：“芷音，好久不见。”

“嗯。”阮芷音点点头，又见房纬锐望过来的眼神微顿，于是她含笑看向顾琳琅：“我去趟洗手间。”

言罢，她起身离开这边，重新走回了宴会厅里。

而房纬锐望着对方的背影，想到刚刚发的消息，不免多了几分愧意，但心里的天平还是挣扎着倾向了另一边。

已经离开的阮芷音自然不知道房纬锐这会儿的心情。

她只是觉得对方是秦玦的好友，不想留下多谈，以免惹得顾琳琅和对方起争执。

可让阮芷音没有想到的是，当她从洗手间里出来时，竟然遇见了最不想见到的人。

一段时间不见，男人愈加消瘦，原本剪裁合体的西装也显得松垮了几分，凝望而来的双眸黑得发沉，情绪叠涌上来。

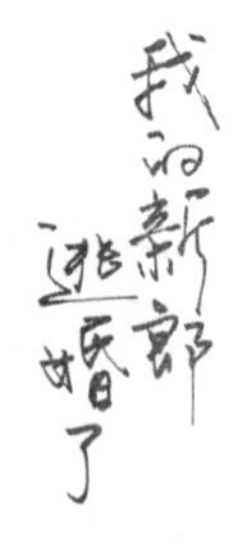

思索间，她已经明白过来。

是房纬锐故意给秦玦放了消息，才让原本没有打算出席严家宴会的秦玦临时赶了过来。

对上阮芷音冷淡的目光，匆匆而来的秦玦像是有些愕然。

下一刻，他微微抿直薄唇。

他前天才刚出院，原本并未打算来参加严家的宴会。

这段时间，他对阮芷音的思念生根发芽，越发浓烈。刚刚收到房纬锐的消息后，他终于忍不住心底蔓延的思念，独自驱车赶了过来。

她不想给两人见面的机会，而秦玦迫切需要一个和阮芷音解释的机会。

想到这儿，他伸出手，拦住她的去路："芷音，我们好好谈一谈。"

阮芷音不悦地皱眉，抬眸看向他，声音冷淡："是房纬锐告诉你，我来了严家的宴会？"

秦玦微顿后道："你别怪他，我只是找不到机会和你解释。"

他最近的状态实在太差，房纬锐当然知道他是为了谁才会出此下策。

秦玦心有感激，但到底不想连累好友和顾琳琅吵架。

"呵，你想解释什么？"

阮芷音忍不住笑了，她从来都不觉得选择和秦玦的结束是因为什么所谓的误会。

"我……"秦玦欲言又止。

片晌，他对上阮芷音的目光，终于将话说出："我和菁菲没有其他关系，从前没有，现在也没有。当初我们并没有交往，那只是因为……我和家里的争执。"

言毕，他苦涩一笑，嗓音低哑："芷音，我一直都爱你，可你太冷静了。"

这些年，他总觉得阮芷音和自己之间其实还隔了些什么。

虽然他们谈了快三年的恋爱，但这期间两人学业忙碌，创业期间他更是忙得几乎睡不足一个好觉，整日飞来飞去。

他们都是目标坚定，不会因为沉溺感情而停下脚步的人。

对于秦玦来说，阮芷音不只是恋人，也是最好的合作伙伴。

他们日常的交流多是工作，但每次庆功后，他也会制造些温柔的浪漫。

阮芷音默默地陪着他，让他总觉得他们还有很多的时间。可以等两人闲下来后，他们再好好地解决其他的事情。

她总有对他放下所有包袱的一天。

秦玦认为两人的问题只是那些完全可以解决的争执，然而，现在她决绝地离开了自己。

所以，她在意的是什么呢？

这个问题，秦玦想了许久，似乎有了答案。

阮芷音从不提他和林菁菲的过去，他也不愿承认年少时可笑的心态，却不想这会成为他们之间始终存在的隔阂。

至少，在秦玦单方面看来是这样的。

终于把话说出，秦玦将目光紧锁在她姣好的容颜上，望着她的神情。

可秦玦没有想到，当他说出这些话时，阮芷音只是面无表情地抬眸，语气依旧平淡："所以呢？"

秦玦微顿片刻，才回过神道："芷音，我知道，我放不下骄傲，所以不愿意让你知道我那时彷徨幼稚的想法。我一直很后悔那时的想法，以后再也不会了。无论你需要什么，我都会竭尽所有帮你。你再给我一次机会，我们重新开始，好吗？"

他眼眶发红，双手紧紧握住阮芷音的手臂。用期许的眼神望着她，他小心翼翼地等待着她的宣判。

阮芷音对上他这副神态，摇头冷笑："后悔？秦玦，你的后悔是来源于我的离开，希望我继续安静地陪在你身边，而不是真的觉得你有多大的错。

"你对我厌恶林家人的态度一点儿都不知道吗？不是的，你只是觉得任何事都能两全其美。

"你觉得我有你给的 T&D 股份，又要嫁给你，所以没必要再去掺和阮氏的事，你可以同时成全自己的感情和承诺。

"我不是没有给过你机会，但你早就用尽了机会。你以为自己爱我，但远比你自我感动的深情少得多。

"说白了，你的做法只体现出你埋在骨子里的自私和卑劣的感情。

"或许你觉得你的帮助是施舍？可我的生命和人生都是自己的，不是附属于你的。你无权干涉我的任何决定，更没资格替我放弃什么。

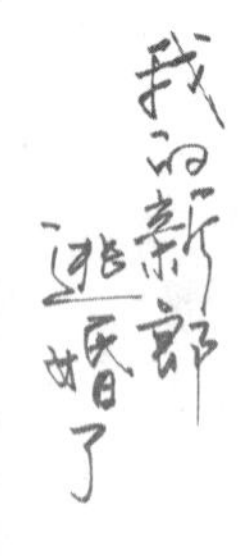

“我不可能跟你重新开始，我们两个已经没有任何可能。秦玦，收起你所谓的深情和狼狈，我不需要，也不想看。”

其实从秦母屡屡暗示她不必太过拼命，安心当好秦玦的妻子时她就应该明白，即便没有林家人，自己和秦玦也走不到最后。

她和秦玦的问题从来都不是林菁菲，而是他的优柔寡断和只想成全自己立场的自私。不过秦玦说她在这段感情中太过冷静，倒也不算错。

她可以因为知道他和林菁菲交往就放弃婚约出国，后来的交往中，她的付出也并不是因为爱这个男人爱到昏头，而是因为她原本就是一个愿意在任何事情上付出努力、达成期望结果的人。

本质上，她也有自私，因为她不愿在任何人面前全身心地交付自己，时刻保持着那份冷静。

她付出过努力，给过秦玦机会。对于结束这段感情的决定，她没有任何遗憾。而秦玦单方面的后悔，她没有义务成全。

“秦玦，收起你所谓的深情和狼狈，我不需要，也不想看。”这句话像是轰然而来的巨石，砸碎了秦玦这段时间仅存的希冀，她是真的想要舍弃他，不是因为什么荒谬的误会。

苦涩汹涌的情绪疯狂地叫嚣着，他想去反驳阮芷音的话，告诉她并不是这样的，自己是真的爱她。

可心里所有想说的反驳的话，在对上她冷漠的眼神时，都瞬间变得苍白无力。

秦玦双眼猩红，咬紧了牙关，试图从她脸上找出一丝情绪的波动，却徒劳无获。

心里升起无边的颓丧之感，像是坠入了漆黑的深海，令人窒息的海水裹挟着他，他对周遭的一切都失去感知。

凌厉的拳风袭来，尚未来得及反应，秦玦就已身形踉跄地被人撂倒在地，削薄的嘴角渗出抹血迹。

程越霖慢条斯理地理了下袖口，伸手拉过阮芷音，神情是结了冰的冷峻。

他居高临下地望着半倒在地的人，语含讥讽之意：“秦玦，想当小三撬别人墙脚也得考虑清楚。再让我发现一次，我不介意帮秦志泽好好地出些主意。”

“小三？”秦玦缓缓起身，抹去嘴角的血，蹙眉回视，“程越霖，你才是迟到的那一个。”

气氛陷入无声的僵持。

阮芷音微蜷指尖，看到程越霖过来，其实松了口气。

可见秦玦居然还不依不饶地想要激怒程越霖，她连忙拉住男人的胳膊，低声道：“我们走吧，别理他。”

外面的宴会还在进行，这情形闹大了，他们可就不好收场了。

至于程越霖刚才的话，阮芷音不希望因为自己给他带去不必要的麻烦，也不想秦玦的破事给他带去更多非议。

话音落地，阮芷音见男人只是淡淡地看她一眼，纹丝不动。

她叹了口气，又道：“阿霖，我知道你架打得厉害，但要是伤到手，还得送你去医院，没有必要。”

他如果觉得自己和秦玦在这儿碰到伤了他的颜面，自己现在这话够给他面子了吧？

程越霖的情绪像是被她的话牵动，挑了挑眉，眸子望来，他总算轻笑着点了点头，伸手揽过了她。

两人紧接着转身离去。

唯有秦玦落寞地站在原地，走廊上彻底没了声响。

走廊尽头的洗手间门口，有个人小心谨慎地探出了头，正是躲在男厕所里许久的汪鑫。

他才刚上完厕所，现在却被这场狗血大戏憋得又想回去蹲个坑，掏出手机跟别人分享下刚刚听到的一切。

不过考虑到程越霖不太好惹，汪鑫还是轻咳一声，慢慢地走了出来。

路过秦玦时，他喟叹一声，语重心长地拍了拍对方的肩膀。

“秦少爷，听我句劝。这失恋呢，也不是什么大事。但你要是跑去当小三，那可就是人品有问题了，何况阮芷音她还瞧不上你。

“程越霖现在是她老公，你这连前夫都没当过的人，纠缠人家算什么事儿啊？”

秦玦：“……”

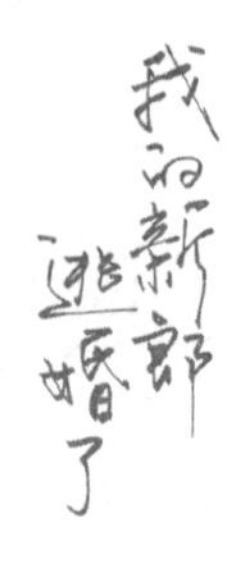

程越霖和阮芷音从严家的宴会上出来，坐上了候在门口的宾利。

有了秦玦这个插曲，两人自然不好再待下去了。

阮芷音给顾琳琅发了个消息，就跟着程越霖一道告辞离去。

宽阔的车厢里很静谧。

程越霖调了调座位，闭目躺在后座上，面色平淡，骨节分明的手自然地搭在胸前。

他从上车后便没有说话。

夜灯的霓虹光影在他俊朗的轮廓上掠过，阮芷音侧头看他，能闻到男人身上微甜的淡淡酒气。

她想到程越霖刚才在一群人中游刃有余地应对着周围的一切，和自己印象中的他完全不一样。

顾琳琅也说，她眼中的程越霖，并不能和阮芷音描述中的那个潇洒的少年重合。

摸不准男人现在的心情，阮芷音思虑片刻，自顾自地开了口："你说我眼光不好，其实也没说错。"

男人抬了抬眼，眼神散漫地瞧了她一眼，似是被她后面的话勉强勾起了点儿兴趣。

车子驶过商业区，阮芷音凝视着车窗外灯红酒绿的热闹夜景，回想起自己在美国过的第一个圣诞节。

高中时，秦玦帮了她不少，她确实对秦玦有过少女时的心动。但当她得知秦玦和林菁菲在一起的时候，也是真的放下了秦玦。

后来秦玦到了美国。

他追求她的那一年中，周围人都说她两点一线的生活太枯燥，劝她尝试恋爱，但阮芷音并没有想过接受秦玦。直到她收到院长的那块玉佛。

院长妈妈是上了年纪的人，在某些事上还是有些迷信。

她觉得戴玉能够避灾，所以即使积蓄不多，也给社会福利院的孩子每人戴上了一块玉。

女孩的是玉佛，男孩的是观音。种水不算好，却是她的拳拳心意。

平安夜前夕，她接到了爷爷的电话。爷爷告诉她，院长去世了。

自从她回了阮家，陈院长虽然没拒绝她执意给社会福利院的资助，却也严肃地劝她不要再回去。

离开了社会福利院，她就要过上新的生活。

上了年纪的人总有一天会离开，人总会不停地面对分别。

阮芷音这么安慰自己，却还是因为院长的离开哀恸，只是她并未表现出来。

圣诞节那天，导师让她去家里吃饭。

回宿舍的路上，家家户户亮着灯庆祝节日，她却觉得眼前的场景渐渐地将她和从前的那个自己割裂开来。

恍惚中，她没有一丝一毫的归属感。

没过多久，她就收到了院长妈妈寄来的玉佛，而包裹的寄出时间是院长去世前的一个月。

社会福利院的人告诉她，有个男孩打电话过去问了院长玉佛的事，后来还托人把院长送去了医院。

院长走得很安详，没有什么遗憾。

阮芷音只跟秦玦提起过玉佛的事，他曾因此送过自己一块与这块十分相似的玉佛。

秦玦再去找她的时候是元旦那天。阮芷音谢过他玉佛的事，又在那一刻接受了秦玦的表白。

车子路过拥堵的十字路口，几道响亮的鸣笛声骤然传来。

阮芷音叹口气，从思绪中回神。

她用纤柔细腻的手轻托着腮，转头笑了笑："程越霖，你知道我小时候住在社会福利院里吧？"

"嗯。"男人的视线瞥来。

"我们的院长人很好，她去世之前，秦玦托院长给我寄了份礼物，那会儿我觉得这份心意很珍贵。"

所以她终究被触动，接受了秦玦。

阮芷音觉得愿意费尽心思对她好的人，她也想回应对方。

然而现在她看来，这个决定确实不太好——

"可能，真的是眼光不好。"

"是什么礼物？"

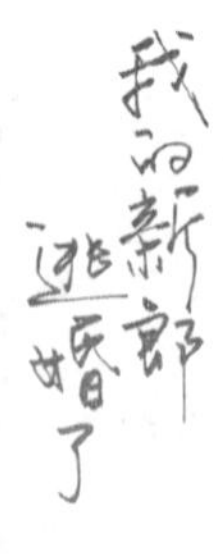

程越霖的声音里听不出情绪。

阮芷音淡淡敛眸："一块玉佛。"

男人陷入缄默，像是有些疲惫，用那只净白的手掌缓缓遮住了眼睛。

停了好一会儿，他道："如果没有那个玉佛，你不会跟秦玦在一起？"

阮芷音沉吟几秒，轻笑着摇了摇头："我不知道。"

"但……确实是这件事让我下定了决心。"

没有玉佛的事，或许也会有其他的事。那时秦玦费尽心思地追她，用她那位华裔室友的话来说就是，那些浪漫满足了很多女人的幻想。

而且，世上没有那么多如果。

见男人又开始沉默不语，阮芷音微蹙秀眉，关切地道："你怎么了？身体难受？"

他刚刚应该喝了不少的酒。

"有点儿吧。"程越霖放下覆在额间的手掌，微耷眼睑，"不过，现在没事了。"

片晌，阮芷音听到他散漫地哂笑。

"阮嘤嘤，我说错了。"程越霖侧身看她，微翘的桃花眼似醉非醉，含着笑意，"你的眼光其实很不错，所以不必——"

"妄自菲薄。"

阮芷音不明白程越霖为什么突然夸她，想了想，许是因为见自己心情不太好，所以他才试图安慰。

只是被他安慰，也真是少见。

对上他散漫含笑的眼神，阮芷音啼笑皆非，笑着点了点头，回了句："承你吉言，希望以后我的眼光能好一点儿。"

缓了片晌，她又想到刚刚的一幕，皱眉道："好像每次我碰到秦玦，你都来得很快。"

男人淡淡地瞥她一眼，语调云淡风轻："是吗？"

而后他意有所指地道了句："总得看得紧些，才不会误入歧途。"

阮芷音微哽，觉得他是在暗喻自己今天又被秦玦缠上，不如他在这种场合中"以身作则"的表现。

她忍不住扯了扯嘴角："你放心，只要没有离婚，我也不会让你丢脸面的。"

秦玦会出现，她也没有想到。不过今天过后，想必他也该死心了。

车子稳稳地停在别墅门口，两人开门下车。

程越霖脚步不疾不徐，走在前面。

缓缓摁开别墅的指纹锁后，他身形略顿，揉了揉眉心。

“阮嘤嘤。”

“嗯？”

“扶我一下。”

他的声音有些迟钝。

借着门檐上方光线柔和的门灯，阮芷音抬眸看他。

男人半耷的眼睑因为酒意染了抹淡淡的胭色，他微闭醉眸，高大的身躯盖去半数光亮，地上的影子被拉得很长。

不知道是不是因为醉酒头晕，程越霖现在精神混沌，居然让阮芷音品出了几分与他平日完全不搭的乖巧的样子。

她觉得他这眼眸涣散、安安静静的样子颇为顺眼。阮芷音笑了笑，伸手扶过程越霖的手臂，搭在肩头。

淡淡的酒气萦绕在鼻尖，侧首间，她看到男人的碎发细碎地散落在额前，在俊朗的轮廓上遮出了阴影。

费了不少力气，她终于把人扶上楼。

可到了卧室门口，对方却迟迟没有伸手解锁开门。

“程越霖？”

阮芷音转头，发现他这会儿轻闭双眼，呼吸舒缓，居然已经……半睡了过去。

好在别墅指纹锁的权限是通用的，阮芷音摇了摇头，打开房门。

一分钟后，她总算把有些沉重的男人投到了那张宽阔柔软的床上。

她正要起身离去，视线又忽而停在程越霖那张沉静的面容上。

男人安安静静地躺在那儿，不开口时倒显得多了几分可爱。

可他即便在睡梦中时，挺直的眉宇间也有道浅浅的沟壑，像是没有彻底放松下来。

回想起琳琅的那番话，阮芷音鬼使神差地伸出白皙纤细的指节，轻轻抚平了他微皱的眉峰。

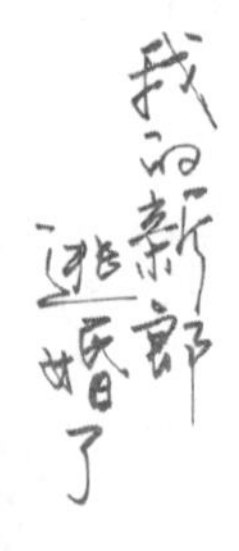

院长总说，这样就可以做个好梦。

严家的宴会后，程越霖紧接着便去了国外出差，周末才能赶回，北城项目的剪彩仪式最后定在了月底举行。

霖恒近两年一直在开拓海外并购的项目，所以他这段时间一直待在国内，想必堆积了不少的工作要处理。

程越霖不在家，阮芷音这些日子也没有闲着，忙着将项目的设计规划投给政府部门过审，又让项彬跑了几趟环保局去批环保意见书。

政府那边的审核流程慢，有时还会推诿扯皮。但程越霖出差前帮她跟规划局的人打过招呼，对方看在他的面子上，审批得倒是很快。

当然，该走的流程还是不会少。

眨眼时间到了周五，阮芷音和康雨在规划局待了大半天，总算拿到了审批好的规划书出来。

刚坐上车，阮芷音就收到了顾琳琅发在微信群里的消息。

顾琳琅："快快快，看微博，老娘看林菁菲这回还怎么蹦跶。"

阮芷音微扬纤眉，随即退出微信，点开了微博。

热搜上，林菁菲的名字直接霸占了最前面的两条。

"林菁菲堂兄""林菁菲 BING"。

她点进去后，发现其中一条微博的转发量已经破了十万。

@娱圈揭秘："秘哥最近收到一位网友的私信爆料，某位操着富家千金人设的女艺人，其堂兄不仅学历造假，还曾试图在国际注册内部控制师考试中组织作弊，却被女艺人的父亲疏通了关系摆平。以下是该网友发来的林某的拘留记录、案件口供以及林某与女艺人的合照。是真是假，大家自行判断。"

林某与女艺人的合照虽然被博主打上了马赛克，但娱乐圈立富家千金人设的女明星来来去去就那么几个。

网友们很快就根据照片中手部的红痣，扒出这位女艺人是林菁菲。

微博下的评论也已是一边倒的形势。

"上次秦氏发了声明打脸，粉丝吹不了直男斩的人设，就洗白了小三的事开始吹林菁菲富家千金，这才过去多久？”

“纵容堂兄组织作弊的富家千金，吐了。普通人想考国际注册内部控制师多难啊，人家作个弊就过了，还捞了笔钱。”

“在这种大型考试中组织作弊是犯法的吧？这种人必须严惩，不能就这么轻飘飘地放过。”

“有个法制咖堂兄，还有个帮法制咖善后的父亲，可见林菁菲这一家子都不是啥好货色。”

“啧，这回林菁菲的人设是彻底崩塌了吧？富家千金没被邀请还能强行出席时装秀？真是让我大开眼界。”

评论里说的林菁菲强行出席的时装秀，就是 BING 在会展中心办的那场。

网友们对组织作弊的劣迹，自然是零容忍，微博被迅速转发开来。

虽然被爆组织作弊的是林哲，但网友的怒火已经无法掩盖，他们扒完了林哲，又开始顺着林菁菲的过往行程开扒。

BING 的官博也是在这个时候突然发出声明，表示从未邀请过林菁菲女士出席新品发布会，并暗指她是通过不正当手段才拿到了时装秀的入场券。

不少追行程的粉丝都知道，林菁菲过去从未参加过 BING 的发布会，这唯一的一次，还被 BING 及时撇清。

网友们嘲讽林菁菲的同时，又开始去与林菁菲有合作的品牌官博下留言。

公关反应够快的品牌已经纷纷发出声明，表示将与林菁菲解约，并保留追究她违约责任的权利。

林菁菲过往那些负面新闻都会被迅速删除，这回却仍高挂在热搜上。

事情经过几个小时的发酵，她的形象彻底跌落谷底，还摊上了一屁股的违约官司。

至于林哲，事情闹这么大，估计也免不了之后的牢狱之灾。

叶妍初：“哈哈哈哈，真是大快我心！我倒要看看秦玦这回还帮不帮林菁菲善后！”

顾琳琅：“也不知道林菁菲惹了谁，那个营销号明显有后台，不然蒋安政早把热搜撤了，现在秦玦想善后也善不全。”

叶妍初：“代言全部解约，粉丝脱粉的也不少，林菁菲这还怎么在娱乐圈里混下去？”

顾琳琅：“她毕竟嚣张了这么久，还有不少人在观望有没有人帮她，要是明天热搜还在，她在剧组里的那些事估计也压不住了。也是她活该，以前仗着有后台摆谱，现在也有的是人等着落井下石。”

阮芷音没急着回两人的消息，而是先给老宅打了个电话，嘱咐刘叔不要跟爷爷提起林菁菲的事。

虽然老爷子当初极力反对林菁菲进娱乐圈，也向来不看这些新闻，但她毕竟是爷爷的外孙女，想必也不希望听到她的难堪之事。

林菁菲和她关系不睦，对疼爱她的老爷子倒还有一点儿顾虑，至少上次回老宅时圆掉了阮芷音关于婚礼的说辞。

阮芷音只希望对方不要把这些糟心的事情捅到爷爷跟前。

金煌会所的 VIP 包间中，蒋安政面色凝重地带着林菁菲走了进来。

靠里侧的沙发上，秦玦沉闷地喝着酒。

只要想到阮芷音这几回当着他的面和程越霖离去的背影，他就止不住自己心里磅礴的妒忌之情。

除了妒忌，其实还有惶恐。

即便他一直努力说服自己，阮芷音不会轻易对人敞开心扉。可自从发现了程越霖的目的，秦玦还是怕阮芷音终有一天会被他打动。

他们朝夕相处，程越霖也喜欢她。

秦玦不敢去想，害怕自己还没有付出一切求得她的原谅，就已经被判了死刑。

桌上胡乱堆了一堆空掉的酒瓶，房纬锐蹙眉坐在秦玦身侧，已不知劝了多久。

他知道，秦玦之前住院时一直等着阮芷音去医院探望，后来也是抱着和她有误会没解开的心态才不再抗拒治疗。

可好不容易出院，他见了阮芷音一面后，化解误会的执念被迫打碎，状态更差了些，又开始酗酒。

蒋安政看到这幕，又暗自瞥了眼林菁菲，嘴边的话迟疑了许久，才叹息着开口："阿玦，你还是帮帮菁菲吧。"

那边秦玦置若罔闻，神情未变。

蒋安政皱了下眉，知道秦玦上次说过，不会再过问林菁菲工作上的事。

可林菁菲这次遇到的麻烦不一般，后续还要承担品牌方的违约责任。这不仅会影响林菁菲，还会影响秦氏娱乐。

艺人有义务在合约期内保持正面形象，闹出这种丑闻，较真儿的品牌方势必会追责要求赔偿。

"菁菲也是被林哲拖累，你从小看着她长大，真就这么狠心不理会吗？"

秦玦为了阮芷音把林哲开除，蒋安政倒不反对，毕竟林哲得罪了阮芷音。

他也不想看到好友这副醉生梦死的样子，希望阮芷音原谅秦玦，甚至试图去找她道歉，只是对方不愿见他。

于公于私，蒋安政都得把林菁菲的事解决。可无论他说什么，秦玦都像是没有听到一样。

他缓了口气，又去看一旁的房纬锐。毕竟顾琳琅在这种节骨眼上发了声明，也推动了后续一连串的品牌解约。

房纬锐的眼神冷淡："别看我，上次被你偷拿了两张邀请券，琳琅就跟我吵过一架。宴会那天我叫了阿玦过去，她可是扬言再敢这么做就跟我离婚。"

很早之前，他就觉得蒋安政太过偏袒林菁菲了。秦玦和阮芷音分手，不得不说也有蒋安政的功劳。

感情的事，外人本就该少去插手，蒋安政为了林菁菲已经过界了。

分明是一起长大的发小，也不知道怎么就闹成了这种样子。

"玦哥。"

林菁菲咬了下唇，皱着眉走到秦玦身边，叫的不是阿玦，而是幼时常叫的"玦哥"。

秦玦是个好哥哥，幼时总是尽力照顾她，帮她挡去各种麻烦，所以林菁菲才会一直这么依赖他。

听见林菁菲的称呼，秦玦终是抿唇放下酒瓶，淡淡抬眸："菁菲，我总觉得你还是小时候那个单纯的小女孩。从小到大，我对你甚至比湘湘还好些，但你……太让我失望了。"

"是我的错，不该惯得你这么任性，让你觉得不论做了什么事情，都有人帮你兜底。"

他觉得照顾林菁菲是需要承担的责任，某种程度上，也在这份责任中埋下了和阮芷音分手的伏笔。

怪别人没有意义，他该怪的是自己，早该做好决断。

但这段时间想通一切后，秦玦也是真的对林菁菲失望了。

林菁菲听出他语气中的淡漠，眼眶微红，渐渐蓄起了泪："玦哥，我知道你对我好，可是表姐和父亲关系不好，我也不想你离开我啊。"

她知道阮芷音和父亲的对立，也接受阮芷音站在自己的对立面，却不能接受从小爱护她的秦玦也有和她对立的一天。

"我错了，你原谅我一回，好吗？"

"原谅你？"秦玦突然笑了，漆黑的眸子中尽是茫然之色，"可是，就连我自己都尚且得不到她的原谅。"

"玦哥……"

秦玦冷硬地打断："不必说了，你如果真觉得自己错了，该去求的是她，而不是我。你以为林哲的事是谁捅出来的？"

他不能再在这种事上帮林菁菲，那只会……将阮芷音推得更远。

程越霖这些天虽然出差了，但司机仍旧会每天接送阮芷音上下班。

分明以往和程越霖在车上的交谈不多，可他突然离开几日，阮芷音却慢慢地发现了那么点儿不一样。

上下班的路上，她旁边的座位是空的。

她回到家，偌大的别墅里也只剩下了她。

阮芷音一直认为自己是个不太能够体会孤独的人，可程越霖出差后，她还真的琢磨出了些类似于孤独的感觉。

即便工作的忙碌能让她短暂地把这种感觉抛诸脑后，但回到家后，她总是会下意识地多拿一副碗筷，再多盛一碗饭，然后她才发觉程越霖并不在家。

所以说，习惯真是最可怕的东西。

很明显，比起刚刚搬来别墅的那次出差，程越霖这次的出差带给她的感受不太一样。

或许是因为他们的关系在这段时间里变好了不少。

吃过饭，阮芷音收拾了碗筷放进洗碗机里，然后独自上楼。

白天时，她又带着康雨和项彬跑了趟北城的工地，这会儿脱了高跟鞋，身上还是隐隐有些疲乏。

阮芷音走进浴室里放好了水，滴了点儿芬芳四溢的玫瑰精油进去，躺在浴缸里舒舒服服地泡了个澡解乏。

泡完澡出来，她才看到顾琳琅打来的未接电话，紧接着便回了过去。

“刚刚在泡澡，手机放在外面。怎么了琳琅，什么事？”

头发还在滴水，阮芷音点开了免提，一边擦着头发，一边和顾琳琅聊天。

扬声器中传来声音：“音音，你知道下周六是蒋安政的订婚宴吗？”

“嗯，秦湘前几天跟我说了，但我没想过去。”

阮家和蒋家没有交集，阮芷音同蒋安政的关系就更不必说。这场订婚宴秦玦肯定会去，她何必去见那个不想见的人。

顾琳琅轻叹口气：“不去也好，省的又碰见秦玦。你说他们那几个是脑壳有坑吗？一天天的净听不懂人话，还想着撮合你们俩和好呢。

“早干吗去了？秦玦那一堆破事自己解决不好，等你跟他分手了才想着弥补挽回，真是仗着你以前脾气好，活该。”

顾琳琅轻细的声音中带着明显的怒气，知道她是为了自己，阮芷音不禁莞尔一笑。

“好了，我都不气，你还生什么气？”

“我当然气，房纬锐居然背着我给秦玦递消息！”想起这事儿，顾琳琅就顿感窝火，“既然你都不去订婚宴，那我也不去了，就让他去吧。”

阮芷音知道顾琳琅已经和房纬锐冷战了好些天，到底不希望她为了自己闹得更僵，于是委婉地道：“嗯……秦湘说，订婚宴应该会很有意思，要不你去看看戏？”

秦湘是个藏不住情绪的姑娘，前几天打电话给她时，阮芷音就听出对方话里的意思了。

想必这场订婚宴并不会波澜不惊。

那边顾琳琅思考了一会儿，缓缓开口道：“我再考虑考虑吧。”

“对了，你猜我今天在 SIMO 酒店的餐厅里碰到谁了？”

阮芷音眉梢微动：“哦？碰到谁了？”

“周鸿飞！”顾琳琅的声音里多了些打趣的意味，“而且你肯定想不到，他居然在那儿相亲。”

阮芷音笑着点头：“挺好的，院长刚去世那会儿，社会福利院里好多事情多亏了他，陈院长应该也想看他成家立业。”

顾琳琅的语气染上些许揶揄之意：“说起来，如果程越霖那会儿没答应，他可能就成了你的新郎了。不过还好，没耽误人家去相亲。”

阮芷音停了会儿，又想到婚礼那天的事。

顾琳琅当时给她罗列了三个新郎人选。其中排在第二位的，就是两人在社会福利院里的玩伴周鸿飞。

周鸿飞是典型的寒门贵子，读书时便刻苦，后来去了家科技公司，一路升至高管，又拿了股份。

被领养的孩子重新回到社会福利院已是很平常的事，像她们和周鸿飞这种一直留在社会福利院不愿被领养的孩子，已经算亲如兄妹。

回阮家后，阮芷音和对方的联系渐渐变少，但周鸿飞跟她们总是有社会福利院的情分在。

事有缓急，顾琳琅觉得如果找周鸿飞演场戏，对方大概率不会拒绝。只是此举有可能给对方带去麻烦。

所以顾琳琅才说，程越霖是最好的人选。

思及此，阮芷音摇了摇头：“本来就是没影的事儿，就算那时候给周鸿飞打了电话，人家也不见得就会答应。”

“也是。”顾琳琅声音淡淡的，顿了顿，又低声道，“不说了音音，房纬锐回来了，我先挂了。”

通话随即被切断。

阮芷音垂眸失笑，真是一对冤家。

挂了电话，她用吹风机吹干头发。

去拔插头时，望着程越霖送的那台吹风机，她突然又想起了出差好几天未归的正主。

念头刚起，她又摇头把思绪清空。

毕竟是真的累了，她很快躺上了床，缓缓坠入梦乡。

一夜好梦。

翌日。

因为是周六，又连轴转了好些天，阮芷音一直睡到快十点才醒来。

她迷糊地睁开眼眸，阳光透过天空飘荡的薄云洒进卧室里，很温暖，连带着让心情都愉快了。

洗漱完，阮芷音换上了一身休闲的运动装，去了别墅露天阳台上的健身房里。

在国外时学业忙碌，周围又都是足够优秀的同学，阮芷音偶尔也会感受到压力和疲惫。

后来室友看不下去她挑灯苦读的样子，开始拉着她健身，说运动分泌的多巴胺能够让人改善心情，事半功倍。

阮芷音适应了一段时间，深有感悟，也开始定期锻炼。

结束了三公里的慢跑，她关掉跑步机，拿起挂在一旁的毛巾擦了擦额间的薄汗，又顺手去拿旁边柜子上的矿泉水。

这时她却发现，柜子里一贯被钟点工摆得整整齐齐的矿泉水少了一瓶。

阮芷音愣了愣。

一分钟后，她带着疑惑走下了楼，果然看到了穿着宽松的运动装、姿态闲散地靠在沙发上的专注敲着笔记本电脑的男人。

阮芷音微抬眼眸，眸底滑过一抹惊讶之色："你怎么这么早就回来了？"

去国外出差前，程越霖分明告诉她，要周日晚上才能赶回来。

程越霖淡淡地瞥她一眼，薄唇翕动，语调散漫地开腔："昨晚回来的，敲过你门，没应。"

其实还有些收尾的工作要处理，但他留了白博在那儿，自己先坐飞机赶了回来。

原本他还盼着她好歹能因为自己的离开有一点儿不习惯，现在看来，这神采飞扬的模样倒像是过得挺自在的。

程越霖心情复杂，似乎只有他是这段时间压不住分别的思念之情的人。

阮芷音听到他说昨晚就已经回来了，神情一顿，微蹙眉心。

她回想了下，他敲门那会儿自己应该正躺在浴缸里泡澡，还放了平板电脑听着新闻，所以才没听见。

不过不知为何，她心底默默闪过一丝捉不住的异样之感，又很快被她忘却。

“你吃早饭了吗？冰箱里还有份三明治，我去给你热一热？”

程越霖最喜欢的早餐好像就是三明治，不知道是因为好吃，还是因为觉得可以带走，比较方便。

冰箱里的那份三明治，还是阮芷音昨天顺手多做的。只是她做完才想起来程越霖并不在家。

程越霖闻言，摇了摇头：“不用了，今天不上班，我跟你一起吃。”

厨房里还有阮芷音昨晚熬的粥，程越霖起身去盛了两碗，回到餐厅里，递到阮芷音跟前。

这会儿已经快到中午，倒也不必吃太多，两人都只想简单地垫垫肚子。

餐厅里安静下来，没人说话。

不过阮芷音已经习惯了和他一起吃饭的场面，觉得气氛也并不尴尬。

程越霖喝完了粥，放下汤勺。

顿了片晌，他抬眼瞥了瞥她，终于忍不住开口：“阮嘤嘤，我不在家这段时间，你倒是过得挺自在。”

阮芷音莫名从他的语气中听出点儿别扭的意味，抬眸打量了男人一眼。

思虑一会儿，她摇了摇头，唇角微扬：“也没有，其实你突然出差，我还……挺不习惯的。”

都说人可以在二十一天养成习惯，而她已经和程越霖在一起住了两个月。

大概是两个人生活得久了，这几天，她总能从一些小事上察觉到程越霖的离开。

“真的？”

男人微扬眉峰，似是不信。

阮芷音轻嗯了声，道："真的。"

"看来……这些碗倒没有白刷。"程越霖浅笑了下，伸手拿起阮芷音跟前的碗，和他的碗摞在一起。

不过他像是又想到了什么，没有急着离开，而是悠然向后一靠，修长如玉的指节缓缓轻敲在桌面。

沉思了少顷，男人漫不经心地开口："阮嘤嘤，你觉得这段时间，我这丈夫的职责尽得怎么样？"

阮芷音没想到他会突然寻求自己对他的评价，沉吟了一会儿，点头道："嗯，你很好地履行了你的职责。"

在外人面前，程越霖足够维护她。至于在家里，他虽然在一些小事上吹毛求疵了点儿，但也不会让她难以忍受。

相对于她的预期，程越霖这段时间的表现确实尽职尽责。

可她的话音刚落，阮芷音就瞧见程越霖漆黑的眸子盯着她，眼神不可捉摸，却明显不太对劲。

紧接着，她便得到了对方阴阳怪气的规劝："所以说阮嘤嘤，哪怕只是假结婚，我也扮演好了丈夫的职责。你既然占了我的便宜，我希望你也扮演好一个妻子，别给我戴什么绿帽。

"秦玦的事我就不跟你计较了，但什么周鸿飞王鸿飞的，你最好——

"克制一点儿，懂吗？"

男人云淡风轻的嗓音中，酝酿着极具暗示性的告诫之意。

说完后，他含笑掸了掸衣摆，慢条斯理地起身，拿起了面前的两只碗。

阮芷音倏然抬头，对上程越霖那似笑非笑的眸子时，终于意识到为什么自己在听到他说昨晚就已经回来时会感觉不对。

她努力缓了口气，却又顿感一阵头疼。她必须马上在次卧里装上隔音板。

十分钟后，程越霖刷完了碗，优哉游哉地从厨房里走出。

阮芷音早已坐在客厅里思忖许久，出声叫住了他。

"程越霖。"

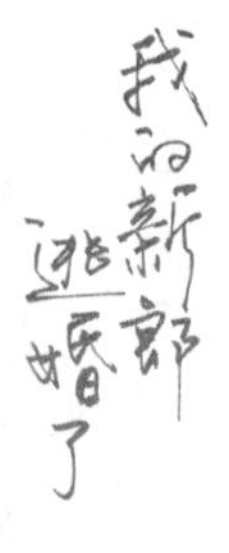

“嗯，怎么？”

男人扬了下眉，吊儿郎当地转过头，墨黑沉静的眸子直直望了过来。

许是因为他今天穿着一身黑白相间的运动装，闲散靠在墙侧的模样，倒有几分高中时的影子。

阮芷音顿了顿，道：“你如果再偷听我讲话，那么我想我需要换个房间。”

她想了想，装隔音板的话还需要请装修师傅过来，换个房间显然更方便。

程越霖闻言勾了下嘴角，别开点儿视线，轻笑着回：“阮嘤嘤，纠正你一点，分明是次卧的隔音太差，可不是我‘偷’听。

“另外，别墅就只有主卧和那间客房能住人，你要搬去哪儿？”

阮芷音皱眉：“主卧西边不是还有两间房吗？”

“哦，那是预留的儿童房。”

男人轻描淡写地划除她的计划。

阮芷音顿感莫名其妙：“儿童房？你哪来的孩子？”

“现在没有，不代表以后没有。这未雨绸缪的道理，你不懂吗？”

程越霖懒洋洋地说完，眼眸淡淡地瞧向她，让人辨不出什么情绪。

“可赵冰不是说你——？”

话没说完，阮芷音就陷入哽塞。

程越霖既然能准备两间儿童房，像是很喜欢孩子。再怎么着，她也不能如此直白地戳人痛处。

男人深沉的视线中酝酿着探究之意：“哦？赵冰说我什么？”

他知道上回赵冰主动找她见了面，想必是在不经意间透露了些什么。

她现在的态度，似乎是……对他多了什么误解。

“没什么。”阮芷音舒了口气，“好吧，那就不搬了，不过回头我会请装修师傅过来，在次卧里装上隔音板。”

“随你。”程越霖语调随意，无所谓地耸了耸肩，继而微哂，意有所指地补充，“只要你不嫌浪费工夫。”

反正隔音板就算装上了，也用不了太久。

第六章

奇妙的矛盾感

周末转瞬即逝。

程越霖出差回来后，紧接着就是北城项目正式开工的剪彩仪式。霖恒毕竟是投资方，自然需要他出席。

岚桥城北的地势多了些起伏，作为住宅区和商业区开发都不太容易，过去一直属于郊区。

好在还颇有几分秀丽的风光，市政府不想荒废北城的商业价值，最后规划建成大型的度假园区。

阮氏不仅负责园区开发，也负责之后的营运规划。出席剪彩仪式的除了霖恒的代表，还有之后入驻园区的几方合作商。

康雨提前联系了本地媒体过来拍摄，但为了避嫌，阮芷音并没有和程越霖一同到场。

合作方和政府那边的人差不多都到齐了。

剪彩仪式定在十点钟开始。

还剩十多分钟时，康雨走到坐在礼台前排的阮芷音身边："阮总，都准备好了。"

"嗯。"阮芷音轻轻应了声。

她刚拿起手机，准备给还未到的程越霖发个消息询问，就听见后排传来一阵不小的骚动声。

她抬眼望去，男人穿着深灰色的笔挺西装，从容不迫地走来。硬朗

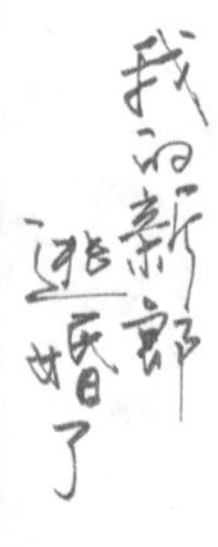

的轮廓间染上些许清冷之色，眸光疏离淡漠。

有几个合作商的代表上前和他握手，又简单交谈了两句，他时不时地点头，却始终高视阔步，于身后几人的簇拥中行至她身旁停下。

“临时处理些事，耽搁了。”

他这是在向她解释迟来的原因。

在周围人悄悄投来的视线中，阮芷音平静地摇头：“没事，才正要开始。”

难怪琳琅会认为，他如今的模样和以往完全不同。在这种场合中，程越霖的确多了些稍显疏离的冷漠。

或许是那几年承受的艰难和讥讽，让他收去了少年时的恣意妄为，也在外人前变得越发内敛。

听到她的话，程越霖没有多说什么，微微点头，而后在她身旁落座。

仪式开始，台上的主持人开始进入流程。台下的人却仍心思各异，视线始终萦绕在前排的两人身上。

程越霖闲散舒展地坐在那儿，面容泰然自若，目不斜视，只是高大的身躯不经意间朝她的方向微微倾靠，隐约显出几分亲近。

代表阮氏和霖恒上台致辞的人分别是项彬和仲总监，至于主管部门那边，过来参加仪式的是规划局的冯科长。

两人静静地坐着，直至最后，才有人邀请阮芷音和程越霖象征性地上台剪彩。

项彬将准备好的剪刀递给阮芷音。而身侧的男人不动声色，将温润的掌心虚虚地包裹住她的手，随后在主持人的示意中，剪开了鲜艳的绸缎。

台下媒体的相机定格了这一幕，从某个角度看，这个姿势就像是程越霖把她半拢在怀里。

阮芷音余光瞥见程越霖那条深蓝色的领带，是他早晨出门时换上的。现在看，和她身上这件带了些垂滑感的蓝色衬衫，倒是相得益彰。

剪彩结束，项彬安排了人带合作商去看园区在设计图纸上的规划。

阮芷音怕程越霖还有其他的安排，正准备先送他离开，可才刚陪着合作商离开的项彬，没多久又走了回来。

“阮副总，上次说的入驻园区酒店的选址，南盛那边想要改到浣江东侧的位置，您看怎么处理？”

南盛集团旗下拥有好几家知名的酒店品牌，而入驻酒店的选址之前也已经定好，没出什么岔子。

况且入驻的合作商签的都是租赁的条款，不参与投资，对园区的具体规划也没有决定权。

可项彬刚刚带人逛了一圈，南盛的人就突然提出希望更改酒店在园区中的位置，态度还颇为执着，确实让人没有料到。

阮芷音听罢，轻皱眉心：“南盛的那几个人这会儿在哪儿？”

“就在园区东边。”

“我跟你过去看看。”

说完，阮芷音又皱下眉，瞧了眼身旁的男人：“那你……？”

程越霖垂眸看她，声音淡淡的：“一起。”

南盛派来参加剪彩仪式的是业务部的徐总监，随行的还有两个助理。

等阮芷音等人走到园区东边时，那位徐总监还在和项彬组里的人讲着自己更改酒店选址的想法。

阮芷音思量片刻，走上前去：“徐总监，我听项彬说南盛想要把酒店位置从西侧改到东侧？”

徐立和助理说完话，就看到突然出现在面前的几人，面色微僵。

他想过阮芷音和项彬会主动过来和他交涉，却没想到原本应该要走的程越霖也跟了过来。

程越霖和南盛的老板交情不错，又是北城项目最大的投资商，徐立不免多了几分客套。

跟程越霖打过招呼后，徐立才看向阮芷音，言语间打着商量：“阮副总，我并不是找麻烦。不过我看过设计图纸，东边地势占优，却只有沿途的几座游客服务中心，岂不是很可惜？”

阮芷音明白他的意思，站在南盛的角度看，如果把酒店的位置改到浣江东侧，可以多出 20% 视野更好的酒店观景房。

她敛了敛眸，笑着道：“徐总监，有时间去东边的山上看看吗？”

阮芷音并没有直接摆出理由拒绝对方的提议，而是抛出了邀请。

徐立虽不明就里，但也没有拒绝。

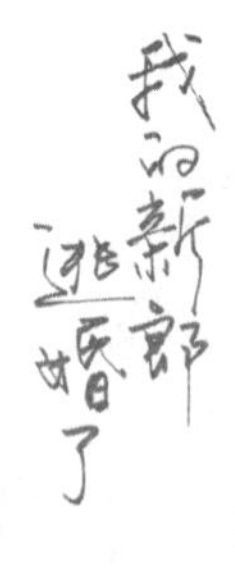

少顷，一行人随着阮芷音爬上了背靠园区那座地势不算很高的山。

这是整个园区的最东侧，树木葱郁，景色尚可，只是还未被开发，山路并不平整。

虽然山坡并不陡峭，但阮芷音穿的鞋带了低跟，她上行时还是有些吃力，好在程越霖一直默不作声地在旁拉着她。

还没爬几步，徐立那位走在最前方的助理突然脚下一滑，踩空了块积土，连带着旁边的石头也顺势滚落了下去。

跟在后面的阮芷音没来得及避开，刹那间，坚硬的石块砸上了她的脚踝。

一阵痛感传来，她身形不稳，拽着她的男人连忙伸出另一只手扶住她。

下一秒，程越霖揽着她的腰俯身，深深蹙起挺直的眉峰，漆黑的眸子中的目光落在她脚腕那道渗了血的伤口上。

虽说这道伤口算不得特别严重，但落在阮芷音白皙如玉的脚踝上，也显得格外刺目。

可她只是轻蹙了下眉，而后便平静地望向徐立："徐总监，你也看到了，这座山虽然不高，但土质不好，到了下雨天，客人出入酒店怕是要踩不少的泥泞。

"我认为南盛应该更不愿意影响客人的心情，你觉得呢？"

徐立已经察觉到程越霖那越发深沉的脸色，想到是自己的助理连累阮芷音受伤，心下顿时多了几分愧意和不安。

他听到阮芷音的话后，忙赔笑道："确实，麻烦阮副总了。小张没注意害得您受伤，真是不好意思，您看要不要……？"

他想说，要不要安排个人上来帮阮芷音先处理下伤口，再接她下去。

可他还没说完，就见程越霖皱眉背过了身去，微微屈起膝盖，继而开口道："阮嘤嘤，上来。"

阮芷音哑然几秒，然后明白过来程越霖这是要背她下山。

虽然是在外人面前，但她到底有些不好意思，顿了顿，委婉地道："其实我可以忍一忍，你不用……"

程越霖轻笑一声，沉静的视线淡淡地望了过来，眼神就像是在说：你不愿意的话，我也可以抱你。

众目睽睽之下，阮芷音在心里叹了叹，无奈地伸出手，搂住了男人的脖颈。

好在她穿的是条直筒长裤。

背起人，程越霖又瞥了眼姗姗而来的白博，轻声道："我送她回家，你留在这儿，配合项彬一起处理下后边的事。"

言毕，两人相叠的身影向着山脚而去。至于其他人，识趣地没有跟上去。

徐立站在原地望了眼白博，知道对方是程越霖的特助，亦是心腹，故而讨好地笑道："程总和阮副总的感情真好，倒是麻烦白特助了。"

白博面无表情地点头，淡淡道："程总和夫人的感情当然好。"

能让老板不顾股东情绪先斩后奏娶回来的人，肯定是他放在心尖上的人。

白博的话说完，徐立心下顿悟。

另一边，直到已经看不见众人的身影，阮芷音才缓了口气，低声问了男人一句："沉吗？要不还是把我放下来吧。"

这点儿伤，她其实并不觉得有多严重。虽然刚才连带着扭了下脚，但她也不至于一点儿路都走不了。

程越霖散漫地轻笑，又不咸不淡地回了句："就你这点儿斤两，还想让我嫌沉？"

他牢牢地背着她，两条臂弯像是很有力气，脚步也十分沉稳。

阮芷音将双手搭在他宽厚的肩膀上，凝望着男人的后脑，顿了顿，遂不再多言。

司机就候在园区入口，得知阮芷音伤了脚，回程的路上也开得快了些。

半个多小时后，两人回到了别墅。

程越霖将医药箱摆在客厅的茶几上，阮芷音靠坐在客厅的沙发上，挽起了裤脚。

而刚刚执意要给她上药的程越霖，动作明显有些笨拙，见她一直紧抿着唇，蹙眉沉声道："疼吗？"

阮芷音微怔，摇了摇头。

程越霖打量她几眼，不知为何皱起了眉，突然放下手中的棉签，复而抬眸，严肃深沉的视线望向她。

“阮嘤嘤。”

“嗯？”

“我们谈谈。”

阮芷音搞不清他突然变得严肃的原因，表情上也多了几分惊讶：“谈什么？”

“在别人眼中，我是你丈夫，也是家庭里的男人。”程越霖轻笑着看她，继而道，“阮嘤嘤，你要知道，男人天生在体格上占优，所以社会才总是要求男人在家庭中承担保护女人和孩子的责任。

“我不会阻止你去施展你的优秀，但你不需要时刻都那么要强，永远紧绷着不想依赖任何人，不累吗？”

话音落地，他微拧眉峰，倏然想起上回去老宅时，老爷子深含惋惜与告诫的话：“音音回阮家这么久，却从来都没有跟我撒过娇。”

程越霖不喜欢她这总是忍耐要强的模样，偏偏她浑然不觉，永远固执地不肯向人示弱。

没想到程越霖会突然说出这么一番话，阮芷音微愣，抿了下唇，声音喃喃的：“所以呢？”

程越霖无奈地叹了口气：“所以从今天起，你应该学着向我求助。”

停了下，她重新拿起一旁的棉签，又低声补充：“至少，在外人面前。”

“放心，我很满意这段时间的同居生活，只要你提的要求不过分，我都会给你这个面子，也不会嫌烦。”

他循循善诱，试图打消她心底的顾虑：“从某种层面上来说，我们的关系要比其他人更密切点儿，你总是这么见外，反而让我不太舒坦。”

阮芷音对上他的视线，觉得那双眼眸中酝酿着她读不太懂的情绪，指尖下意识地蜷缩了一下。

比其他人密切点儿吗？

好像除了最初的那层合作关系，她和程越霖之间又因为这场名义上的婚姻多了些说不清道不明的联系。

或许，对于现在的程越霖来说，这场婚姻的持续不再只是因为北城项目的利益交换，他需要更多。

而对于她来说，程越霖这段时间对她的帮助，也不只是客串婚礼的新郎。

这还是第一次有人认真地对她说，不要顾虑太多，学着向他求助。

阮芷音总是习惯去逃避因为依赖产生的懦弱感，从未意识到这样也会让身边的人感受到压力，可是现在——

莫名的，像是有根拉得很紧的弦，在听到他的话后突然绷开。

“其实……好像是有点儿疼。”

她眼神恍惚，还未理清那点儿混乱的思绪，这句话已经脱口而出。

反应过来后，阮芷音叹了口气，蹙眉沉默了好一会儿，终是心情复杂地轻笑了下，将声音压得很低：“程越霖，谢谢你。”

她就示个弱而已，好像也并不是那么难。

甚至，在让自己心底那紧绷的弦松懈了后，她反而有种如释重负的感觉。

“嗯。”男人轻应一声，面色不变，却不禁放轻了手上的动作。

客厅里，气氛变得沉默。

等到程越霖给她处理好伤口、起身收拾好医药箱时，缄默许久的阮芷音才突然开口：“还有一件事……对不起。”

“嗯？”程越霖挑眉回视。

她顿了顿，垂眸道：“那天我不该因为自己一时的情绪，就误会你偷听我和琳琅讲话。”

就像他说的，是次卧的隔音效果不好，又不能够怪他。

“嗯。”男人视线不知怎的飘到医药箱上，淡淡回了句，“没事。”

片晌后，他又漫不经心地开口：“那你这隔音板还加不加了？”

阮芷音闻言沉吟几秒，轻笑着摇了摇头：“暂时先……不加了。”

阮芷音脚上的伤并不严重，之后几天上班时她都换上了舒服的单鞋，并未影响剪彩仪式后的工作。

程越霖见她非要去上班，蹙眉说了两句，但并未化解她的执拗，只得了个这几天不会去工地的承诺。

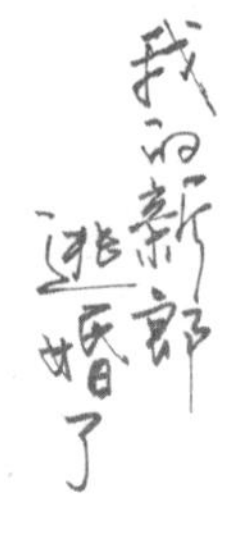

随着北城项目正式开工，阮芷音要协调的事变得更多，之后的几天她都很忙碌，经常带着工作回家加班。

于是，她也没了做饭的时间。

一连几日，程越霖都没有再享受过外带早餐的服务。

周四清晨，阮芷音收拾妥当下楼。

一下楼她就看到程越霖已经换好了衣服坐在沙发上，蹙眉凝视着茶几上的两份三明治。

她瞬间对他多了层不一样的认知。

虽然知道程越霖这段时间习惯了吃早餐，但她没有想到，在她连续四天没进厨房后，程越霖居然会自己动手下厨。

阮芷音微扬秀眉，缓缓走上前："这两份三明治是你做的？"

程越霖见她下楼，微抿薄唇，淡淡应了声："嗯。"

阮芷音颇为意外，瞧了眼茶几上的三明治，为他的辛苦点了点头，给予肯定。

三明治并不难做，网上也有很多菜谱。程越霖做的这两份，卖相还是不错的。

她随手指了指其中的一份三明治，笑着看他："所以这一份是做给我的？"

程越霖姿态散漫地靠在沙发上，没有直接应声。

过了会儿，他眼神略显复杂，轻描淡写地瞥了她一眼，摇头道："不是。"

许是觉得男人的答案让她白白浪费了感情，阮芷音嘴角微抽，没再开口。

程越霖细瞧她的表情，垂下眼眸，轻咳了一声，继而道："你要是想吃，明天再给你做。"

至于今天这份，他还是拿给钱梵吧。

男人的表情察觉不出异样，对上他那毫无波澜的眼神，阮芷音正准备说出的那句"谢谢"哽在了嘴边。

不过，程越霖似乎也并不在意她道不道谢。

话毕，他便自顾自地起身理了理衣襟，将两份三明治放进了保温袋里，而后看向她："走吧。"

午饭时间，钱梵照例来了顶楼，和程越霖一起吃饭。

他觉得人可以在感情上孤独，却不能在吃饭时孤独。一个人的饭，钱梵是吃不下去的。

哪怕程越霖只是抱着份三明治，也总好过他孤零零地在楼下吃饭。

何况嫂子这几天都没给霖哥带饭，钱梵的午餐也不禁吃得更香了。

习惯性地在程越霖对面坐下后，钱梵掏出手机，准备订个双人份外卖——

然而骨节分明的手掌突然出现，遮住了屏幕上琳琅满目的菜单。

“咋了，霖哥？”钱梵迷惑地看向对面的男人。

程越霖微耷眼睑，将指节缓缓移向办公桌上的便当盒：“喏，这个给你吃。”

而后，他拿过钱梵的手机，在页面上那家外卖店订了一人份的外卖。

钱梵有些惊奇：“哎呦喂霖哥，嫂子又开始给你做饭啦？”

放下手机，程越霖淡淡地瞥他一眼，眉梢微挑，轻嗯了声。

钱梵没在意对方态度的冷淡，知道阮芷音最近工作很忙，以至于特意给程越霖做饭的事都无奈停了下来。

没想到嫂子这才刚刚忙完工作，就又开始给霖哥做三明治了！

这是多么浓厚的爱意！

只是——

“霖哥，你是说……这给我吃？”

钱梵受宠若惊，抬头看向程越霖。

“嗯。”男人予以肯定，顿了顿，又轻笑着反问，“怎么，现在不想吃了？”

钱梵忙不迭地点头：“想想想，这么久了，我还没尝过嫂子的手艺呢！”

以往他想尝口阮芷音做的三明治，可霖哥的眼神都像是能把他的身上戳出洞来。

今天霖哥倒是大方得很，竟然乐意跟他分享了！而且……霖哥还给了他两个！

钱梵不禁为这深厚的兄弟情流泪。

他虔诚地捧起那份三明治，满怀感动地咬了一口，含在口腔里细细

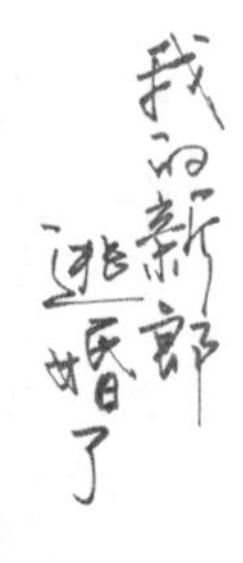

品味。

几秒钟后——

“霖哥……这儿怎么还有鸡蛋壳？”

“呸，这撒了多少海盐啊？”

“不行，这也太齁了，齁死我了。”

十分钟后，钱梵在程越霖的眼神压力下勉强吃完了一个三明治。顿了下，他又不得不将手伸向了另一个。

程越霖姿态闲散地托着下巴，看钱梵解决完自己的失败之作，轻声道：“以后还想吃吗？”

钱梵连忙摇头。

他发誓，自己再也不会偷偷在心里念着阮芷音做的三明治了。

霖哥这是怀着多大的爱意，才能面不改色地把嫂子的三明治吃下去啊！

阮芷音并不知道那两份堪称失败的三明治，最后双双进了钱梵的肚子里。

经过上次谈话，她和程越霖隐约带着客套的关系像是突然改善了不少。

阮芷音知道程越霖和规划局的人打交道多，这几天总会拿审批文件中不太懂的地方去书房里问他，对方倒也不吝指教。

晚上回家后，阮芷音在书房里听程越霖讲完规划评估的具体流程，似有所悟地点头，下意识地回了句：“谢谢。”

书桌后，程越霖悠然挑眉，漆黑的眸底含着笑意：“阮嘤嘤，你最近倒是很喜欢跟我道谢？”

阮芷音微怔，继而皱眉。

好像还真是，她最近跟程越霖道谢的次数的确不少。

至于她道谢的缘由，也不仅来自工作，还有生活上的事情。

前几天，次卧浴室里的水管漏水。

阮芷音原本想请个维修师傅过来，跟程越霖说起时，男人却轻笑着摇头，让她领着他去了趟次卧。

简单瞧了几眼，程越霖转身去了杂物间，取来了备用水管。然后在阮芷音的注视下，他没两下便将备用水管换好，解决了漏水问题。

阮芷音自然不知道程越霖还会修水管，当时的表情颇为惊讶。

而程越霖瞧见她的神态，散漫扬眉，吊儿郎当道："瞧见了？这就是家里有男人的好处。"

对上男人含着戏谑的眼神，阮芷音顿时有些无奈。

不过她还是忽略了他那点儿端腔拿调的态度，笑着跟他道谢。

细数下，她这些天已经谢了程越霖十多次。这个频率，阮芷音也没料到。

程越霖见她拿着审批文件愣在那儿，缓缓伸出手，笑着轻拍了下她的头顶。

"阮嘤嘤，接受我的帮助，不需要总道谢。你以前帮我补课，不也没收补课费？"

阮芷音刚回过神，又听他提起自己高三时帮他补课的事。

看着手里的审批文件，她不禁摇了摇头："那真没想到，你现在也能看下去这么枯燥的文件。"

阮芷音的确无偿给他补过课，但那也是被程越霖打赌坑去的条件。

高三时，距离阮芷音被爷爷接回阮家已经过去将近两年。

她知道自己口语不好，没想过直接申请学校出国，决定留在国内高考。

阮芷音的复习进度很快，升入高三的第二个月，她就已经复习完了高中的全部课程，开始刷起往年的考题。

巩固了基础后，她又开始钻研难题。

秦玦的数学比她好，阮芷音偶尔遇到解不出的数学题，就会去隔壁的理科重点班向秦玦请教。

有次晚自习，阮芷音对着一道数学题冥思苦想半小时，却始终寻不出解法。

课间时，她起身准备去隔壁班找秦玦讲题，可旁边的程越霖伸手拦住了她的去路，还怎样都不肯让开。

就算阮芷音脾气再好，也不免被他那副无赖的模样气到。

对方打量着她的神情，淡淡瞥了眼卷子上的题目，轻哂一声，语调

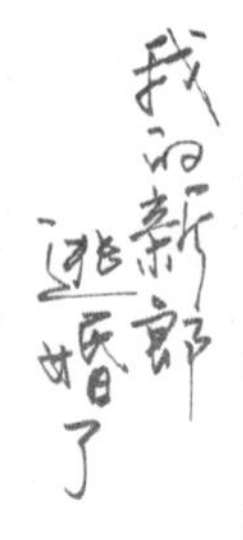

阴阳怪气："这题就这么难？非得找秦玦才能做出来？"

阮芷音还生着气，当下的语气很是冷淡："确实难，至少你解不出来。"

程越霖闻言，轻挑剑眉，那双尾梢微翘的桃花眼中，含着玩世不恭的笑意："阮嘤嘤，话别说这么满。回头我要是把这题做出来了，你答应我一件事？"

阮芷音皱起眉心，沉声道："回头？我又不知道你会不会去找别人解题。"

"行，那你就另找道题，一个月后拿给我做。要是我把你出的题做出来了，你就答应我的条件？"程越霖声音闲散，难得地跟她打着商量。

阮芷音顿了顿，没应。

程越霖轻笑一声，语含讥诮："阮嘤嘤，你这是不敢跟我赌？"

或许是她被少年的话激到了，或许是当时的气性还未散去。

沉默片晌，阮芷音再次看向他："那要是你赌输了，又该怎么办？"

程越霖将结实的小臂支在课桌上，托腮看她，嘴角漾起浅浅的弧度。

停了一会儿，少年懒洋洋的嗓音飘入阮芷音耳中："嗯，那我就去操场跑上十圈，给阮大小姐消消气。"

后来，阮芷音不知道程越霖是怎么把她故意为难的题目做出来的。

但她不得不答应对方的条件，在课间和周末的学校里给他补课。

说起来，他那段时间还挺努力。

程越霖成绩进步得很快，唯独政治始终跟不上。那时他说，他最看不下去政治课本里那些枯燥的内容。

可是现在，他能对审批文件里的枯燥条款了如指掌。

抽回飘远的思绪，阮芷音微翘嘴角，忍不住夸他一句："程越霖，现在的你，像是有很多……好的变化。"

程越霖点了点头，语气不咸不淡："哦，是吗？"

"放心，你以后……应该也会。"

虽然你现在还不会撒娇的本事，但总有一天会学会的。

阮芷音没理解他话里的意思，以为他是因为自己的夸赞莫名生出了这阵轻傲的炫耀，她啼笑皆非地摇了摇头。

周日，阮芷音终于结束连轴转的工作，得了片刻空闲。

因为许久没有和好友出门，她应下了叶妍初和顾琳琅的邀请，去了几人经常光顾的那家茶餐厅。

环境清幽的包间里，餐桌上铺着别致素净的桌布，上面摆满了精致的茶点。

只是几人这会儿交流的主题，不是姐妹间的谈心，而是昨天发生的八卦消息。

叶妍初不敢开车，到得最晚。

她刚推开门进来，就直接扑到了顾琳琅身边，激动地道："琳琅，快跟我说说，那位江小姐昨天怎么就当着满场宾客的面和别的男人跑了？"

昨天，顾琳琅去希尔顿酒店参加了蒋安政和江小姐的订婚宴。

虽然才过去短短一日，但订婚宴上的事已经迅速传开了。

毕竟，上演的戏码太过狗血刺激。

顾琳琅也早已憋不住内心的蠢蠢欲动，放下手中的咖啡，激情四溢地和姐妹们分享自己打探来的消息。

"秦湘和那位江小姐是大学同学，我也是听她说了两句。

"江家那位小姐，是江家大爷跟前妻生的女儿。江家事杂，江小姐和父亲继母的关系也就那样。

"这回是蒋家想和江家联姻，那位江夫人打听完蒋安政，知道他总是帮林菁菲忙前忙后的，所以不愿意让自己的女儿嫁给他，就把主意打到了江小姐身上。"

说到这儿，顾琳琅吊人胃口地顿了下。

直到阮芷音向她投去个"预知下文"的眼神，她才绽开满意的笑容继续说。

"至于江小姐嘛，本来就有喜欢的对象，开始当然不同意。而且江小姐大学就喜欢过那人，只是对方太难追，她当时没追上，这才摆摆手放弃，出国读书了。

"都说得不到的往往让人心痒，江小姐今年回国，和初恋重逢后，

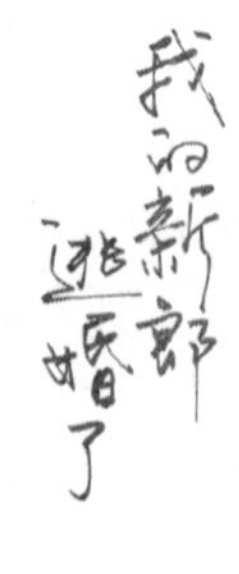

又瞧上人家了，可根据经验觉得对方太难追，就索性下了剂猛药。

“她一边引诱初恋步入暧昧的关系，一边打扮得柔柔弱弱去和蒋安政相了一次亲，然后就火速传出了订婚的消息。”

“这位江小姐……还真是厉害啊。”叶妍初不禁为对方追人的手段拍案叫绝。

顾琳琅以一种“英雄所见略同”的眼神，和她击了个掌，而后重新开口。

“昨天那场订婚宴，不管江小姐的初恋来不来抢亲，人家都肯定不会嫁给蒋安政那个傻子的。

“只是这直接抢亲的戏码，果然比未婚妻当场悔婚更刺激一些。你们是没看见，蒋安政的脸都黑了，哈哈哈哈。”

蒋安政这个人，顾琳琅是真的不喜欢。一想到对方昨天的憋屈，顾琳琅就觉得自己这场订婚宴去得值。

她笑了笑：“蒋安政估计觉得江小姐安静柔弱，会是个贤妻良母，想把江小姐娶回家当摆设。结果自己才是江小姐刺激初恋的工具人，让江小姐骗得团团转不说，还被人在订婚宴上当场抢走未婚妻，真是笑得我昨天都合不拢嘴了！

“多亏了音音提醒我去看戏，那些宾客白白瞧了一出好戏。这回蒋安政可算是颜面扫地，估计以后到哪儿都少不了被人指指点点。”

言及此，顾琳琅还惟妙惟肖地模仿了一下“指指点点”的场景——

“看，那就是在订婚宴上被未婚妻骂得狗血淋头、未婚妻骂完还跟别人跑了的傻瓜。”

“活该！遭报应了吧？！真是天道有轮回！”叶妍初听完，长舒一口气，“呵，姓蒋的一天到晚地当林菁菲的贴心发小，谁会真的愿意嫁给他？”

顾琳琅说得累了，端起面前的咖啡喝了一口，继而道：“其实丢脸的还不光是蒋安政，林菁菲也是当场下不来台。

“蒋家指责江小姐悔婚，江家就把林菁菲拉出来做挡箭牌，说林菁菲和蒋安政关系暧昧。秦玦这回像是打定主意要和她撇清关系，现在林菁菲直接混成蒋安政的小三了。”

“她也是自找的，多大的人了，还到处攀哥哥妹妹的关系，真是有毛病。”叶妍初愤愤地说完，像是突然想起什么，“对了，江小姐的那位初恋是什么人？会不会被蒋安政找麻烦？”

顾琳琅眼神隐含揶揄之意，突然瞧向了阮芷音：“音音，江小姐的这位初恋，你可是也认识呢。”

阮芷音微怔，沉吟了片晌后，轻轻蹙眉：“难不成是……？”

“就是周鸿飞那小子。”

终于把这个最大的包袱抖出，顾琳琅拍了下桌子，缓了口气后，微皱秀眉。

“我也真想骂骂蒋安政，他觉得江小姐长得漂亮又是富家千金，喜欢人家又自卑得很。要不是碰到江小姐这种性子的人，还真激不动他。

“昨天周鸿飞走的时候还跟我打了个招呼，散场后蒋安政就来找房纬锐打听周鸿飞的来历。

“呵，那可是我和音音的半个弟弟，房纬锐要敢帮蒋安政，我就跟他离婚！”

论年纪，周鸿飞还比阮芷音小上半岁，确实能算她们俩半个弟弟。

听到顾琳琅那中气十足的话，阮芷音摇头笑了笑：“琳琅，你虽然总是把离婚挂在嘴边，可平心而论，你这性子还不是房纬锐宠出来的？”

房纬锐结婚后就整日待在家里，连聚会都不怎么去了。就连房家的人，也没有敢去为难顾琳琅的。

虽然对方是秦玦的好友，但对顾琳琅是没话说的。

叶妍初闻言也点点头：“是啊，琳琅。音音这假结婚的都还没提过离婚，你这之前都开始想着备孕的人，倒是天天喊离婚离婚的。”

“我也就是说说罢了。”顾琳琅放低了声音，转移话题，“音音，看起来，你和程越霖倒是相处得很不错。”

阮芷音想到自己和程越霖这段时间的相处，顿了片晌，笑着开口：“至少我们现在都很愿意给对方面子了。”

程越霖在外人跟前总是很给她面子，回到家里，阮芷音也不想计较他偶尔沾染上戏谑和挑衅的言语。

每个人都会有放松下来的姿态。

顾琳琅含笑点头：“能互相给面子就很好了，像程越霖这种跌落谷

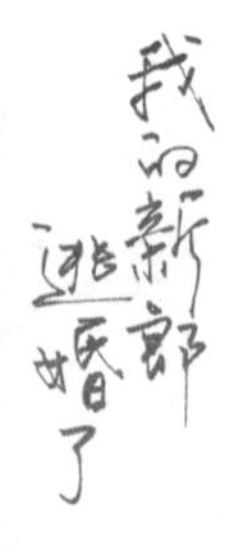

底又爬上来的人，往往也比一般人难搞。”

阮芷音听罢，若有所思地点下头。

周末过去，又到了忙碌的周一。

快到下班的时间，阮芷音刚看完项彬送来的北城项目的本季资金流水支出，就接到了程越霖打来的电话。

男人依旧言简意赅：“停车场。”

“你今天怎么来这么早？”

阮芷音用余光瞥了眼笔记本电脑上右下角的时间，还有十分钟才下班。虽然她不必到点打卡，但早退给其他员工的印象也不好。

电话那头，程越霖轻笑着回：“不是要陪你回老宅？再等你一会儿。”

周三和周五，阮芷音都会回老宅陪爷爷聊天，程越霖不忙的话，也会陪她过去。

上周她伤了脚，怕爷爷担心，就只和老爷子通了几次电话，没有亲自过去。

那天她挂了电话后，程越霖好像是说了一句，等下周她的脚好得差不多，再陪她一起回老宅。

只是最近太忙，阮芷音才把这茬儿抛到了脑后。

挂了电话，她简单收拾了下东西。

阮芷音卡着员工下班的时间，坐上电梯下了停车场。

老宅在城东，从公司过去并不远。

二十多分钟后，宾利缓缓地停在老宅的庭院门口，阮芷音和程越霖一起下了车。

病痛难耐，阮老爷子每天要服用不少的止痛药，以至于大半时间都昏睡着。

这段时间，老人的身子骨越发不支。以往他还能在庭院里走走，现在已经下不了病榻。

阮芷音心里隐隐有了准备，却又矛盾地不愿让自己去想还未发生的事。

散去那阵怅然的感觉，两人走进老宅的客厅里。

阮芷音一眼便看到了坐在沙发上的林成和林菁菲。

从秦玦手里拿到的医疗合作案被迫搁置，林成这段时间收敛不少，明面上也没在公司里找阮芷音麻烦。

北城项目施工前，他暗中想要动些手脚，但被项彬发现，现在只每天来老宅围着老爷子献殷勤。

阮芷音并不意外他的做法，想必在林成看来，趁着最后的时间讨好老爷子才能得利。

林成做生意的本事算不上突出，之前也是秦玦对林菁菲情深似海的传闻，让林家人觉得有了倚仗。

而现在情况不一样了。

阮芷音瞥了眼林菁菲，对方憔悴了不少，脸颊都消瘦得快挂不住肉，靠着浓厚的妆容才看着正常了些。

收回视线，阮芷音没和客厅里的两人打招呼，把带来的东西交到刘管家手里，开口道："刘叔，爷爷醒了吗？"

"醒了，您和程总直接上去就行，季先生也在陪老爷子说话呢。"

阮芷音点点头，挽着程越霖上楼。

每次来老宅，他们总会装得亲密些。

房间门敞开着，老爷子半躺在床上，布满皱纹的脸显出几分苍老之色。

老爷子瘦骨嶙峋的，轮廓愈加清癯。

季奕钧坐在床边，安静地削着苹果。

阮芷音抿下唇，敲了敲门边，笑着叫了声："爷爷，小叔。"

程越霖不动声色地打量了一眼房间里的气氛，也跟着打了招呼。

"音音来啦。"老爷子笑容有些虚弱，双眼混沌，声音也沙哑，"奕钧，你瞧音音最近是不是胖了些？"

季奕钧看了眼并肩而立的阮芷音和程越霖，点点头："好像是有点儿。"

程越霖闻言散漫地轻笑，低下头，淡淡道了句："音音最近确实吃得不少。"

说完，男人微扬眉梢，当着爷爷的面捏了捏她添了几分丰腴的脸颊。

阮芷音脸一红，不知该作何反应。

以前她不吃晚饭，但和程越霖同住这段时间，也随着他的习惯吃起

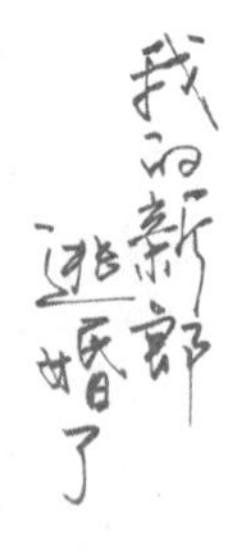

了晚饭。

认真说起来，体重是长了几斤。

这在老人眼中是好事，阮芷音却实在有些不好意思。

“胖点儿好。”老爷子似有欣慰之意，低声说完，顿了顿，朝阮芷音道，“音音，我和奕钧说点儿事，你带越霖去外面转转。”

这就是有私事要谈了。

阮芷音没多问，点了点头。然后她和程越霖一道转身出去，并关上了卧室的房门。

他们下楼时，林成和林菁菲已经不在客厅里。阮芷音想，这两人应该是回了房间。

也对，他们在老宅总得维持着表面上的客气，她也不想和人碰面。

路过厨房，阮芷音瞥见刘管家正在帮陈妈处理一大筐菱角，于是松开挽着程越霖的手，进了厨房。

“刘叔，要帮忙吗？”

刘管家笑着摆手：“不用不用，这玩意尖，小姐别伤了手。”

程越霖优哉游哉地跟在阮芷音身后，听到她的话，又瞧见刘管家那被菱角扎出红点的手，轻声说了句：“我来吧。”

不等刘管家婉拒，他已经取过一旁的凳子，泰然自若地坐了下来。

刘管家见程越霖好像有几分兴趣，不好再开口，又不想阮芷音也来跟着动手，转头道：“小姐，要不你帮忙去阁楼上取个箱子来装菱角吧。”

阮芷音含笑点了点头：“嗯。”

转身时，她又瞥了眼正跟着陈妈学怎么去皮的程越霖。

男人微蹙眉峰，神情专注地低头捣鼓着菱角，动作笨拙却很有趣。

她摇了摇头，也不知道这人怎么就对菱角有了兴趣。

阮芷音依着刘管家的话，去堆放杂物的阁楼取了个干净的纸箱装菱角。

谁知刚出来，她就被等候在门口的人堵住了去路。

“表姐，我想跟你聊聊。”

林菁菲是特意等在这儿的，确实有话要跟阮芷音谈。

可她刚说完，对上阮芷音那张精神焕发的脸时，又忍不住攥紧了手："现在我名声尽毁，你开心吗？"

阮芷音轻笑着摇头，蹙了下眉："那都是你自己作的，与我无关。"

她当然说不上什么开心与不开心。哪怕林菁菲是她血缘上的表妹，但她们又不是从小一起长大，只是在同一屋檐下不咸不淡地相处过三年。

阮芷音并不会将林家人当成亲人，也不会为不相干的人浪费情绪。

"与你无关？"林菁菲像是被她漠不关己的神态刺激到，咬了下唇，"如果不是为了你，秦玦怎么可能真就狠下心不管那些热搜？"

秦玦不理会，还让她来找阮芷音，可林菁菲怎么可能在阮芷音面前低头恳求？

林菁菲期盼着秦玦总会心软，然后帮她善后撤掉热搜。可他居然真就那么狠心，眼睁睁地看着自己被别人落井下石。

他们有十几年的情分，林菁菲从未想过秦玦有一天会这么对她。

阮芷音望着对方染上了不甘的双眸，冷声道："林菁菲，再提醒你一次，我跟秦玦没关系了。不管他做什么，都不必扯到我头上。

"再者说，如果你能踏踏实实地拍戏，而不是整天想着走捷径，也不见得会落到这样的下场。"

当初是林菁菲执意要进娱乐圈，但凡这些年她多点儿拿得出手的成绩，风评也不会变得这么差。

"好，就算秦玦现在跟你没关系，那程越霖呢？要不是他，我又怎么会被林哲拖累？！"

林菁菲最讨厌阮芷音这副清高的姿态，继而嘲讽："你这么瞧不起我，可你自己不也是靠男人吗？"

听到她说上次出手对付林哲的人是程越霖，阮芷音微怔。

片晌，她又轻笑一声。

"你觉得是，那就是吧。程越霖是我丈夫，我不必拒绝他的帮助，也不会因为你几句话就和他撇得清清楚楚。"

这段时间和程越霖的相处，让她难得多了些以往体会不到的轻松。

如果程越霖因为一些难以言说的原因想要把这段婚姻继续下去，阮芷音似乎也不想拒绝。

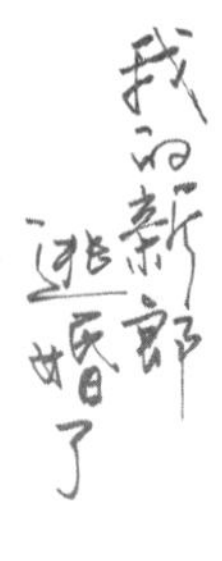

他说她和人分得太清，会很伤人，那么阮芷音也愿意学着接受他好意的帮助。

如果有一天他想收回，那么她会以别的方式将这些情分还给他。

只是这些，她没必要和林菁菲多言。

林菁菲显然没想到阮芷音居然会这么平淡地接受程越霖的帮助。

她不喜欢阮芷音，但也自认对阮芷音有几分了解。在她的印象中，阮芷音一贯骄傲，听到她那番靠男人的话，也不该是这种反应。

眼见着阮芷音推开她下楼离开，林菁菲再次叫住了她："你等等。"

阮芷音皱着眉回头，看见对方掏出了一个盒子，打开递到她的面前。

"这块玉佛，还给你。"

丝绒质地的暗红色的首饰盒上，摆着一块通透莹润的玉佛。

只消一眼，阮芷音就认出这是秦玦高中时送给她的那块。这块玉的种水要比院长的那块好上不少。

那时她弄丢了院长送的玉佛，又因为回阮家后的几次聚会生了些自卑，独自躲在阁楼里消化情绪。

秦玦为了安抚她，去商场里买了块相似的玉佛回来。阮芷音瞧了出来，却没说破，毕竟对方也是好意。

只是在她出国前夕，这块玉佛也不见了。

眼下看来，玉佛是被林菁菲偷偷拿走了。

不过，阮芷音在意的从来都不是这块秦玦从商场里买来的玉佛。

"我已经不需要了。"

院长给的那块玉佛，本来就是她的。秦玦帮她找回，她心怀感激，也回应了这份心意。

至于秦玦从商场里买来的这块，她已经和秦玦分手，当然不可能再收下。

"是我鬼迷心窍偷拿了玉佛，这件事我可以跟你道歉。但是……你真的不要？"

林菁菲之所以来还玉佛，只是不想因留着玉佛这件事让秦玦加深对她的失望。

为了阮芷音，连蒋安政都开始被秦玦疏远了。

周鸿飞抢了蒋安政的未婚妻，让蒋安政颜面扫地。可秦玦见好友遭受了这么大的难堪，一句慰问的话都没有。

林菁菲知道，秦玦这是已经明白过来，蒋安政当初设计了他逃婚。

他不愿怀疑身边的人，可一旦发现背叛他的人，就不会再给多余的信任。

阮芷音摇头："我当然不要，既然你喜欢，这块玉佛就劳烦你好好收着。"

她只希望自己再也不必应付林菁菲和秦玦等人的纠缠。

老爷子和季奕钧谈完了话后，又喊了阮芷音过去。

这一回，她独自走进了房间。

不过才这么点儿说话的时间，老人瞧起来又多了几分疲惫，却还是强撑着精神先开了口："他对你好吗？"

他问的当然是程越霖。

阮芷音扶着阮老爷子喝了口水，然后笑着回道："挺好的。"

这倒不是假话，程越霖确实尽力在和她相处，也帮了她很多。

只不过，两人还是和平常的夫妻不太一样，也和阮老爷子以为的不一样。

"音音，你们是夫妻。既然他对你好，你也不该总怕给人添麻烦。以后你和越霖好好的，爷爷就放心了。"老人握着她的手叮嘱，语速很慢，说完后长叹了口气。

这番言辞恳切的关怀，让阮芷音生了些欺骗爷爷的愧疚，可她只能顺着话道："我知道了，爷爷您放心。"

就这么和老人说了会儿话，阮芷音见爷爷精神恹恹，不想再打扰爷爷休息，更不想留下和林家人演戏，没多久便和程越霖一起告辞，离开了老宅。

车子平稳地行驶在路上。

望着悠然坐在身侧的程越霖，阮芷音纠结几许，终是忍不住开口。

"林哲的事，是你做的？"

不知为什么，刚刚听林菁菲说起这件事时，阮芷音怔然之余，又不

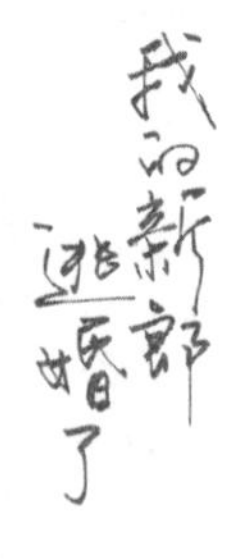

觉意外。

她的心底只有种奇妙的矛盾感。

程越霖闻言，侧首看她一眼，轻描淡写地点了下头："嗯。"

他见她张了张嘴，又笑着堵她："阮嘤嘤，别再跟我道什么谢。我这么做，也是因为我想这么做。"

林哲办的事让他格外不舒坦，林哲被送进监狱，也是做错了事罪有应得。

就算这么做与她有关，但那也是他乐意，不希望她来道什么谢。

"那……明天我给你做酱排骨。"阮芷音把到了嘴边的道谢收回。

程越霖轻嗯一声，算是应下。

她能记得他在饭食上的喜好，当然比客气地道谢让他开心。

停了会儿，他抬了抬眼，托着下巴看向她："所以能不能跟我说说，林哲到底怎么得罪的你？"

阮芷音表情微僵，沉吟了片刻，才缓缓开口："其实也没什么，那时候林家人怂恿林哲跟我献殷勤。有回林哲往我房间里藏东西，被我拿刀戳伤，然后就怕上了我，没再纠缠。"

程越霖见她云淡风轻地略过一切，深沉的视线里蕴含着探究之意。

"哦？他藏的什么？"

阮芷音抿下唇："摄像头。"

车厢内沉默下来。

良久，程越霖压下隐忍的情绪。

他缓缓伸出手，摸了摸她的头："嗯，都过去了。阮嘤嘤，你一直都很勇敢。"

勇敢？

阮芷音愣了愣，莫名就想到了和程越霖碰见的第一面。

彼时正值盛夏，岚桥天气闷热。

高二开学的第一天，她在教务处办完转学手续，当天不必去班级报到。

只是出学校时，阮芷音恰巧碰见了被杨雪等人拦着为难的叶妍初。

脚步微顿，即便她打定主意要保持低调，可终究无法视而不见。

阮芷音转过身，悄然离开。

几分钟后，她借着问路引来了一位老师，顺利帮人解围。

至于叶妍初，后面也乖乖地跟着那位老师回了教室。

做完这一切，阮芷音正要离开，余光却瞧见了一道穿着校服的身影。

程越霖优哉游哉地坐在墙头上，眉眼间透着恣意的张扬，居高临下地看着她。

少年轻声微哂，继而道了句："这位同学，你倒是……懦弱得很勇敢。"

不知他是在夸奖，还是在讽刺。

顷刻间，阮芷音已经明白过来。坐在墙头的少年，是个逃课的学生。

恰巧，那位送叶妍初回班级的教导主任，适时地返回来找阮芷音了解情况——

程越霖这个不良分子就这么尴尬地被逮住了。

他们也因此结下了梁子。

至少，她是这么认为的。

收回思绪，阮芷音笑着望向他，应下了那句关于"勇敢"的夸赞。

铃声突然响起，阮芷音掏出手机，看了眼来电显示，是老宅的电话。

接通后，刘管家的声音里带着焦急——

"大小姐，不好了。老爷子骂了林先生一顿，然后气得晕倒了，季先生已经把老爷子送去医院了！"

以阮老爷子的身体，他这个时候被送进医院，显然不是小事。所以，刘管家才会这么紧张。

话音刚落，阮芷音脸色煞白，心头涌上不安，像是有了什么不好的预感，握着手机的手也隐约颤抖。

她咬着牙，顿感一阵茫然的慌乱。

"阮芷音，看着我！"

男人低沉的声音在耳边响起，勉强唤回了阮芷音的思绪。

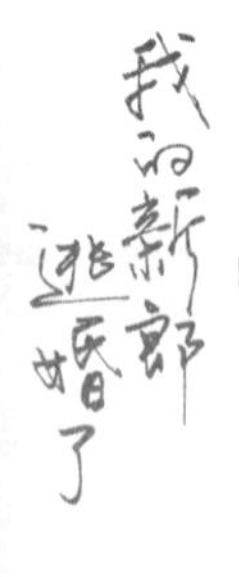

程越霖端视着她的脸色，握住她的手，叹了口气，柔声道："阮嘤嘤，别害怕，我们现在就去医院，嗯？"

对上他那沉稳的眼神，阮芷音愣怔着舒了口气，轻轻点了下头。

指节微缩，掌心传来的温度也让她慌乱的心绪稍稍冷静下来。

是啊，爷爷还在医院里，她不能怕。

阮芷音和程越霖赶到医院时，老爷子已经被推进了抢救室里。

林成坐在抢救室外的椅子上，面容紧绷，神色似是有些凝重。而林菁菲沉默地坐在了另一边，没有和林成坐在一块儿。

两人隔得很远，没有任何交流。彼此间的气氛，像是有些古怪。

季奕钧神情肃然，独自靠在墙边，眉峰上蹙起深深的沟壑。

看见两人后，他走了过来，拍拍阮芷音的肩膀，低声道："医生说，不太好。"

老爷子的身体本就是强弩之末，这段时间尤显颓败，现在又气急攻心晕倒。

医生在老爷子被推进抢救室前，就已经提醒了家属要做好心理准备。

阮芷音闻言，身子微颤，被程越霖伸手扶住。停了一会儿，她抬眸看向季奕钧："爷爷怎么会突然晕倒？"

季奕钧默然抿唇，递给了阮芷音一份文件，叹口气道："这是老爷子托我去查的，他心里有怀疑，执意要我给他一个真相。"

阮芷音从他手中接过文件袋，打开之后，里面是一对母子的资料。

照片里的女人叫苏苼，孩子叫林嘉。看到后面一页的亲子鉴定书时，她捏了下指节，淡淡蹙眉。

林成居然藏了一个私生子。而且这个孩子只比林菁菲小九岁，一直被林成悄悄藏在国外，现在已经开始读高中。

按照年龄推算下，女方怀孕的时间应该在阮玲芳去世前两个月。

彼时阮玲芳缠绵病榻，并不知道心爱的丈夫已经偷偷养了个女大学生在身边。

而她去世时，对方已经怀孕。

阮玲芳病逝的时候，林成不过才三十多岁。阮老爷子也曾劝说他再娶，可被林成拒绝了。

如果林成是在阮玲芳去世之后才有了这个儿子，阮老爷子不会如此震怒。

可这个孩子今年十五岁了，显然是林成当年背叛女儿的证据。

身为父亲的老爷子意识到女儿临终前受的委屈，怎么可能心平气和？

林成这些年表现得对阮玲芳情深义重，一直孝顺着阮老爷子，就连阮芷音都以为他对阮玲芳还有些情意在。

他瞒过了身边所有人，却在最后时刻功亏一篑。

怪不得林菁菲现在会是这么一个态度。

阮玲芳去世时林菁菲还不到十岁，留给女儿的那部分股份一直由父亲林成代管，代管协议的期限还很长。

林成之前只有她这个女儿，现在却突然多出了一个即将成年的儿子。而素来对她疼爱的阮老爷子，如今也进了抢救室。

至于林成神情这么紧张的原因，他应该是在担心老爷子这次挺过去后，会重新修改遗嘱，影响他的利益。

他演了这么多年的好女婿，当然不想一无所有。

阮芷音瞥了眼林成和林菁菲之间蜕变的氛围，一时也不知道该不该怪季奕钧在这种时候把资料交给爷爷。

爷爷既然已经发现了端倪，执意求得一个真相，季奕钧如果欺骗他，也不见得是对爷爷好。

说到底，还是林成办了件错事。而爷爷应当也不想在最后时刻对这些事情还是不清不楚的。

将资料还给了季奕钧，阮芷音内心复杂，默默地和程越霖走到一旁坐下。

气氛肃静，时间一分一秒地过去。

手术室外，众人各怀心思，谁都没有再说话。

时间拖得越久，阮芷音心中的不安便更甚。

她很清楚爷爷的身体，医生当初就曾暗示过，爷爷很难坚持两个月。

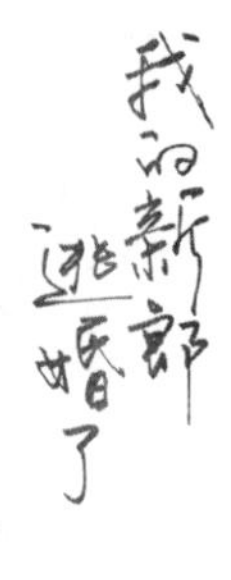

他能撑到现在，全靠豁达的心态和刘管家的精心照料。

爷爷行将就木，现在又进了抢救室。

她无法阻止自己胡思乱想。

方才还没到别墅，就又匆匆赶来医院，阮芷音和程越霖都还没吃晚饭。

程越霖怕她的身体撑不住，中途让白博送了些吃的过来，但阮芷音实在没什么胃口。

不知过了多久，手术室的灯终于熄灭。

与众人还算熟悉的姜医生穿着淡蓝色的手术服开门走出，取下口罩后，黯然地朝几人摇了摇头。

姜医生眉眼中的意思不言而喻。

“上次我说过，老爷子这种情况很难撑过两个月。人能熬到现在，全凭你们最后这段时间照顾得好，请节哀。”

医生的话说完，林成似是松了口气。

而林菁菲捂住脸背过了身去，隐隐传来了抽泣声。

最清醒冷静的人是季奕钧。

他虽然很早就搬出了阮家，但也是阮老爷子办过领养手续的养子。名义上，他还是老爷子的儿子，刚刚的手术单亦是他签的。

在医生的话说完后，季奕钧便默默跟在对方身后，下楼去开具阮老爷子的死亡证明。

只有阮芷音愣愣地站在那儿。她失去了任何动作，像是在发呆。

弯月高垂，时间已是半夜。

医生那边开完死亡证明，还要等明天走完殡葬的程序，他们才能从医院太平间里接走老爷子的遗体。

季奕钧回来后默然道：“你们走吧，得明天才能接老爷子离开。”

然而长长的走廊里，随后出现的是林菁菲和林成激烈的争吵声。

阮芷音面无表情地看着眼前的一幕，用力攥紧了程越霖的手，仍然茫然失措地沉浸在医生最后的那句“节哀”里。

刚刚看到老爷子被蒙着白布从手术室中推出来时，阮芷音只是眼神空洞地扶住程越霖。

她不想也不敢去掀那块白布，却清晰地听到了自己那过于平静的声音：“程越霖，我没有爷爷了。”

就在几个小时前，爷爷还笑着嘱咐她照顾好自己，说着关切的平常话。

事情发生得太快，阮芷音从来没有想过，此事会以这种形式到来。她甚至没能和老爷子好好道别。

掌心传来的微颤泄露了她心底的情绪，程越霖看着她泛红的眼眶，低声道：“阮芷音，想哭的话，不用憋着。”

走廊里的争吵还在继续。

阮芷音听到他的话，愣怔着摇了摇头：“不，程越霖，我就是……很想回家。”

尽管知道自己不该逃避，可是她已经没有办法冷静地待在这里。

她不想去理会林成和林菁菲的争吵，也不想看季奕钧取来的死亡证明。

阮芷音只想回家，尽管这样做有些任性。

“好，那我们就回家。”

程越霖的话里没有丝毫犹豫，他知道，阮芷音不可能在这种环境下放松下来。

于是程越霖回握住她的手，继而安抚道：“别担心，白博在这里，会帮季奕钧处理好所有的事，我陪你回家。”

宾利开得很快，一路上，阮芷音都没再开口，像是还未回过神似的。

半小时后，两人拖着饥饿疲惫的身躯回到了别墅里。

程越霖摁开指纹锁，推门走进客厅里，周遭是一片静谧的漆黑。

他习惯性地伸手去按客厅里的灯的开关，却被阮芷音出声叫住：“程越霖，别开灯。”

她的声音里带了些哽咽，阮芷音终于压不住心底的情绪。

程越霖叹了口气，把她揽入怀里，感受到阮芷音那有些单薄的肩膀不停地抽搐颤抖着，脖颈间的湿润更是一下下烫到了他的心。

昏暗的客厅里，阮芷音埋在男人的怀中，也不知道自己究竟哭了多久。

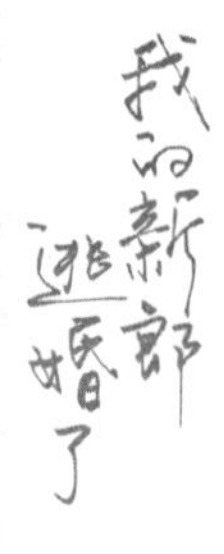

她知道自己现在的模样肯定很狼狈，刚刚在医院里忍着情绪，可回到熟悉的环境中时，再也绷不住了。

医生曾反复叮嘱，阮芷音知道这一天很快会来。然而唯一的亲人以最遗憾的方式离去，她的心还是像陡然空掉了一块。

程越霖收紧了手臂，温柔地轻拍着她的背，待她的抽噎渐渐停下，放低了声音道："不是还有我吗？阮嘤嘤，我们现在也是……家人。"

阮芷音闻言顿了顿，似是没想到他会用"家人"定义两人的关系。

沉默良久后，她的声音闷闷的："程越霖，我是不是很自私啊？"

"为什么这么说？"

"爷爷这几年对我真的很好，可我总是对他……很客气。"

阮芷音顿了好久，才找到描述她和爷爷间的那种距离感的词汇。

或许，爷爷也是遗憾的。不然在老宅时，他就不会劝解自己在程越霖面前放下包袱。

阮芷音不是不知道爷爷对她的好，可是爷爷不只对她好，对林菁菲这个外孙女也多有疼爱。而她处在那样的环境中，也不知道该怎样放下包袱面对爷爷。

阮老爷子心疼她年少走丢的经历，所以在阮芷音回家后对她多了几分偏宠，甚至因此引发了林菁菲的不满。

阮芷音不是不在意爷爷，可还是没办法像林菁菲那样肆意地撒娇，有意无意地表达对爷爷偏袒她的开心。

或许，这是她性格上的缺陷。

她太过自私，所以不愿对人敞开自己的所有，给自己埋下会受伤的可能。

"阮嘤嘤，不要这么想，你已经做得很好了。"

程越霖眸光深沉，借着窗外的些许月光，用温热的指腹轻轻抹去了阮芷音眼角的泪水。

"你不想爷爷走得不安，不想爷爷为你为难，所以一直瞒着林家人做的事，这可不叫自私。"

话毕，他微扬眉梢，拍了拍她的头："但是，有一件事你做得不对，以后得好好改改。"

阮芷音愣怔片刻，继而顺着他的话问道："是什么事？"

“别顾虑那么多，你该想想怎么样才能让自己开心。”

最后这句话声音太轻，阮芷音看不清他眼中晕染的情绪。

她刚从强烈的情绪中勉强缓和过来，没能让自己去深思他的话。

只是蹙了蹙眉，她从方才失控的心情中重新寻回了点儿冷静。

“程越霖……”

“我说了，别再跟我道谢。”程越霖打断她的话，停了一会儿，又叹息着道，“阮芷音，你有没有听过一种说法？”

阮芷音抬眸：“什么说法？”

“一个人真正的死亡，不是生命消失的那一刻，而是当他被所有人遗忘的时候。爷爷不会想看到你为了他的离开而难过，只要你记得他，他就没有离开你。”

阮芷音很少听到程越霖用这么一本正经的腔调跟她说话，但也知道他说这些是想要安慰自己。

其实，这段时间医生已经暗示过他们很多次，老爷子随时都可能撒手人寰。

对这件事，阮芷音并不是没有准备。她只是很遗憾，没能最后跟爷爷好好道个别。

思及此，阮芷音垂下变得红肿的双眼，低声问道：“上次你去老宅，爷爷都跟你说了什么？”

说了什么？

程越霖垂眸看她，心里也清楚，她想问的是，老爷子有没有跟自己提起她。

顿了顿，他温声道：“嗯，爷爷说，他希望音音以后都能开开心心的。”

爷爷或许也有遗憾，但他自私地不想让她来背负这份遗憾。至于爷爷关于她的嘱托，程越霖也会允诺。

那些事，该由他来做。

第七章

不能喝凉的

阮老爷子的葬礼，最终定在了三日后进行。

生前，老爷子曾反复叮嘱过刘管家，不希望自己的身后事大操大办。

故而阮家的这场葬礼，只请了几家往日较好的亲友，办得格外低调。

按照老爷子临终前的意愿，他将与已故的阮老太太一起，合葬在城北的萧山墓园。

葬礼那天，阮芷音穿上了肃穆的黑色西服，神情寡淡地站在那儿，礼貌招呼着前来吊唁的宾客。

那边，顾琳琅和叶妍初刚刚吊唁完阮老爷子，默默走到她身边。

“音音，生老病死是常事，你看开点儿。”

顾琳琅没有亲眷，却也记得院长当初去世时绵延的伤感。

她受过老爷子的资助，心里对他也有敬重。只是她想，与其经历难耐的病痛，离开对于老人而言，反而是解脱。

阮芷音闻言，缓缓点头，勉强勾起些嘴角：“嗯，我知道。”

这些天她忙着处理老爷子的身后事，礼貌得体地应付形形色色的人。最初那阵激动的情绪过去后，她似乎逐渐变得麻木。

如今看着墓碑上那张熟悉的照片，怅然若失之余，阮芷音心底也明白这才是爷爷该有的畅快笑意。

或许程越霖说得对，她该习惯于换一种方式面对爷爷，而不是让自己一直停在颓丧的情绪中。

抬眸望见仍有担忧的好友，阮芷音长舒一口气："好了，我没事，只是还有些不习惯。"

叶妍初不知怎么安慰她，干脆挽住阮芷音的手，换了个话题："我看秦老爷子刚刚喊了林菁菲过去。"

秦老爷子是阮爷爷的生前至交，即便阮芷音和秦玦的婚约作废，但在这种场合上，秦家人肯定要来。

刚刚秦老过来和阮芷音说了几句话，又叫了一直沉默的林菁菲过去。

"方蔚兰不喜欢林菁菲，秦老爷子瞧着倒还好，怎么说也是看着长大的晚辈。"顾琳琅说完，皱了下眉。

叶妍初看了眼不远处一身黑衣的林菁菲："阮爷爷去世，最尴尬的反而成了她，突然蹦出来个弟弟不说，还不知道遗嘱会怎么分，现在倒是安分不少。"

阮老爷子的遗嘱早就拟好，只是要在葬礼后才会公布。

林成和林菁菲都有可能继承部分遗产，可她如今和父亲林成的关系尴尬了不少。

筹办葬礼的这几天，除了林成，其他人一直住在老宅里打理阮爷爷的遗物。其间林菁菲一直沉默着，每日眼睛都是红肿的。

而这两天最开心的人，应该莫过于林成了。毕竟，老爷子的遗嘱已经彻底没了更改的机会。

"她也该学着吃些教训了。"顾琳琅叹了口气，蹙眉道，"不过一码归一码，在这件事上，林成更不是什么好东西。"

身为阮芷音的好友，她当然不喜欢林菁菲，还曾落过对方的脸面。

可几人都明白，不管是林菁菲之前拉着秦玦炒绯闻，还是借机利用蒋安政让秦玦逃婚，肯定都有林成的暗示。

林菁菲如今自食其果是活该，但林成这种人更让顾琳琅恶心。

叶妍初转头看向另一边的人群，突然道："程学长这回倒是做得不错，林家其他人都没能过来。"

不管是出殡还是葬礼，林成和林家人都被程越霖派人拦在了墓

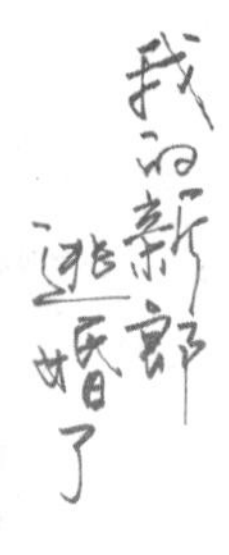

园外。

程越霖毕竟只是老爷子的孙女婿，做得这么决绝，肯定于名声有碍，但阮芷音仍然很动容。

她也不想看到林家人出现在爷爷的葬礼上，程越霖这么做，帮她担去了所有流言蜚语。

思及此，阮芷音笑了下，敛眸道："是该好好谢谢他的。"

可他总说不要自己的感谢。

顾琳琅听见阮芷音的话，瞧了她一眼，话中似有深意："音音，那你现在是怎么想的？"

阮芷音闻言愣了下。

顾琳琅见她微怔，就知道她这是忙着筹备葬礼的事，还来不及抽出工夫去想其他的。

于是顾琳琅摇了摇头，看向叶妍初："好了，我们先走吧。"

阮芷音："我送你们。"

"不用了，你还有别的事要忙。"

顾琳琅拦住她的脚步，又望了眼不远处的程越霖，之后和叶妍初转身离开。

她知道阮芷音向来是个果断的人。有些事，阮芷音很快就会自己想清楚。

目送着顾琳琅和叶妍初离开，阮芷音思绪沉浸在顾琳琅刚才突如其来的话里，好一会儿才回过神。

谁知刚一抬头，她的视线却被男人的身影挡住。

"芷音。"

面前，是许久未见的秦玦。

秦玦对上阮芷音那双平淡的凤眸，他的喉结滑了下，双目灼灼，嗓音里染着低沉。

"我知道你不想看见我，但如果有什么需要帮忙的，你可以联系翟旭，不要……总是自己扛着。"

他已经很久没见阮芷音了，或者说，她根本没给自己接触她的机会。

阮芷音早已搬出自己的公寓，秦玦在阮氏停车场里等过她，却又不能在下班的阮氏员工面前堵她，怕会引起她的反感，只能眼看着她坐上那辆宾利。

得知阮老爷子去世，秦玦担心阮芷音，迫切地想要来找她，却又怕给她惹来麻烦。

毕竟现在的他，没有一个合适的身份陪在她身边应对这一切。

他只能借着参加葬礼见她一面。

刚才远远看见她时，秦玦就觉得阮芷音有些憔悴。他想安慰她，帮她解决之后的麻烦，又怕她急着与自己撇清关系。

想到这儿，秦玦连忙道："芷音，你先别急着拒绝，你过去也帮过我很多，不是吗？"

他知道她总是跟人分得很清，不这么说，她不会愿意接受他的帮助。

听到秦玦的话，阮芷音缓了口气看向他："不管怎样，还是谢谢你来吊唁爷爷。"

秦玦微顿，眼眸中的神色温和，望着她笑笑："阮爷爷也是我的长辈。"

这已经是这段时间以来，阮芷音对他态度最好的时候。

见秦玦没有要离开的意思，阮芷音皱了下眉，视线越过他，下意识地瞥了眼不远处被宾客围着的男人。

正巧对上程越霖注视而来的目光，她的心里莫名一虚，阮芷音仿佛透过这个眼神，听到了他响在耳畔的声音："阮嘤嘤，克制一点儿。"

阮芷音眼神飘散地低下了头，至于秦玦后面说了什么，她再也没有听清，只烦乱敷衍地点了点头。

秦玦见状，以为她把自己的那番话听进去了，多了些欣慰。

不过他终是不敢再说太多惹她不快，于是脚步微顿，眼神不舍地转身离开。

另一边，钱梵怒气冲冲地开口："霖哥！秦玦那个不要脸的还敢去找嫂子说话呢！"

要不是程越霖拦着，钱梵简直想直接冲上去，把秦玦那个碍眼的家伙从阮芷音跟前给扒拉开！

程越霖轻蹙剑眉，眼神清冷，沉声道：“这种场合他也是宾客，你注意一点儿。”

停了下，他又道：“等他走了再过去。”

今天毕竟是阮老爷子的葬礼，阮芷音肯定不想给人留下谈资，他也不能不顾及她的面子。

话是这么说，但程越霖的视线始终悠悠地锁定在不远处的两人身上。

钱梵小心翼翼地打量着男人浑身散发的冷峻气息，不敢再多言，转头去看摆弄着手机一脸平静之色的傅琛远。

直到秦玦转身离开，程越霖才缓和了脸色，钱梵也如释重负。

秦玦走后，阮芷音松了口气。

再去看程越霖时，对方已经和钱梵等人一道朝她走了过来。

作为高中时的校友，阮芷音认识钱梵和傅琛远，只是不太熟。

“钱梵，你好。”阮芷音笑着和钱梵打过招呼，又看向一旁的傅琛远，点头道，“傅律师。”

钱梵受宠若惊，笑呵呵地道：“嫂子好，嫂子好。”

至于傅琛远，倒是直接得很，悠然掏出张名片递给阮芷音：“阮小姐，如果之后有需要涉及遗产纠纷的法律服务，可以联系我。”

他的口吻过于直接，气氛一时有些尴尬。

程越霖瞥她一眼，点了下头：“他专业能力不错，你可以考虑一下。”

钱梵也在旁帮腔：“对对对，嫂子，你不用跟他客气。”

阮芷音迟疑了一会儿，伸手接过对方的名片，笑着道：“谢谢，如果真有需要的话，就麻烦傅律师了。”

她听说过傅琛远打诉讼官司的名声，也知道对方很难请，所以没有拒绝对方的好意。

钱梵和傅琛远只是吊唁过后来和阮芷音打个招呼，简单聊了几句后，钱梵便开口告辞。

“嫂子，那我们先走了。以后有空儿的话，和霖哥一块儿来会所玩。”

钱梵说的会所自然是金煌，那是他和汪鑫等人一起出资开的。故而，钱梵也算是金煌的半个老板。

对方撂下这番话，便转身离开。

而阮芷音凝望着钱梵和傅琛远离去的背影，终于察觉出几分不对。

钱梵方才对她的态度未免也太热情了些，那声嫂子叫得也是真情实意。

难道程越霖没跟钱梵说，他们两个是假结婚吗？

瞥见阮芷音疑惑的眼神，程越霖轻咳一声，淡淡道："钱梵这人藏不住事，告诉他不合适。"

"哦。"

听到男人的解释，阮芷音似有所悟地点了点头，继而便听到了远去的钱梵和傅琛远隐约传来的对话——

"傅律师，这代驾说路不太好找，要不你带我一路呗。"

"没工夫，自己想办法。"

"你是不是又要去接你那暧昧的对象？傅琛远，人家都跟你暧昧这么久了，说不定根本就是个把你当备胎的女海王，你可别昏头。"

阮芷音心想：看起来，他确实是个藏不住话的人。

傍晚，老爷子的葬礼结束。

阮芷音和程越霖却没有回别墅，而是一起乘车回到了阮家老宅。

安静的客厅里，除了分开而坐的林成和林菁菲，还有季奕钧和另一位着整洁西装的中年男人。

阮芷音心下了然，想必对方就是阮老爷子的遗产律师柴松。

遗嘱是一早就拟好的，阮老爷子去世后，柴松便和阮芷音通过电话，告知她将会在葬礼过后在老宅里宣布阮老爷子的遗嘱。

林成没能去参加葬礼，故而一早就到了老宅，但柴松执意要等所有人到齐才宣读遗嘱，他也只能等到了现在。

林成看见阮芷音进门，他说话的语气已经有了些许的不耐烦："柴律师，现在可以宣布遗嘱了吧？"

柴松倒是很有职业素养，没和林成计较，默默点了点头，在阮芷音和程越霖落座后站起身。

"各位好，我是阮老先生的律师柴松，受他生前的委托，来向各位

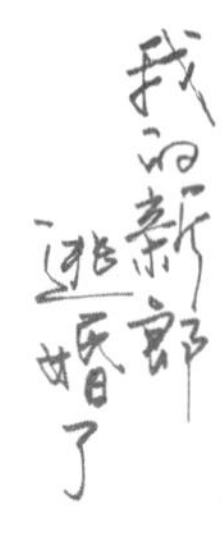

公布阮先生的遗嘱。”

阮芷音平静地颔首：“柴律师好。”

柴松礼貌地回视，而后切入正题：“阮先生最后一次修改遗嘱是在半个月前。他在最后这份遗嘱中，共指定了三位遗产继承人。

“阮先生名下的十四处房产及基金存款的部分，将按照目前的市值，由指定的三名继承人平分。”

阮芷音等人默默听着，神色未变。

林成却在听到柴松提及三位遗产继承人后，神情变得凝重起来。

阮老爷子近几年的确偏疼阮芷音一些，但对林菁菲这个外孙女也一直不错。

季奕钧是阮老爷子办过收养手续的养子，也是名义上的儿子。

遗产继承人只有三人，阮芷音当然知道林成心里担心的是什么。

左不过他是怕自己竹篮打水一场空，失去继承遗产的资格。

可即便做好了准备，在听到柴松接下来的话时，她仍惊讶地睁大了眼睛。

柴松望着眼前的众人，语调清晰的话语一字一句地传入大家的耳中：“阮先生名下 40% 的阮氏股份，其中 30% 归孙女阮小姐所有，林小姐和程先生将分别继承余下部分的 5%。”

除了季奕钧，其余人皆是震惊。

阮芷音怎么也没有想到，另外一个继承人不是季奕钧，也不是林成，而是和她结婚不过两个多月的程越霖。

她不知道爷爷的这个决定是因为自己，还是单纯地喜欢程越霖这个孙女婿。

侧首对上男人那稀松平常的目光，阮芷音轻笑着摇了摇头，在他耳边小声道了句：“你倒是很讨爷爷的喜欢。”

“嗯，证明爷爷的眼光不错。”

程越霖含笑朝她挑了挑眉，语调云淡风轻，却直接刺激到了坐在另一侧的林成。

“这怎么可能？！”

林成的情绪有些失控，他显然不愿相信自己多年的努力竟然打了水漂，被半路出来的阮芷音和程越霖夺去了大半的遗产！

“姐夫，干吗这么激动？”

季奕钧淡淡望了林成一眼，久违地喊了林成一声“姐夫”。

“这也怪我，老爷子先前跟我提了几嘴遗产的事，我想着咱们都是长辈了，总不好跟晚辈抢东西。”

“所以我索性建议阮叔，遗产不必考虑我们两个。这年纪大了，总该自力更生了不是？”

阮芷音还是头一回见到季奕钧说出这种直戳人心窝子的话。

要说年纪大，季奕钧还不到四十，和已经年过五十的林成显然不一样。

至于对方放弃遗产的决定，阮芷音也不意外。

毕竟季奕钧成年后就搬出了阮家，在阮胜文去世后也没有插手阮氏的事情，似是对阮氏没什么兴趣。

林成紧握着拳，面色潮红，蹙眉反驳道：“可菁菲怎么说也是老爷子的外孙女，他怎么可能把那30%股份都给了这丫头？”

季奕钧闻言，轻笑一声：“林成，你是不是忘了什么？老爷子那40%的股份，有25%是胜文哥留下的，本来就该给音音。”

这个道理，就像阮玲芳把自己那10%的股份留给了女儿林菁菲一样。

阮氏是阮胜文在世时一手壮大的，当年阮老爷子便想要将公司交给儿子，也给一双儿女分别转让了股份。

只是阮胜文夫妇去世时，阮芷音还没有被接回阮家，法定的继承人也只有阮老爷子。

除开阮胜文那25%的股份，阮老爷子不过是把余下的15%平分给了阮芷音等三个小辈，说不出什么偏心。

林成似乎仍不愿承认阮老爷子的这份遗嘱，指着程越霖拧眉道：“可他不过是个外人，老爷子怎么可能——？”

“林成，程越霖是我丈夫，并不是阮家的外人。”阮芷音开口打断林成的话，继而冷笑道，“如果他算外人，你这个婚内闹出私生子的，又算什么？

“你有在这里闹腾的工夫，不如好好给林家人找条退路。你以为，

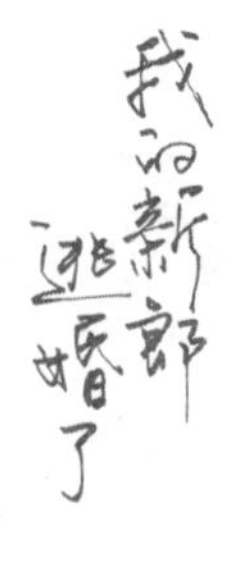

自己这总经理还能安安生生做下去？”

林成闻言，轻哼一声，道：“阮芷音，你别忘了，我手里还有10%的代持股份。就算你想把我拉下来，也得先让其他股东同意。”

即便没能得到股份，但他也并不是毫无依仗。林成这些年和阮氏的其余几位股东纠葛颇深，这些人可不会轻易被阮芷音笼络。

若是舍出足够的利益，私下和其余股东商定好协议，他仍有翻身的余地。

“拉下来？”阮芷音摇头失笑，“林成，如果是你自己没法再当这个总经理，我还需要费心思把你拉下来吗？”

“你什么意思？”林成皱眉看她。

“我的意思是，你涉嫌挪用公司资金，损害公司权益，我有权对你提起诉讼。”

林成像是终于冷静了下来，轻笑了一声，平静地看着她：“阮芷音，想抓我的把柄，你也得有证据。

“音音，姑父可没有做过什么损害公司利益的事。”

凡是与自己有关的业务流水，在阮氏内部的财务报表中都被处理得干干净净。

阮芷音是查不出来的。

这一点让林成有恃无恐。

“没有？”阮芷音垂眸，从包里掏出一份文件，递到林成面前，“那你看，这些够吗？”

“你违背了与T&D的海外医疗合作协议中的限制条款，将合作项目中的资金违约转移到海外账户。而我将会以T&D股东的身份，正式向你提起诉讼。”

一旦罪名落实，林成少不了五年以上的牢狱之灾。

哪怕他还打着寻求其他股东合作的算盘，这总经理的位置也坐不下去了。

这是她早已留好的后手。

意识到这点，林成震惊地抬头：“之前那项医疗合作案，你是故意引我入坑的？”

尽管T&D创办前期阮芷音也曾参与过公司的业务，但后面她已经退了出去。

林成从来没想过，秦玦竟然把30%的股份都给了阮芷音。对于这笔股份，秦玦如今不过是台面上的代持！

“林成，不要总是怪别人，是你自己太过贪心。”

“好啊，秦玦居然把30%的股份都给了你，他对你倒是一往情深。”林成咬了咬牙，突然看向程越霖，意有所指地道：“程总就不怕有一天被人戴了绿帽？”

程越霖瞧了眼林成手里的资料，漫不经心地挑了挑眉。

“哦？”他哂然一笑，反问道，“我怕什么？这些股份……”

话说一半，程越霖轻描淡写地瞥了眼阮芷音，声音不咸不淡：“可是我们夫妻的共同财产。”

“你说对吗？音音。”

林成：“……”

关于林成挪用项目资金至海外账户的证据和材料，是早已被收集好的。

法院的诉讼程序虽然慢，但由于他的行为已经涉及刑事犯罪，除了起诉程序外，阮芷音次日还去公安机关报了案。

涉案金额不菲，林成很快被警方拘留，阮氏内部一时间风声鹤唳。

正所谓树倒猢狲散，眼见着林成再难翻身，原本持观望态度的人也开始犹豫着向阮芷音卖好，试图跟林成撇清关系。

林成虽然把自己经手业务中的猫腻处理得不留痕迹，但林家人的手脚并不是都那么干净的。

阮芷音先前不动声色，准备得够久。林家人只当她把精力全部放在了北城的项目上，现在才有所反应，却已经来不及了。

再者说，没了林成这个主心骨，其余人即使想要反抗，也没有办法力挽狂澜。林成的二弟林伟倒是在公司里闹过几次，却都被阮芷音通知保安请了出去。

林家人也不是没煽动过林菁菲，但她这回倒还算拎得清。不管林家人怎样苦口婆心，她都和那群人把关系撇得干净。

林伟等人先后被停职，阮芷音暂代了总经理的位子，顺势提拔了几

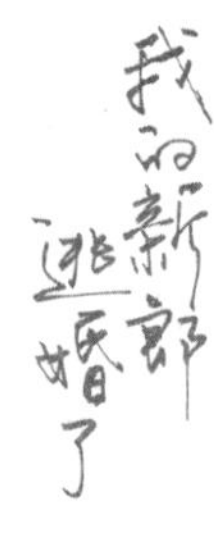

个在阮氏资历颇深的老员工。

这些人都是她父亲阮胜文在世时就已经进入阮氏工作的。

林伟到底是不死心，最后一次来公司里闹事时，阵仗颇大。

当天他带着几个身材壮硕的大汉打了保安，直接闯进了办公区，拦住了刚刚从会议室里出来的阮芷音。

“阮芷音，大哥当初还说会给你留个出路。大家都是亲戚，你真的要这样赶尽杀绝吗？”

当年阮芷音瞧着不过是个书呆子，乖巧又内向，林伟也没有把这么个小女孩放在眼里。之后那几年，他们也不曾过多为难她。

她倒好，老爷子才刚走，就直接断了林家所有人的活路。

“给我留出路？”阮芷音听到林伟的话，讥讽地笑了笑，“就你们这群人，也想给自己安一个心善的名声？”

显然，她这是对于林伟的示软没有一丝松动。

林伟见她态度如此冷硬，绷着张脸，眼神闪过狠毒之色：“好啊，你现在倒是有恃无恐，果然是养不熟的白眼狼。”

阮芷音没工夫和林伟继续玩唇枪舌剑的把戏，瞧了眼他带来的人，声音平静：“我已经报警，警察马上就到。林伟，你要是想继续闹，就只能去警局里闹了。”

像是在迎合她的话，她刚说完，几名警察就出现在了林伟等人身后。

“我可是你的长辈！”林伟的声音挺大，却已经失去了底气。

警察没有和几人废话，严肃地道：“不好意思，你们涉嫌寻衅滋事，破坏他人财物，请配合我们回警局一趟。”

林伟身形僵了下，深深瞪了阮芷音一眼，紧接着便被警察带走。

这场短暂的闹剧落幕，员工们也彻底明白公司已经变了天。

不知是不是被警察拘留后学聪明了，林伟再也没来过公司。

傅琛远接下了起诉林成的案子，而阮芷音很长一段时间都奔波在公司和律所，也没了时间和程越霖一起吃晚饭。

等到她终于空闲下来些，重新拥有周末的闲暇时光，已经是半个多月后了。

周六清晨，阮芷音健身完毕。

她刚从健身房里出来，下楼时就看到程越霖端着两碗粥走进了餐厅里。

瞥见她后，男人微扬下巴，懒洋洋地示意她："过来吃饭。"

说是吃饭，但阮芷音心里很清楚，程越霖肯定只熬了白粥。

之前她太忙，也不知道程越霖怎么就对做饭这事儿生出了兴趣。

他倒还算努力，只可惜天分不佳，做饭的本事比他当年的政治成绩还差。

主要是他没有变火候的细心和耐心。

程越霖忙活大半个月，最成功的只有熬白粥。

阮芷音走到餐厅里坐下，拿起一旁的糖罐，往白粥里加了些糖。

她还没喝几口，对面的人突然起身，去客厅的茶几上取来一份文件递给了她。

阮芷音讶异地扬眉："这是什么？"

"股份转让协议。"男人懒散地靠在椅背上，掀了下眼皮看向她。

阮芷音打开文件瞧了一眼，果然是爷爷留给他的那5%的阮氏股份。

阮老爷子留下的遗产，也是前不久才办好过户手续。

合上文件，她摇了摇头，将那份股份转让协议推给他："这些股份是爷爷给你的，还是你留着吧。"

阮芷音知道程越霖有钱，不会在意阮氏这5%的股份。但爷爷去世前很喜欢他，且他工作那么忙，还常抽空儿去探望爷爷，这也是他应得的。

程越霖见她拒绝，散漫挑眉，不咸不淡地轻笑："呵，秦玦给你30%的股份你就收，我就在意这些蝇头小利？"

男人的语气中说不出的古怪。

阮芷音握着汤勺的手倏而僵住，继而抬眸看他。

正对上程越霖那双似蕴清墨、玩世不恭的眼眸，她心下微颤，缩了缩指尖。

之前在林成面前，他不是坦荡得很吗？怎么这会儿他又开始在意起这件事了？

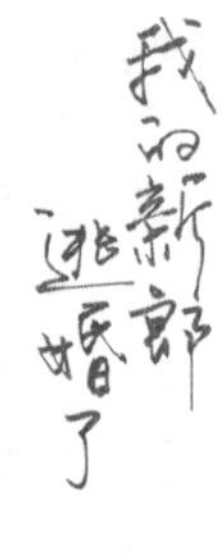

虽然不知道程越霖怎么会突然提起这事，但阮芷音还是同他解释道：“那是有原因的，T&D 创办前期，我给了秦玦一笔钱，也算是变相的投资。而且……”

“而且什么？”

他的语调淡淡的，尾音轻扬。

阮芷音微顿，继续道：“而且这 30% 是 B 股股份，只能领分红。你不是也说了，这是我们的……夫妻共同财产。”

当初领证时有些匆忙，他们并没有就财产问题签署婚前协议。

严格来说，婚后的分红收入，程越霖的确有资格享受一半。

程越霖现在许是瞧不上这些钱，但如果他需要，阮芷音也会给他。毕竟他之前也说，他们现在是……家人。

男人刚才那阵莫名其妙的情绪，似乎来得快去得也快。

阮芷音说完，程越霖轻扬下眉，漫不经心地颔首：“嗯，你知道就好。”

虽然她的拒收让他有点儿不舒坦，但她总算还对自己的已婚身份有些认知。那他姑且就不和她计较了。

程越霖轻声哂笑，又云淡风轻地转了个话题：“对了，之前说的协议延期，考虑得怎么样了？”

早在一个多月前，两人就说起过协议延期的事，但因为婚姻期限还长，之后就一直没有再提。

听到程越霖提及这茬，阮芷音抿了下唇，垂眸道：“嗯，那你想延期多久？”

喉结轻滑，他不动声色地开口：“如果都觉得相处还算愉快，也不是不可以……一直这么相处下去。”

他的嗓音中藏着不易察觉的微颤。

“嗯。”阮芷音轻轻应了一声。

声音很轻，像羽毛拂过耳畔。

程越霖微顿，眸光越发深沉，凝望而去的视线多了丝打量的意味：“阮嘤嘤，你刚说什么？”

阮芷音以为他没听清，放下汤勺，轻笑着点头：“我说，可以啊。”

潋滟明亮的凤眸中蕴着灵动，程越霖猝不及防地被这抹微笑撞得晃了心神。

于是他面色波澜不惊，缓缓低头，想要喝口粥掩饰——

可下一秒，面前的粥已经被一双细腻红润的素手轻轻挪走。

“粥凉了。”阮芷音蹙了下眉，站起身道，“你胃不好，我再去给你盛一碗。”

周一上午，阮芷音刚到公司不久，就接到了一个意料之外的电话。

许是怕她会挂断，对方匆忙直接地表明了来意，然后约她在阮氏附近的一家茶餐厅见面。

在周遭鳞次栉比的写字楼下，港式的茶餐厅闹中取静，里面放着舒缓的音乐，环境颇为典雅。

十点钟，阮芷音如约来到咖啡厅。

环顾几秒后，她径直走到一处靠窗的位置落座，放下了手包。

阮芷音望向坐在对面戴着墨镜的女人，言简意赅：“你要出手股份？”

林菁菲此时一身低调的打扮，已经在茶餐厅里等了一会儿。

她看了眼阮芷音，点点头，从包里取出一份文件：“这是股份转让协议，我已经签好了名字。”

阮芷音垂眸接过，略略翻看几页。

确实如林菁菲所说，转让方的名字都已签好，也按过了手印。

至于对方给出的价格，也很合理。

只是她不明白林菁菲为什么要转让股份。

“原因呢？”

前不久，林菁菲从林成手中拿回了被代持的 10% 股份，再加上刚刚继承的，她手中共有阮氏 15% 的股份。

阮芷音成年时，阮老爷子曾另赠了她 10% 股份，一旦林菁菲将股份转让给自己，阮芷音的持股占比将超过 50%。

这 15% 的股份她确实需要，只是阮芷音尚未明白林菁菲为什么这么做。

即便林菁菲因为私生子的事和林成闹掰，也不意味着她们的关系会

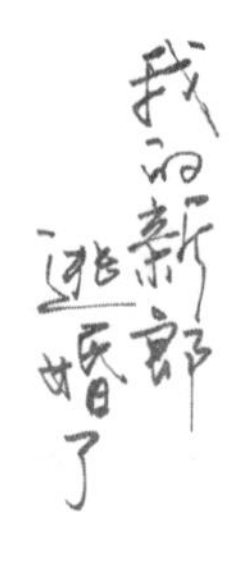

转好。

“原因？你或许不知道，秦玦帮我拿回股份的条件，就是将股份转让。”

林菁菲自嘲一笑：“他甚至不让我和你过多开价，宁愿私下另补给我。可是阮芷音，我想这个价格并不过分。”

T&D 这两年盈利颇丰，秦玦既然给了阮芷音 30% 的股份，她必然不缺这笔钱。

阮芷音闻言，蹙眉点了下头。

思虑片晌，她终是没有拒绝，淡淡道：“钱会打到你账户里。”

既然林菁菲愿意转让股份，不管原因为何，阮芷音都不会拒绝。

和秦玦的那笔账，她会另算。事实上，他们之间也确实还有些没有切割完的利益，索性一并算清。

林菁菲见她准备离开，顿了顿，终于问出了自己最想问的问题：“到了现在，你我都知道秦玦是真的爱你。既然清楚秦玦没有出轨，你为什么和他分手？”

对方的话音刚落，阮芷音静静抬眸。

她为什么和秦玦分手？

这个问题，她其实在不同阶段，心里有过不同的解答。

现在看来，最本质的问题是，她和秦玦从一开始就不合适。

当她因为秦玦年少时的帮助生了些好感的时候，就该明白他的善意包容会分给很多人。

后来听说他和林菁菲交往，她已经决定解除婚约抽身，也没想再接受秦玦的追求，可又在收到玉佛时有了动容，想要回应这份难得的心意。

不过，这段感情里她也始终有所保留。如果好聚好散，谁都怨不得谁。

然而，她实在没必要和林菁菲剖析自己的心态。

阮芷音没有回答林菁菲的问题，转而道：“我听说，秦老想让你和秦玦订婚。”

这个消息还是秦湘郁闷地发微信告诉她的。实话说，阮芷音不算意外。

林菁菲闻言，咬了下唇：“是，可他很强硬地拒绝了。”

阮芷音沉默地点头，没去评价秦玦的拒绝。她之所以问这件事，不过是因为爷爷。

思及此，她心下多了些释然，摇了摇头，最后同人告别：“林菁菲，今天过后，我们两个就没关系了。”

明面上，老爷子把大笔股份给了她。可临终前，爷爷终究还是想要给林菁菲也找好退路。

他疼爱自己，同样也疼爱林菁菲。

爷爷之所以把那 5% 的股份给林菁菲，多少也是希望她和林菁菲终有一天能够和解。

老人的愿望是好的，阮芷音并不会怨怼爷爷临终前的这种想法。

可是程越霖说过，她不必顾虑那么多。

有些时候，她也只想单纯地让自己开心一点儿。

没了爷爷这个枢纽，她和林菁菲从此就是陌生人，不会有更深的交集，她也不会去管林菁菲之后的事。

即便又回到了当初孑然一身的状态，阮芷音也会开始新的生活。

霖恒大厦，总裁办公室。

钱梵好不容易熬到饭点，来到顶层时，却看到程越霖正优哉游哉地拆着他让白博新买来的微波炉的盒子。

蹙了下眉，钱梵走到程越霖跟前，开口问道：“霖哥，我听说秦玦给了嫂子 30% 的股份，是真的吗？”

钱梵之所以会知道这件事，还是因为傅琛远接了阮芷音起诉林成的案子。

开庭那天，他去旁听，这才晓得阮芷音也是个金疙瘩。

瞧瞧他这懒散放肆的态度，就算嫂子再爱霖哥，他也得有点儿危机感啊。

程越霖头都没抬，继续看着那台微波炉的说明书，不咸不淡地应声：“嗯。”

钱梵忍不住叹了口气：“你怎么能是这个反应啊？”

“呵，那我该是什么反应？”

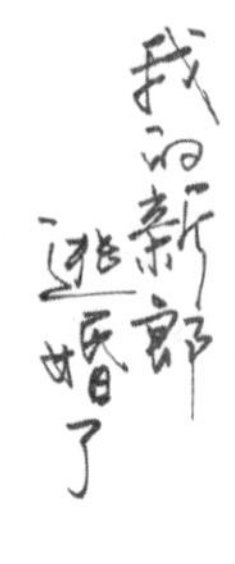

程越霖当然明白钱梵的意思，左不过是怕秦玦撬了自己的墙脚。

他轻笑一声抬头，散漫地道："知道什么叫夫妻共同财产吗？他一个给我们夫妻打工的，值得我们费心闹别扭？"

男人的态度嚣张，仿佛有恃无恐。

钱梵心想：行吧，论不要脸那还得是你。

见他都不担心，钱梵不再纠结这个话题，视线落到程越霖刚摆好的微波炉上："你怎么还加了个微波炉？"

程越霖没应声，默默把自己早上带来的三明治放进了微波炉里加热。

钱梵心下狐疑，不过也没多问。

他解开自己拎来的外卖，又走向饮水机接了两杯水，递给程越霖一杯，却见男人紧蹙眉峰，骨节分明的白皙手掌摸着水杯的壁沿，沉吟不语。

"怎么了？"钱梵盯着他道。

程越霖抿下唇："凉的。"

"对啊，凉的怎么了？"

钱梵顿感莫名其妙。这大热天的，又没生病，难不成他还要劝对方多喝热水？

微波炉传来叮的一声，程越霖放下水杯，起身姿态从容地掸了掸衣襟。

男人淡淡地瞥了钱梵一眼后，拖腔带调地开口："哦，她说我胃不好，不能喝凉的。"

钱梵心想：天哪，不就结个婚，看把你给牛的！

晚上，阮芷音在厨房里熬汤。

爷爷去世后，刘叔和陈妈婉拒了阮芷音让他们继续住在老宅里的提议，双双回了老家。

回去后，两人时常给阮芷音寄些当地的板栗和红枣过来。头两天他们还寄了几根野人参，说是让阮芷音好好补身体，令她哭笑不得。

把糯米、红枣和去了壳的板栗包进鸡肚里，阮芷音洗干净刘叔寄来的人参，在锅里倒了清水，加了勺盐，开了小火煮汤。

程越霖悠闲地坐在客厅里看着电视，时不时抬起眼皮朝厨房里瞥上一眼。

几分钟后，阮芷音从厨房里出来，瞧见电视上播了部喜剧片，和他上回看的那部还是同一个导演。

她倒了两杯水走到沙发上坐下，随意问道："你很喜欢这个导演的电影？"

"还行吧，出名的几部都看过。"

男人顺手接过她倒的温水，极淡地勾了下唇角。

阮芷音微微蹙眉："可我怎么记得，你高中的时候好像不是很喜欢《南城喜事》这种片子。"

《南城喜事》就是得了程越霖一句"无聊"评价的那部电影。

那次周末，她领着秦湘去看电影，出来时还遇到了孤零零离开的钱梵。

要知道钱梵和程越霖成日黏在一块儿，能让他抛下钱梵，想必是真的觉得片子无聊，懒得去看。

听到她的话，程越霖眼神略顿，继而收回视线，懒洋洋地道："哦，那会儿不喜欢，现在看倒是还凑合。"

当年他会那么说，还不是以为她约了秦玦一起去看电影？

结果他记着那两张电影票的场次，拉着钱梵去了电影院，才发现和她一起看电影的居然是个小孩。

毕竟他头天还在说周末去电影院看电影太无聊，散场时，觉得被她瞧见丢人，他只好先把钱梵给赶走了。

听到他的解释，阮芷音没再纠结，转而问道："你和小叔是不是认识？"

程越霖轻点下头："嗯，算是吧，怎么了？"

"政府那边我不太熟，想请小叔回来帮我，你觉得他会同意吗？"

林家人虽然解决得差不多了，但阮芷音忙着北城的项目，还有很多待处理的事，她现在分身乏术。

她知道父亲去世前季奕钧曾在阮氏工作过，而且对方现在只有些私人投资，算得上空闲，这才想着请他回来帮忙。

"怎么，想让我给你出主意？"程越霖侧首看她，嘴角噙着懒散的

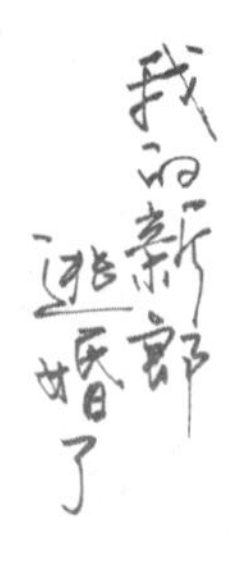

笑意。

阮芷音点了点头，片晌又道：“厨房里炖了人参鸡汤。”

她有求于人，又知道他喜欢喝汤，这也算是投其所好了。

程越霖悠闲又无奈地摇了摇头，她还真把他当成吃货了。

“其实老爷子不在了，他又那么闲，你摆出诚意，他应该不会拒绝，季奕钧唯一的顾虑是你会多想。”

细论起来，季奕钧倒还算是个像样的长辈，不然当年也不会把杨雪那几个人赶出岚桥。

她如果能把对人的包袱放下，哪儿还用得着他来提醒？

闻到厨房里飘出的香气，程越霖轻笑着看向她，声音云淡风轻：“不过有这鸡汤也挺好，明天可以带点儿去公司。”

话毕，他瞟她一眼，又忍不住提醒了句：“哦，我现在让白博买了个微波炉放在办公室里。”

所以说，阮芷音要是怕他饿，以后可以经常给他带些汤汤水水。

状似漫不经心地说完，程越霖见她突然蹙了下眉，略有踟蹰。

顿了顿，他缓缓放下搭在沙发上的手臂，皱眉问道：“怎么了？”

“你明天……很忙吗？”她语含试探之意。

程越霖没答，淡淡道：“你有事？”

阮芷音淡淡地摇头：“没什么，你忙的话，明天不用去接我。”

程越霖见她似有回避之意，蕴着探究的眼神直直地看向她，薄唇翕动：“你和人约了逛街？”

“不是。”话毕，阮芷音见他还要追问，敛下眼眸，放低了声音，“是……要去扫墓。”

明天是阮胜文夫妇的忌日。

在岚桥每一年的这一天，阮芷音都会放下手头的事情，去溪山给父母扫墓。

以前她都是和爷爷一起去，林成也会装装样子过去，可现在只剩下她。

阮芷音刚才有过一瞬的想法，可是很快就掠过。似乎她也没什么立场要求程越霖陪自己去扫墓。

思及此，她心底升起些惝恍之情。

她把情绪压下，刚要起身，背后突然传来男人那云淡风轻的声音："嗯，知道了，我陪你去。"

阮芷音睁大眼眸，回头看他。

程越霖哂然一笑，轻扬剑眉："我刚想了想，鸡汤留着回家喝也一样。"

话音落地，他又无奈地轻轻拍了一下她的头，眼眸深沉如墨，缓缓道："以后有事呢，不要藏着掖着，懂？"

阮芷音微怔，笑着应了声："嗯。"

周四，两人没有上班。

司机一早来接了二人，将车开往墓园。

阮胜文夫妇已经去世十多年，两人合葬在城南的溪山老墓园里。

宾利停在山脚的墓园入口，程越霖从后备厢里取出提前订好的几束木槿花，和阮芷音一道慢慢地朝着山上走去。

清晨的阳光不算太烈，昨天刚下过一场细雨，风中飘荡着氤氲的水雾，还能闻到清新的泥土气息。

走到半山腰，两人碰到领着孩子同来扫墓的一家三口，与他们擦肩而过。

许是走得太累了，天真烂漫的孩子正扬着稚嫩的脸庞朝着父母撒娇。

瞧着几人渐渐远去的背影，阮芷音默默地停住了脚步，神情愣怔。

待人走得远了些，她才回过神来，摇头轻笑道："以前我总觉得别人都有这么爱自己的父母，很羡慕。"

她被拐卖时还不到四岁，对于父母的印象，阮芷音是极其朦胧的。

她的记忆中仿佛有个像是母亲形象的人，声音十分温柔。

在社会福利院时，为了分担院长的压力，年纪大些的孩子要很快地学会照顾新来的弟弟妹妹，成熟得很快。

一直回到了阮家，她也没能再见父母一面，更别提和父母撒娇。

被人捧在手心里宠爱的日子，在阮芷音有限的记忆中，并没有经历过。

可她看过那间父母给她置办的房间，里面的每一样东西都十足

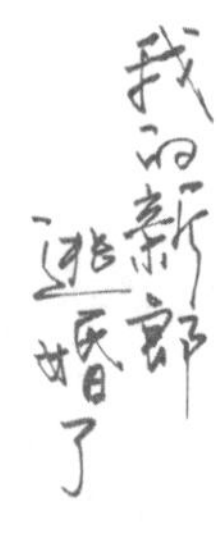

用心。

阮胜文夫妇一定很爱她，所以才会坚持寻找了她那么多年。他们为了不让她回来时难过，甚至没有考虑过再要一个孩子。

程越霖凝望着她怅惘的眼神，牵过她的手，轻笑着安抚："不必羡慕别人，你也有。"

阮芷音愣了愣，长舒一口气，垂下眼眸点头道："是啊，我也有。"

虽然阮胜文夫妇不在了，但她相信，如果他们还在，也会像其他的父母一样，无条件地爱着自己。

两个人终于走到熟悉的墓碑前，程越霖将木槿花递给阮芷音。

照片上的两张容颜很是年轻。

男人斯文端正，却不失帅气。女人眉眼含笑，温婉可人，五官和阮芷音有些相似。

阮芷音放下怀中的木槿花，沉默地掏出手帕，轻轻擦去墓碑上的灰尘。

程越霖长身玉立，静静地伫立在她身畔。他沉默地站了会儿，知道她或许有话想说，稍稍走远了些，把空间独留给她。

男人一走，她的身边瞬时空了下来。

其实阮芷音要说的话不多，以往她每次过来，也都只是简单地说上一句"过得很好，不必担心"。

她想了想最近发生的事，轻声交代道："爸，妈。爷爷上个月去世了，和奶奶葬在一起。

"老宅空了下来，我给了刘叔、陈妈一笔钱，让他们俩回老家好好养老。

"刚才的那个男人叫程越霖，是我高中同学，我现在也算……结婚了。总之，我过得很好，你们不必担心。"

她说完这些，像是已经没了其他事情可说。默默地停了一会儿，她最后补了句："嗯，等到了明年，应该还能……跟他一起来看望你们。"

阮芷音缓缓地摸了下墓碑上的照片，终是站起身，朝着不远处的男人走去。

程越霖低头打量她的神情，见还算平静，松了口气问："说完了？"

“嗯。”阮芷音点了点头。

“行，那走吧。”男人话音刚落，瞥见她怀里的花束，蹙了下眉，淡淡道，“怎么还多拿了两束花？”

她订了四束木槿，程越霖原本认为是给阮胜文夫妇两人的，可墓碑前最后只留了两束。

阮芷音没有答话，眼眸含笑地看向他，喊了声：“程越霖。”

“嗯？”

“我们再去一个地方吧。”

十分钟后，两人在墓园里绕了一圈，站在了另一方墓碑前。

墓碑上的名字，他们都很熟悉。上面写的是程越霖的父亲——程逢生。

严格来说，程父算是个有些自负的人。他做生意的眼光精准独到，早年发家后便一路顺风顺水。

程逢生的人生只遭受过那一次挫折，却直接被判了十余年的牢狱之灾。

入狱第三年，他终是无法承受遭人算计家财散尽的事实，在狱中自尽身亡。

这些都是外人对程逢生的评述。

对于程越霖来说，虽然和父亲的关系有些紧张，但程逢生仍然是个深爱儿子、唯独不善言辞的好父亲。

而阮芷音对程逢生的印象仍停留在对方站在学校办公室里，握着她的手不停道着谢的那幕，他是个和蔼的长辈。

她犹记得当初听说程逢生入狱时的心情，有些唏嘘，却又无能为力。

阮芷音瞥了眼身旁沉默着的男人，放下怀中的那两束花。

她顿了顿，开口道：“我想着，总归是要过来，也该陪你看看程叔叔。”

程越霖从未跟她提过父亲的事，但阮芷音知道程逢生在他心里的地位。

这些年，他应该过得并不容易。

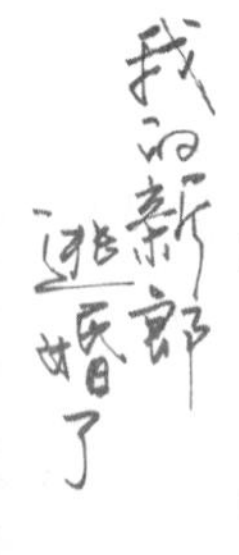

既然程越霖愿意陪她过来扫墓，她也想为他做些什么。至少向他表明，她其实也愿意……当他的家人。

他们俩都是形单影只的人。

看着她俯身清去墓旁的杂草，沉默许久的程越霖突然出声：“阮嘤嘤。”

阮芷音抬眸看他：“怎么了？”

“能不能……给我抱一会儿？”

男人的声音低哑发涩。

阮芷音怔然片刻，点了点头：“嗯。”

程越霖笑了笑，拽着她的手臂，将她揽入怀中，下巴搭在她的颈窝上。

落在腰间的手臂很有力，良久，阮芷音听到男人有些闷沉的声音：“阮嘤嘤，我们就这么凑合下去，是不是也挺好？”

还未来得及辨明心底闪过的异样情绪，阮芷音已经听到自己低声的回答。

“嗯，是……挺好的。”

周五，因为程越霖晚上有应酬，所以阮芷音没有让司机再绕路来接她。

临近下班时，她索性约了叶妍初一起去逛商场。

又到周末，步行街上人头攒动，隆兴广场里也还算热闹。

两人刚逛完一家女装店，兴致不高的叶妍初郁闷地叹了口气，向阮芷音倾诉自己最近遭遇的困境。

“音音，我姑妈居然真的要给我介绍相亲对象，这也太恐怖了。”

叶妍初的姑妈在大学里当老师，平素最热衷于给年轻人牵线当红娘，当初还打听过阮芷音，听说她有婚约后才作罢。

看着满脸愁云的叶妍初，阮芷音笑了笑：“既然如此，你不如自己谈个恋爱？”

“可是……我谈不了恋爱。”叶妍初叹了口气，顿了顿道，“我觉得，我是恐惧恋爱，更不要提结婚了。”

阮芷音微蹙秀眉，颇为意外："为什么？叶叔叔和阿姨的感情不是很好吗？"

她一直以为，只有她这种情感缺失的人，才会害怕和人建立太亲密的关系。

可是，叶妍初的家庭非常幸福。叶父和叶母情比金坚，感情不是一般的融洽。他们对唯一的女儿，当然也很疼爱。

"大概就是因为他们感情太好，所以更害怕了吧？"

叶妍初的声音沉闷："音音，别提买彩票了，从小到大，我连喝饮料都没碰到过再来一瓶的时候。

"你说像我爸这样的男人，打着灯笼都找不到第二个，我怎么可能走狗屎运遇上？而且我总是很怕那种……尝试性的开始。

"尝试后，对方不如我爸，我肯定没办法接受，所以……"

见她欲言又止，阮芷音微微挑眉："所以什么？"

"所以很有可能，我要孤独终老了。"

叶妍初认命地结束这个话题，这才发现两人已经走进了一家男装店。

她颇为疑惑地瞧了眼阮芷音："我们怎么来逛男装了？"

阮芷音闻言，微怔。

是啊，她们怎么就进了男装店？

她垂眸想了想，好像是因为觉得摆在门口的那件大衣很适合程越霖，不知不觉就走了进来。

意识到这一点时，阮芷音心下恍神。

因为听了赵冰的话，她知道程越霖愿意和她一直相处下去大概是有原因的。

如果可以，阮芷音也愿意继续现在的生活，把他当作家人相处。

程越霖帮了她很多，她也开始接受程越霖成为自己的家人。

当这个念头形成，仿佛就有一根绳无声无息地将两人连在了一起。

做饭时，阮芷音会考虑到他不爱吃姜；逛街时，会注意到适合他的东西。

这种微妙的感觉，她尚未厘清。

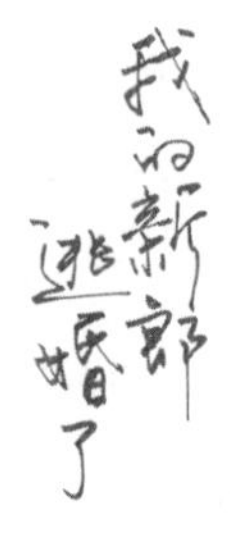

晚上九点，阮芷音和叶妍初逛完了街，打车回到别墅。

阮芷音摁下指纹锁进门，周遭仍是漆黑一片，偌大的别墅里安静而空荡。

显然，程越霖还没有回来。

两人合住之后，这还是他第一次应酬到这么晚，阮芷音一时不太习惯。

她打开灯，放下手中的购物袋，换过鞋后走到沙发上坐下，没急着回房。

想了想，她又取了笔记本电脑出来，坐回客厅里，查看康雨晚上发来的文件。

阮芷音忙完了工作，已经不知过了多久。然而，程越霖还没有回来。

阮芷音正犹豫着要不要给他打个电话，一片静谧中，敲门声突然响起。

合上笔记本，她走到门口开门。

昏暗的门灯下，白博搀扶着程越霖。

男人靠在白博的臂膀上，眼神迷离，身形不稳，浑身都是酒气。

看到阮芷音似有不悦地皱眉，白博连忙道："太太，不好意思，程总晚上喝多了，这会儿还不太清醒。"

阮芷音轻嗯一声，礼貌地点头，从白博手中扶过程越霖："麻烦你了白博，时间不早了，赶紧回去吧。"

白博瞥了眼一身醉态的老板，松了口气，紧接着便道别离去。

关上门，阮芷音搀着程越霖上楼。

这还是她第一次看到程越霖醉成这个样子，身上那股酒气很冲。

坦白说，刚看到程越霖被白博扶着，醉得不省人事，她才发觉自己并不喜欢他喝成这样。

她也不知道怎么就出现了这种约束别人的心态。

阮芷音勉强把人拖进了房间。

她正要把他扶到床上，宿醉的男人像是突然有了几分清醒，搭在一旁的手臂想要寻找支撑点，揽住了她的腰。

阮芷音没有准备，脚下踉跄，下一秒，两人一起跌倒在床上。

她深陷在柔软的床榻上，他温热的手掌仍然禁锢在她的腰间，温度隔着轻薄的衣料传到肌肤间。

两人紧紧贴着，距离太近，暧昧的姿势让阮芷音的身形突然有些紧绷。

她抬眸对上程越霖的视线，却见他微闭醉眸，耷拉着眼睑，那双迷离的桃花眼上像是蒙上了层水雾。

冷白的肤色染了酡红，退去了几分清冷，显得自然了不少。他的两道眉峰挺直，薄唇翕动，她能感受到喷在额间的温热气息。

男人的轮廓隐在昏暗的光线中，额前的碎发贴着眉，他用惺忪的眼眸就这么安安静静地看着她。

愣怔少顷，阮芷音鬼使神差地伸出手，指腹轻轻抚过他微凉的薄唇，触感软得不可思议。

意识到自己做了什么后，她猛地缩回指尖，挣开了对方没有什么力气的手臂。

慌乱站起身后，她望着安静地躺在那儿的人，懊恼地叹了口气，转身离开房间。

片晌，寂静的黑暗中，男人身影微动，缓缓地睁开了双眼。

他凝望着她慌忙离去的方向，摇头哂笑，眼神不可捉摸。

一分钟后，阮芷音回到房间里，思绪却仍停留在刚刚的那幕。

不知是不是太过心虚，懊恼过后，她又突然回忆起上次撞见程越霖洗澡时，对方那番理直气壮的控诉。

顷刻间，她的脑海中像是已经响起了男人那道吊儿郎当的声音：“阮芷音，没看出来，你还真的对我心怀不轨？”

阮芷音承认程越霖那张脸长得好看，可是以往她也就是单纯地欣赏，刚才怎么就……见色起意了呢？

无奈地扶了下额，她愣神坐在床上，静静沉思了好一会儿。

然后，她长舒了一口气，认命地拿起手机，在微信群里发送了一条消息：“你们说，如果我发现自己喜欢上了程越霖，去追他的话，有可能成功吗？”

时间已经太晚，发完了消息，阮芷音等了二十分钟都没有等到顾琳

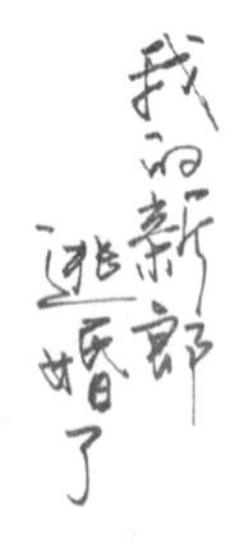

琅和叶妍初的回复。

阮芷音握着手机心烦意乱地躺在床上，没多久，她终究还是熬不下去，带着那点儿心思沉沉睡去。

第二天，阮芷音醒得很早。

经过了一夜的冷静，她不得不承认自己对程越霖见色起意的事实，但也决心克制住自己。

至少在得到对方允许前，她不会再做出越矩的行为。

想到程越霖昨晚宿醉，阮芷音洗漱完下楼，从冰箱里取了点儿金橘，给他做了碗醒酒茶。

从厨房里出来时，程越霖穿着宽松舒适的T恤和运动裤，踏着徐徐的步子从二楼走下。

男人似乎刚冲过澡，短短的头发看上去只是简单地擦过，上面还凝着水汽，在晨间的阳光映照下熠熠生辉。

程越霖换下平日衣冠楚楚的西装后，他的身上冷漠成熟的气息淡了些，平添了几分俊朗，精瘦结实中带着朝气。

视线落在他那张足够俊美的脸上，阮芷音心底那份见色起意的罪恶感稍稍减轻了些。

待人走近后，她抿唇出声："我给你熬了杯醒酒茶，你先喝了吧。"

程越霖轻轻地点下头，拿起餐桌上那杯醒酒茶一饮而尽，又漫不经心地道："我昨晚喝醉了，没给你添麻烦吧？"

男人低垂着眼睑，没什么表情，仿佛只是随口一问。

阮芷音却顿生一阵心虚，忙道："没有啊。"

程越霖轻嗯了声，放下水杯落座。

身子微靠在椅背上，他耷拉着眼皮瞧她一眼，淡淡开口："那……我没做什么吧？"

"你都醉成那样了，能做什么？"

想到他昨晚醉眸惺忪安静地望着自己的模样，阮芷音忍不住笑了笑。

程越霖扬了下眉，含着探究的眼神对上她："我怎么听着，你好像挺失望？”

阮芷音顿了顿，低下眼帘：“我有什么可失望的？……”

她不动声色地把早餐端上桌，是简单的吐司荷包蛋和小米粥。

程越霖眼眸微转，而后收回视线，端起她放在面前的粥，没再多问。

两人默默地吃起了早餐。餐厅里安静了下来。

许是还在心虚地想着事情，这顿早餐阮芷音吃得很慢。

程越霖独自吃完了早餐，伸手抽了张纸巾，慢条斯理地擦了下嘴角。

停了一会儿，他状似不经意地开口：“对了，忘了告诉你，我之前在主卧里装了个摄像头。”

话音刚落，阮芷音夹着吐司的手瞬间僵住，她倏然抬眸：“你在家里装摄像头居然不告诉我？”

如果他在主卧里装了摄像头，那他醒来后有没有去看昨晚的录像？

虽然严格来说她也没做什么，但以程越霖这种吹毛求疵的性子，他如果发现了昨晚的一幕，说不定就要问她要个公道。

她默默地在心里忖量着补救的措施，而程越霖仍旧声音悠闲地解释着：“放心，只有我卧室和书房里有，影响不到你。上次不是你说保险柜容易遭偷，这是我合理保护自己财产的手段。”

她上次发现程越霖把那么多家底放在书房的保险柜里，阮芷音就随口说了句让他加强下防盗手段，免得被贼惦记上。

可她怎么也没想到，程越霖居然会在卧室里也装了摄像头。难不成他的房间里是有什么宝贝吗？

“就算影响不到我，你也总该知会我一声吧？”阮芷音小声嘟囔了句。

哪里就影响不到她了？要是知道主卧里被他装了摄像头，她昨天晚上应当还是会克制住自己的冲动的。可是这话她又不能告诉他。

程越霖散漫地哂笑，轻声道：“阮嘤嘤，你这么在意，难不成是昨晚……你对我做了什么？”

男人墨黑的眼眸中仿佛藏了抹睿智之色，他淡淡望了过来。

气氛有些诡异，阮芷音指尖微动，继而蹙眉摇头：“怎么可能？！”

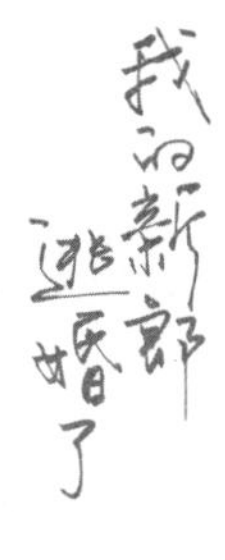

“哦？真的没有？”

“没有。”

程越霖缄默着打量了她几眼，终是放弃追问，摇头笑道：“呵，逗你玩的，我房间里没装摄像头。”

阮芷音心想：差点儿就真的被他诈出来了。

“对了，我昨天逛街的时候给你买了件大衣。”她顺势转移了话题，“不清楚你的尺寸，估摸着买的，你去试试，不合适的话我下午去换。”

她下午约了顾琳琅和叶妍初在商业街附近的咖啡馆见面，离隆兴广场很近，可以顺道过去。

程越霖瞥见客厅里的购物袋，挑了下眉看她：“你会不清楚我的尺寸？”

她怎么会知道他的尺寸？

阮芷音迷惑地抬眸，就听见他懒洋洋地开腔：“不久前，你不是亲手抱过吗？”

“我……”阮芷音被他盯得心头微颤，叹了口气，“我哪儿有？”

昨晚她还没抱上就及时寻回了理智，现在就算起了贼心，在他同意之前，她也会好好克制住。

程越霖默默地将她的神态收入眼中，挑眉轻笑，修长的指节轻轻晃了下：“就上次，在客厅那儿抱着我哭。”

原来他说的是爷爷去世那晚。

“哦，那时候没注意。”

阮芷音松了口气，继而又想到了那天他安慰她时说过的话。

这么想想，程越霖对她其实也是有些亲近的，她应该不是毫无机会。

程越霖端视着她细微的表情，嘴角勾起淡淡的弧度，眼神不露声色。

片晌，他潇洒起身：“成，我去试试。”

事实证明，阮芷音挑衣服的眼光还是不错的，那件大衣非常合身，也很衬程越霖的气质。

于是自然没了换货的必要。

下午，阮芷音化了淡妆，换上件清凉的薄裙出了门。

到了和闺密们约好的咖啡馆后，她立刻遭受到其余两人震惊的拷问。

“音音，你究竟是什么时候喜欢上程越霖的？！”

毕竟她们昨天才刚见过面。

早晨看到消息后，叶妍初百思不得其解，阮芷音为什么会一夜之间起了追求程越霖的心思。

阮芷音也有几分赧然，握着咖啡杯，轻轻蹙眉：“我也不知道，就是突然发现……自己面对他时的心态变了。”

一开始，她只是想跟程越霖客气地好好相处，可是现在，似乎已经并不满足于那种“好好相处”的状态。

不知不觉间，阮芷音对他放下了防线。

然后她又不幸地察觉到……自己居然也会对一个人见色起意。

对这种感觉，阮芷音也是陌生的。

叶妍初闻言，目光中透着疑惑之色：“那你现在面对程越霖那个臭脾气，就一点儿也不生气？”

她知道，高中时阮芷音总是烦恼于程越霖的无赖脾气，经常被对方气到。

“还是会啊。”阮芷音笑着点头，继而道，“但是生气之余，偶尔也会觉得……他的吹毛求疵还挺可爱的。”

她曾经觉得自己对秦玦抱有好感，喜欢对方，但也从未想过主动追求，甚至连交往后的相处都多了几分客气。

两人都维持着矜持的教养，从不会面红耳赤，平淡中没有激烈的波澜。

可是程越霖不一样，阮芷音觉得两人的相处自然也生动。

她有被他气到，被迫放下矜持同他斗嘴的时候，也有察觉到他优点的瞬间。

每每回想起那些瞬间，她就非常想要和他一直这么相处下去。

思及此，阮芷音舒了口气：“他虽然傲气，但也很尊重我。就算有时候较真，也绝不会越过我的底线。”

瞧见阮芷音的神态，叶妍初频频摇头：“完蛋了，完蛋了，我看你这婚是离不了了。

“唉，还记得上次琳琅的时装秀上，赵冰说程越霖大概会让你一直

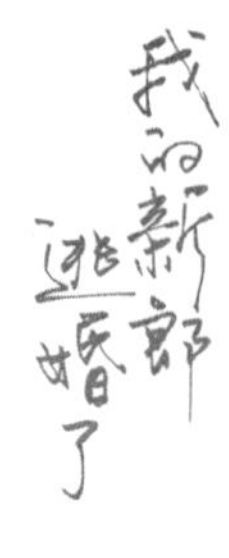

当着程太太，他应该也不会主动离婚的。”

眼见着好友被程越霖引诱走，叶妍初不得不面对她成为孤家寡人的事实。

听完阮芷音的叙述，沉默许久的顾琳琅笑着开口：“只要你日子过得舒心，其他的都无所谓，一直这么下去也挺好。”

以前她总觉得，阮芷音能为秦玦做那么多事，应该是很喜欢秦玦的。

阮芷音从未因秦玦犹豫过什么，现在却为程越霖踟蹰不前，还真是少见。

顾琳琅能明白她的心态，真正接受一个人，不仅是接受对方成为爱人，还要把对方当成相伴一生的家人。

“是啊，我也是这么想的。”阮芷音轻点下头，“以前觉得我和程越霖身边都没亲人，把彼此当家人，也挺好的。”

“可是现在……”

“现在怎么了？”叶妍初追问道。

阮芷音笑了笑，无奈地耸肩：“好像一不小心，贪图起他的美色了。”

叶妍初叹口气，终是拍着她的肩膀鼓励道：“没事，音音。程越霖那张脸，咱不丢人，想上就上。”

“可万一要是失败了，是不是会很尴尬？”阮芷音尚有些彷徨。

叶妍初沉吟片刻，抬了抬眉，笑着道：“不怕，那你就……先试探试探。”

金煌会所的包间里，歌声缭绕。

撺掇多次，钱梵终于趁着阮芷音不在家的时间，把程越霖约了出来。

“霖哥，你干吗坐那么远？”

钱梵刚唱完一首歌，回头就看见原本挨着他的程越霖，此刻已经独坐到了沙发的尽头，默默地刷着手机。

听到钱梵的话，程越霖轻蹙眉峰，望向他的眼神中似有嫌弃之意：“一身的烟味。”

一旁的任怀见状看不下去，放下话筒轻哼道："你结了婚要遭人管，也不能逼着我们全戒烟不是？"

任怀和翁子实都是程越霖大学时的舍友，加上傅琛远，四人在一个屋檐下度过了三年。

要说程越霖的臭脾气，一开始还真没人能受得了。可相处久了，他们发现了程越霖从不直言的仗义，关系也融洽不少。

毕业后，任怀和翁子实合办了家主研人工智能的科技公司，程越霖亦有参股，这些年发展得也算有声有色。

钱梵是霖恒的股东，傅琛远是霖恒的外聘法务顾问，这两人好歹都能借着工作的机会见着程越霖。

可任怀和翁子实就不一样了，打从程越霖结了婚，就没见过对方几面。

程越霖突然之间娶了个媳妇揣着当宝贝，还成天在朋友圈里发三餐照片秀恩爱，谁能受得了？

任怀觉得，以他这秀恩爱的方式，钱梵这段时间一定过得十分悲惨。

许是见有人帮腔，被压榨许久的钱梵也顿时多了些底气，笑着放下酒杯。

"烟味怎么了？说了让你领嫂子过来你也不带，你要是哪天把嫂子领来，那我就跟着你戒烟。"

每次他这么说，程越霖都会找些理由出来回避，所以钱梵才会这么有恃无恐。

放完狠话，钱梵本以为这回也是被拒，可谁知男人轻轻点了一下头，淡淡地来了句："嗯，可能快了。"

钱梵愣了愣："啥叫可能快了？"

程越霖没回他的话，像是想起了什么，皱眉问道："你觉得这等久了的礼物是早点儿拆好，还是晚点儿拆好？"

"那当然是早点儿拆了。"

好东西还留着干啥？

"拆得太快，容易把人吓跑。"

钱梵紧蹙眉心，轻啧着挠了下头："霖哥，你说的这话我怎么听不

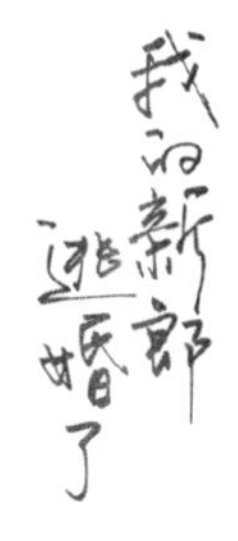

太懂呢？”

“呵，听不懂？”程越霖挑眉看他，散漫开腔，“我呢，是怕有人心疼我。”

言毕，男人的视线无声下移，落在钱梵的腿边。紧接着，他不悦地拧起眉峰，而后推了钱梵一把。

钱梵身子一歪，不明就里地转过头去：“霖哥，你推我干啥？”

程越霖将修长的指节轻点在大衣侧边的那道痕迹上，紧紧抿起薄唇：“看不见？给我坐出褶了。”

钱梵觉得很荒唐：“不就是一件衣服吗？”

究竟有什么好显摆的？

钱梵撇下嘴，拿起手机看了眼时间，轻声嗤笑：“程总，这都八点了，你还不赶紧收拾收拾回家？”

这人上回聚会好歹还喝两口酒，今天却一直沉默地愣神，干脆别搁这儿碍人眼了。

钱梵觉得他能忍受程越霖这狗脾气二十多年，靠的都是优秀的涵养。可饶是他涵养够好，现在也忍不下去了！

你看看这男人一天天的行为，都是人能干出来的事吗？！

程越霖听见他的话，倒也不恼，站起身淡淡地点头：“嗯，那我回了。”

他现在还揣着别的心思，确实没什么工夫陪着他们闲谈。

阮芷音和好友作别回到家时，客厅的灯是亮着的。

虽然客厅里没人，但她知道程越霖应当已经回来了。

上楼换了身家居服，阮芷音走进厨房里，把从超市买来的柠檬和甜梨清洗干净，想要熬点儿柠檬梨水。

程越霖平日的应酬多，别人有意敬酒讨好，难免会有些不得不喝酒的场面。

她知道他每次喝完酒，第二天喉咙都会涩哑，这才想要熬点儿柠檬梨水备着。

按照叶妍初的说法，这叫作在细节中潜移默化地感化对方。

俗话说得好，近水楼台先得月。既然她和程越霖住在一起，正好便宜行事。

她熬柠檬梨水时得仔细瞧着火候，稍不注意就会黏锅煳掉。

阮芷音站了一个多小时，看着那一小锅柠檬梨水逐渐变得黏稠，终于关火。

她抬手去取架子上的玻璃罐时，站了太久的酸痛感传来，手指一颤，架子上装着红枣和板栗的瓶子也跟着倒了下来。

眼见着瓶子就要砸上手臂，阮芷音避无可避，只能选择护住旁边的玻璃罐。

然而，她预料中的痛感并没有出现。

沉重的瓶子亦没有改变方向，径直砸到了突然出现的手掌上，又啪的一声碎在地上。

她转过头，程越霖正抿唇看着她，清澈的眸底沉得发黑。

阮芷音紧紧蹙起眉心，回神后连忙问道："你手没事吧？"

程越霖轻握下拳，摇头道："没事。"

阮芷音松了口气，又去看厨房地板上的一片狼藉。

原本装着刘叔寄来的红枣和板栗的玻璃瓶，此时却已经碎得七零八碎。

程越霖瞥见她望着碎片的视线，按住她的手腕："我来。"

男人先将那些碎玻璃清理干净，又跟她一起把红枣和板栗装进干净的纸箱中。

打扫完"战场"，他瞧了眼煤气灶上的陶锅，淡淡道："都这么晚了，怎么还在厨房里熬东西？"

发现她回来后，程越霖没多久就下了楼。可她一直待在厨房里忙活，都没走出去过。

中途他路过厨房好几次，她站在那儿愣神，也不知道在想什么。

听见程越霖的话，阮芷音这才想起锅里的东西，赶紧取了两个个头不大的玻璃罐，把熬好的柠檬梨水装进去。

"熬的是柠檬梨水，润嗓的。你每次喝完酒嗓子就哑，可以带去公司一罐。"

程越霖深深地看她一眼，喉结微滑，轻轻摩挲了几下指腹。

悄然勾起嘴角，他顿了好久，才轻描淡写地道了句："嗯，谢谢。"

阮芷音略顿搅拌着梨水的手，垂下眼帘，继而摇了摇头："其实你

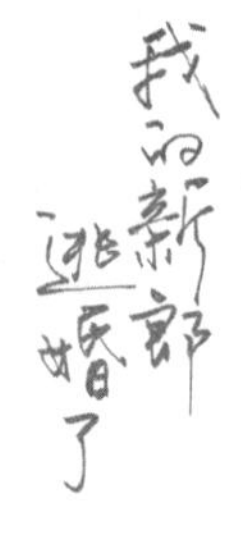
也……不用跟我说谢谢。”

他都不让自己说谢谢，现在听他道谢，好像也挺奇怪的。

程越霖接过她递来的玻璃罐，挑了下眉，散漫地轻笑：“嗯，知道了。”

她总算是开了点儿窍了。

半小时后，客厅的灯灭了，两人各自回到卧室里。主卧和次卧中间，隔着一堵不算太厚的墙。

阮芷音洗漱完，从浴室里出来。

她躺到床上后，掏出手机，点开了程越霖的朋友圈。

他的朋友圈非常简单，永远只有生活中琐碎的照片，没有任何配文。

最新的两张照片，是今天早上的荷包蛋和她买的那件大衣的包装。

虽然她知道程越霖不过是在简单地记录生活，但翻看着朋友圈的这些照片，似乎每一张都有她的参与。

哪怕只是同住下的巧合，阮芷音也莫名生出一种隐秘的喜悦感。

想到叶妍初的话，她花了几分钟的工夫，给程越霖朋友圈的每条动态点了赞。

做完这一切后，阮芷音又点开和他的对话框，编辑了两条消息发送——

“睡觉时小心些，别压到手。”

“晚安。”

阮芷音回顾她和程越霖的微信对话，除了最开始给他发过去的几条表情包，剩下的都是他接她下班时发过来的“到了”“下楼”。

这些对话冷冰冰的，没有半点儿浪漫的情调。

叶妍初最近买了几本恋爱宝典，她说恋爱开始的关键，是制造暧昧的氛围。

而每天道早安和晚安，则是制造暧昧的必备伎俩。

发完了消息，阮芷音正准备关掉手机睡觉，却看见对话框上方突然显示出“对方正在输入”。

抱着手机足足等了十分钟，她才收到程越霖简短的消息。

“嗯，晚安。”

只比她的“晚安”多了一个字。

阮芷音点了下对话框，思索了好久，还是把程越霖这条消息当成了礼貌的回复，遂放下手机，沉沉睡去。

而一墙之隔的另一边。程越霖正襟危坐在床边，蹙眉凝望着屏幕上的“对方正在输入”，久久无言。

躺上床时，瞧见右手背部的红印，静静抿了下唇，他又换了只手握着手机，把红肿的手臂搭在了旁边的枕头上。

程越霖一夜无眠。

翌日，阮芷音洗漱完走出房间，迎面便撞上了刚从隔壁出来的程越霖。

与以往西装革履的整洁形象相比，男人今天有些不太一样。

他将西装外套搭在结实的臂弯上，领带凌乱地垂于胸前，白净的衬衣解了两颗扣，领口微敞着，隐约露出净白的锁骨。

他的气质介于斯文和痞气之间，似有似无地诱着人移不开视线。

瞥见她后，程越霖扬了下眉，姿态闲散地靠在门边，漫不经心地道了句：“手没劲，会系领带吗？”

阮芷音将视线落在他红肿的手背上，抿起唇线，继而摇了摇头：“不太会。”

男人微哂：“嗯，我教你。”

对阮芷音来说，系领带倒是不难学。但程越霖说的教她，其实也没有什么用。

两人磨磨蹭蹭到最后，阮芷音还是跟着网上的视频演示才系好了领带。

她将领带推上去的一刻，程越霖微微低了下头，霎时间，两人靠得很近。

阮芷音下意识地抬眸，撞进了男人那双黑沉的眼眸中。

他挺直的眉峰愈显立体，鼻高唇薄，距离将他俊美的五官勾勒得格外清晰。

据说男女之间最初的试探，来自眼神的对视。

阮芷音背靠在门边，男人近在咫尺，俯身凝望着她。

在这个静谧而长久的对视中，她不由自主地屏息，微微蜷缩指尖，仿佛连周遭的空气都静止了。

片晌，阮芷音听到了程越霖那吊儿郎当的腔调：“怎么，阮嘤嘤，

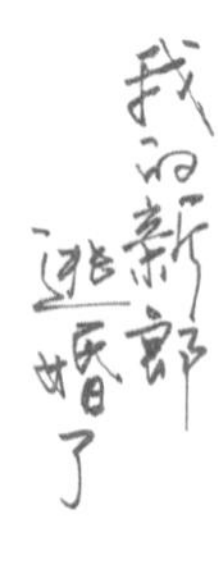

我就这么好看？”

他在心里补了一句：我居然都让你……看呆了。

他漆黑的眸子中噙着懒散的笑意，程越霖见她不答，继而道：“你上次说女人也会欣赏男人，所以这些人中也包括你？”

男人散漫的眼神中，带了抹审视的意味。他仿佛直接看透了她心底的想法，使她无所遁形。

阮芷音视线下移，落在他轻轻颤动的喉结上，心底的那股蠢蠢欲动又冒了上来。

再次移开飘散的视线，瞥见他眼底的青黑后，她终于找到缓解尴尬的话题。

“你……昨晚没睡好吗？”

男人淡淡垂眸：“嗯。”

“为什么？”

“呵，你说呢？”

“我怎么会知道？”

“不知道？”程越霖轻挑下眉，拍了拍她的头，懒洋洋地道，“阮嘤嘤，要是想不通的话，那就……慢慢想。”

他知道阮芷音或许起了些心思，但那恐怕还不够。

只是程越霖怕太着急了，会吓到她。他是等了很久，但还不想她背负着太大的压力开始他们的关系。

所以他想还是再等等吧。

第八章

黑猫和白猫

周末转瞬而过。

追人的行动还未深入落实，到了公司，阮芷音又回到了工作的状态。

她正式卸下了暂代的总经理职位，把它交给了在她劝说下重回阮氏的季奕钧。

术业有专攻，阮芷音清楚自己并不擅长阮氏的主营业务。这也是她当初选择留在 T&D，而不是急于回国的原因之一。

将林家人清出公司后，她便想过独立开辟新业务的想法，但这个想法还未成形，只好继续担着北城项目的工作。

康雨本要和项彬一起去霖恒和仲总监对接北城项目第二批注资的事项。

可中午吃饭时，阮芷音见康雨面色发白，额间流下虚汗，才知道她感冒了，便强行让她休病假。

下午，阮芷音思虑再三，还是和项彬一道去了趟霖恒。

不算程越霖周末带她来签婚姻协议的那次，这还是阮芷音第一次来霖恒大厦。

毕竟她是临时过来，又是谈公事。所以为了避嫌，她没有去顶层找程越霖，而是带着项彬直接去了十二楼找仲总监。

除第二批注资的事项，项彬还要就第一季度的项目合作做简单

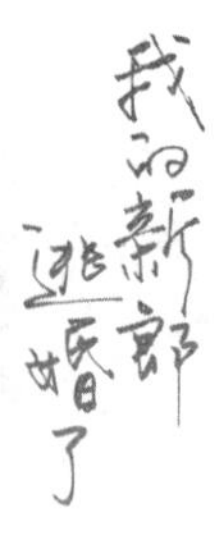

汇报。

两人在会议室中和霖恒项目组的人开了整整两个小时的会议。

结束时，阮芷音为了表示对这段时间合作的感谢，订了一些 SIMO 酒店的甜点。

谁知准备离开时，她居然在电梯里遇到了钱梵。

他像是刚从顶层下来，瞧见阮芷音时颇为意外："嫂子，你怎么过来了？"

她笑了笑："来和仲总监谈北城项目的第二批注资事项。"

"霖哥不知道你来啊？"

"不知道。"阮芷音摇了摇头。

话毕，她又将手中剩余的那份甜点递给钱梵："我刚订了些 SIMO 酒店的甜点，味道还不错，你也尝尝。"

原本是想着带回家给程越霖的，不过既然遇到钱梵了，她也可以再订一份。

钱梵愣愣地接过阮芷音递来的甜点，顿时有些感动。

回想起程越霖刚刚在办公室里炫耀柠檬梨水的嘴脸，他越发觉得像阮芷音这么温柔的人天天被对方剥削真是可惜。

这回，他是真的受够了！

思及此，钱梵愤愤地道："嫂子，这男人要是太厌了呢，咱就别惯着。你惯久了，他就蹬鼻子上脸哪！"

阮芷音面露疑惑之色。

钱梵见状，伸出"正义"的手掌："你不用瞒我，我知道，像他那样的狗脾气，你肯定也受不了的。"

阮芷音不知道程越霖怎么惹着钱梵了，哑然片刻，还是抿唇劝解道："其实他……本质是好的，就是嘴上欠妥当，你多担待些。"

听到她居然还为程越霖说话，钱梵瞳孔震动，心中更为悲愤。

天理难容啊！这样的东西都能娶着这么体贴包容的媳妇，为什么我没有？！

他忘记了出电梯，愣愣地跟着阮芷音坐到了一楼。

眼见着对方道别离去，少顷，他又重新按下了通往顶层的按钮。

总裁办公室里，程越霖瞧见刚才愤然离去的钱梵，又拎着个袋子回来了。

他打量对方几眼，放下文件，轻咳后道：“那个，前段时间你加了不少班，最近闲下来了，给你放半个月的假。”

“程越霖！我告诉你，这一次我是不会为这些蝇头小利随随便便低头的！”钱梵义正词严。

钱梵暗想：凭什么？！自从这厮结了婚，就把需要加班的工作全部丢给了自己！

这就算了，可自己居然还要忍受对方频频秀恩爱的举动，令人发指！

程越霖淡淡地瞥他一眼，挑了下眉：“那，年底再加 10% 的分红。”

“喀，霖哥，你觉得我这回去哪儿度假比较好？说起来，你和嫂子是不是还没度蜜月呢？我顺道也给你俩规划规划？”

程越霖瞧见钱梵那讨好的姿态，若无其事地轻掀眼皮：“用不着你操心。”

有些事急不得，总得慢慢来。

言毕，他又随意指了指钱梵手里的袋子：“这是什么？”

“哦，刚在电梯里碰见嫂子了，知道我被你剥削，好心给了我一份甜品。”

“她给的？”

程越霖不易察觉地蹙了下眉，又淡淡地瞧了袋子几眼。

“对啊，嫂子过来跟仲沂开会，他那组的人全都有。”钱梵没注意到程越霖的表情，自顾自地打开甜点的包装，“不是我说，嫂子可真温柔啊。”

高中时，钱梵就觉得阮芷音温温柔柔的，成绩好话也少，见谁都挂着浅笑。

哪怕和霖哥关系不好，她给人补习的时候也耐心又认真。

看看人家那形象，多么纯洁啊！

偏生霖哥老是看不惯人家的好脾气，嘴上也欠得很。真是活该他暗恋！

不过想到这儿，钱梵也体会出了程越霖付出的惨痛代价。毕竟是二十多年的兄弟，他心里到底多了点儿不忍。

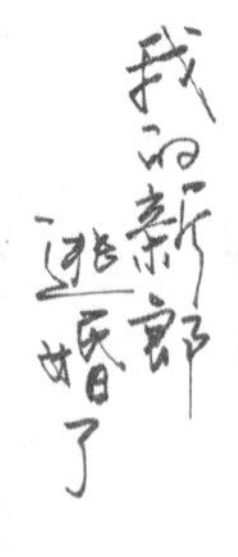

他抬头瞧了眼办公桌后的人，这才对上程越霖那藏着森然之色的注视，觉出点儿什么后，拿着甜点的手突然顿住：“不是吧霖哥，你没有啊？那要不……我这份给你？”

瞥了眼已经被他吃了两口的蛋糕，程越霖轻哼一声：“还要你让？”

他的态度已经不似刚刚。

钱梵连忙讪笑：“那是那是，你吃的都是嫂子亲手做的，哪儿用得着跟我们比。”

话音落地，他又指了指摆在办公桌上无比显眼的柠檬梨水：“你看，这梨水只有你的份，我们可盼都盼不到。”

收回落在甜点上的视线，程越霖轻嗯一声，给自己泡了杯柠檬梨水，到底没再多说什么。

不过眉宇间始终不太舒展，他莫名多了种被人遗忘的滋味。

片晌，传来一阵敲门声，白博请示过后，提着同款的袋子走了进来：“老板，这是太太刚刚给您订的甜点外卖，送到我这儿了。”

钱梵见状，如释重负。

程越霖挑了下眉，放下手中的水杯，云淡风轻地笑了笑，随后用指尖轻敲下桌面：“嗯，知道了，放这儿吧。”

眼见着对方从保温袋里掏出好几盒甜点，又挑衅似的分别拍照，钱梵觉得手中的蛋糕顿时就不香了。

等他打开手机时，果然看到了一条新鲜出炉的朋友圈。

“甜点，好吃。”

呦呵，程越霖居然还配起文字了。

什么好吃？他分明就还没吃呢！

瞥见钱梵频频望来的眼神，程越霖散漫地勾唇，饶有兴致地道：“怎么，还想吃？”

钱梵多了些讶异：“我能吃？”

男人微哂，继而吊儿郎当地点头：“能啊，拿假期来换。”

钱梵心想：他就不该对这厮抱有期待！

另一边，阮芷音刚刚回到公司，就收到了外卖配送成功的消息。而后，她又看到了程越霖的朋友圈。

联想了一下男人拿手机拍照时的模样，她忍不住笑了笑，又给他点了个赞。

做完这一切，她打开对话框，给程越霖发了条消息："你以后还是对钱梵客气一点儿，别把脾气带到公司里去。"

阮芷音猜想，能让钱梵都如此愤懑不满，应当是他在公司里发了脾气。她总该劝解几句，免得他这脾气遭到人家厌弃。

消息发完，那边又出现了不停闪烁着的"对方正在输入"。过了好一会儿，她才收到新消息提示："嗯，知道了。"

阮芷音默默盯着这条消息，倏而想到男人今早的那句："阮嘤嘤，要是想不通的话，那就……慢慢想。"

难道说，他其实也在反复思考着该怎样回复她的消息？

她愣神间，铃声突然响起。

阮芷音看了眼屏幕上的来电显示，是一个完全陌生的国外号码。

她以为是垃圾电话，没有去接。

可铃声响过一遍后，对方又再一次将电话拨了过来。

阮芷音皱眉接通："你好。"

话筒里，传来了一道端雅温柔的中年女声："你好，请问是阮小姐吗？"

阮芷音："您是……？"

对方微顿，继而言明身份："我是程越霖的姑姑。"

阮芷音愣了下，她知道程越霖还有个很早就移居国外，没再回来过的姑姑，但没有想到对方会联系上她。

"抱歉给你打了电话，嘤嘤，你能帮我个忙吗？"对方的态度颇为诚恳。

阮芷音敛下眼眸："您先说。"

"我听说赵冰被抓了，你能不能帮我打听下，程朗现在怎样了？"程慧叹了口气，"你也知道阿霖那个脾气，估计并不在意程朗这个弟弟，但是我想……赵冰可能会找上你。"

赵冰被抓就是在王家出事之后，阮芷音也是知道这件事的。

可程越霖不想和她多谈赵冰，又一直没有把他父亲的案子摆出来，只在暗中盘算着，所以她也不好多问。

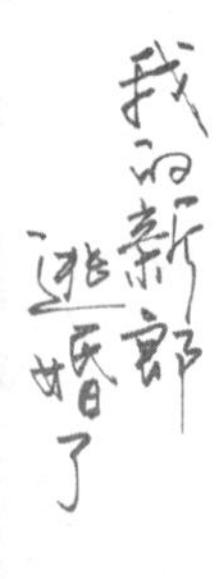

赵冰当年能干出爬床上位这种事，显然没多么聪明。她这个时候被抓，应当也是被背后的人推了出来。

这个道理，程慧也懂。

“赵冰没说多少口供，但程朗到底是她儿子，我不信她会无缘无故替人顶罪。打这个电话没别的意思，我不能生育，如果赵冰为了程朗托人找你……”

程慧欲言又止，阮芷音轻轻地应了声：“我明白了。”

如果程越霖不愿理会程朗，那么程慧愿意抚养程朗。

程慧松了口气：“谢谢你，嘤嘤。”

接完程慧的那通电话，阮芷音从相识的朋友那里问了方家的事和程朗的情况。

知道程朗被方家送去了公寓，草草请了个保姆照看后，她给了程慧回复。

除此之外，因为这通电话，阮芷音突然想找个机会和程越霖谈谈心。

照书上说，一场深入的谈心是拉进彼此关系的好机会。

可是钱梵休假，他一时间忙了起来。

虽然还是会每天接她下班，但他回家后都待在书房里，隔着时差和人开视频会议，连饭都吃得很快。

阮芷音不好打扰，等了好久，才逮到他的空闲时间，借着晚饭的工夫开了口。

“你和你姑姑的关系怎么样？”

程越霖瞥她一眼，点了点头：“还行吧，不过我三四岁的时候，她就出国定居了，之后见面不多，怎么了？”

“没什么，就是好像……都没听你提起过家里的事。”

阮芷音知道他母亲早逝，小时候程父忙碌，他跟着爷爷长大，有一个姑姑，后来又有了赵冰这个前继母。

但也仅此而已，有关他的这些信息全部来自外人的杂谈。

听到她的话，程越霖搁下筷子，笑着看她：“阮嘤嘤，你最近很奇怪。”

阮芷音抿唇："有吗？哪里奇怪？"

程越霖哂然轻笑，继而姿态闲散地环臂，挑了下眉道："好像特别关心我呢。"

两个人分明住在一起，她还是每天定点给他发早安和晚安。到了中午她会给他订外卖，还会提醒他一句"好好吃饭"。

当然程越霖也不否认，自己在享受着她的关怀，甚至因此有些飘飘然。她的每一步试探，都快要让他克制不住。

然而，他总要做些准备。

阮芷音闻言，眼睫微颤，有些心虚地移开视线，问道："关心你，不好吗？"

"嗯，很好，继续保持。"

程越霖散漫地点头，轻勾唇角，玩世不恭地道："毕竟结婚第二天你就说过，想嫁我的人从岚中排到A大，像我这种'抢手货'，你有些危机感也是正常的。"

阮芷音闻言微哽，又一次被他这吊儿郎当的骄傲姿态弄得哭笑不得。

"对了，白博最近给我约了一个财经专访。"程越霖微扬眉梢，继而补充，"需要提供几张婚纱照。"

而他们显然没有婚纱照。

所以，两个人需要去补拍一套。

阮芷音听出他的言外之意，抬眸道："财经专访还需要婚纱照吗？"

在她的记忆中，他从未在专访中露过面。

"不是那种严肃的专访。"程越霖轻描淡写地解释，又漫不经心地问了句，"怎么，你不想拍？"

阮芷音摇了摇头："没有，只要你觉得可以就行。"

以她现在的心思，两人去拍婚纱照，怎么看都是自己在占程越霖的便宜。

吃完晚饭，程越霖去刷碗。

阮芷音回到卧室，打开了手机，继续跟好友们汇报自己要去和程越霖拍婚纱照的事情。

顾琳琅："婚纱照？我等一会儿推个还不错的摄影师给你。说起拍婚纱照，姿势可太多了，把握住机会！"

叶妍初："专访好啊，就该展示出他已婚的身份。音音，没把程越霖拐到手之前，可别让人趁虚而入。"

顾琳琅："阿初说得对，婚纱照得拍，婚戒也得戴。这年头想走捷径的人可不少，不论男女，还是得看紧些。"

看到两人在微信群里的回复，阮芷音皱眉沉思。

好像结婚后，两人还都没有戴过那对婚戒。而且，她好像忽略掉了关于竞争对手的事情。

她带着那点儿不可言说的心思过了一天。

翌日的餐桌上，阮芷音将盛好的米饭递给程越霖，开始自己的旁敲侧击。

"你之前说过的初恋，她是个什么样的人？"

虽然对程越霖有没有初恋存疑，但她想了想，似乎也不能直接否定。

阮芷音并不会揪着初恋纠结，可如果对方真有个初恋，似乎也可以……探测下他喜欢的类型。

程越霖不动声色地打量她一眼，不咸不淡地开口："成绩很好，乐于助人。钱梵头两天还说她很温柔。"

"头两天？"阮芷音微蹙秀眉，下意识攥紧了指尖，"你现在……还喜欢她？"

她的心底好似闪过一抹酸涩的感觉。

程越霖轻声哂笑，淡淡道："阮嘤嘤，上回不是你告诉我不能破坏别人婚姻吗？"

她差点儿忘了，人家现在已经结婚了。而且初恋和老公的感情好到让他黯然神伤，他挖墙脚的机会趋近于零。也不知道那位初恋的老公到底多么优秀，才会让他自惭形秽。

想到这儿，阮芷音松了口气，声音也轻快了些："那你是放下了？"

男人点头："嗯，比起过去呢，我更满意现在的状态。"

阮芷音抬眸看他，笑了笑，轻声道："嗯，我也是。"

比起高中时的他，她也更喜欢两人现在的相处。毕竟那个时候，他们的关系太过紧绷。

“哦？高中那会儿你就那么烦我？”程越霖微微挑了一下眉，“当年头也不回地出国，没能看到我的狼狈，后悔吗？”

闻言，阮芷音对上男人那波澜不惊的眼眸，有片刻的哑然。

顿了顿，她认真地道：“程越霖，我从来都没有想要看见你狼狈的样子。我就是……经常会被你气得没有办法。”

如果他足够坏，她就可以冷静地将他当成陌路人，不会分出一点儿情绪给他。

可他只是用让人难忍的脾气不越底线地刁难她，阮芷音时常拿他没有办法。

凝望着她严肃认真的神态，程越霖无奈地叹了口气：“阮嘤嘤，你该明白，人都有脾气和情绪的，心里不用总是压着包袱。”

其实大多数情况下，即便被他故意气到，她也不会有特别大的反应。外人或许觉得这是她的温柔和包容，但实际上是她和所有人之间都多了一层隔阂。

哪怕是在阮家，她恐怕也没有什么真正的归属感。

阮芷音的世界泾渭分明，对她好的人，她会在意；而对她不好的人，她便再也不会分出一丝一毫的情绪。

就像林家那些人，在她眼中恐怕和陌生人无异。对于他们的不怀好意，她也只是冷静地对待，没有丝毫的悲伤，甚至没有过多的愤怒。

她永远都能冷静地抽身，却在心底建立起了壁垒。

程越霖默默地收过她的碗，揉了揉她的头：“没有谁该是完美的，哪怕有那么一点儿情绪，也可以发泄出来，不要憋着。”

她总是向人展示着过于温柔妥帖的形象，学着面面俱到。本质上她却是害怕展现出一丁点儿的缺点，让人对她退避。

阮芷音闻言，愣怔着点了点头，没有应声，缩了缩指尖。

她习惯了调节自己的情绪，也不想向人展示负面的情绪，是因为觉得从来没有一段足够坚固的关系，能够永远包容一个人的负面情绪。

沉默半晌，她抛掉那阵复杂的思绪。

缓了口气后，她又突然想起了什么，低声问道：“那你当初为什么

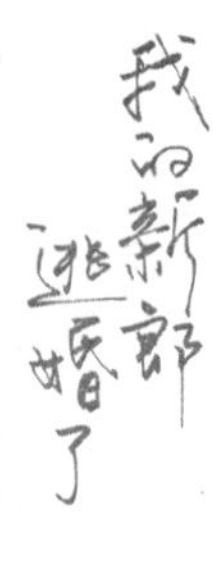

不愿意收下那笔钱？”

阮芷音说的，是她当年得知程家出事后，托人交给程越霖的学费。

男人垂下眼眸，声音很轻：“可能是在和自己较劲吧。”

他尚且不知道自己的路会通向哪儿，又何必把她牵扯进来，不如撇清关系。再后来他知道秦玦出国，就明白自己又晚了一步。

阮芷音瞧见他的表情，就知道他不想再多谈。

于是她长舒口气，继而道：“琳琅给我推荐了一个专拍婚纱照的摄影师，这两天就有档期。”

“嗯。”

“还有……”

见她欲言又止，程越霖回眸看她。

阮芷音递给他一个暗红色的丝绒盒子，微顿后道：“这个给你，是我新买的。”

程越霖接过，打开后，银色的婚戒在水晶灯下熠熠生辉。

“既然结婚了，总该戴婚戒吧？”

哪怕他只是想假装秀恩爱，也应该戴上婚戒。

只是之前的那对婚戒确实不适合两人去戴，所以阮芷音白天时，去商场仔细挑选了一对新的婚戒。

她打量着男人的表情，又道：“你要是不喜欢的话，也可以去换。”

缄默片晌，程越霖的嘴角漾起不易察觉的弧度，他伸出修长白皙的指节，在她额间轻轻敲了一下。

而后他淡淡地扬眉，声音也是一贯的云淡风轻：“嗯，还凑合吧。”

周六那天，阮芷音和程越霖一起去摄影棚拍婚纱照。

顾琳琅推荐给她的摄影师叫尤欣，是好几家时尚杂志的御用摄影师。

尤欣的技术足够精湛，在娱乐圈的人缘也广，她平时轻易不接这种私人的拍摄，这回还是看在顾琳琅的面子上才接。

至于拍摄时的婚纱和礼服都是程越霖提前准备的。

款式很合身，倒让阮芷音有几分意外。

“你怎么知道我的尺寸？”

趁着拍摄间隙的时候，阮芷音低声问着身边的男人。

程越霖闻言，上下扫了她一眼，轻笑道："都已经抱了那么多次，很难把握吗？"

阮芷音微哽，面上一时有些发热。

其实程越霖说的抱也不算抱，几次出现在外人眼前，他会虚揽着她，姿势也没让她有什么负担。

只是那些时候，他竟然会暗自考虑起这种事吗？

愣神间，那边重新调好设备的摄影师尤欣突然看向他们，笑着道："下一张新娘和新郎靠近一点儿，新郎捧着新娘的脸，贴着额头，自然些。"

阮芷音下意识地看了程越霖一眼，他还是冷静寡淡的模样，没说什么。

然而下一秒，对方顺着摄影师的交代，缓缓俯身，轻捧起她的下颌。

室内冷气充足，男人宽阔的额头和俊秀的鼻尖贴上她时，还带着一丝冰凉酥麻的温度，瞬间传到四肢百骸。

两两相望，他那双漆黑的眼眸里像是浸了墨，因而凝视时看不到底。

他的拇指贴在她的脸颊上，阮芷音感受到他指腹薄茧处因摩挲而传来的淡淡痒意，身子微颤。

待摄影师出声提醒，她才勉强放松下来。

几道镜头的闪光掠过。

照片拍完，程越霖略微抬头，却未放手。阮芷音缓过最初那阵尴尬，也没有动，继续瞧着他那足够俊朗的轮廓。

"怎么，我好看？"男人勾唇，迷人的桃花眼浸着散开的笑意，捏了捏她的脸。

阮芷音点头："嗯，好看。"

她说这话时偏偏神色瞧上去很是认真。

她的态度反倒让程越霖有一瞬的不自然，男人松开她，轻咳下道："阮嘤嘤，这个时候，你就不会害羞的吗？"

"可是……是好看啊。"

她用的是一种就事论事的语气。

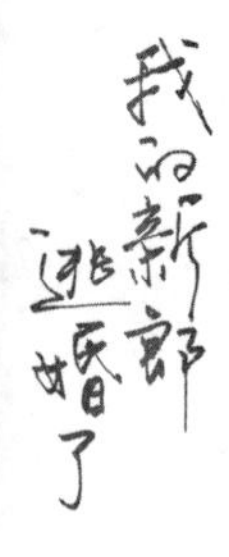

程越霖轻扬下眉，继而移开视线，漫不经心地道：“嗯，那算你有眼光。”

瞥见他隐约泛红的耳朵，阮芷音轻蹙下眉，心想，难道他这是……害羞了？

她还未深思，尤欣的声音再次响起：“新娘坐在沙发上，对着那盏灯的光，新郎揽着新娘的腰，亲吻下新娘。”

阮芷音顺着对方手指的方向看去，坠灯处光线明亮，旁边是单人的矮脚沙发。

想到摄影师的拍摄要求，她心虚地没去看身旁的男人。

毕竟无论怎么想，她都觉得好像是要占他的便宜一样。

她坐上沙发，摄影助理过来帮阮芷音整理婚纱的裙摆，又指导了程越霖几句这个姿势的要点。

他轻声嗯着应下，看不出情绪。

男人宽厚的身躯遮住了大半视线，望着渐近的脸，阮芷音轻轻闭上眼睛，忍不住攥起垂在背侧的手。

漆黑中，她的唇瓣上传来一股清凉之意。

鼻尖上是男人身上那股好闻的清冽气息，两人双唇触碰，呼吸仿佛交融在了一起。

伴着湿热的气息，其余的感官被无限放大，连在她腰间的手掌都越发灼热了几分。

不知过了多久，阮芷音终于听到摄影师的声音，稳下心神，重新睁开双眼。

映入眼帘的是男人湖水般深沉的眸子。两人短暂地对视，似是有些尴尬，他又很快站起身。

“程越霖。”

“嗯？”

“已经拍完了。”

对上他重新转过来的视线，阮芷音抿下唇，指了指他仍紧攥着她的手，轻声道：“你先……松开我，我要去跟摄影师打个招呼，然后把衣服换回来。”

男人垂下眸，继而松开了手。骨节分明的手指上，无名指的婚戒闪着银光。

阮芷音忍不住笑了笑。

看来，他的心里也不是那么平静。

她站起身，走向另一边还在盯着电脑过片的尤欣："麻烦了，尤老师。"

尤欣抬头，笑着道："阮小姐客气了，过段时间如果需要另补外景的话，可以再联系我。"

之前尤欣询问过两人需不需要再补几张外景照，还提议了下出国拍摄。只是两人最近都腾不出时间，就先搁置了。

眼下听到尤欣的话，阮芷音点了点头应下："好的，那再联系。"

这时尤欣又道："这套图的单册和三个镶框的照片大概一周后出，到时候我让助理给您送过去？"

阮芷音想了想，笑着回："如果不忙的话，我过来取吧。"

尤欣点头："那也行。"

两人就这么拍完了婚纱照，默契地戴上婚戒。不知不觉间，他们似乎多了些夫妻的模样。

只是别墅里的氛围，由先前已经习惯的自然变得微妙了几分。

好在他们还有工作缓和适应期间的尴尬。

之后的几天，阮芷音仍然在北城的工地和公司之间奔波着。

周四，她照例和康雨一起去北城看施工进度。走完一圈，康雨还需要留在现场和承建商沟通细项，阮芷音记着她约了季奕钧谈事，就先独自离开。

坐着承建商的车回到公司里，阮芷音站在电梯前，盯着下行的数字。

谁知电梯门打开，里面的几道身影中居然出现了许久未见的秦玦。

林成虽然还被拘留着，但由于合同已签，之前的医疗合作案还没有结束。

只是后面的流程一直是季奕钧在和秦玦对接。而阮芷音忙着北城的项目，在公司里的时间不多，所以也没有碰见秦玦。

"芷音。"

看见突然出现在电梯门口的纤瘦倩影，秦玦眼眸一亮，很快走了上来。

阮芷音上班时的打扮总是舒适干练。她今天穿着亮色系垂感衬衣，休闲利落的阔腿长裤，一如既往的干练优雅，是他以往最熟悉的模样。

秦玦这段时间常借着合作来阮氏，却只能见到季奕钧，他甚至开始怀念在国外时每天上班都能见到她的日子。

电梯里不止秦玦一人，还有秦氏的俞洪等人。秦玦的身份，是阮氏的合作方。

于是阮芷音简单地点头，没有说话。

秦玦见状，缓和语气，用只有两人能听到的声音道："我想跟你聊聊，但有些事你应该也不想在公司里谈。"

阮芷音蹙眉，顿了几秒，回道："楼下有家咖啡馆，你先过去等我一会儿。"

林菁菲出售股份后，阮芷音确实有些事要和秦玦解决，只是一直没腾出时间。

秦玦闻言，如释重负地笑了笑，继而轻点下头，和秦氏的几人一起离开。

阮芷音独自回到办公室，从抽屉中取出了那份准备已久的文件，思虑片晌，继而去了楼下的咖啡馆。

秦玦坐在里侧靠窗的位置，阮芷音款步行来，在他对面坐下，没有多言，便直接将那份文件递给了他。

"股份转让协议？"

秦玦蹙起眉峰，抬眸望向她。

阮芷音面无表情地点头："我知道林成手里代持的股份，是你逼他放弃的。"

她给了林菁菲一笔钱，收购了对方全部的股份，也避免了林菁菲日后利用那笔股份做出什么不利于公司的事。

可是林菁菲之所以愿意出手股份，是因为秦玦的推波助澜。

T&D 的股份是阮芷音和秦玦最后的牵扯，她给出的价格虽然略低，但与当年的投资相比，已经是回报丰厚了。

不管秦玦出于什么目的帮她，她这么做都算彻底还清了他的人情，也斩断了两人最后的关系。

原本的期待落空，秦玦紧绷下颌，将那份协议推给她："这是你应得的。"

阮芷音冷淡的态度，让他觉得只有他还怀念着以前并肩作战的日子。

阮芷音淡淡抬眸，声音波澜不惊："你不要的话，应该还有不少人想接手。"

她的言下之意，是他实在没必要逼着她把这些股份卖给别人。

凝望着她固执的神态，秦玦沉默片晌，喉间微动，叹了口气："好，如果这样能让你舒服些，我接受。"

阮芷音点点头，随即站起身。

秦玦见状，皱眉道："这就要走吗？"

见她回首望来，他握了握拳，无奈苦涩地开口："芷音，你也答应过，会给我一个尝试挽回的机会。"

尝试挽回的机会？

阮芷音目露疑惑之色，沉吟几秒，才想起上次在爷爷的葬礼上，秦玦曾经过来和她说过几句话。

只是那会儿她因为程越霖隐含警告的视线，根本没有注意对方说了什么。

"抱歉，我想你误会了。"阮芷音的声音平静，"你过去帮过我，而我也还了这份人情。我们之间就算扯平了。"

"扯平了？"秦玦咬了咬牙，眼神直直地看向她，"芷音，我就这么罪不可恕？需要你如此衡量过去的所有事？"

阮芷音舒了口气，还是打算和秦玦把话彻底说清楚。

"秦玦，我想我没有什么对不起你的地方。不是你道歉，你挽回，我就必须和你重新开始，我有我自己的生活。"

而他无权来干涉什么。

见她重新砌起壁垒，秦玦又不禁懊恼起自己刚刚说的话，起身走到她面前。

"好，我不会阻止你开始新的生活，但哪怕只是生意上的往来，你也不需要刻意避开我，不是吗？"

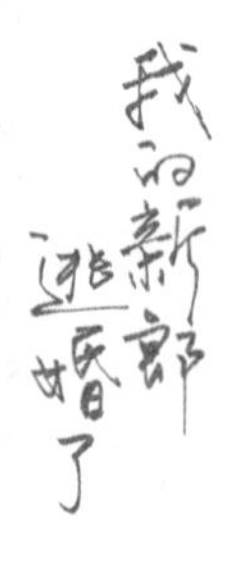

阮芷音蹙了下眉，对上他的视线。

霖恒大厦，总裁办公室。

钱梵休了十天的假，到底舍不得把假期全部用完，提前回了公司。

为展示自己对兄弟的关怀，忙完了手头的工作，他便坐电梯上了顶层，给程越霖送度假时买来的礼物。

可让钱梵没有想到的是，他好心好意地上来送礼物，男人居然没分出一丁点儿的视线给他，而是拿着方软布，仔细擦拭着自己无名指上亮眼的婚戒。

“行了，别擦了！那戒指上的光面都快被你擦没了。”

钱梵终究看不下去他的这副德行，出言讽刺。

“你见过谁的婚戒还需要发亮？”程越霖瞥他一眼，声音里拖着腔调，“历久弥新的道理，不懂？”

钱梵撇撇嘴：“既然这么宝贵，那之前怎么不戴？”

毕竟照程越霖这种脾气，他要是有婚戒早该戴上炫耀了。

程越霖动作微顿，没有回答，而是按了下办公桌上的座机内线。

两分钟后，白博推门走了进来。

“老板，你叫我？”

“嗯，把那幅画取下来，等下次有什么慈善晚会时，记得送去拍掉吧。”

程越霖指着自己身后的画。

那是他去年从拍卖会上拍来的，还算喜欢，一直挂在办公室里最显眼的位置。

钱梵知道这幅画价值不菲，不禁问道：“好好的你取画干吗？”

白博闻言，取画时笑着替他解惑：“钱总，老板之前和太太拍了婚纱照。”

身为特助，白博也算老板肚子里的半个蛔虫，当然明白老板的意思——

有了婚纱照，他要这画还有什么用？

“难不成你要在办公室里挂婚纱照？”

钱梵很是嫌弃地扫了对面的男人一眼。

程越霖翻开白博拿进来的文件夹，翻看着签名，淡淡道："不行？"

钱梵心想：行！当然行！谁有你牛？！

亏了开会都在楼下，除了他和白博几乎没人会上来，不然人家都得被你的婚纱照闪瞎眼。

许是已经习惯男人的德行，钱梵见怪不怪，转了话题："对了，周末大家说要聚餐，我想着不如去你家？"

"不合适。"

"这有什么不合适的？你不带嫂子来就算了，还不让我们过去了？你那别墅晾了一年多都没住人，正好我们给你暖暖房。放心，礼物都准备好了。"

程越霖极淡地蹙眉，轻描淡写地回道："不是礼物的问题。"

"那是什么问题？"

"你管呢，需要告诉你？"

签完最后一份文件，男人合起文件夹缓缓起身，慢条斯理地取过一旁的手机，似是准备离去。

"你干吗去？！"

男人微哂，轻点下腕上的手表，散漫地扬眉："到点了，接人下班。"

言罢，他朝着门口而去。

可没走几步，程越霖又转过了身。

钱梵以为他这是良心发现，笑着询问："怎么，突然又同意去你家了？"

程越霖云淡风轻地瞥他一眼，继而拍了拍钱梵的肩膀："这段时间，仲沂手头还有不少替你担下的工作。"

钱梵："所以呢？"

男人挑眉："既然不休假了，你恐怕得偿还他替你加的班。"

钱梵心想：世间竟有如此厚颜无耻的人。

和秦玦见完面，阮芷音回到了办公室里。

她处理了一些工作，转眼便到了下班时间。

然而，阮芷音今天没有收到程越霖最近每天都按时发送的微信

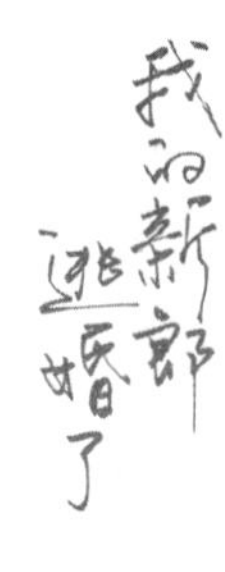

消息。

她有些意外，但盘算着男人应该到了，她还是结束工作关上电脑，归拢好文件，乘电梯去了地下一层的停车场。

果然，宾利停在熟悉的位置上。

开门上车，放下包后，阮芷音习惯性地看向身旁的男人，问道：“冰箱里还有些牛腩，晚上一起炖番茄？”

“嗯。”男人只是不咸不淡地应声。

阮芷音侧首看他，敏锐地察觉到程越霖今天的态度有些奇怪。

下班时他没有给她发微信不说，现在的神态也好像怪冷淡的。

心有疑惑，她回眸问道：“你不喜欢吃番茄炖牛腩？”

可他即便有偏爱的食物，也从未挑剔过口味，似乎并不挑食。

男人淡淡回视：“没有。”

而后他便闭上瞧起来有些复杂的目光，调整了座位，不再多言。

司机还坐在前面，阮芷音顿了顿，还是决定等回家后再问。

沉默的气氛持续了一路。

回到别墅，程越霖依旧默不作声地开门换鞋。

阮芷音跟在他身后走进客厅里，打量着对方的神色，终于忍不住开口：“你到底怎么了？”

“你说呢？”程越霖放下解到一半的领带，衬衫微敞，挑了挑眉看向她。

阮芷音试探道：“是今天遇到什么不开心的事了？”

程越霖想到刚刚路过咖啡馆时看到的那一幕，不动声色地握了下拳。

然后，他走到沙发上坐下，面无表情地开口：“隔壁养了两只猫，你知道吧？”

程越霖说的是隔壁邻居家的两只宠物猫。因为与二楼健身房的露天阳台相邻，两只猫时不时会蹦到这边来晒太阳。

阮芷音点头：“知道。”

“黑猫最近不理白的了。”男人声音平淡地叙述。

阮芷音轻扯下嘴角：“程越霖，人家不叫黑猫白猫，叫‘咖啡’和‘牛奶’。”

言毕，她就接收到男人冷淡的视线，叹口气，问道："你想表达什么？"

"它的主人说，每次喂食，那只白猫吃着碗里的粮，还瞧着黑猫的碗。"

男人轻笑一声，语气微沉，意有所指地开腔："这就叫……三心二意。"

阮芷音疑惑地撇眉，点头道："'牛奶'的习惯确实不太好，没想到'咖啡'还挺惨。"

"不过，你怎么突然关心起隔壁的猫了？"

"阮嘤嘤，你说白猫要是想跟黑猫和好，是不是得——？"

男人腔调散漫，欲言又止。

他又看向她，扬眉道："哄哄它？"

"哄它？"

不就是隔壁的两只猫闹了点儿脾气，他怎么这么在意？

阮芷音有些莫名其妙，微顿片刻，还是问道："那……要怎么哄？"

"怎么哄？——"程越霖侧首看她，沉静的眼眸中的神色意味不明，扯了下嘴角道，"你不如好好想想？"

对上他的视线，阮芷音默默地琢磨了一会儿，终于品出来了点儿什么。

难不成，他是在说他自己？

可是……他怎么就不开心了？

程越霖别开视线不再言语，依旧是情绪不佳的模样。

阮芷音盯着情绪阴晴不定的男人，沉吟半晌，叹了口气开口："程越霖。"

他的视线淡淡瞥来。

忖量一瞬，阮芷音走到他身边坐下。

和他相觑数秒后，她尝试着伸出手，在男人愣神之际轻轻抱住了他。

他倒是不爱喷香水，身上也只是沐浴露的清新味道，很好闻。

脑袋埋在男人怀里，这个姿势看不见他的表情，可阮芷音察觉到了他姿势的僵硬。

她笑了笑，继而缓和了声音："这样算是哄人吗？还生不生气？"

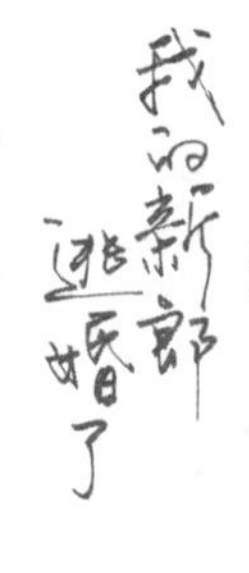

反应过来后，男人不动声色，垂眸看着怀里的人，眉眼间退去冷淡，染上柔和之色。

而她一下下地轻拍着他的背，居然像是哄孩子似的。

不过饶是如此，也让他原本酸涩的心情变得不错。

“阮嘤嘤，你就这么想占我便宜？”

程越霖吊儿郎当地哂笑，又在她回答之前拖着腔调补充：“不过呢，我特许你这个权利。”

阮芷音抬眸看他，正对上男人那双蕴着散漫笑意的眼眸。

他已经恢复了平日的模样。

虽然他仍是那番骄傲的语气，却莫名让她心底滑过一丝甜意。

如果他一直这么好哄，那哄他这件事，似乎也……不难接受。

她直起身，笑着看他，温声道：“刚刚为什么生气？”

“没什么。”男人散漫地扬眉。

见状，她微蹙眉心，辩驳道：“你还总说让我发泄情绪，怎么到了自己这儿又这么嘴硬？”

“我又不会憋着，这不是让你发现情绪了吗？”程越霖淡抿下唇，又笑着揉她的头发，“阮嘤嘤，学着点儿。”

阮芷音无奈地叹气，微蹙秀眉：“可我也不知道，你下次还会不会生气。”

男人环着双臂，勾唇睨她一眼：“只要你记清自己已婚的身份，我的脾气难道会不好？”

他夸奖自己的坏脾气时，竟然还理直气壮的，那姿态让阮芷音微哽。

她只能暗自道，还好这是在家里，而他在外面时也尚且知道收敛。

见他那种古怪的情绪已经散去，阮芷音岔开了话题：“你下周忙吗？”

对上男人含着探寻的目光，她继续解释：“周鸿飞结婚，给我发了请帖。”

至于他结婚的对象，自然是上次那位逃了蒋安政订婚宴的江小姐。

“结婚？”程越霖稍稍扬了下眉，似是有些意外。

“嗯。”阮芷音点头，而后又道，“你要是忙的话，我就和琳琅去。”

她之所以告诉他这件事，也不过是表示下她和周鸿飞之间没有什么特殊的关系。

毕竟上次，她还得了男人一句警告。

按照叶妍初的话，都还没把这个男人拐到手，那就不要存下多余的误会。

程越霖闻言，抿下唇，淡淡道："不忙，我跟你一起去。"

虽然对方要结婚了，可不管是不是情敌，他都还是亲自盯着比较放心。

一场黑猫白猫的插曲就这样被揭过。

翌日，两人照常上班。

刚到公司，阮芷音拿着文件去了季奕钧的办公室，和他商量有关新融资意向书的事。

北城的项目毕竟是块肥肉，既然阮氏已经松口和霖恒合作，那严家那边也仍有想要投资的意向。

虽然严家之前和林成有些接触，但那是林成主动讨好对方寻求合作，而这一次是对方主动找上门的。

能够合作共赢，阮芷音倒也没有那么贪心，且之前她已经问过程越霖，霖恒那边没有问题。

谈完公事，季奕钧随口问了句："你和程总最近怎么样？"

阮芷音含笑点头："挺好的。"

在她看来都是在往好的方向发展。

其实从搬到别墅开始，阮芷音就觉得和程越霖的相处似乎比八年前轻松。

思及此，她看了眼季奕钧："我一直想问，您是不是很早就认识程越霖？"

"要说生意往来，我之前投资了他参股的公司。至于其他的事，你不如去问他。"季奕钧笑着说完，瞥见她的表情后又道，"不是我不告诉你，只是觉得他说比较合适。"

对方都这么说了，阮芷音倒也不好再逼问他，只能换了个话题。

"那公司的股份，您真的不要了？"

爷爷把大笔股份给了她，而她又请了季奕钧回来帮忙。阮芷音倒不是多在意股份，之前也只是怕林家人作妖。

毕竟，阮氏也算是阮胜文的心血。

可季奕钧不一样，他是真的把阮胜文当作大哥敬重。

听到她的话，季奕钧摇了摇头："音音，不必顾虑我，没被阮叔收养前，我也不是什么富家子弟。现在的生活，已经是我最满意的状态。"

他虽然也有些投资，但没有更多对财富的痴迷追求。

阮芷音听罢，诚心道了谢："这段时间辛苦您了。"

季奕钧含笑摆手："既然已经回了国，对公司之后的发展方向，你有想法吗？"

阮芷音也不见得想要接手阮氏，但事已至此，总要对公司的员工们负责。

林成大包大揽了不少项目，留下个烂摊子，阮氏眼下需要更为精细的方案来解决这些遗留的问题。

"分公司的几个厂房里还有不少工人，很多都是十几年前就进厂工作的老员工，我想安顿好他们。

"有些产业虽然赚钱，但阮氏的流动资金有限，想要涉足的话会很吃力。我想让这几家分公司转向实业的发展方向，但更具体的方向还需要继续调研。"

季奕钧思考后点头："不急，北城的项目投入运营后，总归能缓上几年。"

阮芷音莞尔一笑，不置可否。

谈完事，阮芷音和季奕钧告别。

出了对方办公室后，阮芷音取了公务车的钥匙，去了另一个地方。

这个时间，过来探监的人不多。

她坐在隔间的玻璃前等了几分钟，穿着狱服的赵冰被狱警带了过来。

几个月前，赵冰还是精致的贵妇打扮，眼下却憔悴且狼狈。

赵冰会入狱，自然少不了程越霖使的手段，不过亦是罪有应得。

她当年窃取了程父的保险箱密码，偷盗了罗湾项目的文件，可入狱后依旧没有说出背后是否有人指使。

“听说你想见我？”

阮芷音之所以过来，是赵冰主动提出想要见她，又托人找上了她。

程姑姑倒是了解赵冰，把对方的心思算得一点儿没差。

赵冰知道探视有时间限制。

她顿了顿，直截了当地开口：“方家要把程朗送到他外婆那儿，你收养程朗，我就告诉警察他们想知道的东西。”

她都已经入狱，却还想着谈条件。

阮芷音笑了笑，出声拒绝：“这不可能，程越霖不会接受程朗，但我可以把程朗送去他姑姑那里。”

“你要送他出国？”

赵冰皱了皱眉头。

阮芷音轻嗯一声。

送程朗出国，就意味着千里之隔。

程朗不能再来探视，对于赵冰来说，她当然不太愿意。

想到这儿，赵冰尝试说服阮芷音：“程越霖这些年身边连个女人都没有，你难道不知道？程朗年纪小，也听话，你可以……当成自己的孩子。”

“你究竟想说什么？”

阮芷音蹙眉看向对方，这已经是赵冰第二次这么暗示她。

赵冰缓了口气道：“我听说程越霖十几岁的时候有个喜欢的女孩，不过都这么多年了，也可能是他的问题……”

言毕，她又轻笑一声：“程逢生为了他这宝贝儿子不想再要孩子，也不知会不会后悔。我嫁给他那么多年，可他从娶我开始，就只想让我给他儿子当保姆。”

阮芷音闻言，微怔。

她不知道赵冰说的女孩，是否就是程越霖那个所谓的初恋。

对方大概知道她和程越霖的婚姻开始得糊涂，也觉得他们没有什么感情。不论出于什么原因，两人都可能不会有孩子。

至于程朗——

垂眸一瞬，阮芷音皱眉问道：“那程朗究竟是谁的孩子？”

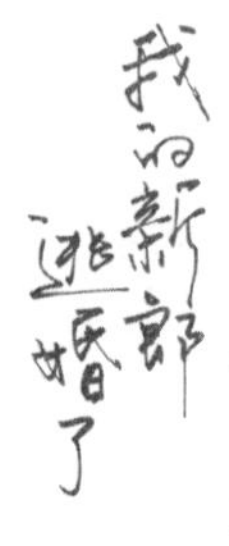

听对方这语气，如果程父不想再要孩子，那程朗又是怎么来的？

赵冰像是才反应过来，抽回了思绪，叹气道："程朗是程逢生的亲生骨肉，不信的话，你可以去做亲子鉴定。"

阮芷音心下了然，想必赵冰是用了什么其他的方法，才生下了程朗。

或许程父对赵冰而言不是个好丈夫，但有条件的婚姻，她也可以拒绝。

既然她选择接受，就该面对之后的生活。

"如果你想要两全其美，打着让程朗定期来监狱里看你的心思，是不可能的。

"至于剩下的，你自己考虑。"

程姑姑打过电话后，阮芷音就查过程越霖的这个弟弟。

程朗今年不过六岁，不知是不是在方家身份尴尬，性子十分内向。

赵冰有罪，可孩子总是无辜的，既然程慧想要收养程朗，那她也没什么意见。

只是程越霖毕竟对赵冰有些抵触，而赵冰在程父出事后离婚时还怀着孕，所以程越霖从未见过自己这个弟弟。

赵冰想让她收养程朗，再定期过来探视，未免有些异想天开。

阮芷音请了一下午的假，探视完赵冰后，又从保姆那儿把程朗接回了家里。

原本她是想让保姆带着程朗暂住到她之前的公寓，可方家请的那位保姆有些不耐烦，像是迫切想要甩掉程朗这个包袱。

于是她只能先带程朗回了家。

程朗穿着条浅色背带裤，有些胖乎，那双黑溜溜的眼睛像葡萄一样圆润。

程朗的话很少，他默默地在沙发上坐了两小时，才纠结地掰着手指头，小声跟阮芷音说了第一句话——

"姐姐，你还会把我送走吗？"

程朗年纪虽然小，可也知道方家的人不太喜欢他，也不是他的亲人。

至于阮芷音，程朗刚才观察了好一会儿，她似乎对他没什么恶意。

而且这个姐姐长得很漂亮，之前和保姆说话的时候也很温柔。

程朗心中不禁生出了些好感。

对上他小心翼翼的眼神，阮芷音抿下唇，还是没办法欺骗对方，点了点头："会。"

"以后你会跟着姑姑生活，她会对你好的，不用担心。"

在社会福利院生活久了，阮芷音确实对孩子没有什么抵抗力。许是因为瞧着她温柔，那些年纪小的孩子也总爱黏着她。

见到程朗的第一面，她就知道，这是个单纯的孩子。

赵冰把他养成这个性子，也不知道是好还是不好。

听到阮芷音的话，程朗像是有些失望，垂下长长的睫毛，恹恹地轻应了声："哦。"

门口传来开门的声响，程越霖的身影出现在门边。

阮芷音提前给他发过消息，说下午有事，没让他去接她下班。

她以往也有和人约了逛街的时候，程越霖收到消息时并未在意，直接让司机把车开回了别墅。

男人脱下西装外套挂在臂弯上，随意扯下领带，卸下了一身的清冷姿态。

他迈着悠闲的步子朝楼梯而去，准备先回卧室里换身家居服再下来。

可没走两步，又察觉客厅的气氛不对，他一转头，懒散的视线迎面对上程朗怯怯的目光。

两人大眼对小眼，空气凝结几秒。

而后，男人微蹙眉峰，瞥了眼站在一旁的阮芷音。

"呵，阮嘤嘤，你这是——

"给我搞出来了一个儿子？"

听到他的话，阮芷音愣了一会儿，又看了眼程朗，才拉着程越霖去了书房。

关上书房的门，她抬眸对上男人直视而来的探究视线。

阮芷音深呼口气，柔声道："我跟你说了的话，你能不能不要生气？"

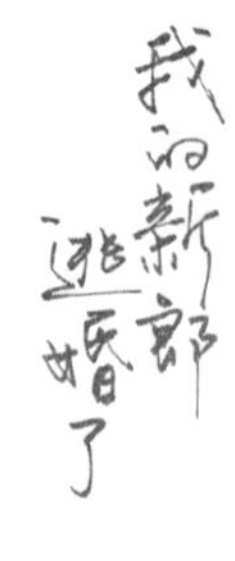

她猜不准程越霖对程朗的态度，但下午去见程朗时，方家的保姆把他当成个包袱似的，收拾了东西就走了。

让阮芷音把一个六岁的孩子独自扔在公寓里，她似乎也做不到。

瞧见她的神情，程越霖抿着薄唇，微微扬眉："怎么，还这么心虚？难不成那孩子真跟你有关？"

据他所知，阮家的亲戚中并没有这么大的孩子。而她母亲那边，也只有个当了外交官的舅舅，还不在国内。

"没有。"阮芷音摇头，叹了口气，"他跟我没关系，倒是跟你……有一点儿关系。"

"跟我有关？"程越霖闻言，轻笑一声，拖着散漫的腔调，直接道，"那你可以把他送回去了。"

"我呢，更不可能闹出什么私生子。"

对上他信誓旦旦的眼神，阮芷音又想起赵冰屡次暗示的话，眉梢微动："哦？你为什么这么肯定？"

"这还需要原因？"男人挑了下眉，瞥见她有些奇怪的目光后，又轻皱起眉心，"阮嘤嘤，你这是什么眼神？"

抛掉心底那点儿疑虑，阮芷音缓了口气解释："你想多了，那个孩子叫程朗，就是……你父亲的那个儿子。"

赵冰在程父出事后离婚时才刚怀孕几个月，程越霖知道程朗的存在，却从未见过他。

"程姑姑想要收养他，托我接了程朗过来，办好手续后再送他出国。

"我本来是想要送他去公寓的，可是方家的那个保姆不太像话，又请不到现成的保姆。

"所以只能……"

她只能把人带回了家。

阮芷音将这一切解释完，扯了扯男人的袖口，低声道："程朗就住两天，没提前和你商量是我不对，别生气好不好？"

程越霖瞥见袖口上的莹润指尖，顺势轻拢住，又缓缓移开了视线："我就那么容易生气？"

"嗯，你脾气好。"阮芷音瞧着男人微抬的下巴，忍不住笑了下，"那就……让他在家里住几天？"

程越霖顿了顿，垂眸看她，平淡地点了点头。

程朗不过就是住上两天，他本来就犯不着那么小气，对一个孩子怎样，偏偏她整出这副如临大敌的样子。

事情谈妥，阮芷音放下了心。

两人开门下楼，厨房里有她提前做好的晚饭。

饭菜被端上桌，程朗小心地瞧了眼程越霖，默默地爬上有些高的椅子，坐在了阮芷音左侧。

阮芷音夹了几块肉给他，程朗吃得津津有味，倒是不用别人费心。

餐桌上，氛围算是安静。

过了一会儿，程越霖瞥了眼程朗悄悄吐出的东西，皱眉道："跟谁学的挑食？"

男人的语调冷淡。

程朗微缩身子，低下头："我……吃不了姜。"

阮芷音侧头瞧了眼，程朗吐出来的确实是番茄牛腩里的姜。

程越霖这个人不算挑食，却也不爱把姜吃下去。

但做菜时总要借点儿姜去腥，所以她会把姜切得大些，让他容易发现。

程朗不知道，这才把那一大块姜当成了番茄牛腩里的土豆。

他吃进嘴里，又吐了出来。

程越霖瞥见阮芷音投来不赞同的目光，轻哼了声，却没再说话。

吃完了饭，他照例收了盘子，又伸手取过阮芷音跟前的碗。

一旁的程朗见状，也小心翼翼地将自己的碗递了过去。

程越霖只是垂眸瞧了眼那只碗，又瞥了眼程朗，没有去接。

片晌，男人轻轻挑眉，散漫地道："小孩，饭可不是白吃的，去厨房里刷碗。"

程朗撇了撇嘴，就这么抱着自己的碗，迈着碎步跟在程越霖身后走进了厨房里。

阮芷音微顿，摇了摇头，也跟着气氛别扭的两人走进了厨房。

程朗毕竟只是个六岁的孩子，厨房的水池有些高，洗碗时有些吃力。

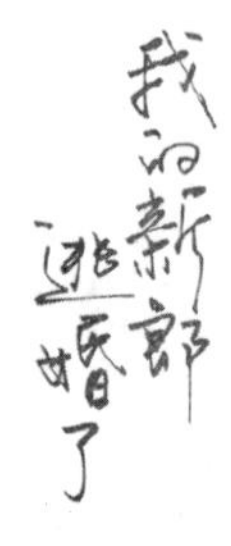

偏偏程越霖还淡漠地站在一旁，静静地盯着对方，视线逼人。

眼见程朗被盯得身子轻颤，阮芷音叹了口气，安抚道：“好了，你也别吓他了。”

男人没说话，却轻飘飘地收回了落在程朗身上的视线。

程朗仔仔细细地刷完了碗，黑溜溜的眼睛怀着谨慎望了程越霖一眼，战战兢兢地把碗递给对方。

后者随意掀了掀眼皮，瞥他一眼，吓得程朗又缩回了手。

程越霖嗤笑一声：“胆子这么小，也不知道随谁了。”

他收起碗，放进厨柜里。

刷完碗出来，程朗低头瞧了眼溅了水渍的袖子，搓着手指看向阮芷音：“姐姐，我想洗澡。”

几步外，程越霖倚在门边，双手环着臂，淡淡道：“这么大人了，不会洗澡？”

程朗咬了咬唇，小幅度地摇头。

男人抿直了唇线，紧皱眉峰：“知不知道男女有别？还敢让她给你洗澡？”

话毕，他在阮芷音无奈的注视下，把瘪着嘴、眼眶蓄起泪花的程朗提溜进了卧室里。

主卧的门似乎没关，过了一会儿，阮芷音听到楼上传来程朗的哭声和男人无措中气急败坏的声音。

“小屁孩，你要是再哭，我现在就把你给丢出去。”

程朗小声抽噎：“呜呜呜呜，可是我眼睛太辣了。”

阮芷音突然有些担心程越霖行不行，可也不好进去，只能等在了门外。

等到两人出来，程朗被程越霖脸色铁青地裹了浴巾，直接扔到了主卧另一侧的儿童房里。

而阮芷音看着程越霖此刻那一身的狼狈，实在忍不住笑出了声。

程越霖挑了下眉，挂着沐浴露的食指蹭上她的脸颊：“阮嘤嘤，笑什么？我这是因为谁？”

阮芷音愣怔一瞬，微凉的指腹下意识地拂过被他弄湿的脸颊。

不知怎的，她突然就有了种两人已经在谈恋爱的错觉。

她望着男人湿了袖边的衬衫和额间那几缕滴着水的碎发。

阮芷音接过他掌心的毛巾，低声道：“那……我帮你擦擦？”

程越霖微微挑眉，唇角漾起弧度，平淡地点头：“嗯，擦吧。”

阮芷音静静弯唇。

翌日，正好到了周末。

阮芷音收到尤欣的微信，说是已经把上次拍摄的婚纱照发到了她的邮箱里。

另外尤欣把单册也已经印好，问她什么时候方便，派助理送过来。

想着白天没事，别墅区又不太好找，阮芷音干脆让司机送自己去了趟尤欣的工作室，去取婚纱照。

程朗还没有醒，她跟程越霖简单打了声招呼，便出了门。

宾利在商务区的一栋写字楼前停下，阮芷音下车走进大楼里，按下去往十层工作室的电梯。

尤欣的助理看到她，把阮芷音带到了摄影棚旁边的休息室里。

“阮小姐您先稍等一会儿，我这就去帮您把照片取来。”

休息室后方的玻璃是透明的，阮芷音喝了口水，抬眼便看到尤欣正操着相机给一名模特拍照，周边围了不少工作人员，应该是杂志的合作拍摄。

那位打扮时尚的模特倒是很眼熟，是娱乐圈里的一位挺有名气的主持人，好像是叫柳乔静。

因为长相甜美，柳乔静出道时就收获了大批粉丝，还渐渐跨界拍起了戏。

原本势头正劲，可惜没多久出了场风波，她被埋没了一阵，最近才重新出现在大众的视野里。

那边尤欣拍完了照，余光瞥见阮芷音坐在休息室里，放下相机，带着摄影棚里的柳乔静一起走了进来。

她笑着跟阮芷音介绍：“阮小姐，这是我朋友，今天来拍 V 家的杂志封面。”

“阮小姐你好，我是柳乔静。”

瞧见尤欣客气的态度，对方也笑着伸出手，和阮芷音打了个招呼。

阮芷音莞尔一笑，点头道："我知道，看过你的节目，很有自己的风格。"

三人客套地简单交谈了两句。

没多久，刚刚走开的尤欣的助理就把裱好的婚纱照取了过来。

阮芷音见状，笑着同人告别："你们继续忙工作吧，我先走了。"

那几张带相框的婚纱照尺寸不小，尤欣让助理跟在阮芷音身后，一直把婚纱照送到了楼下车子的后备厢里。

待人走远，柳乔静才开口问道："这位阮小姐是……？"

"阮氏的千金，刚从过世的阮董事长那儿接手了公司，也是霖恒的总裁夫人。"

尤欣善于交际，人脉广，和柳乔静也有几分交情。

"哦？就是之前被林菁菲拖累的那位？"

尤欣点头："嗯。"

"林菁菲最近倒是没什么动静，不知道的人怕是觉得她要退圈了。看来是在这位手上吃了亏，毕竟人家之前可还是秦氏太子爷的未婚妻。"

柳乔静刚出道那会儿和林菁菲算是对家，前两年陷入消沉，也少不了林菁菲的落井下石。

尤欣轻轻蹙眉，看向柳乔静的眼神中多了丝警告之意："阮小姐都结婚了，之前的事还是别提了，免得犯了忌讳。"

柳乔静若有所思地点头："算起来，这位阮小姐和霖恒的程总结婚也有几个月了吧？怎么现在才来拍婚纱照？"

尤欣没答，笑了笑道："你和你老公不也是后面补的婚纱照和婚礼？"

"我们这种职业，还不是没办法。"柳乔静有些僵硬地轻笑，摇了摇头。

女明星已婚的身份，对走甜美清纯人设的她伤害太大。当年要不是被林菁菲爆出已婚的事，她也不会被雪藏了那么久。

"你这婚结得……"尤欣欲言又止，继而安慰道，"不过你老公对你好就够了。"

柳乔静缓缓点头："嗯。"然后她的眼眸中却多了抹沉思。

本就是临时让司机送自己出趟门，从尤欣的工作室里取回了婚纱照，阮芷音便直接回了别墅。

客厅里，程越霖坐在沙发上，听见门口的动静，回身瞧了眼司机帮她搬进来的相框，淡淡道："回来了？"

阮芷音点了点头，环顾了几眼后，皱眉问道："程朗呢？"

"让白博带去游乐园了。"男人的声音不紧不慢。

阮芷音听罢，眼神有些讶异："白博居然还会带孩子？"

听出她话中的赞赏，程越霖轻蹙眉峰，瞥她一眼："这种事有什么难的？"

阮芷音不好打击他这个成天把孩子整哭的人，没有说话。

程越霖瞧她一眼，起身从茶几上拿起一样东西，而后款款走到阮芷音跟前，递给她一个精致华丽、四方扁平的盒子。

"喏，这给你。"

阮芷音目露疑惑之色，伸手接过，打开后，里面是一条璀璨夺目的蓝宝石项链。

色泽浓郁的蓝宝石，在光线的折射下闪闪发光。

只消一眼，她便知道价格不菲。

程越霖打量着她的神情，轻描淡写地说道："头两天参加了个慈善晚会，随便拍的。"

这语气，说得跟买土豆白菜似的。

可过了片晌，见阮芷音瞧着项链没有搭话，他又忍不住问了句："你觉得怎么样？"

阮芷音对上他的视线，停了几秒，轻轻笑了笑，点头道："嗯，我很喜欢。"

男人勾了勾唇。

"月底有空儿吗？"

他的话让阮芷音不明就里。

她思索了会儿，北城那边都已经步入正轨，她手头也没有什么急切的工作。

于是她回道："应该有吧，怎么了？"

程越霖微扬眉梢，轻咳一声道："那要不要去度个蜜月？"

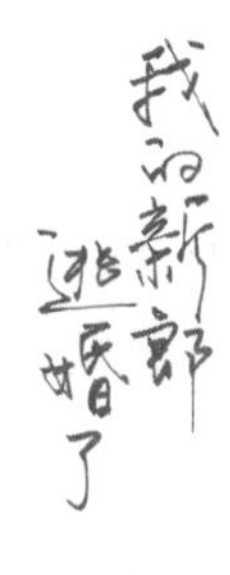

“蜜月？”阮芷音抬眸看他。

“嗯，不是……过生日吗？”

听到程越霖的话，阮芷音才反应过来，月底是自己的生日。

社会福利院里的孩子们很多都摸不清出生的日子，院长便习惯把入院那天当作孩子们的生日。

阮芷音在社会福利院时的生日是 5 月 26 日，亦是举行婚礼那天。

除了顾琳琅，没人知道那天是她曾经的生日。

至于阮芷音回阮家后的生日，则是在十月底，剩下不到半个月。

仔细算算，她和程越霖居然已经“结婚”快五个月了。

看了眼手中的项链，阮芷音笑了笑，问道：“所以这也是生日礼物？”

男人摇了摇头：“不是，你就当这是一份……小礼物。”

不过是在拍卖会看到这条项链时，程越霖突然想到了她。他觉得阮芷音皮肤白皙细腻，戴这个应该很好看。

至于生日礼物……自然还有别的。

阮芷音闻言，点了下头，轻声道：“好啊。”

“嗯？”程越霖垂眸看她。

“我说去度蜜月，好啊。”

男人微动眉梢，扬起了唇角。

我的新郎逃婚了

（下册）

喝口雪碧 著

青岛出版集团 | 青岛出版社

第九章
蜜月旅行

因为要空出月底的假期，阮芷音整理了手头上的全部工作，准备在度假前把重要的事情全部解决好。

于是，工作变得十分忙碌。

程朗的领养手续比较繁琐，送人出国的日子最后被定在了阮芷音和程越霖蜜月假期的前一天。

工作日匆匆过去，转眼又到周末。

阮芷音挤出了时间，要去参加周鸿飞和江小姐的婚礼。

她临出门时，程越霖倚在门边，又问了她一句："真不用我陪？"

阮芷音顿了顿，劝解道："你在家正好能看着程朗，而且你也知道……琳琅是自己去的，我要陪她。"

她上回就是随口一提，原以为程越霖最近几个周末总是在书房里和人开会，今天应该没空儿，可他倒是难得有了清闲。

只是顾琳琅因为房纬锐和蒋安政的关系，不好叫上老公一起去。阮芷音想了想，便劝说程越霖待在家里。

再怎么着，她也不能见色忘友。

男人闻言，静静瞧她几眼，而后微耷眼睑，姿态闲散地挑眉："那我在家里等你。"

他的声音云淡风轻。

可不知怎的，阮芷音总觉得他的潜台词是：记得早点儿回家。

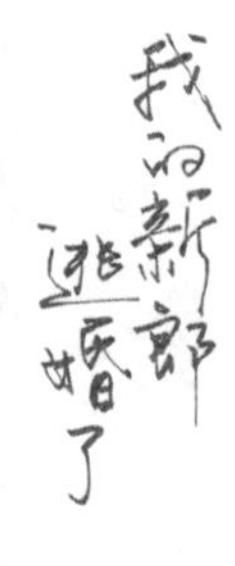

阮芷音心想：这模样，倒像是她委屈了他。

婚礼在市中心的一家教堂里举办。

婚礼规模很小，只请了双方为数不多的亲友。

这家教堂在老大学城附近，建筑风格已经有了年代感，听说是新郎新娘当年的定情之地。

至于婚礼的仪式，简单而温馨。

江小姐的父亲没有来，舅舅扮演了父亲的角色，牵着江小姐的手，把新娘交到了周鸿飞的手中。

新娘穿着洁白的婚纱，姣好的面容上洋溢着幸福的笑容。

就连印象中沉默寡言的周鸿飞，嘴角也始终挂着浅笑。

两位新人执手相望，在众人面前宣读誓言，交换戒指。

两人郎才女貌，般配至极。

仪式很快结束，阮芷音和顾琳琅一起走向不远处的新人。

“琳琅姐，芷音姐。”

周鸿飞比顾琳琅小两岁，比阮芷音小半岁。这声姐姐，他曾叫了十几年。

阮芷音笑着取过礼台上的一杯香槟，和新郎新娘各碰一杯：“祝你们新婚快乐。”

“谢谢芷音姐。”江雪莹笑得灿烂，“我听鸿飞说过，你们过去帮了他很多。”

言语间真诚而亲近，她是个十分洒脱的姑娘。

顾琳琅挺喜欢江雪莹，闻言笑了笑：“他从小到大话都少，闷葫芦似的，得亏你能瞧上他。”

周鸿飞倒也不辩驳，低头看了眼江雪莹，点头道：“确实。”

虽然他们这些年联系不多，但毕竟是一起长大的弟弟。

看到眼前的这一幕，阮芷音突然多了些欣慰：“院长看到你结婚，一定很高兴。”

周鸿飞几个月大时便被遗弃在社会福利院门口，小时候身子弱，陈院长总是很担心他长得不好。

闻言，周鸿飞垂眸：“嗯，等过些日子，我也会带雪莹回趟许县。”

三人生活过的社会福利院就在许县，陈院长也葬在那儿。

阮芷音微顿，声音中多了几分惆怅：“说起来，院长去世那会儿，多亏有你。”

彼时她和顾琳琅都在国外，只有周鸿飞陪在院长身边。后来阮芷音打电话回社会福利院时，也是周鸿飞接的。

他脸上显出了几抹惭愧之色：“我也没做什么，说到底，还是多亏一个人托嘉洪的朋友把院长送去医院。”

“托嘉洪的朋友？”阮芷音轻扬秀眉。

周鸿飞点点头：“院长那会儿住不进病房，对方就托了嘉洪的朋友过来，把人送进了市医院。”

嘉洪是X省的省会，和许县离得不远，但嘉洪市医院的医疗设施当然是县城比不了的。

阮芷音微微皱眉，她还从未听说秦玦有嘉洪的朋友。

可意识到自己想起秦玦的事，她又很快撇开了那阵思绪。

参加完周鸿飞的婚礼，阮芷音坐上了顾琳琅的车。

阮芷音刚才喝了几杯香槟，细腻洁白的面颊上多了些红润。

她慵懒地靠在椅背上，轻轻眯起凤眸，打开了车窗，感受着微风舒适地拂过面颊。

顾琳琅瞧着她微醺的神态，笑着问了句：“你和程越霖现在怎么样了？”

想到程越霖，阮芷音笑着点了点头：“我想应该算是……挺好的。”

“音音，我觉得你结婚后真的放松了不少，现在的你，倒是和在社会福利院时差不多。”

“有吗？”阮芷音回眸看她。

这已经不是顾琳琅第一次这么说。

顾琳琅在红灯前停下车，而后道：“以前你面对我和院长时都是放松的，反倒是回阮家后，每次见你都像是压着情绪。”

阮芷音刚回阮家那年，顾琳琅见过她几次，彼时的笑容淡了很多。

看着车窗前的夜景，阮芷音轻扯唇角：“大概是，总觉得社会福利院才像家吧。”

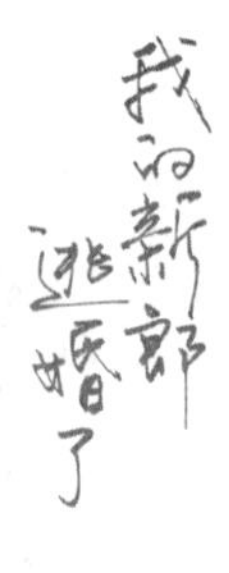

她接受了自己孤儿的身份，在社会福利院里生活了十多年，却突然被告知有了亲人，生活也很快有了翻天覆地的变化。

当院长说不要再回社会福利院时，阮芷音其实是有些茫然的。

如果让她选择，比起那几年小心翼翼的生活，她更愿意生活在使她放松的社会福利院里。

虽然他们过得不是富贵的生活，但院长也从未让他们饿过肚子。

离开社会福利院后，阮芷音始终对阮家缺了些归属感，不知该如何面对那里。

她在国外待了五六年，比在老宅里住的时间还要长。她当初做出回国的决定，也不过是为了爷爷。

顾琳琅闻言，微挑秀眉，探究的视线望向她："那现在呢？"

当初她觉得只有社会福利院才像家，那现在呢？

"现在？"

阮芷音微微蹙眉，像是突然陷入了什么困难的思考，没有再回答。

瞧到她这副略显纠结的神态，顾琳琅就知道，阮芷音看着还很清醒，其实已经有些醉了。

没多久，车子在别墅前停下，阮芷音睁开了眼："琳琅，到了？"

"是啊大小姐，还下得了车吗？"顾琳琅笑着看她。

阮芷音点下头，打开车门下车，跟顾琳琅挥了挥手告别。然后她站在那儿，似乎是准备目视顾琳琅的车离开。

顾琳琅见她脚步还算稳当，又瞥见站在落地窗前的男人，摇头笑笑，紧接着开车离开。

蓝色的宝马消失在视野中。

阮芷音站在原地顿了顿，才转身走向别墅的大门。

她还没有去按指纹锁，来到别墅前的一刹那，大门已经被人从里面打开。

看清男人的面容，阮芷音走上前，眯起眼笑着看他："程越霖，我回家了。"

脑袋发沉，她迷迷糊糊记得，出门的时候好像有人说过，会在家里等她。

程越霖轻嗯了声，打量她几眼，然后牵着人进了门。

别墅的大门被男人合上，可阮芷音还缄默地站在玄关处一动不动。

闻到她身上淡淡的酒气，程越霖蹙起眉峰："怎么喝酒了？"

"哦，好像是喝了点儿。"阮芷音愣愣地点头，而后道，"今天看见周鸿飞结婚，我挺高兴的。"

她确实是挺高兴，就是高兴过后，这会儿头好像昏昏沉沉的。

男人微僵，轻哼一声，继而散漫地扬眉："他结他的婚，你高兴什么？"

早知道她会喝成这样回来，他就该跟着她一起过去。

阮芷音微皱眉心，思索了一会儿，回道："要是你结婚，我也会高兴啊。"

程越霖闻言，抿直了唇线，语气微沉："我要是结婚，你也高兴？"

阮芷音点点头，疑惑地看他："高兴啊，你不是已经和我结婚了吗？"

在她还没喜欢上他的时候，她就把他变成了自己的丈夫。这中彩票一样的概率，阮芷音为什么不高兴？

程越霖似乎说不出什么反驳的话。

见他没有回答，阮芷音微抬眼眸，端视着面前的男人。

顿了一会儿，她伸出纤细的手指，轻轻抚平了他眉心的褶皱。

谁知她刚要缩回手，手却被男人手疾眼快地握住。

程越霖凝望着她泛红的脸颊，喉结滑了下，声音低哑："阮嘤嘤，你又在占我便宜？"

听到他的话，阮芷音愣怔地摇头："我这不叫占便宜。"

程越霖轻笑一声，继而散漫开腔："哦？那你觉得什么才算占便宜？"

潋滟的凤眸微垂，阮芷音皱眉思索片晌，然后冲男人绽开笑颜："大概是，这样吧——"

她轻轻踮起脚尖，将柔软的唇瓣吻在他的下唇，像蜻蜓点水般，一触即逝。

"行凶"完毕，她回味数秒，笑着评价了一句："甜的。"

玄关处陷入诡异的沉默。

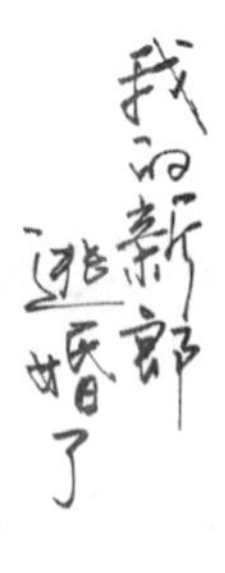

过了好久，男人哑声开口。

“阮嘤嘤。”

“嗯？”

“明天醒来，还能记得今天的事吗？”

见她迷茫地凝起眉心，程越霖叹了口气，哂笑一声，挑眉道：“要是不记得也没事，毕竟客厅里的确有个摄像头——”

“昨天你亲眼看着我安的。”

周一清晨，阮芷音在房间里醒来时，还有些头昏脑涨。

她的酒量不算太好，但昨天周鸿飞的婚礼请了些社会福利院的人过来。他们太久没见，气氛又很好，顾琳琅开了车不能喝酒，阮芷音倒是喝了不少杯。

她这才喝得有些醉了。

揉了揉酸涩的太阳穴，阮芷音脱下身上的睡衣，走进浴室里洗了个澡。

打开房门下楼时，她发现程越霖和程朗已经坐在了餐厅里。

桌子上放着三杯牛奶和简单的吐司煎蛋。

一大一小之间，气氛沉默。

男人穿着灰色的家居服，姿态闲散地坐在那儿，垂眸浏览着平板电脑上的财经新闻。

程朗坐在程越霖对面，身子有些紧绷，圆润的黑眼球转着，一直盯着面前的盘子。

看到阮芷音走来，他眼神一亮，像是见到了救星似的。

瞥了眼餐桌上的煎蛋，阮芷音有些意外，转头问道：“你做了早餐？”

程越霖的确没什么下厨的天赋，煎蛋和白粥是他唯二做的还行的餐食。

男人放下手中的平板电脑，眼神古怪地瞧了她两眼，随即点了点头：“嗯。”

阮芷音没在意，揉了揉程朗的头，坐到自己的位置上，吃起早餐。

然而她静静地吃了一会儿，对面那道略显逼人的视线始终锁定在她身上。

被他盯得莫名其妙，片晌，阮芷音终于抬头，皱眉道："是我脸上有东西？"

"没。"程越霖挑下眉，轻扬嘴角，"不过呢？——"

"阮嘤嘤，你现在这种若无其事的态度，是不是忘记了什么？"

男人的声音发沉，带了些许控诉的意味。

她忘了什么？

阮芷音目露疑惑，蹙眉开始思索。

昨天离开婚礼后的画面有些破碎，她只记得琳琅把她送回了别墅，然后……好像是她撑着最后的恍惚意识走进了房间里。

似乎并没有什么不对的地方。

顿了顿，阮芷音对上男人的视线，试探着问道："我忘记了什么？"

程越霖靠在椅背上，轻笑一声，修长的手指点在一旁平板电脑的屏幕上，又将平板电脑伸手递给她。

他说话的腔调吊儿郎当："空口无凭，免得说我冤枉你，还是你自己看吧。"

阮芷音迟疑着接过平板电脑。

屏幕上，是客厅的监控录像。

程朗没几天就要出国，又委婉地跟阮芷音提过，不想再让保姆照顾。阮芷音觉得，许是他上一个保姆让他有了抵触情绪，便也没有强求。

毕竟程朗白天会去学校，这几天也有司机接送。他已经快七岁了，也开始懂得自己照顾自己。

可偶尔她和程越霖回来得晚，程朗也会一个人在家。怕他出什么事，前天他们在客厅里安上了一个摄像头。

于是摄像头就这么拍下了眼前的一幕。

此时此刻，阮芷音看着昨晚的那段录像，表情逐渐僵在了脸上。

屏幕的画面带来的冲击太大，她尴尬得呆愣在那儿，久久无法回神。

虽然知道自己酒量不好，但阮芷音怎么也没想到，她居然还会借酒"行凶"！

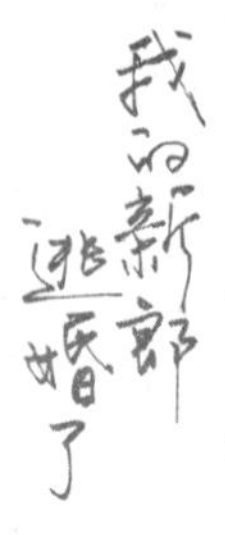

从录像上看，程越霖始终和自己保持着适当的距离，是自己霸王硬上弓，亲完了人，自顾自地走上了楼梯。

而程越霖遭受不公平的摧残后，见她脚步不太稳，还好心地把她扶进了房间里。

看完自己的所作所为，阮芷音懊恼地低头，已经不敢去看程越霖的眼睛。

毕竟是她抵抗不住美色，喝醉了酒强行占了他的便宜，一切还都被明明白白地拍下。

这是多么丢脸的场面！

男人默默地将她的神情收入眼中，意味不明地轻笑："怎么，看完了视频，不准备给我个交代？"

话毕，又见一旁的程朗疑惑地冒出脑袋，程越霖淡淡扫他一眼，抿唇道："小孩，去楼上玩你的玩具。"

程朗这些天最怕的就是程越霖，现在也不敢不听他的话。

于是他瞧了眼阮芷音，小心翼翼地从椅子上跳下，然后小跑着回了房间。

餐厅安静下来，只剩两人。

静默许久，阮芷音抬起头，企图同男人解释："昨晚我喝醉了……"

"所以呢？"

"所以……脑袋不太清醒。"

一不小心，我就占了你的便宜。

男人闻言，轻轻扬眉，声音平淡："阮嘤嘤，这就是你的交代？"

听到他隐含在语气中的控诉，阮芷音叹了口气，诚恳地道："你放心，我会……尽量补偿。"

"口气还不小。"程越霖笑了笑，"那你说说，你能给我些什么补偿？"

阮芷音哽住，实话说，她还真不知道该怎么弥补程越霖的损失。

毕竟，他似乎什么都不缺。

见她没说话，程越霖挑了挑眉，散漫地道："怎么，想不出来？"

她还真是想不出来……

缓了缓尴尬的心情，阮芷音抬眸对上他的视线："你想要什么补偿？只要在我能力范围内，我都会尽力。"

"哦？真的？"

"嗯。"阮芷音缓缓点头。

沉默片晌，男人轻笑了一声，而后饶有兴致地开腔："既然如此，那……我可得好好想想。"

阮芷音松了口气，紧接着，又听到对方轻描淡写的暗示——

"阮嘤嘤，反正便宜呢，你是占完了。等我提了要求，你可别想着……

"赖——账。"

最后两个字像是带着提醒，敲在了阮芷音的心上。

这场谈话过后，氛围又归于平静。

之后的几天，两人都心照不宣地略过了阮芷音醉酒的插曲。

即便一开始阮芷音仍有些许尴尬，却也在男人的自然表现中逐渐恢复了往常的状态。

听说了这件事后，叶妍初还给她支了个招，说以后面对这种局面，只要你不尴尬，尴尬的就是别人。

可惜，阮芷音尚且没有叶妍初这么大的觉悟，只能让自己继续努力不尴尬。

周四上午，她请了半天假，带着程朗去办出国的剩余手续。

坐在大厅里等待的时间里，程朗情绪不高，一直没有说话。

手续办妥，走出民政局后，程朗跟在阮芷音身后坐上车。

纠结许久，程朗顶着肉乎乎的小脸突然问道："姐姐，你还会去看我吗？"

阮芷音微怔，帮他系上儿童座椅的安全带，模棱两可地道："有机会的话。"

她总要考虑程越霖的态度，不愿给孩子许下可能做不到的承诺。

程朗低下头，小声道："等到了姑姑那儿，我是不是也见不到妈妈了？"

阮芷音沉默，轻点下头。

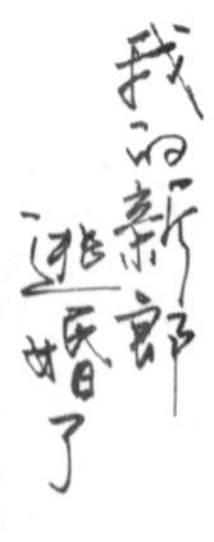

上次探监之后，赵冰没多久便跟警察交代了与丈夫方世国有关的那部分口供，还提供了一份有力的证据。

虽然还有需要警方调查的部分，但方世国应当免不了牢狱之灾了。

前不久，阮芷音带着程朗见了赵冰最后一次，告诉她程朗就要出国。

思及此，她含笑望着程朗，柔声问道："程朗，你讨厌哥哥吗？"

这段时间，程越霖对程朗的态度绝不算温柔，程朗在程越霖面前更是话都不敢说，可他们在很多细节上又很和谐。

有时候，阮芷音也瞧不明白两人对彼此的态度。

听到她的话，程朗拧了下眉毛，过了好一会儿，才摇了摇头："其实……也不算讨厌，我知道是妈妈做错了事，才被警察叔叔带走了。"

"老师跟我说，人做错了事，就要接受惩罚。"

阮芷音笑了笑，摸摸他的头："你明白就好。"

赵冰还算是个好母亲，至少把程朗养得不错，没有在他面前灌输对程父和程越霖的恨意。

替程朗关上车门，阮芷音刚坐上驾驶座，就收到了叶妍初发来的微信。

"音音，你现在在哪儿？"

阮芷音打字回复："刚带程朗办完手续出来，送他回去后就去公司，怎么了？"

"你看那条八卦长帖了吗？"

"什么长帖？"

隔了一会儿，叶妍初给她发来一条带着标题的链接："扒扒某玉女主持人婚变内幕……"

阮芷音眉梢微动，点进链接。

十分钟后，她终于浏览完这篇长帖，也明白了叶妍初话中的意思。

帖子的主角已经被人解码，正是不久前她曾在尤欣工作室里碰到过的柳乔静。

前不久，柳乔静和圈外人丈夫分居一年的消息闹上了热搜，据说男方执意不肯离婚，一直以各种借口拖着。

而这篇帖子里，说柳乔静最近傍上了某位总裁，资源好了不少，更使得前夫迫于压力，不得不尽快办理离婚手续。

种种描述中，那位与柳乔静关系匪浅的对象，俨然就是自己的丈夫——程越霖。

甚至这位爆料人还扒出了柳乔静的履历，证明她曾在岚中读过一年书，与某总裁相识已久。

她在岚中上过一年学，已婚，还疑似和程越霖认识。

种种迹象堆叠在一起，怎么看都像是程越霖那位神秘的初恋。

更巧合的是，柳乔静高二转学去其他学校学了艺术。而阮芷音高二才转到岚中，当然不会知道柳乔静的存在。

她独自出神，沉默了一会儿，思绪突然被手机的铃声打断。

蹙了蹙眉，她接通了陌生的电话。

霖恒大厦，总裁办公室。

程越霖刚在楼下的会议室里和并购部的人开完了会，只身回到顶层。

望着那张空荡荡的办公桌，他皱了下眉，然后拨通了内线电话。

两分钟后，白博敲门进来。

程越霖把文件放到一边，掀了掀眼皮问他："今天的午饭呢？"

白博轻咳一声，犹豫着道："老板，太太今天……可能没给您订午饭。"

毕竟出了这种事，就是太太脾气再好，也不可能一点儿都不生气。

程越霖蹙起眉峰，有些意外。

他想了一会儿，觉得阮芷音是为了空出蜜月假期，工作太忙，才忘了给他订饭。

罢了，反正钱梵等会儿也会拎着饭过来，他总归饿不着。

"怎么，还有事？"

程越霖看了眼表情纠结的白博。

白博缓缓地点了点头："是有件事……"

话说一半，他将手机递给程越霖。

扫了一眼后，程越霖声音微沉："这个女人是谁？"

屏幕上，营销号竟然把他过往出席酒会时被偷拍到的照片和一个陌

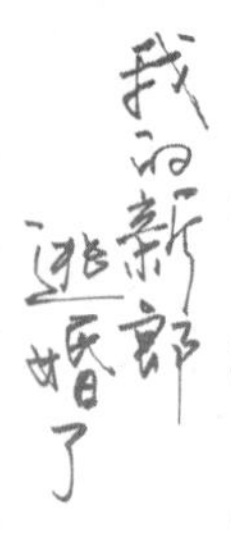

生的女人拼在了一起，还编出了一条绯闻。

白博顿了顿，而后回道："这是之后会采访您的那个主持人，也是前不久为 YT 那条产品线定下的代言人。"

之前程越霖借着专访的理由拍了婚纱照，转头又让白博随便接了个专访。

可他怎么会知道，之后采访自己的主持人长什么样子。

想到这儿，程越霖声音冷峻："你刚刚说，她没订饭？"

白博知道，老板不会想要自己把话再重复一遍，所以没敢搭腔。

"所以你是想告诉我，我清清白白的名声，就这么无缘无故地被一条绯闻给抹黑了？"

瞥见老板的脸色，白博小心地道："我查过了，柳乔静和丈夫在分居闹离婚，可能是想借您的名头逼对方早点儿签协议。"

"借我的名头？谁给她的胆子？"

"喀，柳小姐当初的代言人是钱总推荐的。听说……她和钱总当过几年的同学。"

程越霖都快气笑了，闭目揉了下眉心，修长的指节敲在桌面上："去让公关部发个澄清信，现在。"

白博立刻应下，转身准备离开。

"等等。"

程越霖叫住他，眉峰中凝着怒气。下一秒，白博听到散着寒意的声音——

"钱梵呢？"

十分钟后，钱梵怀着十二万分的小心，推开了总裁办公室的门。

刚一进来，他便挂上了谄媚讨好的笑容："霖哥，你找我？"

男人递来冷冷的眼刀。

钱梵吞了吞口水，继而哭丧道："我也不知道会出现这种事啊，柳乔静她妈是我初中的班主任，YT 选代言人时她也是最合适的，我就选了她。"

"霖哥，我错了。你放心！一看见绯闻我就冲去找了仲沂，要了嫂子的手机号，刚刚已经跟她解释过了。"

只是阮芷音接了电话之后也没有说什么，让钱梵摸不准她到底是啥态度。

程越霖面容冷峻，此刻憋了一肚子的气，却又不知该如何发泄。

他瞧了钱梵一眼，瞥见钱梵手中那袋明显不是外卖的东西后，皱眉道：“你这提的什么？”

“榴梿。”钱梵连忙打开袋子。

“霖哥，我刚叫跑腿的人帮你买的。这有时候，男人的态度还是得主动点儿。”

“听说这是让媳妇消气的神器，如果到家嫂子还生气，你就把姿态摆在那儿，没准她就心软了。”

程越霖闻言，冷笑一声：“你惹出来的麻烦，还敢让我去跪榴梿？”

钱梵赶紧求饶，解释道：“只是表个态，我这不是怕嫂子还在生气吗？”

“霖哥，别瞪我了，之后俩月我申请加班，你放心去和嫂子度蜜月吧。”

程越霖没说话，郁气就这么闷在了肚里。

因为白天要带程朗去办手续，所以阮芷音今天自己开车上下班。

而下午的工作太忙，等她驱车回到别墅时，已经有些晚了。

一进门，她就看见男人靠在沙发上的背影，正百无聊赖地看着电视。

屏幕上还是个儿童节目。

阮芷音环顾了两眼，觉得客厅里仿佛变得整洁了不少。

余光瞥见她进门，程越霖漫不经心地开口：“厨房里坏掉的灯泡，我换好了。”

阮芷音轻点下头：“嗯。”

男人微顿，又道：“刚刚，我也给那小屁孩洗完澡了。”

“嗯。”

仍旧是简单的应声。

程越霖皱了下眉，轻咳了声：“你……有没有什么要问的？”

“没有。”阮芷音摇了摇头。

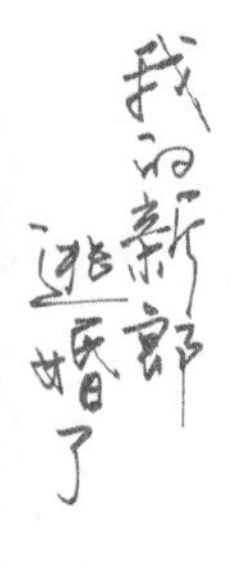

停了一会儿，她转过头，抿唇道："不过程越霖，我考虑好了一件事情。"

"是什么？"

"之前对你做出那种事是我不对，你放心，以后不会了。"

白天看到他的那条绯闻，紧接着她又接到了钱梵赔罪的电话。

这让阮芷音突然意识到了一件事。之前她发现自己喜欢上程越霖，甚至想要把他追到手。可她从未想过，这会不会给对方造成什么负担。

万一，他不喜欢自己呢？

或者，他永远不会喜欢上自己呢？

程越霖听到她的话，蹙起眉峰："然后呢？"

然后？

阮芷音垂眸沉思，继而道："嗯……你之前也说过，我们是家人对不对？"

"嗯。"男人略顿，轻轻点头。

像是想到了什么，阮芷音突然笑了笑："其实以前在社会福利院时，我跟琳琅比周鸿飞大些，总是把他当弟弟。"

程越霖不太愉快地抿唇，却又有些疑惑："阮嘤嘤，你突然提他干什么？"

"只是觉得，我们就这么继续当家人……或许也不错。"

恋人说不定还要分手，家人却有更加牢固的关系。

程越霖面色微沉，视线逼人，轻笑着看她："家人？你的意思是，就像你和周鸿飞似的？"

察觉到他的不快，阮芷音微顿。

思索后，她笑着安抚："当然不是。"

男人缓和了些脸色，紧接着，便听到她柔声补充——

"我知道你比我大半岁，如果你想当哥哥的话……也是可以的。"

死一般的沉寂过后。

"哥哥？"程越霖像是听到了什么荒唐至极的事，言语间多了几分咬牙切齿的意味，"阮嘤嘤，你觉得可能吗？"

他静静地望着她，眸色深沉近墨，里面似乎还藏着股淡不可见的火苗。

摸不准他对此是什么态度，阮芷音顿了顿，又道：“我就是随口一提，你要是不愿意的话就算了。”

瞧见她这平静的神态，程越霖觉得自己心底那股郁气又平添了不少，一时间被堵得无话可说。

毕业多少年了，他已经很久没有这种想把钱梵那家伙揍上一顿的冲动。

阮芷音见他没再说话，停了一会儿，扭头回了自己的房间。

换过睡衣，她坐到床边，点开了手机上的微信消息。

对话框上方，是她之前发的一条消息。

“我好像突然开始犹豫，还要不要继续追人。”

叶妍初：“纠结什么？程越霖不是紧接着就发了声明，说和柳乔静不认识吗？你们俩这不都是单身？”

白天时，钱梵给阮芷音打过电话，解释说柳乔静只是他的初中同学，和程越霖并不认识。

没多久，霖恒的官博也迅速辟谣了绯闻，直接给几个制造流言的营销号发了律师函，还表示考虑起诉。

那几个营销号紧接着便灰溜溜地删除了绯闻并道歉，柳乔静也发了微博，承认自己并不认识霖恒的总裁，一切都是误会。

只是随后就有圈内人爆料，柳乔静被撤掉了筹备已久的某台力推的新节目的主持，似是因为有人不满对方碰瓷的行为。

就算阮芷音一开始怀疑过柳乔静是不是程越霖所谓的初恋，但看到后面这些事时，猜想也被打破了。

叶妍初说两人都是单身没错。可程越霖这些年都没有再谈过恋爱，万一他是因为初恋的惨淡收场成了独身主义，并不想开始新的感情呢？

又或者，阮芷音努力尝试过后，他只觉得多了负担，依旧不会喜欢自己呢？

她觉得自己还是该收敛些，不要因为那点儿不轨之心给对方带去麻烦。

当然，这只是其中的两个原因。至于其他的原因，应该是她在看见绯闻的那一刻有了别的顾虑。

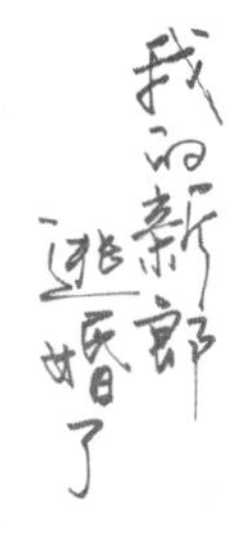

她已经开始眷恋现在的生活，甚至不愿意把它打破，怕打破后的结果会是另一番不愿面对的情境。

周六，阮芷音起了个大早。今天是送程朗出国的日子。

程朗的行李不多，程慧最近时不时打电话过来和程朗聊天，孩子的东西准备得也很齐整。

那边不缺衣服，他只有几件特别喜欢的玩具。帮他收拾好东西后，阮芷音和程越霖开车送程朗去机场。

许是因为程越霖也在车上，程朗今天没敢和阮芷音说话，圆溜溜的眼睛时不时地瞥向驾驶座上的程越霖。

阮芷音其实也有些意外，没想到程越霖会主动提出一起送程朗去机场。

这两天她尝试着和他保持适当的距离，只可惜还是没能抛却心底那点儿心思，有时仍觉得尴尬了些。

每天吃完饭，她递盘子时总会不小心碰到他的手。晚上回房间的时候，她也总会迎面撞上他。

就连今天早上从健身房出来的空当儿，都撞见了他在衣帽间里换衣服，她不得不竭力管控住自己的目光。

三人就这么沉默了一路，车子缓缓驶进机场的停车区域。

阮芷音收起那阵思绪，开门下车。

走进出发大厅里，她领着程朗去了值机柜台，按照流程先填了无成人陪伴儿童的乘机申请书。

申请书上面是她与程慧的姓名地址，还有联系方式。程慧知道程朗的航班，会提前赶去机场。飞机抵达美国后，乘务员会将程朗送到程慧夫妇那里。

阮芷音不太放心程朗一个人坐飞机，本是想陪他一起过去的。

可程越霖说，他五六岁就被父亲扔上飞机独自去程慧那儿探亲了，孩子不能那么娇惯。

这话一出，倒成了她太过溺爱孩子了。

提交完那份申请书，负责在飞机上照顾程朗的乘务人员候在一旁，静待三人最后叙话。

阮芷音俯下身，摸摸程朗的脑袋："还记得姑姑长什么样子吗？"

这个星期，程慧每天都会和程朗视频通话。一来她是怕程朗对她害怕和不适应，二来也是让程朗熟悉她这个姑姑。

至少现在，程朗已经不抵触和姑姑一起生活了。

"我记得。"程朗仰着小脸，小鸡啄米似的点头，而后看着阮芷音，腼腆地开口，"姐姐，我会想你的。"

他说完停了一会儿，又看向一旁默不作声的程越霖，小声道了句："也会……想哥哥的。"

程越霖瞥了眼面前的萝卜丁，而后掏出个不大的钱包，声音平淡："小孩，带着这些钱。"

阮芷音帮程朗接过，放进他衣服内兜里时才发现，钱包里是换好的美元。

看来，他虽然对程朗严厉，但也不是完全不上心。

程朗被乘务人员接走，进安检时，还在恋恋不舍地回头。

直到那道小小的身影消失不见，阮芷音才轻轻地叹了口气。

再理智的人也会被感情触动。

程朗可爱又听话，相处了快半个月，现在分开，阮芷音觉得心里有阵空落落的感觉。

程越霖见她怅然若失，停了一会儿，温声道："等到过年，带你过去看他。如果你想，也可以在姑姑那儿住几天。"

阮芷音抬眸看他，又摇了摇头，笑着回应："有时间去拜访下就好，住还是算了，免得被你姑姑看出什么不对。"

"什么不对？"

阮芷音微微蹙眉，疑惑的眼神对上他："我们毕竟不是真夫妻。"

他们住在程慧那里，岂不是会露馅？

她也不能可耻地再占他便宜。

程越霖被她噎得无话可说。

这两天她处处避着他，不仅是不送午饭了，临睡前发的晚安也没了，只有他每晚抱着手机等着回复。

程越霖以为她是在意那条莫名其妙的绯闻，状似不经意地把官博的

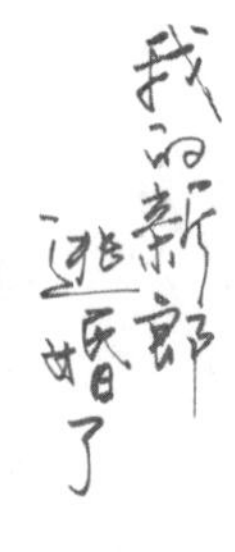

澄清函转发给她，只收到她一个疑问的表情。

一拳打在棉花上，他没了其他办法，却也不知如何求助，只觉得每天的憋屈更浓了些。

思及此，程越霖轻嗯了声，又叹了口气："你要是不想住家里，住酒店也行。"

"嗯。"阮芷音点点头，没再说什么话。

送走程朗，阮芷音和程越霖也迎来了月底的这场"蜜月"。

直到从程越霖手中拿到机票，阮芷音才知道这场"蜜月旅行"的地点在斐济。

阮芷音喜欢海岛，斐济倒是她很想去的地方，还曾和留学时的室友约过一场旅行，只是最后没有成行。

程朗离开的第二天，司机把两人送到了机场。

登机后，阮芷音调整座位躺下休息。

昨晚程慧接到程朗后，阮芷音熬着时差陪程朗通视频电话聊了一会儿天。今天收拾行李起得又早，她这会儿实在困极了。

好在还有十个小时的长途飞行，头等舱的座椅也宽敞舒适，她可以再补补觉。

然而她才刚刚躺下，耳边便传来了空姐娇柔的询问声——

"先生，您需要什么饮料？"

"温水，谢谢。"

男人的回答言简意赅。

许是见阮芷音已经闭眼躺下，问完了程越霖，对方直接略过了她，转身回了前面的机舱里。

过了一会儿，空姐端着水杯走来——

"先生，您的温水。"

"谢谢。"

"应该的，请问您现在是否需要用餐呢？"

"不需要。"

他们定的是下午两点半的飞机，凌晨抵达，这会儿按理说空姐应该只会提供些点心，不会问要不要用餐才对。

阮芷音还没有睡熟，听到空姐的话后，轻蹙下眉，缓缓睁开眼睛。

她刚睁开眼，就见对面的女人脸上挂着温婉得体的笑容，眼眸含羞带怯，瞧着身旁的男人。

她很快明白过来，对方或许是醉翁之意不在酒，瞧上程越霖了。

阮芷音更加鲜明地意识到，她一厢情愿的想法，其实很多人都有。

她默默地瞥了眼那张清俊帅气的轮廓，心底隐隐滋生出一闪而过的别扭的感觉。

可她这个同样心怀不轨的人，似乎也没有什么立场在意人家献殷勤。

勇敢表达好感没什么不对，阮芷音甚至一直羡慕这种能够坦率表达情感的人，何况程越霖某种程度上还是单身。

虽然她的理智这么告诉她，但是阮芷音无法忽略刚才那一瞬间的不快。

她一边在压制自己的不快，一边却有些嫉妒。

"醒了？"程越霖侧目过来，散漫地挑眉，抿唇道，"早上起床是不是嗓子干？喝口水再睡。"

言毕，他将水递给阮芷音。

见到这幕，空姐的笑容僵在脸上。

大概是阮芷音登机后便没和程越霖说过话，对方不知道两人竟然认识。

阮芷音压下情绪，恍然点头，从男人手中接过了水杯。

两人的无名指上戴的是同款的婚戒。

空姐尴尬作别，悻悻离去。

十小时后，飞机终于抵达南迪机场。

阮芷音迷迷糊糊地醒来，发现身上盖着条柔软的毛毯。

慢慢回神，她突然意识到什么，视线下移，落在了两相交握的手上。

她面色微怔，连忙松开，继而烦恼地蹙眉，心想：难道真是自己那点儿不轨的心思太过旺盛，以至于睡梦时都不忘占他便宜？

程越霖瞥她一眼，淡淡抿唇，面上看不出情绪。

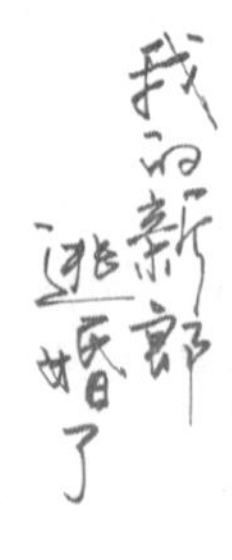

斐济的凌晨四点，两人下了飞机取了行李。

出机场后，他们坐上了管家派来的车，抵达酒店。

办完入住，前台的那位小麦色肌肤的年轻姑娘微笑着将房卡递给程越霖。

然后她又转头看向阮芷音，态度颇为热情，操着带了些口音的英语道："对了女士，后天晚上酒店前的海滩上有篝火晚会和表演。"

阮芷音没想到对方会单独提醒自己，想了想，大概是登记入住信息时看到了后天是她的生日。

于是她也回了个笑容："谢谢。"

程越霖不动声色地瞧她一眼，勾起了唇角："走吧。"

他们订的是独栋的海景房，距此还有几百米的距离，需要坐酒店的观光小车过去。

酒店的服务生推着行李车，跟在两人的身后，负责把行李送过去。

上观光车时，程越霖顺势来牵她，后者却默默缩回了手。

"怎么了？"男人微动眉梢，掀起眼皮看向她。

阮芷音委婉地道："这是在国外，我想应该不用再装亲近了，你觉得呢？"

程越霖扬下眉，继而拖长了腔调："装亲近？"

对上他意味深长的眼神，阮芷音微顿。

可不管怎样，她还是要淡化心底的不轨企图，以及不喜欢他被人觊觎的心态。

从上飞机到现在，她都没想清楚，这种有些霸道的心态究竟是何时出现的。

思及此，她又语重心长地补充："你别介意，我这也是为了你好。"

程越霖："为我好？"

阮芷音默默点头。

程越霖心底的憋屈又冒出几分。

他们一路到了酒店的房间，服务生放下行李后离开。

房间是独栋的，一共两层，阳台朝向不远处的海面。

远处的海平线上，太阳稍稍冒尖，晨光熹微，湿润的海风拂过脸颊，似是吹走了身上浓厚的疲惫。

阮芷音看完了客厅，才走上了二楼的卧室。

可环顾一圈后，她皱眉瞧向会客厅沙发上的男人："怎么只有一张大床？"

男人早早上来，现在已经脱下那件轻薄的夹克外套，换上了睡衣，在会客厅的沙发上坐下。

闻言后，他挑了挑眉，轻描淡写地回答："哦，白博只知道我们要来度蜜月，可能订的也是蜜月房。"

"那我们要怎么睡？"

程越霖瞥她一眼，抿唇道："你去卧室休息，我睡沙发。"

阮芷音望了眼他身后的沙发，微微皱眉。

男人身高腿长，会客厅的沙发对他来说，着实有些狭窄。

"怎么，我还做不出让你睡沙发的事，难不成——"男人勾了勾唇，声音闲散，"你还能愿意和我挤？"

程越霖细瞧着她的表情。

这几天，她一直避着他。

突然之间，他原本按部就班的计划就这么出现了纰漏。

他不明原因，也不敢逼她，却一筹莫展。

对上男人的视线，阮芷音刚要开口的话全都哽在了喉咙里。

两人缄默半晌，还是他叹了口气，轻声道："好了，时间不早了，去睡吧。"

算算时间，现在已经是国内的凌晨一点多，确实不早了。

见他已经取了薄毯闭目躺下，阮芷音顿了顿，只好走回了隔壁的卧室里。

她再醒来时，已经是当地时间的下午。

阮芷音倒是没睡多久，醒来后，路过会客厅时看见程越霖还未起身，怕吵到他，便先出了房间，独自去了酒店的餐厅吃饭。

此时已经过了饭点，餐厅里的人不算多。

菜单大多是海鲜，阮芷音点了份服务生推荐的苏眉鱼，又点了份意面。

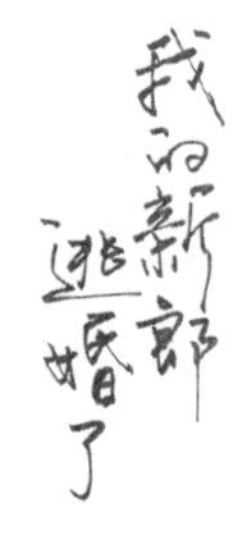

然后她用英语问了句："请问，附近有没有什么比较特殊的纪念品店？"

对方沉思片刻，给她介绍了一家做根雕的手工店，又热情地从手机上翻出了几张照片给她看。

等她吃完饭回到房间时，男人已经换上了一身休闲的装扮，气色清爽，像是才刚洗漱完。

"你醒了？"

程越霖轻嗯一声，见她拿起茶几上的手包装着东西，蹙眉问道："怎么，你还要出门？"

阮芷音点下头，笑着看他："我想去附近给琳琅和阿初买些礼物，离得不远，很快就回来，你先去餐厅里吃点儿东西？"

"你不吃？"

"我已经吃完了。"

与之前模式化的嘘寒问暖相比，她现在这平静的模样，仿佛已经对他丧失了兴致。

程越霖捏了下指腹，越发搞不懂她的态度，停了一会儿，开口道："那我陪你。"

阮芷音顿了顿，而后摇头："不用了，没有多远。"

言毕，没等他再说什么，她转身出了房间。

出了门，阮芷音暗暗松了口气。

这会儿出来，她确实是在躲他。

原本她觉得自己是足够理智并能够调节情绪的人，这段时间的心情却一直有些烦乱。

在别墅时还好，现在换了一个环境，还顶着"蜜月旅行"的名义，之后几天他们都要形影不离，她突然不太清楚该怎么面对他。

在认为应该先尊重他态度的时候，她又不得不承认——

她在还没有和他交往的前提下，生出了更进一步的独占欲。

阮芷音觉得，或许需要一段时间的短暂独处，理一理有些混乱的思绪，再回去找他。

于是她先找了借口出来，去服务生推荐的那家纪念品店订了两个款式精致的手工雕刻的根雕。

店里人不多，做根雕的是个肤色黝黑的老师傅。对方能够根据客人的要求定制，沟通时一直笑呵呵的。

阮芷音取走雕好的根雕时，觉得很满意，另给了对方一笔小费。

阮芷音拎着袋子从店里出来后，心绪还是有些复杂。

她看了看时间，刚刚五点。

恍神间，她又漫无目的地走进了路边的一家酒吧里。

这家酒吧是半露天的，阮芷音在吧台前坐下，看了眼桌台上的酒单。

“一杯 Pina Colada。”

虽然只是看到这边的热闹，想迟些回去，但她好歹知道自己的酒量，所以只点了杯度数很低的鸡尾酒。

包里传来振动，阮芷音掏出手机，是叶妍初的消息——

“音音，蜜月如何？你要是能趁机把人吃干抹净，那点儿纠结估计就没了。”

没想到叶妍初居然会是一副过来人的语气，阮芷音不禁多了几分疑惑。

可她实在不知道如何回应好友的期待，因为现在发现了更纠结的事情——

原来适应了现在的状态，有时候也会是一件让人不敢前进的事情。

她的感情经验中一直太过被动，从未有过这种进退维谷的状态。

叶妍初让她先试探，可试过之后，她觉得自己和程越霖之间的状态太自然了。是她所期待的那种家的温馨，却不像步入恋爱之前起伏强烈的心情。

没有怦然心动的信号，她不敢冒进。

到了现在，比起挑明后可能不符合期待的结果，她甚至开始不愿失去现在的平稳的状态，更想和程越霖一直这么相处下去。

暮色渐至，酒吧的另一边开始了晚间的乐队表演，气氛逐渐火热。

恍神间，酒杯里的酒已经被喝完。

看看时间，阮芷音掏出一张纸币递给吧台后的调酒师，却被对方笑

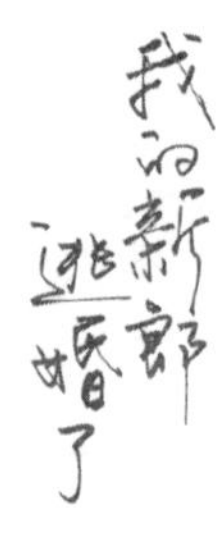

着婉拒。

“这位先生已经付过了。”

调酒师朝旁边指了指，与阮芷音一座之隔处，坐着一位年轻的亚裔男孩。

男孩穿着宽松的运动装，一头利落精神的短发，面容还未退去青涩，瞧着不过二十岁上下。

对方笑着走来，伸出手道：“不知有没有这个荣幸，和美丽的小姐交个朋友？”

说的是不太流利的中文，他笑容真诚爽朗，不至于让人讨厌。

方才走过来时，他便瞥见了阮芷音的手机上显示的是中文。

阮芷音微挑秀眉，没答，直接把那张纸币放进男孩的手心里：“还你酒钱。”

她看得出来，眼前的男孩应该是个在国外长大的华裔。

外国人更热衷于社交。留学时，她也遇到过不少这样的搭讪者。

男孩见状，停了一秒，又换了个态度，微笑着露出虎牙：“姐姐，用不了这么多，剩下的钱我微信转给你？”

他居然有些不依不饶。

阮芷音顿了顿，还未开口——

骨节分明的手掌突然出现，拽住了男孩才刚掏出手机的胳膊。

熟悉的身影映入眼帘，阮芷音不知道程越霖为什么会突然出现在这儿。

如果程越霖是来找她的……他又怎么会知道自己在这里？

男孩突然被人拽住，似是有些不满，脱口而出道：“What's wrong with you（你有什么毛病）？”

明显是不太客气的语气。

程越霖眼神冷淡，用乌黑深沉的眸子望着对方，指了指阮芷音，低沉的声音中隐含警告之意：“She is my girl（她是我的女孩）。”

阮芷音睫毛微颤，不是更直截了当却对他们两个来说另有他意的“她是我的妻子”，而是“她是我的女孩”。

她听到耳中，仿佛隐约多了那么点儿缱绻暧昧的意味。

只是简单的一句回答，可男人低哑微沉的嗓音，却一下下敲在她的心上。

对上程越霖深潭般沉静的眼眸，阮芷音攥紧了指尖。

这句话还让她想起曾经看过的一部电影。电影里，女主人公问男主人公为什么对她这么好，而对方只是一本正经地回答："You're my girl（你是我的女孩）。"

那时，他们并不是情侣。可这样的回答，却像是将人放在了最用心的位置。

她波动的心绪似乎被抚平了一些，也隐隐约约生出另一种喜悦。

缓了口气，她敛眸勾了勾唇，看向刚才的男孩："不好意思，我结婚了。"

对方紧紧盯着阮芷音，似是有些不可置信，而后默默地打量两人几眼，才皱眉理了理衣服，说了句："抱歉。"

随即他有些丧气地转身离开。

人走开后，程越霖垂眸看向阮芷音，看到她跟前的酒杯后，轻蹙眉峰，而后移开视线，淡淡问了句："回去吗？"

阮芷音知道自己出来很久了，沉默地点了下头。

回去的路上。

两人一前一后地走着，各怀心思，谁都没有说话。

暮霭偕着晚霞，把男人高大的身影拉得很长。

阮芷音垂眸，盯着他晃动的影子，还想着他刚刚说的那句话。

她想要问他一句为什么，却还未蓄起足够的决心。

沉默的气氛持续良久，走在前面的程越霖突兀地停住了脚步。

在原地站了一会儿，他转过身，用深沉如墨的眼眸看向她，忽而道："阮嘤嘤，现在醉没醉？"

阮芷音抬眸看他，摇了摇头。

她刚刚只喝了一杯度数很低的鸡尾酒，哪里就会醉？

程越霖像是不太放心，停了一会儿，继而问道："那我等下跟你说的话，明天还能不能记得？"

阮芷音微怔，点了点头。

男人低笑了声："行。"

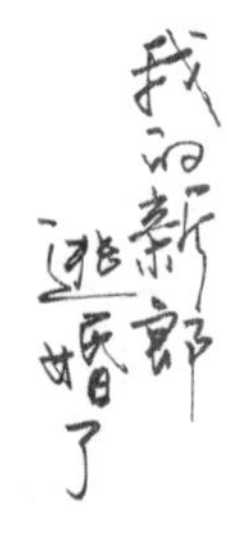

他像是突然沉定了心思，缓了口气，垂下眼睑看她：“你之前说要和我当什么家人，那你觉得，我为什么想要当你的家人？”

阮芷音蹙了下眉，思索了好一会儿，才道：“我们……相处得不错。”

“为什么我只是和你相处得不错？”

为什么只是和她相处得不错？

只是……和她。

程越霖的一句话，让阮芷音哑然了一会儿。

也对，仔细想想，他似乎从来没有和别人尝试着相处过。她朦胧地意识到这点，觉得之前的部分顾虑仿佛根本无所谓。

阮芷音微微抿唇，抬眸对上他愈显深沉的视线，下意识地缩了下指节。

心底仿佛有一扇朦胧的玻璃门诱惑着她缓缓地向前，她却踌躇着不敢推开。

周围是人头攒动的热闹街道，不远处的酒吧里传来乐队极富律动感的歌谣。

一片喝彩声中，像是只有他们静止在那儿，置身于喧嚣之外。

很久以后，阮芷音总是想起当时的这一刻。

男人略哑的嗓音一字一句地传入她的耳中，格外清晰——

“这场婚我从没想过要离，也尽量学着去当好一个丈夫，免得被你狠心开除。”

程越霖眉眼深沉，喉结轻滑了下，继续开口：“有些事我没经验，虽然准备了不少，现在却等不到那时候了。我知道，或许这样太仓促。”

酒吧里的一幕很刺目，他还不懂她突如其来的冷淡，但更不想看到站在她身旁的会是别人。

好不容易等到现在，程越霖不能看着她又缩回去，就给他一个冷淡的背影。

阮芷音怔怔地看他：“你——”

“怎么，听不懂？”程越霖故作轻松地勾唇，声音里却有不易察觉的微颤，“阮嘤嘤，我喜欢你，所以跟我的这场恋爱，你现在还……想不想谈？”

和我的这场恋爱，你还想不想谈？

换言之，你现在还……想不想跟我谈恋爱？

阮芷音将他的话排列组合，消化许久，才喃喃问道："你现在……是在跟我表白吗？"

程越霖用漆黑的眸子就这么看着她，很轻地应了声："嗯。"

低沉的嗓音中，隐约流露出淡不可闻的紧张。

可阮芷音只是吐了口气，而后突然转身，步伐匆匆地走出了人潮汹涌的街道。

酒店距离街道不远，程越霖跟在她身后，眼睁睁地看着她一路走回了酒店里，打开两人的房门。

她全程都未回头看他。

两人就这么站在了客厅里。

阮芷音这才回过头，静静地望向他。

她一言不发的态度，让程越霖摸不准她的意思。

他微蹙眉峰，进而试探道："阮嘤嘤，便宜你都已经占完了，之前说过要补偿，现在是想赖账吗？"

程越霖说的，是上回阮芷音酒后"行凶"的事。那时她分明答应过他，会在力所能及的范围内补偿。

阮芷音愣了愣，倏而回神，摇了摇头："不是……"

顿了顿，她又道："你想清楚了吗？"

"你觉得我在开玩笑？"程越霖抿直了唇线。

他说了这么多，她却是这个反应。刚刚在酒吧里，她还跟别的男人"相谈甚欢"。

好不容易说出的话被这么推回，程越霖顿觉一股郁气哽在嗓子眼里，还多了淡淡的苦涩。

阮芷音见他沉了脸，垂眸沉吟片晌，低声道："程越霖，我这个人其实挺无趣的。"

她很清楚自己不是多么有趣的人，所以总是用温柔体贴的姿态掩盖

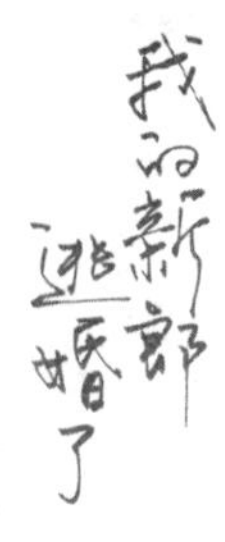

她让人感到麻木无趣的缺点。

她希望他考虑清楚，是不想他抱着突如其来的兴致与她恋爱，而后又后悔。

“阮嘤嘤，你好像误会了什么。”见她竖起壁垒，程越霖低声轻笑，拍了拍她的头，“我不是一时兴起，我等了很久。”

阮芷音怔怔地道：“你等什么？”

他等什么？

程越霖这辈子最后悔的事，就是在发现自己喜欢上她的时候，她已经将视线望向了别人。

如果他能早点儿明白自己面对她时愉悦又别扭的情绪是喜欢，或许就不会有这么多年的漫长等待。

但很可惜，在程越霖明白自己心意的时候，他已经不敢再去表露。那时的她套着可笑的婚约，所以他怕他的坦白会将她推得更远。

他只能若无其事地和她相处。

可在他终于等到机会时，命运又给他开了个玩笑。

二十年的顺风顺水，一遭坍塌。

他无法抛下禁不住刺激中风的爷爷和入狱的老头儿，只能在教导处门外将那份准备好的申请书撕掉，眼睁睁地看着她出国。

那个时候，他既要照顾爷爷，又要应付那群频繁找上门来的债主。

程慧曾提出资助他出国读书避风头，这样他也许能够再见到她，可程越霖已经被迫舍去了所有的矜傲，总觉得何必再做无用功，拉她下水。

然而颓废的日子里，他终究无法死心。

不甘心停留在那样的境遇中，之后的一年多，他几乎是拿命在赌出路。可等到一切开始转好，他又从旁人口中得知了她和秦玦交往的消息。

有时连程越霖也觉得，是自己和她没有所谓的缘分。

他清楚阮芷音对待所有事情的认真，既然她决定开始，便不会随随便便结束。

他似乎总是晚了一步。

要说他这些年在等什么——

程越霖抿下唇，望向她，声音里多了些哽塞：“我想等一等，看有没有那么一天，你会回过头来爱我。”

这一天，他等了太久，以至于不敢在没有把握的时候轻易告白。

言毕，他涩然一笑。

“阮嘤嘤。”

“嗯？”

“给我手。”

阮芷音还停留在他方才的话里，神情木讷，愣怔着伸出手。

男人叹息着摇头，敛眸从裤兜里掏出一样东西，将它戴上她纤细的腕间。

“物归原主。”

看到手腕上那条熟悉的手链，阮芷音思绪万千，微微皱眉，恍惚中终于明白了什么，却理不出头绪。

“这条手链……？”

程越霖微挑眉梢，扯了下嘴角，佯作责备的样子：“走路还出神，害得我追了小偷几条街。”

话音落地，男人喉间微微滑动了下，又舒了口气，温声道：“没有别人，从以前到现在，一直都是你。”

大概是他太固执。用尽努力想要触及的人，他总是舍不得就这么放下。

无数次累极的时候，他耳边仿佛就会听到她一本正经的轻细嗓音：“程越霖，你分明答应过自己会尽力的。”

哪儿有什么别人？一直都是你，也只有你。

这条手链是她的。

阮芷音忍不住哽咽，鼻尖凝起酸涩的感觉，眼眶微红，潋滟的眼眸里蕴着晶莹的泪花。

她不知道该怎么形容这种感觉，心房里像是被神奇地填满了软绵绵的棉花，抚平了所有苦涩的情绪。心里变得妥帖，她却控制不住眼眶和鼻尖的酸涩之感。

程越霖无奈地叹气，用温热的指腹拂过她眼角的泪花。

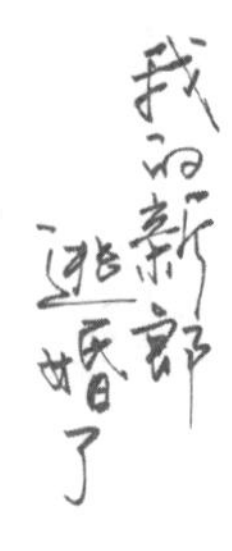

片晌，他又慢腾腾地问了句：“嗯，所以你呢？”

时过境迁，所以现在的你，愿不愿意跟我在一起？

停隔了许久，阮芷音很轻地应了声：“嗯。”

顿了顿，她抬眸对上他，认真地道：“程越霖，我想跟你谈恋爱。”

她喜欢和他在别墅里吃的一日三餐，喜欢他始终陪在她身边，甚至喜欢他偶尔端起吹毛求疵的傲慢态度与她斗嘴。哪怕没有这一切，她也很想很想和他在一起。

程越霖轻勾唇角，吊儿郎当地挑眉，不吝赞赏：“那证明，你的眼光很不错。”

男人又恢复了这般理所当然的姿态，阮芷音哭笑不得，却不讨厌。

对上他染上戏谑的眼眸，她恍然想起回国后见他的第一面。

那是在北城项目的招标现场，阮氏出人意料地拿下项目。或许从一开始，就是因为他不动声色地维护。

阮氏或许能够竞争过其他几家，可霖恒若是尽全力，怎么会拿不下北城的项目？

她不是没有过疑惑，可散场时他针锋相对的话，打消了她心底最后的疑虑。

他考虑到了她所有的处境，可她从不知晓。

顿了少顷，她声音发闷：“为什么要对我这么好？”

“不对你好，我该对谁好？”程越霖在她的脸颊上轻捏了下，“阮嘤嘤，我说过，不要妄自菲薄。”

“我呢，可能要比你想象的还多爱你那么一点儿。”

所以，你不必在我面前竖起壁垒。

阮芷音眼眶微热，抿下唇，低声道：“程越霖，你这样，让我想……抱抱你。”

这样直言的亲近，还是让她有些不好意思。

男人挑了下眉，慢悠悠地道：“我有没有说过，跟我撒娇，不需要犹豫？”

阮芷音轻轻摇头。

程越霖深沉的视线落在她脸上，勾唇轻笑了下：“那现在知道了？”

下一秒，她被拥进男人宽厚的怀抱中。

程越霖将线条利落的下颌抵在她发间，鼻尖上萦绕着他身上清爽的松木香，淡淡的薄荷味掺杂在其中，让人松弛下来。

片晌，阮芷音听到他低沉的嗓音——

“撒娇还需要人教，真让我头疼。”

男人这句话，让她想到了留学时的室友。

对方在同学眼中总是成熟的形象，也不是轻易认输的性子。可每当接通父亲的电话时，她会神态自然地同父亲撒娇，让周围的人很是意外。

阮芷音还记得众人调侃时，室友那理所当然的回答：“再成熟的女孩，都有随时随地跟父亲撒娇的权利。”

大概只有在爱里长大的孩子，才能拥有这样和父母肆意撒娇的底气。

阮芷音觉得，或许她内心也期盼着，能有一个人毫无保留地来爱她。

沉默片晌，她刚想说些什么。

静谧的客厅里，出现了突如其来的声响。

咕——

谁都没有准备。柔情尽数散去，气氛一时有些尴尬。

男人无奈地松开她，正对上她没有散去的笑容，轻哼道：“阮嘤嘤，笑什么？”

“我这还不是怕你出事，在后边跟了大半天。你倒好，居然给我跑去酒吧里招惹桃花，嗯？”

下午一路跟在她身后，程越霖确实到现在都没吃饭。

眼下想到刚刚在酒吧里撞见的一幕，他又窝出一肚子的火。

他轻声微哂，散漫地道：“怎么，那毛都没长齐的小孩，有什么好看的？真想给他留微信了？”

男人眼神灼灼地盯着她，面容紧绷，墨澈的眸间有着不依不饶的意味，话中也带着指控之意。

不知怎的，莫名就让阮芷音想到上回那场关于黑猫白猫的谈话。

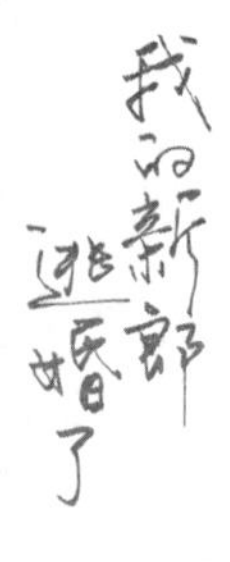

顿了顿，她扯了扯他的衣角。而后她踮起脚尖，尝试着在他颊边亲了下。

程越霖身子僵了僵，喉结滑了下，拖着腔调道："你不要觉得亲我一下，这事儿就过去了。"

他可没忘，那人走上前时，阮芷音足足盯着对方瞧了好几眼。

"阿霖。"

男人低下眼帘看她。

"你笑一笑。"阮芷音继而柔声解释，"我只是觉得他笑起来跟高中的你有些像，可你总是板着个脸，一点儿也不爱笑。"

程越霖有个淡淡的小酒窝，偶尔开怀大笑时，倒是很勾人。可他即便是上高中那会儿，也很冷傲嚣张，很少会笑。

"你笑起来很好看。"

程越霖低头瞥她一眼，顿了半晌，眉梢轻动，冲她大方地微笑。

阮芷音愣了愣。

接着，男人懒洋洋地开腔："怎么，怪我笑起来太好看，把你看呆了？"

见她哽住，他又云淡风轻地补充："想占我便宜呢，不用这么委婉，你有这个特权。"

阮芷音："……"

行吧，论没脸没皮，她是比不过他。

她缓了口气，转了话题："不是饿了吗？你要不要去餐厅里吃点儿东西？"

"这个点了，都饿过劲了，给我吃点儿你带的饼干？"男人松开手，姿态闲散地在客厅里的沙发上坐下。

阮芷音遂站起身，走进楼上的卧室，从行李箱里取出两包饼干，下楼递给了他。

程越霖慢条斯理地撕开包装，没吃两口，像是想起来什么，抬了抬眼看她："过来。"

他指了指身旁的位置。

阮芷音走到他身侧坐下，问道："怎么了？"

男人瞥她，然后道："喏，现在给牵吗？"

程越霖将视线停在她手上。

阮芷音瞬间顿悟，他这是还在记恨自己之前不让他牵手。

她噢了声，伸出手。

他含笑握住她的手，十指紧扣，成对的婚戒和谐地交叠。

下一秒，男人慢悠悠地掏出手机，将摄像头对上紧扣的两只手，拍了张照，而后发了朋友圈。

配文是：红心。

阮芷音哑然看完，却无话可说。

虽然她觉得他这番操作有些放荡不羁，但又很诡异地对上了他的脾气。

不一会儿，朋友圈下多了钱梵的点赞和几条回复。

钱梵："没人比你牛。"

任怀："他好牛。"

翁子实："好牛。"

傅琛远："牛。"

阮芷音："……"

程越霖面不改色地看她，又状似随意地开口："阮嘤嘤，我们现在，在一块儿了？"

阮芷音微顿，点了点头。

"那——"男人瞥她一眼，"你呢？"

阮芷音愣了下，显然没懂他的意思。

程越霖的嘴角上勾起浅笑："怎么，不会是怕被那些你所谓的备选人看见吧？"

阮芷音倏然明了，他居然想让自己学他发个朋友圈。不仅如此，他还对她备选新郎的行为进行了又一番控诉。

她舒了口气，解释道："没有，回阮家后，我跟周鸿飞都没多少联系，而且人家都结婚了。"

男人直勾勾地看向她，仿佛是在说：那你在犹豫什么？

这诘问的姿态，显得她好像有什么不可告人的秘密似的。

"我就是觉得……挺尴尬的。"她叹了口气，顿了顿又道，"而且你没有听说过吗，秀恩爱……不太好。"

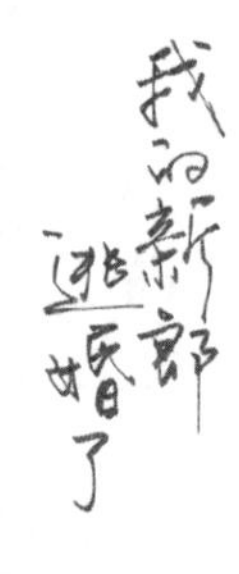

话毕，她便对上他略显黯淡的视线。

阮芷音踌躇了一会儿，低声道：“不过发一次……应该也可以？”

“嗯。”

程越霖扬下眉，平淡地应声。

阮芷音无奈地掏出手机。

一条朋友圈被编辑许久，阮芷音在程越霖的注视之下点击了发送。

朋友圈发完，他倒是没想再看其他人的回复，只默默地给她点了个赞。然后他心情不错地收拾了桌上饼干的包装袋，优哉游哉地去了浴室里洗澡。

国内已是凌晨，分明还有时差，可没多久，朋友圈里还是多了不少的点赞。

微信群里，叶妍初也在第一时间发来了消息。

“@阮芷音，这位朋友，几小时前不是还跟我说在纠结？现在您这朋友圈是……？”

想到傍晚时的心态，阮芷音也不禁多了些羞赧。她抿下唇，笑着打字——

“大概，人生总会有些出其不意的事发生。”

例如，程越霖出其不意地表白。

叶妍初：“所以……？”

阮芷音：“应该算是追到手了。”

虽然表白的是他，但结果总是一样的。说起来，两人顶着已婚的身份谈恋爱，彼此之间好像又多了层保障。

这种感觉还挺……奇妙。

顾琳琅：“你这算什么？难不成歪打正着换了个真命天子？葬礼时我就觉得程越霖不对劲，他不会是早有预谋吧？”

看到这条消息，阮芷音蹙下眉，陷入沉思。

换新郎的事，她都没有准备，当然不可能是程越霖的预谋。但之后的……

她思忖间，浴室里淅沥的水声停歇。

程越霖刚洗完澡出来，就看到阮芷音抬起头静静地望着自己，若有所思的样子。

“怎么了？”

他抬起手，用厚实的毛巾擦了擦还有些湿润的细碎短发，而后偏头朝她望了过来。

阮芷音微顿，摇了摇头：“没事。”

不过是突然而起的猜测，她要是现在问的话，倒显得自己在怀疑他似的。

放下心思，她朝男人笑笑：“今天你去床上睡吧。”

他身材高大，窝在逼仄的沙发上，两条长腿都伸不直，哪儿能睡得好觉？

程越霖微耷眼睑，视线瞥过来：“你这是要跟我挤？”

虽然暗自飘然了一秒，但他不觉得阮芷音这话是什么别有深意的邀请。

阮芷音抿下唇：“我睡沙发。”

话音落地，对上男人沉静的眼眸，她忍不住解释道：“没别的意思，我就是……怕自己睡不沉，会吵到你。”

阮芷音睡觉浅，以前叶妍初周末总会去公寓里和她住，一旦在睡梦中察觉身边有人，她就会在半夜醒来。

她也曾看过心理医生，对方说，可能是幼时被拐卖时形成的应激反应，以至于睡觉时也总会在潜意识里防备，尤其在酒店这种不熟悉的环境中。

在社会福利院时倒还好些，她就算偶尔醒了，没多久也会再睡过去。可她后来回了阮家，即便是一个人睡，也常睁眼到天明。

阮芷音时常觉得自己是个性格不够完善的人。她知道自己的一些缺陷，甚至连顾琳琅和叶妍初都不知道。

想到这儿，她轻声道：“对不起。”

她其实不太想展露自己和其他人不同的缺陷，却也不想他误会什么。

程越霖起身走来，叹息着揉了揉她的头：“傻瓜，跟我道什么歉？”

“沙发挺好，又不是没睡过。我一个大男人，在哪儿睡都一样。喏，你去卧室里睡，早点儿睡，明天还要出岛。”

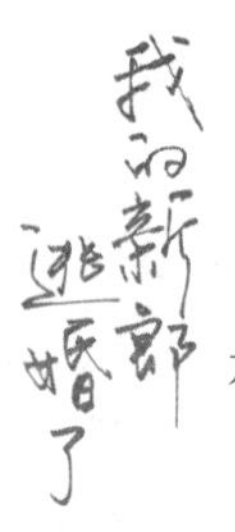

他言语间，是满不在乎的态度。

阮芷音缓了口气，顿了一会儿，到底没再争，点了点头朝卧室里走去。

刚走两步，她又突然转过头来，喊了一声："阿霖。"

"嗯？"

"晚安。"

程越霖笑了笑："晚安。"

简单的晚安，却让人心里熨帖。

阮芷音洗完澡躺上床，又望了眼房门的方向，而后才盖上薄被，闭了眼睛。

不知道是不是因为在不熟悉的环境里，又经历了激烈的情绪起伏，这一晚，阮芷音又做了幼时常做的那个梦。

逼仄的后备厢里，漆黑一片。她小小的身子挤在周遭的闷热中，大脑昏沉。

不知过了多久，她又在迷迷糊糊中被人抱起，交到了另一个人手中。

对方身上陌生的气味让她下意识地挣扎起来，可短短的胳膊根本没什么力气，只能被禁锢在人的怀里。

那条陌生的山路让她无端地添了些恐惧，她伸出手，想要抓住些什么，然后拽到了近处的一截树干。

闻到那股有些熟悉的松木味道，阮芷音紧蹙的眉心散开，渐渐放松下来，却未松开那只攥紧的手。

程越霖沉默地垂下眼帘，瞥见被她紧抓着不放的手，无奈地笑了笑，用另一只手帮她擦去额间沁出的细密的汗珠。

翌日，天色渐亮，阳光洒进房间。

柔软的床榻上，女人还紧紧地抱着男人的胳膊，两人姿态亲密地依偎在一起。

远处的海岸边飞来两只海鸥，在湛蓝的天空绕出了几道螺旋的轨迹，停落在朝海的露天阳台栏杆上。

几阵叫声后，它们又双双飞离阳台。

不过这声音吵醒了阮芷音。

她揉了揉眼睛，睁开一个缝，又被从窗外射进来的那过于浓烈的阳光恍了恍神。

等到回过神来，她才意识到什么不对。

她怔怔地转过头，男人那张熟悉的俊朗侧颜在眼前放大出现，他闭起眼睑，眉间舒展，卸下了惯常的清冷姿态。

阮芷音不知道程越霖为什么会出现在卧室的床上，可眼下的情形是，自己居然紧紧抱着男人的胳膊。

她的一只手还被对方压着，她努力平复了下心情，小心翼翼地动了动，试图抽回抱着他的手臂。

一下，两下，三下，就在她快要大功告成之际，男人突然颤动了下浓长的睫毛，紧接着徐徐睁开漆黑深沉的眼眸。

他直直地对上阮芷音的视线。

程越霖瞥了眼她的动作，懒散地笑道："怎么？嘴上说着自己睡不沉，到了梦里边就迫不及待地想抱我？"

昨天他不过是想来瞧一眼她睡得怎么样，结果就被拽住了。他怕挣开会弄醒阮芷音，便只好由着她去，这回可怪不得他。

阮芷音被男人盯得有些心虚，毕竟她确实一本正经地说过这话。

昨晚的梦境早已散去，她垂眸瞧了眼抱着程越霖胳膊的手，微蹙秀眉，也很意外自己居然抱着他的胳膊睡到了现在。

"大概……你是例外。"阮芷音仔细思量，又喃喃道，"我可能太喜欢你，所以就算是在梦里也不想撒手。"

她的神情中添了几分认真之色。

我，太喜欢你了。

程越霖闻言扬了下眉，掐头去尾地反复品味了一下，唇角勾起浅浅的弧度，继而又不动声色地问了句："哦？那前几天是在闹什么别扭？"

他问的是阮芷音先前几天的回避态度，即便已经摊了牌，也总得明白她为什么这样做。

"谁让你说自己有个初恋。"阮芷音小声嘟囔了一句，而后敛下眸，迟疑着解释，"我就是怕你受了什么刺激才娶我，不想给你添麻烦。"

她曾见过一个性格乖戾寡言的孩子被人领养，没多久又被领养人以

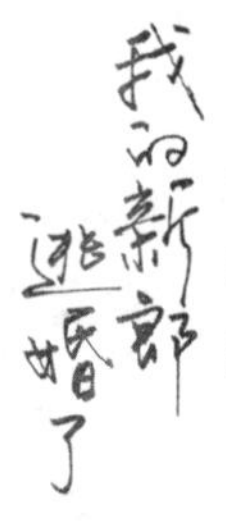

“太麻烦”的名义送回社会福利院；也曾见过隔壁果园里经常给社会福利院的孩子送水果的老伯被去了大城市的儿子接走后，又被儿媳以“麻烦”的名义送回来。

麻烦，往往是人和人疏远的开始，她不想给人添麻烦。

程越霖静静地瞧着她染了怅然的神情，伸出蜷起的食指，轻滑过她的鼻尖，温声道：“阮嘤嘤，我是不是说过不用苛求完美。在我面前，不管开心还是生气，都不用把自己的情绪压下去。”

她不想给人添麻烦，又总是以完美的准则约束自己，所以他总希望她能放肆一些。

男人近在咫尺的眼神中透着认真，程越霖仿佛看到了她的心底。

阮芷音微怔，沉吟片晌，而后轻笑道：“或许我是怕……有太多缺点，会让身边亲近的人反感。”

“那在你眼里，我身上没有缺点？”程越霖笑着问她。

阮芷音愣了下，却终究无法回答得太违心，于是犹豫地回道：“其实……还是有的。”

“既然我也有缺点，现在的你，还会因为我的缺点而对我反感吗？”

阮芷音轻轻摇头。她习惯了和程越霖自然地相处，他那些所谓的缺点，是她早就已经接受的。

程越霖拍拍她的头，散漫地扬眉：“所以说，就算你放肆一些发发脾气，我也不会觉得麻烦。怎么着，难道我还容不下你这点儿小脾气了？”

他乐意宠着她。

他还是这副吊儿郎当的语气，可不知道为什么，阮芷音的眼眶突然有些发酸。

沉默了片晌，她小声道：“嗯，现在的我，好像很开心。”

他说过，她有情绪的话，应该告诉他。

“嗯？开心什么？”

阮芷音想了想才组织好语言描述出她的心情：“感觉就像是有块蛋糕我期待了很久，本来只是想轻轻尝一口，你却直接给了我一整块。然后告诉我，这些都是我的，你给我的。”

她能感觉到，有个人想要给她世界上最好的一切。

“阿霖，你似乎比我想象的……还要好。”

这让她有一种得到幸运的满足感。

突然得了一番夸奖，程越霖闲散地轻笑，玩世不恭地勾了下唇，轻声道：“我不是早就说过，你很有眼光。”

他牵起她纤细软嫩的指尖，饶有兴致地把玩了两下，而后才拍了拍她：“好了，起床吧，等会儿还要出岛。”

酒店后院就有停机坪，在餐厅里随便吃了些东西，两人便坐上了等候在那里的直升机，去了几十海里外的海岛。

整座海岛是珊瑚岛，海边被抬高了的地基盖了一栋富丽堂皇的别墅。除此之外，别墅前的海滩旁还停靠着一艘游艇。

别墅背靠着山，空旷安静，看起来是座私人岛屿。

程越霖牵着阮芷音走进别墅中，让她站在客厅里等了会儿，然后不知从哪儿取来了两套浮潜的装备。

阮芷音伸手接过，随口问道：“这里没有别人吗？”

“哦，岛是之前让白博拍下的。不过这里只有空荡荡的房子，住着不方便，所以还是留在主岛好些。”

听男人的这番语气，他买岛简直就像买房子一样随意。

阮芷音顿了顿，委婉地道：“你知不知道，你现在这个语气，很像大家常说的凡尔赛。”

“凡尔赛？”

“就是潜在的炫耀。”

程越霖轻扬下眉，继而微哂道：“这座岛呢，也是我们夫妻的共同财产。阮嘤嘤，你也可以把我的这种炫耀当作是在用钱绑住你。”

阮芷音张了张嘴，好像突然就明白了他当初是故意没有签婚前财产协议，不置可否地笑了笑。

她的心情倒是变得不错。

两人在别墅里换好了潜水衣，拎着潜水鞋踩上了海滩。

炙热的阳光洒在柔软细腻的沙滩上，看上去像是铺了一层细细的金子。附近的海水不算太深，很是清澈，也适合浮潜。

程越霖帮她固定好了面罩，问了句：“以前浮潜过吗？”

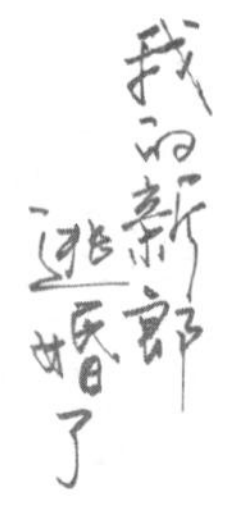

阮芷音点了点头，以前她曾浮潜过几次，这边水不深，只要不潜远，应当是能够应付的。

她将“我可以”的姿态大方地摆了出来，可是阮芷音没有想到，自己的浮潜之旅仅仅持续了不到半小时就不得不回到了岸边。

两人匆忙回到别墅里，程越霖望着她泛红的脸颊，皱了下眉：“这边没有晒伤膏，先回去吧。”

即便男人没有嘲讽她，阮芷音也因为突来的晒伤有些窘迫。

浮潜时倒是很舒服，只是她考虑到在珊瑚礁附近，不好涂防晒霜。也不知道该不该怪海岛这边的水质太清，不到半个小时就让她晒红了脸，脸上还有些发痒。

好在直升机和随之而来的飞行员一直等在岛上的停机坪没有离开，很快载着两人回到了主岛的酒店。

她刚刚没潜太久，晒伤不算严重。

她回到房间里后，酒店的服务生贴心地送来了药膏，阮芷音涂在泛红的肌肤上，倒是很快退了红。

然而白皙的胳膊被她不小心挠出道口子，看起来这两天她是不能下水了，以免伤口感染。

“好像有点儿可惜。”

阮芷音瞧着胳膊上的红印，不免有些遗憾。来的是海边，她却不能下水。

程越霖见她似有沮丧之色，笑了笑，不咸不淡地问了句：“刚才回来，外边的沙滩上瞧着挺热闹，去看看吗？”

不知道是不是当地人太过热情，今天他们会在酒店前的沙滩上办当地的节庆，还邀请了酒店里的客人一起参加。

刚才阮芷音和程越霖回来，开着观光游览车同两人打招呼的服务生笑着露出大白牙，大方地向两人提出了邀请，热心得不好拒绝。

阮芷音想了想，反正已经不能下水，去体验一番当地的节庆应该也不错，于是点了点头。

两人换了身衣服，去了热闹的沙滩。

沙滩上三三两两摆放的椅子上坐满了人，有外国的游客，也有专门来参加节庆的本地人。

他们找了位置坐下，正前方有人站在石头上跳舞，人群中喝彩声此起彼伏。

服务生上前给他们递来两碗装在椰壳中的酒，盛情推荐说是当地的特色。

半个椰壳里盛着发灰的酒。阮芷音接过抿了一口，味道很淡，舌尖却有些发麻。酒看着像泥水，喝起来却有股辛辣的后劲。是不太能轻易接受的味道。

她紧抿着唇蹙起眉，转头看了眼程越霖，对方倒是喝得面不改色，一滴不剩。

阮芷音见状，忍不住问了句："你喜欢喝？"

"不喜欢。"程越霖侧目看她，低声说完，继而又道，"难道你要我当着这么多人的面脸色大变？"

虽然不喜欢，但他还要面子。

骄傲的代价，就是死要面子活受罪。

他这个脾气……

阮芷音笑了笑，把自己手中的那碗酒递给他："那这碗也给你？"

她确实接受不了这个味道，但人家好心给的，不喝总归不太好。

男人瞥她一眼，数秒后，无奈地接过，咕咚几下一饮而尽。

喝完后，顿了顿，他皱眉说了句："嗯，我先去趟洗手间。"

言毕，程越霖起身走开。

阮芷音觉得他的背影似很急切。

她像是恶作剧成功般地笑着摇头，继续看着沙滩上热闹的表演。

没看多久，她的视线被突然出现的一道身影遮住。

阮芷音抬头，面前的男孩竟然有几分熟悉，是昨天在酒吧里遇到的人。

她想了想，觉得对方应该也是游客，来这儿看节庆的仪式并不奇怪。

沈佑看了眼阮芷音身旁空荡荡的座位，率先开口："姐姐，我昨天看到你们才刚出了门就分开了，感觉可不像是夫妻。"

言下之意，他是觉得阮芷音在酒吧里时是故意借着程越霖打发他。

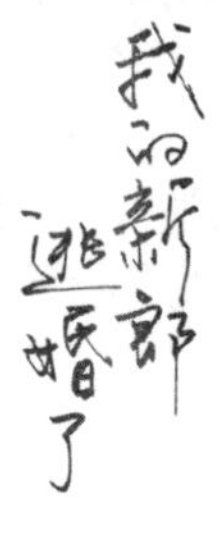

昨天出了酒吧，阮芷音因为心里想着事，确实落后了几步跟在程越霖的身后。

“你想说什么？”她皱眉问道。

沈佑笑了笑：“你昨天在根雕店里买东西的时候，我也在。我叫沈佑，就是想跟你交个朋友。”

昨天她选完了根雕，还温声细语地给了那位年迈的根雕师傅一笔不菲的小费。

他还没见过这种温柔到骨子里的女孩，邂逅一场，也是真的想认识对方。

阮芷音抬了抬眼，视线越过面前的沈佑，落到了他身后眸色深沉、踱步走回来的男人身上。

沈佑瞧见她的眼神，也察觉到什么，蹙眉转过头，看到昨天有过一面之缘的男人，张了张嘴：“你们……？”

他本以为两人只是萍水相逢。

阮芷音站起身，牵起程越霖的手。察觉到他隐隐的不快，她顿了下，安抚地在男人硬朗的侧脸上落下一吻。

而后她看向沈佑：“你误会了，他确实是我丈夫，昨天我们只是闹了别扭。”

你要是再不走，恐怕又要闹别扭了。

沉默了一会儿，程越霖垂眸看她，又瞥了眼沈佑，云淡风轻地开腔：“夫妻闹别扭呢，是情趣。怎么，这位先生好像不懂？”

话音落地，他又挑了挑眉：“不懂没事，等结了婚自然就懂了。不过别人的对象，还是不要惦记了，你说对吗？”

他的语气中带着警告之意。

男人瞧着挺正经，可只有阮芷音知道，他说话时，指腹惩戒似的在她的掌心上轻轻挠了下，肌肤的摩挲带来一阵酥痒。

可她还要佯装无事。

被讥诮了一番，沈佑脸色不太好看，顿了顿，转身离开。

阮芷音扭过头看了程越霖一眼，叹口气笑道：“阿霖，你怎么这么爱吃醋？”

两人坐回刚才的位置。程越霖抿下唇，微蹙起眉峰。

沉默了好一会儿，他瞥了瞥她，淡声问道："你讨厌这样？"

阮芷音愣了愣，而后才反应过来，他这是在问自己是不是讨厌他吃醋。

她仔细想了想，轻轻摇头："其实也说不上讨厌。"

顿了顿，她又进而解释道："大概是因为我觉得，你吃醋其实是因为在乎我。"

如果他在这种时刻平静以对，一点儿情绪都没有，她好像也不是那么开心。

谁知她刚说完，程越霖突然看着她笑了笑："那你错了。"

没等阮芷音开口询问，男人又悠然扬眉，揽过她道："要是我学着大度不吃醋，难道就是不在乎你了？"

他的姿态瞧着傲慢得很，阮芷音没忍住，窝在他的颈边哧哧地笑出了声。

沙滩上，节庆的表演结束。

时间已经不早，人潮散去。

程越霖牵着她起身，却没准备回酒店，说是要再带她去一个地方。

刚才出门时，阮芷音穿了双露着脚面的平底鞋。此时她走在沙滩上，鞋里已经进了不少的沙子。

海边的沙子有些潮湿，倒是不太好清理干净，贴着脚面有些难受。

程越霖瞧见她放缓了脚步，转过头问道："背着你走？"

虽是问句，可男人说话时便已经低下了身子。

海边很寂静，只有不断进退的浪潮声。

周围已经没什么人，阮芷音没再扭捏，搂住了男人的脖子。

"我们去哪儿？"

"到了就知道了。"

阮芷音心中狐疑，他还挺神秘？

程越霖背着她走了十几分钟，离开沙滩后也没有放下她，最后到了一座地势稍高些的山上。

从这里望下去，他们可以俯瞰岛上的夜景。

不过让阮芷音惊讶的，还是自己被男人放下时眼前的一幕景象。

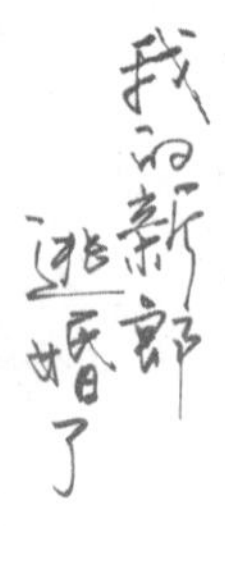

四周被人精心布置过，地上摆满了星星点点的蜡烛和花丛，排出一条窄窄的路。尽头处，一个缠绕着花藤的秋千静静地立在那儿。

她没想到，以程越霖的性子，居然会准备这些。

程越霖牵着她走到秋千旁，抱着她坐下，让她侧坐在他的腿上。

“你这是……？”她回首看他。

话音刚落，嗖的几声传来——

她下意识地抬头。

昏暗的天空中，突然升起了姹紫嫣红的烟花。

璀璨的烟花在空中尽数绽放，亮眼的火花填满黑色的幕布，迷离而梦幻，久久不停歇。

恍惚间，男人低沉醇厚的声音传来：“喏，这儿还有一份借花献佛的礼物。”

阮芷音转过头，看到程越霖递给她一个木盒，边角的红漆已经被磕掉了不少，看起来很有年头。

她愣怔着打开，盒子里躺着一块已经有些老旧的怀表。她很熟悉，因为是爷爷一直戴在身上的那块。

等看清木盒内盖上不太流畅的钢笔字时，阮芷音顿时眼眶湿润，凝起泪光。

“音音，虽然没法陪你过生日，但爷爷希望你以后都能开开心心的。”

她回阮家后，爷爷总会在她生日时，嘱托刘叔给她下碗长寿面。她在国外的那几年，爷爷也会在她生日时给她打通电话。

亲人离去，最深的痛往往不在当下，而是在某些阔别已久的时刻的涌出，绵延而持久。

她会遗憾没有爷爷的祝福吗？

或许会。

可程越霖以这种形式，送了她这份礼物。

不知怎的，她心底的缺口像是被悄然填补。原本让她有些遗憾的别离，也似乎圆满了不少。

“阮嘤嘤，生日快乐。”

绽放的烟花中，她听见他的声音。

瞥见她眼角的泪水，程越霖掏出手帕给她擦了擦。

“喏，本来准备了这些想要表白，现在倒是——”

话没说完他就停住。

他顿了顿，低声道：“你喜欢吗？”

阮芷音笑着把头枕在他的肩头，静默片刻，点头道：“烟花是很美，可比起这场烟花，我更在意爷爷的这份礼物，谢谢你。”

程越霖轻扬下眉：“可我听人说，这叫浪漫，你不会更喜欢这些？”

阮芷音抬眸看他，明白他是真的不擅长这些，却还是笨拙地想要给她制造什么浪漫。

她继而想到他昨天说的，他一直在学着做个好丈夫。

阮芷音舒口气，用了些力气抱住他，摇了摇头，闷声道：“如果硬要说，我更喜欢和你在一起。”

旅行也好，浪漫也好，她可能更喜欢和他待在家里。

或许是他们一起在家里吃顿饭，然后在沙发上看一会儿电视，又或许是她站在旁边看着他换个灯泡。

只是这些细碎的事，就会让她莫名觉得终于有了期待已久的家。

夜幕下，她的眼眸中映着璀璨的微光，蕴着柔和的情绪，娇艳的脸庞分外动人。

程越霖喉结微动，嗓音低沉——

“阮嘤嘤。”

“嗯？”

“我要亲你了。”

“那你……亲吧。”

程越霖漆黑的眼眸中蕴着炽热的神采，得到允许的下一秒，男人用手掌轻抚上阮芷音的后脑，她缓缓闭上眼睛，鲜艳的红唇被覆上柔软的触感。

她纤细的腰肢抵在有力的臂弯上，他渐渐收紧胳膊，身子无声地贴合，两人的姿势仿佛亲密无间。

这是无比绵长的一吻。

微凉的薄唇含住娇嫩的唇瓣，细细勾勒，渐渐陷入更加深入的探索中。

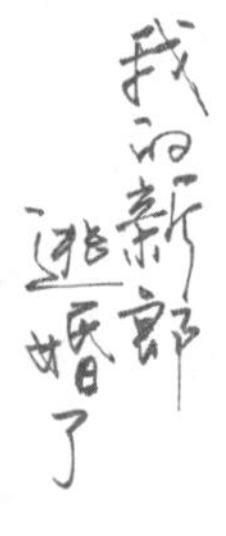

唇齿交缠，舌尖轻巧地滑入，她的口腔中尽是他带来的清冽和染了丝甜意的淡淡酒味。

良久，他终于放开了她，喉结上下滑动，缓了缓尚未平复的心神，又意犹未尽地在她的唇角上轻轻啄吻几下。

阮芷音的脸颊染上红晕，她绵软地靠在他的怀中，头埋在他的颈边。

烟花已经散去，浩瀚黑沉的星空下，他安静地抱着她。

分明两人都没有说话，却有种静谧中的别样甜蜜。

他虚握着她的指尖，力道很轻，阮芷音第一次产生这种不受控制地滋生出的喜悦。

沉默良久，她面上的那阵燥热散去。

她抬起头，对上程越霖漾着笑意的眸子，笑着问："你这是怎么了？"

"没什么。"程越霖轻扬眉梢，又在她的额头上亲了一口，饶有兴致地开腔，"就是觉得呢，还好我耐心足。"

他总算等到了拆礼物的时候，不枉他煞费苦心的布置。

这种滋味，确实更值得回味。

阮芷音没听懂他的话。只是看他又嘚瑟起来，她忍不住怀疑他刚刚的沉默是不是陷入了所谓的贤者时间。

还未深想，迎面吹来阵凉风，阮芷音忍不住缩了下身子。

"冷吗？"程越霖低垂着眼看她，而后松开她，脱下外套披在她身上，拉紧了外套的拉链，道，"回去吧。"

男人这件长款的薄风衣松松垮垮的，把阮芷音整个罩了起来，只留下一个脑袋，像极了穿大人衣服的小孩。

程越霖勾唇笑了下，托着腮评价："啧，你这样穿，倒是还挺好看的。"

至少，她看起来有种不符合年纪的可爱。

阮芷音低头瞧了眼，扯下嘴角反驳："你这是什么审美？！"

相处到现在，她大概也明白了，程越霖这个傲娇的脾气，必要时刻她还是得打击下他无端的自信。

半个小时后，程越霖背着阮芷音回到了酒店的房间里。

换了鞋，洗漱完，阮芷音走出浴室，就瞥见程越霖环着臂，沉默地倚在卧室的门边，那双沉如深潭的眸子淡淡望来。

想了想，她似乎从男人的脸上瞧出些什么。

“你进卧室里睡吧。”阮芷音说完，又瞥他一眼，继而补充，“我们一起。”

程越霖听见她的话，轻挑下眉，不咸不淡地勾唇应声：“嗯。”

灯被关上，卧室里暗了下来。

阮芷音走到床边，躺到了床的另一侧。

昏暗的房间里，安静得甚至可以听到彼此的呼吸声。

犹豫了一会儿，她小心地侧了下头，正对上男人于黑暗中略显幽深的视线。

他们四目相对。下一秒，他伸手一揽，将她搂进了怀里。

他用下巴抵在她的发顶，轻轻摩挲两下，温热的手掌覆在后腰上。

他们的姿势暧昧，阮芷音身子不禁有些紧绷。

静默片晌，她被人揉了揉头，紧接着便听见程越霖低哑醇厚的嗓音：“嗯，睡吧。”

他的话让阮芷音松懈了下来。

行吧，她这样应该也能睡着。

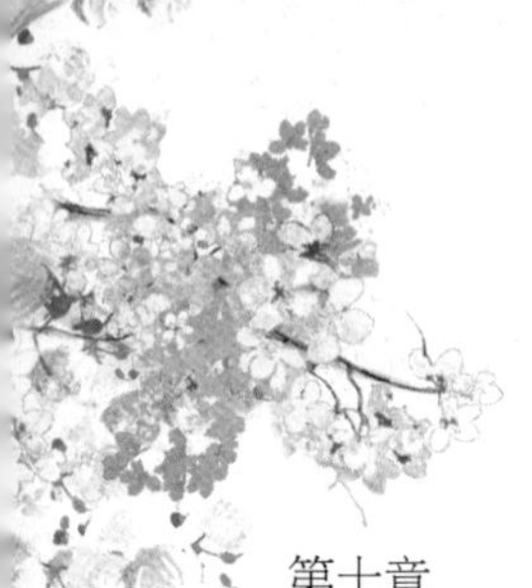

第十章

说好的大度呢

阮芷音和程越霖在斐济待了一个多星期，才恋恋不舍地搭上了回程的班机。

虽然阮芷音在最后几天都不能下水，但两个人即便是牵着手走在人潮涌动的街道上，也自有种不同的甜蜜。

这场说不上是早还是迟的蜜月，总算让两人捅破了那层薄薄的窗户纸，渐渐步入了恋爱的节奏。

回到别墅后，他们的相处自然也多了几分亲昵。

不过这个假期让工作堆积了不少，两人开始变得忙碌了。

霖恒大厦，总裁办公室。

已经连续加班十几天的钱梵顶着黑眼圈走了进来，在办公桌前坐下后递给程越霖一份资料。

资料的内容是霖恒在南郡那块商业区楼盘的物业转让协议，转让的乙方对象还是秦氏。

钱梵瞥了眼如沐春风的男人，说着自己打听来的事："秦志泽最近在秦氏出尽了风头，秦玦的日子可不太好过。"

秦志泽是秦玦的堂弟，也是颇得秦老爷子器重的孙子。哪怕秦玦现在坐上了总裁的位置，但秦氏内部依旧还有他二叔和三叔的派系。

秦氏确实也算家大业大，但秦家人实在太多。斗到现在，哪怕秦玦回国后占了上风，依旧没人想要让步。

秦志泽最近风头正劲，给秦玦使了不少绊子。这当中，自然少不了程越霖在背后推波助澜。

毕竟上次在严家的宴会上，他就警告过秦玦，不介意给秦志泽出出主意。

眼下听到钱梵的话，程越霖抬了抬眼："还是忙点儿好，省得匀出工夫惦记其他的事。"

程越霖知道秦玦一直没放弃到阮芷音跟前卖好，可程越霖之前还没把人拐到手，怎么可能再放秦玦来找她？

秦家的关系错综复杂，秦玦又是那种狠不到底的性格。所以打从一开始，他就不觉得秦玦和阮芷音真能走下去。

他偏偏又拎不清，提前让自己捡了漏。

程越霖不至于和秦玦直接对抗上，显得自己小肚鸡肠，但可以让秦家人给他下下绊子，扯住对方的脚步。

至少，程越霖得把人抱到手。

事实证明，只要他蹲得够久，总会等到想要的。

钱梵不知道程越霖心中所想，见他吊儿郎当地挑眉，忍不住问道："之前不是不想让嫂子瞧见秦玦吗？怎么还要带嫂子去后天的慈善晚宴？"

这种晚宴，程越霖以往都是让他和白博陪同。即便是结了婚之后，也是如此。

毕竟那种公开的场合，秦玦肯定也会去。

程越霖抬眼瞥他，没有解释。

呵，之前和现在，能一样吗？

他现在已经有了保障，哪里还用理会外边的草草木木？

钱梵没听见他回答，又自顾自地继续："霖哥，要我说，嫂子这么爱你，你就该把恩爱秀到秦玦跟前去啊。"

像现在这样，霖哥天天逮着他秀算什么事儿啊？

程越霖闻言，不紧不慢地回了句："嗯，知道了。"

说完，他又拿起一旁的小盒子把玩了几下。

钱梵顺势问了句："这是啥？"

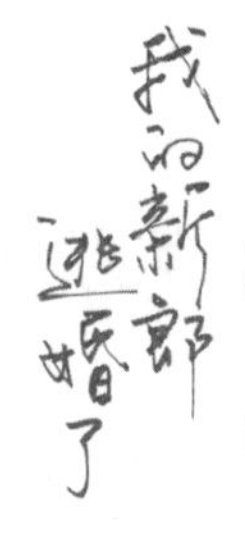

“戒烟糖，回来的时候她在免税店买的。”程越霖声音闲散，挑了下眉，“这不，怕我戒烟辛苦，说要是真想抽了，就吃一颗。”

他当着钱梵的面拆开了包装，打开瓶口，在掌心上倒了一粒，放进口腔里咀嚼。

闻着是清爽的薄荷味，钱梵见状，似乎多了些兴趣：“好像还不错，给我试试。”

言毕，他瞥见男人略显淡漠的视线和将糖收回西装内兜的动作。

钱梵抿唇，轻哼了声：“得，我自己去买。”

程越霖度个蜜月了不起吗？还把他度得越来越嘚瑟了。

另一边，阮芷音刚刚翻看完项彬交上来的项目报告。

“你这段时间做得很好，之后北城的事会直接交给你。不出意外的话，等到北城项目正式投入营运，会再给你升职。”

北城的项目已经步入正轨，接下来主要是施工，但整个工期长达两年。把项目交给项彬，她才能去做其他的事。

对于阮氏来说，北城的项目只是未来几年的保底项目。其他业务这些年已经大幅度缩水，倒不如直接开发新业务。

项彬显然有些意外，反应过来后，连忙应下：“谢谢阮总，我会努力的。”

阮芷音笑笑：“好，去把康雨叫进来吧。”

项彬点下头，然后转身离开。

几分钟后，康雨敲响了办公室的门。

“阮总。”

“请进。”

康雨推开门，踱步走了进来。

她先将一份名单递给阮芷音，而后道：“阮总，您上次让我去办的事，都办好了。分公司的老员工们 80% 接受了转岗的条件，剩下的也领了补偿金。”

去度蜜月前，阮芷音派康雨出了趟差，沟通 X 省那几家分公司的工厂接下来转换生产线和安顿员工的事。

这几家都是化学工厂，现有的工厂员工如果愿意接受转岗培训，通过后可以直接转岗到新的生产线车间。

如果员工里有人年纪大了，准备直接退休，公司也会补偿一笔相当丰厚的遣散费。

阮芷音扫了眼名单，问了句："都是自愿的？"

康雨笑了笑："这个您放心。"

阮芷音点了点头，康雨办事她还是放心的。

放下那份名单，她又想起了另一件事："明天接机，你亲自过去，先帮张总监安顿好酒店。"

"好的，我明白。"

康雨应下，又报告完其他的事，紧接着走出了办公室。

过了一会儿，阮芷音又去了季奕钧那儿。

敲了敲门，得到应答后，她才推门进去。

季奕钧抬头，看见是她，笑着问了句："怎么这会儿过来了？"

走到办公桌前坐下后，阮芷音开门见山地说："小叔，今天是来请您帮忙的。"

"嗯，需要我帮你什么？"

"之后我会主要负责南茵的研发推广，股东们那边……？"

南茵是新成立的公司，名义上在阮氏旗下，但因为是阮芷音独自出资，不走阮氏的资金，所以和阮氏进行了股权剥离。

阮芷音欲言又止，季奕钧却已经明白了她的意思。

那些股东虽然股份不多，但惯会倚老卖老，整日只想躺着捞钱，因此怨声载道。

季奕钧点了点头："我会去沟通的，你放心。"

"谢谢小叔。"阮芷音笑了笑。

季奕钧不仅人脉广，和不讲道理的人打交道的手段阮芷音也是打心眼里佩服的。她知道对方完全应付得来，还不会让股东们再有意见。

季奕钧瞧她一眼，摇头笑笑："看来度蜜月是有用的，对我总算没那么客气了。对了，你们送的礼物我挺喜欢，下次我也去海岛玩玩。"

被他调侃，阮芷音不好意思地抿唇，含笑道："那我到时给您介绍地导。"

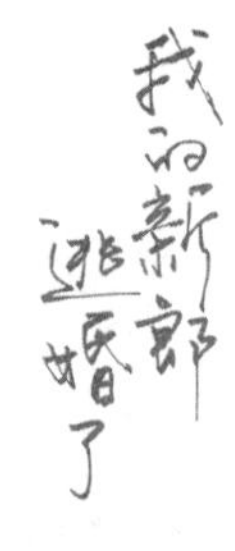

最近一直忙着新公司的事，工作很多，所以阮芷音没有再让程越霖接她下班。

实话说，她觉得这样也挺好。每天被人接送，她都快忘记该怎么开车了。

晚上，等阮芷音终于忙完了手头的工作开车回到家时，已经是八点多了。

程越霖穿着家居服坐在客厅里，看起来像是在等她。

见她换了鞋走进客厅里，男人轻挑下眉，痞里痞气地说了句："阮嘤嘤，过来给我抱抱？"

这些天，他抱她像是抱上了瘾，每晚都要搂着她在客厅里看一会儿电视才回房。

阮芷音走到他的身边坐下，将脑袋靠在他肩上，随便找了个话题开口："我要成立一家新公司。"

"嗯，打算做什么？"程越霖垂着眼，将修长的手指绕着她耳畔的秀发，语气轻描淡写的。

"初步是做医美生物原料。"

程越霖闻言，低笑了声，漆黑的眼眸看向她："你这是要挖秦玦的人？"

虽是问句，但以他对她的了解，恐怕她现在是已经把人挖过来了。

阮芷音微顿，而后嘀咕道："好像还没跟你说，我把 T&D 的股份卖给秦玦了。"

话刚说完，紧接着她想起之前自己还说 T&D 的分红是他们夫妻的共同财产，现在却被她直接卖掉了，都没给他交代一句。

抬眸瞧了眼程越霖那张过于好看的脸，阮芷音认真地道："你放心，等我赚了钱，也会养你的。"

即便已经把人拐到手了，可他的美色太足，她也得用钱把人绑紧一点儿。

"上次找他，就是因为这事？"男人低垂着眼看她。

"嗯。"阮芷音点头。

虽然价格略低，但要不是把股份卖给秦玦，她也没有那么大一笔钱投在新公司的前期研发上。

不过后续要投的钱太多，她的资产现在可以算是负的。想到自己和程越霖的资产差距，阮芷音顿觉努力赚钱的必要性。

要说他这么好看，按美色算，她也得能买座岛送给他才行。

“阮嘤嘤，你倒挺聪明。”程越霖轻挑眉峰，继而道，“合着你还是用秦玦的钱去挖他的人。”

很好，他不怕她会被人骗。

阮芷音觉得他这话好像显得自己过于钻营，解释道：“T&D 的主要研发方向不在这上面，我也是给他们施展拳脚的地方。”

“需要我帮忙吗？”

“我想把研发基地设在嘉洪，但拍一块工厂用地，还要重建符合标准和规模的工业车间，公司账上的流动资金可能不够，可能要和政府谈判。”

研发基地不适合设在岚桥这种寸土寸金的城市里，设在嘉洪这种二线城市反而更加合适，政府招商引资的政策也不错，毕竟企业贡献给当地政府的税收是长期的。

可这也不意味着她就能够拿到合适的地设厂。毕竟除去前期研发的必要资金，她手头剩下的钱不多，得看政府的态度。

要说起谈判，程越霖确实很擅长和政府的人打交道，她可以和他取取经。

程越霖大概能猜到她手头有多少钱，沉吟数秒，笑道：“差不多，谈的时候机灵点儿就行了。”

机灵点儿？

阮芷音领悟了一会儿，蹙眉看他：“你居然让我打肿脸充胖子？”

更通俗些说，他这是让她扮大款啊。

“这只是谈判策略。”

男人端的是从容淡定。

“谈判策略就是装模作样？”

程越霖扬眉看她，语调闲散：“不然你以为，我当初是怎么拿到南郡的项目的？”

阮芷音知道，和南郡的合作算是让他翻身的第一桶金。当初他能拿下和南郡的合作，让不少人大跌眼镜。

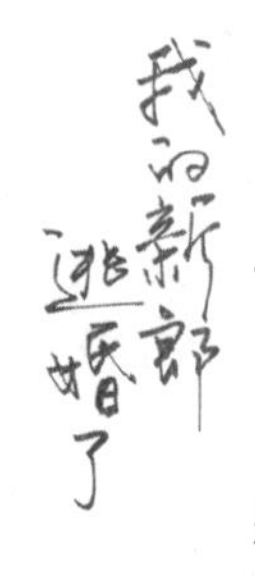

静静地思索了一会儿，阮芷音像是突然意识到什么，微抬眼眸：“难道说他们都觉得那笔项目款在你手里？你也太敢赌了！”

程父当初入狱，是因为政府注资的大笔资金不翼而飞。

程越霖居然设了这样的迷局，让南郡的人以为他手上还有那么大一笔钱，就这么签了合同。

没准人家是故意引他上钩，想要给他也安个罪名呢？稍有不慎，就连他也洗不清了。

程越霖竟然用自己的清白甚至下半辈子赌了个翻身的可能。

阮芷音不明白，他那时为什么会有这么大的执念。

程越霖没想再跟她提自己当时的那种心态，轻笑了声：“谈判嘛，需要让对方摸不清你的底牌。”

阮芷音不太赞同他这种豪赌的做法，可既然事情已经过去了，也只能无奈地叹了口气：“行吧，空手套白狼。你就没有装……嗯，谈判失败，自己让步的时候？”

“阮嘤嘤，说脏话可不好。”

“那如果对方不依不饶呢？”

程越霖散漫地扬眉，轻拍她的头：“那不是还有我？你呢，有十分不菲的夫妻共同财产。”

她如果真的缺钱，他难道会坐视不理？

见她哽住，程越霖吊儿郎当地道了句：“程太太，我饿了。”

阮芷音没再继续纠结，从沙发上起身，走向了厨房。

时间已经很晚了，阮芷音看了眼冰箱里的食材，准备简单地给他煮碗面条。

点火烧水，不一会儿，水就咕嘟咕嘟地冒着气泡。

她取来面条正要放进沸腾的水中，却被人从后面揽住了腰。

阮芷音侧过头，对上男人近在咫尺的脸，她轻蹙着眉道：“程越霖，别闹，我还要做饭呢。”

“罪魁祸首”勾了勾唇，低头瞥了眼烧开的水，扬眉哂笑道：“不着急。”

下一秒，嘴唇被他堵住，对方来势汹汹，开始攻城略地。

“嗯——”

炉灶早被程越霖伸手关掉。

在男人的刻意撩拨下，阮芷音脑袋逐渐发昏，偏偏身后没有倚靠，只能扶住他搭在壁台两侧的手臂。

不知过了多久，她才被他给放开。

阮芷音面色绯红，瞧了眼锅里已经冷掉的水，气恼地捶他："你不是说饿了？"

她看着他倒不是很饿，还有工夫做别的事。

程越霖挑了挑眉，笑着看她，意有所指地开腔："哦，刚才是有点儿饿，不过现在……已经饱了。"

阮芷音："……"

时间一晃步入了十一月，饶是岚桥的气候燥热，这会儿仍然透出了秋后的凉意。

周日，阮芷音陪程越霖参加慈善晚会，特意选了件衣柜里相对厚实些的长袖礼服。不过她还是露出了光滑的小腿，被男人牵着下车时，凉风袭来，汗毛都竖了起来。

反观不远处那些露肩露背的美丽女明星，阮芷音顿时觉得艺人这份职业也实在不太好做。

今天的这场慈善晚会是时尚集团 MILY 的年度活动，MILY 前不久被跨国公司 Coter 收购。所以除了娱乐圈里的艺人，MILY 今天也邀请了母公司的几家合作方出席。

霖恒这两年着力拓展海外版图，和 Coter 也有业务上的合作，所以自然接到了邀请。

虽说阮芷音是陪程越霖出席，但从顾琳琅口中得知，这场晚会上也有她瞄准已久的目标合作方、最近炒得火热的国产护肤品牌 Nevers 的老板许舒影。

她知道，目前的医美原料市场，日本和德国的公司占据了大半的份额，T&D 也曾有一席之地，后面却渐渐放弃了这部分业务。

那也是阮芷音第一次就 T&D 的发展方向和秦玦产生分歧，后来她便退出了 T&D 的经营决策层。

医美原料的采购方是医疗机构和美妆护肤类的品牌方。国际一线护

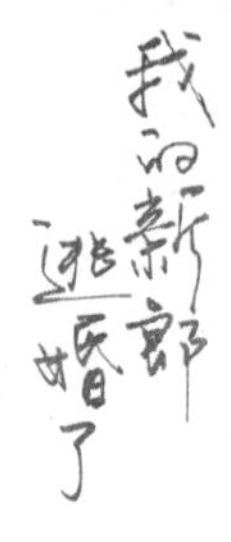

肤品牌都是从日德采购原料，Nevers 也不例外。

阮芷音对南茵的发展方向很清晰，Nevers 是她看好且有机会拿下的第一个客户。虽然不可能直接达成合作，她却可以借此机会和许舒影尝试着接触。

星光璀璨的宴会厅里，四周精致的餐台上摆着琳琅满目的甜点，旁边立着叠起的香槟酒杯。

晚宴还未正式开始，除了负责控场的 MILY 工作人员，宴会厅里的人都在彼此攀谈，一幅觥筹交错的场面。

眼见程越霖被人围着寒暄起来，阮芷音凑近同他说了句话。男人低垂着眼看她，简单嘱咐了一下，才松开握着她的手。

然后，阮芷音从一旁的服务生手中取了杯香槟，走向了宴会厅的另一边。

这一幕落入旁人暗暗揣测的视线中，引来了一阵交头接耳。

“这就是那位新娶的太太？长得确实不错。”

也怪不得人家能嫁给霖恒的总裁，这样的长相就算是放在娱乐圈里，也绝对算得上出挑。

一旁的小网红瞧了眼说话的女明星：“你可别得罪错人，柳乔静丢了赞助上亿的综艺节目，林菁菲现在都准备转幕后了，人家可不好惹。”

这些都是圈里盛传的小道消息，可她觉得也不见得是空穴来风，谨慎些总是好的。

“看着倒挺恩爱的，可内里怎么样谁知道？之前那位都没带自己新婚的太太出来。而且……论得罪人，恐怕还轮不到我。”

言罢，女明星看向坐在前排的柳乔静和方梓烟，心道，这两位也算是有缘分了。

能在娱乐圈走红的人，小部分靠运气和努力，剩下的全都靠背后金主的力捧。

而金主里边，出手大方的人不少。

例如那位大名鼎鼎的严公子，即便换女友跟换衣服似的，可人家对每一任女朋友出手都极其阔绰，不提房子车子，还会至少给部电视剧女一号的资源。

娱乐圈里是有不少试图靠自己打拼慢慢熬资历的人，可想走捷径的人也很多。

僧多肉少，想要搭上这位霖恒总裁的大有人在，可也没听说谁真的成功过。

方梓烟算是圈里数得上的美人了，之前经严公子搭线进了这位程总的房间，后面也没什么声响。

还有人说，方梓烟那晚被直接给扔了出来，却不知真假。

阮芷音不知自己成了别人的谈资，已经由尤欣领着走到了许舒影面前。

尤欣是圈里挺有名气的摄影师，和各大品牌都有过合作。她行事极有眼色，人脉也广。

昨晚阮芷音在微信上和尤欣提了一句，对方便领会了她的意思，主动说可以帮忙牵线搭桥。

尤欣和许舒影认识，简单寒暄两句，便笑着给两人做了个介绍。

阮芷音主动伸手："许小姐，幸会。"

许舒影是个典型的事业女性。

她眼光精准，清楚市场动态又善于营销，三十多岁就打造出了自己的护肤品牌，并在短短四五年内成功上市。

许舒影握上阮芷音的手，笑盈盈地道："阮小姐真漂亮，要是尤欣不说，我还以为是哪家公司新签的艺人呢。"

能独自打拼到现在，许舒影自然也是个八面玲珑的人。

"其实我该叫许小姐一声师姐。"阮芷音笑了笑，"克鲁斯教授是我读研时的导师，还曾提起过您。"

虽然只是想先搭个线，但她不会觉得毫无胜算就找上许舒影。对方是导师当年的得意门生，她叫声师姐也没错。

果然，许舒影听罢，惊讶地张了张嘴："你是……Alva？"

"是我。"阮芷音笑着点下头。

"那真是巧。"许舒影少了假面的客套，言辞真切，"说来惭愧，工作太忙，每次出国的行程都很紧张，很久没去看教授了。"

话毕，她掏出手机，主动道："加个微信吧，既然我担了你这声师

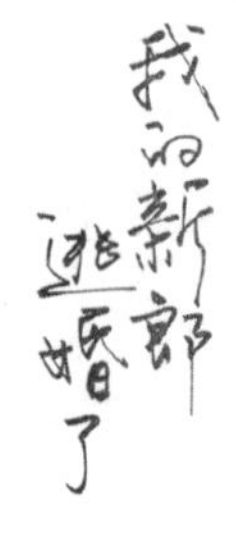

姐，那就以后常联系。”

目的达成，阮芷音和许舒影交换了联系方式。

又随意聊了几句，瞥见助理过来同许舒影说话，阮芷音笑着说了句：“师姐先忙，我去趟洗手间。”

谁知她刚和许舒影作别，又被一个眼熟的人拦住。

“阮小姐，请留步。”

她抬起头，发现那人是柳乔静。

“柳小姐有事？”

柳乔静顿了顿，恳切地道：“之前的绯闻，是经纪人见我拿下 YT 的代言，生了误会。我被前夫捏着把柄，他不肯离婚，丽姐没了其他办法，不得不出此下策。”

“我现在丢了台里的节目，之前谈好的戏约也出了问题，能不能请您……高抬贵手？”

经纪人见她拿下 YT 的代言，有意无意地问了她一句是不是认识霖恒的谁，然后又起了猜测。

她想起在尤欣工作室时阮芷音孤零零地去取补拍的婚纱照，发觉丽姐可能生了误会，也鬼迷心窍地没多解释。

那时的她，只想赶紧摆脱嗜赌如命的丈夫。阮芷音瞧着温柔和善，柳乔静没有想到会触怒对方，赔了夫人又折兵。

阮芷音静静地瞧了对方一眼，勾唇笑了笑：“且不说为难你的人不是我，就算是我，你现在找我是想怎样呢？让你重新拿回节目和戏约？”

柳乔静既然能来今天的晚会，就说明她虽然丢了些资源，但远没有到走投无路的地步。

所有人都认为阮芷音脾气好，可她不过是对陌生人投以疏离的礼貌，只会将真正的好脾气留给最亲近的人。

柳乔静闻言，愣怔数秒。

阮芷音不再等待对方回答，转身离去。

对于心藏算计的人，哪怕对方有可怜之处，她也从来都不是会施以援手的圣母。

撇开了柳乔静，阮芷音见那边程越霖被众人围着，于是去了洗手间里补妆。

等再回到宴会厅时，她还没寻见程越霖的身影，居然又碰到了位老熟人。

也是很奇怪，仿佛今天所有人都爱往她跟前扎堆。

她正想要避开，秦玦已经撇了身边的人，走到阮芷音跟前，低声道："芷音，好久不见。"

自从两人分手，似乎每一次见面时他开口说的话都只能是这句。

秦玦说完，竟从中品出些苦涩的感觉。

阮芷音皱眉看向眼前西装革履的男人，没搭话。

秦玦倒也不在意她的态度，垂着眼睫，温声道："我知道，张淳和他手下的人去了你新开的公司。"

闻言，阮芷音轻蹙下眉，吐了口气："你很清楚张淳想做的是什么，我们也只是一拍即合。"

"芷音，我没有要怪你的意思。"秦玦怕她误会，放缓了声线，又递给她一张名片，"这是 Robert 先生的名片，既然挖走了张淳，你应该也会准备竞争 CF 下一年度的合作。"

CF 是国际一线护肤品牌，与别家不同的是，他们每年都会在全球范围内重新考量合作供应商。

见阮芷音没接话，秦玦有些无奈："只是一个面谈的机会，成败在你身上。我说过，在这些事情上，你不需要拒绝我。"

"秦玦，你到底想要做什么？"

"我只是……想要帮你。"秦玦顿了顿，眼神里满是认真之色，"芷音，我们认识快十年，即便分了手，也不需要这么冷漠。"

再次察觉秦玦和自己分手后截然不同的态度，阮芷音突然想到顾琳琅上回在电话里无意提起的事。

"你屡屡拒绝秦爷爷的订婚要求，就不怕被人钻了空子？"

许是因为爷爷的临终嘱托，秦老爷子这段时间一直想让秦玦娶林菁菲。可秦玦拒绝的态度很坚决，前不久还气得秦老爷子骂了他一顿。

阮芷音倒不关心秦玦会不会娶林菁菲，但她知道秦家关系复杂，他惹恼了秦老爷子，没准就会被他的堂弟们捡了便宜。

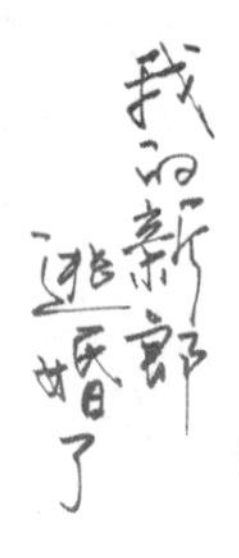

在她看来，如果秦玦选择妥协，应当就不会再想着来找她了。

秦玦见她毫不在意地提及他的婚事，心底骤然一痛。

他绷着脸看她，声线里带着些沙哑："你应该知道的，我不会娶别人。"

他知道她不会轻易原谅自己，但他无法就此放下过去的一切，也有足够的耐心等到阮芷音回心转意的时候。

"我说过，都结束了。"阮芷音摇了摇头，已经不想再看他这副深情款款的模样，"秦玦，分手了就应该毫无瓜葛，我不可能和你平和地继续相处。"

秦玦还想再说什么，可抬眸间，眼神逐渐降温，进而变得冷若冰霜。

紧接着，阮芷音被人从身后揽住。

闻到那阵熟悉的松木香，她便已经知道来人是谁，缓了神色。

程越霖微耷眼睑，扫了秦玦一眼。

视线落在对方手中烫金的名片上，他像是明白了什么，闲散地挑了下眉："呦，秦总还真是心善。"

言毕，他牵起阮芷音的手，又朝秦玦伸出手掌："既然秦总好心好意送上了门，这张名片呢，我就替音音收下了。"

他端的是毫不客气的姿态。

秦玦紧盯着两人握在一起的手，那对银色的婚戒过于显眼，他眼眸发黯，握紧了拳，努力稳下心神。

要不是被程越霖使暗招绊住手脚，这两个月他不可能被秦志泽逼得这么紧，接连往返于国内外，匀不出一点儿时间。

明白对方是故意这么说，可他到底还要维持风度。

"程总言重了。"秦玦压下情绪，将名片递给对方，继而轻笑道，"回国前，我和芷音曾在庆功酒会上见过 Robert 先生和他的夫人，我想对方应该还有印象。"

他莫名其妙地提了这么一句，不过是在提醒程越霖，他和阮芷音始终有那么多年的感情。

阮芷音听到秦玦的话，顿时有些无语。

她确实曾和 Robert 先生打过照面，但那是因为她当时在 T&D 任职，需要代表公司出席会议。后来她和秦玦就公司的发展方向产生分歧，不想上升到争吵的地步，便退出了公司的决策层。

她刚想说些什么反驳，身边的男人却率先开了口。

“是吗？”程越霖微哂一声，随后垂下眼，“既然如此，音音，改天不如也帮我引荐引荐？”

秦玦：“……”

这场生了些波折的慈善晚会，终于在两个多小时后结束。

回去的路上，阮芷音打量着男人的神情，几次想要开口，却都碍于司机的存在而作罢。

两个人一路回到别墅。

程越霖摁了指纹锁进门，还没开灯，她便抱住了男人的腰，柔声安抚道：“阿霖，别生气了。”

刚才他在秦玦跟前表演得人模狗样，可只有阮芷音知道，那会儿程越霖握着她的手加重了几分力气。

飞来横祸，饶是她脾气不错，都忍不住在心里暗骂了秦玦几句。

程越霖只是神色沉静地看了她一眼，依旧默不作声。

阮芷音试探着在他侧脸亲了下，然后笑着说了句：“犯不着吃醋，我只喜欢你。”

男人挑了挑眉：“哦？还有呢？”

“还有什么？”阮芷音微愣着看他。

程越霖伸出手，指了下侧脸，理直气壮地道：“秦玦跑到我跟前来炫耀，你就这么哄人，觉得够吗？”

他这么一说，阮芷音突然就觉得有些理亏。

顿了顿，她又踮起脚尖，将柔软的唇瓣印上男人微凉的薄唇。

她刚要离开，对方却禁锢住她的后脑，就着刚才的姿势，顺势来了一个深吻。

她觉得脑袋逐渐昏沉。

亲到最后，阮芷音整个人都被他架在了半人高的鞋柜上。

等她的理智终于回笼，瞥见男人餍足的神采，阮芷音才觉出几分不对。

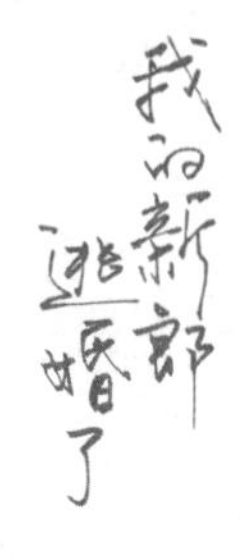

"你刚刚是不是故意的？"

他故意装作生气，让她觉得理亏而去哄他。

程越霖笑了笑，在她额间轻敲一下："阮嘤嘤，你这可是诬陷。"

说完，见她的拖鞋掉在地上光着脚，程越霖又直接抱着她坐上了沙发。

男人取过拖鞋给她穿上。

发着呆沉默片晌，阮芷音这才想到了另一件事："对了，柳乔静刚刚也来找了我，说你给平台施压，取消了她的节目主持，还影响了戏约。"

程越霖低垂着眼看她，语气不咸不淡的："怎么，难不成你要给她求情？"

阮芷音随即摇头。她没必要替人求情。

"这就对了。"程越霖轻扬眉梢，"阮嘤嘤，对于试图破坏我们坚固的夫妻关系的人呢，你也应该秉持零容忍的态度。"

说完，见她眉眼间似有疲惫之色，他又淡淡道："好了，时间不早了，去睡觉吧。"

阮芷音点了点头，关了客厅的灯，和他一起走上二楼。

路过主卧时，程越霖摁下门锁，打开了门。

人没进去，却突然瞥了她一眼，指指卧室里的床，轻飘飘地说了句："主卧这张床，是不是挺大的？"

"嗯。"阮芷音点了点头，疑惑地看他，"所以呢？"

男人轻咳一声："所以如果你总是做噩梦的话……其实也睡得下两个人。"

半小时后，阮芷音在次卧里洗漱完换了睡衣，然后走去了隔壁的主卧。

诚如程越霖所言，主卧的床宽大柔软，容纳两人绰绰有余。

室内开着暖气，阮芷音刚掀开薄被躺上床，就被男人顺手抱进了怀里。

旅行回来之后，他们时常亲吻拥抱，却没有像今天这样躺到同一张床上。

没人说话，啪——

男人微侧下头，撑着身子越过她，关上了最后一盏暖黄色的床头灯。

满室陷入漆黑中。

阮芷音继而闭上了眼，可思绪还停留在程越霖关灯时那个平淡沉默的对视中。

静默的黑暗中，人的触觉变得敏锐。

关灯后，男人就把她揽了过去。

程越霖温热的气息喷在她的眉心上，淡淡扫过，若有似无地痒，如同轻若无物的羽毛在心头挠过。

两人都在晚宴上喝了点儿酒，平缓的呼吸间，鼻尖萦绕的那点儿轻微的酒味，分不出是谁的。

酒劲上来了点儿，体温逐渐升高，阮芷音有些不舒服，转了转身，尝试着换个姿势。

没动几下，她便停住。

男人随之而来的声音低沉发闷："怎么了？"

"你抱得太紧，我有点儿热。"她小声道。

程越霖松了些手。然而不过数秒，他重新又把移开些距离的人抱了回来。

阮芷音搬到别墅后，他也曾躺在床上设想过以后的日子，然而现在抱得紧难受，松开更难受。

察觉到他的僵硬，阮芷音于昏暗的光线中抬眸："你不舒服？"

程越霖绷着下颌："你觉得呢？"

"所以你……"她欲言又止，认真想了个措辞，"没问题？"

"问题？"男人蹙起眉峰，"阮嘤嘤，是什么样的误会，让你对自己的丈夫产生了这样的认知？"

听出他含着警告的暗示，阮芷音撇了撇嘴，最终没说是因为赵冰那似是而非的猜测。

"其实你要是忍得难受，也不用这么……"她嘀咕着，略顿一瞬，声音更低了些，"一直忍着。"

程越霖的眼眸黑得发沉："你确定知道自己在说什么？"

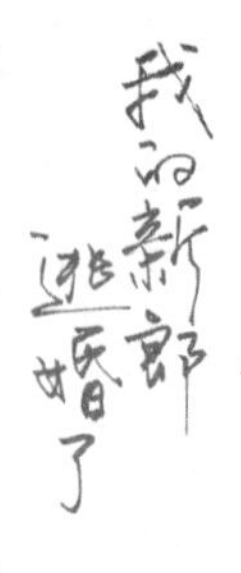

阮芷音哽了下，轻应了声："嗯。"

虽然除了婚姻关系开始得太富戏剧性，但到了现在，要说她没有准备，就显得太矫情了。

她对上程越霖深沉的视线。

无声的停顿过后，是他悠长的叹息声。

像是被瞬间打开了阀门，男人细碎地落下吻，温柔的轻吻渐渐转为唇齿间的交缠。恍惚间，陌生的潮涌感逐渐淹没了她的神智。

然而最后的时刻，她用纤柔的指节按住了衣衫上的手。

"阿霖。"

"嗯？"

程越霖漆黑的眸子蕴着情动，声音已经哑得不行，可他还是停了下来，像是在用尽全力忍耐。

阮芷音："好像……现在不行了。"

她将话犹豫着说出后，眼神的对视间，多了阵僵持的尴尬。

五分钟后，迅速进浴室里冲了个凉的程越霖，脸色不太好看地从隔壁屋的抽屉中帮阮芷音取来了需要的东西。

就这么折腾了好一通，等两人再次躺上床时，阮芷音手捂着肚子，脸色隐隐泛了些白。

即便她心里准备好了，他却还是……被迫熄火了。

程越霖见她恹恹的，皱着眉，淡抿下唇，问了句："要不，我给你揉揉？"

阮芷音侧过头来，停了一会儿，扶着他的手按上了隐隐作痛的小腹。

炙热的手掌递来舒服的温度，男人神色认真地帮她轻柔着肚子，力度适中，让阮芷音眯了眯眼睛。

叮的一声，床头上的手机亮起。

阮芷音伸手取过，随后点开亮着红点的微信，发现是一条好友申请。

微信号码是陌生的，可昵称和头像很熟悉……

"怎么了？"程越霖察觉到她的异样。

阮芷音偏头看他，如实交代自己的猜测：“应该是秦玦。”

他瞥了一眼屏幕，语调冷淡：“加回来吧。”

他的话音刚落，阮芷音轻抬眼眸，怀疑自己出现了幻听。

“你是说，让我把秦玦加回来？”

程越霖轻轻瞟了一眼她不可置信的表情，哂然笑道：“怎么？在你眼里，我就这么小气？”

言毕，他又不紧不慢地补充：“呵，不过是一个分了手的前男友。这点儿大度呢，我还是有的。”

阮芷音将信将疑，犹豫了一会儿，在男人轻描淡写的神态中，通过了秦玦的好友申请。然后她迅速看向程越霖，却依旧没能从男人脸上发现什么不对。

阮芷音本以为他不过是嘴硬，看到自己接受了好友申请就会反悔让她删掉。

可现在……难不成真是她想错了？

“阮嘤嘤，你这是什么眼神？”

“你是真想让我把秦玦加回来？”

程越霖挑眉笑了：“当然。”

说完，他又揉了揉她的头：“行了，这眼睛都睁不开了，赶紧睡吧。”

尽管还有些疑惑，可疲乏感继而涌上，阮芷音只好带着困倦睡了过去。

睡眼蒙眬间，她迷迷糊糊地想：或许，他是真的突然开始学习所谓的大度了。罢了，等她醒了再把人删了也不麻烦。

翌日清晨，阮芷音照常被闹钟唤醒。

她伸手取过手机，按掉闹钟，揉了下眼睛半坐起身，却发现微信多了几条提示。

点开后，她首先看到的是那个疑似秦玦的新微信号发来的一份文件和一条晚安的消息。

阮芷音匆匆扫了一眼，便退出去看朋友圈里的那三条点赞和两条回复。

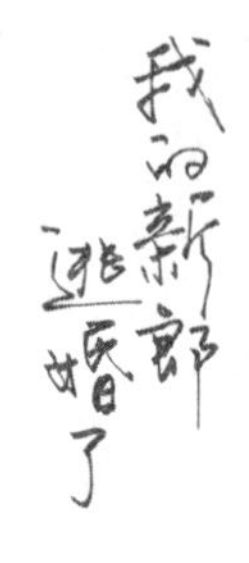

点赞的人：叶妍初、顾琳琅、秦湘。

叶妍初：“这位已婚女性，请注意秀恩爱的尺度。”

顾琳琅：“啧，看来上回的蜜月度得幸福又滋润。”

看完这两条评论，阮芷音皱了下眉，带着疑惑点进了自己的朋友圈。

几秒钟后，她精致的眉眼间染了些怒气，阮芷音拍了下身旁的男人。

惯来轻声细语的阮芷音，此刻却忍不住拔高了音量：“程越霖！这条朋友圈是怎么回事？”

亮起的屏幕上，居然是两人依偎而眠的睡颜照片。

尽管只露了半截下巴，拍得也较为唯美，明眼人却也不难辨明照片中的人是谁！

最鸡贼的是，这条朋友圈被设置了分组可见。至于可见的对象，只有叶妍初、顾琳琅、秦湘……和昨晚刚刚加上的秦玦。

阮芷音的微信好友不多，有可能和秦玦产生关联的人就更少了。

他这么发，难不成是怕共同好友露馅吗？

发送时间在凌晨两点，那时她都已经睡了，怎么可能会发这么一张照片？！

有作案动机的人也只有程越霖。

早她一步醒来，这会儿正靠在床边“认真”地读着报纸的程越霖，扫了眼她的手机，不紧不慢地解释道：“哦，可能是我半夜醒来没注意——”

“拿错手机了吧？”

他拿错手机？

阮芷音简直都快被气笑了，她信了他才怪！他拿错手机还能不慌不忙地编辑好分组？

还好这条朋友圈只有四人可见。

他也太不要脸了！说好的大度呢？！

阮芷音就这么带着一肚子的火气去了公司。

上班路上，她理都没理试图搭腔的男人。

放下了北城项目的事情后，阮芷音开始专心投入南茵的前期准备工作中，也搬到了新一层的办公区里。

虽说不能让琐事影响工作，可一直工作到了下午，她才觉得心底的火气平息了些。

她刚拿起那份康雨递交上来的几个工业车间转生产线的进度报告，就听到了一阵敲门声。

“请进。”

得到应声后，一位身材瘦削，戴着黑框眼镜的男人推门走了进来，正是刚入职不久的张淳。

“阮总。”张淳笑着打了招呼。

阮芷音摇了摇头：“淳哥，这才一年不见，你倒是变得这么客气？”

她和张淳在 T&D 时就认识，工作上的交情还算不错，这也是阮芷音能够成功将他这个得力干将从 T&D 挖来的原因之一。

张淳听到她的话，有些不好意思，却还是固执地道：“你现在毕竟是我的上级，何况栗苏千叮咛万嘱咐，让我谢谢阮总的知遇之恩。”

张淳曾在德国最顶尖的生物科技公司任职多年，在研发能力上，他和他的团队足以和任何一家竞争对手的团队相匹敌。

阮芷音许诺将研发的事全权交给张淳，又给了他 20% 原始股份的待遇，这代表了她足够的信任。

即便这个股份离开公司就自动失效，但阮芷音也不怕张淳会走。毕竟这个有些古板的工科男，是个对老婆唯命是从的家伙。而栗苏一直想要回国。

想到这儿，阮芷音笑了笑：“不用谢我，希望我们的选择是彼此成就。”

“您放心。”张淳点了点头。

他之所以有了更多的信心，是因为离开 T&D 时，秦玦免除了相关的保密协议期限。

当然，对于一门心思搞研发的张淳来说，不管秦玦为什么这么做，都不是他想过问的。

快下班时，阮芷音接到了顾琳琅打来的电话。

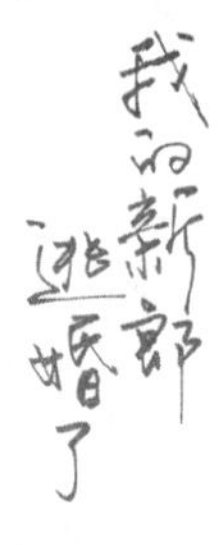

她按下接通键后，话筒中传来顾琳琅爽快的声音："品牌接洽的事搞定了，媒介的联系方式也发到你邮箱里了。"

"太好了，谢谢。"

这是阮芷音之前拜托顾琳琅的事。

顾琳琅在电话那头笑了笑，又卖了个关子："这就道谢了？我还给你搞来了一个大手笔的业务。"

阮芷音有些意外，轻扬眉梢："哦，是什么？"

"沈蓉的免费推广。"顾琳琅扬着声调说完，又道，"这回别谢我，是她昨天来试高定时主动提的，应该也想交个朋友。"

BING一向是沈蓉最青睐的高定品牌，顾琳琅和沈蓉的私交也很不错。

梁导的电影《悬逃》虽然还没有上映，但已经送审了多个电影节，沈蓉更是一举拿下了斯纳电影节的最佳女主角。

林菁菲和《悬逃》失之交臂，又因之后的风波没了声响，身为对家的沈蓉却成为炙手可热的国际电影节影后。

现如今，沈蓉的免费推广可绝对是个大人情。

阮芷音还真有几分惊喜，笑着道："谢还是要谢的，沈蓉毕竟是你的人脉，回头请你吃饭。"

"好，等我空出时间。"顾琳琅也不和她客气，"对了，你知道吗？林菁菲现在不接工作了，听说准备转幕后做彩妆。"

"秦老爷子虽然催着秦玦订婚，但方蔚兰一直瞧不上她，现在她是手上有了钱，想证明自己不是个花瓶？"

林菁菲手中的钱，是来自几个月前出手股份的收益。

这笔钱本可以让她衣食无忧，她却选择把钱投入到公司里，没准真是想向谁证明些什么。

"随她去吧。"

阮芷音没什么其他想法。

见她都不在意，顾琳琅也转了话题："那你怎么样了？"

"我很好啊。"

顾琳琅笑了笑，揶揄道："早上给你打电话，不是还在生程越霖的气？"

阮芷音微顿，而后道：“我不该生气吗？”

“该啊，夫妻、情侣间有些小吵小闹才正常，像你和秦玦那样根本不是谈恋爱的状态。我以前只觉得是你性子柔，谈恋爱也比较平静。现在看来，是程越霖让你知道怎么谈恋爱了。”

阮芷音对家的期待，没人比顾琳琅更清楚。她也明白阮芷音的固执和认准一件事的坚持。

可让阮芷音抛开这些去选择的人，是程越霖。

顾琳琅说完，感慨了句：“这对比一下，你和秦玦简直就是搭伙成家的拍档。”

这才是正常的恋爱吗？

阮芷音愣怔片晌，笑了笑：“或许吧，那你说……我是不是该适可而止？”

其实她也不知道自己为什么会开始这么随性地冲着程越霖发脾气。分明以前的她总是觉得这样会把人推远，对亲近的人尤其不敢表露负面的情绪。

顾琳琅叹了口气：“有句话说得好，女人作的底线在于男人宠她的底线。照你的脾气，我觉得就是再放开百倍，也远不到越线的点。”

“音音，享受当下最轻松的状态，别让自己太纠结。”

最后这句，她居然又端出了些姐姐的架势。

阮芷音知道她这句话是关心自己，轻笑着点下头：“好，我明白了。”

等她挂了顾琳琅的电话，已经到了下班的时间。

阮芷音合上笔记本电脑，坐电梯去了停车场，上了停在熟悉位置上的宾利。

被冷落了一天的程越霖，见她上车后依旧没有开口，瞥她一眼，散漫地问了句：“还生气？”

阮芷音偏头看他，故意撇了下嘴，却没说话。

车厢里沉默了一会儿，等司机将车开出了停车场，程越霖轻咳了声开口：“那个，钱梵刚打电话说，在金煌开了个包间，要去坐一会儿吗？”

阮芷音对上男人打量的视线，垂下眼，静默了几秒，还是点了

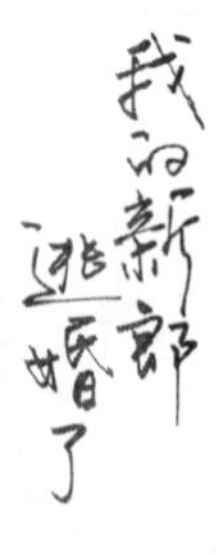

点头。

生气归生气，在外人面前，她还是要给他留面子的。

阮芷音和程越霖到金煌的时候，钱梵等人已经在包间里待了有一会儿了。

行至包间门口，程越霖刚要开门，一旁的阮芷音蹙眉看向他："你先进去，我得先给康雨回个电话，马上就好。"

康雨刚发了生产线的采购明细过来，阮芷音这才看到。

知道她是因为工作而忙，程越霖点了点头，一个人推门走了进去。

站在走廊另一侧和康雨通完了电话，阮芷音刚要走进包间时，却突然被人从后拍了一下。

"阮芷音，真巧。"

才从另一间包间里走出来的汪鑫，笑着和她打了声招呼。

阮芷音认出这是在岚中时的同学，礼貌地点头。

汪鑫掏出一张名片递给她，热情地道："好不容易碰上，过段时间咱们高中同学聚会，你来吗？"

虽说论成绩是班里倒数第二，可汪鑫吃喝玩乐样样出挑，人缘也处得不错，后来还当了文一班的班长。

这些年的同学聚会都是汪鑫组的局，唯有阮芷音和程越霖从未出席过。

对方的态度热情，阮芷音思索了一会儿，有些抱歉地回道："我尽量，但是得看到时有没有时间。"

汪鑫也不强求，点头应道："行，地点发在了班级群里，你有时间的话就过去。"

说完，他又委婉地问了句："那个……要是程越霖方便，你也叫上他呗？"

阮芷音笑着应下："好，我问问他。"

被当年暗恋过的对象笑，汪鑫不好意思地挠下头，大方地道："对了，以后来金煌，报我的名字，免单！"

金煌原本就是钱梵、汪鑫和徐飞一起开的，他们仨都是老板。

和汪鑫说完话，阮芷音终于推开包间的门，走了进去。

这间是 VIP 包间，里面很是宽敞。

除了钱梵和傅琛远，还有两个阮芷音没有见过的面孔。

坐在门口的钱梵看见阮芷音，连忙站了起来，殷勤地道："嫂子，霖哥终于把你请出来了。"

"来来来，我给你介绍介绍。"钱梵指着棋牌桌上的两人，"任怀，翁子实，大学受了霖哥三年荼毒的勇士！"

阮芷音笑着点头："你们好。"

翁子实跟着打了招呼，任怀是个话比较多的人，放下手里的牌，意有所指地说了句："嫂子和我想象中长得一个样。"

钱梵轻哼一声："人家可是岚中当年的一朵花，多少男生背地里暗恋哪，没想到最后被霖哥摘回了家。"

"怎么，你有意见？"

独坐在另一边的程越霖淡淡地瞥来视线，说完话，又看向阮芷音，指了指身侧的位置："那边儿太吵，来这儿。"

阮芷音没有拂他的面子，应着话走到程越霖旁边坐下。

谁知她刚坐下，钱梵突然惊讶地叫了声："哎，嫂子，你这手链有点儿眼熟啊。"

阮芷音垂眸瞥了眼手腕上的链子，正是程越霖一直留着的那条。

她没太在意，笑着回复钱梵："这是 T 家的热销款，挺常见的。"

钱梵点下头，而后啧啧而言："霖哥你别说，嫂子这手链，跟你当年从小偷手里抢回来的那条好像是同款哪。"

阮芷音听见钱梵的话，刚想要解释，却被随即变得慷慨激昂的钱梵堵了回去。

"嫂子你不知道，当初我去 A 大找霖哥玩，他说要带我出去吃饭，结果还没走到餐馆，就半路撇下我去追小偷。追就追吧，可他生生追了一个多小时，还跟着踩过条臭水沟，最后气得那小偷给他投降，把当天的赃物全都塞给了霖哥，你说牛不牛？"

那边刚抱着手机打完一局游戏的傅琛远抬了抬眼，调笑道："啧，看不出来，程老大还有过这种丰功伟绩？"

钱梵一甩手中的牌，语气颇为骄傲："呵，开玩笑。我们霖哥，绝

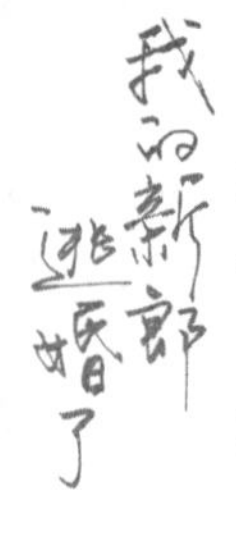

对是行侠仗义的主！见不得这种偷鸡摸狗的行径，怒擒小偷送警局，有个钱包的失主还托警察给他颁了一面锦旗呢！”

阮芷音瞟了眼身旁人模狗样的男人，用只有两人能听见的声音悄悄问了句：“你真的踩了回臭水沟？”

程越霖低垂着眼看她，没说话。

阮芷音继而道：“还怒擒小偷……拿了面锦旗？”

瞧出她眼中的笑意，程越霖面无表情，无奈地轻嗯了一声。

总有一天，他得把钱梵那小子的嘴给缝上！

从金煌出来，程越霖没有再应钱梵接场的盛情邀请，和阮芷音坐上车回了岚江旁的别墅。

不知是不是因为听钱梵揭了回男人的短，阮芷音的心情似乎不错。提前离开时，她还邀请了钱梵他们改天来家里做客。

至于得了邀请的钱梵，转头便肆意地朝着程越霖挑眉，然后收获了男人低气压的视线。

刚进门，阮芷音便走进厨房，从冰箱里拿了瓶酸奶，还顺手递给程越霖一瓶。

而后她望了眼半空的冰箱，想着什么时候抽空儿，要请钱梵他们过来吃饭，尽尽主人的礼节。

程越霖那个坏脾气，平时肯定没少得罪人，结婚到现在也没说请人过来吃饭。钱梵他们能忍受他到现在不容易，她总得帮他巩固下友谊的桥梁。

程越霖单手接过那瓶酸奶，插着兜，姿态闲散地倚在厨房的门边看她，挑了下眉：“这是不生气了？”

怔了下，阮芷音摇摇头。

刚才听钱梵说完他追小偷的事，她心底那点儿仅存的气性就已经散了。

想到程越霖早晨那顿带了些认错和讨好性质的早餐，她朝男人弯了下唇：“其实仔细想想，我好像也没必要生气的。可我就是没忍住。”

他之所以那么做，说到底，还是因为秦玦在晚宴上惹人生厌的挑衅。

那条朋友圈只是被顾琳琅她们瞧见了，也没影响她什么，可见程越霖还是有分寸的。

即便是做出些不好的事情惹她生气，男人好像也没越过底线。

如果这件事是旁人这么做了，她发了一天的脾气，确实是有些小题大做了。可对上程越霖的话，她好像忍不住。

见她言语中透着自省之意，程越霖走上前，摸摸她的头："阮嘤嘤，我说过，你可以对我生气。"

对她做出的承诺，他哪儿还会食言?

她能肆意地生气，能逐渐放下包袱面对他，在某种程度上，程越霖是高兴的。

阮芷音微转眼珠，突然想到了什么，继而笑了笑："那我要是让你跪搓衣板，也可以吗？"

程越霖微僵，顿了良久，才不太自然地开腔："非要气得狠了呢，在家可以，你自己把握分寸，看看就行了。"

在外的颜面，他还是要的。

不过在程越霖看来，自己也做不出什么把她气到这种地步的事儿。所以这种跪搓衣板的机会，应当是不存在的。

阮芷音没有停留在这个话题上，转而道："我今天在金煌碰见汪鑫了，他说过段时间有场同学聚会，你要去吗？"

"同学聚会？"他扬了下眉梢。

阮芷音倏然想起，他高中时在班里总是独来独往的，还时不时逃课，和同学们的关系并不算融洽。

当然，除了钱梵会每天来找他，他似乎也没有同其他人融洽相处的意思。

不过，男人紧跟着还是微点下头："你要是想去，就陪你去走个过场。"

阮芷音应了声："嗯，那我看看有没有时间。"

两人说完话，她回了自己的房间。

虽说她本来有了搬房的计划，但因为程越霖早上的无耻行径，阮芷音又气得回了次卧。

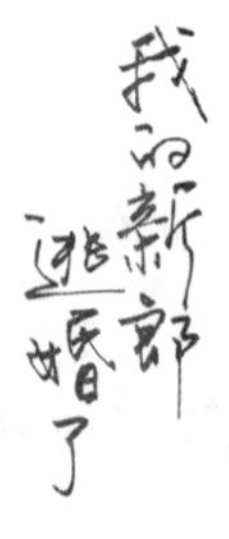

程越霖的打算被迫夭折，也算是得了个教训。

顾琳琅说，男人有时候也得得到点儿教训，阮芷音深以为然。

想起汪鑫说同学聚会的地点发在了班级群里，于是她登录了好久不用的 QQ，看了眼群里的公告消息。

时间定在下周末，地点是岚中附近一家开了很多年的老字号餐厅。这家店的生意一直很好，包间极难预订。

群里面有几个同学在彼此聊着近况，阮芷音没有参与，但退出时，收到了好友发来的消息："阮芷音，你居然上线了？不是被盗号吧？"

她看了眼好友名字的备注，是当初班里的学习委员苏亦旋。当年，对方坐在阮芷音前面，经常向她请教题目，两个人的关系还算不错。

阮芷音弯下唇，回复——

"没有，今天碰到汪鑫，他说过段时间有同学聚会，我就去群里看了下。"

"这样啊，如果有空儿的话，到时记得来。你出国的这些年，大家也不好联系你。"

"嗯，有空儿的话，我会过去的。"

说起来，阮芷音当年一直和所有人保持着不冷不热的同学情谊。刚毕业时，她偶尔也会和其中的几个同学联系，简单交流下彼此的近况。

然而和别人不同的是，她见惯了离别，有那个年纪的孩子没有的清醒，也明白毕业后大家的关系会慢慢淡化。

所以打从一开始，阮芷音就没想交走得特别近的朋友。唯一的例外，是小她两届，又被她阴错阳差救下的叶妍初。

叶妍初是个在充满爱意的家庭里长大的可爱开朗的女孩子。对方温暖地靠近，让她拒绝不了。

至于其他人，就算有网络上的联络，可隔着时差与距离，仍旧会让人渐行渐远，直至断了联系。

这里边也包括程越霖。

虽然她帮他补习始于那个赌约，但高中毕业时，他们的关系已经缓和了不少。

可最后，他们还是因为她的出国和他家里的事断了联系。

阮芷音不禁想，她远在国外的那几年，与他互为陌路人的时候，程越霖经历的又是什么呢？

曾经肆意张扬的少年，一步步走到现在，靠的绝不仅仅是老天眷顾的好运气。

周末过去，阮芷音很快又投入到了充实的工作中。

针对研发基地的工厂改建基本完成，张淳也亲自带着团队去了X省，接下来会在那儿常驻，成立研究室。岚桥这边，更多是负责第一批透明质酸钠产品上线后的营销及合作洽谈。

阮芷音刚看完张淳昨晚发来的邮件，想着什么时候能和许舒影见一面，康雨就敲门走了进来。

“阮总，张总已经到了嘉洪，您的出差行程是安排在月中还是月底？”

虽然张淳已经到了嘉洪，但她也有必要过去一趟。现在已经是本月的月底，后面还有些其他的工作要收尾。去嘉洪出差的话，她这段时间加加班，最快能安排在十二月中旬。

可阮芷音想了想这周末的同学聚会，到了嘴边的话又收了回去，转而回道：“我月底过去。”

康雨点头：“好。”

繁忙紧促的工作一直持续到了周五，一直连轴转的人不只有阮芷音，临近年底，程越霖的事情也多了起来。

周六晚上是同学聚会，她没加班，特意空出了时间参加，可程越霖临时多了不好推掉的应酬。

到了晚上，司机把阮芷音一个人送到了聚会的饭店。

富丽堂皇的包间里，一身大款打扮的徐飞才刚走进来，立马迎来了餐桌上众人的调侃。

“不是我说，徐少，咱能低调点儿吗？你这大金链子从高中挂到现在，还挺长情。”苏亦旋笑着打趣。

岚中分国际班和高考班，连校长都有两位，一位中国校长和一位外国校长，校风并不刻板，不限制学生打扮。

高考班名义上不设重点班，可所谓的平行分班也挺特立独行。集中

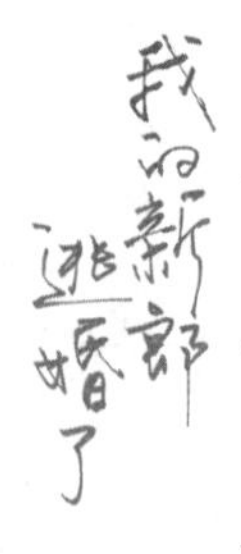

了文科前三十名的一班，还有五名成绩在年级趋于倒数的学生。

其他人的成绩再好，让徐飞和汪鑫的成绩一平均，不也算得上是“平行分班”了嘛。

虽然徐飞和汪鑫的成绩不好，但其他同学也没有好学生那种高高在上的姿态。况且这两人为人豁达风趣，人缘一向很好。

这会儿苏亦旋开起徐飞的玩笑来也没什么顾忌，就连一旁的乌灵萱和俞超也跟着调侃了两句。

徐飞拍了拍自己的大金链子，鼻尖一扬：“你们懂什么？这可是我家的传家宝。我爹都说我能考上大学全靠他这金链子，当年哥可是压线逆袭。”

徐飞和汪鑫都是因为英语太烂，才不愿意出国读书，从国际班转来了高考班。

无奈的是，两人最后的高考分数太低，他们还是被家里扔去国外待了大半年，总算是压线过了申请学校的雅思分数。

这就是徐飞口中的“逆袭”。

苏亦旋闻言，撇了下嘴：“徐飞你可拉倒吧，要说逆袭，你看看人家程越霖当年多牛，愣是考上了 A 大。”

虽说特长加了几十分，但人家的裸分也上了六百。他一年提了一百多分，后来老师还给学弟学妹们当典型宣传过。

程越霖是被给学校捐了栋楼的程父强行塞进文一班里的。虽说他成天逃课打架，但记忆力是真的好，平时抄抄卷子都能考个五百分露头。

程逢生自己的文化水平不高，却希望儿子考上他当初梦寐以求的 A 大。后来程越霖圆了他的心愿，对方还激动地在老师办公室里给了阮芷音一张支票。

不过阮芷音婉言谢绝了。

“哼，我要是有年级第一当同桌，天天给我补课，说不定也能留在国内上学了。”

徐飞不太服气，凭啥人家就有那么温柔的学霸同桌帮着补习？可他羡慕归羡慕，到底也不敢和程越霖抢同桌。

命运对他何其不公！

话音刚落，包间的门被人推开。

阮芷音纤细的身影出现在门口，望着餐桌上那些熟悉的面孔，当下有些愣怔，只礼貌地笑了笑："抱歉，我来晚了。"

太久没见，大家都不太敢认她。

尤其是，眼前散着波浪的栗色鬈发、化了淡妆、眉眼惊艳、气质干练优雅的女人，和高中时只穿校服扎个马尾的阮芷音差距太大。

还是汪鑫率先反应了过来，笑着吆喝道："得，说曹操曹操到，咱们的年级第一来了。"

"阮芷音，你坐那儿，苏亦旋他们一直等你呢。"伸手指完位置，汪鑫又问了句，"程越霖没跟你一起来啊？"

阮芷音在苏亦旋旁边的空位上坐下，抬眸轻声道："哦，他临时有个应酬，结束得早可能会过来。"

"阮芷音，你和程越霖还有联系？"乌灵萱疑惑地问道。

徐飞笑着说："岂止是有联系，人家两人可是都结婚了。"

班里的学生大多跟两人的联系不多，这里只有徐飞和汪鑫参加过阮芷音和程越霖的婚礼。

"啊？"出声的不止一人。

阮芷音没想隐瞒，大方地点头："是啊，我们结婚了。"

大家都有些意外，毕竟当初两人的关系说不上好。可这些年也没怎么听说过他们的消息，所以大家倒也很快接受了。

乌灵萱喃喃道："真没想到。"

此时再看向阮芷音的眼神中，仿佛多了些尴尬。

顿了几秒，阮芷音想到了原因。

高中时程越霖长得帅，体育出挑，但平时冷淡沉默，又对人爱搭不理的。

喜欢这款男生的女生不少，只是大多不敢靠近他。也有人鼓起勇气给他递情书，却都被他拒收了。

因为阮芷音是程越霖的同桌，有次情人节，乌灵萱让她帮忙递过一封情书。

那时程越霖心情不错地收下了，转头又有其他女生来找她帮忙。

阮芷音忙着做题，看着满桌洞的情书，最终不胜其烦，晚自习时一股脑地把十几封情书都推给了程越霖。

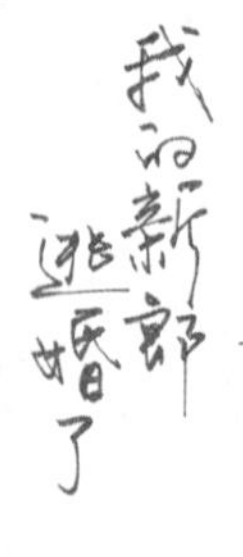

结果就是，他当场气得脸色发青，好几天都没和她讲话。

然而，那会儿一门心思学习的阮芷音，只觉得没了程越霖的打扰，世界清静了不少，做题都更加投入了。

没过几天，他又自行恢复了正常。

阮芷音想完，忍不住笑了笑。而后她察觉到什么，抬头对上了一个人的视线。

不远处那个神色复杂地盯着她的人，居然是当初转了学的杨雪。

对方的变化太大，阮芷音反应了好几秒才认出人。

她真没想到，杨雪也会过来。

酒店是身为班长的汪鑫订的，豪华的包间里还有现成的桌游区。

大家客套攀谈间，饭吃得差不多了。酒足饭饱后，汪鑫招呼着人在旁边的长牌桌上玩起了桌游。

苏亦旋喊着阮芷音过去，可阮芷音见已经在牌桌前坐下的乌灵萱瞧向她的眼神里仿佛还有些尴尬，于是婉拒了邀请，说自己先出去透透风。

走出暖气充足的包间，阮芷音站到走廊的窗前吹了一会儿风，散去那阵闷热。

然后她又掏出手机，给程越霖发了条微信，问他酒局结束没，什么时候过来。

觉得他们玩得差不多了，转身准备回去时，阮芷音在包间门口遇到了刚刚推门出来的杨雪。

“阮芷音，有空儿聊两句吗？”

杨雪说完，抿唇朝她笑了笑。

阮芷音望着眼前洗掉了那头红发、模样乖静不少的杨雪，没有说话，态度不置可否。

“我听说你会过来，今天是特意来找你的。当年我不成熟的做法，给你造成了一些伤害，真的很抱歉。你别误会，我知道自己做的事是错的，并不奢求原谅，只是想……把歉意传达给你。”

杨雪的语调真挚，面色诚恳，而后她给阮芷音深深地鞠了个躬。

直起身后，她又道了句：“还有，现在我当了老师。”

阮芷音眼眸微张，颇为讶异。

“没想到？”杨雪笑了笑，“孩子们很可爱，我也希望遇到像我一样的学生时，能够帮助到他们。”

当初杨雪转学离开岚桥后，阮芷音才听说了她家里的事。

杨雪的父母离婚，母亲没要她。她的父亲在外省开了个厂子，把她扔给了奶奶照顾，极少回来看她。

她倒是没什么特别大的心机，只是身边的那些朋友都是瞧着她出手阔绰才围着她的，很容易受人挑唆。

大抵就是，杨雪觉得表现得嚣张跋扈些，才显得比较厉害。

杨雪曾经为难过她，但时过境迁，也早已受到了该有的教训。

要说起罪魁祸首，她也不算，阮芷音没想再找对方麻烦。

于是阮芷音点点头：“那挺好的。”

“既然话说完了，我也该走了。”杨雪轻轻颔首，和她告别，顿了顿，像是想起什么，又问了句，“对了，你和程越霖现在感情不错吧？”

阮芷音没想到杨雪还会关心这个，但想起程越霖，还是莞尔一笑，随后轻应了声。

杨雪也笑笑：“那挺好的，当年他带你出器材室的时候，我就觉得他对你不一样。祝福你们。”

阮芷音微蹙秀眉，抬眸看她：“你说什么？”

阮芷音收到程越霖的消息的时候，同学聚会差不多也快结束了。

她还沉浸在和杨雪最后的谈话里，心不在焉地随着众人走出了饭店。

微凉的夜幕凝着雾气，天空淅淅沥沥地下起雨来。

晚风拂过，湿润的雾气裹挟着水珠吹在脸上，凉意唤回了几分清醒。

阮芷音下意识地看了眼手机。

今天的聚会来了不少人，喝了酒的男生要么在等代驾，要么在托没喝酒的那几个人送上一程。

站在饭店门口，苏亦旋转头问了她一句：“你开车了吗？”

“没有。”

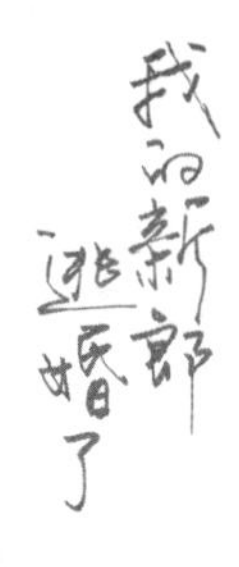

她来的时候，是司机去别墅接的她。

“那要不要我送你？你住哪儿？”苏亦旋好意地问了句。

阮芷音刚要开口，周遭的喧闹声降了下来，此起彼伏的说话声渐渐停歇。

不远处，那道熟悉的身影映入眼帘。

男人面容清冷，气质卓然。笔挺的西装外面套着件深灰色的羊毛呢大衣，他步态从容地走近众人。

下了雨，他举着一把黑伞。

阮芷音站在原地，望着那个不紧不慢地朝她走来的身影，恍惚间，四周的一切都像是静止了下来。

程越霖那副清俊的眉眼似乎越过悠长的时光，和留在她脑海中许多年的朦胧印象渐渐重合在了一起。

直到男人将外套罩在她的身上，阮芷音才回过神，听到他冷淡的语调：“结束了？那走吧。”

她嗯了声，然后侧过身，笑着朝苏亦旋点下头：“不用麻烦了，你早点儿回去休息，我先走了。”

程越霖表情平淡地和众人颔首打过招呼，而后伸手揽过她，两人双双走向停在不远处的宾利。

等到男女的背影消失在视野中，徐飞才在众人的沉默中说了句：“啧，以前怎么不觉得阮芷音和程越霖还挺般配的。”

“废话，人家是正儿八经的夫妻，能不般配吗？”汪鑫一脸嫌弃地看向他。

徐飞轻笑了声，小声嘀咕了句：“这会儿马后炮，你在婚礼上不是说他当新郎是为了抢秦玦的媳妇吗？”

他的声音小，这话没有别人听到。

“傻啊？抢都抢了，阮芷音现在可不就是他媳妇了？你以后给我长点儿脑子，巴结着点儿。”

徐飞不屑地轻扯嘴角：“说得好像你这个倒数第二的脑子一定比我强似的。”

“怎么，忘了我高考比你多考了五分？咱们俩的脑子，隔着天堑。”汪鑫朝好友伸出五根手指示意，姿态颇为骄傲。

"呵，确实比我高五分。我二百四十五，你呢，考了个二百五。"

反正都是考不上，徐飞可不想要这更丢人的五分。

汪鑫闻言气急："滚！"

回去的路上，阮芷音缄默地望着车窗外，耳边反复回荡着杨雪的那句话——

"当时他把你送到了医院，听医生说你没事后，接了个家里的电话，脸色不太好，没能等你醒来就走了。"

原来，是他。

居然，是他。

望着繁华夜景中影影绰绰的灯光，阮芷音沉浸的思绪被无限拉长，她恍然回想起高二的日子。

在转学到岚中之前，阮芷音一直在县城的高中读书。她很努力，在县城时成绩一直不错。

可转学到岚中后，她遭受的第一次打击便是来自摸底月考的成绩。

向来名列前茅的阮芷音，第一次收获了中等偏下的成绩。

县城和岚桥的教育资源和学生的优秀程度是完全不可比拟的。

阮芷音小心翼翼地在餐桌上同爷爷说起自己有些跟不上进度后，林成扮好人，给她找了个家教。然而对方只是随便给她些基础的题目做做，对成绩的提升完全没有帮助。

后来，林家人还想让林哲跟她一起补课，似乎打着让林哲在相处中讨女孩欢心的主意。

林成巧言善辩，阮芷音不想让爷爷觉得她是个任性的孩子，只能向对她没有恶意的秦玦求助。

秦玦给了她笔记资料，也指导了她一些学习方法。课间时，阮芷音偶尔会去隔壁班向他请教题目。

那时的她，只是把秦玦当成努力的榜样。即便对秦玦印象不错，她也没有别的想法。

可是她的行为引起了别人的不满。

那时阮芷音刚刚转学，平时又只穿一件校服，瞧着像个乡巴佬。学

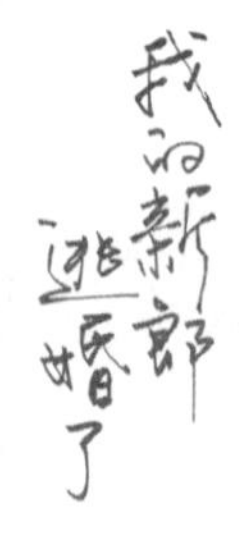

校里知道她身份的人不多，喜欢秦玦的女生却有不少，贺晓兰就是其中一个。

她不敢得罪林菁菲，却不满阮芷音这个突然冒出来的人频频接触秦玦。

贺晓兰和杨雪的关系好，知道阮芷音在报到那天因为叶妍初得罪了杨雪，便起了教训阮芷音的心思。

某天放学后，贺晓兰怂恿杨雪，找人以体育课借东西的名义，把阮芷音关进了器材室里。

杨雪是想让阮芷音长个教训，却也只是想关对方一两个小时就把人放出来。可等杨雪准备去放人时，贺晓兰说自己弄丢了器材室的钥匙。

不仅如此，贺晓兰还背着杨雪堵上了器材室的通风口。

器材室里堆了许多东西，里面的灰尘大，又不通风，阮芷音犯了很久没有犯过的哮喘病。

那时已是初冬，晚上的岚桥很冷。意识逐渐恍惚，阮芷音感受着黑暗一点一点将自己吞噬，突然生出了些绝望。

昏迷前，她只记得，自己看见西装打扮的少年踹开了器材室的门，把她抱了出去。

她再醒来时，病床前是秦玦和秦湘，还有林成。秦玦那天去参加演讲比赛而没去学校上课，身上还穿着正装。

阮芷音便以为救她的人是秦玦，只是因为那时林成也在病房里，她并没有再多言。

可是今天杨雪说，那天她是和程越霖去了医院。

她自觉闯了大祸不敢现身，听到医生说阮芷音没事，又见秦玦带着林成赶到医院里，便也抱着侥幸的心理离开了。

后来阮芷音听秦湘提起，赵冰和程父补办婚礼，程越霖却在父亲和继母的婚礼上跑了，狠狠地落了赵冰的面子，还被程逢生打了一顿。当时她也只当他是不喜欢赵冰这个继母，没有在意。

阮芷音收回飘远的思绪，宾利已经在别墅前停下。

她跟着程越霖下车，一直到进门，都没有再说话。

“怎么了？今儿这么安静？”程越霖发觉她的沉默，拍了拍她的脑袋，玩世不恭地扬下眉，笑着道，“是见了老同学，也跟着追忆往昔了？”

阮芷音没说话，静静抬眸，凝望着男人的眉眼。

二十八岁的男人，与印象中的那个他重叠，却褪去了高中时的青涩，整个人给人的感觉似乎不如那时锋利。

她恍然想起，以前程越霖也总是在她因为寥寥几分的差距心生颓丧时敲打她：“阮嘤嘤，今儿这是怎么？不打鸡血了？”

岚中和别的学校不同，为了节省时间，大部分学生会在学校里吃午饭和午休。

高二时的她成绩还没有那么好，有时因为成绩不好难过得厉害了，还会不去食堂吃午饭。

那会儿程越霖总会“顺手”带回教室一份饭，又吊儿郎当地道：“我不想吃了，你吃吧。省得饿晕了，还得麻烦我。”

阮芷音无法描述自己现在的心情，不像上次突兀地得知他喜欢了她很久的惊喜，而是后知后觉地发现，他的心意早已隐藏在那些漫长时光的种种细节里。

他在收到她代交的情书时自顾自地生闷气，为了她的失踪在父亲再婚的婚礼上逃跑，察觉到她心情的低迷，还用自己笨拙的方式尝试讨好她。

考A大虽然是程逢生的期望，却不是他的梦想，可他在她给补课的那一年整日熬得眼眶发黑，是想要跟她上同一所大学。他甚至还为了一条手链，追了小偷几条街。

可是这些事，她都不知道。他却喜欢着这么不知好歹的她，已经有这么多年。

阮芷音曾经奢望能得到最大的偏爱，尽管这很自私，可仿佛只有这样的感情才能让她一点点放下背了太久的包袱。

“怎么哭了？”

程越霖蹙起眉峰，轻轻抹去她眼角的泪水，盯着她发红的眼眶，放缓了声音。

阮芷音沉默地摇头，没有说话。然后她带着那份孤注一掷的心情，

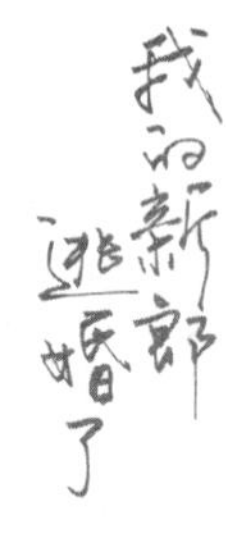

搂住了男人的脖子，主动去亲他。

察觉到她难得的热情，只是愣怔一瞬，程越霖便渐渐收紧了臂膀，在男女无声的缠绵中，渐渐反客为主。

良久后，男人哑声道："那个过去了？"

阮芷音小幅度地点头。

"好，既然这样——"他深沉的眸子里蕴着潮涌，瞧着比窗外的夜色还深，"阮嘤嘤，我现在要拆礼物了。"

接着他将热烈的吻落下，滑嫩的舌尖卷入口腔里。阮芷音被吻得有些缺氧，脑袋发空。

等她回神，程越霖已经架着她进了卧室里，整个人压了上来。

满室的漆黑中，他温热的指腹似不断地点火，两个人衣衫尽褪，男人指尖的薄茧有意无意地磨蹭在她耳后轻薄的肌肤上。

下巴被他短短的发楂扫过，某个瞬间，伴随着他低哑闷沉的声音，她发出的尾音止不住地颤动。

等到结束后，阮芷音已经彻底没了力气，只能软绵绵地窝在他的怀里。

程越霖从背后搂着她，将她颊边的碎发拨到耳后，用修长的指尖捻起一缕发丝，声音中透着餍足之意。

"次卧的隔音不好。"他突兀地说了句。

"嗯？"阮芷音还没反应过来。

紧接着，她又听到他蕴着笑意的低沉嗓音："所以，要搬到主卧里吗？"

停了一会儿，她忍不住弯下嘴角，轻轻点头："好。"

说完，阮芷音转过身，抱着他，头埋进男人怀里。

比起刚刚的激烈，她更享受两人这会儿静谧的独处。

程越霖给她顺了顺头发，在她眉心上落下一吻，扬眉道："怎么？又不开心了？"

"阿霖，我今天碰到了杨雪。"

"嗯？"

"我不知道……那时抱我出器材室的人是你。"她收紧了手臂，声音很低。

程越霖叹口气："哭什么？"

"我以为我永远都不会有后悔这种情绪，可是现在……好像有点儿遗憾。"

阮芷音头一次觉得遗憾，心疼他一个人怀着这份感情，经历了那么多。

程越霖笑了笑："这就遗憾了？还记得你以前怎么刺我的吗？"

以前她是怎么刺他的？

阮芷音仔细想了想，那时候的自己也有些多管闲事。

一开始，程越霖还坐在她后面。每次他逃课回来，身上都会带点儿小伤口，然后趴在课桌上睡觉。

班主任总会安排成绩不错的学生轮流看管晚自习，其他人自是不敢管程越霖。

可轮到阮芷音时，少年照旧趴在桌上补了一个下午的觉，最后懒洋洋地抬起头，收拾了东西起身。

他刚要走，却被人拦住。

阮芷音皱着眉看他："程越霖，逃课不好。"

头一回被除了他爸以外的人教育，那时的程越霖饶有兴致地挑眉，轻笑着反问："哦？所以呢？"

"你也不该浪费读书的机会。"

从社会福利院里出来的孩子更加珍惜读书的机会，何况他们还是在教育资源优越的岚中。

想到这儿，阮芷音又板着脸补了一句："你这样挥霍机会，是很可耻的。"

"可耻——？"

他还是头一回被人这么说。

程越霖姿态散漫地插着兜，耷拉着眼睑看她："阮芷音，你又是凭什么管我？"

"凭老师让我今天看管晚自习，别的时间我管不了，反正现在你不能走。"

在某些情况下，阮芷音总有自己的固执。一旦轴起来，她寸步都不

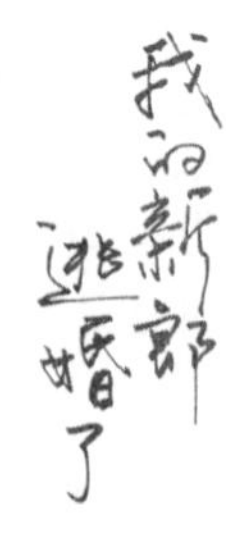

让。就连后来补课时，她也没少板着脸批评程越霖。

从回忆中抽离，阮芷音顿了顿，继而道：“我只是觉得你为了一些没意义的理由逃课，很不应该。”

他那时不过是在和程父置气。

“确实不应该，那你就当这些年是在磨我的性子，现在的我更好。”程越霖拍了拍她的头，“阮嘤嘤，不用遗憾，是你赚了。”

这不，阮芷音赚了个更好的他。

瞥见他这傲慢的模样，阮芷音总算是忍不住笑了：“现在的你最好？”

“嗯。”男人点头。

“那以后呢？”

“非得给我抠字眼儿？”程越霖吊儿郎当地勾唇，悠哉地道，“我呢，属于匀速进步，会越来越抢手，你可以长期持有。”

这男人……还挺骄傲。

不过拜他所赐，阮芷音终于放下了一晚上的愁绪。

这时她突然想到另一件事，抿唇道：“对了，我月底要去嘉洪出差。”

“去多久？”

“一个星期。”

男人皱了下眉。

言毕，阮芷音又解释了句：“我想着离得不远，所以还会顺便去趟许县。”

她已经很久没回社会福利院了，想借着这次出差去许县看看孩子们，也给院长扫扫墓。

程越霖闻言微顿，随后漫不经心地点头：“嗯，知道了。”

第十一章

社会福利院

阮芷音去嘉洪出差前，请钱梵和傅琛远来家里吃了顿饭。

她本来也喊了任怀和翁子实来，可是钱梵说任怀前不久有事回了老家，翁子实接过了任怀的工作要加班，他们这才没法过来。

反正以后还有的是机会，阮芷音并未在意。

她提前问过钱梵和傅琛远的口味，周末那天起了个大早，精心准备了午餐。

不到中午十二点，门铃被人摁响。

客厅里，程越霖从沙发上起身去开门。

钱梵和傅琛远站在门前，将手里的礼物递到他手里，大方地说：“暖房礼物，别客气，霖哥。”

这栋别墅之前一直空着，等程越霖结了婚住进来，也没请人来家里做过客。

今天还是阮芷音邀请他们来的。

不过他们总归是头次来，也算暖房吧。

程越霖面无表情地接过礼物，低声道：“嗯，进来吧。”

两人在玄关换完拖鞋，傅琛远瞥了眼程越霖，不客气地问了句：“怎么着，不欢迎我们？”

程越霖呵了一声，没说话。

他好不容易把人拐进了主卧，过上了夫妻生活，可昨晚阮芷音说今

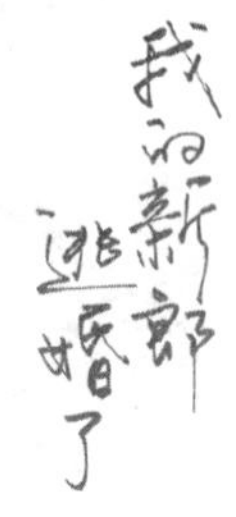

天有客人来家里，得早起准备，不让他闹她。

他不情不愿地磨蹭到最后，她愣是扔给程越霖一个被子，让他抱着睡。

欢迎？他能欢迎才怪了！

程越霖刚想到这儿，就瞧见阮芷音穿着围裙从厨房里出来，朝他们这边看了一眼。

于是他又抿唇道："没有不欢迎，饭快好了，去餐厅里等着吧。"

十分钟后，饭菜被男人端上桌。

阮芷音取下围裙，在程越霖身边坐下，望着钱梵和傅琛远笑着说了句："招待不周，你们也别客气。"

"不客气，不客气，还是嫂子好。"钱梵笑呵呵地恭维，而后又瞟向另一边的男人，"程越霖，这房子当初还是我看着装修的呢，现在倒好，我是不配来怎么着？"

他可还没忘记之前程越霖拒绝自己暖房的事。

这套靠江的别墅是程越霖自留的，但他以前工作太忙，整天连轴转，白博又得跟着他一起出差，没时间看装修的事。

最后还是钱梵帮忙找了个认识的室内设计师，一路跟完了装修。可自打房子装修好，他就没再来过，直到阮芷音开口请他过来吃饭。

瞧着钱梵得意的神态，程越霖淡淡道："怎么，吃饭都堵不上你的嘴？"

男人的态度太差，阮芷音忍不住瞪了他一眼。

程越霖闷哼了一声，收回视线。

阮芷音把一道蒜蓉粉丝虾推到钱梵和傅琛远跟前，柔声道："这是早上送来的虾，挺新鲜的，你们尝尝。"

钱梵受宠若惊，思及上回那两份不堪入口的三明治，眼神复杂地瞧了眼身旁吃得津津有味的傅琛远，踌躇着夹了一块。

本以为要在程越霖的眼神压力下被迫完成表演，可细细品尝后，钱梵顿时睁大了双眼："嫂子，你这手艺厉害啊。"

阮芷音一开始要请他们来吃饭时，钱梵还有些顾虑。

毕竟上回那两个三明治的记忆还深存于脑海中，他怕自己演技不够好，被程越霖迫害。

现在看来，嫂子应该只是西餐做得不顺手，这中餐的手艺都快赶上饭店的大厨了。

啧，霖哥还挺有福气。

钱梵放开了胃口开始吃，餐桌上的几道菜很快就被三个男人消耗完毕。

吃完了饭，阮芷音因为做饭时衣服上染了味，于是回房间里换了件衣服。

程越霖收了桌上的盘子，站起身后，瞧了眼大大咧咧地坐在那儿拿牙签剔牙的钱梵，微蹙眉峰，语调不咸不淡："就知道吃，过来刷碗。"

钱梵闻言手一颤，牙签差点儿掉在地上。

他不可置信地看了眼程越霖，喃喃道："霖哥，你还亲自刷碗啊？"

这也太毁形象了吧？

公司里那群人要是知道，下巴都得惊掉。

言毕，钱梵又撇嘴说了句："可家里不是有洗碗机吗？"

"不干净。"

钱梵打量着男人微扬的眉梢，觉得他想说的应该是：区区洗碗机，能有我刷得干净？

啧，什么人啊？！他还能跟洗碗机较上劲？！很值得骄傲吗？

钱梵认命地拿起餐桌上的碗，一旁的傅琛远见状，也把碗递给他。

见他不接，傅琛远笑了下："帮我刷了，晚上带你开黑。"

以钱梵玩游戏的水平，他往往是找不到队友的，也就傅琛远勉强能带带他。

于是钱梵只能认命，和程越霖一起走去厨房里刷碗。

被吹毛求疵的男人看着刷完碗，两人终于从厨房里出来。

时间还早，程越霖难得来了兴致，喊着傅琛远和钱梵去楼上的棋牌室打台球。

棋牌室在走廊的尽头。

阮芷音换完衣服出来，正巧瞧见他们三个上楼。

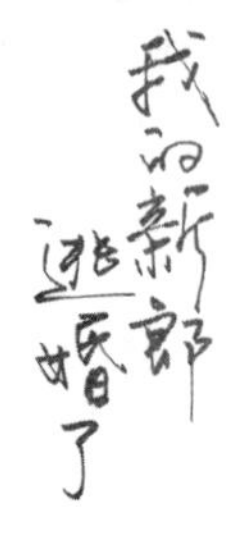

钱梵打了个招呼，瞧见主卧的门没关，随口问了句："嫂子，你们这卧室里怎么没挂婚纱照？"

阮芷音闻言，也回头看了眼床头空荡荡的白墙，觉得好像是少了些什么。

她笑了笑，回道："之前拍了，不过在书房的柜子里放着，还没来得及挂。"

当初拍完结婚照，尤欣还很贴心地让助理裱了几个大小不一的相框。

可是主卧是程越霖的领地，如果相框挂在次卧也怪怪的。于是阮芷音从工作室里取回那些相框后，把它们都放在了书房的柜子里。

"霖哥，你这是干啥？办公室里挂那么大的婚纱照，回家倒是不挂了。"钱梵忍不住嘀咕了句。

阮芷音微挑秀眉，瞥了眼程越霖，神情古怪地问了句："你在办公室里挂了婚纱照？"

程越霖没说话，倒是钱梵站在旁边手舞足蹈地比画了一下："可不嘛，好大一个呢，桌上还摆了俩小的。"

"啧，程老大，挺厉害呀，不愧是你。"傅琛远轻轻摇头，颇为赞赏地拍了拍程越霖的肩膀，给他竖了个大拇指。

阮芷音顿时觉得，自己对程越霖骚操作的设想还需要继续提升。

"哎，嫂子，这间怎么还住人啊？"钱梵又指了指次卧。

虽然阮芷音搬到了主卧里，但是次卧里的东西还没收拾完。刚才她从次卧里取了衣服回主卧，所以两间卧室的门都没关。

清楚钱梵肯定不知道两人之前是分房的状态，阮芷音替程越霖掩饰道："哦，女生东西都多，这间正好有个梳妆台，我就放了些东西在这儿。"

钱梵点点头："我说呢，这屋本来是儿童房，当初那设计师说怕听不到孩子晚上的哭声，所以就没加隔音板。放放东西还行，要是当客房恐怕不太方便。"

别墅是钱梵看着装修的，当初设计师也跟他说过每个房间的布局。

阮芷音面色微僵，抽了抽嘴角："儿童房？这间不是次卧吗？"

"设计师是照着儿童房设计的啊，难道……你没发现这屋的隔音不好吗？”钱梵疑惑地看她。

对上钱梵诚恳的眼神，阮芷音默默地瞥了眼程越霖，舒了口气。

她点了点头，嗓音里压着不易察觉的怒气：“的确是发现了。”

何止是发现了，她简直是记忆深刻。

当着外人的面，阮芷音没有发作，端着好脾气，一直忍到把钱梵和傅琛远送走。

门一关，她嘴角的笑意彻底淡了下来，阮芷音侧头给了男人一个冷眼：“你把我放在书房柜子里的婚纱照偷走了？”

程越霖抿着唇，沉默地摇头。

阮芷音已经气笑了：“你没拿？那婚纱照怎么不见了？”

她刚刚已经去书房里看过了，柜子里空空如也，哪儿还有那几张婚纱照的影子？

原本以为他办公室里的婚纱照是他拿电子版重洗的，结果居然是偷的！

他怎么不上天呢？

男人顿了顿，而后挑了下眉：“凭本事拿的照片，为什么说我偷？”

行，他还挺理直气壮。

阮芷音被他堵住，气得点了点头：“好，那次卧呢？当初为什么让我住那间？你打从一开始就蓄意偷听我讲话？”

“没。”程越霖否认，然后抿下唇，试图解释，“这是个误会。”

他是半夜拿了书房的婚纱照，但当初让她住隔壁，并不是程越霖蓄意偷听，确实是阴错阳差。

主卧两边都是儿童房，剩下的客房离主卧太远，西侧还有单独的小楼梯。她要是不出门，他们说不定都碰不着面。

这栋别墅久不住人，程越霖也早就将钱梵当初随口提醒的话抛到了脑后。

他那会儿只是想让她住得近些，就趁着她没搬来的几天换了儿童房和客房的布置，完全忘了儿童房的隔音不好。

等后来他想起来了，也根本没法承认自己的初衷是希望她住得近些，只能将错就错，委婉地提醒她房间的隔音不好。

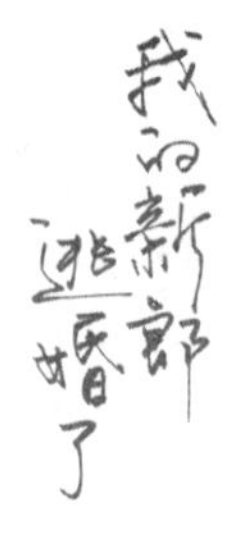

谁知道上回他从北城背她回来，她一句话把他架到高处，又笑盈盈地望着他，程越霖就越发承认不了了。

就这么挨到现在，他觉得她已经搬到了主卧，应当不会想起这事儿了，却猝不及防地被钱梵点燃了隐藏的地雷。

程越霖有苦说不出。

见他说不出话，阮芷音越发肯定了自己的猜测。

想到自己当初犯傻替他脱罪的话，她的气性又上来几分，阮芷音皱眉道了句：“程越霖，今晚你自己睡吧！”

言毕，她便头也不回地上了楼。

听见楼上传来重重的关门声，程越霖将一口怨气堵在了肚子里。

程越霖握了握拳，停了几秒，冷着脸掏出手机，发了条微信。

另一边，傅琛远开着车，坐在副驾驶座上的钱梵还在心情不错地哼着歌。

感受到口袋的振动，钱梵掏出手机，瞧见条新消息，慢悠悠地点开微信。

“年终奖扣一半。”

钱梵回复了一个问号过来。

被他隐瞒和戏弄，他甚至蓄意偷听她讲话。她想，总得让程越霖知道些轻重，再搬回主卧。

舒了口气，阮芷音拿出睡衣正要去洗澡，放在梳妆台上的手机却传来了一连串的振动声。

叶妍初：“姐妹们！我今天被人表白了！”

顾琳琅：“所以呢？”

叶妍初虽然没谈过恋爱，但长得乖巧可爱，性子也好，以往没少被人表白过，所以顾琳琅并不惊讶。

以前那些表白的人，都无一例外地被她拒绝了。

叶妍初：“我好像想答应。”

顾琳琅发了一串问号过来。

顾琳琅：“好家伙，盘古终于显灵，去你心里开天辟地了？什么样的男人才能有这种本事？”

顾琳琅："@ 阮芷音，人呢？不会是在进行生命大和谐吧？"

两人都知道，一周前，阮芷音步入了正式的同居生活。

看到这儿，阮芷音压下心底还没消去的那阵怒气，脸颊微微泛了红，打字回复："没有……我搬回次卧了。"

顾琳琅："又生程越霖的气了？"

阮芷音："算是吧。"

严格来说，阮芷音是气自己傻傻被他骗了的感觉。先前她是真的以为隔音不好的事是自己错怪了他，还替他找理由。

现在她虽然不会多做什么，但气性没散，就也想让程越霖吃些教训。

顾琳琅："你们俩这桃花真是一个接一个地开啊，热烈庆贺叶妍初女士终于摆脱单身。"

叶妍初："我只是在考虑，还没决定……"

顾琳琅："都已经想答应了，还考虑什么？"

叶妍初："我感觉自己很喜欢他，可是每次和他在一起，又总会想起别的人。"

群里一阵沉默。

顾琳琅："姐妹，你该不会是……脚踏两条船吧？"

叶妍初："不是。"

顾琳琅："那就好。"

叶妍初："可能是三条船。"

阮芷音和顾琳琅都回复过来三个叹号。

看到叶妍初的话，阮芷音不禁怀疑，自己最近是不是沉浸在和程越霖的关系中，对好友关心太少？

向来单纯可爱的叶妍初，怎么就在短短的时间里突飞猛进，成了海王？

叶妍初："另外两个是网友，已经被我拉黑几个月了。但我总会在这个人身上感受到相似之处，我是不是把人当替身了？"

阮芷音："你是说，你和这个人在一起的时候，还会想起别的男人？"

叶妍初："算是吧，总觉得他身上有别人的影子，自己可能把他当

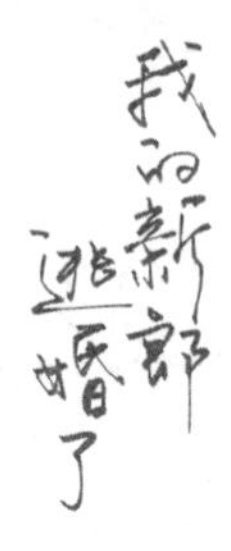

成了替身。”

阮芷音：“这……还真有可能。”

叶妍初的这番描述，怎么看都像是移情作用，移的还是两个人的情。

群里陷入诡异的沉默。

良久后——

叶妍初：“我想清楚了，拒绝他！”

叶妍初：“既然忘不了别人，总不能耽误人家。”

叶妍初：“唉，好遗憾啊。”

能让她第一次考虑和人谈恋爱，想必也是足够喜欢了。可她还是要抱着不欺骗他人感情的态度，克制地拒绝。

阮芷音：“要不你开诚布公地和人谈谈？拒绝时别太伤人。”

叶妍初：“嗯，知道了。”

放下手机，阮芷音换了睡衣洗澡，然后便躺上了床睡觉。

不知道是不是这些天在主卧睡习惯了，独自躺在床上时，她反倒有些别扭，觉得缺了些什么。

意识渐沉，迷迷糊糊之际，背后靠上了温暖的源头，阮芷音转过身蹭了蹭，弯了弯唇，总算安心睡去。

翌日清晨，阳光照进卧室里。

阮芷音眯着眼醒来，下意识地往男人怀中拱了拱，揽在她腰间的有力臂膀也随着她的动作收紧。

数秒后，她猛地睁开眼。

与他拉开些距离，她抬眸对上程越霖的视线：“谁让你进来的？”

他闲散地扬眉，轻描淡写地回答：“你只说自己回次卧，又没说我不能进来。”

“再说了，阮嘤嘤，昨晚你还——”男人饶有兴致地看她，理直气壮地轻哼道，“主动蹭了我。”

知道她的气还没消，怕把人弄醒后被她赶出去，程越霖生生憋了大半夜，最后只能抱着她疏解。

此时早上的火又被拱了出来。

听完男人的控诉，手被他握着向下，阮芷音脸忍不住一红。

“可我现在还在生气，是你说，我可以生气的。”她抿了抿唇，“而且你还让我以为是自己错怪了你。”

他从一开始就偷听她讲话，还倒打一耙。她像个傻子一样被他骗，怎么能不生气？

程越霖低垂着眼看她：“所以，你觉得气两天比较开心？”

阮芷音轻轻点头。

男人叹了口气，慵懒的声音拖着长调：“行，那气吧。”

因为还生着气，保持沉默吃完了早饭，十点钟，阮芷音自己开车出门了。

她没有直接去公司，而是先去了 CBD 的一家高档茶餐厅。

阮芷音约了许舒影在这儿谈事。

这家茶餐厅是许舒影订的，有独立的包间。阮芷音进去时，她已经在里面等着。

“让师姐久等了。”

说话间，阮芷音在许舒影的对面坐下。

许舒影摇头淡笑：“我也刚来。”

“说吧，找我什么事？”

她这是想单刀直入了。

阮芷音抬眸望向对方：“师姐，听说 Nevers 被中村生物压缩了原料供应？”

中村生物是国际出名的医美护肤品原料供应商，与多家一线护肤品品牌都有合作，例如背靠 Coter 集团鼎鼎有名的 CF 和这两年异军突起的 Nevers。

下一季度，中村生物会压缩部分合作商的原料供应，其实是想要仗着过硬的技术涨价。

中村生物给予 CF 等品牌的价格照旧，却想在 Nevers 等新品牌上薅羊毛。

这种举动着实有些霸道。

“消息挺灵通。”许舒影笑了笑，索性承认。

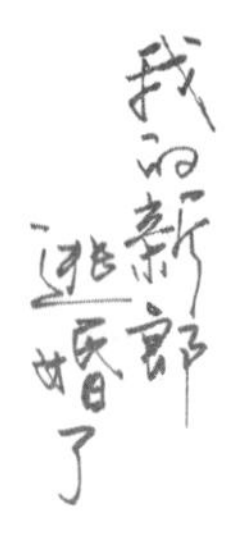

“不敢，我想您应该猜到我的来意了。”

许舒影靠在沙发椅背上，点了下头：“张淳过去是中村生物的研发经理，后来又去了 T&D。你挖走张淳的整个团队，肯定不是想小打小闹。”

以张淳的本事，自然不该只是一个小小的研发经理，当初是被挤压走的。换言之，研发中心的那些人，也怕被张淳抢了位置。

言及此，许舒影勾了勾唇，继而道：“你想拿下 Nevers 的合作？或者……瞄得更高？”

“师姐的消息也很灵通。”

阮芷音笑着放下手中的咖啡杯。

她知道，许舒影应当已经简单调查过南茵布局在 X 省、即将投入生产的基地了。

许舒影略顿，眼神定定地看向她：“我需要知道，南茵什么时候可以供货。”

“相关资质已经审批过，我保证在三个月以内能供货，并且南茵在微生物发酵的技术上有优势，不会输给中村生物。”

这也是张淳和他的团队入职时，给阮芷音的保证。

“成，准备合同吧。”许舒影直截了当，见她明显愣了愣，又笑道，“怎么，很惊讶？”

阮芷音点头：“是有些惊讶，或者说，没想到会这么快。”

尽管她认为自己有八成的把握说服许舒影，拿下 Nevers 的合作，但许舒影居然超乎预期地爽快。

“你就当我也有私心，提前答应，是卖你个人情。”

阮芷音微扬秀眉：“那么，我可以知道原因吗？”

许舒影并不会随意做下合作的决定，可提前答应，总该有些其他原因。

“大概是前些年忙着打拼，现在也想谈谈恋爱了。”许舒影含笑望着她，“现在叫你一声师妹，但我也想……当婶婶。”

阮芷音面露惊讶之色：“您和小叔？”

许舒影微微点头。

阮芷音哑然了片刻，摇头失笑。

她没想到，一直未婚的季奕钧居然和许舒影有段纠缠的感情。

“不过，也不只是因为这个。”许舒影轻甩利落的短发道，“别人让我不痛快，我也不想让对方痛快。”

“你应该知道，Nevers 下半年开了彩妆线。”

阮芷音轻嗯了声，等着对方继续。

许舒影语含讽刺之意：“彩妆撞色款没法说是抄袭，可明晃晃打着平价替代的名头，总归让人不痛快。”

阮芷音思索一瞬，很快明白了她的意思。

她说的是 Nevers 被林菁菲自创的彩妆品牌 Artei 撞款撞色的事。

Artei 新出的产品和 Nevers 最畅销的几款高度重合，但采取的是低价策略，比 Nevers 的定价便宜一半。

林菁菲许是想要快速回笼资金，证明自己的能力，可她太过急切了。

她这么做，不仅得罪了许舒影，也为 Artei 定下了低档仿制的基调，于长久发展不利。

卖了股份后，林菁菲手中有足以让品牌挺过前期困难的资金，Artei 和那些因缺少资金故而以模仿起家的山寨品牌不同。

不管林菁菲是迫切想要得到方蔚兰的认可嫁进秦家，还是试图赢过自己，阮芷音都觉得，她已经走了最坏的开局棋。

缓了口气，阮芷音大方地朝许舒影伸出手：“师姐，相信我，南茵和 Nevers 的合作会是双赢。”

许舒影答应得爽快，或许有季奕钧的原因，或许带了点儿要让林菁菲不舒坦的意气。但本质上，还是对方相信南茵，相信阮芷音。

许舒影握上她的手，点头道：“好的，合作愉快。”

合作敲定，Nevers 那边的动作很快，当天下午便提供了初步的合作细则，列了己方提供的合同要求。

阮芷音下班回到家后，康雨发来消息说，已经将整理好的文件发到了她的邮箱里。

她坐到书桌前，打开笔记本电脑。

正准备调出文档浏览，却发现电脑似乎连不上 Wi-Fi，她尝试着插

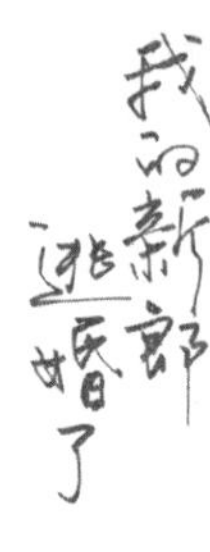

上网线后，也依旧没网。

明天她就要出差，显然，这些事需要在今天处理完，康雨和田静才可以给 Nevers 进一步的回复。

不得已，她只好抱着笔记本去了书房。

书房门没关，打眼望去，程越霖西装革履地坐在电脑前，神情严肃，似乎正在和人开着视频会议。

瞟见站在门口的阮芷音，男人放下托在挺直鼻间的手掌，轻声道："休息半小时，等一会儿继续。"

紧接着，他关掉视频。

"怎么了？"他挑了挑眉，问她。

阮芷音撇下嘴："笔记本坏了。"

早上她还扬言生程越霖的气，现在却不得不主动找他。

阮芷音有些尴尬，觉得自己不该这么快就不生他的气了。

只是，程越霖当年的第二专业选了计算机，所以修电脑这种事儿，他显然比她专业。

"嗯，我看看。"男人接过她手中的笔记本电脑，摆弄了一会儿后，皱眉道，"网卡坏了，你着急的话，先用这台。"

程越霖递给她另一台轻薄些的笔记本电脑，是他平常在家私用的。

阮芷音瞧他一眼，想着自己还要给康雨回复，所以没有拒绝，轻嗯了声，伸手接过。但表情隐隐表明，工作归工作，她还没有这么简单消气的意思。

抱着电脑回了房间，一小时后，阮芷音终于处理完手头的工作。

没来得及吃晚饭，她从抽屉里取了些零食垫肚子。

想到明天要出差，她又打开了浏览器，准备查查嘉洪那边的天气。

她用鼠标刚刚点上搜索框，下面就蹦出来了几条历史搜索记录。

"好老公的十个标准"

"二十天好老公速成记"

"优秀男人必备的修理技能"

阮芷音停了一会儿，内心反复纠结后，终于按捺不住自己的好奇，点进了链接里。

程越霖结束和海外分公司的电话会议，走下楼时，阮芷音正要走进厨房做饭。

瞥见男人后，她轻扬纤眉，明艳的凤眸里荡着笑意，朝他问道：“阿霖，你想吃什么？”

程越霖惊讶地挑眉。他不明白，刚刚还故意板着脸表示还要生气的人，怎么突然变得温柔起来了。

迟疑间，程越霖和她对视一眼，缓缓道了句：“嗯，有点儿想吃炸酱面。”

“好。”阮芷音应得轻巧。

半小时后，两人坐到了餐桌前。桌上摆着两碗热气腾腾的炸酱面。

“吃吧。”阮芷音把筷子递给他。

程越霖接过，不动声色地敛眸问了句：“你怎么了？”

“没怎么啊。”她抬眸看他，而后道，“就是觉得，今天的你好像更可爱了些。”

阮芷音发现他居然在背地里搜着怎么修水管，怎么安灯泡，甚至浏览洗洁精的牌子，再想到他每次一本正经的傲慢，她心底那点儿气莫名就散了。

谁能想到，程越霖表面上跟她骄傲地炫耀，背地里却在精进业务？

阮芷音就这么欣赏着男人不太自然地吃完了炸酱面，又去了厨房里刷碗。

她站在门口等他。

程越霖从厨房里出来后，阮芷音笑了笑，接着道：“一开始，为什么让我住次卧？”

等他说话哄人是等不到了，就算他收拾了客厅有什么用？他也不怕自己发现不了？

程越霖瞧见她恢复了正常，环着臂轻笑反问：“程太太，有没有听过一句话？”

“什么话？”

“近水楼台先得月。”

“消气了？”他拍拍她的头。

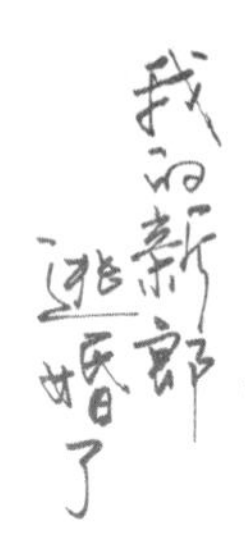

“嗯。”阮芷音应声。

她歪着头看他，眼里眸光流动，笑着说了句：“程先生，其实我也想……摘月亮。”

她想摘他这个下巴扬上天的月亮。

“是吗？”男人扯了下领口，揽上她的腰，凑到她耳边，醇厚的声线像是喃喃的低语，“那我来教教你，该怎么摘。”

她试图“摘月亮”的结果，就是阮芷音不得不改签了第二天的航班时间。

好在早上打电话时，康雨没有过问她航班改签的原因。

岚桥到嘉洪的航班够多，上午十一点钟，司机把阮芷音送到了机场。

张淳早在一个月前就去了X省，拿到Nevers的订单，南茵在X省的几个无菌生产车间已经可以投入运作。

阮芷音这趟去嘉洪，主要是为了新研发基地的选址，还需要和嘉洪投资促进局的人打交道。

随她一起去嘉洪出差的还有康雨，至于Nevers的后续合作则交给了留在岚桥的田静。

刚上飞机，阮芷音就碰到了两个熟人。

有段时间没见的周鸿飞和江雪莹坐在第一排，江雪莹看见她后，惊讶地打了招呼：“芷音姐，你也去嘉洪？”

“嗯。”阮芷音点头，回以笑容，又问道，“你们这是——？”

坐在一旁的周鸿飞含笑解释：“雪莹的舅舅家也在嘉洪，之前我就说过要带她回许县，可惜现在才抽出时间。”

阮芷音继而了然：“那可真巧。”

她处理完嘉洪的事情也会去许县一趟，说不定过几天还能再遇到他们。

知道江雪莹是个热情的姑娘，怕影响他们的行程，于是阮芷音先卖了个关子，没说这话。

岚桥和嘉洪距离不远，这趟航班飞了一个多小时便降落在嘉洪机场。

周鸿飞和江雪莹轻装简行，没有托运行李，和阮芷音道别后先行离去。

他们走出机场大厅时，拎着行李的年轻男子和两人擦肩而过。

周鸿飞似有所感，顿住了脚步，下意识回头，紧盯着不远处有些熟悉的背影。

江雪莹察觉他的异样，扭头看他，却见周鸿飞正盯着个男人出神，于是问道：“怎么了？”

周鸿飞笑着摇头：“没什么，看见个算是认识的人。”

他没认错的话，刚刚走去值机区的男人，应该就是当年将陈院长送到嘉洪市医院的那位。

可人已经走远，周鸿飞只好将这事抛到了脑后，和江雪莹走出了机场。

另一边，阮芷音和康雨坐上了张淳派来接机的车。

嘉洪是南方的城市，却并不靠海，比起岚桥来说气候干燥了不少。许县距离嘉洪不过一百多公里，两个地方的人的口音也接近。

听见司机说话时，阮芷音觉出了几分亲切。尽管她已经离开许县快十年了，却仍然在内心深处把那里当成家乡。

去酒店的路上，阮芷音嘱咐康雨：“初版合同发给 Nevers 那边后，记得让田静把对方的反馈发过来。”

康雨点头：“好的，之前宣传部送来了后续的营销方案，沈蓉那边是否要见一面？”

阮芷音沉吟几秒，回道：“等从 X 省回去，我亲自过去谈。”

既然他们已经拿到 Nevers 的合作，趁热打响势头，也是之后争取 CF 订单的关键，沈蓉那边的资源显然也很重要。

一行人抵达下榻的酒店时，已是下午两点。

进到酒店房间里，阮芷音先给程越霖回了个消息，说自己已经到了，他却直接发了个语音过来。

“住在哪儿？”

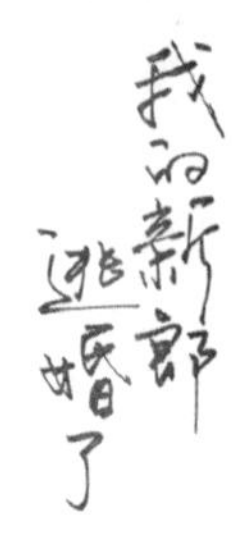

“州岛酒店。”

“1603？”

“你怎么知道？”

男人的声音轻佻：“程太太，你住的这家酒店，也是我们的夫妻共同财产。”

阮芷音心想：行吧，看起来，现在是她扯了他们夫妻财产的后腿，得多加努力。

刚才在飞机上没什么胃口，挂了电话后，阮芷音和康雨去了餐厅吃饭，张淳已经早早地等在了那里。

点完餐，阮芷音把菜单递给服务员，这才转头问张淳：“新研发中心的事怎么样了？”

虽然嘉洪现有的转型后的生产基地可以应付 Nevers 一家的供货，但南茵仍然需要更加一体化的研发中心和生产基地。

如果南茵要竞争 CF 下一年度的合作供应商，最晚明年三月前，新基地就要投入使用，张淳之前便考察过一处选址。

“原本那边给出的价格比较高，可昨天有人通知我，会降低标价。”张淳犹豫着看她一眼，才继续道，“秦氏最近在嘉洪有一笔不小的投资，之前以为秦氏会对那处工厂感兴趣，但对方放弃了。”

阮芷音微蹙秀眉。

显然，这件事又跟秦玦扯上了关系。

张淳紧接着又道：“我听说秦总也刚到了嘉洪，这段时间可能会遇到。”

即便南茵和秦氏没什么业务往来，可和投资局洽谈的场合，大抵是避不开的。

阮芷音明白这个道理，于是平静地点下头：“嗯，我知道了。”

上次在程越霖的要求下重加了秦玦的微信，第二天，阮芷音便收到了秦玦发来的专利转让协议，都是张淳的团队之前在 T&D 申请的研发专利。

T&D 的研发方向主要在基因疾病的生物制药上，旗下的几款药物都在天价。早在几年前，T&D 就基本放弃了利润相对较少的医美原料业务。

那些专利毕竟是张淳的心血，阮芷音把文件发给张淳，删掉了秦玦的微信。后面张淳和T&D对接，以公司的名义，按合理的市价收了过来。

对秦玦这个人，阮芷音早已没了多余的情绪。她没想过在生意场上刻意避开他，但也不会有私人的联系。

要是有，照程越霖那个只会假装大度的脾气，他还不知道会做出什么事。

阮芷音在嘉洪的前两天，和张淳的团队就为与Nevers的合作事项开了会，又另定下了随后出国竞争CF合作的事情。

周三晚上，是他们和投资局的饭局，地点就定在阮芷音和康雨下榻的这家五星级酒店的包间里。

两人和张淳开完会回到酒店时，康雨突然接到了一通电话。

"阮总，投资局负责对接的人打电话来，让我把资质文件整理成表格发过去。"

康雨的话刚说完，两人乘坐的电梯就停在了包间所在的楼层。

阮芷音轻嗯了声，而后道："你先回房间处理，等会儿再过来。"

左右房间就在楼上，她倒是没有多想，独自走出了电梯。

高跟鞋踩在光滑的大理石上，走过长长的走廊后，阮芷音推开了那间包间的门。

然而眼前的一幕，让她很是意外。

"芷音。"

偌大的包间里，只有秦玦一人。哪里是之前见过面的那位王科长？

看见她的第一秒，对方便眸色沉沉地望了过来。

想到康雨刚刚接的那通电话，阮芷音瞬间明白过来，皱起了眉："是你让人骗我过来？"

他可真是好本事，费了心思把她设计到了这儿。

秦玦起身走到她面前，想去触碰她的手顿在半空，收回后，有些无措地开口："对不起，可是不这样，我根本没有机会和你单独说会儿话。"

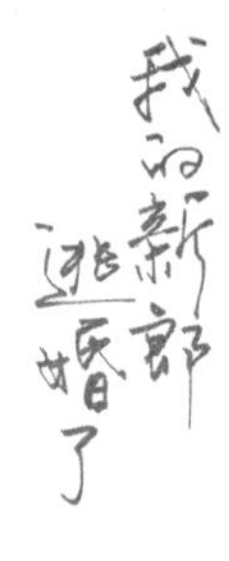

“秦玦，上次把 T&D 的股份转让协议交给你的时候，我以为我们就已经说得很清楚了。”

阮芷音实在不懂，为什么到了现在，秦玦仍未接受两人已经再无关系的事实。

“很清楚？”秦玦脸色微沉，声线紧绷着，“你上次说你已经尝试投入另一段感情，那个人……是程越霖？”

之前在阮氏楼下碰到阮芷音，他只是希望她不要刻意避开自己，可阮芷音说了这样一番话。只是那时她并未提及程越霖，秦玦便努力说服自己还有机会。

然而上回在宴会上遇见，他发现她和程越霖之间的氛围似乎变了。秦玦有些慌乱，才会说出过去的事刺激对方，却被程越霖冷淡地挡了回来。

阮芷音皱眉看他，突然笑了笑，声音无比地认真：“是，他是我丈夫，我现在很爱他。”

秦玦紧盯着她：“你爱他？”

她从来没有对他说过爱这个字眼。

像是被她坦率的模样刺激到，秦玦的眼眶通红。

她对他太心狠，分手后，就不再给他一丝一毫的机会。秦玦没有能够联系她的方式，更没有能够见到她的场合。

他的接近和示好，都被她冷冰冰地打了回来。甚至，他的身边也开始出现更多的障碍，将她和他的距离越推越远。

尽管非他所愿，可仿佛从婚礼那一天起，他就将自己同她的一切都搞砸了。

一步错，步步错。秦玦不知道自己还能做些什么。

他每日送花到阮氏，可一次过后，那些花便再也不会出现在她眼前。

他曾无数次等在阮氏的停车场中，却只能看到阮芷音坐上程越霖的车，消失在自己眼前。

他所有试图联络她的消息，都如石沉大海，得不到回应。

他们分手之后，就连每一次和她单独说话的机会，都成了奢望。

“芷音，我知道我有错，可是你告诉我，我现在还能做些什么弥补？”

秦玦哑着声音，死死攥住了阮芷音的手腕。

他不愿相信他被她判了罪无可恕的死刑，更不愿相信她已经爱上了程越霖，可她眼神中的神态是他从未见过的。

这个认知，让他无比慌乱。

“做什么？秦玦，你唯一能做的，就是不要再来打扰我。我并不需要你的任何补偿，只希望你能清楚地划清界限。这样，或许还能留下最后一点儿颜面，不至于太难堪。”

阮芷音冷峻的视线落在秦玦紧握在她的手腕的手上，她紧蹙眉心，沉声道：“放开吧，你知道我能挣开，不要逼我对你动手。”

金碧辉煌的宴会厅中，觥筹交错。

程越霖长身鹤立地站在人群中，手中握着酒杯，眼神沉静，那件剪裁合体的西装衬得人越发挺拔。

上前敬酒的人络绎不绝，应付了一批又一批的人后，白博走到他身边：“老板，时间差不多了。”

程越霖点点头，推开面前的杯盏，淡声道：“抱歉郑总，今晚还要赶飞机，失陪。”

言毕，两人很快离开了热闹的宴会。

出门后，程越霖脚步还算稳健，揉了揉眉心，走向停在不远处的宾利。

白博替他打开车门。

男人刚要上车，一道身影突然出现在宾利前，出声叫住他。

“程总，我有事跟您谈。”

林菁菲穿着薄薄的礼服，紧攥着手，站在两米开外的位置。

为了见程越霖一面，她不得不当了回秦志泽的女伴，才来到了这场宴会中。

可刚刚围在程越霖身边的人太多，她还没有找到机会，对方就离开了宴会厅。

林菁菲只好追了出来。

程越霖冷淡地瞥她一眼，直接上了车，没有理会她。

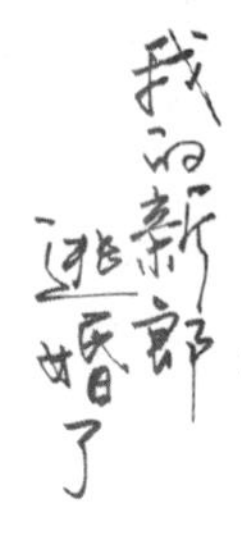

白博看了眼林菁菲，正准备帮老板关上车门。

一旁的林菁菲见状，大声道："秦玦为了阮芷音不惜忤逆他爷爷，迟迟不肯订婚，我想您也不愿被戴绿帽子吧？"

程越霖挑下眉，侧了侧头，辨不出情绪的视线从昏暗的车里望来："绿帽子？"

终于瞧见男人的反应，林菁菲稳了下心神。

"秦玦前天去了嘉洪，他是去见阮芷音的。"她抿了抿唇，试图打动对方，"他们两个人这么多年的感情，你不担心吗？或者说，你觉得你们短短几个月的相处，能比得上他们的十年？"

在对方手中接连吃了两回亏，林菁菲也看出程越霖对阮芷音的态度不太一样。她只是不知道他的不一样是因为男人的自尊心，还是真对阮芷音有了什么别的心思。

外公去世前，给秦老爷子递过话。这几个月来，秦老爷子的态度也很明白，他是希望秦玦同她订婚，甚至还让她住进了秦家。

林菁菲知道秦玦为了阮芷音在抗拒，甚至因此承受着秦老爷子的怒火，可如果两人没法复合，秦玦总有妥协的那天。

她现在名声惨淡，不管是出于感情还是其他原因，林菁菲都只能紧紧抓住秦玦。她本以为经过这段时间的努力，秦玦的态度应该有了软化，可他前几天居然为了阮芷音去了嘉洪。

如果他们两人真能从此没有交集，林菁菲也不想再找阮芷音麻烦，可是她像是怎么都摆脱不了阮芷音的阴影。

林菁菲不知道两人会不会在嘉洪发生什么，若非如此，也不会冒着风险找上程越霖。

不管怎么说，阮芷音都已经认识了秦玦快十年，她也怕阮芷音心软。

"十年？"程越霖意味不明地轻笑，继而反问道，"秦玦做什么，关她屁事？"

林菁菲没想到对方会是这个态度，一时愣住。

男人眸色清冷，嗓音中带着压迫之意："我好像告诉过你，我这个人从来都是不讲道理的。"

"所以别打着让我帮你的如愿算盘来惹怒我。"

被对方直言出心思，林菁菲脸色煞白，彻底愣在了那里。

出了包间，阮芷音给康雨打了个电话，紧接着便回了酒店的房间。

她掏出房卡开了门。房间里漆黑一片。

她正要去摁走廊的顶灯，还未触及开关，便被突如其来的人揽住腰，直接抵在了墙上。

熟悉的松木味道袭来。下一秒，炙热的吻落下，带着有些失控的热烈，他将唇强势地舔舐轻咬在她柔软的唇瓣上，迫不及待地侵入纠缠。

微暗的光线中，阮芷音对上男人映着淡光的幽沉眼眸，像是深不见底的寒潭，将人卷入其中。

房间满室静谧，他未停动作，她甚至能够清晰地听见两人亲密接吻时的轻微声响，隐秘地挑动着神经。

被他吻得呼吸急促了些，她脑袋逐渐发昏。阮芷音去推他，却被男人握住了手贴在后面的墙上，两个人的手以十指紧扣的姿势紧紧地握在一起。

良久，他终于停下了缠绵在唇边的吻，猝不及防地按开了廊灯的开关。感到有些缺氧，她呼吸着攫取空气，模样映在他墨澈迷离的眸子中。

程越霖将眼神落在她纤细的手腕上，洁白色墙壁的对比下，腕上的那圈印子越发明显。

“他弄的？”

他抿直了唇线，说完话，覆了薄茧的指腹用了些力道，抹掉阮芷音唇瓣边缘的口红痕迹。

这口红是刚刚被他亲掉的。

男人的嘴角也印上了诡异的红色，和她还是同一个色号。

阮芷音总算恢复清醒，对上程越霖黑得发沉的眼眸，进而明白，他这是……生气了。

程越霖话中的“他”，是什么意思不言而喻。

虽然不知道他是怎么知道秦玦来了嘉洪的，但她还是试图去哄他。

“你放心，我刚刚也——”阮芷音停顿下，想了个能够让他消气的措辞，“狠狠踹了他。”

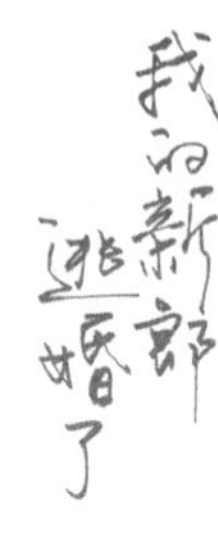

秦玦发神经拽着她不放，她只能踢了对方一脚。按照伤情，秦玦应该要比她严重。

“哦？”

程越霖挑了挑眉，瞥见她变得认真的眼神，勉强勾了下唇，然后拖着腔调赞赏了句：“阮嘤嘤，那你还——挺厉害。”

阮芷音见他没那么生气了，笑着去牵他的手：“而且——”

“而且什么？”

男人瞟她一眼，等着她继续说。

阮芷音把头靠在他的肩头，声音中透着轻快：“而且我还告诉他，我爱你，你是我丈夫。”

话音刚落，她察觉他的身子僵了下。

她抬眸看他，余光瞥见男人掏出了手机，几秒后，低沉的嗓音荡在耳畔：“嗯，再说一遍。”

他的表情端的是云淡风轻。然而醒目的手机屏幕上，却是被刚刚调出的语音备忘录。

阮芷音犹豫了一会儿，还是小声嘟囔着拒绝：“既然你都听到了，我干吗还要再说？”

要不是想要哄他，她也不是一个能随随便便把“我爱你”这种话说出口的人。

既然他已经听到了，阮芷音可不希望他把话录下来，谁知道程越霖录完了音，会干出什么不要脸的事。

瞧着他像是不生气了，她转移了话题：“你怎么过来了？”

程越霖将眼神在她的脸上停留一瞬，也没强求她再说一遍，拥着她几步坐到了卧室的沙发上，而后帮她拉了拉被揉乱的衣襟，轻声道：“不是要去许县？我下月要出差，先陪你去一趟。”

临近年底，两人的工作都很忙。他下周要去英国出差，阮芷音紧接着也要出国，带队去竞争与 CF 的合作。

“你就这么过来，公司里没事吗？”

程越霖摇了摇头：“没事，还有钱梵和仲沂。”

为了年终奖，钱梵忙着将功补过，恨不得把程越霖给推上飞机。

他既不用谈恋爱，也不想回去被父母唠叨催婚，所以比起程越霖，确实“闲”上不少。

“那——”

阮芷音还想问他要在X省待几天，可刚一开口，男人灼热的气息就又覆了上来，再次堵上她的唇，带着比以往更加浓厚的情绪。

这一回，他们可不止是亲。

两人辗转到了床上，被他压着，澎湃的潮涌迭起，原本她脑子里的那一堆问题，不得不被抛到了脑后。

程越霖的动作像是比平常激烈了几分，筋疲力尽后，她窝在他怀里，适才意乱情迷时被他握住的手仍未放开。

没多久，她的困意逐渐袭来。

她忙了一天，已经有些累了，阮芷音的眼皮沉沉的，他却像是很有精力。亲吻又开始星星点点地落下，她在迷糊中去推他，语气里带了丝抱怨之意：“不要了。”

下一秒，程越霖停了下来，搂着她的手臂紧了紧，视线落在她柔和的侧颜上，在周遭的昏暗中愈显深沉。

察觉到他的沉默，阮芷音稍稍地睁开些眼，低声问道：“怎么了？”

“没事。”他摸摸她的头，“睡吧。”

他知道她心思敏感，有些话说了，到底是怕她心里有压力。

实在是太困了，阮芷音闻言，也没有多想，轻应了声，枕在他的颈窝上沉沉睡去。

这边还有些收尾的工作要处理，接下来，阮芷音又在嘉洪待了一天。

隔天，投资局那边倒是真的主动组了个局，帮忙和土管局的人接洽南茵想要拿下的那处工厂地皮。至于地点，则是在州岛酒店的会议室。

这回，秦玦没有出现。

那位一直负责和康雨沟通的王科长，瞧见陪阮芷音一同过去的程越霖，倒是打着马虎眼同她道了个歉。

“没想到阮小姐原来是程总的太太，要是之前有什么怠慢的地方，阮小姐可千万别跟我计较。”

霖恒在嘉洪投资开发的楼盘不少，还有其他技术性的业务，秦氏却

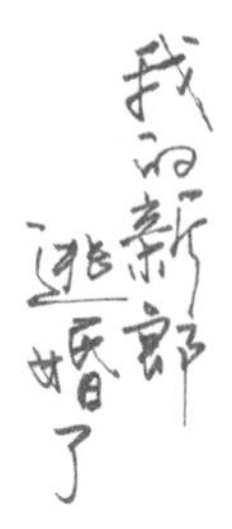

是这两年才把产业布局到X省。

对方是见过程越霖的，他没有料到自己只是想讨秦玦个面子，也会险些办了坏事，只能赔上十二万分的小心。

阮芷音微扬眉梢，笑着道："王科长说的怠慢，我倒是不太懂，难道是想说，昨晚那顿饭吃得太没滋没味？"

王科长闻言，头上冒出了些汗。

他昨天只是被秦总身边的那位翟助理暗示，当是一对情侣闹别扭，这才打了个电话。他想着，就算这位阮小姐可能会有所怪罪，今天准备这场局也算是赔罪了，哪儿会料到成了这样。

现在对方话语中的意思分明是在警告他。

阮芷音警告过他后，又含笑转了话锋："既然你也觉得饭不好吃，以后还是得吸取教训，你说对吗？"

王科长小心瞟了眼站在一旁没有说话的程越霖，擦了下汗："对对对，阮小姐说得对。您放心，以后绝对不会了。"

给他十个胆子，他也不敢再帮着拆这已经结了婚的人啊，也不知道那位秦总是有什么癖好，非得惦记人家老婆。

有王科长牵线，之后的谈话都挺顺利，合作的意向基本定下来。

后面的事不过是走流程，阮芷音把事情直接交给了张淳，紧接着抽出身来，和程越霖去了许县。

许县和嘉洪距离不远，开车一个多小时就到。然而不同于嘉洪作为省会的繁华，许县只是个再普通不过的县城，环境简朴很多，生活节奏也很缓慢。

两人上午九点出发，不到十一点，车子就驶入了许县的老城区内。

街道上，人群熙来攘往。路上的汽车不多，不算堵。崭新的沥青路上穿插着青石小巷，孩子们在店面门口打打闹闹，路上还有推着小吃车子叫卖的人。

阮芷音望着四周的景象，觉得既熟悉又陌生。

即便看到了些埋在记忆里的店面的样子，可她已经离开了十年，如今的许县终究还是变化很大。

车子穿过陈旧的老城区，随着导航停在社会福利院门口。

两人刚一下车，穿着件中山装、戴着眼镜的中年男人便迎了上来，试探着问道："请问，是阮小姐吗？"

"是我，您就是于院长吧。"阮芷音笑着点头，"真是麻烦您，还在这儿等我们。"

"应该的。"于院长也笑了笑。

眼前的男女长相出色，气质也卓越，一看就是有钱人家出身的。程越霖点头打招呼时，于院长不免有些局促。

离开社会福利院后，阮芷音每年都会资助几名社会福利院孩子在大学期间的学费。

于院长是六年前来的社会福利院，和她一直有联系，却没见过面。对方不知道阮芷音曾在社会福利院里生活过，还只当她是个好心的资助人。

对上于院长和善的笑容，阮芷音又道："对了，我们给社会福利院的孩子们带了些东西。"

"破费了，我领你们逛一逛吧。"

阮芷音点头："那辛苦您。"

来许县前，阮芷音让康雨帮她准备了些衣服和书本，东西都在后备厢里。

于院长叫来了两个社会福利院的工作人员搬东西，随后便领着两人进了社会福利院。

阮芷音和程越霖不紧不慢地跟在于院长身后，听着于院长介绍社会福利院的现状。

她原以为回到社会福利院后，应该会生出阔别已久的亲切感。

可四周那焕然一新的楼房，与自己记忆中的老旧的印象截然不同，阮芷音突然觉得有些陌生。

她看过于院长拿来的名册，上面也都是她不甚熟悉的名字。

也是，她已经离开许县十年了，什么都变了，包括被她当成家的社会福利院。

阮芷音心下莫名生出些怅然。

她喃喃道："社会福利院变了不少。"

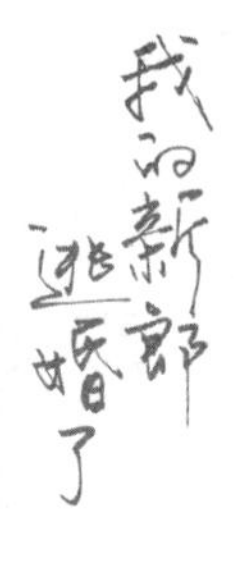

于院长只当她是以前来过这里，也感慨着点头解释：“这几年县里帮着翻新了两次，还扩了两栋楼，布局都变了。经常有出去的孩子寄钱回来，比起以前的社会福利院，是好多了。”

阮芷音缓缓点头，望了眼已经改建成宿舍的食堂，瞥见几米外的柱子后面站了一个五六岁扎着马尾的小女孩。

于院长自然也瞧见了，故意板着脸朝那孩子喊道：“元元，这会儿大家都在午睡，你又偷跑出来了？”

被叫“元元”的小女孩朝柱子后缩了缩，然后又探出身体，不情不愿地迈着步子，朝阮芷音他们这边的宿舍大门走来。

走到阮芷音身边时，元元偷偷瞧了眼她身上好看的裙子，怕被阮芷音看到，又很快收回羞怯的眼神。

“等等，这个给你。”

阮芷音从程越霖的西装侧兜里摸出几颗糖，笑着递给元元。

从嘉洪来许县的路在翻修，比较颠簸，他们一早出发，还没吃早饭，怕会犯低血糖，阮芷音特意放了几颗糖在程越霖的兜里，来的路上吃了几颗。

刚才劝男人吃糖时，他有些抗拒，最后只在她的要求下勉强尝了一颗，以至于还剩了不少。

阮芷音穿着裙子没处放糖，便把糖全都塞进了他西装的兜里。

元元接过阮芷音手里的糖，小声说了句“谢谢姐姐”，然后低头小跑着进了宿舍。

望着消失在拐角的矮小背影，阮芷音忍不住笑了笑，她当初也总会和琳琅趁着午休偷跑出来。

从社会福利院出来，于院长知道他们还要在许县待两天，还没有订酒店，于是领着他们去了福利院附近的一家快捷酒店。

酒店倒是不远，于院长把他们送到门口，不好意思地说了句：“不知道你们住不住得惯，附近也就只有这家酒店还可以。”

许县只是个小县城，又没什么旅游景点，确实找不到太好的酒店。

阮芷音倒是并不在意，只是看了眼身旁的男人。

程越霖朝着于院长点下头，淡笑着回道：“这里挺好，我们自己办入住，您回吧。”

于院长松了口气，点头离开后，两人走进酒店办了入住。

两人拿了房卡去了房间，打开门后，闻到有些潮湿的味道，阮芷音又看了眼身边的男人。

她犹记得，高二那年，学校组织了一场为期两天半的春游，程越霖还曾因为酒店房间的异味跟她这个生活组长投诉过。

到了大学，他也没住宿舍，而是住在了程父给他在学校附近买的那栋公寓里。

在阮芷音的印象里，留下的都是他肆意傲慢的少爷形象。

程越霖瞥见她古怪的眼神，挑了下眉，散漫地道："怎么？"

"你以前……"她欲言又止。

男人瞬间了然，拍拍她的头："觉得我住不了？那你就想多了，五十元一晚的床位都挤过，我还能介意这个？"

他的语气端的很是轻松。

话音落地，阮芷音抬眸看他，眼神变得有些复杂。

"又怎么了？"

他察觉她的沉默。

阮芷音摇了摇头，突然伸出手，抱住了他，声音发闷："阿霖，程叔叔出事那几年，你是不是……过得不太好？"

这句话，她一直想问，却因为知晓他那份高傲的自尊心，所以没有找到一个合适的时机开口。

嘴角上漾起浅浅的弧度，程越霖不咸不淡地开腔："阮嘤嘤，这是又在心疼我？"

他回抱住她，轻拍着她的背，继而道："倒也不用心疼，我听说，人这一生的苦难都是有定数的。经历得早，不见得是坏事。"

除了偶尔会想她想得难受些，大部分时候，程越霖都会让自己忙得忘记疲惫，忽视一切。

听到他的话，阮芷音稍稍抬头："你是说真的？"

"当然。"程越霖哂然一笑，"你现在嫁给了我，这就说明你和我都很有福气。"

阮芷音笑了笑："所以你是想说，我和你一样，苦难都受完了？"

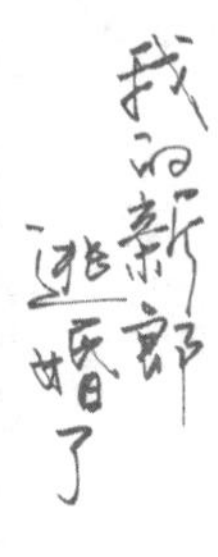

程越霖摇了摇头。

见她目露疑惑，男人将屈起的食指挠过她的鼻尖，解释道："你受的苦比我多，以后也会多享福。说不定，我的苦还没受完，以后还得靠你养着。"

阮芷音闻言，弯了眼睛，忍不住踮起脚尖，在他的嘴角上轻轻亲了下："好啊，我养你。"

不知怎的，阮芷音听了他寥寥的几句话，刚才她心头涌上的那股酸涩感就这么淡了。

简单收拾了下东西，两人手牵手出了酒店。

阮芷音这趟回来，主要是想去给院长扫墓。院长葬在许县南边的浮鞍山，他们要明天早上才能过去。

"现在想去哪儿？"程越霖侧头问她。

阮芷音望着眼前宽阔又陌生的街道，想了想，歪头看他："带你回我原来的高中看看？"

"嗯。"他轻声应下。

阮芷音转到岚中时已是高二，高一那年，她还是在许县的一中读的。

许县的变化太大，虽然距离不远，但两人还是问过路人才走到了地方。

问路时，对方听到阮芷音那娴熟的本地口音，很意外她居然不知道一中在哪儿，怀疑她是故意搭讪，闹了个笑话。

等终于走到许县一中，他们才得知，今天恰好是大休放假的日子，学校此时紧闭着大门，没有学生，更没有老师。

"这怎么办？"程越霖扬眉看她。

阮芷音垂下嘴角，有些遗憾："真可惜，本来还想凑着时间，跟着学生们一起溜进去，这下是没办法了。"

"要进去呢，也不难。"程越霖饶有兴致地朝她笑笑，见她用期待的眼神望来，继而道，"我带你翻墙？"

阮芷音睨他一眼，直接拒绝："我不要。"

她穿了条裙子，翻墙确实不太雅观。而且阮芷音当了十几年的好学生代表，也实在做不出翻墙进学校的事。

话刚说完，她瞧见学校门口的保安室前出现了一个头发灰白的身影，眼神一亮，忙拉着程越霖走了过去。

隔着学校的大门，阮芷音向不远处的身影小声喊了句：“唐大爷，您还记得我吗？”

被她叫住的老人缓缓转过头，用那双有些发浑的双眼仔细辨认了下，不甚确定地问了句：“你是……小音？”

阮芷音笑了笑，眼神柔和：“是我，真没想到您还在这儿，我以为您该退休了。”

唐大爷瞧见她似乎很高兴，布满皱纹的脸上笑开了花，摆着手道：“是退休了，可是待在家里也不舒坦，每月学校放假的几天就过来看看门。”

话毕，老人将视线落在了她身旁的男人身上。

阮芷音紧接着介绍：“这是我丈夫，我回许县给陈院长扫墓，就想顺便带他回学校看看。”

“您好。”程越霖礼貌地颔首。

“挺好，挺好，个子可真高。”

老人盯着对方，频频点头。

片晌，他给两人按开了大门，又给阮芷音使了个眼色，笑呵呵道：“你们进去吧。”

两人对视一眼，谢过唐大爷，就这么进了空旷无人的学校里。

走出去几步，程越霖才摇头看她：“阮嘤嘤，我这是跟着你走了后门？你还认识学校的保安？”

阮芷音顿了顿，解释道：“唐大爷以前住在社会福利院隔壁，还经常给社会福利院的孩子们送吃的。他的儿子在外面打工，老伴又去世了，平时也没人照顾他。我看他有时待在保安室里顾不上吃饭，就会顺便帮他去食堂打份饭。”

“后来……”

“后来什么？”他挑了下眉。

阮芷音莞尔一笑，轻声道：“后来我给社会福利院打电话时，陈院长说，我高考那年唐大爷去了趟社会福利院，说是要给我送些大学的

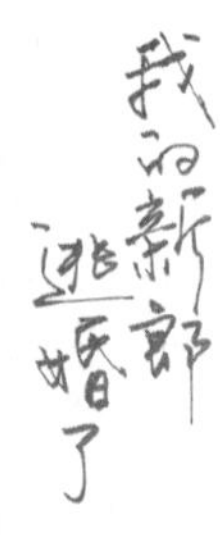

学费。”

那时阮芷音离开社会福利院，陈院长只说是她的亲人来找她，没提对方是什么人。

唐大爷知道她成绩好，肯定能考上大学，却担心她所谓的亲人不给她出学费。

在社会福利院的日子里，她确实收到了很多的善意。

话音落地，见程越霖眼神沉静，盯着她出神，阮芷音扬眉问他：“你看我干什么？我脸上有东西？”

程越霖捏了捏她的手，勾了下唇，而后道：“没有，我是在想，你们这位院长很好，把你教得很优秀。”

她收到的所有善意，都是来自她的善良和感恩。即便生活在许县，她也一直努力变得更优秀，向阳而生，从未懈怠。

阮芷音愣了愣，轻应了声，喃喃道：“陈院长……的确是个很好的人。”

院长去世前，还不忘给她寄去了玉佛，对方去世时，她却不在身边。

至少，在这件事上，是她欠了秦玦一份人情。

程越霖将她的表情收入眼中，眼神黯了黯，却没说话。

偌大的校园里，没有学生，很是寂静。

“一中倒是没怎么变样。”

阮芷音牵着程越霖走进了自己高一时的教学楼里，看见楼道里贴着的时间表后，笑着看向他。

“X 省每年考生多，一中的教学质量不算最好，但管得很严。我那时候住校，每天六点就要起来早读，晚自习也要上到十点后才会回宿舍。”

许县一中和岚中的教学风格截然不同。虽然没有更好的老师，但学生们都很努力。

程越霖听罢，将闲散的视线瞥向她：“怪不得后来那两年，每天都像是打了鸡血。”

他说完笑了笑：“阮嘤嘤，还说我是斗鸡？我看比起我，你更加斗志昂扬。”

“我那是珍惜时间。”阮芷音睨了他一眼，视线一转，突然道，“找到了，你看这个。”

她将纤细的指尖指在走廊侧墙的公告栏上，上面贴着几张照片。

最前面的一张有些熟悉，照片下面用钢笔写着——

优秀毕业生：阮芷音，A 大。

旁边还有些其他人的照片，瞧着都是考上名校的学生，和她并排贴在一起。

阮芷音高一时的班主任很惜才，当初她考上 A 大，陈院长也把此事告诉了一直关心她去处的班主任。贴这个名单时，陈院长也问过她。

对上她透着骄傲的眼神，程越霖微顿，倏而想到高三那年岚中每次出月考成绩时，她望着学校公告栏时的表情。

那是她难得高兴的时候。

有时他远远看着，却不知道她的高兴是来自排在前的成绩，还是在她的名字旁边，始终排着另一个人的名字。

“你怎么了？”

阮芷音觉得他的眼神有些奇怪。

程越霖压下心底的情绪，轻勾嘴角，拍了拍她的头：“没什么。”

阮芷音微蹙秀眉。

这还是第一次，她察觉到他不太明了的情绪，却因为他的若无其事，反倒不知道怎么安抚。

程越霖始终没有说什么。从学校里出来，两人在附近随便吃了些东西，然后回了酒店。

阮芷音察觉到，程越霖似乎从来到嘉洪之后就压着情绪，可每当她问他时，男人又用那副吊儿郎当的姿态将她的问题掀了过去。

她不知道该怎么卸下他内心的防备。

第二天，于院长一早便打来了电话，说昨天那个叫元元的孩子听说她今天扫过墓后，明天就要离开许县，特意给她准备了份礼物。

于是，出发去给院长扫墓前，程越霖先开车带她去了趟社会福利院。

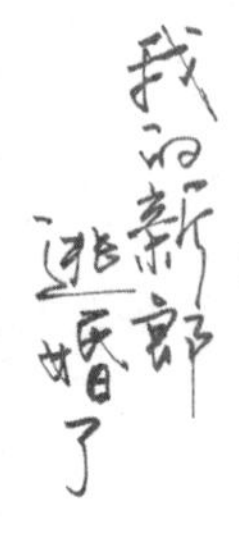

车子到了门口，阮芷音开门下车，去找于院长取东西，程越霖坐在车里等她。

社会福利院里，孩子们才刚吃完早饭，都在院子里打打闹闹，一张张小脸荡漾着灿烂的笑容。

穿过长长的食堂走廊，阮芷音掏出手机，刚想给于院长打个电话，就看到不远处，于院长正和一位年轻人说着话。

对方余光看到她，轻勾嘴角，转头同她打了招呼："芷音姐。"

原来和于院长说话的人是周鸿飞。

"原来鸿飞和阮小姐认识？"

一旁的于院长似是有些意外。

周鸿飞是在国内读的大学，这些年回来得多，比起之前基本只通过电话联系的阮芷音，他和于院长更加熟悉。

察觉于院长不晓内情，周鸿飞只是点下头："算是认识。"

他并没有解释其他的。

当年阮芷音回到阮家后，陈院长让她不要再回社会福利院，不希望她在社会福利院长大的事被人反复提及，避不开被指指点点，影响她的生活。

于院长瞧了瞧两人，也很有眼色，紧接着说道："那你们先聊，我去把元元喊来。"

等于院长走开，阮芷音环顾了四周几眼，没有看到江雪莹的身影，于是笑着问道："雪莹呢？"

"我们今早才到，她晕车太厉害没精神，所以我让她在酒店休息。正巧手机没电，怕于院长一直等，我就先过来了。"

周鸿飞简单解释完，又笑着看向她："芷音姐，你是自己来的许县？"

阮芷音摇了摇头："不是，和我丈夫一起。改天有空儿，好好介绍你们认识。"

哪怕程越霖已经因为周鸿飞吃了几回无中生有的醋，两人却一直没有见过面。

周鸿飞之前就知道阮芷音结了婚，却不知对方是谁，这会儿随意问了句："是那位给院长打过电话的先生吗？"

阮芷音微怔，继而轻轻摇头：“不是。”

周鸿飞听罢，瞧了眼她的表情，收回了要说的话。

说话间，于院长领着元元走了过来，打断了两人的谈话。

元元还是有些腼腆的模样，眼神怯怯地躲在于院长身后，给阮芷音递来了一张卡片，是她涂了画的贺卡。

阮芷音眼里蕴着温柔的笑意，伸手接过，她摸摸元元的头：“画得很好看，谢谢元元。”

元元朝她笑笑，露出洁白的小小的牙齿，然后又不好意思地躲回了于院长身后。

过了一会儿，有个女孩跑到元元身边，在她耳边说了几句话，然后拉着元元一起跑开了。

于院长望着院子里嬉闹的两个孩子，和阮芷音解释：“元元是被拐卖的，才来社会福利院几个月。她对父母还有些印象，每次院里来大人，都会跑出来偷看是不是自己的爸爸妈妈。说来也怪，她平时不爱说话，对你倒还亲切些。”

“可能是有缘分吧。”

她和元元的经历倒是有些重合。

阮芷音说完，瞧了眼手里的贺卡。上面画了穿裙子的女孩和穿西装的男人。

虽然贺卡画得很简单，但也可以看出，上面的两个人是阮芷音和程越霖。

拿完了贺卡，她想着程越霖还在门口等她，又简单聊了几句，便同于院长和周鸿飞道别。

她正走出去时，又有人从背后喊住了她。

阮芷音转过头，发现是周鸿飞。

“芷音姐。”对方迈着阔步走到她跟前，委婉地问道，“如果还方便的话，能不能帮我问问任先生他爷爷的住址？”

“任先生？”阮芷音皱了下眉，目露疑惑之色。

周鸿飞点点头：“嗯，他爷爷是嘉洪医院的老院长，我无意间听说任老身体抱恙，想等过两天回嘉洪时去探望下。毕竟当初任老帮了陈院长，也和我有些渊源。”

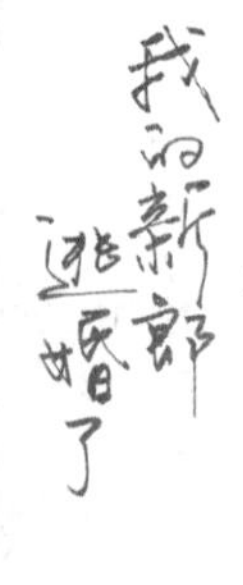

下飞机的时候，周鸿飞就看到了那位当初送陈院长去了医院的任先生，但一时没敢认，就这么错过了。

阮芷音闻言，攥了下指尖。

下一秒，她紧抿下唇，皱起眉，声音似乎颤了下：“你说的这位任先生，知不知道他叫什么？”

周鸿飞有些诧异：“没记错的话，应该叫任怀。”

独自从社会福利院里出来，阮芷音怀着恍惚的思绪，坐上了停在门口的车。

程越霖见她目光空洞地上了车，不解地皱了下眉，可看了眼车载屏上的时间，还是先调出了去浮鞍山的导航。

可车子才刚开出几百米，就慢悠悠地靠边停在了道路一旁。

“阮嘤嘤，这是不让我开车了？”

程越霖微哂一声，低垂下眼眸，无奈地看着紧紧抱着他、靠在他肩膀上的人。

阮芷音没有松手，停了一会儿，抬眸看他一眼，声音很低：“可我现在就想抱着你，那……你能让我抱着开车吗？”

程越霖挑了下眉，笑了笑，用空出来的手解开安全带，两条长臂一揽，把她抱到自己的腿上，声线中透着揶揄之意：“昨天来时不是挺好的？怎么今天就撒起娇了？”

阮芷音平视着他俊朗的眉眼，手缓缓贴上他的侧脸，嗓音有些轻飘：“为什么不告诉我？”

“要告诉你什么？”

他耷拉着眼睑看她，语调随意。

阮芷音顿了顿，开口时，已经是肯定的语气：“我那年圣诞节收到的玉佛，是你托陈院长寄给我的。”

陈院长的后事也是他安排的。任怀是他的朋友，当初会帮忙，也只是因为他。

“为什么不告诉我？”她固执地又问了一遍。

程越霖总算明白了她的情绪的缘由，无奈地笑了笑，揉她的脑袋：“一开始是觉得……没必要。”

那块玉佛，是贺晓兰心虚露了马脚，自己交出来的。

拿到后，他想过还给阮芷音，却又转头看到她戴上了另一块，还是秦玦送的。于是自己怄起了气，偏就不想再给她。

再后来，机缘巧合下见了顾琳琅一面，他发现对方也带着一块玉佛，才隐约明白那是她们的院长给的。

托陈院长寄给她时，他也了解阮芷音的个性，知道她不会因为自己送了块玉佛就喜欢上他，反而还会觉得欠了自己，徒增烦恼。

他舍不得她愧疚，更不希望她对他愧疚。

何况，那时候的他也没有办法走到她的身边。

听到他轻描淡写的语气，阮芷音凝视着男人漆黑的眸子，眼眶有些湿润，头埋在他颈边，喃喃道："阿霖，对不起。"

"道什么歉？"

"就是……让你等了好久。"

她确实不会因为单纯欠了程越霖的人情就喜欢上他，甚至可能会在补偿后选择逃避。

但现在知道那个人是他，阮芷音一边觉得酸涩心疼，一边觉得是他真好。

阮芷音期盼能有人毫无保留地爱她，可真正得到了，又忍不住心疼他在独自一人的那些年里不为人知的付出。

她甚至不知道，当她误以为玉佛是秦玦寄来的时候，程越霖又在经历些什么。

从周鸿飞口中听到任怀的名字时，她心底那股酸涩的情绪，已经怎么也压不住了。

她心疼他，不管是过去的他，还是现在的他。

程越霖早就知道她的误会，而她甚至没发现他那时的情绪。

"那为什么后来也不说？"

阮芷音固执地想，如果她早就知道，或许会有什么不一样。至少，她不会让他一个人背着这些包袱。

程越霖沉默了一会儿。

他为什么不说？

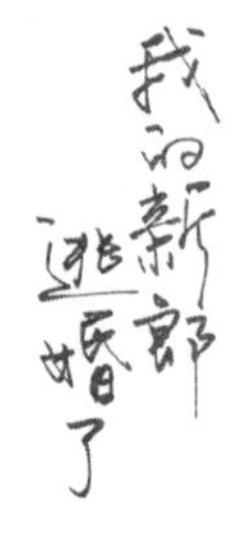

大概他怕她像现在这样徒增压力。

他叹口气，拥她入怀："怎么又给我抹眼泪？你就当是我多了些心机，想等你自己发现。阮嘤嘤，现在会不会——？"

"更爱我一点儿？嗯？"

阮芷音摇头，见他扬了下眉，直勾勾地看向她，又笑着说了句："不止一点儿。"

她也想给他同样深沉的爱，不想要他单方面地、让她这么心疼地爱着她。

程越霖勾下唇，凑到她耳边，意有所指地道了句："成，那你就等晚上好好补偿我。"

补偿什么，不言而喻。

阮芷音面色一红："程越霖，我现在是在跟你说很正经的事。"

他怎么随随便便，就又把气氛给扯开了？

"我说的呢，就是最正经的事。"

阮芷音对上他那优哉游哉的眼神，原本苦涩的情绪无可奈何地淡了些，蓄在眼角的泪花要掉不掉的。

程越霖眸中带笑，在心里叹了口气。

这眼泪总算是止住了，他哪儿能舍得她难过？

缓了下情绪，阮芷音捧起他的脸，眼神中带着刨根问底的认真之色："你这几天，又是为什么不开心？"

她能察觉出他埋在心底的情绪，他却始终不告诉她原因。

程越霖垂下眼："阮嘤嘤，那你先说说，为什么现在会喜欢我？"

阮芷音微怔，皱眉思索。

片晌，她抬眸看他："你太好了。"

如果说情人眼里出西施，最好的就在她眼前，她为什么不喜欢最好的他？

程越霖垂下眼眸，深沉的眸子里藏着探究之意："如果换个人对你这么好，你也会喜欢？或者说，如果你发现我没有那么好，还会喜欢吗？"

现在的结果，始于他对她的了解之上的步步为营。换句话说，她的喜欢，是他用了些算计才得来的。

他知道她所看重的人和事，有意在每件事上让她察觉他的“好”。像她这么理智的人，没有那么多的情难自禁，她太会控制自己的情绪，和所有人都隔着一道防线。

他爱她，却也是费尽心思引诱，好不容易才越过她的防线。

可他也会嫉妒，在得知秦玦来找她时，并不如表面上那般平静。一旦拥有，他就会患得患失，怕她接受了他的好，却无法接受他的不好。

有些话，他确实怕她知道。但如果她总会知道，那不如由他亲口说出。

见她沉默着皱起眉，程越霖帮她别过耳边的碎发，喉结轻滑了下，眼眸渐沉。

“我不像表面那么大度，不喜欢秦玦接近你，就会使手段给他下绊子。如果他得寸进尺，我不知道还会做什么。有时候，我希望你只看得到我，还不想你把太多目光投在程朗那种小屁孩身上。”

“阮嘤嘤，我很自私。”

他自私却又舍不得她难过，所以才会自己怄气。一旦尝过被她关心着的滋味，无论如何，他都不可能再放她离开。

他不希望给她压力，更怕她发现自己这种藏在内心深处偏执卑劣的心思。

他的话说完，阮芷音的沉默一直维持到达浮鞍山的时候。

倒不是态度纠结，而是她不知道该怎么开口，才能把话跟他说明白。

难道在他眼中，她会因为秦玦做了什么，就放弃和他好不容易开始的感情，回头去啃草？

还是说，他觉得她这段时间和他谈恋爱，是秉持着随随便便的态度？哪怕换个人，她也无所谓？

虽然并不急着听她的回答，但见她久久不说话，程越霖心底倒没了底，有些后悔顺着她的意愿把话说了出来。

他无法否认，从来嘉洪开始，自己就因为别人三两句的挑拨乱了心绪，以至于频频想起当初旁观她站在秦玦身边时，心里憋的郁气。

通往墓园的石阶有些窄，他牵着她的手朝山上走。

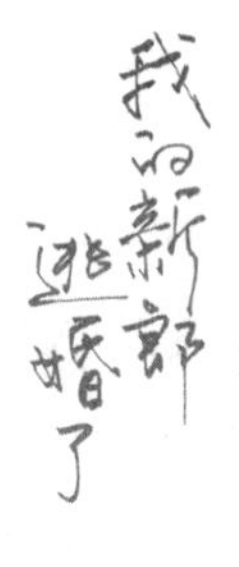

缄默的气氛持续了许久。阮芷音突然开了腔：“你站住。”

她在原地站定，等他回了头，又因为他这阵的沉默生出来一丝委屈之情，假装着冷静：“我想了下，还是得先说清楚。”

“嗯。”他不咸不淡地应声，可看到她的眼神，又收紧了握着她的手。

阮芷音抬头，视线盯着他：“如果换个人也可以，你为什么会喜欢我这么久？”

她刚刚分明被他绕进去了，险些被他扣上有可能始乱终弃的帽子。

很多时候，她只知道自己想要对他好，想要和他长长久久地相处，却不太明白要怎么更多地表达情绪上热忱的喜欢，并不是什么换个人也可以。

不管他是因为什么不确定，都让阮芷音没来由地有些冤枉。

程越霖垂下眼眸，片晌，轻笑了声：“情窦初开不小心栽到你的坑里，又叽叽喳喳地把我给套牢了，哪儿有那么多理由？”

他小时候不喜欢赵冰，并不是在意老头儿再婚，而是无法接受往日深情款款的父亲在母亲去世半年后就另娶。

幼年时，他有最幸福的家庭。可九岁那年母亲去世，没过半年，老头儿就领回了赵冰，还说以后对方会照顾他。

那时的程越霖对爱情没什么定义，只是隐约会想，如果他以后喜欢上一个人，应该会喜欢很久。至少，他不会像老头儿这样。

赵冰出现后，他和父亲的关系时不时地紧绷。大抵是心里憋着股劲儿，逃课打架的事情他都没少干。

这样散漫的日子过惯了，他的生活里偏就突然闯进了一个她，阮芷音端出副好好学习的教导姿态，还用那隐含可惜的眼神盯着他。

她明明表现得低调懦弱，却又永远在学习上不服输地较劲儿，还会因为对一场考试的成绩失望而憋红了眼睛。

程越霖就这么默默地看着，都觉得她……别扭又可爱。

他尚且不知道那种懵懂的情绪是什么，忍不住逗她，却又见不得她心情不好，还在别人面前装好脾气。

他找各种小事接近她，却也渐渐发现，她身边总是多个瞧着碍眼的秦玦。那么，他只能想办法让他们少点儿接触。

他会在她去找秦玦请教问题时多加阻挠，在误以为她要跟秦玦去看电影时买同场的电影票，暗中观察。

那年学校组织春游，见她的房间居然在秦玦隔壁，他愣是借口房间有异味，和她这个生活组长换了房间。

彼时钱梵见他这般，还忍不住抱怨了一句："霖哥，你天天关注人家干吗？该不会是喜欢上阮芷音了吧？"

程越霖蹙眉，下意识否认，却猛然解开了困惑已久的心结。

原来，他是喜欢她。

认清这一点后，他再看秦玦这个人，仿佛更碍眼了。可他没有正儿八经的立场阻挠他们，更让人憋屈。

高三时，程越霖想了办法让她给他补课，阮芷音履行承诺了，却也事先说如果他学习态度不好，她就会中途放弃。因为她的一句话，程越霖不知道熬了多少个通宵。

再后来，她已经出了国，可无数个深夜里，他的耳边还是会响起她给自己讲起错题时叽叽喳喳的絮叨声。

"程越霖，这道题我已经讲过很多同类型的了，你怎么还是做错了？"

"这次月考比你承诺的少考了五分，你伸手。"

"程越霖，不准睡，你今天的单词还没背完呢。"

那时候，程越霖觉得他是疯了才会答应她打手板惩罚这种没面子的要求。可是后来，他又忍不住想，像阮芷音这样教学时冷面无情的态度，以后她应该会教出成绩不错的孩子。

甚至，他还会忍不住替她开解，她对别人都温温柔柔，偏就对他冷言冷语，总归是不一样的。

程越霖想，他确实被她那些严肃又认真的絮叨话给套牢了，哪怕她已经离开了太久，他也怎么都忘不了。

最初的喜欢变成执念，早已经没有什么理由。

听到他这番"栽坑套牢"的控诉，阮芷音微哽，呼了口气，抱

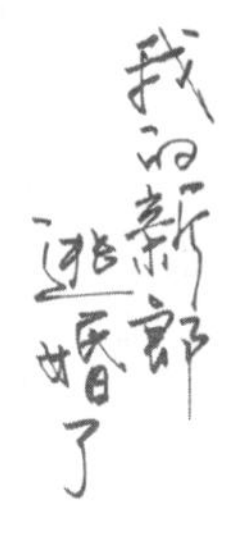

住他。

“阿霖，那我喜欢你，也没有那么多理由。我没有别人的热情澎湃，需要你给我时间。”她顿了顿，认真地看他，“但没有换个人对我好，我会不会喜欢上对方的假设。因为现在，我也已经栽进你挖的坑里，出不去了。”

“所以，你不用怕。”

哪怕他的行为是早有预谋等着她上钩，她现在想跑，也已经来不及了。更何况也不会再有另一个人像他一样默不作声地爱着她。

她能够感受到他藏在很多事上的喜欢，也想抚平他的患得患失。

见他愣住，眼神直直望来，阮芷音笑了笑，又转了转眼波道：“如果真有这个假设，除非——”

“除非什么？”

“你跟我离婚，那我会考虑。”

程越霖变了脸色，皱着眉嗤笑了声，眼神悠悠地停在她身上：“阮嘤嘤，你趁早放弃这个想法。咱们这婚，压根就不可能离。”

“既然这样，你在担心什么？”阮芷音故意去戳他绷着的脸，“难道你还能对自己没有自信？我现在喜欢你，以后还会瞧上别人？”

程越霖总算绷不住了，勾了下唇，握住她“行凶”的手，轻扬眉梢：“如果你眼光保持稳定，就不会有这种情况。”

“不过——”他淡淡地瞥她一眼，“以后要是秦玦来找你，得第一时间告诉我。”

即便理智上不觉得秦玦还有什么可能，可情绪上，程越霖仍觉得秦玦十分碍眼。栽进他的坑里的人，程越霖不可能再放回去。

“还不是怕你会乱吃醋？”阮芷音眼神无奈地瞟向他，“难不成你真的以为自己表现得很大度？”

既然他能背着她发朋友圈秀恩爱，那给秦玦下绊子，也确实是他能办出来的事。

可他会这么做，是因为秦玦仍不死心，阮芷音没想因为已成陌路的人去怪他。

尤其在得知帮忙安顿陈院长的人其实是他后，她更不欠秦玦什么了。

“我不大度？”程越霖挑眉反问。

阮芷音觉得他这偶尔装大度的行为，许是他盲信了他搜索记录里的那篇《好老公的十个标准》。

“你也不需要太大度，如果把吃醋憋着，我们才可能会埋下误会。”她循循善诱，“而且，如果有人怀着心思接近你，我也会不开心。”

“哦？不开心？阮嘤嘤，你这是想独占我？”程越霖嘴角扬起弧度，语调散漫，“放心，虽然你吃醋的行为本身会让我欣慰，但我还舍不得让你吃醋。”

停了一会儿，他又补充了句：“嗯，就算以后有了孩子，我最爱的人也还是你。”

阮芷音因为他这吊儿郎当的模样，顿感无语：“在你眼里，我就这么幼稚，还会跟孩子争风吃醋？”

“按照你目前这种独占的心态，不是没有可能。”他理直气壮地说。

阮芷音：“……”

行吧，是她忘了。她哄得男人心情转好的时候，他惯是会没脸没皮、倒打一耙的。

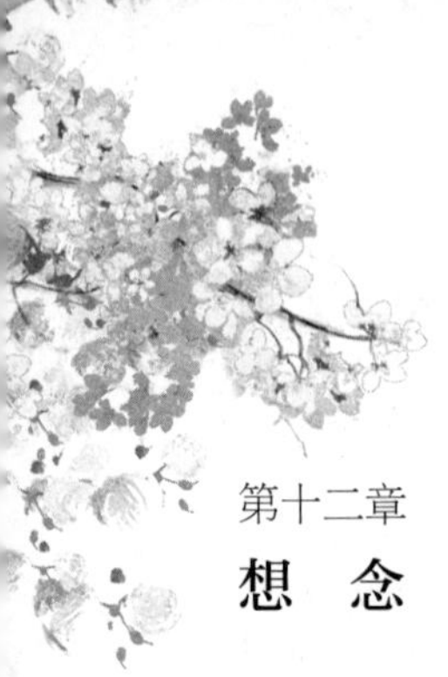

第十二章

想　念

秦家的客厅里，林菁菲和方蔚兰面对面坐着。

听到玄关处传来的声响，林菁菲忙站起身，看向刚进门的秦玦：“玦哥，你回来了。”

她伸手去取秦玦的行李，却被他侧身避开，推给了一旁的用人。

林菁菲低头瞧了眼空荡的双手，继而攥紧了指尖。

他虽然从嘉洪回来了，可对她的态度越发冷淡。

沙发上，方蔚兰瞧着眼前这幕，突然道：“你先上去，我和阿玦有话说。”

知道方蔚兰的脾气，林菁菲缓了口气，微笑着应下，转身上了二楼。

方蔚兰这才看向风尘仆仆的儿子，眼神冷淡：“突然跑去嘉洪，这回死心了吗？”

秦玦闭目坐在那儿，只是疲惫地揉了揉眉心，没有回答。

“下个月老爷子七十大寿，会宣布你们订婚的消息，好好准备准备吧，别让人看了笑话。”

“妈！”秦玦陡然睁开眼睛，“我说过，不可能和菁菲订婚。”

方蔚兰冷笑：“不订婚？你是生怕秦志泽他们抓不着你的错处吗？”

她也不喜欢林菁菲，可不能看着儿子继续忤逆老爷子，让二房三房捡现成的便宜。

“秦玦，你以为秦家是什么好地方？别说阮芷音已经嫁人了，就算没嫁，她还能和你再在一起？阮芷音可不傻！”

这个秦夫人当得有多累，没人比方蔚兰更清楚。

她和丈夫当初也有感情，却在后来独自应付妯娌间的钩心斗角时被消磨殆尽了。

丈夫心太狠，她希望自己养大的儿子能不一样，可秦玦是考虑得太多。

即便屡屡拒绝老爷子的订婚要求，和蒋安政断了来往，他也没有把和林家人闹翻的林菁菲赶出去。

二楼的拐角，林菁菲听到秦玦很久没有出声，默默地咬紧嘴唇。

这段时间她讨好方蔚兰，对秦玦也是花尽了心思，却依旧没能让他松口。

她不明白，为什么时至今日，阮芷音的存在依然堵在她前面，让她摆脱不了。

秦湘今天和朋友约好了出门，可刚拎着包推门出来，就看到了站在拐角的林菁菲。

走近后，她环臂站在林菁菲身后，突然出声：“你躲在这儿偷听，是指望着我哥这回会松口娶你？”

林菁菲身子微颤，回过头时，表情已经恢复了自然：“湘湘，阮芷音已经和你哥分手了，你没必要再对我抱着敌意，我们分明可以好好相处。”

秦湘皱了下眉：“好好相处？林菁菲，我现在是真不明白，你非要一个不爱你的男人，做这么多事，还处处和芷音姐比，不累吗？”

这段时间，林菁菲在秦家过得可不算自在，光是讨好方蔚兰，就够她受的。她分明有阮爷爷留下的一笔钱，却非要试着投资创业，也不怕过于盲目赔得血本无归。

不过这一切都是林菁菲求来的。

不管林菁菲是真心喜欢哥哥，还是单纯想要个秦太太的身份，秦湘都觉得对方为了达成心愿真是够累的。

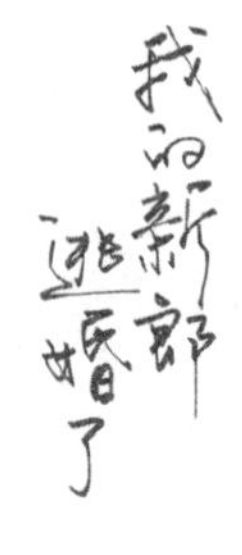

言毕，见她的表情很难看，秦湘也不等对方回答，轻笑了一声，便拎着包下了楼。

林菁菲静静地望着秦湘的背影，在楼梯口站了良久，才缓了口气，面无表情地回到房间。

想到秦玦的沉默和秦湘最后的话，她皱眉掏出手机，拨通了电话。

“林伟，你上次说的那个人，在哪儿？”

秦玦上楼的时候，林菁菲听到脚步声便打开门，在走廊里拦住了他。

“玦哥，连你也要抛弃我吗？”

秦玦眼神淡漠地望着她，嗓音已经失了往日的温和：“之前你说林伟一直纠缠你，求我别把你赶出去。菁菲，我给了你最后的机会，以为你会和爷爷说拒绝订婚，可你是怎么做的？”

所有人都以为，是他不忍心把林菁菲赶走。可事实是，她在阮爷爷的葬礼后向他保证，会帮他暂时应付秦老爷子，然后拒绝订婚。

秦老爷子向来是个重承诺的人，阮爷爷临终前的嘱托，虽然是因为误会了秦玦和林菁菲的关系，可秦老爷子仍旧一意孤行地想要达成好友的心愿。

老爷子主事惯了，儿子孙子也从来都是顺着他来，在秦家称得上是说一不二。

秦玦知道，如果解决不了订婚的事，他根本没有资格再去乞求阮芷音的原谅。

而他想让爷爷彻底改变心意，只能让林菁菲主动放弃。他让林菁菲留下，不过是想要尽快解决这件事。

可她这段时间里做的那些事，并不像是单纯的暂时应付，倒是把他放到了更不利的局面上。

“我是说过，可那是在阮芷音会回心转意的前提下。”林菁菲扯住他的袖口，而后道，“现在呢？阮芷音不会回到你身边了！她都已经结婚了！”

如果阮芷音那边有了松动，他不会是现在这个样子。

“玦哥，放手吧，她根本就不爱你。”

他们有二十年的感情，她分明比阮芷音更在乎他。她费尽了心思，可他为什么就是不肯放弃阮芷音看她一眼？

秦玦双眸中透着冰冷的神色，顿了一会儿，自嘲一笑："可我还爱她，就算她不回头，你又有什么资格让我放手？"

言毕，他推开她的手，闭了闭眼："我对你和蒋安政算得上仁至义尽，唯独亏欠了她。"

阮芷音惩罚他，是应该的。

可听到她信誓旦旦地说她爱程越霖，秦玦仍然感到心头一阵阵钝痛，无边的苦涩将他淹没，她却只是冷冷地望着他沉沦在汹涌的情绪中，再不肯施以援手。

她甚至从没有对他说过爱他，却这般轻描淡写地同他诉说着爱上了别人。

他要顾及的人和事太多，父母、亲人、朋友，还有工作。他们是最默契的工作搭档，她从不要求什么，让他觉得可以把和她的相处时间留在最后。

可最后她不在了。

他挥霍了她付出的一切，没发现她隐藏的情绪，放任了林菁菲和蒋安政的心思，这些都是他欠她的债。

秦玦不逃避他犯下的错，却也不会原谅林菁菲和蒋安政的欺骗。

现在这些还不够，他总该让他们也尝尝自己做过的事，体会下他现在的痛苦。

林菁菲想要说些什么理由解释，可当秦玦再睁开眼时，眸间已是彻骨的冰冷，冻得人遍体生寒，让她哑然地僵在了那儿。

秦玦从未用这种眼神看过她，眼底仿佛藏着抹不去的恨意。

林菁菲不知道他这回去嘉洪究竟发生了什么，才让他骤然变成这般模样。

她不自觉地松开手，再回神时，秦玦漠然的背影已经消失在走廊尽头。

回到房间里，秦玦掏出手机，习惯性地打开微博。

他的微博主页上只有一个关注对象。

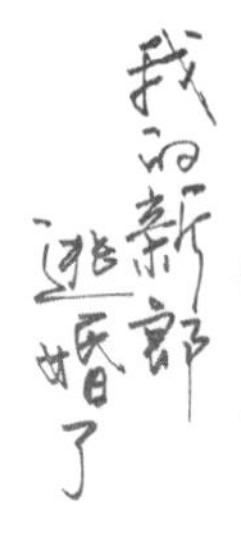

所有的联络方式都已经被阮芷音拉黑，这是他这段时间里，唯一能够接近她生活的方式。

阮芷音的微博只是关注些市场动态新闻，不常发东西，可刚刚更新了一条动态，是张没有配文的照片。

照片里，墓碑旁放着一束花。

秦玦不愿去想，拍下照片的那一刻，程越霖是不是陪在她身边。

知道她因为那场欺骗下的见面生了气，第二天，尽管腿难耐地疼着，秦玦还是一早就等在了酒店走廊的拐角，想要跟她道歉。

可他看到的是极为刺眼的一幕。

两人相携从房间里走出，程越霖姿态从容地揽着她，没走几步，男人轻笑着侧过头，捏着她的下巴俯身亲吻。

走廊里太静，秦玦站在拐角处，甚至能听到他们接吻时衣服摩擦的窸窣声。而她最后面色通红，眼眸含情，只是嗔怪着去瞪身边的男人。

那一刻，秦玦只觉得脑中的理智轰然崩塌，快要发疯。

愤怒、惊讶、无措，他麻木地愣在那儿，全然忘记了动作，身子止不住地颤动，像是被迎面打了一个耳光。

可比起眼前的一幕，他更清楚的是一个男人此刻从她的房间里走出意味着什么，阻止不了烦乱如麻的思绪。

或许昨晚他们曾在酒店的房间里纵情拥吻，极致亲密，那是他和阮芷音忙于旁事的时间里不曾有过的。

过去，秦玦知道她还没有放开防线，那时的他更没有资格给出承诺，总觉得还要等。等到他们有足够的时间，等到他能够给她足够珍重的感情。

然而此时此刻，望着眼前的一幕，秦玦只觉得狼狈不堪。不过是短短的几个月，似乎一切都变了。

电梯关闭时，程越霖远远望来，淡漠的眼神对上他，用指腹轻抹了一下嘴角，带着无声的讥讽之意。

秦玦瞬间明白，对方是故意的，是在报复他上次在宴会上说的话，或许也是因为他刻意安排的那个饭局。

他不知道自己是怎么离开的，逃避着之后的会议，不敢再去见她，怕会看到他们亲密的样子，从而失去所有的分寸。

即便已经过去这么多天，可每当他想起那幕，心里便升起密密麻麻的疼痛，难受得令人窒息。

秦玦开了瓶酒，坐在沙发上喝着，试图麻痹过于痛苦的神经。他喝完了一瓶，脑海中却忍不住一遍遍回忆起阮芷音温柔细语的模样。

片晌，他摇摇晃晃地站起身，从床头的抽屉中取出一张新的电话卡，借着酒意拨通了电话。

缓慢的嘀声过后，电话被人接通。

每一次，秦玦都不敢说话，怕一出声就会被她挂断，却还是想听听她的声音以慰藉思念之情。

然而——

“喂。”话筒里的男声悠然散漫。

紧接着，熟悉的轻柔嗓音传来：“谁啊？”

“不知道，没出声，没备注名字。”

“哦，可能是骚扰电话。”

“嗯。”男人不咸不淡地应声，似是放下了手机，却没挂断电话，继而道，“过来，帮你吹头发。”

没多久，吹风机的轰响骤停，电话那头隐约传来轻微暧昧的喘息声。

秦玦握着手机的手背上青筋隆起，紧绷着下颌，他自虐地听着话筒中的一切，却又舍不得挂断。

少顷，他再次听到了她的声音：“程越霖，你吹的哪门子头发？吹完了还都是湿的！”

声音里带着薄怒的娇嗔，却与印象中温柔的她并不相符。

许县，酒店房间。

等程越霖坐在床边，认认真真地给她吹完了头发，阮芷音躺在他的腿上没有起身。

她顺手拿起一旁的手机，才发现刚刚挂断的通话记录。

最近，她总会接到这种不出声的骚扰电话，每次都是不同的号码，倒没怎么在意。

关闭通话记录，她打开微博。

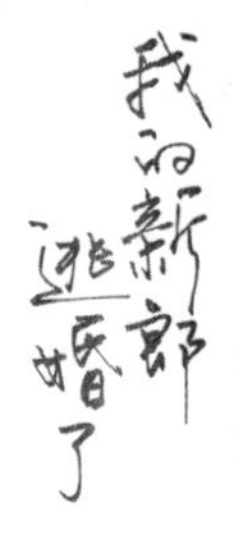

微博主页的最上面，是白天扫墓时的照片。

浮鞍山上都是零零星星的墓，陈院长过去住在山脚下的村镇，去世前同周鸿飞说过，希望葬在浮鞍山上，因为能够看到社会福利院的方向。

他们到了那里，发现院长妈妈的墓边长了些带刺的杂草，程越霖怕她割伤手，俯身忙活了一会儿，独自把杂草清空。

他动作当然不太熟练，神色却很认真。

回过头，见阮芷音眼眸柔和地盯着他发愣，程越霖挑眉问了句：“怎么，我太好看，又看呆了？”

阮芷音舒了口气，帮他擦去额间的薄汗，笑着摇头：“就是想告诉院长妈妈，我现在什么都不缺了。”

方才她凝望着他拔草的背影，这几天因为对社会福利院变得陌生而升起的怅然感似乎都在那刻消失了。

他给了她新的归属感。而过去的她觉得自己不缺一个家，也不缺那份偏爱。

思绪回笼，阮芷音点开微博的评论，才发现一条留言——

“快看私信，加个微信。”

网名是 @sususu 亦旋，评论时间在同学聚会后。看动态，这人应该是苏亦旋。阮芷音平时基本不用 QQ，对方应该是没联系上她，才顺着共同关注摸到了微博上。

点开消息栏的未关注私信，阮芷音才看到里面一长串的消息，除了苏亦旋发来的微信号，更多的消息来自另一个人。

“在看什么？”

程越霖见她皱着眉坐起身，凑过来，撩着她耳边的碎发问她。

阮芷音缓了口气，将手机递给他，老实交代：“这些私信，好像是秦玦发的。”

秦玦倒是挺有毅力，每天都会发几条过来，嘘寒问暖，又是节日问候，又是道歉、想念什么的。

只是很不幸，这些消息全堆在了未关注私信里，阮芷音压根没看到。

当然，她看到也影响不了什么，也就是把人加进黑名单里。

阮芷音从没想过和秦玦牵扯不清，其他的联系方式已经被拉黑，他大抵也就只剩下了这个方法联系她。

若非特殊情况，程越霖每天都会接她下班，秦玦能找的碰面机会大多被避开了。

现在想想，当初她的车已经修好了，程越霖却还执意接她上下班，该不会是防备着秦玦去找她吧？

阮芷音越想，越觉得很有可能。

“留着吧。”程越霖扫了几眼秦玦发来的私信，微扬下巴，姿态闲散，“等孩子出生了，和他要份礼金。”

“孩子出生？”阮芷音皱眉看他，“哪儿来的孩子？”

他这话说的，好像孩子下一秒就能蹦出来似的。

“这不还是得——”男人将眼神轻飘飘地从她平坦的小腹上略过，“看你吗？”

阮芷音下意识地摸摸小腹，继而垂下眼眸，沉默片晌。

“怎么，不想生？”程越霖打量着她的表情，淡抿下唇，然后状似漫不经心地开腔，“其实，要不要孩子都无所谓，我牺牲牺牲，也能陪你久一点儿。”

都说世事无常，他不过是怕如果真有那么一天，会让她孤零零地留下，没人陪她。

“也说不上不想，就是……”阮芷音顿了下，抬眸看他，“阿霖，你觉得我能当好一个母亲吗？”

她甚至不太清楚，母亲该是一个什么样的形象。

“当不好也没事，不是还有我？”他笑了笑，微耷眼睑，表情傲慢悠然，“那我就勉强既当爹也当妈。”

阮芷音见状，暗自叹了口气。

回想起程朗住在家里的日子，她觉得，他当父亲似乎更不靠谱。

不过，他有心总是好的。她不能表现出对他自信的嫌弃，借着话茬换了话题，提起他的父亲。

“你现在……还会不会想念程叔叔？”

“偶尔会。”程越霖没否认，像是想起了什么，拍拍她的脑袋，笑着道，“说起来，你可是很讨他的欢心。”

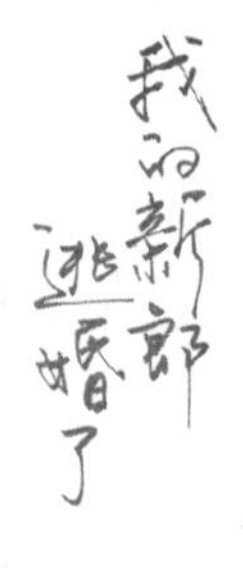

阮芷音疑惑地看他："我？为什么？"

他拥着她躺下，轻声道："大概是因为，你让他儿子给他争了口气。"

他考上A大后，程逢生见人便提，足足炫耀了大半年。当然，对方也知道阮芷音功不可没。

"那时候他瞧出我喜欢你，一门心思想让你当儿媳妇，说聘礼都准备好了，成日里暗示我加把劲。"

程越霖想，如果没发生后面的事，如果程逢生知道他成功了，大概会继续炫耀他有个考了榜眼的儿媳妇。

想到程逢生微胖和蔼的模样，阮芷音笑了笑："怪不得赵冰会说你有个喜欢的女孩子，一开始听她暗示，我还以为……"

"你以为什么？"男人的眸子凝视而来。

阮芷音撇下嘴，暗暗叹了口气。

以为什么，当然不能再提，她可不想再被男人身体力行地破除谣言。

于是她摇了摇头，转头去抱他："没什么，都是误会，不重要。"

从许县回了岚桥，程越霖紧接着便去了欧洲出差，行程是早就定好的。

两人结婚后，他尽量空出时间待在家里，海外的视频会议不少，却还是积压了不少事情得亲自过去，这回要走大半个月。

知道自己离开的时间长，出差前，程越霖嘱咐阮芷音："要是不想一个人在家，也可以叫朋友来陪你住几天。"

于是阮芷音给叶妍初打了电话，对方兴致勃勃地收拾了行李过来，住进了次卧里。

一进房间，叶妍初就忍不住皱眉："啧，干吗要在次卧里挂这么大的结婚照？"

次卧里的结婚照是程越霖重新洗出来挂上的，看起来确实有些突兀。

"程越霖说，这样就算我跟他吵架搬回次卧，也会看到他，有利于减少吵架的频率。"阮芷音无奈地解释。

叶妍初哑然许久，叹息着摇头：“行吧，以前没发现，程越霖居然这么……”

不过以前她也没发现，程越霖居然能不动声色地暗恋她十年。

“宝贝儿，这些天就别想他了。趁着程越霖不在，你也该享受享受阔别已久的夜生活了。”

叶妍初轻挑起阮芷音的下巴，一副要流氓的语气。

阮芷音笑着甩开她的手，眉梢微翘：“之前你总说工作太忙，我看你这样，应该还是很有时间。”

“那我又没有恋爱谈，可不就得丰富丰富生活嘛。”叶妍初怕她拒绝，摆出满脸的颓丧之色。

阮芷音想着她拒绝了心仪对象的表白，也算失了回恋，是该放松下心情，于是点了下头：“正好秦湘之前给我打了电话，等哪天下班早，叫上她一起去。”

顾琳琅最近去了国外参加时装周，当然是没空儿跟着她们体验夜生活了。

叶妍初达成目的，乐呵呵地去抱她：“音音，我就知道你最好了。”

程越霖出差不在家，阮芷音也忙起了接踵而至的工作。合同签完，Nevers 正式宣布了和南茵的合作。

张淳在中村生物和 T&D 任职多年，团队中的其他人也并非寂寂无名。即便南茵是家新公司，但阮芷音出钱收回了 T&D 的专利，又有张淳的团队作招牌，也不至于让人小瞧。

也怪中村生物之前仗着行业壁垒决定分层定价，Nevers 率先同南茵合作后，也另有几家品牌透露出合作的意向。毕竟，谁也不愿被压缩利润而降低竞争力。

此前中村生物的主要竞争对手是德国的 ST。ST 的业务板块广，医美原料业务占比不大，且只给一线品牌供货，价格也偏高。

中村生物不会放弃一线品牌的订单，却也因为扩展其他业务投资，急需扩大下一年度利润。只是它没想到，分层定价的决定做出后，会突然出现南茵这个来截和的竞争对手。

当然，南茵的原料报价也并不算低，阮芷音只是给了一视同仁的定

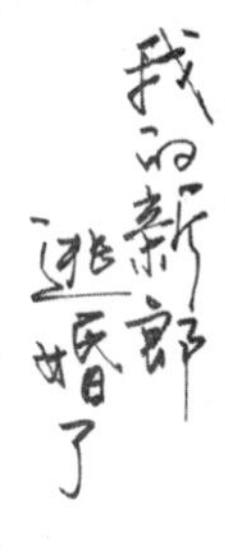

价，但钱还是要赚。

阮芷音刚结束和品牌运营部的会议回到办公室里，康雨便敲门进来，向她确定行程：“阮总，既然张总监会带队，和CF那边的磋商您还要亲自过去吗？”

南茵接连签下了几家品牌的订单，势头正猛，也收到了CF抛出的询盘。这意味着，即便阮芷音没和Robert先生见面，也有了竞争CF供应商这块活招牌的机会。

中村生物栽了个跟头给了南茵机会，如果能在之后的磋商中拿下跟CF的合作，南茵便彻底打响了名头。

阮芷音想了想，问道：“中村生物那边的代表是谁？”

“是他们的研发副总。”康雨顿了下，又道，“我查过，CF这次负责和合作商接洽的人除了Robert先生，还有那位彩妆线新上任的华裔设计总监。”

“另外，CF月底在纽约有场新品发布活动，也邀请了这次参与供应商竞争的合作方。”

阮芷音思索了一会儿，点头道：“既然这样，和CF的正常接洽工作交给张淳，你和我空出时间，去参加CF的新品发布会。”

“好的，阮总。”康雨笑着应下，看起来心情不错。

公费出差，意味着能在免税店囤不少东西。她就算工作再认真，也是个有购物天性的女孩子。

阮芷音见状，也笑着调侃：“放心，到时候我给你放一天假去购物。”

忙到下班，阮芷音开车接了叶妍初，然后去了同秦湘约好的酒吧。

酒吧的名字叫夜遇，在影视学院附近，老板是秦湘的几个大学同学，在这一片还挺出名。

三人坐在靠吧台的卡座上，各自点了杯酒。没聊几句，秦湘突然看向阮芷音，眼睛发亮。

“芷音姐，你还缺投资吗？我现在手里有钱，沈蓉都成了南茵的股东，不如也给我个机会？”

影后沈蓉之前应下了南茵的推广，前不久又正式成为南茵的代言人，给南茵带来了不少热度，如今的南茵算是炙手可热。

让阮芷音意外的是，沈蓉没要代言费，却提出想要投资参股。过去最大的对家成了南茵的股东，也不知道林菁菲会不会以为自己是诚心和她作对。

不过沈蓉的股份并不多，阮芷音更没必要因为林菁菲的想法拒绝沈蓉的要求。

何况新研发基地的投资支出不小，南茵确实需要资金，阮芷音还没想向程越霖求助，也不想改变南茵和阮氏现在相对独立的局面，惹得股东再生意见，给季奕钧添麻烦。

认真算算，沈蓉的代言费可不少。对于已经负资产的阮芷音来说，钱，能省则省。

想到这儿，阮芷音笑着望向秦湘："可以是可以，只是湘湘，你什么时候也开始想着投资赚钱了？"

她比秦湘大六七岁，总觉得秦湘还只是个孩子。

秦湘撇了下嘴："我怕有一天家里逼我联姻，不如提前给自己留好退路。要是真到了那天，索性离家出走。"

秦湘一贯是个不爱被约束的性子，可也养尊处优惯了，真没了钱花，是受不住的。

阮芷音有些哑然，怕她是一时兴起，耐着性子劝解道："湘湘，你考虑清楚，以秦家目前的情况，应该还不需要你联姻。"

以她对方蔚兰的了解，对方是真心疼秦湘这个女儿。只要秦氏没大问题，是不可能让秦湘被迫联姻的。而且秦湘今年才刚满二十岁，就算是联姻，恐怕也还早得很。

"不需要不代表不会啊，连我哥都能被爷爷逼婚，我总得未雨绸缪。"秦湘叹了口气，继而一脸严肃地看向阮芷音，"把钱投给别人我不放心，我只对你放心。"

对于秦湘的信任，阮芷音感动之余又有些无奈，搬出教育她的态度："行了，别在这儿给我戴高帽，你就不怕我赔了钱？"

秦湘笑了："不怕啊，反正有程越霖在，总能比其他人多些保障，夫妻可是利益共同体。"

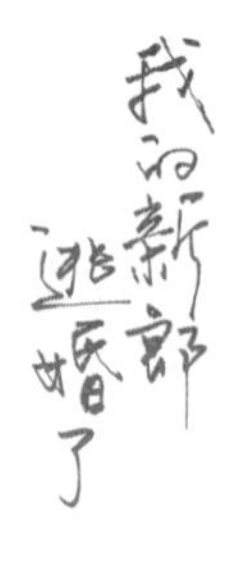

阮芷音没想到秦湘是这么个想法，扯了扯嘴角：“我看你放心的压根不是我。”

秦湘放心的人分明是程越霖。那阵被信任的感动尽数散去。

叶妍初拍拍秦湘的肩膀：“秦爷爷总是疼你的，不至于给你找个歪瓜裂枣的联姻对象，说不定最后你和人家看对眼了呢？不如你说说，自己喜欢什么样的？”

“喜欢什么样的？……至少长相过关，性子不能像我哥和我爸一样古板无趣。”秦湘单手托着下巴，继续道，“最好还是那种不经意间遇到的缘分，就像芷音姐和程越霖，换个新郎都能看对眼，多好啊。”

阮芷音瞧着秦湘发亮的眼睛，觉得她根本就是沉浸在了对偶像剧里爱情的幻想中。

她正要说些什么，清亮的声音从背后响起——

“嫂子！你们也在这儿啊！”

阮芷音转过头，看到了站在几步之外的钱梵和傅琛远。

钱梵还是那副热情的态度，傅琛远却不知为何，此刻的脸色不太好看。

钱梵领着傅琛远上前，和阮芷音问候完，又挥手和在阮爷爷葬礼上见过的叶妍初打了个招呼。

瞧向秦湘时，他面色迟疑：“这位是——？”

“你好，秦湘。”

钱梵皱了下眉，思量了一会儿，喃喃道：“这名字，咋听起来有点儿耳熟啊？”

秦湘没多想，习惯性地说了句：“哦，秦玦是我哥。”

她只是觉得，比起她，秦玦的名字应该更让人熟悉。

钱梵表情滞了一瞬，而后不动声色地挑了下眉：“原来是秦小姐啊，幸会。”

言毕，他又看向阮芷音：“嫂子，那你们好好聊，我们先去隔壁。”

紧接着，他便拉着一直沉默的傅琛远去了隔壁的卡座。

阮芷音觉得钱梵的表情有些古怪，可还未深想，秦湘又跟她说起了话，她很快便收回了视线。

另一边，钱梵刚坐下，便立刻掏出手机，给远在国外的程越霖发了条微信——

“霖哥！不好了，秦玦见你和嫂子情比金坚，居然都派他妹来跟你抢媳妇了！”

过了好几分钟，程越霖才回复过来一个问号。

钱梵偷拍了张阮芷音和秦湘“相谈甚欢”的照片，给程越霖发了过去。

“秦玦他妹和嫂子聊得热火朝天，我还听到她提起她哥，这是来当说客的吧？不过霖哥，你放心！我立刻想办法拆开她们！”

不得不说，钱梵的耳朵很灵敏。

隔壁的卡座上，秦湘确实刚刚和阮芷音提起了秦玦。

“芷音姐，我哥最近挺不对劲的，从嘉洪回来就没再跟爷爷吵订婚的事情。我妈觉得他是妥协了，可我总觉得不是。”

其实秦湘想说的是，她觉得秦玦还没对阮芷音死心。可见阮芷音面色淡淡的，她只能把话收了回去。

好不容易和阮芷音见一次面，秦湘可不想把关系搞僵，转而说起了其他的话题。

“还有林菁菲，那天我看见她和林伟在车里见面，她成天想着跟你比，你小心些。”

阮芷音听她絮絮叨叨说完，蹙起眉心，点了点头，轻声应下：“我知道了。”

“音音都结婚了，和秦玦也没联系，林菁菲不至于再找她的麻烦吧？”叶妍初说完，皱了下眉，“不过也不一定，毕竟林菁菲那种非觉得音音抢了她东西的有偏见的脑回路，我理解不了。”

秦湘搅着面前的鸡尾酒：“她那个彩妆品牌最近出了不少负面新闻，我看她最近心情很差，还非要强装无事地去我妈跟前献殷勤，我真是替她累。

“拿着钱当个富婆不好吗？偏偏瞎折腾。

“其实我也能理解，她过去一直被捧着，受尽了旁人的羡慕。现在名声尽毁，接受不了落差，还想勉强维持颜面，只能捆住我哥了。不过我打赌，我哥不可能娶她。”

秦湘这么说，是自认比方蔚兰更了解秦玦。虽然哥哥性子温和，待所有人都好，可他当初能被激出留在国外不回来的叛逆，现在也不可能被逼着娶他不想娶的人。

阮芷音静静地听着，一直没有说话。

等两人说完，她才含笑看向秦湘："湘湘，帮我留意下，如果林菁菲要卖爷爷的那几套房产和字画——"

"那我就托人帮你买过来！"

阮芷音睨她一眼："鬼灵精。"

她话音刚落，放在桌上的手机响了。

阮芷音看了眼来电显示，是程越霖的电话。

"我去接个电话，你们先聊。"

毕竟是在酒吧里，卡座的位置着实有些吵。

阮芷音起身走出了酒吧，才按下了接听键。

"在哪儿？"男人低沉的嗓音绕在耳畔。

阮芷音含糊地说了句："和阿初她们在外面。"

她下意识觉得，好像不能承认她在哪儿，他才刚出差，她就在大晚上来了酒吧。

话音刚落，那边传来程越霖浑厚的闷笑声，继而是他意味不明的语调："阮嘤嘤，你说的外面，就是酒吧？"

"你怎么知——？"阮芷音张了张嘴，瞬间反应过来，"是钱梵告诉你的？"

程越霖没否认，淡声道："别玩太晚，要是喝了酒，让司机去接你。"

他倒是没再追究她大晚上来酒吧的事，阮芷音松了口气，轻声回："嗯，知道了。"

"乖。"他声音闲散，然后又不紧不慢地问了句，"想我了吗？"

阮芷音没说话，转过身，从面前朦胧的玻璃中看到了自己微翘的嘴角。

她就这么握着手机傻笑，活像个谈恋爱的小姑娘。

她保持沉默，他就这么等着。

少顷，阮芷音听到白博的声音：“老板——”

他的话像是被程越霖打断了。

“想。”阮芷音声音很低，缓了口气，眼神里带了几分认真之色，“每天都很想抱抱你。”

虽然有叶妍初住在别墅里陪她，但每天早上醒来，她还是不太习惯只有她一个人的主卧。

阮芷音很想要抱抱他。

“那看来，还是我想的比较多。”程越霖低声笑了，优哉游哉地开腔，“阮嘤嘤，我可不只想抱你亲你，还想——”

“咯，你别说了。”

“怎么，这就害羞了？”

“阮嘤嘤，我们的夫妻生活呢——”他拖长了腔调，“不用害羞。”

阮芷音：“……”

尽管他看不到，她还是很无奈地捂了下脸。

程越霖怎么就能这么坦然地说出这种话？白博不是还在他旁边吗？！

电话挂断。

程越霖站在明亮辉煌的酒店走廊上，抬头看了眼廊顶璀璨精致的水晶吊灯，嘴角的笑意还未散去。

他恍然想到，每次她明艳的凤眸染了迷离的雾气，她却还是不忘匀出一丝清醒，媚眼含羞地命令他关灯。

白博看着程越霖挂了电话，才重新开口道：“老板，ST的劳森先生还在会客厅等您。”

“嗯。”

他不咸不淡地应声，面色恢复了清冷，迈着步子转身离开。

等阮芷音重新回到酒吧的卡座时，她发现秦湘正偷偷地盯着坐在隔壁的钱梵。

“湘湘，你看什么呢？”她疑惑地道。

秦湘皱眉看她：“芷音姐，我发现我好像见过他。”

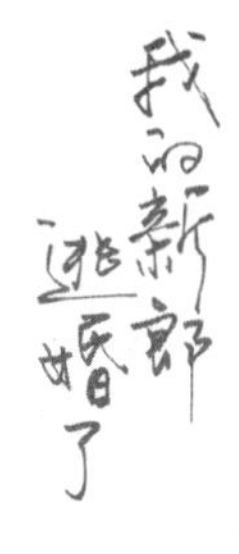

阮芷音有些错愕："啊？"

阮芷音倒不是意外秦湘见过钱梵，而是不明白她见过钱梵这件事有什么不对？

秦湘叹了口气："你还记得你高中的时候，我和你去看《南城喜事》吗？"

阮芷音点了点头。

"那会儿他就坐在我们身后，全场就数他笑得声最大。中间有段情节比较感人，他就抱着旁边那个戴帽子的男孩哭，瞧着人家不太想理他，我每次看过去他都低头躲着我。"

阮芷音蹙眉："戴帽子的男孩？"

"对啊，瘦瘦高高的，一看就是个大帅哥。你知道的，我对帅哥的印象一向很深，连带着把他也记上了。散场后，他不是还来跟你打招呼吗？可惜那个帅哥不见了。"

戴帽子的男孩低头躲着人，和钱梵一起看了电影，散场时还消失了。

阮芷音好像明白了什么。

不过，现在更让她注意的是——

"阿初呢？"

"被另一个帅哥拉进包间了。"

秦湘手舞足蹈，惟妙惟肖地给她表演了一番："你出去没多久，那帅哥突然走过来，站在那儿对妍初姐说了句，'叶妍初，都搬别人那里去了，躲够了吗？'然后就把她拉进了那边的包间里，再没出来。"

她说完，还不忘感叹了句："不是我说，这孤男寡女的进去了这么久，妍初姐还真有艳福啊。"

阮芷音："……"

她开始怀疑，自己是不是不该再把秦湘当成一个十九岁的孩子了。

她刚想到这儿，秦湘看了眼手表，突然拔高了声音："天哪，都快十点了，我得赶紧回家了，不然我妈又要数落个没完。"

阮芷音知道方蔚兰给秦湘定的门禁时间很严格，正准备给叶妍初发个消息过去，那边钱梵恍若无事地走了过来。

"呦，秦小姐这是喝酒了？巧了，我还没喝。嫂子你离得远，就先回吧。我正好顺路，能送送秦小姐。”

都和霖哥说了要拆开对方，他可不能再给两人在路上独处洗白秦玦的机会。

阮芷音闻言，转头去看秦湘。

秦湘着急回家，无所谓地点了点头，和钱梵说了句谢谢，很快收拾了东西，跟着他告辞离开。

阮芷音这才给叶妍初发去了消息：“你没事吧？”

过了漫长的几分钟，她才收到叶妍初回过来的语音——

“音音，你先走吧，我可能……还得解决一会儿，不用等我。”

声音里带着丝甜甜的软腻。

得，看样子，都不用她管了。

阮芷音的车钥匙在叶妍初的包里，阮芷音看了眼隔壁只有果盘的桌子，想着傅琛远应该也没喝酒，能送叶妍初回去。

于是她给司机发了个消息，等对方到了后，独自回了别墅。

空荡的别墅里，静悄悄的。

去浴室里洗完了澡出来，阮芷音才又想到秦湘刚刚说的，高中时看的那场电影和那个戴着帽子的男孩。

坐在床边默默思索了一会儿，她给程越霖发了一条微信。

“你高中的时候，有没有去电影院看过《南城喜事》？”

几分钟后，她收到了男人言简意赅，却看不太明白的回复。

“书房最右侧的抽屉。”

阮芷音皱了皱眉，顶着半干的头发去了书房。

她按照他的话，打开了书桌最右侧的抽屉，发现里面只有一个铁盒。

阮芷音再把铁盒打开——

里面是两张放在塑封袋里，已经有些泛黄的电影票。

五排七座，六排七座。

她无声地笑了，思绪回到那个下午。

最后一个课间的傍晚，少年也不知是从哪儿拿来了一个垃圾袋，收

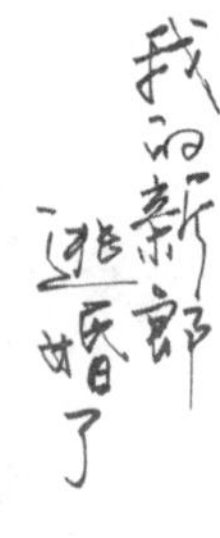

拾完桌子上的杂物后，瞥了她一眼，散漫地道："阮芷音，你这儿垃圾还挺多，扔不扔？"

阮芷音从埋头做题中抬了下头，看了眼桌上的酸奶盒和饼干包装袋，点头道："那扔吧。"

在学校时，她总觉得时间不够，偶尔不想浪费时间去食堂，就会吃些准备好的饼干和酸奶。

她刚刚吃完就又开始做题，所以那些包装还没来得及扔。

阮芷音伸手要去收拾，程越霖突然道了句："嗯，你接着做题，我来吧。"

她狐疑地看了他一眼，虽然疑惑他这没来由的"好心"，但思绪还沉浸在刚才的题里，于是收回了手，难得地道了句谢。

再后来，等发现笔盒里的电影票根不见时，阮芷音翻遍了整个书包也没有找到。

"程越霖，你看到我留的电影票根了吗？"

"没有，你搞丢了吧？"

"是吗？"阮芷音皱了下眉，"可我记得，我分明好好地放在笔盒里了。"

程越霖嗤笑了声："那不然呢？难不成还能有人偷你看过的电影票根？很值钱吗？"

对上他理直气壮的眼神和很有道理的话，阮芷音微哽："好吧。"

阮芷音从记忆中回神。

铁盒里的两张电影票虽然泛了黄，上面的褶皱却被人小心地压平整。

她静静地合上铁盒，将电影票放回抽屉里。

仿佛这样也算是看了场……他们两个人的电影。

一直到阮芷音出发去参加 CF 的新品发布活动时，她都没能等到程越霖回国。

说起来，这还是两人结婚之后第一次分开这么久。

他已经离开了半个月，即便每天都有通话，可醒来时望着床上空的位置，阮芷音仍觉得心头有些惘然。

也是奇怪，以往投入工作时，她从不会有这种强烈思念一个人的情绪。

程越霖还有一周才能回来，尽管阮芷音想要在第一时间见到他，也不能影响已经定好的出差工作。

机场的 VIP 候机室里。

康雨去了餐区吃东西，阮芷音独自坐在靠窗的沙发上，浏览着笔记本屏幕上张淳发来的文件。

按着触摸板向下滑动时，她微移手肘，一旁的钢笔不小心滚落到了脚边柔软的地毯上。

阮芷音正要弯腰去捡，熟悉的面孔出现，抢先一步将钢笔拾起，而后递给了她。

“谢谢。”她的声音不冷不热。

秦玦去美国出差比她频繁得多，阮芷音并不奇怪会在这里遇到他。

既然早已对秦玦没了感情，她也没必要如临大敌地避开他。

秦玦瞥了眼桌上的屏幕，笑着说了句：“只要是工作，你就总是这么专注。”

他的声音里带着熟稔她的意味。

阮芷音眼睫微动，随后合上了笔记本，抬眼看他，才发觉对方整个人带着陌生的疲惫感，没什么精气神。也不知道是不是因为秦志泽给他整了不少麻烦。

秦玦并不在意她的冷淡，垂下了眼眸，在旁边的单人沙发上坐下：“芷音，以前我以为自己很了解你，我们是一样的人。”

“我们不一样。”阮芷音蹙了下眉。

不管父母如何，秦玦都生活在完整的家庭中，从小接受最好的教育。在老师和长辈眼中，他甚至没有缺点。

阮芷音羡慕过这样的人生，也曾把他当成榜样，可后来不再执着，因为他们本就不一样。

“是啊，的确不一样。”秦玦的眼神稍黯，苦涩的笑意直达眼底。

她能这么果断，不留余地地抽身，比他强得多。

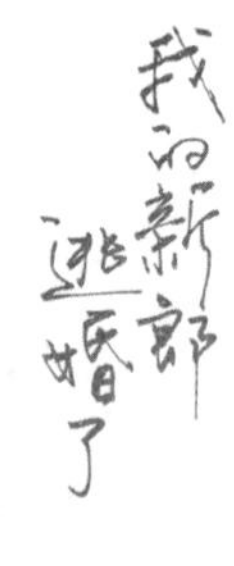

他们上次见面之后，秦玦总是会想，她究竟有没有爱过他。就像高中时所有人都认为她喜欢他，他却仍不敢确定一样。

可即便不确定，就算到了现在，他仍不想就这么失去她，尽管这似乎已经成了妄想。

他顿了顿，声线喑哑："芷音，我们还能当朋友吗？"

秦玦不奢望他能轻而易举地挽回她，可她即便不再刻意避着他，也永远这么冷淡。他一直看不到任何希望，实在让人绝望。

"不合适。"阮芷音收回视线，摇了摇头，"或者说，我不希望我丈夫有任何误会。"

最初回到阮家时，她受了不少闲言碎语，便努力学着成为秦玦这样的人，让自己融入那个陌生的圈子，得到所谓的认同。

那个时候秦玦对她不错，阮芷音是感激的，可依旧不能完全信任他，更无法敞开心扉。

不管和秦玦之间掺杂了多少阴错阳差的事，阮芷音都知道他当初并没有真的出轨。只是他有许多不能割舍的东西，需要她费力迎合，他也无法解决他们之间的各种矛盾。

阮芷音想有个家，秦玦和她相识多年，她为之努力过，可当回国面对一切时，才明白和秦玦在一起有多累。

真正抽身后，她只觉得分外轻松。

程越霖让她明白，她可以肆意地去做事，不需要迎合任何人，讨得什么所谓的认同感。

"你不必总是和我强调这一点。"秦玦哑着声音，用力握了下拳。

每当她提及别的男人，他都茫然无措，脑海中不断闪现着他们如今亲密相处的样子，心像是被刀划过，痛得鲜血淋漓。

阮芷音皱眉："秦玦，我总觉得你有自己的原则，不至于破坏别人的夫妻关系。"

秦玦笑了："芷音，你很清楚你们为什么结婚。几个月前，你们甚至还不如没感情的陌生人，你真的觉得自己爱他吗？"

"不管因为什么结婚，结果都比过程更重要。"

该说的话都已经说完，阮芷音没兴趣再和秦玦解释什么。

"可是芷音，我放不下，我爱你不会比他少。"秦玦的声音中透着压抑的自嘲之意，“或者你能不能教教我，该怎样干脆地放下这一切？”

他小心翼翼地去看她，却只能看到那双平静无波的眼眸。

再开口时，阮芷音冷了声音：“秦玦，那不是我的义务。我们互不亏欠，好聚好散，别让自己这么狼狈。”

飞了十多个小时，飞机终于抵达纽约。

阮芷音登机时是白天，落地时又是白天。

虽然因为时差有些疲惫，但到了酒店后，她还是先问过了张淳那边的情况。

“张总监说和 CF 初期的商谈还算顺利，就技术层面来说，Robert 先生对南茵的酶切技术很感兴趣。只是……中村生物给了更低的报价。”

康雨迟疑着说完，才去看阮芷音的表情。

中村生物最近丢了好几家二线品牌的订单，眼下自然更不想失去同 CF 的合作。对方和 CF 合作多年，现在给出更低的报价，显然比起南茵更有优势。

张淳和 CF 那边的商谈已经过半，如果南茵选择降价，的确能更有机会，却也会被拉到和中村生物的价格战上。

“我们不会降价。”阮芷音沉吟片晌，又道，“你去跟张淳说，不必有负担，这次能拿下 CF 的订单固然好，但即使今年拿不到，也可以等到明年。”

要说压力，刚刚大规模投资了医疗业务的中村生物，肯定比他们的压力更大。

“那明天 CF 的新品发布活动？”

“既然受了邀请，还是得去看看，我们没有私下的动作，不代表别人没有。”阮芷音笑了下，“如果发现对方做了什么，再想办法接触也不迟。”

阮芷音好好睡了一觉调整时差。

第二天，阮芷音和康雨应邀参加 CF 在 SIMO 酒店里举办的新品发布活动。

中村生物这次派来和 CF 商谈的代表是研发副总石田。这位石田先

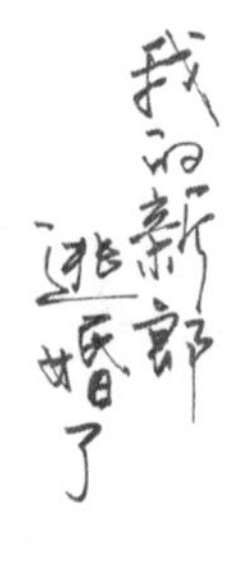

生的身份不一般，是中村生物那位董事长的女婿。

阮芷音知道，张淳在中村生物任职时和石田的接触中有过不愉快，对方既然能靠着裙带关系将张淳排挤离职，可见是个心思活络的人。

CF 那边，决定合作方的是 Robert 先生和那位刚刚空降的设计总监。既然 Robert 先生多少对南茵有了些兴趣，难保这位石田先生不会去接触那位设计总监。

果然，发布会结束后，阮芷音和康雨刚从秀场里出来，就看到那位石田先生拉着一位年轻男子走进了酒店的包间里。

看着男子的背影还有些熟悉，只是阮芷音想不到在哪里见过。

因为要参加活动，阮芷音踩了一整天的高跟鞋。回到酒店后，她换了衣服走进浴室里，泡了个热水澡解乏。

出来后，她刚摘下敷在脸上的面膜，就接到了一通电话。

“亲爱的，帮你约好人了，明天晚上，在我们以前常去的那家餐厅。”话筒里，是带了些口音的说中文的女声。

阮芷音听罢笑了笑：“Camille，多谢，回头——”

“打住，你总是这么客气，过去几年我吃了你多少饭，帮你个小忙还需要谢？”

Camille 算是半个华侨，父亲是日本人，母亲是中国人，却从小在美国长大。

她是阮芷音留学时的室友，也算是关系最好的同学。到美国后，离开了压抑的环境，阮芷音倒也交了不少朋友。

眼下听到对方这么说，阮芷音无奈地回了句：“好，那如果以后需要我帮忙，记得告诉我。”

“放心，我可不会客气。”对方说完，又紧跟着问道，“对了，这趟回国，你和 Brian 结婚了吗？”

阮芷音顿了下，道：“我的确结婚了，但对象不是他。”

“哇哦，OK，我了解。”女孩拖着打趣的腔调，“不过，还是祝你新婚快乐。”

Camille 在美国长大，换男友十分勤，像是完全不意外阮芷音这么快就和别人结婚的事。

阮芷音知道她的祝福是诚恳的，笑着回道：“谢谢。”

挂了电话，她吹干头发，又顺手点开微信，才发觉程越霖居然一整天都没有和她联系。

微信对话框里，还停留在两人昨天发的消息上。

“上飞机前，我在候机室碰到秦玦了。”

“嗯，知道了，回国时告诉我。”

他并没有多说其他的。

男人的态度越是平淡，阮芷音就越发觉得不对劲。

可两人出差总是要忙工作，怕打扰他，而且还隔着时差，所以尽管有些想念，阮芷音只是暗自在心里抱怨了下他不发消息的行径，终究还是没有拨电话。她发了句晚安，便躺上了床。

翌日，张淳出面和 CF 的商谈基本结束，可 CF 那边并没有直接给出答复。

和张淳开完了会，又处理完国内发来的工作，傍晚时，阮芷音去了一家距离酒店不远的餐厅。

她走到订好的桌位时，Camille 帮她约的人已经到了。

对方抬眼间，意外地张了张嘴：“原来，你就是 Alva？”

阮芷音望着眼前还算有些熟悉的面容，和对方那与以前截然不同的打扮，一时没有说话。

她没想到，CF 的这位华裔设计总监，居然就是在斐济旅游时遇到过的那个男孩。

“姐姐，该不会已经把我忘了吧？真令人伤心。”沈佑的表情似是有些失望。

“我只是，没想到你就是 CF 的那位设计总监。”阮芷音在他对面坐下，含笑颔首，“沈总监，幸会。”

“哦？看来是我瞧着太年轻了？”沈佑挑了下眉。

他这会儿穿着正经的西装，却仍然掩盖不去面上的少年感，确实比实际年龄显小。

阮芷音闻言，点了下头，算是认同了他的说法。

沈佑笑了笑：“你和 Camille 这么熟，应该知道我的事，要不再好好

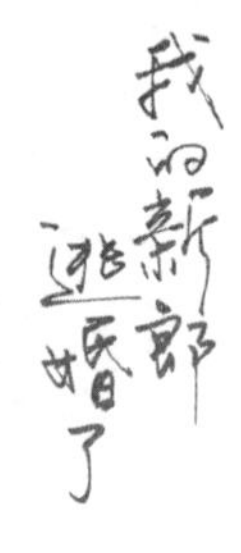

考虑考虑我？”

CF 背靠 Coter 集团，而沈佑的父亲则是 Coter 集团的董事。阮芷音也明白，这位空降的设计总监，大概很快就会升职。

Robert 先生虽然是 CF 的副总裁，又有股份，但选择合作方的事情上，沈佑说话也是有分量的。

沈佑见她没说话，又道：“你很清楚，CF 已经和中村生物合作了五年，光是这一点，就比南茵有优势。”

瞧着他好像真是在引诱她改变主意似的。

阮芷音摇了摇头，对上他的视线：“难道 Camille 没有告诉你，我是真的已经结婚了？”

霖恒一直和 Coter 集团有很稳固的合作，如果她想走后门，也该求助程越霖。只是不管是学生时代的考试还是现在的谈生意，阮芷音喜欢的都是收获的成就感。如果程越霖帮她，反倒没了意思。

“好吧，开个玩笑而已。”沈佑叹息着耸了耸肩，“我只是遗憾，和我这么有缘分的女孩竟然结婚了。”

“沈总监，既然你已经知道我的来意，那我就打开天窗说亮话。”阮芷音抿了口服务员刚递上来的水，“我昨天看到，石田先生和你私下见了面。”

沈佑看她一眼，大方地承认：“哦，他许了我一个点返利，听起来的确很诱人。”

“石田先生可真大方。”

阮芷音夸奖了一句，却没再说其他的。

气氛沉默了一会儿，沈佑笑了下：“我还以为，你会给我更高的报酬。”

“很遗憾，我做不到。”

中村生物的一体化生产线比南茵成熟，成本也更低。打价格战或是让利，都不是阮芷音想做的。

更何况，沈佑怕是也不需要这些。

“你可真有意思。”沈佑抿了下唇，总算严肃了些，“放心吧，虽然综合来看中村生物更有优势，但下一年度的合作方，CF 依旧会公正地考虑。”

阮芷音得了准话，点了点头，含笑回：“这就够了。”

南茵毕竟是家新公司，只要能公平竞争，就算最后拿不到 CF 的订单，她也谈不上特别遗憾。

从餐厅里出来，阮芷音婉拒了沈佑送她回去的请求，独自乘车回到了酒店。

刚从电梯里出来，她就看到走廊里，康雨站在她的房门前，脸色有些焦急。

“阮总，田静刚给我打了电话。”

国内现在是凌晨，如果不是特别重要的事，田静不会在这个时间联系她和康雨。

阮芷音微蹙眉心，领着康雨进了房间，然后问道：“是公司出了什么事？”

康雨面色踌躇，没有说话，而是将手机递给了她。

十分钟前，田静给她发来了一张长长的截图。至于截图的内容，则是论坛上某组的一个帖子。

发帖的人似乎经常在论坛上爆料，从截图上看，帖子的热度很高。

南茵最近势头很猛，前段时间做了不少的营销，还大手笔地请了沈影后代言，可八哥这几天了解到一点儿内幕，发现南茵背后那位女老板不简单。

R 姓女老板小时候不幸“走失”，快成年才被接回家，可惜父母去世做不了亲子鉴定，只能勉强做个亲缘鉴定。

虽说这类鉴定不太准，但老爷子找孙女的执念太深，非说这就是自己的孙女。照顾老人半辈子的女婿打着让老人开心的主意，只好接受了这个侄女。

可惜，女婿的心善给自己挖了个大坑。前不久老人去世，R 拿到大部分遗产，照顾老爷子半辈子的女婿却分文未得，还被 R 设计整进了监狱，外孙女 L 也只分到很少的遗产。

R 如果是老爷子的亲孙女也就算了，可八哥听说，R 最近冒充了上门认亲的人，说她压根不是老爷子的亲孙女。

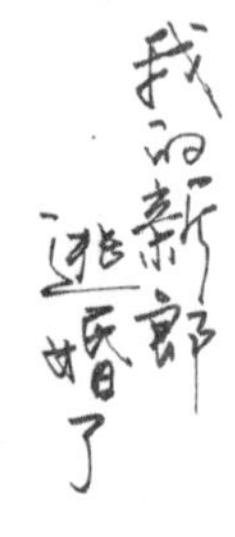

不过，不是又怎么样？遗产分完，R也不可能再吐出来。可怜L之前被R毁了名声被迫退圈，被夺了家产，父亲还因为R的设计锒铛入狱。不得不说，R做的是真绝啊。

“天哪，这是什么当代蛇蝎女？”

“呃，不是吧，我才刚为我的女神下单了南茵新出的那款混面霜粉底的原液，现在简直怕被诅咒烂脸。”

“L之前还是娱乐圈的？有没有人扒皮解码啊？”

“顶锅盖说句，我好像解码了，但是感觉另一位不可说。”

“这个帖子公关部已经在第一时间删除，可是被一些营销号搬运了，田静已经尽量压了热度，不过现在公司所有的电商平台还是开始出现恶意退单，合作商那边也有媒介来问。”

除了合作订单，南茵最近还推出了面向C端的原液产品线，沈蓉也帮忙做了宣传，前期的销量一直不错。

阮芷音将手机还给康雨，面色还算平静：“你现在去订最早的机票，后面的事交给张淳，我们先回国。”

“好的。”康雨点点头，顿了一会儿，又问了一句，“阮总，您没事吧？”

阮芷音朝她笑笑：“没事，你也忙了一天，先回去吧。”

康雨闻言，只好点了点头，转身离开了房间。

房间里静了下来。阮芷音嘴角的笑意也淡了些。

她幼时走失的事，知道的人并不多。就算圈子里有些闲言碎语，但大家看在程越霖的面子上，应该也不敢这样找她的麻烦。

秦湘之前说林菁菲和林伟见过面，想来就是在算计着这件事了。

愣怔间，手机铃声响起，她从包里取出手机，发现是季奕钧打来的。

“音音，你什么时候回国？”

这仿佛只是再平常不过的问候。

“不出意外的话，明天回去。”阮芷音说完，像是明白了什么，垂眸缓了口气，“小叔，是有什么事吗？”

电话那头沉默了五秒，而后，她听到对方轻叹了一声。

“林伟带了一个人见我。”季奕钧顿了顿，“对方说，他是你的亲叔叔。”

第二天早上，阮芷音和康雨坐上了回岚桥的飞机。

登机后，康雨侧头去看她。她依旧是面色平静的样子，仿佛并未受到什么影响。

“阮总，田静说法务部已经给几个营销号发了律师函，不过在那之前，网上相关的消息就已经被人撤掉了。”

虽然也对公司造成了些影响，但舆论没有持续发酵，他们也算是给了合作方一个交代，少了很多麻烦，后续也不难处理。

这当然是个好消息，可康雨觉得，帖子的事对阮芷音的私人影响似乎更大。

尽管阮芷音一直表现得十分冷静，康雨却察觉到她登机后便时不时地愣神。

“把平台的投诉处理完，再让公关部重新发个声明。”阮芷音说完，似是想起了什么，转头朝康雨笑了笑，“提前回来，倒是没能给你留购物的时间。”

出差前，她答应了给康雨放假，却因为提前回国没能允诺。

“没想到您还想着我。”康雨有些不好意思，“难怪就连我妈都说，我碰到了一个好老板。”

当初被迫离职，康雨有段日子很艰难，是阮芷音及时拉了她一把。对于康雨来说，阮芷音不仅仅是老板。

阮芷音闻言，似是漫不经心地问了句：“你和父母的感情很好？”

康雨微怔，点头道：“还可以。”

阮芷音浅浅一笑，垂下眼眸，没再说话。

傍晚，飞机抵达岚桥。

还未走出国外抵达的大厅，阮芷音又一次在机场迎面碰到了风尘仆仆的秦玦。

对方像是也刚刚落地，翟旭提着行李跟在他身后，看着秦玦一步步

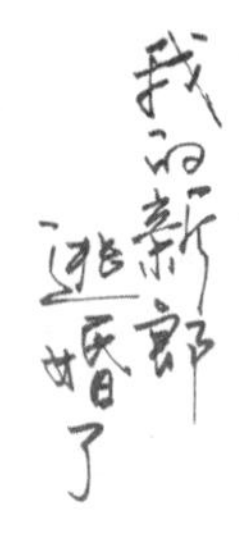

走向阮芷音。

“芷音，你还好吗？”

显然，他知道发生了什么。

阮芷音进而明白，网上那些消息也可能是被秦玦撤掉的。

思及此，她微抿下唇：“秦玦，这些事我可以自己解决，不需要你做什么。”

他略顿，放缓了声音：“我只是想帮你，别担心，如果林伟——”

他话没说完，便因为阮芷音微扬的嘴角停住。

然而紧接着，秦玦便意识到，她此时注视着的人并不是他。

阮芷音视线越过秦玦，望向了不远处穿着深灰色风衣的男人。已经半个月没见，他额前的碎发像是长了些，程越霖姿态闲散地站在那儿，朝她伸出了手。

隔着大厅里的人流，她清晰地分辨出男人的口型，他说的是：还不过来？

下一秒，阮芷音放下手边的行李，小跑着扑到了他的怀里。

“阮嘤嘤，怎么一见面就撒娇？”程越霖挑了下眉，揉揉她的头发，“好了，我们回家。”

“嗯。”她的声音很低。

只是听到他的一句话，阮芷音就觉得自己压抑了一路的情绪像是宣泄出去了一些。

随之而来的白博取过阮芷音的行李，和康雨作别。

而秦玦僵着身子站在原地，凝望着双双离去的背影，只觉得那两人之间亲密得仿佛所有人都插不进去。

这个认知，让他瞬间卸了力气。

翟旭扶住他：“老板，你没事吧？”

身为助理，他是最能够理解秦玦心情的人，也知道老板这段时间里都做了什么。

秦玦知道阮小姐想要开公司，便放了张淳离开，甚至不顾股东的反对废止了所有的保密协议。

他听说阮小姐要去嘉洪，明知秦志泽虎视眈眈地想要钻空子，仍放下了所有事情亲自赶了过去。

这次去纽约，也是因为知道 CF 要选合作商，他怕阮小姐不会接受帮助，所以亲自去见了 Robert 先生。

翟旭也能猜出，老板之前让他买的那一堆电话卡是做什么用的。可阮小姐的态度从未有过一丝一毫的松动，她说了分手后，就转身嫁了别人，没有再给老板一点儿机会。

他也曾陪着老板待在阮氏楼下等人，然后眼睁睁地看着阮小姐和别人离开。翟旭觉得，老板只能看着人家恩爱的样子，确实挺惨。可他也清楚，如果老板凑上去，恐怕只会收到更大的难堪。

要知道，阮小姐只是瞧着温柔些，实际上可不是手无缚鸡之力，上回还踹了老板一脚。

直到人影消失，秦玦才收回视线，茫然地道了句："你说，如果当初我没有回国，会不会一切都不一样？"

翟旭闻言，顿了顿，不知该怎么回答。

之前秦玦选择回国，是因为秦志泽趁秦父手术住院时越发不安分，所以方蔚兰主动要求儿子回国。

即使前几年和父母的关系有些紧张，可秦玦仍然没办法拒绝母亲在父亲生病时的请求。

然而他回国后，也不知是不是网友们太热衷于八卦新闻，秦玦和林小姐的绯闻愈演愈烈，三天两头地挂在热搜上。

秦玦向来不看这些新闻，许是觉得没什么，可不到半年，他和阮小姐的关系便分崩离析。

翟旭也不知道，如果当初老板没有回国，他和阮小姐能不能修成正果。

市中心的一处公寓里。

林伟握着手机，紧皱眉心，望向沙发上的林菁菲："怎么回事？才过去多久，网上的消息就都被撤了，阮芷音有这么大的本事？"

之前林成因为侵吞公司财产被拘留，名下所有的财产都被冻结。林伟在阮氏任职时手脚也不干净，见阮芷音真这么狠心，所以离职前不得不填上了之前的窟窿。

这段时间，林伟过得很是拮据。买通那几个营销号可是花去了他不

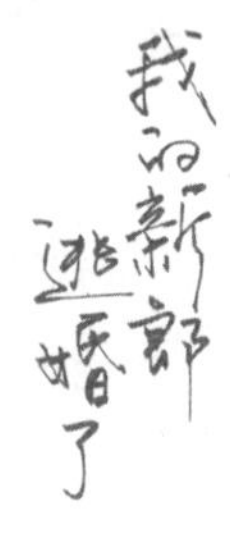

少钱，谁知转眼便被删得一干二净。

林菁菲此刻倒是面色坦然：“不奇怪，要么是秦玦删的，要么就是程越霖删的。”

又或者，两者都有。

“秦玦？他不是都快跟你订婚了，怎么还在帮她？”

林菁菲垂下眼眸，沉默片晌，轻笑了一声：“是啊，他还是在帮她。”

而后，她抬头看向林伟：“你找来的那个人，真的是阮芷音的叔叔？”

“这我怎么知道？听说叔侄就算做了鉴定也不准。”林伟抿下嘴角，又道，“不过那个前不久被抓的人贩子有口供，当初被拐的女孩有三个，阮芷音确实不一定是阮家的孙女。”

阮芷音回阮家时，阮胜文夫妻已经去世，做不了父母的亲子鉴定。爷爷和孙女的亲缘鉴定不好判断，因为她和阮爷爷的亲缘鉴定结果不算高，林成也质疑过，却被阮爷爷挡了回去，只因为陈院长那儿有阮芷音走失时的衣服，袖口上是阮奶奶缝的名字。

可按照那个人贩子供述的话，当时被拐卖的三个女孩年纪差不多，衣服也经常换着穿。所以虽然阮芷音和母亲许茴长得有几分相似，他们也不能确定她就是阮胜文夫妇的女儿。

想到这儿，林伟皱眉看向林菁菲：“搅乱了阮芷音的身份，她就会撤诉？”

林成的案子一审过后申请了上诉，可那不过是在拖延时间，结果已是板上钉钉，除非阮芷音撤诉。

这看起来似乎不太可能，可如果阮芷音根本不是阮家人，还有什么资格继承阮家的遗产，又把林成送进监狱？

这也是林伟带人找上季奕钧的原因。

林菁菲瞥了眼林伟，没有说话，因为她也不确定阮芷音会怎么做。

她只是知道，如果阮芷音不是爷爷的孙女，不管她回不回头，秦玦都彻底和阮芷音没了可能，因为秦家人绝不会同意。

阮芷音会不会放弃到手的股份，会不会对林成撤诉，在林菁菲眼中都不是最重要的。

换句话说，她也是在利用林伟。

阮芷音和程越霖回到别墅时，已经过了晚上十二点。

月影稀疏，两个人从车上下来时，微凉的空气吹散了疲惫的感觉。

程越霖帮她把行李提到房间里，下楼时，瞥见阮芷音坐在沙发上，用沉静的眼眸朝他望了过来。

“怎么了？”

“你什么时候回来的？”

他走到她的身边坐下，揽过她道：“比你早半天。”

阮芷音顿了下，低声道：“你有两天没有联系我。”

她轻柔的嗓音中，带着淡淡的埋怨。

程越霖察觉到她低落的情绪，抿下唇，轻吻上她的额头：“对不起，临时去办了些事耽搁了，以后不会了。”

阮芷音把头埋在他怀里，缄默片晌，才恋恋不舍地放开他：“那我先去洗澡了。”

“嗯。”

程越霖轻应了声，望着她走上楼的背影，极淡地蹙了下眉。

她从见到他开始，就比往常黏人。他很清楚，这不只是因为她单纯地想他。

客厅里安静下来，过了一会儿，手机铃声响起。

程越霖取过茶几上的手机，按下接通键。

“老板，许先生的航班明天就会到岚桥。”

程越霖闻言，垂下眼，揉了揉眉心：“嗯，知道了，明天你亲自去机场接人。”

“还需要通知季先生吗？”

程越霖望了眼二楼紧闭着的房间，沉默几秒后道：“先不要。”

“好的，我明白了。”

和白博交代完事情，程越霖放下手机，起身上了二楼。

推开主卧的门后，他发现室内漆黑一片。

他皱眉一瞬，环顾房间，才发现了裹着浴袍，沉默着坐在床边的阮芷音，叹了口气上前：“阮嘤嘤，你发什么呆？怎么不开灯？”

男人的嗓音突然响起，阮芷音这才从愣怔中回神，喃喃道：“哦，

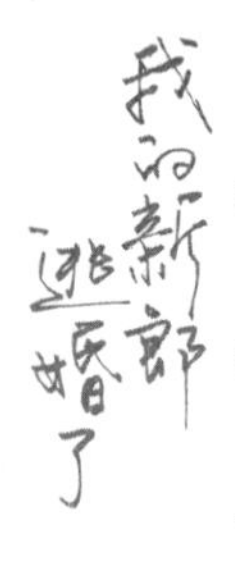

我忘了。”

其实她也不是忘了，而是洗完澡出来后又关上了灯。阮芷音总觉得，黑暗里的思绪会更清晰些。

程越霖瞧了出来，却没拆穿她，继而问道：“在想些什么？跟我说说？”

“小叔告诉你了？”

“嗯。”他没否认。

阮芷音叹了口气，伸手抱住他：“阿霖，这两天我一直在想，如果我不是爷爷的孙女，不是父母的女儿，那我是谁呢？”

这两天独处时，她觉得自己仿佛茫然迷失在一个昏暗的迷宫里，努力想要走出去，却找不到那条出路。

那天听季奕钧说完所有事，阮芷音就意识到，自己好不容易堆砌起的认知，有可能会被重新打碎。她从社会福利院里离开，好不容易接受了的身份，并不一定属于她。

程越霖摸了摸她的头，慢腾腾地道：“到了现在，你还没搞明白自己的身份？”

“你是我的妻子，是独一无二的阮嘤嘤。”男人声音微哑，继而道，“你现在有家人，也有朋友，不只有你自己一个人。

“所以，阮嘤嘤，别害怕。”

你是我的妻子，所以，别害怕。

作为他的妻子，她也不需要其他的身份。

阮芷音眼眶微红，觉得他的话像是拨开了那团困扰她许久的迷雾，道路尽头，他的身影就这么出现在她眼前，坚定地朝她伸出手。

不知为何，她分明并不伤心，眼泪却怎么也止不住，原本悬空的心似乎踏实了下来。

“阿霖，你说我现在这样，是不是有些懦弱？”她嗓音发闷，声音很轻，“其实之前在小叔和康雨面前，我还都装作很冷静的样子。”

可是她假装出来的冷静和坚强的样子到了他的面前，就像是泡沫，一触即破。

程越霖伸手抹去她的泪：“那说明，我们不一样。”

“不一样？”

“从某种程度上来说，其他人都是外人。”他漆黑的眸子在昏暗的光线中闪着微光，声音里透着认真，“这辈子，你可能要和很多人分别，只有我会陪着你，直到最后。”

阮芷音破涕为笑：“你这么说，让我想要把你藏起来了。”

话毕，她又顿了顿道：“我这样的心态，是不是不太对？”

“没什么不对，阮嘤嘤，这个世界上，你最重要。”

阮芷音愣了愣，像是有什么难言的情绪堵在了喉咙中，突然有些哽咽。

或许，她一直都期盼着能够拥有这种自私护短的爱，期盼有一个人告诉她，在这个世界上她最重要。

第二天一早，阮芷音接到了季奕钧的电话，他说林伟和林菁菲已经带人去了老宅。

阮爷爷去世后，阮芷音给了刘管家和陈妈养老钱，让两人回了老家，老宅也就这么空了下来。

时隔几个月，当她再次踏入老宅时，已经觉得有些陌生。

也对，满打满算，阮芷音只在老宅里住了不到三年。

程越霖和阮芷音走进客厅里时，季奕钧和林菁菲面对面坐着，她二叔林伟和带了个男孩的陌生中年男子坐在另一边，朝阮芷音两人望了过来。

坐在林伟身旁的人穿着褪色的灰色夹克，面容带着皱纹，历经沧桑的脸颊上染上两坨红晕。他一瞧见阮芷音，就露出了笑，声音听着很是热情：“莱莱，叔父可算是见到你了。”

对方说完，领着身边的那个小男孩走上前来：“虎子，这是你堂姐和姐夫。”

那男子本想去握阮芷音的手，却被程越霖蹙着眉侧身拦住。

明白了眼前人的身份，程越霖默不作声地审视几眼，用淡漠的眼神看向林伟：“你说这就是音音的叔叔，怎么证明？”

“她妈跟人跑了，她爹前几年在工地上干活时摔死了，程总要是有心，可以找找她那个生了孩子就跑掉的母亲。”林伟面不改色地说。

之前，林伟也想过顺势把这些消息放出去，利用舆论逼阮芷音让

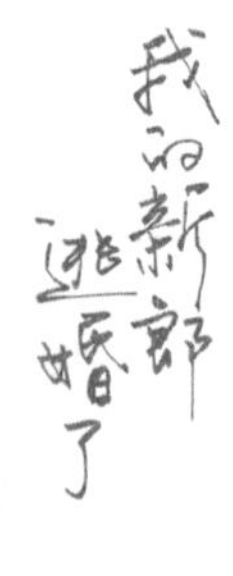

步，可惜有关于这些的内容被人删得一点儿都不剩，于是只好作罢。

阮芷音望了下眼前那个名叫杨斌的男人，缩了下指尖，没有说话。

林伟刚刚的话，到底让她的心底生了些波澜。可她不知道对方是否真的跟她有血缘关系，只觉得跟他的关系分外生疏。

程越霖垂下眼看她，顺势握了握她的手，泰然自若地在林伟对面落座，轻笑了声，不咸不淡地道："突然跑出来个人说是音音的叔叔，偏偏还没有女性长辈，做不了亲子鉴定，这会不会太巧了些？"

杨斌身边的小男孩闻言，瞥了眼阮芷音，小声嘀咕："还不是因为她这个小贱人，克死了自己的亲爹。"

话音未落，砰的一声响起——

茶桌上的透明玻璃杯擦着男孩的眼角划过，砸在了他身后的墙上，爆发出巨大的声响，瞬间杯身碎落一地。

男孩吓得浑身一激灵，对上程越霖带着阴鸷戾气的眼眸，腿一软，跌坐在了地上，失声哭了起来。

他爸只说认回这个克死大伯的堂姐就能有钱买房子，没说这个堂姐夫看起来会这么不好惹啊。

杨斌也被吓了一跳，用手指着程越霖，话都说不利索："你你你，你干什么？！"

方才那杯子如果砸在儿子的头上，铁定得砸出个窟窿。

"畜生要是学不会说人话，我可以好好教教你。"程越霖眼神暴戾，声音冷得像是掺了冰，"现在，滚出去。"

杨斌看了眼林伟，对方到底顾忌着程越霖的身份，皱眉冷着脸朝二人摆了摆手："行了，你们先走吧。"

杨斌哪里是真想要找丢了多年的侄女，不过是见有利可图才会过来。眼下见林伟的态度，也明白对方不好惹，他只得先拉起地上号哭的儿子，走了出去。

"阿霖，我没事。"阮芷音叹了口气，扶上程越霖的胳膊，顿了顿，轻声道，"你现在这么凶，我都有点儿害怕了。"

他总是散漫随意的，她还从未见过程越霖这么生气的样子。

被她静静地盯着，他逐渐缓和了脸色。

阮芷音这才瞧向林伟："既然你质疑我的身份，找两个人来恐怕还不够，总要有些其他的证据。”

林伟闻言，笑了笑，像是早有准备，从公文包里掏出一份资料递给她：“这是那个人贩子的供词，至少能够证明你很可能不是老爷子的孙女。”

阮芷音伸手接过，看清资料上人贩子的照片时，轻蹙秀眉，平静的神情微变。

只因照片上的这个人，左下巴处有道一寸长的疤。

别人或许不知道，可在她那个日复一日的梦里，把她塞进后备厢里的男人面容模糊，唯有下巴上的那道疤隐约可见。

根据人贩子的供词，那身孩子的衣物并不能证明什么，当初被拐的三个女孩都有可能是阮家的小姐。

“费尽心思找了这些，也是难为你了。”合上资料，阮芷音垂下凤眸，浅笑道，“所以，你们究竟想要什么？”

林伟也没绕弯子，进而道：“阮芷音，如果你根本就不是阮家人，大哥的案子，你总得撤诉。”

“撤诉？”阮芷音轻挑眉尾，平静地看他，“还有呢？”

“你不过是在阮家住了两三年，阮家白养了你，又送你出国读书，你也算是鸡犬升天了。”林伟说到这儿，意有所指地看了眼程越霖，“但凡你有一点儿感恩，就该明白，老爷子的财产你根本没资格继承。就算不归大哥，也该是菁菲的。”

他的言下之意，就是阮芷音靠因缘际遇嫁给程越霖，已是沾了阮家很大的光。而没有血缘关系的她，即便有遗嘱在前，也不该侵吞阮老爷子的遗产。林成挪用阮氏的财产，更是阮家内部的事，她同样没有资格插手。

毕竟，阮家对她已算是仁至义尽。

不得不说，林伟或者是林菁菲，的确很了解阮芷音的性子。

在这种情况下，她还真没办法心安理得地留着股份。

林伟说完，程越霖云淡风轻地抬了抬眼：“你想让她把股份还回去？”

林伟顿了下，声音倒是很有底气：“程总，就算她现在是你太太，我也没有把老爷子的财产交给一个假孙女的道理。”

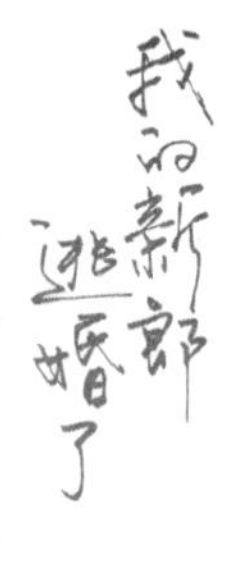

对方说完，又看了眼一直沉默不语的季奕钧，继而瞥了眼没有回应的阮芷音。

实话说，阮芷音并不在乎阮氏属于谁，不然她也不会把公司交给季奕钧打理。从她将南茵独立运作起，阮氏的股份对她来说意义已经不大了。

只是这也不代表她愿意把股份交给林家人。

程越霖闲散地向后一靠：“你是不是忘了一件事？”

他略顿，慢条斯理地理了下衣襟：“阮氏的股份是我们的夫妻共同财产。就算音音同意放弃，也得先问过我。”

林伟微哽：“程总，我想您总不至于在乎这点儿股份。”

“哦？谁说的？”程越霖扬下眉梢，拖着惯有的腔调，“你怕是不太了解我，我这个人呢，可不会嫌钱多。”

林伟：“……”

他显然没有想到程越霖能说出这么不要脸的话，下意识地看了眼林菁菲，可她没有理会林伟的视线。

即便她不喜欢阮芷音，可既然目的已经达成，也同样不会为林家那群人讨什么利益。

缄默许久，坐在对面的季奕钧沉声开口：“够了，林伟，仅仅是这些证据，同样没法证明音音不是胜文哥的女儿。林成入狱是罪有应得，阮家的事还轮不到你插手。”

言毕，他望了眼在场的众人，缓了缓语气：“剩下的事我会去查，今天就先这样，都回吧。”

林菁菲回到秦家时，客厅里亮着灯。

秦玦沉默地坐在沙发上，似是在等她。

“你拉着季奕钧出面，是想要逼芷音交出股份？”男人的声音透着明显的不悦。

所有人都知道，如果不能确定阮芷音的身份，季奕钧的立场是最为难的。

不管怎么说，他都无法对阮胜文可能还流落在外的亲生女儿置之不理。

“我逼她？”林菁菲讥笑出声，双目盈盈地望向他，“如果阮芷音不是爷爷的孙女，你也要偏袒她吗？”

说到底，阮芷音只在阮家住了三年。如果她真的不是阮胜文的女儿，那些股份本就不该是她的。

林菁菲确实不甘心，自己陪了爷爷这么多年，可阮芷音出现后，爷爷却因心疼她曾走失多年而处处偏袒她。直到现在，她都无法摆脱阮芷音的存在。

秦玦微蹙眉峰，眼神平静地望向她：“如果你能放弃追究，我可以送你出国，想必林家人也不会再来找你。”

“出国？”林菁菲紧咬着唇，忍不住质问，“怎么，即使那本就不是她的东西，你也要让我拱手相让吗？”

秦玦让她出国，就意味着他从未想过和她订婚，哪怕阮芷音早已和别人在一起。

那么她做的这些，还有什么意义？

她费尽心机拆散了他和阮芷音，为了绑住他做了这么多，最后却是声名尽毁，公司那里也早已焦头烂额。

秦玦抬眼看她，声音里听不出任何情绪：“我只是在让你选择，你也不必现在回答。”

如果林菁菲答应，看在阮奶奶的分儿上，他不会再多做什么。这是他最后的仁慈。

如果她拒绝……

秦玦垂了眼，静默不语，转身上了楼。

房间里，秦湘洗完澡出来。

刚刚点开微信，她就瞧见了某个女士群里面乌烟瘴气的消息。

谢雅：“姐妹们，听说了吗？阮芷音可能不是阮家的孩子。”

范依依：“就算不是，现在也已经继承股份嫁给程越霖了，谁不说她一句好福气？”

宣韵：“啧，风水轮流转，当初林菁菲风风光光，眼睛长在头顶上成天被人巴结，现在亲爹入狱，订婚宴也一直拖着，不知道秦少爷怎么想的？”

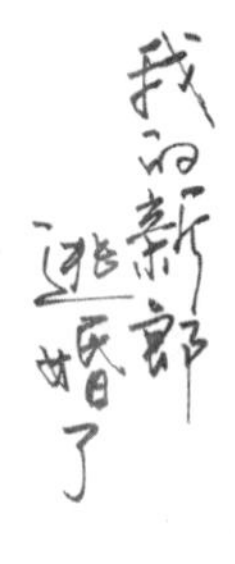

范依依："秦少爷不是还惦念前未婚妻吧？阮芷音要不是阮家人，真清高地还了股份，她跟程越霖的婚姻还能撑下去吗？"

谢雅："怎么着，阮芷音还没让位呢，你就瞄上位置了？"

范依依："得了吧，别光说我，这种没婆婆又有钱的老公，你就没有一点儿动心？"

这是个经常约局玩乐的女士群，里面的人也不算多，只有十来个。

圈里的女士也分层级，并不是所有人都有事业心，大多只是镀金后挂个设计师名头啃老，等着家里安排联姻。

像阮芷音这种家世好又会念书，被长辈交口称赞的人，也混不到只顾吃喝玩乐的圈子里。

毕竟是连苛刻的方蔚兰都挑不出错的儿媳，在女士圈里，阮芷音就是别人家的孩子。

秦湘看完这长长的一串消息，气得鼓起了腮，皱眉打字——

"人家夫妻感情好得很，用得着你们这群妖魔鬼怪操心？"

发完这句话，秦湘直接退了微信群。

想了想，还是气不过，她又把刚刚的截图转发给了钱梵，还贴心地标上了每个人的身份。

钱梵知道了，程越霖应该也会知道。不想芷音姐因为这些人而觉得糟心，所以背后告状什么的，难道她还能不会吗？

做完这一切，秦湘打开和阮芷音的对话框。

"芷音姐，林菁菲那个小贱人是不是去见你了？！我早就觉得她不对劲，果然又作妖了！你没事吧？"

从老宅出来后，阮芷音和程越霖坐上了停在门口的车。

刚上车没多久，她就收到了秦湘的这条消息，很快回了句："湘湘，我没什么事，不用担心。"

见过杨斌父子后，阮芷音大概也明白了对方为什么会来找一个被拐二十多年的"侄女"。

看清了对方的打算，阮芷音倒松了口气。这样的人，就算真的和她有血缘关系，她也不可能让对方扒着吸血。

没有感情，她便不必在意。

不论林伟如何攻讦，林成那边她都不会撤诉。

至于阮氏的股份，对她来说意义已经不大，可就算要还，她也只会给季奕钧。

所谓的生活，当年她便是与之格格不入。如果能从所有事中抽身，她或许会更自在些。

放下手机，阮芷音望了眼车窗外，才发现这不是回家的路，扭头问了句："这是去哪儿？"

程越霖侧目看她："带你去见个人。"

"什么人？"阮芷音目露疑惑之色。

男人笑了笑："见了你就知道了。"

阮芷音皱了下眉。

半小时后，车子停在市中心一家环境幽静的私人会馆前。

阮芷音跟着程越霖下车，会馆的服务员引着他们走过漫长的走廊后，帮忙推开了包间的门。

安静的包间里，面色肃穆的男人轮廓硬朗，穿着笔挺得体的西装静坐在那儿，散发着成熟稳健的气势。

他的眼尾有淡淡的纹路，可单看模样，应当不过三十多岁。

看见他们后，对方侧首望来，灼灼的视线久久停留在阮芷音的脸上，片晌后道了句："你就是音音？倒是和你外婆年轻时很像。"

阮芷音略有错愕："您是……？"

许苏望向默然站在一旁的程越霖，轻扬唇角："我应该……是你的舅舅。"

程越霖牵着微怔的阮芷音坐下，轻声道："辛苦您还亲自跑了一趟。"

"没事，早该回来一趟的。"

许苏说完，将放在桌面上的东西递给阮芷音。

看清上面的字时，她的面色怔然。

"你早产一个多月，是在北遥出生的。这个东西，还是我建议你母亲存的，后来——"许苏停了一会儿，很轻地叹了口气，"一直没有用上。"

直到许苏离开，阮芷音依然有些恍惚，望着桌上的文件，默不作声。

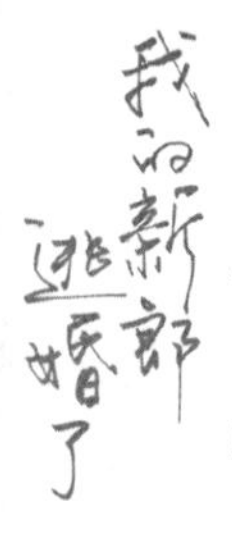

程越霖安抚地拍了拍她的头："这件事季奕钧还不知道，要不要做，你来决定。"

阮芷音闻言，愣怔着回神，转头看他："你之前那两天没有联系我，就是因为去见了……许先生？"

她其实还不知道该怎么称呼许苏。

程越霖轻点下头："嗯。"

刚从白博口中得知林家人的打算时，他便特意转机去见了许苏。

许苏是外交官，一直待在国外。他孑然一身，没有结婚，任期满后也由于某些原因没有选择回国。

程越霖回国前，连飞了两趟十多个小时的航班，这才会没有时间和她联系。

见她盯着自己发呆，他揉了下她的脑袋："怎么了？"

"就是突然想明白了一些事。"

"什么事？"

"阿霖，小叔会对我好，大概是因为我是父亲的女儿，是爷爷的孙女。"阮芷音轻扯下嘴角，"许先生对我亲切的前提，应该也是因为血缘。"

"人们都说血缘是最坚固的联系，可对我来说，用血缘绑定的爱好像也没那么坚固。这么想想，结果好像也没什么重要的了。"

程越霖低垂眼看她："你是不想做了？"

"我还没想好。"阮芷音摇摇头，又揉下发疼的太阳穴，突然道，"阿霖，这里好像离A大不远，我们去操场上走走吧。"

以往上学时，每当她有什么想不通或纠结的事情，就会一个人围着操场散步，一圈又一圈。

仿佛脚下的路顺了，她的思绪也就跟着顺了。

为了装成学校里的学生，两人走进A大之前先去商场里买了两套运动装换上了身。

不知是不是因为临近期末，操场上的人不算多。大部分是备训的体育生，偶尔可见一两对小情侣。

阮芷音在A大读书的那一年多选择了住校，每逢期末，也会去图书馆抢座位。

想到这儿，她忍不住朝程越霖抱怨："你还记不记得，那时你总是剥削我帮你在图书馆占座？"

"占个座就算剥削了？"他声音悠闲，耷拉着眼睑看她。

大学那会儿，秦玦作死和林菁菲"谈恋爱"，他好不容易等到她弃掉秦玦，想着总算有机会了，结果她去图书馆却是谋划着出国交换深造，真的是脚步一刻不停。

合着他让她占个座，都成剥削了？

"怎么不算？高中时每次运动会，你也逼我拿水在那儿等你。"

程越霖运动神经是真的好，高考时还因此拿了个加分。

高中时，文一班大多是女生，男生中也很少有运动不错的，所以每逢岚中举办运动会，他参加的项目是最多的。

阮芷音至今还记得，有回他跑完两百米，越过那些上前送水的女生，走过来拧着眉问她："阮嘤嘤，你不是负责后勤吗？我的水呢？"

"苏亦旋没有发给你吗？"

发给运动员的饮料都是有定数的。那天路上堵车，阮芷音迟来了一会儿，就先托苏亦旋把饮料发给运动员了。

可少年听到她的话，却悠然回道："没有。"

阮芷音望着空空如也的饮料纸箱，皱了下眉："可我这里也没有了。"

"不还有一瓶吗？"

程越霖将视线落在她身旁的矿泉水上，顺势拿了起来。

"这瓶水我已经——"她已经喝过了。

最后几个字她还没说出口，他已经渴到把那瓶水给喝光了，然后扭过头看她："你说什么？"

"没什么。"阮芷音抿了下唇。

他喝都喝了，这时候她再说出来，反而更加尴尬。

再后来，他参加完项目后总是拿不到班里派发的饮料，便强行要求负责后勤的阮芷音亲自给他留水。

脑中的画面流转，阮芷音绕着A大的操场走完一圈，望着不远处慢跑完朝她走来的高大身影，笑着将手里握着的饮料递给他。

男人接过饮料一饮而尽，又顺手一抛，空掉的塑料瓶划出一个完美的弧度，就这么跃进了垃圾桶里。

他转过头看她，迎着傍晚的微风，依稀和十七岁时意气风发的少年重合。夕阳的余晖下，是染了鲜艳的霞光、让人怦然心动的俊朗面容。

不顾周围人的目光，阮芷音抱住他。

程越霖低头揽住她，散漫地道："这会儿又是在撒什么娇？"

"阿霖，我好爱你啊。"

她好爱这个坚定地给了她一切，能够让她抛掉所有不安的他。

翌日，当林伟和林菁菲走进阮家老宅时，两人才发现客厅的沙发上还坐着一个不太熟悉的身影。

那人正是许苏。

他当了快二十年的外交官，许苏沉稳内敛的气质自然和普通人不同。

林伟暗自揣测着许苏的身份，又看向坐在上首的季奕钧，问道："这位是……？"

"音音的舅舅。"

"舅舅？"林伟皱了下眉。

可他进而想到，只要不是同性的长辈，都无法和阮芷音做准确的亲缘鉴定。也是可惜，阮芷音只有舅舅，却没有姨妈。

思及此，林伟笑了笑："许先生今天过来，是做什么？"

许家只是普通人家，林伟隐约知道许茴有个一直驻外不愿回国的弟弟，却没有见过。

他没想到许苏竟然来了这儿。

"大嫂在音音出生时，存了脐带血，我也是今天才知道。"

季奕钧说完，将桌上的报告单推给林伟："鉴定结果在这儿。"

而后，他望向一直安静地跟在林伟身后的林菁菲，言语间带了几分失望之情。

"菁菲，这场闹剧该结束了。"

林菁菲听出季奕钧话中的警告之意，望着桌上的报告单，捏紧了手，没有说话。

她很清楚，这个时候再做什么，都会惹得季奕钧反感。

“这怎么可能？！”林伟拿过那份鉴定报告，看完后又睁大了眼睛瞧向许苏，“你和他们是一伙的！”

他从未听说过，许茴居然给阮芷音存了份脐带血。

许苏闻言，抬了下眉：“林先生这话可真是莫名其妙，我这个舅舅，难道还会偏袒一个假的外甥女？”

身为亲舅舅的他，如果不能确定阮芷音的身份，便完全没有偏袒对方的立场。

阮胜文和许茴的女儿三岁时走丢，这份脐带血却是在孩子出生时存下的。

所以说，这份鉴定报告已经足以证明阮芷音的身份。

“你——”

林伟本想说，许苏这么多年没回国，怎么会在这个节骨眼上回来？可他话没说完，便被阮芷音冷声打断。

“林伟，不用再攀咬别人，你以为你和杨斌的接触，就瞒得过其他人？”

此话一出，林伟倏然怔住，眼神飘忽，像是有些心虚。

林菁菲将这一切收入眼中，皱了下眉。尽管她不甘心，但事已至此，林伟也已经翻不了盘。

她对上阮芷音的视线，眼底的情绪复杂，扯了下嘴角，一字一句地道：“阮芷音，你又赢了。”

在阮芷音面前，不管是成绩还是感情，她都没有赢过。哪怕是前十六年有令人艳羡的顺遂生活，但她走到现在，也已是一无所有。

她不知道要怎样才能将阮芷音的影子从自己的人生中剔除出去。

“林菁菲，我早就说过，你想做什么都与我无关。所以，不要再招惹到我头上。”

“与你无关？”林菁菲瞬间拧紧眉心，语含愤恨之意，“你毁了我的一切，怎么还能轻飘飘地说与你无关？”

如果阮芷音没有回来，她不会失去爷爷的疼爱，也会顺理成章地和秦玦订婚，根本不会变成现在这个样子。

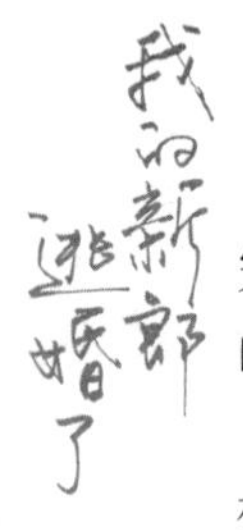

“该是你的，谁都抢不走，但并不是所有东西都属于你。”阮芷音说完，不再理会林菁菲，继而看向林伟：“你之前找营销号诽谤我及公司的名誉，我已经报了案，警察应该很快就会找上你。”

林伟闻言，陡然想起上次在阮氏被阮芷音报警拘留的那几天，立刻变了脸色，谄笑道：“这……一切都是误会，我这么做，也是怕身份上出了什么岔子。”

言毕，见阮芷音的表情并未松动，他又看向林菁菲：“菁菲，快帮二叔劝劝你表姐。”

然而林菁菲侧过身，直接避开了林伟伸来的手。

“我帮不了你。”她的态度很是疏离。

“林菁菲，你什么意思？”

“意思是，我不会帮你。”

林伟没想到她会翻脸不认人，情急之下，气得面红耳赤，竟上前给了林菁菲一巴掌。

他被季奕钧起身拦住后，还手指着林菁菲，嘴里骂骂咧咧道：“白眼狼！我可是你的亲叔叔！你也不想想，我这么做是为了谁？”

林伟这一巴掌力气颇大，尽管已被季奕钧拦住，林菁菲也被他扇得倒在了沙发上。

她捂着侧脸，咬了下唇，抬眸看向林伟：“二叔，我可没让你做什么。你自己犯了错，总该担上惩罚。”

这件事从头到尾都是林伟做的，和她无关。

林菁菲很清楚，林伟不过是想借她出面找上季奕钧，如果能从阮芷音手中拿回股份，再从她身上捞好处。

她怎么可能真让自己惹一身臊？

即便她没能影响阮芷音，可至少林伟以后再也不会来找她了。

第十三章

你最重要

关于阮芷音身份的事情告一段落，林伟因为涉嫌诽谤，随即被警方拘留。杨斌父子不死心，也曾试图找上阮芷音，却被她直接报警处理，吃了两回亏后，不得不放弃。

因为私事，回国后，阮芷音有半个多星期没去公司。重新上班的第一天，她总算从康雨那儿得到了一个好消息。

“阮总，张总监说，CF 最终决定由南茵和中村生物共同供货不同的产品线。”

虽然南茵没有拿到 CF 的独家供应，但这样的结果对南茵来说绝对可以接受。

阮芷音自然感到欣慰，接过康雨递来的授权书，笑着回：“这段时间辛苦张淳了，告诉他，放他十天假，不用急着回国。”

“那可真是不巧，张总监不回国恐怕不行了。”

瞥见阮芷音疑惑的眼神，康雨继续道：“鲁俊说，张总监的太太怀孕了。”

张淳是阮芷音的老同事，他的太太栗苏也和她关系不错。当初她能把张淳挖过来，栗苏功不可没。

“他倒是双喜临门。”阮芷音摇头失笑，“那你去帮我准备些孕妇需要的东西，寄给栗苏。”

康雨笑着应下：“好的。”

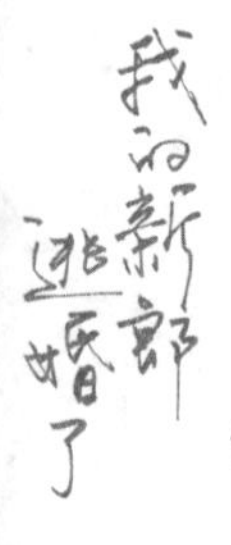

下班回到家，阮芷音收到了秦湘发来的微信。

“芷音姐，这周末是爷爷的寿宴，你要来吗？虽然爷爷让我来问你，但我看爷爷那个意思，好像还要宣布我哥订婚的事。”

阮芷音望着这条微信，思虑许久，直接截了个图，发给了加班未回的程越霖。

男人很快回复一个问号过来。

阮芷音：“你说，要去吗？”

等了十几秒都没见程越霖回复，她又补充了一句：“其实，秦爷爷对我还算照拂。”

虽然这份照拂是因为她是爷爷的孙女，但对方是个和善的长辈。老人家让秦湘问她，阮芷音确实不太好拒绝。

当然，就算是去，她也不会自己去。

十分钟后，阮芷音总算收到他的消息——

“嗯，那就去吧。”

后面还跟着一句：“晚上想吃红焖酱牛肉。”

阮芷音笑了，已经可以想象到男人那“勉强同意”，拨冗出席的神态。

霖恒大厦，总裁办公室。

钱梵刚和程越霖谈完和Coter集团下一轮的合作，白博便敲门走了进来。

“什么事？”

“老板，给秦老先生的贺寿礼物，要不要先问过太太？”

程越霖倒不在意这种小事，只随意点头：“嗯，你买之前问问她。”

白博得了话，很快转身离开。

正摆弄着咖啡机的钱梵闻言，眼含讶异之色地转过头：“霖哥，你也要去参加秦老爷子的寿宴啊？”

程越霖轻蹙眉峰：“怎么，我不能参加？”

“也不是。”钱梵撇了下嘴，继而委婉地开口，“那不是得碰见秦玦吗？”

“陈年老调。”程越霖淡笑一声，慢条斯理地将手中的文件放进抽屉里，懒洋洋地道，“我还需要考虑他？”

钱梵对上他这胸有成竹的语气，忍不住吐槽：“呵，也不知道当年天天看秦玦不顺眼的人是谁？”

“哦，那是他长得丑。”

男人的声音云淡风轻。

钱梵：“……”

秦玦那个长相，怎么都和丑不搭边吧？

他见过情人眼里出西施的，还没见过情敌眼中出丑八怪的。

不得不说，还是霖哥厉害。

钱梵放弃了和程越霖理论的打算，走过来，将手里刚刚沏好的一杯咖啡递给他。

“不喝，戒了。”程越霖又将面前的咖啡推给他。

“咖啡有什么好戒的？”钱梵说完，瞟了眼男人桌上的那杯绿茶，皱眉道，“你最近怎么回事啊，还养起生来了？”

程越霖瞥他一眼，轻扬眉梢：“结了婚，就得长命百岁，你不懂。”

钱梵：“……”

行吧，他的确不懂。

钱梵喝了口咖啡，在办公桌前坐下，也换了个话题：“霖哥，秦志泽最近心大了，居然还想找你。你去参加宴会时可别让嫂子看出什么，跟你闹脾气。”

“用不着你教。”程越霖掀了下眼皮，见钱梵欲言又止，便问道，“想说什么？”

“其实吧，有件事我一直想问。”钱梵顺势放下手中的咖啡杯，语含试探之意，“霖哥，当初秦玦之所以突然回国，是不是你利用了秦志泽？”

想当初，秦玦在国外待得好好的，不仅是 T&D 成功上市，还逐渐收拢了秦氏的海外业务，根本没必要回国。

要不是秦志泽把秦玦的父亲气进了医院里，方蔚兰不得已亲自给儿子打了电话，秦玦还指不定啥时候回来呢。

在不知道程越霖的心思前，钱梵自然觉得他和秦志泽有些接触算

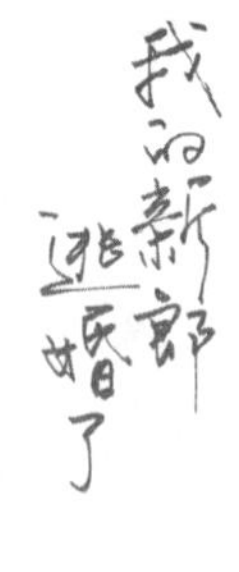

不得什么。可钱梵现在想想，好像打从一开始，他就给秦玦挖了个大坑啊。

瞧瞧，秦玦回国才几个月，就被嫂子给甩了。

要说这里边没有程越霖的手笔，钱梵可不相信，就是不知道嫂子有没有发现。

程越霖哂笑一声，继而垂下眼眸，只身走到落地窗前，缄默片晌后，才道了句："把你的嘴给我捂严实点儿。"

"我的嘴什么时候——？"钱梵下意识地想辩解，可对上男人淡淡望来的视线，又噎了回去，"放心吧霖哥，这回我肯定不露馅。"

没看出来，这人还真是个老狐狸，上位的手段如此高超，他可不想被针对。

时间眨眼到了周末，阮芷音和程越霖去参加秦家的寿宴。

"秦爷爷，祝您长寿安康。"

阮芷音端着客套的礼貌，将礼物递到秦老爷子手中，没有理会另一旁方蔚兰略显冷淡的视线。

程越霖站在她身旁，亦颔首道："秦老，祝您寿考绵鸿。"

年过七十，秦老爷子依旧精神矍铄，眯起眼睛静静端详着面前的两人。少顷，声音里带着沙哑，他含笑望向阮芷音，叹口气道："不错，你爷爷也该放心了。"

阮芷音莞尔一笑，算是应下。

对方能这么说，便是已然将那场不算愉快的婚礼翻篇了。

林菁菲站在二楼的栏杆处，默默地望着楼下的这一幕，进而想到林伟被拘留后，二婶走投无路找上她时抱怨的那番话——

"当初也就是林哲犯了㞞，要是拍好照片，这丫头现在能这么嘚瑟？还不是任人拿捏？"

刚来阮家时，阮芷音不过是个乖顺不起眼的小姑娘。便是林成，都没有将其放在眼里。

现在他们后悔，又有什么用？

阮芷音早就不是那个因为格格不入的打扮被人冷嘲热讽的女孩，哪怕和秦玦分手，也总有这么好的运气，能被程越霖捧着宠着。

至于自己——

林菁菲知道秦老爷子准备在今天的寿宴后，宣布她和秦玦订婚的事。可她也清楚，秦玦不可能同意。如果秦玦当场拒婚，她便彻底成了笑柄。

思及此，她垂下眼眸，拦住了路过的用人，柔声道："我看玦哥刚喝了不少酒，去给他送杯蜂蜜水吧。"

方蔚兰和秦玦都有喝蜂蜜水的习惯，所以在用人看来，她这句话倒也不算突兀。

同秦老爷子打过招呼，程越霖就被突然凑上来的严明锋拦住说起了话。

阮芷音环顾四周，总算看到了独自坐在角落的顾琳琅，只身走到了好友面前。

"琳琅，你不舒服？"

走近后，阮芷音才发现顾琳琅的脸色有些疲惫。她知道顾琳琅刚从国外回来，两人已经有段时间没见面了。

顾琳琅向来是神采飞扬的神态，很少有显出疲惫的时候。

阮芷音还想再问，可顾琳琅已经朝她摆了手："没什么，就是最近工作忙得连轴转，太累了。"

话音落地，顾琳琅看向正被严明锋拦着说话的程越霖："没想到，程越霖还能陪你来秦家。"

阮芷音婚后就不常参加宴会了，再加上之前又闹出那样的事，所以关心他们夫妻关系的人可不少。

可今天这种场合，方才两人亲密无间的模样，已经劝退了所有暗怀心思的人。

"我也没想到。"阮芷音闻言笑了笑。

她没想到他这回能这么大方，只是不知道是不是又是佯装的。

两人说话间，一个穿着红色礼裙的女子走了过来，语气颇为热情："芷音，好久不见，你这大半年都不来参加宴会，可真成大忙人了。"

阮芷音向来不喜欢这种虚与委蛇的场合，过去还会因为方蔚兰的要求应付一下，结婚后却没了必要，宴会能推则推。

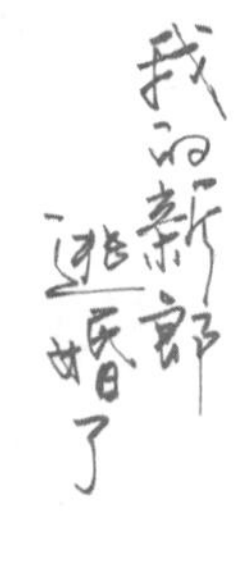

阮芷音认出眼前的是谢家的小姐，点下头，轻声道："确实有些忙。"

谢雅察觉出她礼貌的疏离，却并不在意。

林伟被抓的消息传出后，阮芷音身份的风波告一段落，谢雅前不久被家里警告过，也不是没眼色的。

再怎么着，阮芷音现在也得罪不了。

何况，程越霖能够陪对方来参加秦家的寿宴，态度已经摆得很明确了。

谢雅在阮芷音身旁坐下，视线一转，指了指站在严明锋身旁的女伴："要我说，你总得提防着点儿，我可是见过方梓烟进程越霖的房间。"

方梓烟，就是今天陪严明锋过来的女伴。对方是个有些名气的女明星，阮芷音是听说过的。

只是谢雅的这番提醒，她还是第一回听说。

阮芷音将视线落在严明锋旁边的性感背影上，极淡地蹙了下眉。

宴会厅边，秦玦望着不远处的阮芷音，竭力克制着想要去同她讲些话的冲动。

身处这种场合中，再加上她现在的身份，他如果做些什么，只会让她遭受流言蜚语。

"少爷，厨房刚熬了蜂蜜水，夫人让我给您送一杯。"

"嗯。"秦玦闻言，收回了视线，点头接过用人端过来的那杯蜂蜜水。

他却没急着喝，而是垂下眼眸，出了一会儿神。

刚走过来的蒋安政见他静默不语，喊了声："阿玦？"

秦志泽之前借秦氏娱乐这半年的亏损，伺机将秦氏娱乐清算出售，他现在已经不是秦氏娱乐的总经理，回了蒋家的公司。

蒋安政知道秦玦因他过去偏袒林菁菲的事和他起了嫌隙，这段时间待他都有些冷漠，可他也做不了什么。

秦玦抬眸看他，漆黑的眼底尽是深沉，过了一会儿，笑着说了句："不太想喝甜的，你帮我喝吧。"

程越霖放下手中的杯盏时，余光瞥到了正朝他走过来的秦志泽。

他不动声色地敛容，没了和严明锋继续绕圈子的想法，转而道："严总大可放心，霖恒对云江那块地没兴趣。不好意思，今天是陪太太来的，先失陪了。"

言毕，他颔首作别，走向了另一边正和顾琳琅说话的阮芷音。

先前给秦志泽指路，不过是想给秦玦使些绊子，他可没兴趣在众人面前和秦志泽有什么交集。

正如钱梵所说，有些事情，他还不能让她知道。

程越霖走到她们那边时，谢雅已经不在了。

顾琳琅瞥见程越霖，含笑打了个招呼，便识趣地起身走开。

程越霖长身鹤立地站在那儿，垂眸望了眼脸颊隐约泛红的阮芷音，开口道："喝酒了？"

"刚和琳琅聊天喝了一点儿。"阮芷音仰着头，笑着看他。

程越霖无奈地扶起她，叹口气问："那回家吧？"

"好。"阮芷音轻点下头。

两人正要去同被簇拥着的秦老爷子作别，却远远望见用人走到老爷子身边说了些什么。

年迈沧桑的老人脸色微变，被一旁的秦玦扶着站了起来。

疑惑间，包里的手机振动了两下，阮芷音取出手机，发现是秦湘的微信——

"芷音姐，你上楼找我一趟。"

今天的宴会，秦湘怕方蔚兰趁着这种场合给她介绍"英年才俊"，一直躲在楼上的房间里没下来。

于是阮芷音转头看向程越霖："你再等我一会儿，我去跟湘湘说两句话。"

"我陪你上去，在楼梯口等你。"

他倒不是不相信她，只是秦玦才刚扶着秦老爷子上楼，谁知道会不会是对方使的招数。

阮芷音想了想，点头应下。

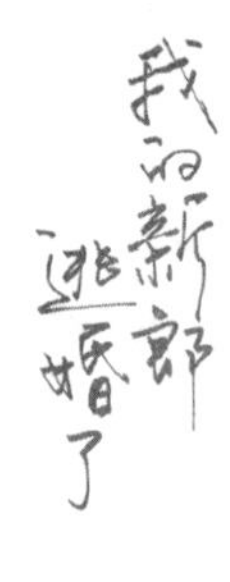

谁知两人才刚上楼，就迎面被一道急促的身影撞上。

阮芷音踉跄着靠向程越霖怀中，抬头一看，发现是林菁菲略显狼狈的身影。

林菁菲的头发有些凌乱，是刚从客房里跑出来的。显然，她没有想到，会在自己最狼狈的时刻撞上阮芷音。

她愣怔在原地，对上阮芷音那波澜不惊的眼神时，顿感荒唐地扯了下唇。

在林菁菲过往的记忆中，每逢她狼狈的时刻，阮芷音永远是用这种高傲的、冷淡讥讽的眼神事不关己地望着她。

想到刚刚的情形，她只觉老天给她的境遇太过讽刺，凭什么她永远都要输给阮芷音，接受对方这高高在上的眼神？

“阮芷音，看了我的笑话，你满意了？”

听到林菁菲的话，阮芷音皱了下眉。

可看到林菁菲身后同样有些狼狈的蒋安政，和自客房门前拂袖而去的方蔚兰，阮芷音隐约明白了些什么。

秦湘站在那儿使眼色，阮芷音知道她是故意的，可也不能说出秦湘的那条消息，只能轻笑道：“你如果这么想，那就是吧。”

林菁菲咬了咬牙，半低着头，眼底凝着压抑的恨意。

两人现在站在二楼的栏杆处，楼下人的目光聚在她们身上，林菁菲只觉前所未有的难堪，一秒都待不下去。指甲陷进了肉里，可她只能一言不发地匆匆回到自己的房间，紧关上门。

蒋安政神情复杂地望了眼阮芷音，紧接着追到了林菁菲的门前敲门。

在场的宾客也都是人精，望见这一幕，心下对发生了什么事都有了估量。

“你们说，林菁菲是怎么想的？居然放弃秦少爷，又和蒋安政凑到了一起？”

“谁知道，我看哪，这回就算秦老爷子，也不会让林菁菲进门了。”

原本林菁菲就因蒋安政订婚宴的事惹了不少风言风语，这下是彻底洗不清了。

临时出了场闹剧，秦湘扶着面色不佳的秦老爷子回房，走廊上，只剩秦玦站在那儿。

抬眸时，阮芷音对上了秦玦意味不明的视线，皱了下眉。

程越霖轻扯嘴角，牵过她的手，低声道："我们走吧。"

这么一闹，宴会估计要提前结束，他们倒是不必作别了。

阮芷音回眸看他："嗯。"

秦玦就这么看着两人转身离开，眼底沉得发暗。

宾客散尽，秦老爷子也早回了房间休息。

在书房里应付完父母的诘问，再上楼时，秦玦被等候已久的林菁菲拦下。

"为什么会是蒋安政？"林菁菲红着眼眶看他，"秦玦，你可真狠。"

秦玦这段时间没有再跟秦老爷子起争执，所有人都以为他这是妥协了，可只有林菁菲知道根本不是。

她怕秦玦会在今天这样的场合当场拒婚，不得已用了孤注一掷的法子。然而她万万没有想到，最后被扶进房间里的人，会是蒋安政。

"狠？"秦玦突然笑了，低垂眼眸，"我只是把那杯蜂蜜水端给了他，什么都没做。"

他顶多算是以其人之道还治其人之身。

言毕，他又想起了什么，平静地道："我想婚礼那天，也是你故意让我误吃了安眠药。"

去北遥时他有些感冒，可如果不是误吃了那些安眠药，当晚便会赶回岚桥，本不会错过婚礼。

她给了他那瓶药，还拍下了一些照片。秦玦直到不久前才知道，原来阮芷音还看过那些照片。

林菁菲被他紧盯着，眼神有些慌乱，抓住他的手腕："玦哥，你听我解释。"

"没什么好解释的。"秦玦推开她的手，"你在秦家住得够久，也该搬出去了。"

林菁菲瞬间哑然，很清楚这一次她是真的什么都抓不住了。

阮芷音和程越霖回到别墅时，酒劲儿逐渐上来了。

进了门后，她就站在玄关，一动不动地望着眼前的男人。

程越霖轻蹙下眉，伸手去牵她，却被酒意上脑的阮芷音直接避开。

见她喝了酒后拧巴劲儿上来，男人轻笑了声："怎么了？难不成是看秦玦现在订不了婚，还想对我始乱终弃了？"

"你今天，看别人了。"阮芷音微醺的凤眸里染上了淡淡的控诉之意，"那个方梓烟，长得很好看？"

方梓烟？

程越霖思索许久，才想起对方是谁。

他低垂眼看她，眸中噙着笑意："阮嘤嘤，你这是吃醋了？"

"我没有。"阮芷音否认。

吃醋这种事，是不理智的情绪泛滥，她潜意识地认为自己并不是在吃醋。

"没有？"程越霖挑了下眉，摇头失笑，"我分明是和严明锋说话，到了你嘴里，就成看别人了？"

阮芷音皱起眉心，顿了一会儿，开口道："有人跟我说，她进过你房间里。"

男人哑然了片刻。

阮芷音见状，更生气了些："你为什么不说话？"

他不说话，难不成是默认？

她也不知道自己在气什么，就是觉得很不舒服，还想冲他发脾气。

程越霖望着她这副气恼的模样，心底的喜意更盛，趁着她没有反应，强行把她禁锢进怀里，继而道："那件事是严明锋想赔罪，我还没回去，白博就把人丢出去了，这也要吃醋？"

"不过——"

"嗯？"

"阮嘤嘤，我发现你喝醉了要比平常可爱。"程越霖散漫地扬眉，嗓音低沉，拖着长长的腔调，"还有，自信点儿，在我浅薄的审美里，只有你好看。"

"油嘴滑舌。"

日子一天天过去，转眼到了元旦。

毕竟是难得的假期，街道上节日气氛颇浓，阮芷音约了秦湘和叶妍初一起去逛街，顾琳琅却因为有事没来。

血拼了一下午后，三人找了家商场里的甜品店歇脚。

甜品上来后，秦湘挖着冰碗里的冰激凌，朝两人说起了上回宴会的事。

“管不住宾客的流言蜚语，林菁菲虽然没和蒋安政在一块儿，但爷爷那边已经松了口，婚事应该是作罢了。”

秦家寿宴上发生的事，在圈中已然不是秘密。

秦湘了解林菁菲，当然不会傻乎乎地认为她真和蒋安政有什么，可也架不住别人三人成虎的流言。

虽然并未发生什么，但蒋安政那个傻子真以为是自己喝多了进错房间，顺势想要负责，被林菁菲直接拒绝，讨了好大的一个没趣，估摸着是彻底没人敢嫁了。

至于陷害林菁菲的人，秦湘也能想到。经过这么多事，林菁菲总算是逼得哥哥彻底断了她的念想。

现如今，林菁菲是什么都没有了。

别人或许不理解林菁菲的心态，可秦湘从小与她相识，很清楚林菁菲为什么这么做。

阮芷音回到阮家前，林菁菲是阮家唯一的千金。以秦阮两家的关系，若是不出意外，对方会理所当然地嫁给哥哥。

可林菁菲没有想到阮芷音有一天会回到阮家。当初拥有的东西一件件失去，外人艳羡的目光逐渐转移到别人身上。

秦湘很清楚，从小便和自己争抢哥哥关注的林菁菲，不可能放下那份虚荣。她拼命想要找回，却一步步走到了现在。

秦湘本以为事情已经告一段落，可即便现在解除了婚约，哥哥也并不开怀，每日早出晚归，还时不时地打听芷音姐的近况，让秦湘很是为难。

听到秦湘的话，叶妍初托着下巴道：“林伟都被抓了，林菁菲要是能认清事实，就该和林家人彻底划清界限。”

林成那个情人已经带着私生子回国，林家都是吸血鬼。林菁菲的公

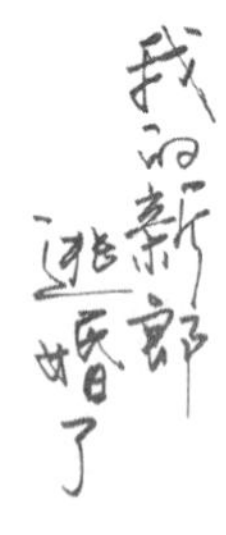

司已经破产，她要是执迷不悟，可还有的罪受。

“算了，不提她了，聊点儿开心的。妍初姐，你是不是快过生日了？说吧，想要什么？”秦湘笑着瞧了眼叶妍初。

“我现在嘛，想要个男人。”

叶妍初叹了口气，想起因为她的“渣女”行为至今还在生气的傅琛远。

秦湘：“……”

这个恕她满足不了。

秦湘转头去向阮芷音求助，却发现对方正静静地望着眼前的那份甜点发呆：“芷音姐，你怎么了？”

阮芷音倏而回神，弯起嘴角：“没什么，就是突然想到阿初和程越霖的生日好像就只差了一天。”

不仅如此，高二那年，程越霖还曾因为生日礼物的事闹过一次脾气。

那会儿才刚放过元旦假期，回到学校时，大家还没从放假的氛围中缓过神来，晚自习时都有些松懈。

因为周末是叶妍初的生日，阮芷音早早备好了生日礼物，是一张叶妍初最喜欢的歌手亲笔签名的 CD。

那个歌手是秦氏娱乐的艺人，签名是秦湘去要的。阮芷音专门买了精致的礼盒和包装纸，下了第一节晚自习后，一直在那儿包礼物。

钱梵就在这时来了教室，去找倚在窗边的程越霖说话。

“霖哥，周末打球去吗？”

程越霖姿态舒展地靠在那儿，摘下只戴了一只的耳机，随意掀了下眼皮，敷衍地回了句：“不去。”

钱梵倒也不恼，撇下嘴，继而道：“哦，差点儿忘了，周末是你生日，程叔会赶回来和你吃饭吧？”

少年微怔，瞥了眼正在聚精会神地包着礼物的阮芷音，状似随意地点了点头：“嗯，可能吧。”

生日这种事，程越霖并不是太在意。钱梵如果不提，他都快忘了。

“这回想要什么生日礼物？要不给你整件梅西的球衣？”钱梵笑着

揽上他的肩膀。

程越霖默默勾了下唇，目光略斜，垂眸转了下缠绕在修长指节上的耳机，散漫地道：“我呢，更喜欢实用的东西。比如，偶尔听听歌……也行。”

他说完，抬了抬腿，书桌上的本子落在了阮芷音脚边，正埋头包着礼物的阮芷音，颇为疑惑地转过头去。

对方却慢腾腾地收回视线，自顾自地拾起了本子，仿佛刚刚只是不小心才碰掉了书桌上的东西。

时间就这么一晃到了周五。

放学时，等了一天的程越霖，拦住了收拾好书包，正要离开的阮芷音。

“你又怎么了？”

阮芷音不是木头，已经发觉程越霖盯了自己一整天。

她晚自习做的那张卷子还没写完，这会儿她被人拦住，皱眉抬眸间，语气也有些不耐烦。

程越霖神情微滞，目光扫过她空荡荡的桌洞，而后抿直了唇线问道：“嗯，那个，你桌洞里的东西呢？”

阮芷音不明所以：“什么东西？”

“就那个——”他顿了顿，故意别开视线，“礼物盒。”

“哦，给阿初了。”

程越霖蹙眉，沉声道：“给她？”

“对啊，阿初今天过生日。”

程越霖一口郁气堵在胸口。

再后来，他有半个多星期没和她说话，又在下一年他们关系转好时，强迫她送了两份生日礼物。

阮芷音现在想想，那时的程越霖的性格真是别扭又可爱。

晚上七点多钟，阮芷音和好友分别后回到了别墅。

程越霖今天被钱梵约了出去，几人许久没聚，想必也不会那么快回来。

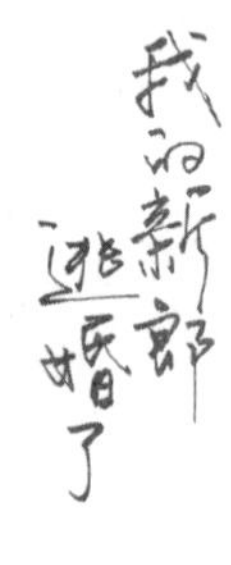

她上楼换了件舒服的家居服，在客厅里跟着电视做了一会儿瑜伽后，门铃突然响了。

以为是程越霖早早回来了，阮芷音擦了擦额间的汗，起身去开门，却在看清来人后有些惊讶："琳琅？"

白天时，顾琳琅说临时有事没有出门逛街，阮芷音没想到她会在这时过来。

"实在不知道该去哪儿，就只能来找你了。"顾琳琅只穿了件单薄的风衣，没有化妆，面色也有些憔悴。

阮芷音很少见到她如此低迷的模样，侧身让她进来，关门后，蹙眉问道："难不成和房纬锐吵架了？"

"也不算。"散去外面带着潮意的寒气后，顾琳琅摇了摇头，却又在下一句抛出了炸弹，"音音，我想离婚。"

阮芷音很是惊讶，微张眼眸，却没能把想说的话问出口。

"你这是什么眼神？"顾琳琅笑了笑，缓了口气，继而道，"放心，他没出轨，只是我不想再看他为难罢了。"

她走到沙发上坐下，声音很轻："前段时间，我去做了个检查。"

言毕，她嘴角的笑意有些苦涩："音音，我没想到，我会没法生孩子。"

顾琳琅对自己的生活一向很有规划，不论是婚姻还是事业。阮芷音知道，这两年BING逐渐步入正轨，她便开始尝试备孕。

不同于阮芷音的那些顾虑，顾琳琅很喜欢孩子，可有时候，命运就是这么爱开玩笑。

"他母亲对我不错，但这种事，也不可能不介意。"顾琳琅叹了口气，又自我安慰，"不过我现在有钱有事业，也不必强求男人和孩子。离婚的话，彼此都没有压力。"

阮芷音皱眉，顿了好一会儿，才问道："那房纬锐怎么说？"

"他不同意离婚，可也知道这样能让我轻松些，愿意让我先搬出来。"说完，顾琳琅垂下眼眸，"冷静冷静，也挺好的。"

金煌会所，偌大昏暗的包间里灯影摇曳。

点歌台放着歌，却愣是没人去唱，成了几人打麻将的背景音乐。

钱梵坐在麻将桌前，刚和了一局，心情正好。

他掏出一支烟点燃吸了口，弹了弹烟灰，看向独自坐在沙发上的男人："霖哥，你大晚上出来，嫂子没说你啊？"

程越霖瞟他一眼，放下手里的酒杯，轻哼了声，回道："说我？以为谁都跟你似的？"

钱梵最近被家里逼着相亲，因为负隅顽抗，钱母就盯着他吃喝玩乐开会所的作风说事，搞得他苦不堪言。

傅琛远闻言笑了笑，微扬剑眉："呦，听这语气，你家庭地位还挺高的？"

"凑合吧。"

他的声音不咸不淡，却隐含炫耀之意。

傅琛远也不和他一般见识，起身取过自己的外套："行，那你替我玩吧，我先撤了。"

"你去干吗？"钱梵问道。

"接人。"傅琛远给钱梵看了眼手机上的时间，不紧不慢地穿上外套，"最近有门禁，大晚上的，可不能在外面喝酒。"

"啧，弟妹管得还挺严。"钱梵摇了摇头，然后又瞧向程越霖："霖哥，还是你好，这么晚了，也不见嫂子给你打电话催着回家。"

程越霖觉得这话怎么听都不太顺耳。

然而钱梵话音刚落，桌上的手机就响了。

程越霖瞥了眼来电显示，眉眼稍霁，拿起手机接通："喂。"

"你在哪儿？"

"哦，好久没聚了，和钱梵他们在金煌喝酒。"他隐约提高了些音量，像是要证明什么。

只是话筒里，阮芷音的声音听着还挺欣慰："那你慢慢喝，不用急着回来。"

程越霖："……"

余光瞟见钱梵和傅琛远凝望而来的视线，他轻咳了声："知道了，催什么？这就回去。"

阮芷音：她哪儿催他了？

以为他误解了自己的意思，阮芷音善解人意地道："我没有催你，琳琅来了，今晚我和她睡在次卧里。金煌离我公寓挺近的，你要是酒喝太多，让司机送你去我公寓歇一晚也行。”

猝不及防的话让程越霖微哽，他不动声色地点头：“嗯，等会儿再看吧，我先挂了。”

眼见程越霖放下电话，钱梵顺势问了句：“霖哥，是不是嫂子催你回家啊？”

程越霖微抿下唇，嗓音中透着漫不经心之意：“嗯，这不是在外面待得太久？想我了。”

“那你还愣着干啥？”钱梵连忙把男人挂在门口的外套丢给他，催促道，“赶紧回吧。”

程越霖望着怀里的外套，又瞧了眼站在包间门口的傅琛远，指了下空了一座的麻将桌，慢腾腾地道：“我回了，你们不是三缺一？”

“再叫人呗，汪鑫他们就在隔壁组局，可不缺人。”钱梵自觉体贴，“霖哥，赶紧走吧，省得一会儿嫂子在家里等你等得着急了。”

程越霖：“……”

别墅里，阮芷音陪着心情不好的顾琳琅喝了一会儿酒，结果顾琳琅没喝多少，倒是她有些上头。

醉意渐沉，两人躺在次卧的床上，有一搭没一搭地聊了一会儿天。

一小时后，顾琳琅无奈地望着已然睡过去的阮芷音，又看了眼手机上的未接电话，还是准备离开。

才刚下楼，她就听到了门口的响动。

从金煌出来，程越霖让司机围着主城区绕了两圈，才姗姗回到别墅。

顾琳琅望着眼前的男人，打了个招呼，嘱咐道：“音音喝了点儿酒睡着了，你去看看吧。”

程越霖望了眼楼上，随即点了下头：“司机还在外面，让司机送你吧。”

“也好。”顾琳琅倒没拒绝。

行至门口时，她突然想起四年前第一次见到程越霖时，对方有些突兀地询问她玉佛的事时，略显执着的神态。

“对了——”顾琳琅转过头，“结婚后，音音真的开怀了不少。其实她以前在社会福利院里，要比回阮家后活泼很多。”

顾琳琅比阮芷音大两岁，两人虽说是一同长大的好友，可除此之外，她还有一种身为姐姐的责任感。

望着男人那双漆黑平静的眼眸，她顿了顿，声音很是认真：“你能让她一直幸福下去吗？”

程越霖凝重地抿唇：“当然。”

“那就好。”顾琳琅松了口气。

翌日，当阮芷音揉着眼睛醒来时，发现自己居然回了主卧。

她转过头，瞥见身旁的男人，皱了下眉：“琳琅呢？”

“走了。”见阮芷音凝神沉思，程越霖弹了下她的头，“怎么着，还真想把我给赶出家门了？”

程越霖指的是，她昨天劝说他如果喝多了酒不必急着回家的事，程越霖觉得她还真是没有一点儿管制他的自觉性。

阮芷音听罢摇了摇头，伸手去抱他：“没有，那我也得陪陪琳琅嘛。”

“你就不怕我被拐跑？”他垂眼看她，语气轻描淡写。

阮芷音微顿，抬眸道：“那你会吗？”

“不会。”程越霖叹了口气，揉揉她的头，“放心，根扎得深着呢，没人能把我拐跑。”

阮芷音笑了，头埋进他怀里，想到了另一件事：“阿霖，你想要什么生日礼物？”

“没什么想要的。”

最想要的，他已经得到了。

“怎么会什么都不想要？”阮芷音对他这个答案不甚满意，又抬起头，皱眉看他，“你好好想想。”

程越霖眼眸深沉：“阮嘤嘤，你觉得人生能重来吗？”

“为什么这么问？”

“如果能重来，我倒是有个愿望。”

“什么愿望？”

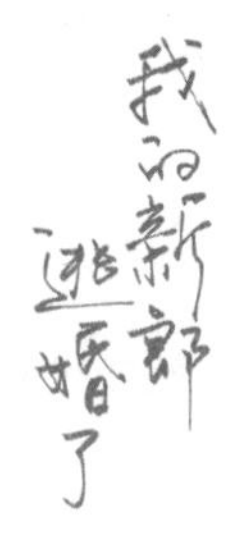

他没再回答。

林哲入狱后，程越霖曾去见过他一次。对方胆子小，程越霖随便恫吓了几句，就给他讲了不少阮芷音刚回阮家时的事。

如果说程越霖还有什么后悔的事，大概就是，那时他没能察觉出她沉默的背后要独自面对的一切。

如果真能重来，他大概是想要回到那个时候，护住她所有的笑容，能让她无畏地张扬，然后在往后的人生里肆无忌惮地生活。

阮芷音等了许久，也没能等到男人的回答，索性不再追问。可是这一次，她想给他一份最好的生日礼物。

短暂的假期很快过去，眨眼到了 4 号，阮芷音照常去公司上班。

虽然不是独家供应，但能和中村生物一起拿下 CF 的合作，南茵的招牌响亮了不少，甚至吸引来了不少想合作的投资方，只是阮芷音暂未有大轮融资的意向。

办公室里，康雨刚给阮芷音汇报完 C 端新产品线的事，阮芷音将桌上的文件签完字递给她后，突然问了句："之前让你办的事怎么样了？"

康雨思索一瞬，明白过来阮芷音问的是什么，回道："林成入狱后，苏荃就被断了经济来源，回国后直接缠上了林菁菲，恐怕她不会再在岚桥待下去了。"

苏荃就是那个给林成生了私生子的情人，一直被安置在国外。之前林成入狱，资产亦被冻结，苏荃母子一下子没了经济来源，不得不回国。

至于对方为什么会缠上林菁菲，则是有人故意向她透露了林菁菲的消息。

说实话，一开始阮芷音并没有想过为难林菁菲。冤有头债有主，她很清楚，以往林家的事，林菁菲没有参与过。

至于林菁菲的那些小心思，且不说阮芷音从未误会过，就算有误会，也不会因为男人和感情去找另一个女人的麻烦。

毕竟，在一段感情中，女人该亲自解决的只有男人。

如果林菁菲没有在她和秦玦断了所有关系后还利用林伟来招惹她，看在季奕钧的分儿上，阮芷音也不会想要把对方赶出岚桥。

康雨走出办公室后，阮芷音又接到了秦湘打来的电话。

“芷音姐，林菁菲把岚桥的几套房产都出售了，还有一些字画首饰也在出售，我已经托人帮你买回来了。”

“湘湘，谢谢。”阮芷音笑了笑，握着手机起身走到窗边，低头道，“回头我让康雨把钱打到你的账户里。”

“不用，就当是我的那笔投资了。”秦湘的声音有些急促，“我爸身体不好要出国休养，我现在得送他们去机场，先不聊了芷音姐。”

挂断电话，阮芷音摇了摇头，她真是担心秦湘这种单纯随意的性子，有一天会被人骗。

阮芷音很早便想过，林菁菲或许会出售爷爷留下的那几套房产。

对方之前见公司那几款仿品的销量都不错，于是急功近利地扩大了生产线，从银行贷了不少钱。

现在公司破产，她被法院列为失信被执行人，亟须将银行的大笔欠债还清。

银行那边动作这么快，以及苏茬找上林菁菲的事，阮芷音的确有插手。不过归根结底，是林菁菲惹恼了她，她不想再被林菁菲打扰。

阮芷音很清楚林菁菲有多在意面子，如果对方能够离开岚桥，是最好的结果。

林菁菲的花销大，现在的情况已经让她无法应付生活，光是苏茬的纠缠就够她苦恼的，估计没有时间再来惦记她了。

诚如康雨所说，林菁菲最近被苏茬纠缠得不胜其烦。这会儿刚走出公寓的电梯，她就撞上了蹲守在门口的苏茬。

对方刚一见她，便手疾眼快地将人扯住。

林菁菲被抓着手臂不放，皱眉看向对方，语气不善：“苏茬，你究竟要纠缠到什么时候？”

苏茬也不和她废话，直接道：“我的要求并不高，只要你出了嘉嘉在国外的学费，我就不会再缠着你。”

“他有你这个妈，跟我有什么关系？”

“嘉嘉是你的亲弟弟，血浓于水，你怎么能置之不理？”

苏茬大一时就辍学跟了林成，生了孩子后一直没有工作，全靠林成

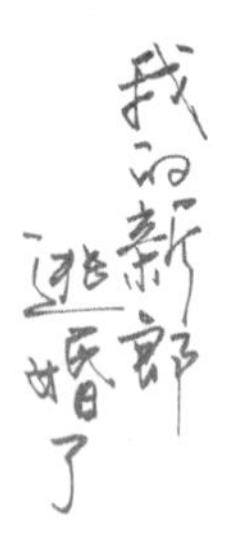

养着。

林嘉在国外上的是最好的学校，现如今林成的所有财产均被冻结，不想儿子没有学上，她只能找上林菁菲。

“我妈根本没给我生过弟弟。”林菁菲用力甩开苏茔，冷声道，“而且我早就说过，我现在没钱。”

苏茔闻言，顿时来了脾气：“你天天开着跑车，怎么可能会没钱？！”

她不知道林菁菲的车子即将被抵押拍卖，只当对方是不愿承担林嘉的学费。

林菁菲望着眼前这个父亲的情人，只觉得自己如今的境遇分外可笑。

她十五岁那年，阮芷音出现在阮家。

那时的自己，眼见着众人的目光一点点被阮芷音吸引走，所有的光环被放到阮芷音的头上，她却处处被阮芷音压着，沦为了阮芷音的陪衬。

不想失去所有的东西，她只能想尽办法抓住秦玦，设计他和她“交往”。

曾几何时，林菁菲觉得她唯一强过阮芷音的地方，就是父亲的疼爱。

可现在，一切都成了笑话。

从头到尾，她都没想过和阮芷音争股份，只是不想失去以往的生活。可尽管如此，她想要的东西依旧得不到。

阮芷音高高在上，就像是人生中的一座大山，永远横亘在眼前。

而自己呢？

最后林菁菲只能住在这间逼仄的公寓里，应付着眼前数不尽的麻烦。

思及此，她猛地推开不依不饶的苏茔，她真的受够了！

霖恒大厦。

会议室里，程越霖面色淡漠地坐在最上首，听着仲沂做完了年度汇报。

“YT 的利润少了五个点？”

男人声音清冷，翻了翻白博刚刚递上来的财务报表。

仲沂顿了下，斟酌着回：“今年市场整体利润下滑，YT 应该也受了影响。”

程越霖开口时，坐在仲沂下首的费总监的心立马提了起来，生怕老板因此问责。

谁知一旁的白博突然在程越霖旁边附耳了几句，后者轻点下头起身，淡声道：“YT 的负责人交一份市场调研报告，今天的会就到这儿，散会。”

凝重的气氛被打散，众人松了口气，开始好奇白博刚和程总说了什么。

出了会议室，程越霖坐电梯回了顶层的办公室，白博和钱梵跟在他的身后。

“老板，太太刚刚打来电话，说让您下班后直接去餐厅。”

以往几年，老板都不过生日。今天显然不一样，白博能看出程越霖心情不错。

“嗯，知道了。”

钱梵闻言笑了，声音里带着调侃之意：“霖哥，嫂子这是要跟你过二人世界啊？”

“这会儿过来，有什么事？”程越霖微耷着眼睑，翻看着财务报表，头都没抬。

钱梵啧了声：“还真是重色轻友，我这还不是给你送礼物来了？”

他可比程越霖有良心。

男人抬眼瞧了下钱梵放在桌上的盒子，想必是块手表。

他点下头，伸手一指：“谢了，那台咖啡机你搬走吧。”

这台 Nespresso 的咖啡机是定制的，钱梵爱喝咖啡，已经对这台咖啡机盯了许久，尤其是在听闻程越霖戒咖啡后。

“霖哥，还是你好。”钱梵一向能屈能伸，熟练地恭维起人来。

程越霖扬眉看他，继而问了句：“那些事都处理好了？”

“放心吧，敲打过了，秦志泽不会不识趣。”钱梵说完，眼神微转，又道，“不过霖哥，要是嫂子自己发现了怎么办？我可听说，女人最烦被欺骗。”

也不知秦玦是不是心灰意冷，竟然有想出国的意思。秦志泽心思活泛，还想趁机让霖哥帮他上位，这怎么可能？

言毕，钱梵接收到男人略显冷淡的视线，转了话头，谄笑道：“得，是我乌鸦嘴，嫂子怎么可能发现呢？”

说完，他赶紧抱着到手的咖啡机，离开了总裁办公室。

想着今天是程越霖的生日，阮芷音早晨没让司机送，自己开了车上班，这会儿也提前出了办公室。

她乘电梯去了地下停车场，可还未走到车前，就看到了站在车旁的秦玦。

在阮芷音的印象中，秦玦向来骄傲自信，现在却失了神采，眉眼隐含颓丧之色。

“芷音，有时间谈谈吗？”

秦玦是一个人来的，见她似要开口，紧跟着又道：“别急着拒绝，这大概是我最后一次来烦你。”

声音里带了些小心之意，他好像生怕阮芷音会直接无视自己。

他很清楚，她根本不想见他，只希望他能彻底消失在她的生活中。可离开岚桥前，他还是忍不住想见她最后一面。

阮芷音微顿，看了下时间，无奈地舒了口气：“去外面的咖啡厅吧。”

要是等会儿员工们下来，见到她和秦玦牵扯，只会徒增公司里的流言。

“好。”秦玦扯了下嘴角。

咖啡厅距离公司不远，现在还未到下班时间，街道上只有不算拥堵的车流。

两人走进咖啡厅，在一处幽静的位置面对面坐下。

“你可能要快一些，我赶时间。”

阮芷音没有点东西，只向服务生要了杯清水，然后催促了这么一句。

秦玦略微抿唇，凝视着她，缓缓开口道：“我不知道林菁菲给你发过那样的照片，那不是真的。”

阮芷音平静地点头：“知道了，还有呢？”

秦玦愣怔了一下，进而明白，林菁菲的心思根本瞒不过她，阮芷音从头到尾都知道那些照片是假的。

他想要解释，只是妄想。

“还有——”秦玦苦涩地勾唇，“林菁菲做的那些事和蒋安政的态度，以及我的处理方式都忽略了你的情绪，这些都欠你一句道歉，对不起。”

阮芷音放下水杯：“嗯。”

她清楚秦玦是个什么样的人，对方不可能抛下所有顾忌。

对于这些她早已没有了情绪，因为从本质上来说，是他们从一开始就不合适。

见她丝毫不在意自己的道歉，秦玦急于结束这场最后的交谈，只能涩然咽下了其余的话。

“你还真是不愿再和我多说一句。放心，之后我会离开岚桥回美国，不会再来烦你。”

这倒让阮芷音有些意外。

如果秦玦离开岚桥，就意味着他已经不在乎秦氏的归属，甚至没了和秦志泽等人继续争夺的心思。

原本，他没必要放弃，况且方蔚兰和秦父那边恐怕也不会同意。

不过，这也不是她关心的事。

两人一前一后地走出了咖啡厅。

到了门外，阮芷音掏出包里的手机，准备先给程越霖发条微信。

然而她才刚走了几步，伴随着一阵刺耳的摩擦声，停在路边的一辆红色跑车突然启动，急速朝这边驶来。

车子跃上台阶后并未减速，径直向阮芷音的方向开去。

车子的距离越来越近，越发急迫的时刻，她反倒失去了第一时间应有的反应。

“小心——”

渐至的马达声和男人的惊呼声在有些空旷的街道上同样响亮。

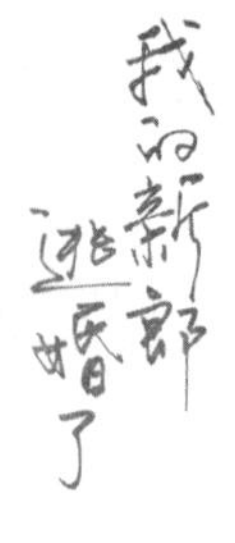

等阮芷音看清坐在驾驶座上的人时，她已经被秦玦推开。

须臾间，手机直接掉在了地上，被车辆狠狠碾过。

经过路边栏杆的缓冲，红色的跑车依然撞碎了咖啡厅的玻璃才停下。

原本平静的街道上陷入了一片慌乱，尖叫声不绝于耳，咖啡店里的客人全部跑了出来。

周遭的嘈杂声中，阮芷音惊魂未定，浑身僵硬地站在那儿。

望着被撞倒在地不省人事的男人，她愣怔着缓了一瞬，才连忙借过路人的手机，拨通了救护中心的电话。

咖啡馆外的一切发生得太过突然。等到阮芷音配合警方做完笔录，已经是两个小时之后。

对秦玦的手术已经结束了，他被安置在了医院单独的加护病房里。

阮芷音推开病房的门走进去，里面弥漫着淡淡的消毒水味道。

手术的麻醉作用未消，瞧了眼安静地躺在病床上的秦玦，阮芷音坐在一旁的椅子上，思绪有些复杂。

刚才的肇事司机是林菁菲。

她确实没有想到林菁菲会对自己存着这么深的怨恨，甚至不惜做到这种地步。

至于秦玦，就这么替她挡了灾。

不知过了多久，床上的男人眼睫颤动了一下，缓缓地睁开了眼。

秦玦唇色发白，察觉到腿上传来的钻心疼痛，蹙了下眉，瞥见床边的阮芷音后，声音有些发哑："你怎么样？"

"我没事。"阮芷音缓了口气，"你昏迷后，林菁菲就被警察带走了。"

林菁菲这么做，就算秦玦不追究，以方蔚兰的性子，她也不会善罢甘休，几年的牢狱之灾是免不了了。

不过，刚才的事故中，秦玦伤了左腿又撞到了头，林菁菲却只受了点儿轻伤，倒是福大命大。

"嗯。"秦玦只是轻应了声，带了些漠不关己的态度。

阮芷音微皱眉心，继续道："我已经给秦湘打了电话，她很快就到。”

秦父做了心脏手术后，身体一直不算太好，前不久，方蔚兰陪着秦父出国休养。秦湘没了方蔚兰的管制，便和同学一起去了北遥散心，同样不在岚桥。

“帮你请了个护工，就在门外，既然你已经醒了，有什么事可以叫她。”

阮芷音之所以留在医院，是因为秦玦因她受伤。方才她借护士的手机给程越霖发了消息，但男人没有回复，她也不希望他胡思乱想。

秦玦闻言，眸色沉沉地望向她：“现在就要走吗？能不能陪我一会儿？”

两人已经很久没有像这样和颜悦色地说过话了，可她还是急于离开，这让秦玦感到很无奈。

“秦玦，谢谢你救了我。”阮芷音神色凝重了几分，视线落在秦玦的腿上，“医生说你的腿还要再做手术，如果后续手术不当，小概率会留终身性的后遗症。以前陪导师去德国交流时，我认识一位很擅长做腿部手术的医生——”

“可是芷音，你知道这不是我想要的。”秦玦骤然打断了她的这番“弥补”的话。

醒来看到她的那刻，秦玦甚至有些庆幸，觉得就算这条腿好不了，至少他们之间终于又有了割不断的交集。

哪怕是基于可笑的恩情。

阮芷音顿了顿，语气微沉：“那你想要什么呢？”

秦玦闻言，面色一滞。

是啊，他想要什么呢？他想要借此换得和她修补关系的可能吗？

她现在过得很好，每次他远远望着她，看到的都是她不加掩饰的轻松。他越是明白这点，就越能体会到心底无法言说的嫉妒之情。

“真的，没可能了吗？”

喉咙像是被堵住，沉默良久，他才艰难地问出了这一句。

她似乎变得越来越陌生，年少初见时那个腼腆乖巧的女孩就像是握不住的细沙，现在只剩下朦胧的影子，逐渐远离了他。

秦玦再一次意识到，她的壁垒有多么坚硬。而他从未打破过这层

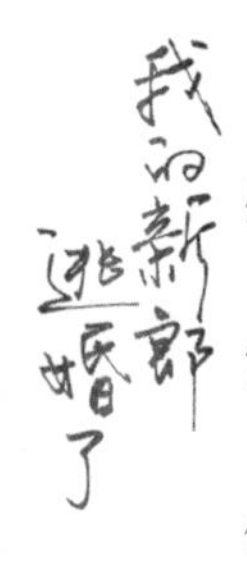

壁垒。

阮芷音站起身，声音很轻，却带着不容置疑的坚定："是的，没可能了。"

哪怕秦玦在刚才那一刻救了她，也不代表两人之间会有其他可能。他说她无情也好，她也不会用感情还债。

她没有一丝一毫的松动，忍耐片晌，秦玦自嘲地开口："如果当初没有回国……"

话只说了一半，他欲言又止。

阮芷音明白秦玦想说什么，摇了摇头："就算是那样，结局也不会有什么改变。"

她很清楚，回国是确定的，不过是早几个月和晚几个月的事。

甚至于，就算秦玦当初没有逃婚，他们的关系也维持不了多久。

思及此，阮芷音又笑了笑，继而道："只要程越霖在，我的终点就是他。"

"他？"秦玦的眼眶泛红，"芷音，你以为当初是谁设计了你回国？你以为程越霖的手脚就很干净吗？如果不是他在背后帮秦志泽，我们怎么会走到这一步？"

这些话他从未跟她说过。因为秦玦明白，即便说了，自己也会在她面前落了下风。

可到了现在，他哪儿还有什么顾虑？

突如其来的一番话，让阮芷音面色微怔，皱了下眉。

病房里陷入沉默。

过了一会儿，阮芷音重新开口："秦玦，你还记得我为什么和你交往吗？"

秦玦略微蹙眉，实话说，她当初突然同意和他交往，连他都有些意外。

"那年圣诞节，我收到了陈院长寄来的一块玉佛。"她顿了顿，道，"我以为，是你托陈院长寄给我的。"

话音刚落，他似是愣住了，很快想通了什么，喃喃道："所以，那个人是程越霖？"

阮芷音平静地点头。

秦玦张了张嘴，突然觉得有些荒诞：“你现在告诉我这些，是想说明，没有程越霖，你根本不会和我在一起？”

“如果你这么想，或许也没错。”她垂下眼眸，不再多言。

望着她波澜不惊的双眼，秦玦凄怆地笑了：“你可真是狠心，连我最后一丝念想也要打碎。”

他无法一次又一次地看着她和程越霖在一起，甚至不顾父母的阻拦，想要抛下所有离开岚桥。只因为他觉得，那样还能抱着以往那点儿回忆生活。

可是她现在告诉他，一切都只是始于误会。他不过是被她误当了程越霖的替身，一个可笑该死的替身。

“芷音，这不公平。”秦玦眼神灼灼地望着她，“难道换了程越霖，你就可以原谅他的隐瞒和欺骗吗？”

阮芷音是随救护车来的医院。

手机已在事故中报废，出来后，她才发现医院附近不太好打车。

阮芷音漫无目的地沿着街道走了一会儿，等回过神，发现四周的景色有些许熟悉。

十年过去，岚中早就迁了新校区。老校区这块地废弃几年后，被政府重新规划建成了市民图书馆。

原本的围墙被拆，铺上了平整的石板，可是阮芷音仍然认出脚下站的地方就是程越霖当初翻墙的地方。

只因为，她的头顶上还有那棵枝叶繁茂的榕树。

年华飞逝，周围的景象不复存在。只有这棵树还立在这儿，像是凝结了所有时光，把她的思绪带回了过往。

刚到岚中，她也有过怯懦的时候，面对周遭的格格不入，甚至想逃回许县。情绪低迷时，阮芷音就会在操场上走圈。

操场的角落有棵大树挡着，极为隐蔽，阮芷音不止一次在这儿撞见过企图逃课的程越霖。

那时的他远比现在不务正业。

摸了摸粗壮树干上凹凸不平的纹路，阮芷音收拢了有些复杂的情绪，站在路边打了辆车，回到了别墅。

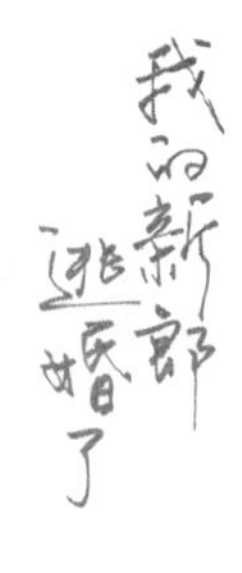

阮芷音开门进去，客厅里没有开灯。

男人默然的身影坐在客厅的沙发上，茶几上有渐渐熄灭的红光。

阮芷音闻到了刺鼻的烟味。

“回来了？”程越霖没有起身，声音中听不出任何情绪，“你去了医院？”

他知道发生了什么，也知道她去了哪儿。

收到阮芷音的短信时，程越霖还在车上。他让司机折路去医院找她，却又在到达医院门口时停住了。

“先生，不进去吗？”司机当时这么问他。

“回别墅吧。”

或许他是害怕，她会因此对秦玦心软。

如果事情发展成这样，他该怎么做？

敛回思绪，程越霖听到阮芷音轻嗯了声，客厅的灯随之被她打开。

男人侧头朝她望来：“有什么要和我说的吗？”

阮芷音对上他漆黑的眼眸，想了想，然后问道：“我回国之后，秦玦和林菁菲的那些绯闻，你有没有插手？”

林菁菲在被警察带走前，望着被推上救护车的秦玦，面色颓丧，却突然转过头，冲她说了句：“阮芷音，你以为当初那些绯闻就没有别人添柴加火？”

一开始，阮芷音没有明白，后来却因为秦玦的话解了惑。

她不知道林菁菲为什么突然提醒自己，或许是在那刻真的放弃了秦玦，又或者只是想让她和程越霖生出嫌隙。

可不得不说，至少阮芷音当时很生气，气他刻意为之的隐瞒。

程越霖蹙了下眉，停了好久，低声道：“只是让热搜多挂了两天。”

“嗯。”阮芷音点了下头，又问，“那你和秦志泽呢？”

程越霖淡抿下唇：“有些交集，不算熟。”

“不熟？”阮芷音轻笑着看他，眼神平静。

两人像是无声地对峙着。

缄默少顷，程越霖捻灭烟灰缸里的烟头，用沉静的眼眸望向她，语调中辨不出情绪：“是，我存心拆散你们。”

即便他不想让她知道，可既然她已经察觉，否认显然是更差的选择。

阮芷音下意识地皱眉：“为什么要这么做？”

为什么？

程越霖轻笑了下，可嘴角的弧度很淡：“阮嘤嘤，你太有毅力了。从以前到现在，我都不知道怎么做才是对的。我承认这种方式有些偏激，如果你为这个生气，可以罚我。”

“怎么罚？”

“最高的惩罚，你可以……和我分手。”

你可以和我分手，却不可以离婚。

两个人分手后总会和好，离婚了才是万劫不复。

程越霖倒是有些庆幸，已经早早给两人的关系上了道锁。

阮芷音轻点下头，声音依旧很平静：“好，那就先分手吧。”

“你可以再考虑——”

“不用。”她出声打断他的话。

程越霖胸口压了口酸气，可怕她因为秦玦那该死的恩情再说出什么扎心的话，还是竭力维持着平静：“嗯，我先上去了。”

男人起身，缓慢地朝着楼梯走去。

他脚步踏上台阶时，却又被她出声叫住。

“再等等。”

他回头一看，只见阮芷音望了眼墙上的挂钟：“还有五分钟。”

他转过身，静静站在几米外，垂眼看她，像是没有明白她的话。

阮芷音盯着略显无措的男人，顿了许久，嘴角突然扬起了弧度：“程越霖，你的生日礼物我还没送。”

她凝望着他俊朗的眉眼，还是记忆中的轮廓，踏过悠长的时光，却依旧如初。

阮芷音记得，高中毕业那天，她去学校领档案和毕业证。从办公室出来后，她站在教学楼的窗边，看到不远处的操场上站着大半个月没见的程越霖，没多久，高直的身影消失在了她的视野中。

是的，那天，他撇开了总是跟在身边的钱梵，在操场旁的那棵榕树

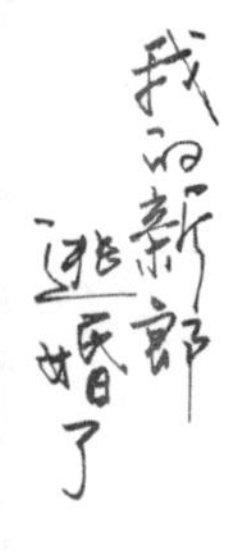

下站了一会儿。

高考过后，学生们只回过一次学校。

彼时的她，并不知道他回校时为什么会特意去那棵树下，直到今天才在树干上发现了他留下的痕迹。

高直挺拔的枝干上，刻着或深或浅的数字，每一个都像是凝结了过去的时光。

看似杂乱无章，只有阮芷音知道，左边是他每次考试的成绩，右边则是她的。

556——671

593——689

604——685

…………

最后那行上的数字停留在高考那次，大概是他回校时留下的。

她是真的生气，气他的隐瞒。

然而她看到那些时，蓄在心口的气恼又消了大半，被一种密密麻麻的酸涩感替代。

就像是少年时的他，一直怀着那份热忱的心意，踏着那些错失的时光，一步一步地朝她靠近。

她突然不想再强迫自己纠结于这些事。

大概是已经错过了太多，所以现在的她更不想他们之间横亘多余的误会和阻碍。

她也说过，这一次会给他最好的生日礼物。

如果说之前是他早有预谋的努力，那么现在或许该轮到她主动一次。

阮芷音凝神望向眼前的男人，轻柔的嗓音中是一丝不苟的诚恳："程越霖，既然分了手，那你现在愿意跳过恋爱，接受我的求婚吗？"

她始终记得，他们之间跨过了求婚，也缺了一场真正属于他们的婚礼。

男人微顿，道："你说什么？"

"我在很正式地和你求婚。"阮芷音笑了笑，"当然，如果你不愿意，也可以再考虑考虑。"

瞥见她含笑的眸子，程越霖轻蹙下眉，继而失笑道：“阮嘤嘤，你在玩我？”

“就只准你耍我吗？”

他分明也是一步一步地把她算计进了坑里。

“那么，你答应吗？”她神色认真，又问了一次。

程越霖没有回答，缓了口气，突如其来地问道：“这么好的机会，秦玦就没提什么过分的要求？”

他不否认，如果是他，总是要想方设法地赖住她。

“倒是提了。”

男人皱了下眉：“那，你怎么说？”

“你可以原谅他的隐瞒吗？”

阮芷音倏而想起秦玦的话。

“我告诉他——”

她笑意盈盈地望着他。

“没办法，我可能太爱你了，这一点比什么都重要。”

她会生气，却不会离开。

就像阮芷音始终相信，在无数种的可能里，她永远只有通向他的那个结局。

他们会相伴度过往后所有的余生。

番外一

霖恒大厦里，钱梵刚处理完手头的工作，拎着午饭上了顶层的总裁办公室。

宽大的办公桌前，程越霖正翻看着费总监刚递上来的那份市场调研报告，面容严肃。

钱梵顺手把外卖放在了沙发旁的桌子上，故意问了句：“霖哥，嫂子还没回去呢？”

他知道阮芷音前两天搬回了之前的公寓，因为这茬，程越霖连续两日心情沉闷，公司里人人自危。

“你来干什么？”程越霖合上手中的调研报告，轻掀起眼皮看向他。

要说被阮芷音抓包这件事，他可还没忘记钱梵的乌鸦嘴。

难得碰到程越霖吃瘪的时候，钱梵忍不住笑了：“嫂子都勉勉强强不跟你计较了，谁让你自己非要说受罚呢？”

这不，媳妇都搬出家了。

程越霖微哽，他会这么做，还不是被傅琛远给坑了？

那厮说话时还算真切，他也怕真如对方所说，以后吵架时会被翻旧账。

而阮芷音和叶妍初逛完街回家，也紧接着表示这事不能一点儿惩罚都没有，要搬回公寓一段时间，让他好好反思。

思及此，程越霖冷淡地道：“你就是来说这些的？”

“也不是，我听说秦玦要走了，特意来给你递个信。”钱梵故意道，“你说嫂子还在跟你闹别扭，他就要走，这不巧了吗？”

秦玦腿受了伤，还要去德国做后续的手术，这件事钱梵也是从秦湘那儿打听来的。

程越霖略顿，轻轻地抬眼：“你消息还挺灵通？”

“那可不？眼看着就要过年了，嫂子要是不回来，你不就成孤家寡人了吗？”

啧，程越霖独守空房，多可怜哪。

他本以为告诉程越霖这件事，对方至少会多些警惕。可到了秦玦出国那天，男人依旧神色正常地上班。

钱梵默默地观察了一天，程越霖没有一点儿去机场堵人的意识。无奈之下，他只好身先士卒，亲自早退去了趟机场。

只可惜他去得晚了些。

到机场时，他才知道秦玦都已经过了安检，准备登机了。

得，他扑了个空。

觉得白来了一趟，钱梵正要离去，没走两步，突然被人叫住。

“钱梵？你在这儿干吗？”

他转过头，看见秦湘一个人站在几步之外，眼神疑惑地望着他。

“好巧啊。”钱梵眼睛亮了亮，心思微转，笑嘻嘻地问道，“对了，你上次不是说，你哥要去德国了？”

秦湘没多想，默默点头：“对啊。”

钱梵佯装随意地继续道：“他现在行动不方便，你没打算跟着去照顾他？”

“又用不着我。”

钱梵心里咯噔一下。

完了，秦玦用不着亲妹妹，是要用得着谁？难不成他还以恩情要挟嫂子陪同去照顾了？

他心中暗叹：霖哥，危矣。

秦湘不知道钱梵为什么突然沉默，只继续道：“我根本不会照顾人，他有两个护工，我妈也会过去陪着，我再去才是添麻烦吧。”

倒不是她这个妹妹没心没肺，只是秦湘清楚自己的斤两。

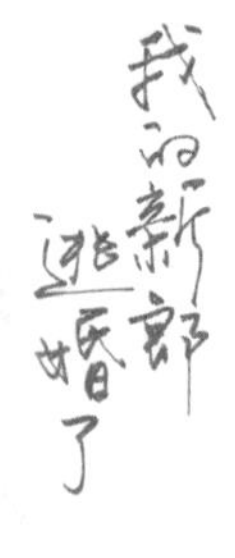

就在刚才秦玦登机之前，他见阮芷音没来送机，眼神黯然，还颇不死心地等到了最后一刻。

秦湘看不下去，忍不住嘟囔了句："哥，芷音姐不是帮忙找了医生吗？也没必要再来送机啊。撞你的人是林菁菲又不是她，也怪你从小纵容林菁菲，让她变得这么偏激。"

要是早知道林菁菲不理智的行为最终导致自己被送进监狱，秦湘幼时才懒得跟她比什么呢。

至于她哥，既然都说不会再打扰芷音姐了，治好腿就在国外待着吧。秦湘要是想他，自然会飞过去看他。

话出了口，秦湘才察觉不对。她转过头，果然瞥见秦玦一脸凄然之色。

秦湘觉得，如果让她跟去照顾，然后不经大脑地说上几句话，怕是能把她哥给气死。

…………

"原来是这样。"

钱梵听说照顾秦玦的是方蔚兰和护工，松了口气。

"所以你是来……？"秦湘狐疑地看他。

钱梵忙道："哦，我是来机场接人的。这不，到了才发现对方航班取消，没注意到消息。"

话毕，他为了掩饰，又问了句："你要是没开车，我顺道送你回去？"

秦湘大方地点头："可以啊。"

晚上，阮芷音下班回到了公寓。

走出电梯后，她顿住了脚步，眼眸微抬，望向站在门前的熟悉身影。

男人穿着一身手工定制的西装，高大的身躯将公寓门前的空间占了大半。

迎上他漆黑如墨的眼眸，阮芷音平静地道："你怎么来了？"

程越霖死要面子，惩罚后翻篇的话又是他说的。

阮芷音表示要搬出来半个月以示惩戒，男人还真没强求她回去，只是时不时在楼下偶遇，但没上来过。

今天他倒是……憋不住了？

程越霖将侧脸隐在昏暗的阴影中，低眼打量她的神情。缄默良久后，他轻声道："我听说，今天秦玦出国？"

他的声音不咸不淡，却瞬间让阮芷音明白了他今天的来意。

她笑了笑，抬眸看他："你该不会以为我要去送他，所以特意跑来这儿等我回来吧？"

秦玦的腿虽然没有好，但之前医生已经做过连线会诊。这次他去德国治疗，医生的把握还是很大的。

她和秦玦已经无话可说，还有什么必要去送机？

此话一出，程越霖就知道她根本没去机场，暗怪起钱梵当时的危言耸听。

然而他嘴上否认道："没。"

"那你问这个干吗？"阮芷音静静地望向他，眼底是浅浅的笑意。

程越霖轻扬眉峰，微哂道："就是觉得可惜了点儿。"

阮芷音觉得莫名其妙："可惜什么？"

"可惜他——"程越霖顿了下，拖着悠然的腔调，"没有亲自随份子的机会。"

阮芷音："……"

山上的笋怕都被他夺完了。

惩罚归惩罚，年后的婚礼他倒是准备得很勤快，一点儿都没耽搁，居然还想着捞秦玦的份子钱。

于是阮芷音点了点头，清澈的凤眸中透着狡黠，故意戗他："哦，既然如此，你可以再让他回来一次。"

男人面色微滞。

阮芷音继续把话说完："毕竟，你不是……挺有本事吗？"

俗话说得好，一回生，二回熟。

程越霖："……"

第一次送上门的程越霖，就这么被阮芷音的几句话噎了回去。

翌日，阮芷音提前下班，去了趟监狱。

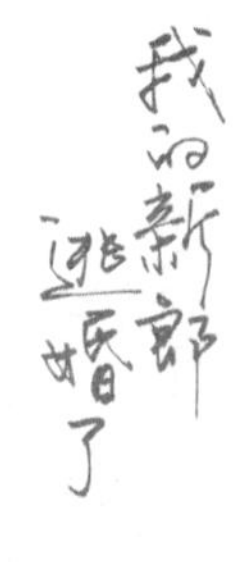

玻璃隔板后穿着狱服的女人还是那副清丽的容貌，只是眼眸中透着无法忽视的憔悴，没了光亮。

“听小叔说，你要见我？”望着对面的林菁菲，阮芷音没有多说废话，开门见山地说。

林菁菲静默地点头，顿了一会儿才开口：“公寓里还有外公外婆的一些遗物，需要定期保养，你去取走吧。”

再怎么不喜欢阮芷音，对于已故的阮老爷子，林菁菲倒还算有良心。

“嗯。”阮芷音应了下来。

林菁菲又变得沉默，两人确实没有什么话可说。

就在阮芷音以为对方已经把话说完，准备起身离开时，她才又听到一句：“其实，以前我也想过跟你好好相处。”

阮芷音回阮家前，外公告诉她，表姐也是她的亲人，也会对她好。最开始，林菁菲是真的想过和阮芷音好好相处的。

可是父亲渐渐暗示，阮芷音会抢走她的一切。对于那时的林菁菲来说，父亲说的才是对的。

因为疼爱她的外公开始更偏爱阮芷音，秦玦也开始对这位表姐好，婚约又落回了阮芷音的头上。再后来，林菁菲失去了更多。

这么多年来，林菁菲只想要拿回十五岁前拥有的那些东西，可到头来，只是一场空。

凝视着逐渐远去的背影，她低垂着眉眼，轻声说了句：“对不起。”

也不知道她这句道歉是给阮芷音的，还是给已故的阮老爷子的。

不过阮芷音没有听到，也没有回头。

从监狱里出来，阮芷音直接开车去了话剧院附近的一家餐厅。

她和顾琳琅、叶妍初约了吃晚饭和看话剧。

路上，顾琳琅就打了电话过来，给她报了报菜名。

等阮芷音到餐厅时，她们已经点好了菜，就怕赶不上等一会儿的话剧。

“怎么突然想看话剧了？”阮芷音脱下外套，笑着看向对面的顾琳琅。

那三张话剧的门票是顾琳琅订的，这还是阮芷音头回见她来看话剧。

顾琳琅轻扬眉梢，毫不避讳地道："生计所迫，那些穿高定的有钱太太最爱跟你讲逼格，好不容易离了婚，我也得匀出时间培养培养高雅情操。"

叶妍初听罢，啧啧地摇头："顾老板，你这还真是名副其实的附庸风雅。"

"亲爱的，这你就不懂了。说自己爱看话剧的人，一半都是在附庸风雅。"顾琳琅笑着打趣，又问道，"对了，你房子找得怎么样了？"

叶妍初面容略显颓丧，唉声叹气道："别提了，找合适的房子真是太难了，年底要是搬不了家，真得回去受我妈唠叨了。"

阮芷音摇了摇头看她："让你去我公寓住，你又不去。"

"得了吧，你把公寓空着，吵架还能有个去处。"叶妍初好心劝解。

阮芷音笑了："怎么，你还跟傅琛远生气呢？"

叶妍初用手中的筷子愤愤地戳了下盘子里的那块鱼肉："当然要生气，他居然把我当傻子耍。"

一提起这个，她就气不打一处来，上次还和阮芷音痛诉了被人欺骗的可恶，让程越霖连带着遭了殃。

"不说他了，还是祝琳琅重回单身。果然还是单身好。"

顾琳琅很给面子地和叶妍初碰了个杯："你别说，离婚证一领，想干吗干吗，也不用顾虑要早点儿回家了。"

阮芷音见她的神色松快不似作伪，忍不住笑了："房纬锐要是知道你会这么想，估计要后悔同意离婚了。"

她知道，琳琅和房纬锐算是和平分开，不过对方肯定还有别的打算。

"没办法，婚姻总有倦怠期。我现在倒觉得，保持些距离的关系更好，怪不得会有那么多不婚主义的人。"顾琳琅说完，又看向叶妍初，"亲爱的，你第一次谈恋爱，可得擦亮眼睛，就算对方求婚，也不用急着答应，生活美好着呢。"

阮芷音见状，默默在心里为傅琛远捏了把汗。

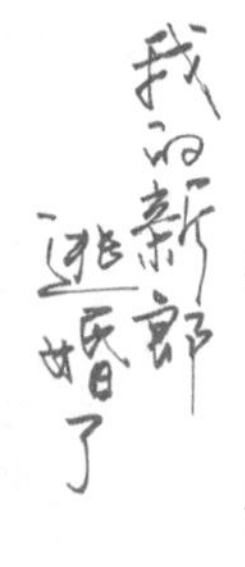

餐厅就在话剧院隔壁的街上，吃完饭后，三人出了餐厅，朝着不远处的话剧院走去。

还没走到，阮芷音停在路边，接了个康雨临时打来的电话。

等到再抬头时，她发现话剧院的门口处，顾琳琅正在和一个男人说话。

走近后，阮芷音认出了对方，有些惊讶："沈佑？"

"你们也认识？"

顾琳琅看了看沈佑，又看了看阮芷音，也很意外。

时尚圈和彩妆圈的人脉向来不分家，顾琳琅自然是认识沈佑的，和沈佑的哥哥沈晟打的交道就更多。

阮芷音点头："算是吧，南茵和 CF 有合作。"

沈佑倒是大方地打了招呼："我来中国出差前，Camille 说你要办婚礼，到时候也给我份请柬，让我凑个热闹。"

话说到这份儿上，阮芷音实在没法拒绝，只能点头："好。"

沈佑得了话，又看向顾琳琅，指了指停在路边的那辆黑色迈巴赫："顾姐姐，我哥还在车里等着，先失陪了。"

对方这逢人就叫姐姐的本事炉火纯青，让顾琳琅满脸慈爱之色地和沈佑道了别。

顾琳琅订的这场话剧是喜剧题材，整场的气氛不错，表演也算精彩。

从话剧院出来，顾琳琅顺路送叶妍初回家，而阮芷音独自开车回了公寓。

只是，当阮芷音从电梯里走出时，险些被眼前的一幕气倒。

公寓的房门大开，门口足足摞了四个大纸箱。要不是看到站在纸箱旁的白博，阮芷音还以为家里遭了贼。

对上她的视线，白博轻咳了声："太太，是老板让我把这些搬过来的。"

客厅里，男人已经换上了家居服，优哉游哉地坐在沙发上，吃着刚从冰箱里拿出来的水果。

见她瞥来的目光，程越霖只是淡淡地挑了下眉，也没说话。

阮芷音强忍着心口的火气，弯了下嘴角，柔声道：“麻烦你了白博，先回去吧。”

“太太客气了，那我先走了。”

白博说完，迅速离开了公寓。

阮芷音砰的一声关上房门，转身看向坐在沙发上的男人：“程越霖，你想干什么？”

她轻柔的嗓音中染着怒气。

程越霖放下水果，抽出茶几上摆着的湿巾，慢条斯理地将手擦干净：“既然你离家出走，那我就只能搬到这儿了。”

“你不是说接受我出来住半个月的吗？”阮芷音质问道。

程越霖略点下头，云淡风轻地道：“嗯，我是说了，但没说过我不能过来。”

“程越霖，你这根本就是耍赖皮。”阮芷音都快气笑了，觉得自己当初就不该把公寓的密码告诉他。

男人闻言，拧起挺直的眉峰：“我凭本事搬的家，为什么说我耍赖皮？呵，你还真是一点儿都不想我？”

因为他这不要脸的话哽住，阮芷音才缓了口气，揉了下眉心，继而道：“你要住也行，去客房睡。”

她指了指最里面的那间房。

时间这么晚了，程越霖又搬来了这么多东西，她总不好再把他赶出去。

程越霖这回倒没反驳，扫了眼里侧那间房，点头道：“嗯，知道了。”

男人这么配合，阮芷音狐疑地看他一眼，不过没再说话，径直回了房间。

阮芷音本以为这会是相安无事的一晚。

她洗了澡后，躺上了床。然而没睡多久，阮芷音就迷迷糊糊地感觉到了不对劲。

缓缓睁开眼睛，她看到床上多出的人后，瞬间清醒：“程越霖，你怎么能大半夜爬床？！”

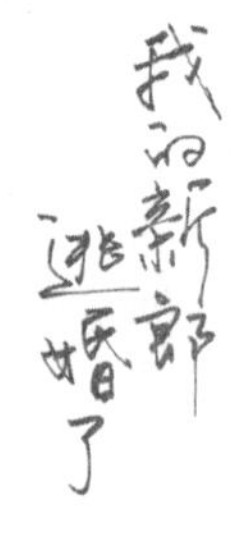

“要不会得寸进尺，还能把你娶到手？”男人耷着眼睑，一只胳膊将她紧紧地圈住。

阮芷音几番尝试挣脱过后，置在她腰间的手分毫未动，她只能放弃了挣扎。

明天还要上班，她没工夫和他耗下去，只当床上多了个人形抱枕。

“今天去哪儿了？”

阮芷音闭着眼回：“和琳琅她们去看了场话剧。”

话刚说完，她突然想到了什么，抿下唇道：“对了，你还记得蜜月时碰见的那个男孩吗？”

“哪个？”程越霖蹙起眉峰。

“明知故问。”阮芷音伸手拍他，“他是CF的设计总监，今天在话剧院门口碰到，就说要来参加婚礼。”

“你答应了？”

阮芷音轻嗯了声，而后又道：“上回不是你说，能多收份礼金吗？”

程越霖垂着眼看她，扬眉道：“天天和别人出去倒挺开心，是真的不想我？”

“我才搬出来几天？”阮芷音叹了口气，“琳琅都说，婚姻也会有倦怠期。”

她没别的意思，不过觉得只是回公寓住了几天，哪儿能时刻想他想得发狂？

“倦怠？”男人深沉的眸子中隐含逼视之意，“阮嘤嘤，结婚还不到一年，你就开始倦怠了？”

阮芷音微顿，道：“我没这么说。”

“是吗？倒是不见你对别人倦怠。”

思索几秒，阮芷音才明白过来别人是谁，无奈地道：“你怎么连女人的醋都吃啊？”

言毕，察觉到男人的沉默，她又抿了下唇线道：“好吧，我现在勉勉强强地结束你的惩罚了。”

她都已经让他无赖地爬上床了，这惩罚好像也罚不下去了。

“你确定？”程越霖饶有兴致地垂眸，“那就该给我讨点儿利息了。”

“什么利息？”

她刚说完，男人气息滑过她耳边轻薄的皮肤，细碎的轻吻落下，在耳颈引起一阵酥麻的战栗。

他顺势握住她的手，理智在舌尖的交融下逐渐坍塌。床头是给人暧昧感觉的灯光，空气逐渐丧失，他的吻给她带来天旋地转的眩晕。

最后的时刻，阮芷音竭力抽回一抹意识，伸手去推他："这里没有——"

"没有什么？"

低沉的嗓音落在耳畔，阮芷音像是想通了什么，逐渐松开了手。

持续一周的惩罚，就这么草草结束，阮芷音又搬回了别墅。

一眨眼，便又要过年了。

南茵因为之前那几笔数额不菲的订单回笼了部分资金，不过阮芷音拨了研发经费后，也所剩无几。

她还没想好是否要寻找投资方，她也很明确公司的发展规划，所以不打算贸然行事。

最近一年，公司的业务稳定了下来，生产有条不紊地进行，倒让阮芷音腾出了不少时间。

至少她看起来不比刚起步时那么忙碌了。

相较于她，程越霖就要忙得多了，连着好几天都是晚上十点过后才回到家，或是在书房里开着视频会议直到凌晨。

两人很少有一起回家的时候。

这天，阮芷音下班回到家，回复了几封邮件后，便接到了程慧打来的视频电话。

"不好意思音音，这会儿还给你打电话，程朗他非闹着要和你聊天。"

视频的画面上明显隔着时差，程朗那边是白天，国内却已经过了晚上十一点。

程朗去美国后，刚开始还不太适应，后来交了新朋友，性子活泼了不少。不过他也没忘记阮芷音，经常会跟她视频通话。

"姐姐，你什么时候来看我？"程朗圆润的小脸出现在屏幕里。

程慧在一旁纠正他："阿朗，姑姑都已经说了很多遍了，你该叫嫂子。"

"可是，是姐姐让我叫姐姐的。"程朗撇了撇嘴。

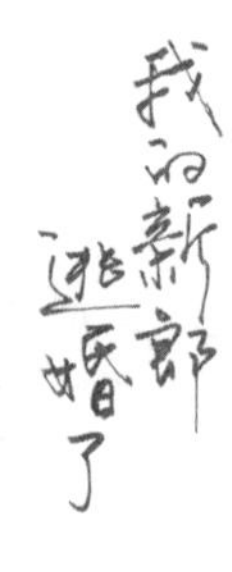

阮芷音莫名生了些心虚。

当初她让程朗叫姐姐，是因为她和程越霖还不是真正的夫妻。

不过，好在程慧只当她是怕程越霖不接受程朗这个弟弟，并没有多想。

因为程朗等会儿还有足球课，所以简单聊了几句，阮芷音便挂了视频电话，去浴室里洗澡。

阮芷音裹着浴巾、推开浴室的门出来后，她直接跌进了男人宽厚的怀抱中。

“你在浴室门口干吗？”

直起身后，她气恼地看他。

最近这段时间，阮芷音总会有被一点儿小事影响情绪的时候。

程越霖笑了笑，低首道：“这不，等你投怀送抱？”

阮芷音暗斥他没脸没皮，却也懒得跟男人斗嘴，自然地将手里的吹风机递给他，躺到床上，让程越霖帮自己吹头发。

“对了，姑姑今天打来电话，喊我们一起去过年。”

程朗一直想让阮芷音去看他，所以程慧问她时，阮芷音也没想拒绝，只说先问问程越霖。

“你想去吗？”程越霖关了吹风机，坐在床边垂眸看她。

阮芷音随即点了点头：“过年人多热闹些，也挺好的。”

除夕万家灯火，如果就他们两个人待在别墅里过节，确实冷冷清清的。

“嗯，那我让白博订机票。”

他倒是应得很爽快，又打开吹风机，继续给她吹起头发来。

男人的手艺越发熟练，阮芷音舒服地闭起眼，随口问了句：“你休学那年，为什么没去找姑姑？”

那会儿他父亲入狱，爷爷新丧，程慧说她曾让程越霖去美国读书，也可以避过那些找上门的债主，却被他拒绝了。

程越霖闻言，轻描淡写地道：“我又不像程朗，都是有手有脚的成年人了，再怎么着，也总能养活自己不是？”

留在国内还好，真去了美国，他只怕自己会忍不住去找她。

“那你还挺厉害。”

头发被他尽数吹干，阮芷音侧过身子，顺便夸了他一句。

浴袍宽松柔软，她这么一动，程越霖将视线落在胸口那片雪白的肌肤上，眸光渐黯。

眼神流转间，阮芷音已经明白了他的暗示。下一秒，她便被人拦腰抱起，换了个方向抵在床上。

摩挲在她肌肤上的指腹带着灼热的温度，不消片刻，她便已被吻得气喘吁吁。

男人和女人的体力是真的有差距，直到她筋疲力尽，他仍不知疲倦。

尤其是，阮芷音觉得程越霖最近好像……更热衷于此了。

这是她的意识消失前，最后的想法。

生活似乎一切如旧。

等阮芷音发觉自己例假推迟时，已经是半个月后的事了。并且，她还是见叶妍初在群里抱怨了一句最近加班加得月经不调，才猛然发觉她的例假已经晚了七天。

阮芷音意识到什么，却不敢确定。

有些心不在焉地结束了工作，她拿起钥匙，直接开车去了离公司最近的医院。

她在医院大厅挂了号，坐在妇科门诊外有些紧张地等待了好一会儿，才听到叫她的名字。

阮芷音缓了口气走进门诊室，面诊的是位女医生。

对方拿过空白的病历，询问了句："怎么了？"

阮芷音抿下唇，只回了一句"例假推迟"，医生便已了然，开了张化验单递给她："拿单子去做个检查。"

医院的效率倒是很快。半小时后，阮芷音拿着手中的化验单，回到了门诊室里。

上了些年纪的女医生接过那张化验单，看了两眼，很快下了结论："早期妊娠。"

说完，她在病历单上写下了几行字。

阮芷音愣了愣："我怀孕了？"

"未婚？"医生见状，抬了抬眼，面色平静地问她。

阮芷音回过神来，摇了摇头："不是，我已经结婚了。"

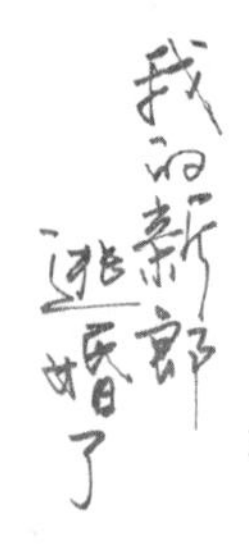

医生笑了，将化验单还给她：“那有什么好意外的？”

阮芷音微怔，低下头，手放在尚且平坦的小腹上。

是啊，她好像……也没有什么可意外的。或者说，她并不是完全没有准备。

阮芷音拿着那份化验单，神情恍惚地走出了诊室，显然还没从这个消息中缓过神来。

医院里，周围人来人往，她却独自在那儿静站了许久。

送人来医院的顾琳琅，刚从楼上的病房下来，就看到了阮芷音站在医院大厅里发呆的一幕。

“音音，你怎么在这儿？”

顾琳琅走近后，才笑着去拍对方。

她送突发肠胃炎的沈晟来医院，在病房里待了两个小时，直到沈佑过来她才从病房里走出，结果就撞上了阮芷音。

阮芷音被人召回了思绪，看见顾琳琅后，张了张嘴：“我——”

才刚开口，顾琳琅已经看到了她手里的化验单。作为尝试备孕过的人，顾琳琅怎会看不懂上面的意思？

“你怀孕了？”对方很是讶异，停顿片晌，笑着捂住了嘴。

阮芷音点了点头：“嗯。”

这个孩子的出现，好似让她想象中的家圆满了。而冥冥之中，琳琅还是第一个和她分享这个消息的人。

“太好了，我可算是当上干妈了。”顾琳琅已经掩盖不住喜意，眼眶却有些泛红，叮嘱道，“听说前三个月要多休息，好好养着，注意身体。”

阮芷音莞尔一笑，伸手抱住顾琳琅：“我知道，还得劳烦你这个干妈看他长大，让他好好讨你欢心。”

顾琳琅喉间微涩，拍拍她的背，缓了口气问道：“程越霖没陪你来？”

阮芷音顿了顿，老实回：“他还……不知道。”

她也没想好要怎么告诉他这个消息。

连续加了几天班，程越霖今天倒是难得早早结束了工作，不到六点就回了家。

可他刚走进客厅，就看见阮芷音坐在沙发上，静静地望着他。

察觉她有些不对，程越霖轻扯下领带，脱下西装外套后，解开衬衣上面的两颗纽扣，走到她旁边坐下，笑着问了句："这是怎么了？"

阮芷音的视线掠过藏在盆栽里的相机，她猜到叶妍初和顾琳琅就程越霖得知她怀孕时是什么反应打了回赌。

她不动声色地缓了口气："我今天路过书店，给你买了些东西。"

"书店？"程越霖扬眉，"什么东西？"

阮芷音指了指茶几上的几本书："这些给你，你要是实在不想吃外面的饭，就好好学学。"

那厚厚的一摞书全都是食谱。

程越霖蹙起眉峰，顿了一会儿，疑惑地道："你到底怎么了？"

如果她是闹脾气的话，他又想不出自己最近做了什么让她不开心的事。

"没什么，就是……"阮芷音微顿，进而暗示道，"我有段时间做不了饭了。"

她怀了孕，不好吸油烟。

她缩了缩手，有些紧张地望向他，期待着程越霖听出自己的言外之意。

可她没想到，男人的视线落在了她缩进袖口的手上。

"阮嘤嘤。"他拧起眉。

阮芷音屏住呼吸："嗯？"

"你这是——"他声音微沉，叹了口气，"做饭切手了？"

阮芷音："没有。"

程越霖的反应，让她觉得自己是对牛弹琴，白白浪费了情绪。

"那是不想做饭了？"

阮芷音微哽："不是。"

两两相望，一阵沉默。

最后，阮芷音不得不放弃了原本的打算，转而道："家里缺了些东西，你去买吧。清单我放在房间里了，等会儿拍了照发你微信上。"

以往家里缺了什么，她也会让他开车出去，把东西买回来。

程越霖淡抿下唇，即使觉得有些不对，可还是应下了。

男人穿上外套，拿了玄关处的钥匙出了门。

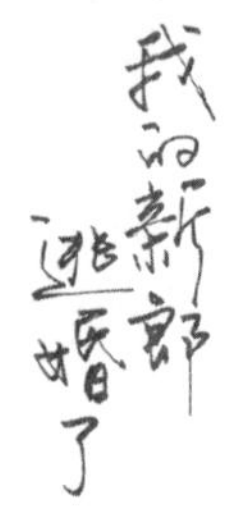

车刚开出别墅，程越霖就收到了阮芷音发来的采购清单。和以往没什么不同，清单上都是些零零碎碎的东西。

指腹在屏幕上滑过，他简单地扫了眼。

湿巾。

卫生纸。

…………

程越霖一条条地看着，直到看到最后两样东西时，突然顿住。

验孕棒。

婴儿床。

这两样东西像是刚刚才被加上去的。

他的脚下一紧。

车子还没驶出别墅区，刹车声突兀地响起，男人直接将车转了个弯。

几分钟后，他重新推开了门。

阮芷音站在门口，静静地望着面色怔然的男人。

程越霖将视线落在她的小腹上，喉结滑了下，有些不知所措地开口："他——"

他话都说不全，就向前走了两步，想摸一摸她的肚子，又缩了回来。

阮芷音被他这副模样逗笑了，转而问他："你说就现在这样，我们能当好父母吗？"

"不知道。"程越霖也觉得这般有些失态，忍不住笑了。他沉了口气，又伸手抱住她，声音居然有些哽咽："但我会尽力。"

他并不是完全没有准备，可真正到了这一刻，喜悦和无措同时涌上心头。

明明还没见面，他却像是多扛了一份除她之外的责任。

程越霖想，他大概体会到了程逢生当初对他的心情。

阮芷音察觉到他的情绪，恍然想到什么，回抱住他，低声说了句："那我们回头去扫墓，把这个消息告诉程叔叔？"

程越霖没想到她能意识到他的想法，顿时觉得他们心有灵犀。

他笑了笑，用手掌揉过她顺滑的头发，低声应："嗯。"

怀孕这件事，除了程越霖和她，也就只有叶妍初和顾琳琅知道。

至于其余人，阮芷音本想等等再说。可没过两天，她就收到了秦湘慰问的消息。

问过后，她才知道秦湘是从钱梵那儿听说的。至于钱梵怎么知道的，她想都不用想。

没过多久，程慧也听说阮芷音怀了孕，直接拒绝了阮芷音去美国过年的想法，并说要带着程朗回国来过年。

为此，程慧还给程朗请了半个月的假，让他很是高兴。

不知道是不是因为怀孕，阮芷音最近的脾气也多了些起伏。

除了口味上的改变，她还变得有些情绪化。一向理智的她，如今看个电影都会被情节感动。

周六的空闲时间，阮芷音特意订了两张电影票，和程越霖去电影院看电影。

程越霖本想包场，阮芷音却固执地觉得坐满人的电影院才有生活的气息，于是他只得作罢。

这部爱情文艺片是沈蓉主演的，对方毕竟是公司的股东加代言人，和阮芷音也算有些私交。

阮芷音已经包场请公司的员工看过，自己却还没来得及去看。

两人自行开车去了电影院，程越霖走开去取票，阮芷音站在原地等他。

她却没想到，就这一会儿工夫，竟遇到了认识的人。

乌灵萱看见阮芷音后，愣了一秒，随后和身边的男子说了些什么，笑着走上前来："你也来看电影？"

"嗯。"阮芷音点了点头。

乌灵萱环顾了下，瞧见不远处的程越霖后，摇头道："我是真没想到，你们会结婚。"

阮芷音弯了弯唇，顿了顿后回道："抱歉，高中那会儿，我也没有想到。"

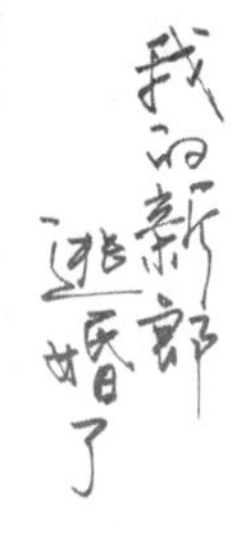

她这是在解释，那会儿帮着乌灵萱递情书，确实没有别的想法。毕竟高中时，她和对方的关系还算不错。

乌灵萱笑了，脸上露出小小的梨窝："跟我道什么歉？我递的情书多了，就算没有你，程越霖也不会喜欢我啊。"

看对方的态度自然，阮芷音亦松了口气："年后我们会办婚礼，到时候——"

"你可一定得给我发张喜帖。"

"好。"阮芷音笑着点头。

其实重点班里的同学大多很好相处。

回头再看，某种程度上，是她那时消化不了从县城到岚桥产生的自卑感，格外敏感，没法敞开心扉接纳别人。

程越霖走过来时，乌灵萱已经和男友检票进了场。

"碰到认识的人了？"

阮芷音接过他递来的电影票，轻声回："是我们的高中同学。"

男人只是哦了声，没再说话。

阮芷音见状，就知道他是没什么印象了，提醒道："你还记得，有年情人节，我给了你一封情书吗？"

她本想解释，那封情书是她帮乌灵萱送的。

结果，程越霖却意味不明地垂下眼眸，盯着她哂笑道："怎么，你还好意思提那些批发来的情书？"

那时他曲解了她的意思，闹了笑话不说，又因为她不明所以的态度连生了好几天闷气。

阮芷音闻言，只好把话咽了回去，两人检票进了场。

沈蓉不是商业片演员，主演的大多是文艺片，全是奔着拿奖去的。

怀孕后，阮芷音便时常会犯困。影片还未过半，她就靠在男人的肩头睡了过去。

她再睁眼时，影片已经放起了长长的片尾字幕。

阮芷音有些不好意思，侧过头，小声问他："电影后面演的什么？"

"主角结婚了。"男人言简意赅。

"就这？"

“不然呢？”程越霖垂眸看她。

阮芷音满眼嫌弃之色，心想：果然，他也没什么文艺细胞。

怀孕后，阮芷音偶尔会设想孩子以后的兴趣该是什么。

现在看来，她该断了让孩子成为文艺片导演的念想了。

坐在他们背后的女生听到这番对话，差点儿没憋住笑。

眼见着程越霖和阮芷音双双离去，她又想起刚刚的那幕。

她认出男人就是之前被一众网友喊嫁的霖恒总裁，没忍住拍了张照片，却没想到被对方发现了。

他逼人的视线望来时，女孩磕磕巴巴地道了个歉：“不……不好意思，我这就删掉。”

男人轻蹙眉峰，最后说了句：“一定要发的话，麻烦遮掉我太太的脸。”

听起来，他也并不排斥她将照片发出去。

两人离开后，女孩犹豫了会儿，还是将刚刚的照片修了下，发了条微博。

“你们一定想不到，霖恒总裁居然还会陪老婆来电影院看电影，还是普通场。”

阮芷音经叶妍初提醒，看到这条微博的时候，两人已经回到了别墅。

微博转发量有几千，倒也不算太高。只是在评论的下方，居然有人发了程越霖之前参加财经访谈节目时和主持人的对话。

男人西装革履、姿态从容、眉宇间精致俊朗，远不是在家时的无赖模样。

主持人问及她时，程越霖微笑着颔首：“我们是高中同学。”

主持人又问：“你觉得太太高中的哪个时刻最美？”

男人思考了一会儿，才回道：“大概是……做题的时候。”

当他对着镜头说起这些时，还真是没什么包袱。

等到程越霖洗完澡从浴室里出来，阮芷音忍不住问了句：“做题有什么好看的？”

男人微怔，瞥见她亮着的手机屏幕，才明白她在说什么。

程越霖笑了笑，调侃道：“阮嘤嘤，那会儿能让你死磕下去的，难

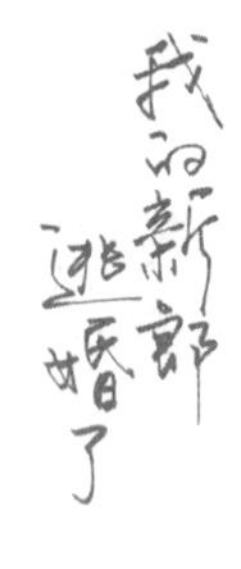

道不是只有试卷吗？”

女孩紧握着中性笔，微微皱眉。她安静地坐在那儿，阳光打在她的侧脸上，面颊上细细的绒毛都像是在发光。

那大概是他之后回忆起来，印象最深的一幕。

程慧一家回到岚桥的那天，是腊月二十九。

程越霖和阮芷音去机场接机，之后和程慧一同回了别墅。

即便通话次数不少，可这还是阮芷音和程慧第一次见面。

只是她没想到，程慧到来后，竟然表现得比她这个孕妇还要紧张。

阮芷音怕程越霖搞不定厨房的事，不过刚刚起身，程慧便神色一紧，阻拦道：“嘤嘤，让他们男人干就行了，你姑父就是厨师。”

程慧的丈夫汤崴的确是厨师出身，却不是普通的厨师，他名下的餐厅有几家连锁店。

程朗小心翼翼地凑到阮芷音跟前，用圆溜溜的眼睛盯着她的肚子：“姐姐，这里真的有小宝宝了吗？”

程慧揽过程朗，摸摸他的头：“那当然，等宝宝出生，你就是叔叔了。”

程朗被程慧养得不错。

阮芷音知道，程慧当初高龄怀孕，却在骤然听闻父亲去世的噩耗后因伤心过度流了产，如今才会格外地紧张她。

吃过晚饭，程越霖去二楼的棋牌室里陪汤崴下起了国际象棋。

程慧发话，把程朗赶回了房间：“好了，别闹你嫂子了，快回房间睡觉。”

程朗恋恋不舍地放下游戏手柄，听话地上楼了。

“嘤嘤，你来，我给你看些东西。”程慧坐在沙发上，笑着朝阮芷音招了招手。

阮芷音走到程慧身边坐下，眼见着她拿出了放在另一侧的两本相册。

程慧打开后，阮芷音发现里面都是些有了年头的照片。

“这是阿霖三岁时，他妈带着他去我那儿。逛游乐园时他调皮地跑丢了，吓得他妈慌了神，可让我们一顿好找。”

照片上的孩子面容稚嫩，脸侧的酒窝却透着几分熟悉。

程慧又指向另一张照片："这是他五岁时，和别的小男孩打架把人家牙打掉了。对方母亲上门告状，被他爷爷打了一顿，气得自己坐飞机来找我了。"

男孩趴在庭院的花园里，满身泥泞，被直接拍了下来。

阮芷音不免有些担忧，要是孩子出生后随了程越霖的闹腾劲儿，可该怎么办？

…………

听着程慧将厚厚的一本相册讲解得差不多了，阮芷音将视线落在了最后一页左上角的那张照片上。

"姑姑，这张是……？"

程慧顺着她手指的方向看去，笑着道："阿霖休学那年，我让他去美国读书，他拒绝了。不过感恩节的时候，他来看了我一趟。"

"我也是那时候听他提起过你。"

阮芷音目光落在照片一角的袋子上，愣怔了许久。

阮芷音想起自己刚到国外的那年感恩节的事。

期末结束，她难得给自己放了一天假，去市中心挑了些礼物准备寄给顾琳琅和叶妍初。

回公寓时下了雪，她围着厚厚的围巾，戴着帽子，仔细瞧着脚下的路走着。

行至公寓的路口，阮芷音远远瞧见一道熟悉的背影，愣了一会儿，却只觉得自己看错了。

回到公寓里，Camille 一身靓丽的打扮，正对着镜子擦口红，显然是已有约会。

对方见阮芷音进来，笑着提醒她："Alva，桌上有别人给你的东西。"

"谁送来的？"阮芷音有些惊讶。

Camille 摇了摇头："不认识，是托隔壁的人送上来的。不过听说对方刚走，你回来的时候没碰到吗？"

阮芷音摇了摇头，脱下外套后，打开了桌上的包裹。

"这是什么？"

"国内的一些零食，这儿买不到。"

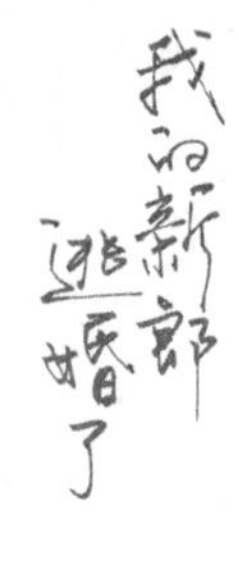

甚至其中一些零食，只有在岚桥的人才能买到。

高中时，当阮芷音偶尔没时间去食堂吃饭时，就会在桌洞里放些饼干糖果。包裹里这些零食都是她喜欢吃的。

尤其是那款葡萄味的脆皮软糖。当初，阮芷音习惯了做题时嚼一颗，是每当一道题实实在在地想了许久的时候。

Camille 哇哦一声，笑着调侃她："看来，送这些的人倒是有心了。"

那会儿叶妍初说过要给她寄礼物过来，阮芷音只当是她托人送了过来，没有多想。

直到叶妍初告知她，寄出的包裹因为放了叶母手做的几罐辣酱而被海关退回，当初的那个包裹就彻底成了悬案。

因为程慧和汤崴长途跋涉，又要倒时差，所以他们已经回了客房休息。

阮芷音走进房间时，程越霖站在窗边，看起来是在和白博通电话。

她没有出声，望着玻璃上映出的对方在夜色中的背影，默默地弯了弯嘴角。

等程越霖挂了电话，他才看到站在门口的阮芷音。

男人踱步过来，扬眉问道："怎么了？刚刚不是和姑姑聊得挺开心的吗？"

"其实你和姑姑的关系很不错，之前问你，为什么要跟我说一般？"

就连小时候和爷爷闹脾气，他都能闹着去国外找姑姑。这样的关系，怎么看都不是一般的关系。

程越霖没想到她会翻起旧账，云淡风轻地垂眸："你这是来向我问罪的？"

当初他那么说，是怕她问起休学时为什么没有去美国找姑姑，没想到会留下这么个引子。

他正想着随便编个理由，阮芷音已经摇了摇头，伸手抱住他。想到他昨晚那莫名其妙的有关更爱谁的问题，她声音里带了些许安抚之意："阿霖，我以后会多爱你一点儿。"

阮芷音想：她爱他的程度会勉强比孩子多那么一点儿。

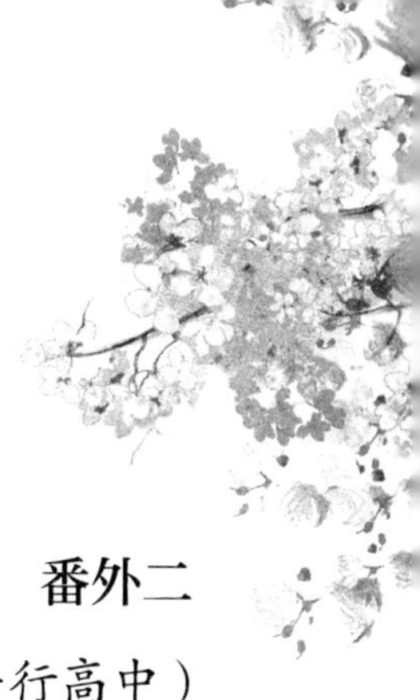

番外二

（平行高中）

岚桥，即便步入秋天，天气依旧比许县湿闷。

从许县来岚桥的第三个月，季奕钧安排了阮芷音转学。

连着下了几日的雨，办手续那天却是难得的大晴天，连带着人的心情都明朗了几分。

阮芷音被司机送去了学校。她从校长办公室里出来时，学生们还都在上课。

校园里很空旷，她穿着白色衬衫和牛仔裤，怀里抱着资料，低头朝校门口走去。

林成说要安排助理陪她，阮芷音拒绝了，只让司机送她过来，她能察觉到林成藏在和蔼模样下的心思。

她已经在老宅里住了快三个月，林成在表面上做得滴水不漏。阮芷音不想让阮老爷子烦心，一直佯作乖顺，让林成放下了警惕。

不过，她来岚桥后见过的人中，最让她觉得奇怪的人却是秦玦。

对方熟稔过头，反倒使她在礼貌下多了层隔膜，摸不清他的目的。

岚中的操场隔着初中部和高中部，等阮芷音听到不远处的声音时，她才意识到自己走错了路。

为首的那个染了红发的女孩，打扮极为出格，手臂上还有文身。阮芷音抬头一看，发现几个女孩将一个年龄比她们小的女孩围在中间。她知道岚中不像县中那样约束学生的打扮。

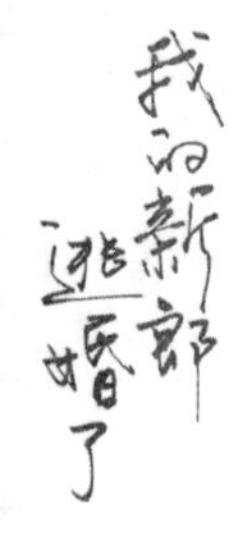

县城高中很乱，这种事情屡见不鲜。阮芷音很快明白过来，被围的小女孩遇到了麻烦。

她不想出风头，更清楚如果今天帮了对方，以后的学校生活恐怕就不会那么顺心了。

脚步微顿，犹豫一瞬，阮芷音认命地缓了口气。

她还是无法视而不见。

阮芷音悄无声息地转身离开，然后装作迷路，从邻近的教学楼那儿引来了一位正在散步的老师。

当对方得知阮芷音是刚转来的学生时，这位教导主任一边随阮芷音朝操场走去，一边向她解说学校的情况。

不大不小的声音惊动了不远处的几人，看清来人那刻，围在红发女生身边的几人作鸟兽散。

“杨雪，怎么又是你？！上课时间不在教室里待着，跑到操场这边做什么？真以为学校不敢开除你？”

他说的是被留在原地的那个红发女生，对方到底有些怵眼前的教导主任，瞥了眼刚刚被她们围住的女孩，不情不愿地回了句：“只是和人聊聊天。”

虽然经常语言恫吓，但杨雪并没有朝人动过手，这也是她至今还未被学校开除的原因。

“回教室去，明天把检讨交到教导处。”

杨雪很低地应了声，默默地瞧了眼站在教导主任身边一言未发的阮芷音，才转身走开。

“你是初中部的？”

教导主任这才看向被杨雪几人拦住的女孩，对方穿着初中部的校服。

“嗯。”

叶妍初没想到，不过是应陆女士的要求给邻居家哥哥送趟东西，居然会惹来麻烦。

“几年几班的？”

“初三一班。”

教导主任的脸色和缓了不少，一班是重点班，都是出中考状元的苗子。

“都要中考了还在操场上瞎转悠，你们班主任怎么回事？学生不在也不见找，我领你回去。”

叶妍初好奇地看了阮芷音两眼，犹豫了一会儿，才跟着教导主任走开。

一高一矮的身影渐行渐远。

阮芷音想到司机还在门口等她，转过身正要离开，余光却瞟见了一道穿着校服的清瘦身影。

葱郁茂密的榕树旁，少年优哉游哉地坐在墙头，只着了件短袖，白蓝相间的校服外套系在腰上。

他居高临下地望过来。

对上阮芷音平静的视线后，程越霖微哂开腔：“这位同学，你倒是——”

“懦弱得很勇敢。”

她分明不敢得罪人，却会借力打力，还挺聪明。

他说出了一句语含嘲讽之意的夸奖之话。

阮芷音很快反应过来，这是位逃课的学生。

可还未等她做出反应，墙那头又传来一道焦急的男声：“霖哥，你跟谁说话呢？赶紧拉我一把啊。”

阮芷音心想：他们居然还是团伙“作案”。

好巧不巧，就在这时，她的身后再次响起了刚刚那位教导主任的声音：“阮同学——”

才刚开口，对方就倏然顿住。

下一秒，教导主任的声音里添了些气急败坏的意味——

“程越霖，你又逃课！赶紧给我下来！”

纵使知道人生总会有许多巧合，可阮芷音没有想到，自己刚到岚中就经历了两次意外。

一次是遇见叶妍初，一次是遇见程越霖。

略显嘈杂的教室里，刚刚结束一堂地理课，同学们正相互嬉闹

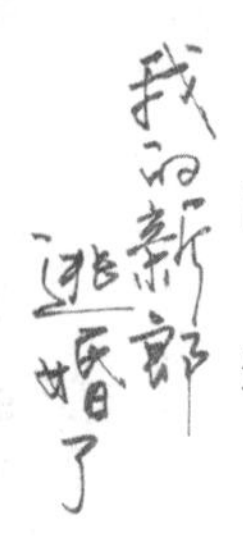

闲谈。

“阮芷音，你以前在哪儿念书啊？”苏亦旋转过头，托腮望着自己这位整日穿着校服的新同桌。

阮芷音把上节课的课本收起，拿出数学课本，轻笑着回：“X 省。”

“那还挺远的。”

“嗯。”阮芷音只点了下头。

苏亦旋知道她不爱说话，没再追问。

两人刚说完，就看见数学课代表俞超走了过来，小心翼翼地把开学时的摸底卷放在了程越霖旁边的空位上。

全班只有程越霖单坐一排，他整日趴在桌上睡觉。

苏亦旋压低了声音，凑近说道：“听说程越霖他爸给学校捐了栋楼，他逃课睡觉老师也不管，毕竟学校不可能把他开除。平常的时候，你也别惹他。”

她之所以叮嘱这么一句，是因为阮芷音前几天晚自习时，愣头青似的拦住了逃课的程越霖，好在对方没有计较。

正在做课前习题的阮芷音闻言，微顿笔尖，轻应了声。

她知道苏亦旋是好心提醒她。

虽然已经过去快一个月，但阮芷音仍记得那天到了教导主任办公室后，教导主任试图联系程越霖的家长，最后，来的却是他父亲的助理。

秦湘跟她说过，程家在岚桥那些老派人家眼里是暴发户，融不进盘根错节的圈子，但又没人真能去和程逢生作对。

正出着神，刚进教室的徐飞走过来，敲了敲她的桌子：“阮芷音，有人找。”

阮芷音闻言，说了声谢谢，朝门外一望，秦玦出现在班级门口，她极淡地蹙了下眉。

然而秦玦过于张扬地站在那儿，众目睽睽之下，她还是无奈地走出了教室。

“这些学习资料是我用过的，上面有标注的笔记，应该对你有些帮助。”

秦玦含笑说完，将怀中的一摞资料递给阮芷音。

总不能当众落人脸面，阮芷音只好伸手接过，回了句谢谢。

这段时间，她搞不清楚秦玦对她表现得如此熟络的动机，只好先避着对方。她却没有想到，秦玦会在学校里主动给她送来这些资料。

阮芷音虽然没有参加开学时的摸底测试，但看过试卷，知道岚中的学习进度比县中快许多，的确需要努力弥补落后的部分。

她抱着资料回了教室，苏亦旋惊诧地问了句："你认识秦玦吗？"

顿了顿，阮芷音低声回："也不算认识，只是跟着家里人见过。"

在老宅里第一次见到秦玦，阮芷音就察觉到了他那份刻意的"讨好"，似乎带着极强的目的性，让她下意识地想要躲避。

说实话，在搞清对方的目的前，她不太想和秦玦扯上关系。

然而，话音刚落，她就听到旁边轻飘飘传来一句："四处攀关系。"

阮芷音轻皱眉心，转头看向过道那头站在杨雪身边的贺晓兰，没错过对方讥讽的眼神。

进班后，杨雪并没有为难她。平日里，贺晓兰经常来实验班找杨雪，却没像现在这般模样。

她还不明白，对方为什么会突然变了态度。

阮芷音没说话，苏亦旋却已经站了起来："贺晓兰，你乱说什么？"

贺晓兰笑了声，撇下嘴："你管我说什么？"

苏亦旋气得微哽，正欲回击，散漫的男声出现——

"闭嘴，吵死了。"

程越霖不知何时直起了身，慵懒地靠在椅背上，眼神淡漠，看的是贺晓兰的方向。

他不过说了几个字，却让争执瞬间消弭。

上课铃声适时响起，阮芷音也很快坐回了座位上。

岚中校风不算严苛，但时间利用得充分，高二开始便要上三节晚自习。

挂在黑板上方的时钟嘀嘀嗒嗒地转动，指向了下午六点。

同学们都去食堂吃饭了，偌大的教室里只剩下了两个人。

埋头做题的阮芷音和趴在课桌上补觉的程越霖。

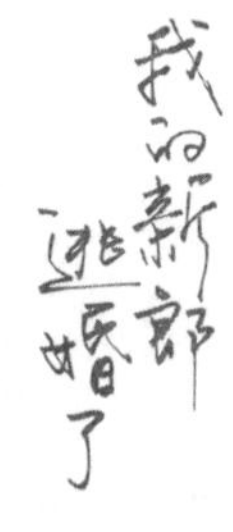

两人都没有发出什么声响，气氛还算和谐。

阮芷音做的是从苏亦旋那儿借来的数学摸底测试卷，她在县中时成绩不错，眼下却只解出了最后两道大题的第一问。

对其余的题目，她一筹莫展。

皱起眉心，阮芷音只能低下头，在放满课本的桌洞里翻找秦玦的那份笔记。

啪的一声——

蓝色的本子应声落下，掉到了后座的程越霖脚边。

瞥了眼纹丝未动的他，阮芷音缓了口气，随后慢慢俯下身去，试图去够地上的笔记本。

指尖渐进，在她快要碰触到本子的前一秒，骨节分明的手掌突然出现，抢先一步将其拾起。

阮芷音微微抬眸，隔着半个桌子的距离，与对方四目相对。

那双略显惺忪的桃花眼，如湖水般平静。

她甚至能够看到自己映在对方眼眸中的影子。

一片静谧中，时间像是暂停了几秒。

倏然回神，阮芷音淡抿下唇："不好意思，我——"

她话还没说完，就在试图直起身时被桌角碰到了头。她捂住额角，没有出声，只是咬着下唇忍耐疼痛。

程越霖瞥她一眼，闲散的视线继而落在笔记本封面用钢笔书写的名字上，挺直的眉尾略扬："秦玦？"

"给我。"阮芷音皱了下眉，语气却还算平静。

"哦？你的？"唇角翘起浅浅的弧度，程越霖轻笑了声，"这上面可没写你名字。"

阮芷音微顿，努力舒了口气："吵醒你是我不小心，我跟你道歉，请把笔记还给我。"

程越霖微耷眼睑，静静地看向她，一时没有答话。

过了一会儿，他才轻笑了声："成啊，把这几张卷子写了，就给你。"

他递给她几张空白的试卷。

上回的事被老冯告知了程逢生，老头儿人不在岚桥，却给他请了一堆家教盯梢。

他还有要做的事，没工夫应付那些人，最近这些卷子都是钱梵帮着抄的。

明白了他的意思后，阮芷音深锁双眉："你这样——"

"怎么？"程越霖哂然一笑，"还想管我写作业？那你管的还挺多。"

他的这句话又变相地提起了上回她拦着他逃课的事，不知是不是在暗示他很记仇。

阮芷音抬眸看向程越霖："我写完卷子，你就把笔记本还给我？"

"嗯。"他应得轻飘，瞥她一眼，将白皙修长的指节敲在桌面上，悠然道了句，"写的时候机灵点儿，懂？"

阮芷音微转眼眸，接过试卷垂下眼眸："嗯，懂了。"

既然他让自己写，她当然得"机灵点儿"。

晚自习结束，教室里的同学逐渐离去，阮芷音却特意留在了最后。

等到逃课晚归的程越霖回到教室里收拾书包时，阮芷音将那几张卷子递给他。

可在对方伸手时，她又缩了回去，提示道："笔记本。"

程越霖这回倒也没再为难她，掏出那本笔记还给了她。

出了教学楼，钱梵看见走在前面的程越霖朝着学校大门走去，于是追上前去拍了下对方的肩膀。

"霖哥，卷子呢？"

知道程越霖被程逢生请来的一群家教盯梢后，钱梵笑着嘲讽了两句，就无奈地没再说什么。

程越霖惯会装模作样，故意让他妈得知那些都是名师。

现在钱梵也得陪他上那些家教课，平白多出了一堆卷子不说，还得替程越霖多抄一份。

要不是因为两人是穿开裆裤长大的交情，对方又在儿时帮他打跑了那些欺负他的人，钱梵怎么会承受对方的压迫这么多年？！

听见钱梵的话，程越霖轻抬眼，从书包中掏出几张卷子："写完了。"

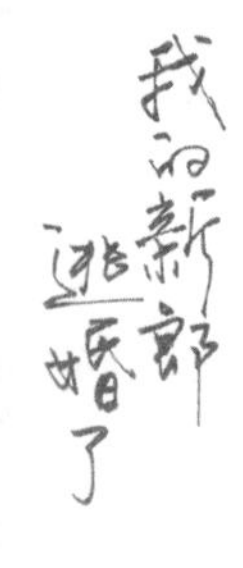

“你居然写完了？”钱梵一脸不可置信的表情。

“我不能写完？”程越霖扯了下嘴角，将卷子放好，继而留给他一个云淡风轻的背影，“走了。”

岚中的生活紧凑而充实，和阮芷音在县中时的体验完全不一样。

她适应了快两个月，才总算勉强跟上了岚中的生活节奏。

林菁菲和秦玦都在国际班，和她不在一个教学楼里。阮芷音大多时间都待在教室里，除了上次秦玦来送笔记，在学校时他们基本没什么交集。

午饭时间，阮芷音合上刚写完的习题册，才想起早上带来的面包已经分给了没吃早饭的苏亦旋。

岚中附近的外卖要提前订，待了一会儿，她只好独自去了食堂。

阮芷音到食堂时，刚下课那会儿的高峰期已经过去，食堂里的人不多了。

她在窗口打完饭，找了个安静的角落坐下，然后拿出口袋里的随身听，一边吃饭，一边听英语。

上个周末，林菁菲主动邀请她去逛商场，还喊了秦玦随行。

或许是因为秦玦察觉到阮芷音想要退避的疏离，知道她不会接受单独的礼物，所以，当他瞧见阮芷音在柜台前看随身听时，就借给林菁菲买生日礼物的机会向她表示，要“一视同仁”地送她个随身听。

只是最后，阮芷音还是拒绝了他的好意，她用自己的钱买了个随身听。

这还是她来岚桥后，第一次动爷爷给的那张卡里的钱。

在县中时条件有限，阮芷音的英语听力成绩很差。她很清楚，刚刚结束的那场月考，听力会将她的英语成绩拉下不少分。

食堂里有些冷清，程越霖被钱梵推着走进来，很快发现了独自坐在角落里的阮芷音。

扎着马尾的女生穿着干净整洁的校服坐在靠窗的位置上，发梢垂在直且洁白的颈侧，侧颜被光线勾勒出柔和的轮廓，还是他在操场初见她时安静乖顺的样子。

只是程越霖很清楚，这个转学生可算不上真的乖顺。

她对所有人都轻声细语，像是软到没有脾气，却能苦口婆心地“教育”他，还能故意摆他的道。

少年挺拔瘦削的身影定在那儿。

钱梵拿着两个空餐盘走来，递给他一个，随口说道：“霖哥，报名都要开始了，等程叔回来你怎么交代啊？”

程越霖倒是一副肆无忌惮的态度：“老头儿总不至于把我赶出去，随便吧。”

他垂下眼帘，用修长的手指朝着窗后的几道菜品指了指，很快刷了卡。

两人在一处空位上坐下，钱梵没有察觉到程越霖的缄默，还自顾自地说着：“怎么就随便了？你准备了多久啊？”

原本程越霖糊弄得好好的，没承想老师会突然向程逢生告状？也怪霖哥故意跟人作对，几张卷子上愣是没写一个正确答案，估计答案都是花了几分钟随便蒙的。

听见钱梵的话，程越霖唇角微顿，轻挑了下眉峰，再次看向“罪魁祸首”的位置。

可不过方才他低头的间隙，窗边孤零零的身影已经不见了。

移了视线，他才看到少女即将消失在门口的纤瘦身形。

食堂门前有处水洼，她停在那儿，挽起了裤脚，露出半截白皙似藕的小腿，小心翼翼地跨了过去。

确认裤脚上没有溅上水渍后，她松了口气，小幅度地弯唇，这才重新放下裤脚离开。

岚中不约束学生的打扮，岚桥又是一年到头的毒太阳，所以大多数女生都会偷偷地抹上防晒霜，再化些淡妆。

阮芷音是得天独厚的白嫩肌肤，她从不化妆，看上去也很顺眼。

“看什么呢？”钱梵好奇地瞥了眼程越霖，顺着他的视线望去时，也看见了门口的阮芷音。

他像是想起了什么，笑着道：“霖哥你不知道，陈锋昨天在超市遇见你们班这个转校生，想去要人家的联系方式，结果到了跟前，话都说不利索了。”

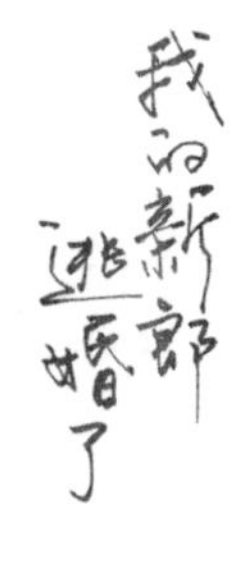

“哦？”程越霖已经收回了视线。

陈锋是篮球队的，是实打实要走体育生路子的，和程越霖这种偶尔过去训练的不同。

哪个体育生不谈恋爱？陈锋交过的女朋友也不少，却还没有连要个联系方式都磕巴的时候。

钱梵见程越霖搭腔，继续道：“要是转校生稍微打扮打扮，你们班的班花该换人了吧？别说乌灵萱了，单论长相，我觉得林菁菲也没转校生长得好看啊。”

程越霖皱了下眉，继而似笑非笑地看他一眼：“你知道的倒挺多。”

他倒是不知道，才来一个多月，她就这么招人惦记了。

岚中的课外活动不少，每月的第二个周五都是固定的社团活动时间。其中最热闹的，就要数一、二年级部的篮球赛了。

课间时，乌灵萱提着刚买的奶茶放到了阮芷音的桌上，委婉地同她商量：“阮芷音，我等会儿有点儿事，放学后的值日……？”

今天轮到她们俩值日，负责的区域是教室，可篮球赛在操场举行，一月一回，乌灵萱不想错过。

阮芷音闻言抬眸，意识到乌灵萱暗中瞧向程越霖的视线后，点了点头，笑着回：“你有事就先走吧，教室你中午都扫过了，等放学后我再简单扫下就好。”

她依旧是温温柔柔的模样。

她本就没想去看篮球赛，也知道乌灵萱的心思。对方的请求不算过分，阮芷音自然不会拒绝。

乌灵萱得了准话，绽开笑颜，又说了句谢谢，才转身离开。

僻静的教室后方，程越霖环臂倚在窗边，望着前座的阮芷音，打量了几秒后，微扬嘴角，低声道：“你倒是装得不错。”

她分明和所有人都不冷不淡的，却用这副温柔好说话的形象，在短短的时间里给班里大多数人留下了好印象。

他的目光中带着淡淡的审视之意，阮芷音与他对视两秒，平静地回了句：“谢谢。”

刚刚那话，姑且算是他的夸奖。

少年闻言坐下，将单臂置在桌上，撑着下巴，声音闲散："对别人都这么好说话，那就没有人告诉你，我的脾气不好？"

阮芷音很快明白过来，他是在指上次那几张卷子的事。

她其实没想和对方闹僵，只是如果她做得太好，被他三天两头地重复要求，那她怕是没有那么多时间应付。

缓了口气，阮芷音回道："如果你有不满，我可以道歉。"

要是他想找回面子，她就道个歉而已，没什么大不了的，只要能好好揭过这茬。

程越霖没说话，静静地瞧她一眼。少女那双明亮的眼睛里依然平静无波，她仿佛是一个没有情绪的人。

仔细想想，阮芷音唯一有情绪的时候，还是她上回拦着他逃课时，那满眼不赞成的目光。

好像在她看来，他逃课的行为犯了大错，让人痛惜。

每次下了晚自习，阮芷音总会最后一个离开教室。她不太爱说自己的事，即便遇上苏亦旋这种活泼的同桌，也只是安静地倾听。

那日回学校里取东西时，程越霖见到了过来接阮芷音的车。

看上去她的家庭条件应该不错，按理说，她应该是一个娇生惯养的小姐，可又怎么会被养成这种被消磨掉所有任性的脾气？

傍晚，篮球赛结束，程越霖和钱梵回了更衣室换衣服。

"霖哥，秦玦今天吃错药了吧？打球时老是别你。"

岚中的学生多，每个年级都分两个级部，国际班也被分在了二级部。

像秦玦那种按部就班的好学生，这会儿应该忙着准备国际竞赛，已经很少参加篮球队的活动了。

偏偏就在今天，不知道是怎么了，对方不仅来了，还处处针对程越霖。刚才打球时，两队的人险些动了手。

不过二级部那些人在球场上大多都霸道，比赛总算是赢了。

程越霖没回话，拧开水龙头，借着清澈的水流冲了下头发。他起身后，湿润的碎发搭在额前滴着水，水珠顺着颈侧淌下，露出了漆黑的

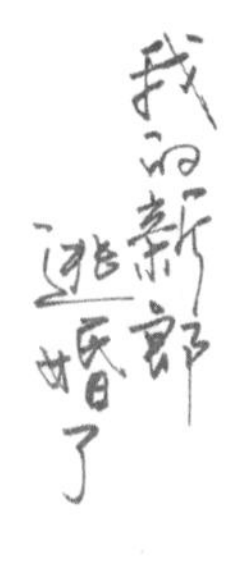

眸子。

关上水龙头，他随口道：“有喝的吗？”

虽说是问句，可下一秒，钱梵手里的那瓶运动饮料已经不幸被他“征用”。

“刚才你们班花来送水，你怎么不接？”

钱梵愤愤不平，他跑了大半个操场去超市买瓶饮料容易吗？这厮还来抢？简直令人发指。

好在篮球队里不缺饮料，钱梵扭头又从陈锋那些人手里讹来了一瓶。

程越霖喝完了水，随手将空瓶丢进了垃圾桶。他坐在一旁换鞋时，更衣室里突然爆发出一阵嬉笑声。

他别过视线：“他们在闹腾什么？”

他问的自然是刚走过来的钱梵。

“哦，陈锋刚说，想去跟你们班那个转学生表白。”

鞋带系到一半，程越霖微顿指尖，掀了下眼皮：“表白？”

“对啊，你说，他只在超市碰见过人家一回，怎么就惦记上的？”

程越霖抿下唇线，漫不经心地道：“他是不是快比赛了？”

“应该是快了。”

陈锋和他们不一样，家庭条件不算好，比赛拿不到成绩，就断了升学的路子。

“那就让他把心思放在正事上。”

他的声音没什么波澜，仿佛只是一句好心的劝告。

“放心吧，他就是不放在正事上也不行啊。”钱梵坐到程越霖旁边，摇头道，“别看他嘴上说要跟人表白，心里也知道自己没戏。”

阮芷音那样的人，一看就是安分守己的好学生，怎么可能和陈锋早恋？

话毕，钱梵又满脸神秘之色地小声道了句：“对了霖哥，你肯定猜不到那个转校生是什么人。”

程越霖心一动，斜眼看他，也不知道自己为什么关心这些，可话已经顺势而出：“什么人？”

钱梵侧过头，压低了声音：“秦玦那小子的未婚妻。”

这件事，钱梵也是无意间从他妈那儿得知的。他之所以告诉程越霖，是知道程越霖和秦玦从小就不太对付。

程越霖出生时，程逢生才刚开始发家。那会儿程母身体便不太好，动不动就住院，程逢生顾及生意和妻子，没时间看顾孩子，程越霖便一直跟着爷爷住。

不过程逢生也算孝顺，直接给父亲在岚桥最贵的富人区买了栋别墅。搬家那年程越霖才五岁，正是调皮捣蛋的时候，没几天就用弹弓打掉了隔壁家孩子的门牙。

秦玦他妈找上门时，觉得程家是暴发户，所以摆出一副高高在上的姿态，说话又伶牙俐齿的，最后使得理亏的程老爷子把程越霖狠揍了一顿。

打那以后，两人就隐隐较着劲。

“霖哥，你怎么了？”钱梵终于发觉了程越霖的沉默。

难不成是听说秦玦那小子居然有未婚妻，他心里觉得不平衡了？

程越霖提起身侧的运动包，冷着脸转身：“没事，回家。”

六点半，阮芷音回到老宅。

刘管家主动上前，接过了阮芷音的书包：“小姐，您回来了，老爷他们都在等你吃饭呢。”

阮芷音点了点头，换过鞋后，直接走进了餐厅。

餐桌上，林成和林菁菲都在，后者正挽着阮老爷子的手臂撒娇。

见到阮芷音进来，林菁菲笑容微顿，又很快恢复过来：“表姐回来啦？”

“嗯。”阮芷音轻应了声，低着头在林菁菲对面坐下。她这副姿态落在别人眼中，显得有些腼腆局促。

“对了表姐，上次阿玦还说建议你转去国际班，你考虑得怎么样了？”林菁菲声音娇俏，面上无比自然，心里却觉得有些别扭。

阮芷音回阮家后倒没做什么，可秦玦最近对林菁菲十分冷淡。最近他们为数不多的几次谈话，他问的还是阮芷音在家里的事，又或是林成的事。

虽然答应了外公会和这个表姐好好相处，但林菁菲不希望秦玦和阮

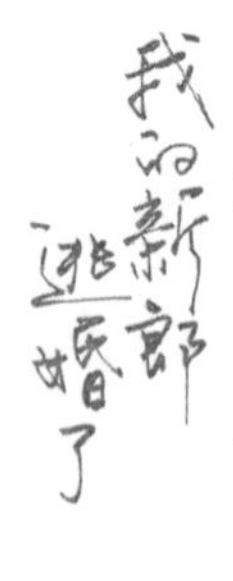

芷音之间有过多的接触，尤其他们还有个尴尬的“婚约”。

“音音，你怎么想的？”阮老爷子也望了过来。

“我不想转班。”阮芷音淡抿下唇，低声道，“国际班的进度安排不一样，我想先留在国内读书。”

即便没有秦玦那莫名其妙地极力劝说她出国的态度，阮芷音也没想过这么早就出国。况且对她来说，国际班的环境不会比只顾扎着头学习的实验班更好。

“不出国也好，我请老师辅导下音音的文化课。”林成声音和蔼，说完又道，“对了音音，林哲的文化课也不太好，让他来家里和你一起上课，怎么样？”

如果不是发现秦玦太关注这个丫头而冷落了女儿，林成也不会在这时想到让侄子和她多些接触。

阮芷音暗暗缓了口气，随后不好意思地笑了笑：“谢谢姑父，不过学校任务重，我还没完全适应，再等等吧。”

林成没再坚持，顺着话道：“那就再等等，找老师也得花些时间。”

虽然暂时回绝了林成的“好意”，但紧接着，阮芷音便收到了来岚中后第一次月考的成绩。

即便有了心理准备，可全班第二十八名的结果依然让她受到了不小的打击。

说实话，短短的几个月，阮芷音无法对阮家生出什么归属感。哪怕阮老爷子对她很好，她依旧有想从阮家独立出去的想法。

可是很明显，这对于现在的她而言有些困难，阮芷音不知道该怎样改善现在的处境。

“X省和岚桥的题型不一样，你又被听力拉下了分，已经很不错了。”苏亦旋察觉到同桌低迷的情绪时忍不住安慰了几句。

岚中的教学进度快，与其他人相比，阮芷音的进度差了将近一年，考的又是完全不一样的卷子，的确不好很快适应。

阮芷音知道对方是好心，尽量压下情绪：“我没事，你去吃饭吧。”

午饭时间，班里已经没了其他人，只有因为不放心她而留下的苏亦旋。

“那我先去食堂了？”

阮芷音笑着点头：“嗯。”

苏亦旋离开后，教室里重新安静下来。

沉默着在座位上坐了许久，阮芷音才拿起水杯，去走廊的尽头处打了杯热水。

却没想到，回教室时，她会被突然出现在走廊上的贺晓兰拦住了去路。

“阮芷音，那天在操场，是你故意把老师引过去的吧？”

前几天放学时，贺晓兰看到上次那个初中部的小姑娘叶妍初在和阮芷音说话。

杨雪喜欢高三的华叙，所以才会拦住去给华叙送东西的叶妍初盘问，结果却被教导主任发现，丢了回面子。

杨雪之前没找阮芷音麻烦，不过是因为她觉得那是个巧合。

贺晓兰清楚杨雪容易被煽动的性子，如果知道教导主任是阮芷音引过去的，杨雪总不会轻飘飘地搁下。

至于贺晓兰为什么看阮芷音不顺眼，却是因为上次逛商场时，她远远望见阮芷音跟在秦玦和林菁菲的身后。

林菁菲去挑礼物时，秦玦走到阮芷音身边说话时的神情，是她从未见过的温柔的样子。

阮芷音没有回答贺晓兰的话，低着头，准备绕过她往前走。

贺晓兰皱了下眉，直接抓住了阮芷音的手臂：“哑巴了吗？我在跟你说话！”

对方用了不小的力气，扯得阮芷音身形不稳，肩膀撞在走廊的墙面上，她感到一阵钝痛。

贺晓兰还想再问，可对方抬眸时过于沉静的眼神，让她的话哽在了喉咙里。

她们僵持间，身侧传来一道慵懒的男声。

“挡路了。”

看清人后，贺晓兰愣了愣。

程越霖单手插兜站在那儿，神情淡漠，声音里听不出情绪：“没记错的话，你好像不是我们班的？”

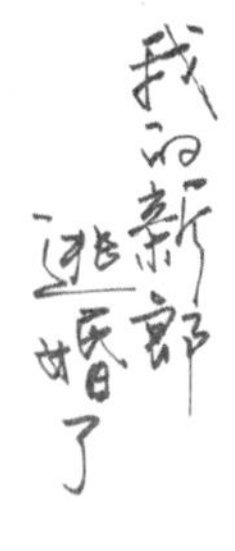

到底是怵对方，贺晓兰下意识地松开拽着阮芷音的手，没头没尾地回了句：“我是……隔壁班的。”

虽然不是实验班的人，但她经常来找杨雪，没少出现在实验班里。

程越霖嗤笑了下，眼神里透着轻傲之色，腔调散漫：“我管你是几班的？在这儿吵吵嚷嚷，是不是想滚着走？”

一句话，让贺晓兰面红耳赤。

可她很清楚，程越霖就是这样骄横且不给人留情面的性子。

贺晓兰不甘心地看了阮芷音一眼，顿了下，只能转身离开。

不过在离开前，她看了眼贴在实验班门口处公告栏上的成绩，还是忍不住嘀咕了句：“成天做题，也不见得成绩有多好。”

走廊里安静了下来。

阮芷音理了理被贺晓兰扯皱的校服，缓了口气，声音很轻地说了句：“谢谢。”

不管程越霖是因为什么这么做，都算是帮她解了围。

程越霖低头看了眼对方，轻蹙眉峰，嗓音里带了几分斥责之意：“阮芷音，你就不能有点儿脾气？”

他的字典里没有忍气吞声，程越霖也不明白她这是什么不愿惹是生非的别扭性子。

话音落地，程越霖瞥见她微微泛红的眼眶，眉宇间的沟壑愈加深了几分，语气变得不太自然：“哭什么？”

哭什么？

这个答案，连阮芷音都不明白。

大概是，最近积压的情绪太多，她需要一个宣泄口。

来到岚桥后的生活，比在社会福利院沉重不少。她要应付林成，要更加独立，还要抚平自己看到成绩时那份太过要强的自尊。

这一切都让阮芷音分外迷茫。她试图逃避骤然改变的环境，拨通了社会福利院的电话。

然而陈院长告诉她：“不要再回社会福利院。”

她也知道自己应该朝前走，可是不知道该怎样朝前走。

努力压下心底的情绪，阮芷音没有解释，转身回了教室。

阮芷音坐在空旷的教室里望着摊开的试卷发了一会儿呆，一个装着零食的袋子突然落在桌角。

见她依旧没有反应，少年垂下眼，修长的指节敲在桌面上。

程越霖却又在阮芷音抬眸时，扭头避开了她的视线："在超市买多了，要是不吃就帮我扔了。"

没记错的话，她好像不喜欢浪费东西，想必也不会扔。

"还有，作业给我做了。"没等她开口，程越霖就又扔给她几张空白的试卷，见她蹙眉，悠然道，"怎么，觉得刚刚那出，我是白帮的？"

"道谢呢，总得落到实处。有在这儿胡思乱想的工夫，不能多做几张卷子吗？"

阮芷音头一回碰见抱着这种理不直气也壮的态度的人，哽在心头的情绪被一阵觉得荒唐的思绪搅乱，重新拧起眉心。

可迟疑片刻，她还是接下了卷子。

既然他拿这种理由压她，她就更不想莫名欠下所谓的"人情"。

放学时，钱梵照例等在教学楼的出口处。

只是等教学楼里的人都快走光时，他才瞥见程越霖姗姗来迟的清瘦身影。

看到对方手里的一团废纸，钱梵疑惑地蹙眉："霖哥，你撕成绩单干什么？"

他撕就算了，还撕这么多张，敢情教学楼和公告栏上所有的成绩单都被他给撕了。

"看着碍眼。"程越霖说完，顺手将手里的几张纸揉成团丢给他，"扔垃圾桶里去。"

钱梵将一张满是褶皱的成绩单铺开，看了眼秦玦那高排在前的成绩，心下顿时了然。

行吧，秦玦还真是挺碍眼的。

呵，他考第一有什么了不起？成绩单还不是都被霖哥给撕了？

本以为做几张卷子就算还了程越霖的人情，可阮芷音没有想到，之后的一个多月，她陆续收到了更多试卷，且对方威胁的态度也越发理直气壮——

“写几张卷子，至少不会有人找你麻烦。阮芷音，这可是你赚了。”

事实上，程越霖说的也没错。

他会把卷子丢给她，却也会用她替他写作业的由头，扫清旁人的打扰，以至于贺晓兰之后都没有再来招惹她。

这也是阮芷音接受这份不平等条约、熬夜写那些卷子的原因。

程越霖拿给她的试卷不是学校发的，题目很适合她现在的学习进度，她也不算做无用功。

之后两个月，阮芷音的成绩进步不少，期中考试时甚至考进了班里前十名，让老师们大感意外。

林成本是想替阮芷音找个家教，可前不久林哲意外摔断了腿，再没来老宅。她顺势婉拒了林成，家教的事便也耽搁了下来。

阮爷爷知道孙女转学后过于辛苦，不想再给她添负担，让林成彻底收了找家教的心思。

中途秦玦也主动提出过帮阮芷音补习，但她考虑再三，还是拒绝了。

她不知道秦玦对她格外好的原因，但这种目的性极强的接近，只会让她下意识地躲避。

因为不清楚对方的意图，所以她习惯性地疏远他，在两人之间竖起壁垒。

林哲的腿伤得重来不了老宅，林成也忙着帮侄子找医生治腿，没再分出精力理会她。

阮芷音乐得清闲，继续过着不紧不慢的校园生活。没了林家人烦心，她最初的那阵不适应感也淡了许多。

时间一晃到了十二月，岚中每年都会组织两次课外实践，让学生去邻近的乡镇“体验生活”。

这学期的实践地点定在渠县，是距离岚桥不远的县城。

周末，在校门口集合后，同学们按班级顺序依次上了学校安排的大巴。

十二月的岚桥，天气微凉，徐徐的风中伴着晨间的湿意。

阮芷音到得晚，上车时才发现，苏亦旋身边已经坐了乌灵萱。

整个大巴里，居然只剩下了程越霖身边的一个空位，也不知道是不是他身上那生人莫近的态势劝退了其他人。

无奈，阮芷音只能在众人关切的目光中，认命地走到最后一排坐下。

左侧车窗的遮帘被人拉了起来，程越霖闭目戴着耳机，舒展地靠在椅背上，好像并未发现身边坐了人。

才刚坐下，阮芷音就收到了苏亦旋偷偷发来的消息——

“本来给你留了位置，乌灵萱要去最后一排，可是程越霖直接皱着眉把人瞧跑了。”

阮芷音瞥了眼身边的人，微抿下唇，很快打字回复：“没事。”

哪怕是在班里，程越霖也没有同桌，似乎是不喜欢和人坐在一块儿。

她努力保持着安静。

十点钟，大巴准时发车。

从岚桥市区到渠县要行驶三个多小时，大家的午饭也得在车上解决。

怕吵醒旁边那尊“大佛”，阮芷音听着英语听力，一路上都未发一言。

过了第二个服务区，她收起随身听，刚把放在包里的食物掏出，身旁的程越霖也懒洋洋地睁开眼睛，朝她望了过来。

一分钟后——

阮芷音在对方直勾勾的视线下叹了口气，开口道：“昨天我就提醒过了，到达营地前的食物自备。”

毕竟是校外实践，怕出什么岔子，班主任提前分了几个生活组长，包括在老师眼中听话懂事的阮芷音。

昨天她就特地提醒过，路上的食物需要自备。然而，程越霖似乎根本没把她的话放在心上。

“哦，忘了。”

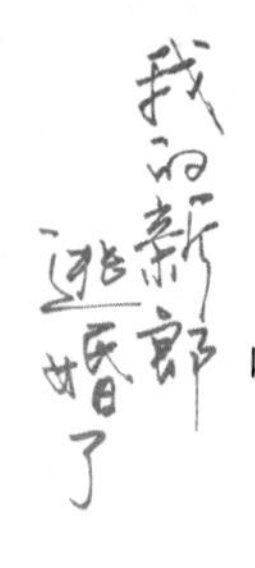

一副理所当然的神态。

顿了片刻，他又散漫地扬起眉梢，哂然笑道："你不是生活组长吗？怎么，组员饿了不负责？"

阮芷音："……"

在程越霖怡然的注视下，阮芷音象征性地从包里掏出了两包薯片分给他。

他微皱下眉，视线在包装袋上停了几秒，还是接了过去。

经过崎岖颠簸的山路，大巴总算在县城的宾馆前停下。

宾馆刚翻新过，简陋却还算干净。

然而让人顿感颓丧的是，这里位置偏僻，四周全是矮小的山头，没有一点儿娱乐的环境，打破了不少人的幻想。

下了大巴，阮芷音从老师那儿接过组员的钥匙。两男四女，一共分了三间房。

其他班到得早，这会儿已经安顿得差不多。和程越霖分到一间的徐飞，立马识趣地同钱梵私下换了房间。

阮芷音和苏亦旋的房间在三楼，这层除了她们，都是国际班的人。

掏出钥匙准备开门时，秦玦走到阮芷音身旁，含笑递给她一个透明袋子："乡下蚊虫多，这个给你。"

袋子里是应急的止痒药膏。

阮芷音瞧了眼喷了驱蚊水仍被蚊子咬了满腿包的苏亦旋，迟疑少顷，在她期盼的眼神中接过袋子，点头道："谢谢。"

"不用跟我道谢。"秦玦扯下嘴角。

他说完，视线越过走廊，扫了眼消失在转角的身影，温和地道："芷音，如果在班里遇到了什么麻烦，可以告诉我。"

阮芷音不知道秦玦为什么突然提起这个，垂眸想了想，她最恼人的麻烦，应该是程越霖。

然而顿了一会儿，阮芷音还是摇了摇头，微笑着回："班里的人都很好，也没什么麻烦。"

即便程越霖态度傲慢让人懊恼，也从未越过她的底线。他们的关系好像有种微妙的平衡。

两天一夜的实践，基本都是徒步爬山类的体力活动，美其名曰磨练意志。

看完各班的行程表，阮芷音总算明白，为什么同学们出游的兴致不高，还给课外实践起了个“小军训”的名头。

实验班下午第一项活动是爬山，因为太耗体力，编理由提前请假的人不少。

班主任老王是个开明的胖子，出发前摆出冠冕堂皇的样子，到了跟前却也睁一只眼闭一只眼，没再过多为难他们。

最后真跟老王去爬山的，除了活泼好动待不住的人，就只有阮芷音这种拉不下脸面请假的“乖学生”。

傍晚，阮芷音才拖着疲惫的身躯回到房间，就收到了那位请了假的组员的短信。

换过衣服，她径直上了四楼。

站在最里侧的房外敲了几下，房门很快被人打开，瘦高的身影出现在门后。

对上程越霖墨澈的眸子，阮芷音才发现他脸色不太好看。她皱了下眉，问道：“你让我过来，有什么事？”

程越霖低垂着眼，蹙眉道：“这间房有股怪味，你跟我换。”

“怪味？”阮芷音话中的尾音略扬。

宾馆里还算干净，这间房顶多因为背阳潮湿些，哪儿至于有什么怪味？

程越霖瞥她一眼，轻点下头，慢腾腾地道：“昨天你不是说，这两天有事都找你？”

阮芷音微哽，提醒带食物的话就忘得一干二净，别的话这家伙倒记得清楚。

“我得先问问苏亦旋。”

程越霖听罢，轻挑下眉，嘴角漾起弧度：“不用问了，四楼蚊虫少，钱梵说她没意见。”

行吧，他根本就不是在商量。

就这么被动地从三楼换到四楼，简单洗了个澡，阮芷音和苏亦旋出

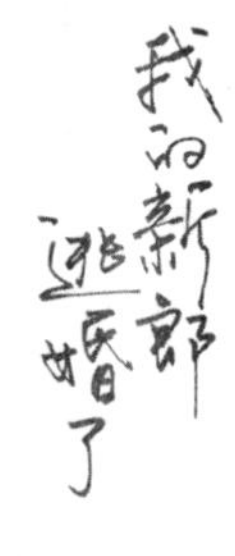

了房间，去宾馆的餐厅里打菜。

然而刚要下楼，手机响起，看了眼来电，阮芷音只好让苏亦旋先去了餐厅，之后她一个人出了宾馆。

宾馆的房间不少，装修却可谓简朴，餐厅也不算大，以至于吃个饭大家都要分批去。

“霖哥，等会儿把你的薯片分我点儿，这菜也太难吃了。”

才吃了两口菜，钱梵就郁闷地叹气，撂下了筷子。就这厨师做饭清汤寡水的水平，他宁愿吃泡面，好歹有调料包提味。

程越霖瞥了眼钱梵，想到那让他的胃疼了一下午的辣味薯片，没有应话。

搁下筷子，他用修长的指节随意摆弄着房门的钥匙扣，视线在餐厅里的人身上一一掠过，却没见着那道纤细的人影。

乌灵萱走到两人面前时，看到的就是程越霖目光微沉，默然低垂着眼眸。

“钱梵，刚听你说没带吃的，这些给你们吧？”

被美女浅笑嫣然地望着，钱梵怔了片晌，看了眼乌灵萱递过来的袋子，伸手接下，又磕巴着道谢：“谢谢啊。”

乌灵萱摇了摇头：“不用，我妈说宿营辛苦，装了不少。我自己也吃不完，要是不够，等会儿再给你们送。”

言毕，她看了眼一言未发的程越霖，顿了顿，才和钱梵作别，转身离开。

“霖哥，人家好心来送吃的，你怎么一点儿反应都没啊？”钱梵瞟了眼摩挲着手机按键的程越霖，把袋子搁到他跟前。

程越霖蹙起眉峰，继而轻笑了声，语调不咸不淡：“给你送，我要有什么反应？”

“得了吧，人家话里话外说的都是你们，我才是捎带的。”

这点儿自知之明，钱梵还是有的。

程越霖随意掀了下眼皮，目光越过面前的袋子，瞥向了一桌之隔的秦玦。

视线停留在对方的饭盒上，他极淡地皱了下眉，又很快地收回目光。

重新看了眼手机，程越霖抿直了唇线，突然叫住了路过旁边的苏亦旋。

“她人呢？”

苏亦旋怔然几秒，才后知后觉地反应过来，试探着回：“哦，徐飞下午在路上丢了东西，折回去找的时候没带伞，阮芷音好像去给他送伞了。”

窗外的雨淅淅沥沥，已经下了半个多小时。清风裹挟着雨水，滴答地落在透明的玻璃上，凝成一股水路缓缓向下流动。

望着外面满是雾气的朦胧景象，程越霖微微蹙了一下眉，漆黑的眸子蓦地沉了下来：“她自己去的？”

阮芷音坐在一处亭檐下，出神地瞧着斜落而下的雨，轻轻地叹了口气。

汪鑫刚刚在电话里说徐飞摔倒时被树枝划伤了腿，她怕耽搁时间，只拿了一把伞，就让汪鑫先送了徐飞回宾馆，自己则在这儿等着汪鑫回来送伞。

雨丝微凉，顺着风吹到脸颊上，带来阵阵凉意。

阮芷音出来时只穿了件单薄的外套，这会儿倒有些冷了，她攥着手拢了下衣襟。

这里离宾馆就十来分钟的路，不算太远。她握着手机思虑一会儿，还是没有选择麻烦苏亦旋。

雨景中，低头坐在那儿的清瘦背影，显得有些孤独萧瑟。

不知过了多久，眼前突然一暗，阮芷音静然抬眸，映入眼帘的却不是汪鑫，而是那张令人意外的清俊面容。

来人是程越霖。

挺拔的身影站在那儿望着她，紧拧着眉峰，语气算不上多好：“就一把伞还让给别人？你可真有本事。怎么，觉得自己是救世主？”

言语间，甚至带了些讥讽之意。

阮芷音不知道他在气些什么，缩了下指尖回神，解释道：“徐飞受了伤不好耽搁，等汪鑫回到宾馆，会再来送伞的。”

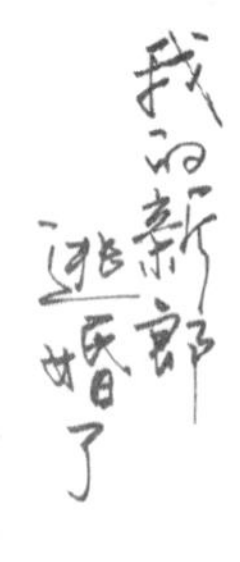

徐飞是他们组的人，不过是走几步路的工夫，又赶上了大家的饭点，所以她不想再去麻烦别人。

“穿上。”

程越霖冷淡着一张脸，脱下了身上那件宽大的冲锋衣递给她。

见阮芷音目露迟疑，他嗤笑一声：“这时候还逞强？你是想让我看着一个女生挨冻？”

阮芷音微蹙眉心，轻轻抿了一下唇，只好接过了衣服：“谢谢。”

冲锋衣很挡风，盖住了她大半个身子，她系上拉链后，只有眼睛还露在外面。

她的鼻尖上萦绕着衣服上淡淡的皂角味道，掺杂着清新微涩的松木香气，很好闻。

两人并着肩往宾馆的方向走。他手里那把黑伞够大，遮住他们两人绰绰有余。

两人隔了点儿让人感到有些别扭的距离，一时间有些沉默。

安静地走了一小段路，阮芷音率先打破了沉默，低声问：“你怎么会过来？”

身旁的人依然目不斜视，头都没动，反问起她：“送东西也不知道多喊个人一起去？”

“这儿离酒店又不远。”

他的语气不善，阮芷音也忍不住小声反驳。

她带着手机，这里离宾馆也近，等个二十来分钟，汪鑫就能回来送伞。赶上饭点，又知道大家都很饿，她只是习惯性地不想给人添麻烦。

话是这么说，可对上程越霖那随即直视而来的迫人视线，阮芷音顿了一瞬，最终妥协：“下次不会了。”

程越霖将视线落在她姿势不太自然的左脚上，继而皱了下眉：“脚怎么了？”

“没事。”她摇了摇头。

男孩把伞递到她手里，瘦高的身子微屈，语气仍旧淡漠：“上来。”

“不用，我忍得住。”

程越霖侧目看她，眸底隐含讥诮之色：“忍得住？就你现在这速度，想磨叽到什么时候回去？”

“上来。”他又重复了一遍，瞧上去不依不饶的样子，似乎是不愿被她连累。

受制于他强硬的态度，阮芷音顿了一会儿，只好伸手扶上了他的肩膀。

气氛略显窘迫，以至于她的姿势也有些紧绷。他眼下只穿了件长袖卫衣，怕对方淋雨，阮芷音将伞稳稳地举在头顶。

可举得久了，她手臂隐隐发酸，时不时碰触到他挺直的肩膀，瘦削却有力。她的手撞在硬朗的骨骼上，漾起些许异样的情绪。

他没再说话，耳畔只有抹去喧嚣的雨声，雨随着他稳健的步伐在脚下溅起水花，发出轻微的吧唧声响。

阮芷音愣怔地盯着程越霖侧首时线条流畅的下颌，静静地勾了下唇，突然觉得……他这个人好像也不是那么恶劣。

她在心里默想：他的脾气是差，人却不坏。

至少，在这样的时候，居然是他来找她。

大概是这样的认知，让她觉得自己没有被人遗忘。

乌灵萱也曾说，程越霖虽然恣意妄为，不爱跟人打交道，却很维护班里的人。

十多分钟的路程，程越霖走得不慢，两人很快回到了宾馆。

也不知是不是刚刚心有所想的缘故，阮芷音抬了下眼，正要提醒程越霖放自己下来时，赫然瞧见了不远处的乌灵萱拎着袋子站在宾馆门口。

两人视线交接了一秒，对方略显匆忙地转身跑开。

阮芷音皱了下眉：“程越霖。”

“嗯？”他的嗓音漫不经心。

“你放我下来吧。”

程越霖转了下头，继而轻笑一声，将她放下。

就这么不紧不慢地行至宾馆门口，阮芷音终于小声地提醒他：“那个，乌灵萱好像误会了。”

“跟我有关系？”他皱起了眉。

阮芷音抿了下唇，继续道：“人家是好心来给你送吃的。”

学校打的是让他们来吃苦的主意，宾馆的饭菜大多数同学吃不惯，

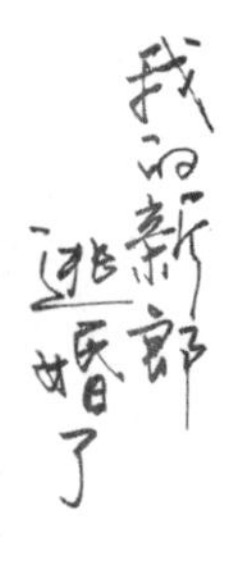

更别提程越霖这种爱斤斤计较的人。

她方才看得很清楚，乌灵萱手里提着装着速食的袋子，应该是在等程越霖。

“哦？不提我都忘了。”程越霖环臂望向她，姿态闲散，“班里的人还缺吃的，你这个生活组长不负责，还倒给别的班补给？”

阮芷音愣了愣，继而想到自己之前给了秦玦的饭盒，里面是陈妈做的糕点。

白天时苏亦旋的腿上被咬满了包，秦玦的药膏倒是挺有用，阮芷音总不能白欠份人情，只好礼尚往来。

反倒是程越霖，在车上就空手讹去了她几袋薯片，这会儿竟然还理直气壮的。

“可是你——”他又不缺人送吃的。

话说一半，阮芷音记起他惯会倒打一耙的本事，又把剩下的话吞了回去，没跟他一般见识。

“我什么？”程越霖挑了下眉，语调悠闲，“帮别人倒都挺积极，既然你这么‘热心肠’，那这回的实践报告——”

“你帮我写。”

阮芷音：“……”

好吧，她决定收回刚刚那些他并没有多么恶劣的想法。

虽然阮芷音时常不满程越霖倒打一耙的本事，但这段时间的接触让两人平添了一份莫名其妙的牵连。

岚中的生活紧凑，转眼间，一个学期即将结束。

食堂里，钱梵吃着自己抢来的最后一份红烧排骨，余光正巧对上不远处的阮芷音和端着餐盘凑上前的叶妍初。

“你们班的转学生倒是会避嫌，上回把陈锋拒绝得干脆。”

程越霖听罢轻掀下眼皮，轻笑道：“他也该把心思放在正事上。”

“说的也对。”钱梵点下头，转而说起另一件事，“也不知道秦玦咋想的？下学期居然要转班，就在隔壁，每天低头不见抬头见，怪烦人的。”

秦玦下学期要从国际班转到理一班的事不是秘密，知道的人不少。

话毕，原本瞧上去心情尚可的程越霖面色微僵，片晌后，他轻飘飘地道了句："有工夫关心这些，你很闲？"

说完他站起身，收回移开的视线："走了。"

刚吐出一根骨头的钱梵瞧着对方远去的背影神色怔然，端起餐盘忍不住嘀咕了句："这又是哪儿来的脾气？"

走出食堂，阮芷音在教学楼的拐角处遇到了意料之外的人。

秦玦默然地靠在栏杆旁，似乎是在等她。

半个多月未见，阮芷音依旧记得秦玦上次登门拜访的场景。

迟疑间，对方已经走上前来："林成现在离开了阮家，你有没有新的打算？"

是了，拜他所赐，林成已经不得不离开了阮家。

"公司有小叔在，应该没什么要我操心的。"阮芷音顿了下，又道，"不过，谢谢你。"

虽然她不知道秦玦为什么会把林成的把柄捅到爷爷面前，但说到底，林成离开了阮家，的确让她轻松了不少。

秦玦察觉到阮芷音有意与他拉开了距离，静默后扯了下嘴角："不用跟我客气。"

随后，他将手中的东西递给她："这些资料可以看看，就算不想出国，有个准备总不是坏事。"

阮芷音停了几秒，终是点了点头，伸手接过。

秦玦松了口气，这才转身离开。

阮芷音站在原地，翻看了几眼手中的资料，再抬眸时，却陡然对上了一双漆黑的眸子，冷淡平静得没有波澜。

程越霖瘦高的身影倚靠在走廊边，视线转瞬即逝，仿佛只是不经意的一瞥，便转过身径直离开。

望着对方的背影，阮芷音下意识地皱了下眉。

期末临近，班里的气氛紧张了不少。

岚中提供午休宿舍，不少学生也在学校附近租了房。只是阮芷音怕

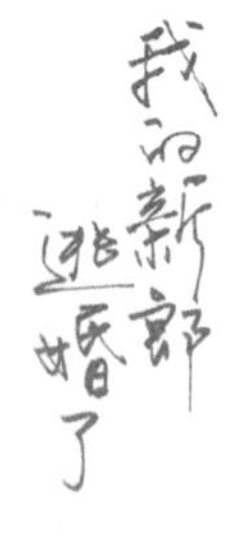

路上耽搁时间，中午便常常在教室里午休。

程越霖进门时，偌大的教室里只剩下了那道伶仃的身影，她轻闭着双目安静地趴在课桌上。

顿了一秒，他下意识地放轻了脚步，走回座位上。

即便已经步入一月，岚桥的日头依旧刺目。后排的窗帘有道缝隙，哪怕闭着眼，在那儿坐着的人都能感受到一道扰人的光亮。

静静打量了一会儿，当阮芷音第三次皱起眉心时，程越霖鬼使神差地拿起课本，立在了旁边的窗户上，挡去了那道光线。

他意识到自己的行为后，轻蹙挺直的眉峰，继而升起一抹不明所以的烦躁感，又悄悄溜走。

程越霖恍神间，窗户边的课本突然掉落。

正要去捡，他却发现前面的女孩已经迷糊地睁开了眼。

两人四目相对，一时没了动作。

阮芷音思绪还有些混乱，轻揉下眼，望着笼罩在光影中的男孩，蓦然有些发怔。

骨节分明的手掌遮住了刺目的阳光，她迎上那双如墨的眸子，静谧中，俊朗的五官好看得像还在梦里，时间被按下了暂停键。

甚至于，她能听到自己的心跳声。

“怎么，看傻了？”

他低沉的嗓音中带着调侃之意，骤然唤回了她的思绪。

教室里陆续进来了人，阮芷音默默地缓了口气，转过头，努力将刚才的一幕从脑海中驱散。

每学期末最先到来的是体育考试。

岚中的体育课由学生自选，阮芷音选的是瑜伽，考试并不算难。

只是当阮芷音回到教室里时，却发觉气氛有些不对，不少人在窃窃私语。

没等她开口，苏亦旋已经小声地为她解了惑：“刚才的篮球比赛，咱们级部的和对方动了手，直接闹到了主任那儿。”

“然后呢？”

“主任让两边互相道个歉，结果程越霖扭头就出了办公室，把主任气得不轻，停了他一星期课。”

“停课？”阮芷音瞥了眼身后空掉的位置，蹙了下眉，“他不是——？”

苏亦旋知道她要说什么，叹了口气：“薛起和秦玦都受了伤，秦玦可能还要缺席竞赛。也就是他，这要换了别人，恐怕要记过了。”

程越霖虽然被停了课，但还有十天就是期末考试，老王怕他直接弃考，特意嘱咐等程越霖回来时，让他去趟办公室。

只是老王原以为好歹会回来收拾下东西的人，一连两天都没有出现。

周三晚自习结束，阮芷音照例在教室里待到了最后。

做完最后一张试卷，她揉了揉发涩的眼眶。正准备收拾东西，她突然听到后面传来窸窣的声响。

侧过头，她果然看到了背起书包，褪去校服的程越霖。

阮芷音迟疑了会儿，还是叫住了即将离开的他。

“班主任说，如果你来了，就去下他办公室。”

她委婉地说完，却见对方置若罔闻，依然目不斜视地朝着门口走去。

阮芷音拧起眉心，抓住了对方衣角，缓了口气道：“道个歉很难吗？”

任谁都能看出，老王这是在给程越霖递台阶。主任是看重学生们的竞赛成绩，可如果程越霖态度缓和些，总不至于真惹火了主任。

程越霖低垂眼眸，视线落在她松开的指尖上，语气中带了几分嘲讽之意：“怎么，你这是在替人抱不平？”

“我只是就事论事。”

“哦？就事论事，就是让我去和秦玦赔礼道歉？”

他依旧是这副散漫随意的态度。

阮芷音缩了下拳，眼神认真地看向他，一字一句地道：“程越霖，其他人没有义务包容你的少爷脾气。”

气氛僵持了一会儿。

少顷，程越霖轻勾下唇，看向她的眼神却分外平静：“是吗？”

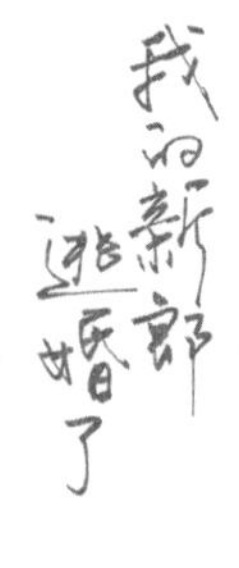

话毕，他拖着漠然的背影离开了教室。

钱梵站在教学楼门口，听到熟悉的脚步声后，立刻迎了上去：“霖哥，东西拿完了？”

“嗯。”他的声音里听不出情绪的波动。

钱梵小心地看了眼身旁的人，换了个话题：“对了，陈锋恢复得不错，应该不会影响体考。”

陈锋和薛起在争学校的推荐名额，上回的比赛要不是薛起故意使小动作撞伤了陈锋的膝盖，两边的人哪会动起手来？

思及此，钱梵忍不住补了句：“明明是薛起先动的手，主任也是偏心，看见秦玦也受了伤，居然真停你的课？”

见身边的人没搭腔，钱梵再傻也明白，程越霖这是心情不好。

他叹了口气，拍着他的肩膀安慰道：“没事霖哥，就当放假了，这下赵冰也没理由折腾婚礼改期了不是？”

“芷音姐，晚上程家的婚礼，你去吗？”

阮芷音望着屏幕上的短信，极淡地皱了下眉。

后面的座位依旧空着。她试图忽视，却发觉自己总是会岔开思绪。

即便她和程越霖的关系连“友善”都算不上，却也没有上次那种不欢而散的局面。

然而就算这样，她也并不觉得自己说错了什么。

“抱歉湘湘，考试前学校不放假。”

她才回完秦湘的消息，不远处，汪鑫不大不小的声音飘进了耳中——

“听说薛起被记过了，上次篮球赛他害陈锋受了伤，两边才动了手。”

笔尖微顿，阮芷音望着眼前的试卷，心里那阵烦乱的感觉仿佛又多了些。

所以上次他是……生气了？

念头刚起，阮芷音叹了口气，习惯性地去摸脖颈上的红绳，却摸了个空。

玉佛，不见了。

装潢奢华的宴会厅里，觥筹交错。比起婚礼，这更像是一场宴会。

“赵冰刚刚那话什么意思？不会是想给你生个弟弟吧？”

钱梵望着不远处端着架势的赵冰，倒是有些佩服对方装腔作势的本事了。

虽说赵冰是长辈，可她上位的手段太不光彩，所有人都心知肚明。哪怕伏低做小到现在补了场婚礼，她也不见得会让人高看一眼。

更何况，程逢生这些年都只有一个儿子，赵冰和继子的关系也尴尬。

“随她去。”

程越霖穿着挺括英气的西装，悠闲地放下手中的杯盏，仿佛并不在意赵冰刚才的话，又轻飘地说道：“倒是你，来这么迟？”

“一放学就被主任叫了过去，让我喊你回去上课，出了校门又因为阮家的司机耽搁了一会儿。”

眼前的人动作微滞，停顿一秒后道：“阮家的司机？”

钱梵随意地点头：“对，瞧着是没接到人。”

话音落地，他就见程越霖的面色略沉。

见人作势就要离去，钱梵赶紧拽住程越霖的胳膊，劝解道：“就算不喜欢赵冰，你也得顾着点儿程叔的面子啊。”

程越霖抬下眼皮，望着不远处被围着攀谈的程逢生，轻扬眉峰：“你觉得他的面子需要我顾？”

阮芷音发现弄丢了玉佛后，第一反应就是昨天还器材时，她不小心掉在了器材室里。

可当器材室的门被砰的一声关上的那一刻，她才意识到，这变成了一场并不友善的恶作剧。

信号不好，电话更打不出去。手机濒临关机时，她听到杨雪和贺晓兰在门外的对话，才知道杨雪手中根本没有钥匙。

好在阮芷音知道，司机如果接不到她，发现她没有回家后，一定会再回学校找她，所以她唯一能做的事就是等待。

只是器材室的环境确实有些难挨。

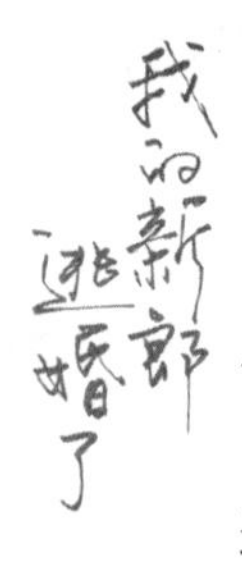

一月的岚桥，傍晚有些湿冷。时间一点一滴地过去。

器材室里灰尘厚重，剧烈的咳嗽过后，她的身体好像逐渐失去了力气，头脑也开始变得昏沉。

她觉得视线越来越暗，不知过了多久，一阵厚重的声响后，她的耳边总算传来道发沉的声音。

“阮芷音，别睡。”

阮芷音再醒来时，映入眼帘的是洁白宽敞的病房，空气中是特有的消毒水味道。

“吸了些粉尘，不算严重，醒过来就好了，不用住院。”

皱着眉心睁开眼，又下意识地眯起眼，阮芷音看见穿着白大褂的医生转身离开了病房。

窗前站着道瘦削的背影，穿着整洁合体的正装，柔和的白炽灯的灯光打在男孩轮廓分明的侧脸上，让她感觉有些熟悉。

这人居然是程越霖。

“你怎么——？”

听到动静，对方环臂走到床前，垂眸看向病床上的人：“醒了？”

再普通不过的一句问候。

瞧了眼程越霖不同于平常的打扮，阮芷音很快反应过来，刚刚是他带自己出了器材室。

想到这儿，她垂下眼眸，小声道：“谢谢。”

并没有问他为什么会知道自己在器材室里，不管出于什么原因，她都欠了对方一个人情。

程越霖微动眉梢，停顿一秒，突然笑了下，大概是觉得她这声诚恳的道谢有些新鲜。

他点了下头，算是应下，又将床头的水杯递给她：“喝口水。”

阮芷音伸手接过，靠在床上低头抿了几口，迟疑了一会儿，又再次开口：“还有，上次的事，我向你道歉。”

她试图规劝程越霖道歉，是误会他由着性子对同学动手，也是认为停课这种事并不算光彩。

可如果事实并非如此，她确实先入为主了些。何况，他又一次帮了自己。

程越霖没应声，视线停留在她的脸上，端视两秒后，递给了她一样东西："这个给你。"

这东西居然是她弄丢的玉佛。

"怎么会在你这儿？"阮芷音顿感意外，怔然着接过。

程越霖耷下眼睑，语调随意："哦，随便捡的。"

阮芷音微哽，却也只能又说了句："谢谢。"

程越霖姿态闲散地在床旁的椅子上坐下，继而道："你不觉得自己谢得太轻巧了吗？"

迎上对方直勾勾的目光，阮芷音不自在地抿了下唇，最终败下阵来："那你想让我做什么？"

少年轻挑眉梢，轻描淡写地继续道："我记得你挺爱操心？"

"那就——"他故意拉着长音，欣赏完阮芷音的表情，才把要求说出，"给我补课吧。"

阮芷音愣了愣："补课？"

"怎么，不愿意？"

"不是。"她摇了摇头，"就这个？"

想到他刚刚那副架势，她还以为他会提不要脸的要求。

"难不成，你还有更好的想法？"

阮芷音摇了摇头，低声应下："好。"

虽然医生说没有大碍，但阮芷音还是在家里休养了几天，一直休息到期末考试。

考试之后便是寒假，阮芷音并未放松，除了过年的几天，其他时间她都在房间里学习。

整个寒假中，她联系最多的人反倒是程越霖。

这人像是突然转了性，经常发些卷子给她，却只是让她挨个讲解。

虽然阮芷音帮他补课占用了不少时间，但对自己也不是没有帮助。何况他就像是捏准了她生气的阈值，哪怕是争执，最终都搞得她生不起气来。

当新学期开学时，阮芷音才听说杨雪和贺晓兰被开除的事。只是她

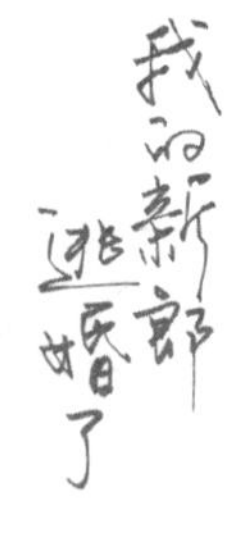

有些意外，众人的议论并没有牵扯到她的头上，反倒是说两人撞上了程越霖的枪口。

这也让她松了口气。

由于杨雪的离开，班级人数由单数变双数，老王索性重新分配了座位。

不幸的是，阮芷音的新同桌是程越霖。

好在一个假期过去，他们的关系应该算改善了不少，至少不会再剑拔弩张。

他那偶尔阴晴不定的心情，好像也还可以接受。

周五，阮芷音正看着上次的月考试卷，前座的苏亦旋转过头，在她的桌面上轻拍了下，示意她看向门口。

望见走廊上的人，阮芷音放下试卷，起身出了教室。

秦玦是来替妹妹送电影票的，秦湘约了阮芷音周末去看电影。

“谢谢。”依旧是一句疏离的道谢。

秦玦握了下拳，无奈过后，语调里染了些自嘲之意：“从以前到现在，你都对我很客气。”

“有吗？”

没想到秦玦会说起别的，阮芷音讶异地抬眸，却发现他的眼神有些复杂。

她的确曾因为秦玦最初的古怪态度而回避他，即便是现在，也不明白秦湘口中过去对林菁菲还算疼爱的秦玦为什么会“变了性子”。

不过，这也不是她需要关心的事。

虽说她和林菁菲的关系冷淡，可林菁菲因为无法忍受林家人的纠缠现在已经被送出了国，更加影响不到她。

“你是不是……？”

话说一半，秦玦突然顿住。

阮芷音不明所以地反问：“是什么？”

端量了下她的表情，秦玦缓了口气，很快恢复了平日的温柔语气：“没什么。”

阮芷音没再追问。

“谢谢你送票过来，快上课了，我先回去了。”

言罢，她未做停留。

望着离去的纤细背影，秦玦蹙了下眉，突然心里又升起了那种事与愿违的无力感。

似乎并不是所有事情都可以按照他预想的那样被改变。有些事，永远有固定的发展轨迹。

铃声很快响起。

阮芷音刚在座位上坐下，身旁随即出现了另一个人。

程越霖朝旁边瞥了一眼，用指尖随意敲着桌面，声音散漫地开腔："这是什么？"

似乎这只是一句漫不经心的询问。

放好课本，阮芷音随口回道："电影票。"

程越霖闻言微哽，想到刚刚的一幕，不易察觉地拧了下眉峰。

见他沉默，阮芷音趁着老师还没来，好意补充道："名字叫《南城喜事》，刚上映，听说还不错。"

程越霖收回视线，淡淡回了句："无聊。"

阮芷音："……"

她有些后悔自己这句多余的话。

清楚他那人嫌狗憎的脾气，她默默地舒了口气，到底大人有大量，没跟程越霖一般见识。

晚自习结束，钱梵走在程越霖的身旁，一路拍着手里的篮球。

快到校门口时，他勾上程越霖的脖子问："霖哥，好不容易熬到放假，明天想去哪儿？"

程越霖打开手中的可乐罐，想到那张电影票，皱着眉不咸不淡地回："电影院。"

钱梵手一僵，愣了愣转头看向他："你要去看电影？"

不怪钱梵意外，他从没见过程越霖对看电影感兴趣。

后者淡淡地道："有问题？"

钱梵回过神，继而识趣地道："没问题，最近有部《变形金刚》挺火，我正想去看呢。"

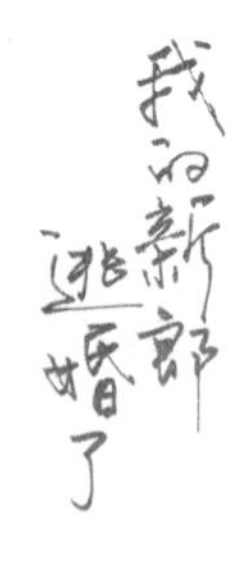

话毕，他接收到身旁人沉默的注视。

“怎么了？”

被程越霖盯得这么瘆人。

程越霖收回视线，闲散地轻哼：“你就这点儿和孩子拼场的审美？”

钱梵：“那你说看什么？”

目的达成，程越霖将手机递给对方，嗓音云淡风轻：“这个还凑合。”

钱梵瞧了眼屏幕上的购票信息，订的是周六的《南城喜事》。

合着看个喜剧，审美就高了？

周六下午，阮芷音独自坐车，去了和秦湘约好的电影院。

方蔚兰对女儿管束得紧，饮食上更是要求严苛。

好不容易能撇开哥哥出门，秦湘在入场前偷偷买了桶爆米花，才跟着阮芷音检票进了场。

另一边，钱梵抱着小份的爆米花走到程越霖跟前，并未忽略他轻皱的眉心：“看我干吗？我倒是想买大桶的，可人家就剩一份了，总不能跟小孩抢。”

程越霖想到刚刚跟在阮芷音身边的孩子，扯了下嘴角：“你倒挺会谦让。”

他没记错的话，那是秦玦的妹妹。

“看什么呢霖哥？马上开场了。”

闻言，程越霖收回环顾的视线，看了眼时间，将帽檐遮低了些：“嗯，进去吧。”

电影已经开播，昏暗的电影厅里，过半的位置已坐了人。

电影节奏紧凑，找到座位坐下后，阮芷音很快投入了剧情中，并未发现身后的异样。

开场半小时后，程越霖才明白过来，眼前的一切似乎和他想的不太一样。

和阮芷音看电影的人居然是个小孩。

这样的结果，让他的行为顿时变得有些可笑。

《南城喜事》总体来说是部喜剧，可中间也掺杂了一些泪点。

程越霖瞥了眼身旁眼泛泪光的钱梵，在秦湘好奇地转头看向钱梵时，他嫌弃地抿唇，默默地拉下了帽檐。

一小时后，电影总算散场。

阮芷音牵着秦湘走出影厅，可还没出电影院，秦湘突然停住了脚步："芷音姐，我的包落在影厅了。"

"没事，回去拿吧。"

在入场处和工作人员打了个招呼，阮芷音领着秦湘走回影厅里。

刚过拐角，她就迎面撞到了来人结实的胸膛上。

"不好意思。"阮芷音揉着鼻子同对方道歉，抬眸时，瞬间怔住，"你怎么在这儿？"

眼前的人，赫然是昨天刚给电影评价一句"无聊"的那位。

程越霖没料到她会返回来，微恼后很快反应过来，指了指钱梵，不咸不淡地解释："哦，陪人看电影。"

钱梵瞬间瞪大了眼，仿佛对程越霖面不改色撒谎的行为感到不可置信。

陪人？谁陪谁啊？

程越霖瞥了眼钱梵，不自然的神态一闪而过，眼含警告之意："看什么？带孩子去。"

钱梵看看程越霖，又看看阮芷音。

电光石火之间，他好像终于明白了点儿什么。

得，原来自己就是个工具人。

出了电影院，钱梵背负重任送秦湘回家，而阮芷音带着"顺路"的程越霖坐上了刚刚到站的28路公交车。

她跟在程越霖的后面上车，车门关闭，面前的人却立在了那儿，随后转过头，指了指跟前的投币箱。

"你……没带钱？"阮芷音试探着问。

程越霖掏出钱包，直接递给了她。

阮芷音暗自瞄了一眼，厚实的钱包里，只有一摞红色的百元大钞。

两人相顾无言。

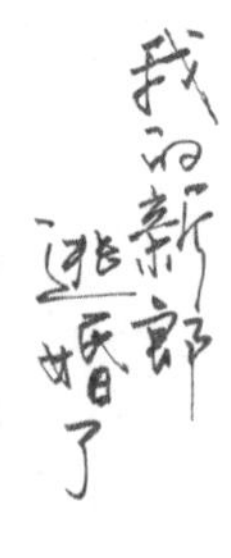

众目睽睽之下，阮芷音替这位纡尊降贵的大少爷投了一枚硬币。

两人坐的这趟公交车在主城区内转，他们上车时早已没有了位置。

直到车驶入大学城时，一群背着画板的大学生同时下车，拥挤的车厢才终于腾出了座位。

公交车行驶在大学城的街道上，路边的三角梅显得格外鲜艳。

车再往前开，就是 A 大。

或许是觉得气氛有些局促，几秒后，阮芷音主动打破了沉默："还剩一年，程越霖，你有想上的学校吗？"

自从答应了补课的要求，阮芷音腾出了不少时间给人讲题。时间久了，她竟然也逐渐在意起了程越霖的成绩。

程越霖没有回答，只是反问了句："那你呢？"

阮芷音顿了下，倒也没想隐瞒，坦然道："A 大。"

"哦，那就 A 大。"他的语调轻描淡写。

听见程越霖轻飘飘的语气，阮芷音微哽，进而委婉地措辞："你倒是……挺有自信。"

少年欣赏着她的表情，眉峰轻动："怎么，阮嘤嘤，你这是觉得我上不了？"

因为在许县长大，阮芷音最开始念自己的名字时，总带着点儿许县人的口音，容易把 yin 读成 ying。

以往程越霖这么喊她，阮芷音多半会生出恼意，这会儿却不愿打击他好学的态度。

"有目标，总是好的。"

程越霖轻笑了声，片晌后突然侧过头，眼神认真地看向她："打个赌，如果我最后考上了，你答应我一件事？"

他目不转睛地看着她，嘴角噙着笑意，语气却不像是随口而来的玩笑话。

阮芷音微颤眼睫，避开他的视线。

片晌，她低声道："前提是……我能做到。"

才刚走进别墅，程越霖就发现了独坐在客厅沙发上的程逢生。

"站住。"程逢生叫住了径直走向楼梯的儿子，"今天你赵姨说在商场瞧见了你，怎么，去看电影了？”

程越霖瞥过视线，并没有否认。

程逢生打量了眼儿子，继续道：“我听老冯说，你最近挺用功。”

程越霖挑了下眉梢，轻笑一声，走到父亲对面坐下：“行了老头儿，别卖关子了，你到底想说什么？”

“罗湾那块地，季总昨天向我探了个口风。”话音落地，程逢生看向儿子，“你说，我该答应吗？”

上次程越霖救了阮芷音，阮家就曾上门道谢过。程逢生是过来人，又怎么可能瞧不出儿子那点儿心思？

他早就派人打听过阮家的那个女孩，她的成绩好，家世也摆在那儿。最重要的是，她居然能让自家这个无法无天的冤家让步。

不过要想把人拐进家门，他们就免不了和那些有底蕴的人家打交道。别的不说，罗湾的项目就得给人分点儿汤。

听到父亲的话，程越霖顿了几秒，随即转了话题：“老冯说，你体检查出不少毛病。”

“都是些小毛病。”

“毛病再小，也是一把年纪了，您还是多歇歇，少吃点儿独食。”

“臭小子！”

他果然是胳膊肘往外拐！

一年后。

程家少爷的升学宴在岚桥宾馆举办，他们包下了岚桥宾馆的整个宴会厅。

程逢生生平最好面子，唯一的儿子考上了A大，自然要大办特办。

勉强配合着亲爹敬了一圈酒后，程越霖总算抽出了身，走到了偏厅内。

刚离开钱母来躲清静的钱梵，忍不住抱怨：“霖哥，门口那条横幅，尺寸都快赶上商场里的招牌了，程叔这显摆得也太夸张了吧？”

钱梵向来不在意自己的成绩，可他本以为，高考这件事总会有人跟自己一样是不起眼的萝卜。

没承想，最后只有自己是萝卜，人人都是人参。就连陈锋都靠着特

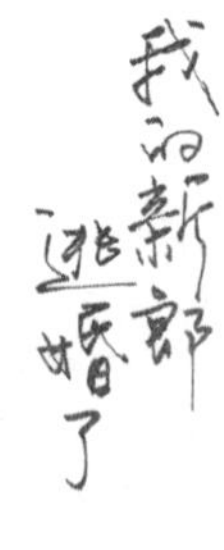

长考了所重点大学，他却只能挨着亲妈喋喋不休的唠叨。

程越霖没理会钱梵的牢骚，放下手里的酒杯问道："让你看的人呢？"

阮芷音是跟季奕钧一起来的。

阮氏和程父的公司有合作，季奕钧和程逢生也算得上有些交情。

她已经不是第一次见程逢生，早在回岚中领毕业证时，就真切地感受到了程父略微夸张的"感谢"。

宴会厅里人多，秦湘没来，阮芷音疲于应付这样的场面，只能借故到小花园里躲清静，等小叔结束交际后一道离开。

"人前挂笑，人后躲懒？"

熟悉的声音在她的背后响起，带着调侃之意。阮芷音转过身，果然看到了那道挺拔的身影。

作为主角，程越霖难得穿起了正装，修长的身姿靠在那儿，神情傲慢，带了点儿矜贵的气质。

"你不也一样？"

刚才人模人样地和人攀谈，现在一样在背后躲懒，何况他还是主角。

大抵是早已变得熟络，摸清了程越霖的脾气，她偶尔也会开些他的玩笑。

与他最初惹人烦恼的脾气比起来，现在的他倒是大度了不少。

只不过，阮芷音偶尔也会羡慕起他肆无忌惮的性子。

其实，这样也并不会让人讨厌。

程越霖没反驳她的话，却突然朝她伸出了手："既然这样，想逃吗？"

白皙的手掌摊在眼前，少年微扬着下巴，声音里是惯有的轻淡。

阮芷音愣了愣，抬眸对上漆黑的眼眸，心底像是出现了一道蠢蠢欲动的声音。

她似乎并不想拒绝。

直到坐到A大的操场上时，阮芷音才后知后觉地醒悟过来，自己刚刚居然真的跟着身旁的人翻了墙。

恰逢暑假，偌大的操场上空无一人。

当阮芷音回归了理智，想要给小叔发个短信时，才发现手机已经在方才照明时没了电。

看出她的想法，程越霖扯了下嘴角："放心，会有人善后的。"

"你是故意带我出来的。"阮芷音用了肯定的语气。

"怎么，后悔了？"

阮芷音闻言微怔，随后摇了摇头。

这确实打破了她的原则，她却并不后悔。大概，阮芷音其实也想试一试不必固守规矩的感觉。

夜晚的校园里，周边尽是寂静。两人静坐在操场上，却无声地被安抚了心情。

徐徐的风吹来，还有些发凉，引来一阵轻微的战栗。

下一秒，不太合身的外套落在阮芷音的肩膀上，有些熟悉的松木香气笼罩在鼻尖上。

望着空旷的操场沉默了一会儿，她突然开腔："程越霖，今天以前，我一直觉得自己该懂事点儿。"

只有她懂事点儿，才不会给爷爷和小叔添麻烦。

瞥见阮芷音半埋在外套里的侧脸，沉默少顷，程越霖揉了揉她的脑袋，语气中带着安抚之意："其实，不懂事也没关系。"

阮芷音愣了一下，下意识地裹紧了外套。

没多久，身旁的人突然站了起来，然后伸出了手："走吧。"

阮芷音盯着面前的手，就这么愣起神来。

几个小时前，就是这双手牵着她逃离了喧闹的宴会厅。她还没有忘记，彼时手心的温度。

只是此时此刻，当他再次伸出手时，阮芷音才真正觉得心底像是有根弦绷到了最紧，呼之欲出。

见她一动不动地盯着自己的手，程越霖突然弯了嘴角。

她果然是什么都不明白。

"阮嘤嘤，还记得你答应的事吗？"

"嗯？"

“既然我考上了A大——”他停顿后看她，眼眸中透着认真的神采，“你现在，想跟我谈恋爱吗？”

片晌，某人又在无声的寂静中，在有些拿不定答案的心态下，轻咳着补充了句——

“放心，年满十八，不算早恋。”

阮芷音迷迷糊糊地醒来时，愣怔地摸了摸湿润的眼角。

下一秒，她整个人扑进了程越霖的怀里。

“怎么了？”

“做了个梦。”

想到梦里的一切，她的声音发闷。

难得见她撒起娇，程越霖习惯性地将人揽进怀里：“哦？梦见什么？”

“梦见你拉着我去了操场，然后跟我表白。”

“是吗？梦得还挺美。”

低沉的嗓音染着戏谑之意，即便没有抬头，阮芷音也能想象到男人现在得意扬扬的神态。

她正要开口，隔壁传来震耳欲聋的哭声，打断了清晨的安静。

五分钟后，四岁的程晞小朋友紧紧抱着阮芷音的胳膊，噙着泪花，流着鼻涕哭诉：“妈妈，你骗我，你答应过要跟我睡的！”

说完，他示威性地瞧了眼倚在门框上的男人。

程越霖轻扬下眉，继而上前将人提溜起身：“你妈答应的是一周一次，你早把机会用掉了。”

“我不要……”程晞委屈地噘起嘴，“爸爸都和妈妈睡两天了。”

说完，他又挣扎着去找妈妈。

只可惜……力量悬殊。

下一秒，萝卜丁便被人强行抱走，回了隔壁的儿童房里。

一回房间，程晞收起了眼泪，怨念地看向眼前过于高大的男人。

程越霖环臂站在窗边，看向床上的小人，闲散地道：“装得倒挺像，这么大了天天装哭，也不嫌丢人。”

言毕，他从一旁的衣柜中翻出件印着硕大史努比的童装扔给儿子。

“把衣服换了，等会儿有人来接你。”

可程晞抱着衣服，却没有动。

“怎么了？”程越霖上下打量几眼，很快明白了过来，进而故意嘲讽道，“呦，又尿裤子了？”

程晞瞬间红了脸颊，奶声奶气地反驳：“我只是不小心，我还是小孩子，姑奶奶都说小孩子尿裤子没关系的。”

“是吗？这会儿倒承认自己是个小屁孩了？”

程晞不满地抿唇：“爸爸，我才四岁多。你别以为我不知道，姑奶奶偷偷告诉过我，你五岁的时候还尿裤子呢。”

嚣张的话说完，程晞才发觉不妙。

他小心翼翼地去看程越霖的脸色，却见对方已经拿起了自己放在床头的儿童手机。

没多久，房间里响起了清晰的语音——

“呀，程晞，你怎么这么大了还尿裤子啊？”

程晞不可置信地张大了嘴：“爸爸，你怎么可以把我尿裤子的事告诉媛媛？！你这个人太卑鄙了！”

媛媛是程晞幼儿园里的同学，也是他目前的暗恋对象。

眼前的亲爹置若罔闻，慢条斯理地合上手机：“我卑鄙？怎么，你干爹没有告诉你这件事？”

“要还想去游乐园，就赶紧换衣服。”

钱梵来到时，程晞已经换好了衣服，不太服气地坐在餐桌前，吃完了自己最爱的奶黄包。

吃饱后，程晞总算看见了钱梵。他张开壮实的小胳膊，双眼冒着光，跑到了钱梵跟前。

“干爹，我准备好了，我们快走吧。”

比起爸爸，他还是更喜欢干爹带他玩。

钱梵望着眼前兴致勃勃的萝卜丁，认命地将人抱起，又看向站在一旁的阮芷音：“嫂子，城东新开了家游乐园，我说好了要带晞晞去逛逛。”

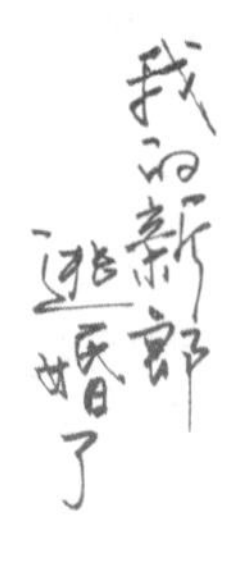

说好是假，事实是他昨天大半夜收到了某人的微信——

“明天过来带孩子。”

这理直气壮的态度，仿佛他当的不是干爹，而是保姆。

“晞晞，跟爸爸妈妈再见。”

“爸爸妈妈再见。”

等到钱梵将孩子抱出了门，阮芷音站在门口摇了摇头，忍不住责备起身边的男人：“哪儿有你这么当爸爸的？成天把孩子丢给钱梵。”

“他这个干爹是白当的？”程越霖抱着她进屋，“累了这么些天，还想让他在家折腾你？”

程晞爱闹腾，也太黏妈妈，每次他起夜都要阮芷音哄着抱着才肯罢休。以至于孩子出生的头两年，夫妻生活质量直线下降。

不然，程越霖也不会忽悠钱梵来带孩子。

当然，这些事情他不会告诉阮芷音。

钱梵把程晞送回别墅时，太阳已经落山。

折腾着给萝卜丁洗完了澡，程晞被程越霖裹着浴巾丢在了床上。

下一秒，他突然坐起了身，脸色严肃地看向程越霖：“爸爸，你是不是不爱我了？”

“为什么这么问？”

“我觉得，你最爱的是妈妈。”

程越霖忍不住笑了笑，点头道：“嗯，这都被你看出来了？”

话音刚落，他就见程晞不开心地噘起了嘴。

“小子，又跟我闹哪门子脾气？”

程晞故意扭过头，没有说话。

程越霖见状，随口道：“那你跟我说说，我和你妈，你更爱谁？”

不知是不是在思考，几秒钟的安静后，程晞终于慢吞吞地扭过了头，声音扭捏：“好吧，那我们都更爱妈妈，扯平了。”

当程越霖回到主卧时，阮芷音合上电脑，笑着走到他跟前。

“这回是怎么把他哄睡的？”

自己的儿子自己清楚，每次哄人睡觉，她都是筋疲力尽。

今天他倒是睡得快。

程越霖抱着她躺上床，把玩着她耳侧的一缕头发回："钱梵说他在游乐场玩了一整天，就算他再闹腾，这会儿也该累困了。"

"你倒是会投机取巧。"

男人微耷眼睑，起身覆了上去："是吗？那我还会点儿别的。"

意识模糊之际，阮芷音察觉到脖子上多了什么东西，触感冰凉。

——是条项链。

下一秒，男人沙哑的嗓音贴在耳畔："纪念日快乐，程太太。"

最后的最后，她听到程越霖突然不着边际地问了句："我跟儿子，你更爱谁？"

阮芷音瞬间感到无奈。

"嗯，爱你。"